El eco negro

El eco negro

Michael Connelly

Traducción de Helena Martín

rocabolsillo

Título original: *The Black Echo*

Primera edición: enero de 2010

Marquès de la Argentera, 17, Pral.
08003 Barcelona.
correo@rocaeditorial.com
www.rocaeditorial.com

Diseño de cubierta: Mario Arturo
Fotografía de portada: © Christophe Dessaigne

Impreso por Litografía Rosés, S.A.
Energía 11-27
08850 Gavá (Barcelona)

ISBN: 978-84-96940-80-2
Depósito legal: B. 41.127-2009

Para W. Michael Connelly
y Mary McEvoy Connelly

Primera parte

Domingo, 20 de mayo

En aquella oscuridad el chico no veía nada, pero tampoco le hacía falta. La experiencia acumulada le decía que iba bien. Nada de gestos bruscos; el truco era deslizar el brazo con suavidad y girar la muñeca lentamente para mantener la bolita en movimiento. Sin chorretones; perfecto.

El silbido del aerosol y la rotación de la bola le producían una sensación reconfortante. El olor de pintura le recordó el calcetín que tenía en el bolsillo y le hizo pensar en colocarse un poco. «Quizá más tarde», se dijo. No quería detenerse antes de haber terminado la línea de un solo trazo.

No obstante, se detuvo. Había oído el ruido de un motor pero, al levantar la cabeza, las únicas luces que vio fueron el reflejo plateado de la luna sobre el embalse y la pálida bombilla de la caseta de turbinas que había en el centro de la presa.

Sin embargo, sus oídos no le engañaban: no cabía duda de que se aproximaba un vehículo. Al chico le pareció que era un camión e incluso creyó oír el crujido de las ruedas sobre el camino de grava que circundaba el embalse. El crujido era cada vez más fuerte; alguien se estaba acercando casi a las tres de la madrugada. ¿Por qué? El chico se puso en pie y arrojó el aerosol en dirección al agua, pero éste voló por encima de la verja y acabó aterrizando entre las matas de la orilla. Se había quedado corto. A continuación se sacó el calcetín del bolsillo y decidió inhalar un poco para infundirse valor. Hundió la nariz en él y respiró hondo los gases de pintura. Aquello lo aturdió un instante, haciéndole parpadear y tambalearse. Finalmente se deshizo también del calcetín.

El chico levantó su motocicleta y la empujó a través de la carretera hacia un pinar cubierto de hierba alta y arbustos al pie de una colina. Era un buen escondite, pensó; desde allí podría observar sin ser visto. En ese momento el ruido del motor era ya muy fuerte. Debía de estar muy cerca, pero todavía no se veía la luz de los faros. Aquello le desconcertó, pero ya no tenía tiempo de escapar. El chico tumbó la motocicleta en el suelo, entre la hierba alta, detuvo con la mano la rueda delantera que giraba descontrolada y se agazapó a esperar lo que fuera que se avecinaba.

Harry Bosch oía el zumbido de un helicóptero que trazaba círculos sobre su cabeza, en un mundo de luz más allá de la oscuridad que lo envolvía. ¿Por qué no aterrizaba? ¿Por qué no traía refuerzos? Harry avanzaba por un túnel negro y lleno de humo, y se le estaban acabando las pilas de la linterna. El haz de luz se hacía más débil a cada paso. Necesitaba ayuda. Necesitaba moverse más rápido. Necesitaba llegar al final del túnel antes de quedarse solo en la más completa oscuridad. Harry oyó pasar el helicóptero una vez más. ¿Por qué no aterrizaba? ¿Dónde estaba la ayuda que esperaba? Cuando el zumbido de las hélices volvió a alejarse, sintió que el terror se apoderaba de él y apretó el paso, gateando sobre sus rodillas ensangrentadas. Con una mano aguantaba la linterna, y con la otra se apoyaba en tierra para mantener el equilibrio. No miró atrás, porque sabía que el enemigo se hallaba a sus espaldas, entre las tinieblas. Era un enemigo invisible, pero siempre presente. Y cada vez más cercano.

Cuando sonó el teléfono de la cocina, Bosch se despertó al instante. Mientras contaba los timbrazos, se preguntó si haría rato que le llamaban y si habría dejado puesto el contestador.

Pero no. El contestador no se conectó, por lo que el teléfono sonó las ocho veces de rigor. Bosch sentía curiosidad por saber de dónde vendría esa costumbre. ¿Por qué no seis veces? ¿O diez? Se frotó los ojos y miró a su alrededor. Una vez más se encontró arrellanado en la butaca del salón, un sillón reclinable que constituía la pieza principal de su escaso mobiliario. Él la llamaba su butaca de vigilancia, lo cual no era del todo preciso, ya que dormía en ella a menudo, incluso cuando no estaba de guardia.

La luz de la mañana se filtraba por una rendija entre las cortinas y dejaba su marca afilada sobre el suelo de madera descolorida. Bosch contempló las motas de polvo que flotaban perezosas en el haz de luz, junto a la puerta corredera de la terraza. Contra la pared, un televisor con el volumen muy bajo mostraba uno de esos programas evangélicos que dan los domingos por la mañana. En la mesa junto a la butaca, a la luz de una lámpara, yacían sus compañeros de insomnio: una baraja de cartas, unas cuantas revistas y un par de novelas de misterio, sólo hojeadas ligeramente antes de ser abandonadas. También había una cajetilla de cigarrillos estrujada y tres botellas de cerveza vacías que habían sobrado de paquetes de seis de distintas marcas. Bosch estaba totalmente vestido, y hasta llevaba una corbata arrugada y un alfiler plateado con el número 187 sujeto a su camisa blanca.

El policía se llevó la mano a los riñones. Esperó a que sonara el buscapersonas y atajó de golpe su irritante pitido. Al desenganchar el aparato del cinturón, comprobó el número y no se sorprendió en absoluto. Se levantó de la silla con esfuerzo, se desperezó e hizo crujir los huesos del cuello y de la espalda. Caminó hacia la encimera de la cocina, donde estaba el teléfono, y antes de llamar, escribió «Domingo, 8.53» en una libreta que sacó del bolsillo de su chaqueta. Al cabo de unos segundos, una voz respondió:

—Departamento de Policía de Los Ángeles, División de Hollywood. Aquí el agente Pelch, ¿en qué puedo ayudarle?

—Alguien podría haber muerto en el tiempo que ha tardado en decir todo eso. Póngame con el sargento de guardia.

Bosch encontró una cajetilla nueva en un armario de la cocina y encendió el primer cigarrillo del día. Después de enjuagar un vaso polvoriento con agua del grifo, sacó dos aspirinas de un frasquito de plástico que también halló en el armario. Estaba tragándose la segunda cuando un sargento llamado Crowley se puso al teléfono.

—¿Estás en misa? He llamado a tu casa, pero no contestaban.

—Muy gracioso, Crowley. ¿Qué pasa?

—Bueno, ya sé que anoche te tuvimos ocupado con el asunto de la tele, pero tanto tú como tu compañero estáis de servicio todo el fin de semana y os ha tocado un fiambre en Lake Hollywood. Lo hemos encontrado en una tubería, en el camino de acceso a la presa de Mulholland. ¿Sabes dónde está?

—Sí. ¿Qué más?

—La patrulla ya está allí, y hemos avisado al forense y a los de la policía científica. Mi gente no sabe nada, excepto que es un cadáver. El tío está dentro de la tubería, a unos diez metros de la entrada, y mis hombres no quieren meterse por si se trata de un crimen; prefieren no tocar nada. Les he mandado avisar a tu compañero, pero él tampoco contestaba. Por un momento he pensado que quizás estuvierais juntos, pero luego me he dicho que no, que no era tu tipo. Ni tú el suyo.

—Ya lo localizaré yo. Oye, si no han entrado en la tubería, ¿cómo saben que es un fiambre y no un tío durmiendo la mona?

—Bueno, entraron un poco y lo tocaron con un palo; lo estuvieron pinchando un rato y estaba más tieso que la picha del novio la noche de bodas.

—Fantástico. No quieren estropear la escena del crimen y se dedican a manosear el cadáver. ¿De dónde has sacado a esos palurdos?

—Mira, Bosch. A nosotros nos llaman y vamos a ver qué pasa, ¿vale? ¿O es que preferirías que os pasásemos todos los avisos a Homicidios? Os volveríais locos, os lo aseguro.

Bosch aplastó la colilla en el fregadero de acero inoxidable y echó un vistazo por la ventana de la cocina. Al pie de la montaña un tranvía para turistas recorría los enormes estudios de sonido de la Universal. Uno de aquellos larguísimos edificios tenía una pared azul cielo con nubecillas blancas que se usaba para filmar exteriores cuando el exterior natural de Los Ángeles se tornaba del color del agua sucia.

—¿Quién dio el aviso? —preguntó Bosch.

—Una llamada anónima a Emergencias, poco después de las cuatro de la madrugada. El agente de servicio dice que fue desde una cabina del Boulevard. Lo debió de encontrar alguien haciendo el burro por las tuberías. No quiso dar su nombre; sólo dijo que había un cadáver. Los de centralita tendrán la grabación.

Bosch empezaba a mosquearse. Sacó el frasco de aspirinas del armario y se lo metió en el bolsillo. Mientras pensaba en la llamada de las cuatro, abrió la nevera y se inclinó para mirar, pero no vio nada interesante.

—Crowley, si el aviso llegó a las cuatro, ¿por qué me lo dices ahora, casi cinco horas más tarde? —preguntó tras consultar su reloj.

—Sólo teníamos una llamada anónima; nada más. Me dijeron que el aviso lo había dado un chaval, imagínate. No iba a mandar a uno de mis hombres en plena noche con tan poca información. Podría haber sido una broma pesada, una emboscada o cualquier cosa. Así que esperé a que se hiciera de día y las cosas se calmaran un poco por aquí, y envié a uno de mis hombres cuando acababa su turno. Hablando de turnos que se acaban, yo me largo. Sólo estaba pendiente de hablar con la patrulla y luego contigo. ¿Algo más?

Bosch tenía ganas de preguntarle si se le había ocurrido que la tubería iba a estar oscura tanto a las cuatro como a las ocho, pero lo dejó pasar. ¿Para qué molestarse?

—¿Algo más? —repitió Crowley.

A Bosch no se le ocurrió nada más, pero Crowley llenó el silencio.

—No creo que se trate de un 187. Seguramente es un yonqui que murió de sobredosis, Harry; pasa todos los días. ¿Te acuerdas de aquel que sacamos de la tubería el año pasado?... Ah no, fue antes de que llegaras a Hollywood... Bueno, pues resulta que un tío se metió en la misma tubería (ya sabes que los vagabundos duermen allí muchas veces), pero se chutó una mierda y se quedó seco. Claro que aquella vez no lo encontramos tan rápido y, con el sol que pegaba, se estuvo cociendo durante dos días. Acabó más asado que un pavo de Navidad, aunque te aseguro que no olía tan bien.

Crowley se rio de su propio chiste, pero a Bosch no le hizo ninguna gracia.

—Cuando lo sacamos todavía tenía el pico clavado en el brazo —continuó el sargento de guardia—. Esto es lo mismo, un caso de rutina; si te vas para allá ahora, estarás de vuelta a la hora de comer. Luego te echas una siestecita y te vas a ver a los Dodgers. El próximo fin de semana le tocará a otro; tú no estás de guardia. Ya sabes que la semana que viene tienes un permiso de tres días y un fin de semana largo. Así que hazme un favor: vete para allá a ver qué es lo que hay.

Bosch estuvo considerando colgar el teléfono, pero luego dijo:

—Crowley, ¿por qué dices que el otro cadáver no lo encontrasteis tan rápido? ¿Qué te hace suponer que hemos encontrado éste inmediatamente?

—Mis hombres me han dicho que, aparte de a meado, la tubería no huele a nada. Tiene que estar fresco.

—Di a tus hombres que estaré allí dentro de quince minutos y que dejen de joder con el muerto.

—Oye, Bosch...

Bosch sabía que Crowley iba a defender a su gente de nuevo, así que prefirió ahorrárselo y colgó. Después de encender otro cigarrillo, se dirigió a la puerta de entrada y recogió el *Times* que descansaba en el peldaño del porche. Al depositar sus cinco kilos de papel sobre la encimera de la cocina, Bosch se preguntó cuántos árboles habrían talado para confeccionarlo. Sacó el suplemento inmobiliario y lo hojeó hasta que encontró un gran anuncio de la empresa Valley Pride Properties. Pasó el dedo por una lista de casas en venta y se detuvo en una cuya descripción estaba rematada con la frase «Pregunte por Jerry». Bosch marcó el número.

—Valley Pride Properties, ¿dígame?

—¿Está Jerry Edgar?

Al cabo de unos segundos y unos cuantos ruidos extraños, le pasaron a su compañero.

—¿Dígame?

—Jed, tenemos otro trabajo. En la presa de Mulholland. ¿Por qué no llevas el busca?

—Mierda —dijo Edgar. Hubo un silencio. Bosch jugaba a adivinarle el pensamiento: «Hoy tengo tres casas que enseñar». Más silencio. Bosch se imaginó a su compañero al otro lado de la línea con un traje de novecientos dólares y cara de bancarrota—. ¿Cuál es el trabajo?

Bosch le contó lo poco que sabía.

—Si quieres que lo haga yo solo, no me importa —le ofreció Bosch—. Si Noventa y ocho dice algo, ya te cubriré. Le explicaré que tú llevas el asunto de la tele y yo el fiambre de la tubería.

—Te lo agradezco, pero no hace falta. En cuanto encuentre a alguien que me sustituya, voy para allá.

Acordaron encontrarse junto al cadáver y Bosch colgó el teléfono. Acto seguido conectó el contestador automático, sacó dos paquetes de cigarrillos del armario y se los metió en el bolsillo de la cazadora. Entonces abrió otro armarito y sacó su pistola de una funda de nailon; una Smith & Wesson de nueve milímetros. Era un arma de acero inoxidable con acabado satinado que venía con un cargador de ocho balas XTP. Bosch recordó el anuncio que había leído en una revista de la policía: «Máxima capacidad mortífera. Tras el impacto, las balas XTP se expanden hasta 1,5 veces su diámetro, alcanzando una profundidad letal y dejando los mayores surcos de entrada». El que lo había escrito tenía razón. Bosch había matado a un hombre el año anterior desde una distancia de seis metros. La bala entró por debajo de la axila derecha y salió un poco más abajo del pezón izquierdo, destrozando el corazón y los pulmones a su paso. «Balas XTP: los mayores surcos de entrada.» Bosch se prendió la funda al cinturón en el costado derecho para poder cruzar el brazo y desenfundar con la mano izquierda.

A continuación se dirigió al cuarto de baño, donde se cepilló los dientes sin pasta dentífrica: no le quedaba y se había olvidado de bajar a la tienda. Después se pasó un peine mojado por el pelo y se quedó un buen rato mirando sus ojos enrojecidos, los ojos de un hombre de cuarenta años. Se fijó en las canas que comenzaban a poblar su pelo castaño y rizado... hasta el bigote se estaba tornando gris. Últimamente incluso había empezado a encontrar pelitos blancos en el lavabo cuando se afeitaba. Esta vez se llevó una mano a la barbilla y decidió no afeitarse. Salió de casa sin siquiera cambiarse de corbata. Sabía que a su cliente no le importaría.

Bosch encontró un lugar sin cagadas de paloma donde apoyarse en la barandilla que recorría el muro de contención del embalse de Mulholland. Con un cigarrillo colgado de los labios, contempló la ciudad que asomaba entre las montañas. El cielo era de un gris pólvora y la contaminación parecía una mortaja que envolvía Hollywood. El aire envenenado dejaba entrever unos cuantos rascacielos lejanos, pero el resto se hallaba completamente cubierto por aquel manto que le daba a Los Ángeles un aspecto de ciudad fantasma.

La cálida brisa esparcía un ligero olor químico que Bosch identificó al cabo de un rato: insecticida. Había oído por la radio que los helicópteros habían estado allí la noche anterior, fumigando North Hollywood a través del paso de Cahuenga. Bosch se acordó de su sueño y del helicóptero que no aterrizaba.

A sus espaldas se hallaba la gran masa verdiazul del pantano: doscientos mil metros cúbicos de agua potable destinados al consumo de la ciudad, contenidos por una vieja y venerable presa en un cañón entre dos de las colinas de Hollywood. Una franja de dos metros de arcilla seca que bordeaba la orilla, recordaba que Los Ángeles pasaba su cuarto año de sequía. Un poco más arriba, una alambrada de unos tres metros de alto circundaba el embalse. Al llegar, Bosch se había fijado en ella y se había preguntado si la protección estaría destinada a la gente o al agua.

Sobre su traje arrugado Bosch llevaba un mono azul que, a pesar de las dos capas de ropa, ya mostraba manchas de sudor en sobacos y espalda. Tenía el pelo y el bigote húmedos porque acababa de salir de la tubería y en la nuca notaba el cálido cosquilleo de los vientos de Santa Ana, que aquel año se habían adelantado.

Harry no era un hombre corpulento. Medía poco más de un metro setenta y era delgado. Los periódicos lo habían descrito como un hombre nervudo. Debajo del mono, sus músculos eran como cuerdas de nailon, más fuertes de lo que su tamaño hacía sospechar. Las canas que salpicaban su cabello eran más abundantes en el lado izquierdo y sus ojos castaño oscuro rara vez traslucían sus sentimientos o intenciones.

La tubería tenía unos cincuenta metros y yacía en el suelo junto al camino de acceso a la presa. Estaba oxidada por dentro y por fuera. Su única utilidad aparente era servir de refugio a quienes dormían en su interior y de soporte para las pintadas que cubrían el exterior. Bosch no supo para qué servía hasta que el guarda de la presa le contó que era una barrera contra el lodo. Cuando llovía mucho, le había explicado el guarda, se producían desprendimientos en la ladera de la montaña. La tubería de un metro de diámetro, seguramente una sobra de algún proyecto o chapuza municipal, había sido colocada en el lugar más proclive a dichos desprendimientos como primera y única defensa. Había sido fijada al suelo mediante una anilla de hierro de un centímetro de grueso empotrada en cemento.

Antes de entrar en la tubería, Bosch se había puesto un mono del Departamento de Policía con las letras «LAPD» en la espalda. Al sacarlo del maletero de su coche, había pensado que el mono probablemente estaba más limpio que el traje que quería proteger. De todos modos se lo puso, porque era su costumbre. Bosch era un detective supersticioso y metódico, a la antigua usanza.

Mientras avanzaba con la linterna en la mano por el claustrofóbico cilindro que apestaba a humedad, Bosch sintió que la garganta se le secaba y el corazón se le aceleraba. Una sensación familiar de vacío en el estómago se apoderó de él: miedo. Pero en cuanto encendió la linterna y la oscuridad se desvaneció, también lo hizo su desasosiego, y se puso manos a la obra.

Ahora se encontraba junto a la presa, fumando y pensando. Crowley, el sargento de guardia, tenía razón; el hombre de la cañería estaba muerto. Pero también se equivocaba, porque el caso no iba a ser fácil. Harry no volvería a casa a tiempo para su siesta o para escuchar el partido de los Dodgers por la radio. Las cosas no estaban claras, y Harry lo había sabido al instante.

Dentro de la tubería, Bosch no encontró huellas o, mejor dicho, no encontró huellas de utilidad. El suelo estaba oculto bajo una capa de tierra naranja, cubierta a su vez de bolsas de papel, botellas de vino vacías, bolas de algodón, jeringas usadas y papel de periódico dispuesto para dormir encima; en definitiva, los restos de vagabundos y drogadictos. A medida que avanzaba hacia el cadáver, Bosch lo estudiaba todo meticulosamente a la luz de la linterna. No encontró ningún rastro atribuible al muerto, que yacía en el suelo con la cabeza en primer plano. Algo no encajaba. Si el hombre hubiese entrado por su propio pie, habría dejado alguna huella. Si lo hubiesen arrastrado, también debería haber alguna señal. Pero no había nada, y aquel dato no fue lo único que preocupó a Bosch.

Cuando llegó hasta el cuerpo, lo encontró con la camisa subida hasta la cabeza y los brazos enrollados dentro. Bosch había visto suficientes muertos como para saber que todo era posible durante los últimos estertores. Una vez trabajó en un caso de suicidio en el que un hombre que se había disparado en la cabeza se cambió los pantalones antes de morir. Al parecer lo hizo para que no encontraran el cuerpo manchado con sus propias deyecciones. No obstante, a Harry no le convenció la posición del cadáver. Más bien parecía que alguien lo hubiera agarrado por el cuello de la camisa y lo hubiera metido a rastras en la cañería.

No lo movió ni le retiró la camisa de la cara; únicamente observó que se trataba de un hombre de raza blanca. A simple vista no estaba clara la causa de la muerte. Después de examinar el cadáver, lo sorteó cuidadosamente —con el rostro apenas a un palmo de él— y continuó recorriendo a rastras los cuarenta metros de cañería. Al cabo de veinte minutos salió de nuevo a la luz del día sin haber encontrado ninguna pista. Entonces envió a un experto llamado Donovan para que tomara nota de los objetos encontrados y grabara en vídeo la situación del cadáver. La cara del experto delató su sorpresa, ya que no esperaba tener que meterse en la tubería en un caso tan claro de sobredosis. Tendría entradas para los Dodgers, pensó Bosch.

Después de dejar a Donovan con lo suyo, Bosch encendió otro cigarrillo y caminó hacia la presa para contemplar la ciudad contaminada y sus criaturas. Se apoyó en la barandilla. Desde aquella distancia el sonido del tráfico procedente de la autopista de Hollywood parecía un rumor suave, como un océano tranquilo. A través de la abertura de la cañada, Bosch distinguió las piscinas azules y los tejados de estilo mexicano típicos de aquella zona.

Una mujer con una camiseta blanca de tirantes y pantalones cortos verde lima pasó corriendo a su lado. Enganchado al cinturón llevaba un minitransistor con un cablecito amarillo conectado a unos auriculares. Parecía inmersa en su propio mundo, ajena al grupo de policías que se agolpaban un poco más adelante. Al llegar al final de la presa, la mujer se percató del precinto amarillo que le ordenaba, en dos idiomas, que se detuviera. Se detuvo sin dejar de saltar en el mismo sitio, mientras su larga cabellera rubia se pegaba a los hombros sudados. La mujer contempló a los policías, la mayoría de los cuales a su vez la estaban mirando a ella, dio media vuelta y volvió a pasar por delante de Bosch, que también la siguió con la mirada. Éste observó que la mujer se desviaba al pasar por delante de la caseta de las turbinas y decidió averiguar por qué. Al llegar allí descubrió unos cristales en el suelo y, al alzar la cabeza, una bombilla rota todavía enroscada a la lámpara que colgaba sobre la puerta de la caseta. Se propuso preguntarle al portero si había comprobado el estado de la bombilla recientemente.

Cuando volvió a su puesto en la barandilla, un movimiento captó su atención. Al bajar la mirada, descubrió un coyote olisqueando la mezcla de pinaza y basura que cubría el terreno arbolado junto a la presa. El animal era pequeño, con el pelaje sucio y lleno de calvas. Al igual que los pocos coyotes que quedaban en las reservas naturales próximas a la ciudad, aquél, si quería sobrevivir, tenía que escarbar entre los restos que los vagabundos ya habían escarbado antes.

—Ya lo sacan —anunció una voz detrás de él.

Bosch se volvió y vio a uno de los hombres de uniforme asignados a aquel caso. Asintió con la cabeza y lo siguió, alejándose de la presa y pasando por debajo del precinto amarillo en dirección a la tubería.

De la entrada de aquella cañería cubierta de pintadas salía un murmullo de gruñidos y exclamaciones. Un hombre sin camisa, con la espalda musculosa cubierta de rasguños y suciedad, emergió arrastrando una tela de plástico resistente sobre la que yacía el cuerpo. El muerto todavía estaba boca arriba con la cabeza y las manos prácticamente ocultas por la camisa negra. Bosch buscó a Donovan con la mirada y lo encontró guardando una cámara de vídeo en la camioneta azul de la policía. Inmediatamente se dirigió hacia él.

—Necesito que vuelvas a entrar. Toda esa mierda que hay ahí dentro... periódicos, latas, bolsas (también vi unas hipodérmicas), algodón, envases..., quiero que lo recojas todo.

—De acuerdo —respondió Donovan. Hizo una pausa y después añadió—: Oye, a mí no me importa nada, pero... ¿tú crees que tenemos un caso? ¿Vale la pena que nos matemos a trabajar?

—No creo que lo sepamos hasta la autopsia.

Bosch empezó a alejarse, pero se detuvo un instante.

—Donnie, ya sé que es domingo... bueno... gracias por volver a entrar.

—De nada. Es mi trabajo.

El hombre descamisado y el ayudante del forense estaban en cuclillas junto al cuerpo. Ambos llevaban guantes blancos.

El ayudante era Larry Sakai, un tipo que Bosch conocía desde hacía años, pero que nunca le había caído bien. Sakai tenía a su lado una caja de plástico de las que se utilizan para guardar utensilios de pesca, de la cual sacó un bisturí. Con él hizo una incisión de un par de centímetros en el costado del hombre, encima de la cadera izquierda, de la que no salió sangre. Entonces cogió un termómetro de la caja y lo fijó al extremo de una sonda curvada, la introdujo en el corte y, con gran habilidad, pero poca delicadeza, fue dándole vueltas para llegar al hígado.

El hombre descamisado puso cara de asco y Bosch se fijó en que tenía una lágrima azul tatuada en el rabillo del ojo derecho. A Bosch le pareció extrañamente apropiado, seguramente era la máxima lástima que el difunto iba a suscitar entre sus colegas.

—La hora de la muerte va a ser una putada —comentó Sakai sin apartar la vista de su trabajo—. La tubería, con el calor, va a desvirtuar la pérdida de temperatura del hígado. Cuando estábamos ahí dentro, Osito le ha puesto el termómetro y marcaba 27,2°. Diez minutos más tarde marcaba 28,3°. O sea, que no tenemos la temperatura exacta ni del cuerpo ni de la cañería.

—¿Y eso qué significa? —dijo Bosch.

—Que no puedo decirte nada aquí mismo. Tengo que llevármelo y hacer números.

—Es decir, dárselo a alguien que realmente sepa hacerlo —apuntó Bosch.

—Lo tendrás cuando asistas a la autopsia; no te preocupes.

—Por cierto, ¿quién corta hoy?

Sakai no contestó; estaba demasiado ocupado con las piernas del muerto. Primero agarró los zapatos y movió un poco los tobillos, luego fue palpando las piernas y finalmente las levantó por los muslos para comprobar si se doblaban las rodillas. A continuación apretó las manos sobre el abdomen como si estuviera buscando droga. Por último metió la mano por debajo de la camisa e intentó girar la cabeza, pero ésta no se movió. Bosch sabía que el rígor mortis se extendía de la cabeza al tronco y luego a las extremidades.

—El cuello está tieso —explicó Sakai—. El estómago lo está a medias y las extremidades todavía tienen flexibilidad.

Sakai se sacó un lápiz de detrás de la oreja y lo usó para apretar la piel del costado. La parte del cuerpo más cercana al suelo presentaba unas manchas violáceas, como si estuviera lleno de vino hasta la mitad. Era la lividez post mórtem; cuando el corazón deja de bombear sangre, ésta se concentra en la zona más baja del cuerpo. Al apretar la goma del lápiz contra la piel oscura, el área no emblanqueció, lo cual indicaba que la sangre se había coagulado. El hombre llevaba varias horas muerto.

—La lividez es uniforme —prosiguió Sakai—. Según ese dato y el rígor mortis, yo diría que este tío lleva muerto entre seis y ocho horas. No te puedo decir más hasta que analice la temperatura, así que de momento tendrás que conformarte.

Sakai no levantó la mirada al decir esto, sino que él y su amigo Osito empezaron a registrar los bolsillos del pantalón militar del cadáver. Todos, incluidos los enormes bolsillos laterales, estaban vacíos. Luego le dieron la vuelta para verificar los de atrás, hecho que Bosch aprovechó para examinar de cerca la espalda desnuda del cadáver. La piel se había tornado violácea a causa de la lividez y la suciedad, pero Bosch no vio ningún rasguño o marca que indicara que el cuerpo había sido arrastrado.

—En los pantalones no hay nada para identificarlo —dijo Sakai, todavía sin alzar la vista.

A continuación empezaron a tirar cuidadosamente de la camisa negra con el objeto de descubrir la cabeza. El muerto tenía el cabello ondulado, con más canas que pelo negro. Llevaba una barba descuidada y aparentaba unos cincuenta años, por lo que Bosch dedujo que tendría unos cuarenta. En el bolsillo de la camisa había algo que el ayudante del forense se apresuró a sacar; después de examinarlo un momento, lo metió en una bolsita de plástico que le ofreció su compañero.

—¡Eureka! —comentó Sakai, pasándole la bolsita a Bosch—. El equipo completo. Esto nos facilita el trabajo.

Acto seguido, Sakai levantó los párpados agrietados del cadáver. Los ojos eran azules, con un barniz lechoso y unas pupilas reducidas al tamaño de la punta de un lápiz. Bosch sintió que le miraban, y cada pupila era un pequeño agujero negro.

Sakai tomó notas en un bloc, aunque ya había tomado una decisión. Sacó una almohadilla de tinta y una ficha de su caja, entintó los dedos de la mano izquierda del cadáver y los estampó sobre la ficha. Bosch estaba admirando la destreza y rapidez con la que llevaba a cabo esta operación cuando, de pronto, el ayudante del forense se detuvo.

—Eh, mira.

Movió el dedo índice con delicadeza y lo hizo girar en todas direcciones. La articulación estaba rota, aunque no había señal de inflamación o hemorragia.

—Parece post mórtem —opinó Sakai.

Bosch se acercó para examinar el dedo con cuidado, quitándole la mano a Sakai y palpándola directamente, sin guantes. Luego lanzó una mirada recriminatoria, primero a Sakai y luego a Osito.

—No empieces, Bosch —protestó Sakai—. A él no lo mires. Nunca haría algo así; es alumno mío.

Bosch no le recordó a Sakai que era él quien iba al volante de la camioneta de Homicidios cuando, unos meses antes, perdieron un cadáver atado a una camilla de ruedas en plena autopista. La camilla rodó por la salida de Lankershim Boulevard y se estrelló contra un coche aparcado en una gasolinera. Para colmo, por culpa de la separación de vidrio en la camioneta, Sakai no se enteró hasta que llegó al depósito.

Bosch devolvió la mano del muerto al ayudante del forense, quien se volvió hacia Osito y le hizo una pregunta en español. El rostro pequeño y moreno de Osito se ensombreció y luego negó con la cabeza.

—Ni siquiera le ha tocado las manos. Antes de acusar a alguien, asegúrate de que es el culpable.

Cuando Sakai terminó de tomar las huellas dactilares, le pasó la ficha a Bosch.

—Mete las manos en bolsas —le dijo éste, a pesar de que no hacía falta—. Y los pies.

Bosch retrocedió un poco y empezó a agitar la ficha para secar la tinta, mientras con la otra mano aguantaba la bolsa con la prueba que le había pasado Sakai. Contenía una aguja hipodérmica, una ampollita medio llena de algo que parecía agua sucia, un poco de algodón y una caja de cerillas. Era un equipo completo para chutarse, con aspecto de estar relativamente nuevo. La aguja estaba limpia, sin rastro alguno de corrosión. El algodón, supuso Harry, sólo había sido usado como colador una o dos veces, porque había unos cristalitos de color marrón blancuzco entre las fibras. Dándole la vuelta a la bolsa de plástico consiguió ver el interior de la caja de cerillas y descubrió que sólo faltaban dos.

En ese momento, Donovan salió a gatas de la tubería. Llevaba un casco de minero y unas cuantas bolsitas de plástico que contenían objetos tan diversos como un periódico amarillento, un envoltorio y una lata de cerveza arrugada. En la otra mano sostenía un plano que mostraba dónde había encontrado cada cosa en la tubería. Le colgaban telarañas del casco y el sudor le surcaba el rostro, manchando la mascarilla que le tapaba boca y nariz. Cuando Bosch le mostró la bolsa con el equipo para chutarse, Donovan se paró en seco.

—¿Has encontrado una olla? —le preguntó Bosch.

—¡No me digas que es un yonqui! —exclamó Donovan—. Lo sabía... ¿Entonces por qué coño estamos haciendo todo esto?

Bosch no contestó, sino que esperó a que se calmara.

—La respuesta es sí. He encontrado una lata de Coca-Cola —contestó finalmente Donovan.

El experto en huellas repasó las bolsitas de plástico y le pasó a Bosch una que contenía dos mitades de una lata de Coca-Cola. La lata parecía bastante nueva; la habían cortado en dos con una navaja y habían usado la superficie cóncava de la parte inferior para calentar la heroína y el agua: una olla. La mayoría de drogadictos ya no utilizaban cucharas porque llevar una encima constituía motivo de detención. Las latas, sin embargo, eran fáciles de obtener y se podían usar y tirar.

—Necesitamos las huellas dactilares del equipo y la lata lo antes posible —afirmó Bosch. Donovan asintió y se llevó su cargamento de bolsitas de plástico hacia la camioneta. Harry volvió su atención a los hombres del forense.

—¿Llevaba navaja? —preguntó.

—No —confirmó Sakai—. ¿Por qué?

—Me falta la navaja. Sin navaja, la escena está incompleta.

—¿Y qué? El tío es un yonqui. Los yonquis se roban entre ellos. Seguramente la navaja se la llevaron sus colegas.

Con las manos enguantadas, Sakai enrolló las mangas de la camisa del muerto, dejando al descubierto una red de cicatrices en ambos brazos: viejas señales de pinchazos y cráteres que eran el resultado de abscesos e infecciones. En el pliegue del codo izquierdo había un pinchazo fresco y una gran hemorragia amarilla y violácea bajo la piel.

—*Voilà* —dijo Sakai—. El tío se metió una mierda en el brazo y la diñó. Yo ya decía que era un caso de sobredosis, Bosch. Hoy te podrás ir a casa temprano y ver a los Dodgers.

Bosch se inclinó otra vez para examinar el brazo más de cerca.

—Eso me dice todo el mundo —comentó.

Sakai probablemente tenía razón, pensó Bosch, pero aún

no quería dar carpetazo al caso. Había demasiados cabos sueltos: la ausencia de huellas en la tubería, la camisa sobre la cabeza, el dedo roto, la falta de navaja.

—¿Por qué todas las marcas son antiguas excepto ésa? —preguntó Bosch, más para sí mismo que para Sakai.

—¿Quién sabe? —respondió el ayudante del forense—. Quizá llevaba un tiempo desenganchado y decidió volverse a chutar. Un yonqui es un yonqui, tío. No busques más razones.

Mientras examinaba las cicatrices, Bosch se fijó en una marca de tinta azul sobre la piel del bíceps izquierdo. La camisa enrollada le impedía ver lo que ponía.

—Súbele la manga —dijo Bosch, señalando con el dedo.

Sakai lo arremangó hasta el hombro, revelando un tatuaje azul y rojo. El dibujo era el de una rata, estilo tebeo, con una sonrisa malévola, dentuda y vulgar. La rata estaba de pie sobre las patas traseras; sostenía una pistola en una mano, y en la otra una botella de licor marcada «XXX». Sakai intentó leer las palabras azules que había encima y debajo del dibujo, a pesar de que estaban parcialmente borradas por el tiempo y el estiramiento de la piel.

—«Primura», no, «Primero». «Primero de Infantería.» Este tío estuvo en el ejército. La parte de abajo no la entien..., espera, está en otro idioma. «Non... Gratum... Anum... Ro...» El final no se lee.

—*Rodentum* —dijo Bosch.

Sakai lo miró.

—Es latín macarrónico. Significa: «Peor que el culo de una rata» —explicó Bosch—. Este hombre era una rata de los túneles. En Vietnam.

—Ah —dijo Sakai, mirando a su alrededor—. Pues al final ha acabado en un túnel. Bueno, más o menos.

Bosch alargó la mano hasta el rostro del hombre muerto y le apartó los rizos canosos de la frente y de los ojos sin expresión. Este gesto, sin guantes, hizo que los demás dejasen sus tareas y contemplaran un comportamiento tan extraño como antihigiénico. Bosch no les prestó atención; se quedó mirando aquella cara durante un buen rato, ajeno al mundo. En cuanto se dio cuenta de que conocía ese rostro tan bien como el tatuaje, le asaltó la imagen de un hombre joven: huesudo y moreno, con el pelo rapado. Vivo, no muerto. Entonces se puso en pie y se volvió rápidamente.

Aquel movimiento tan brusco e inesperado le hizo chocar con Jerry Edgar, que finalmente había llegado y se disponía a examinar el cadáver. Los dos dieron un paso atrás, momentáneamente aturdidos. Bosch se llevó una mano a la frente, mientras Edgar, que era mucho más alto, se palpaba la barbilla.

—¡Mierda, Harry! —exclamó Edgar—. ¿Estás bien?

—Sí. ¿Y tú?

Edgar se miró la mano para ver si sangraba.

—Sí, perdona. ¿Por qué has pegado ese salto?

—No lo sé.

Bosch empezó a alejarse del grupo y su compañero lo siguió, después de echarle un vistazo rápido al cadáver.

—Lo siento, Harry —se disculpó Edgar—. He tenido que esperar una hora a que alguien viniera a sustituirme. Dime qué has encontrado.

Mientras hablaba, Edgar seguía frotándose la mandíbula.

—Aún no estoy seguro —le respondió Bosch—. Quiero que busques uno de esos coches patrulla con un terminal conectado al ordenador central. Uno que funcione. A ver si consigues los antecedentes de Meadows, Billy, mejor dicho, William. Fecha de nacimiento: alrededor de 1950. También necesitamos su dirección. Prueba con el Registro de Vehículos.

—¿Es ése el fiambre?

Bosch asintió.

—¿No ponía el domicilio en la documentación?

—No llevaba documentación. Lo he identificado yo, así que compruébalo en el ordenador. Tiene que haber alguna referencia a los últimos años; al menos como toxicómano, en la División Van Nuys.

Edgar se dirigió lentamente hacia la fila de coches negros y blancos en busca de uno con una pantalla en el salpicadero. Como era un hombre corpulento, parecía que caminase despacio, pero Bosch sabía por experiencia lo que costaba seguirle el paso. Ese día iba impecablemente vestido con un traje marrón con finas rayas blancas. Llevaba el pelo muy corto y tenía la piel tan suave y negra como la de una berenjena. Mientras se alejaba, Bosch no pudo evitar preguntarse si habría llegado tarde a propósito para no tener que ponerse el mono y entrar en la tubería, lo que habría arruinado su estupendo conjunto.

Bosch fue a buscar una cámara Polaroid al maletero de su coche y regresó al lugar donde estaba el cuerpo. Se colocó con una pierna a cada lado del cadáver y empezó a hacerle fotos de la cara. Decidió que tres serían suficientes y las fue dejando una a una sobre la tubería. Al observar los estragos causados por el tiempo en aquel rostro, Bosch pensó en la sonrisa ebria que mostraba la noche en que todas las ratas del Primero de Infantería salieron de la tienda de tatuajes de Saigón. Habían tardado cuatro horas, pero los que formaban aquel grupo de soldados agotados se convirtieron en hermanos de sangre gracias al dibujo que todos se habían tatuado en el hombro. Bosch recordó a Meadows participando del espíritu de compañerismo y también del miedo que los embargaba a todos.

Harry se alejó del cuerpo mientras Sakai y Osito acercaban una pesada bolsa de plástico negro con una cremallera en el centro. Una vez desdoblada y abierta, los hombres del forense levantaron a Meadows y lo depositaron sobre ella.

—Parece la Fea Durmiente —comentó Edgar.

Cuando Sakai subió la cremallera, Bosch observó que había pillado algunos de los rizos canosos de Meadows. A éste no le habría importado; una vez le había contado a Bosch que él estaba destinado a acabar en una bolsa como aquélla. Según él, todos lo estaban.

Edgar sostenía una libretita en una mano y una estilográfica de oro en la otra.

—William Joseph Meadows, nacido el 21 de julio de 1950. ¿Crees que se trata de él, Harry?

—Sí.

—Pues tenías razón; tiene antecedentes, aunque no son sólo por drogadicción. También hay atraco a un banco, intento de robo, posesión de heroína. Hace más o menos un año lo arrestaron por vagabundear por aquí mismo. Y hay un par de peleas entre yonquis, entre ellas la que has mencionado de Van Nuys. ¿Qué era para ti?, ¿un confidente?

—No. ¿Has encontrado su dirección?

—Vive en el valle de San Fernando en Sepúlveda, cerca de la fábrica de cerveza. Es un barrio difícil para vender una casa. —Edgar hizo una pausa—. Si no era un chivato, ¿de qué lo conocías?

—No lo conocía, al menos en los últimos años. Fue en otra vida.

—¿Y eso qué significa? ¿Cuándo lo conociste?

—La última vez que vi a Billy Meadows fue hace unos veinte años. Él era... Fue en Saigón.

—Sí, fue en Vietnam hace ya veinte años. —Edgar se acercó a las fotos y examinó las tres instantáneas de Billy—. ¿Lo conocías mucho?

—No..., bueno, tanto como era posible llegar a conocer a alguien en aquel lugar. Aunque aprendes a confiar tu vida a otras personas, cuando todo se acaba te das cuenta de que a la mayoría apenas los conoces. Ni siquiera lo volví a ver cuando regresamos. Hablé con él por teléfono el año pasado; eso es todo.

—¿Y cómo lo has reconocido?

—Al principio no me he dado cuenta, pero al ver el tatuaje en el brazo, me ha venido la imagen de la cara. Supongo que uno se acuerda de tipos como él. Bueno, al menos yo sí.

—Supongo que sí...

Permanecieron un momento en silencio. Bosch intentaba decidir qué hacer, pero sólo podía pensar en la casualidad de ser llamado a ver un cadáver y descubrir que era Meadows. Edgar rompió el encantamiento.

—Bueno, ¿quieres decirme qué es eso tan sospechoso que has encontrado? Donovan está que muerde con todo el trabajo que le estás dando.

Bosch le contó a Edgar lo que no encajaba: la ausencia de huellas en la cañería, la camisa sobre la cabeza, el dedo roto y el hecho de que no hubiera una navaja.

—¿Una navaja? —preguntó su compañero.

—Necesitaba algo con que cortar la lata en dos para hacerse una olla..., si es que la olla era suya.

—Podría haberla traído consigo. O tal vez alguien entró y se llevó la navaja una vez muerto. Si es que había una navaja.

—Puede ser, pero no hay huellas que lo confirmen.

—Bueno, sabemos por sus antecedentes que era un yonqui total. ¿Ya era así cuando lo conociste?

—Más o menos. Consumía y vendía.

—Es lo mismo: un drogadicto toda su vida. Es imposible predecir lo que va a hacer esa gente, ni cuando se van a enganchar o desenganchar. Son casos perdidos, Harry.

—Pero él lo había dejado, o al menos eso creo. Sólo tiene un pinchazo fresco en el brazo.

—Harry, me has dicho que no lo veías desde Saigón. ¿Cómo sabes si lo había dejado o no?

—No lo vi, pero hablé con él. Me llamó por teléfono una vez, el año pasado. Fue en julio o agosto. Los de estupefacientes lo habían detenido después de una redada. No sé cómo, quizás a través del periódico o algo así (era la época del caso del Maquillador), descubrió que yo era policía y me llamó a Robos y Homicidios. Me telefoneó desde la cárcel de Van Nuys para pedirme ayuda. Sólo tenía que pasar, no sé, unos treinta días en chirona, pero estaba hecho polvo, me dijo. Me contó que no lo soportaría, que no tenía fuerzas para dejar la droga solo...

Bosch se quedó callado sin terminar la historia. Al cabo de un rato, Edgar lo animó a continuar.

—¿Y qué pasó? ¿Qué hiciste?

—Le creí. Hablé con el poli. Recuerdo que se llamaba Nuckles, porque ese nombre me hacía pensar en *kruckses*, «nudillos», muy adecuado para un policía callejero. Llamé a la clínica de la Asociación de Veteranos de Sepúlveda y metí a Meadows en un programa de desintoxicación. Nudillos me ayudó; él también estuvo en Vietnam y consiguió que el fiscal pidiera al juez una suspensión de condena y su traslado. Total, que a un centro de rehabilitación; Meadows entró en la clínica de la Asociación de Veteranos. Yo me pasé por allí seis semanas más tarde y me dijeron que había completado el programa; había dejado la droga y estaba bien. Bueno, al menos eso es lo que me dijeron. Se encontraba en la segunda etapa, la de mantenimiento: sesiones con el psiquiatra, terapia de grupo y todo eso. No volví a hablar con Meadows después de esa primera llamada. Él nunca me volvió a llamar y yo nunca intenté localizarlo.

Edgar bajó la vista hacia su libreta, aunque Bosch veía que la página estaba en blanco.

—Mira, Harry —dijo Edgar—, de eso hace casi un año. Para un yonqui es mucho tiempo. Desde entonces podría haberse enganchado y desenganchado tres veces. ¿Quién sabe? Ése no es nuestro problema en este momento. Ahora mismo la cuestión es: ¿qué quieres hacer con lo que tenemos aquí?

—¿Tú crees en las casualidades? —preguntó Bosch.
—No lo sé. Yo...

—Yo no.

—Harry, no sé de qué me estás hablando, pero ¿sabes lo que pienso? Que no veo nada que me llame la atención. Un tío se mete en la tubería, en la oscuridad no ve muy bien lo que hace, se chuta demasiado caballo y la palma. Ya está. Tal vez había alguien con él, alguien que borró las huellas al salir y le birló la navaja. Hay miles de posibilidades dis...

—A veces las cosas no llaman la atención, Jerry. Ése es el problema. Es domingo: todo el mundo quiere irse a descansar, jugar al golf, vender casas o ver el partido de béisbol. A ninguno de nosotros le importa demasiado; sólo estamos cubriendo el expediente. ¿No ves que ellos cuentan con eso?

—¿Quiénes son «ellos», Harry?

—Los que hicieron esto.

Bosch se calló un momento. No estaba convenciendo a nadie, ni siquiera a él mismo. Además, atacar la dedicación de Edgar no era buena idea. A Edgar le faltaban veinte años para retirarse. Cuando llegara ese momento pondría un pequeño anuncio en la revista de la policía —«Agente jubilado. Descuentos para compañeros»— y ganaría un cuarto de millón de dólares al año vendiendo casas de policías o para policías en el valle de San Fernando, el valle de Santa Clarita, el valle de Antelope o en el próximo valle que se les pusiera por delante a las excavadoras.

—¿Por qué iba a meterse en la tubería? —continuó Bosch—. Dices que vivía en el valle de San Fernando, en Sepúlveda. ¿Por qué venir aquí?

—¿Y yo qué sé, Harry? El tío era un yonqui; igual lo echó su mujer o la palmó y sus amigos lo trajeron aquí para no tener que dar explicaciones.

—Eso sigue siendo un delito.

—Sí, pero ya me dirás qué fiscal del distrito presenta los cargos.

—Su equipo estaba limpio, nuevo. Las marcas del brazo, en cambio, parecían viejas. No creo que se estuviese pinchando otra vez, al menos regularmente. Hay algo que no encaja.

—Bueno, ya sabes, con el sida y todo eso han de llevarlo todo limpio.

Bosch tenía la mirada perdida.

—Harry, escúchame —insistió Edgar—. Lo que quiero decir es que quizás hace veinte años este tío fuera tu compañero de trinchera, pero este año era un yonqui; no vas a encontrar explicaciones para todas sus acciones. Lo del equipo y las huellas no lo sé, pero lo que sí sé es que éste no parece un caso por el que valga la pena matarse. Éste es un caso de nueve a cinco sin fines de semana.

Bosch se rindió..., de momento.

—Yo me voy a Sepúlveda —dijo—. ¿Tú vienes, o te vuelves a tus casas?

—Ya sabes que yo hago mi trabajo —respondió Edgar suavemente—. El que no estemos de acuerdo en algo no significa que no vaya a hacer lo que se me paga por hacer. Ya sabes que nunca ha sido así y nunca lo será. De todos modos, si no te gusta, mañana por la mañana vamos a ver a Noventa y ocho y le pedimos un cambio.

Bosch se arrepintió inmediatamente de haber hecho aquel comentario, pero no dijo nada.

—Muy bien —decidió Bosch—. Tú vete a comprobar si hay alguien en la casa. Yo me reuniré contigo en cuanto acabe por aquí.

Edgar se dirigió hacia la tubería y cogió una de las fotos de Meadows. Sin dirigir la palabra a Bosch, se la metió en el bolsillo del abrigo y se dirigió hacia el camino de acceso, donde había aparcado el coche.

Después de quitarse el mono, plegarlo y meterlo en el maletero de su coche, Bosch contempló a Sakai y a Osito mientras colocaban el cuerpo sobre una camilla y lo metían en la parte trasera de una camioneta azul. Bosch se dirigió hacia ellos, pensando en cómo conseguir que dieran prioridad a esa autopsia para obtener el resultado al día siguiente, en lugar de cuatro o cinco días más tarde. Cuando los alcanzó, el ayudante del forense estaba abriendo la puerta de la camioneta.

—Bosch, nos vamos.

Bosch le aguantó la puerta.

—¿Quién corta hoy?

—¿A éste? Nadie.

—Venga, Sakai. ¿A quién le toca?

—A Sally. Pero a éste ni se va a acercar.

—Mira, acabo de tener la misma discusión con mi compañero. ¡No empieces tú también!

—Mira tú, Bosch. Y escucha. Llevo trabajando desde las seis de la tarde de ayer y éste es el séptimo cadáver que examino. Tenemos varios atropellados, un par de ahogados, un caso de agresión sexual. La gente se muere por conocernos, Bosch. Estamos hasta las orejas de trabajo y no tenemos tiempo para algo que no se sabe si es un caso. Por una vez escucha a tu compañero. Este fiambre pasará a la cola, así que le haremos la autopsia el miércoles o el jueves. Te prometo que como mucho el viernes. Además, ya sabes que las análisis del laboratorio tardan diez días como mínimo. ¿Me quieres decir a qué viene tanta prisa?

—Los análisis, no las análisis.

—Vete a la mierda.

—Dile a Sally que necesito el informe preliminar para hoy y que me pasaré más tarde.

—Joder, Bosch. Te estoy diciendo que tenemos el pasillo lleno de cuerpos que son 187 seguro. Salazar no va a tener tiempo para algo que todo el mundo menos tú opina que es un caso clarísimo de sobredosis. ¿Qué quieres que le diga para convencerle de que haga la autopsia hoy?

—Enséñale el dedo, dile que no había huellas en la tubería. Ya se te ocurrirá algo. Dile que el muerto sabía demasiado de inyectarse para morir de una sobredosis.

Sakai apoyó la cabeza sobre la chapa de la camioneta, soltó una carcajada y luego sacudió la cabeza como si un niño hubiera hecho un chiste.

—¿Y sabes lo que me dirá? Me dirá que no importa el tiempo que llevara picándose. Todos acaban palmándola. A ver, ¿cuántos yonquis de sesenta y cinco años conoces? Ninguno dura tanto; al final los mata la jeringa, como a este tío de la tubería.

Bosch se dio la vuelta y miró a su alrededor para comprobar que ninguno de los policías de uniforme estaba mirando o escuchando. Después se volvió hacia Sakai.

—Sólo dile que pasaré más tarde —susurró—. Si no encuentra nada en el preliminar, vale; podéis sacar el cadáver al pasillo y ponerlo al final de la cola, o aparcarlo en la gasolinera de Lankershim; a mí me importa un bledo. Pero díselo a Sally; es él quien tiene que decidir, no tú.

Retiró la mano de la puerta de la camioneta y dio un paso atrás. Sakai entró en el vehículo y cerró de un portazo. Después de arrancar el motor, se quedó mirando a Bosch a través de la ventanilla y luego la bajó para decirle:

—Eres un pesado, Bosch. Mañana por la mañana; no puedo hacer más. Hoy es imposible.

—¿La primera autopsia del día?

—¿Y nos dejarás en paz?

—¿La primera?

—Bueno, bueno. La primera.

—Muy bien, os dejo en paz. Hasta mañana.

—A mí no me verás. Yo estaré durmiendo.

Sakai subió la ventanilla, se puso en marcha y Bosch dio un paso atrás para dejarlo pasar. Lo siguió con la mirada y luego posó de nuevo la vista en la tubería. En ese momento se fijó por primera vez en las pintadas; aunque ya había visto que el exterior estaba totalmente cubierto con mensajes, esta vez se puso a leerlos. Muchos eran antiguos y se confundían unos con otros, una sopa de letras en la que se mezclaban amenazas ya olvidadas o cumplidas con eslóganes del tipo «Abandona Los Ángeles». Tampoco faltaban los nombres de guerra de los autores: Ozono, Bombardero, Artillero... Uno de los garabatos más recientes le llamó la atención; estaba a unos cuatro metros del final de la tubería y decía «Ti». Las dos letras habían sido pintadas con soltura, de un solo trazo. El palo de la «T» se curvaba hacia abajo como si fuera una boca abierta. Aunque no tuviera dientes, Bosch se los imaginó; era como si el dibujo estuviera inacabado. Aún así, estaba bien hecho y era original. Bosch le hizo una foto.

Tras meterse la Polaroid en el bolsillo, Bosch se dirigió a la furgoneta de la policía. Donovan estaba guardando su equipo en unos estantes y las bolsitas de pruebas en unas cajas de madera que anteriormente habían contenido vino de Napa Valley.

—¿Has encontrado alguna cerilla quemada?

—Sí, una reciente —contestó Donovan—. Totalmente consumida, a unos tres metros de la entrada. Está ahí marcada.

Bosch cogió el diagrama de la tubería, que mostraba la posición del cuerpo y el lugar donde se habían hallado las diversas pruebas y se fijó en que habían encontrado la cerilla a unos cuatro metros y medio del cadáver. Donovan se la enseñó, dentro de su bolsita de plástico.

—Ya te diré si coincide con el paquete que encontramos en el cuerpo —prometió Donovan—. ¿Es eso lo que querías?

—¿Y los de uniforme? ¿Qué han encontrado?

—Está todo ahí —respondió Donovan, señalando con el dedo un cubo en el que se apilaban aún más bolsitas de plástico. Éstas contenían desperdicios recogidos por los oficiales de patrulla en un radio de cincuenta metros de la tubería y cada una llevaba una descripción del lugar donde la habían encontrado. Bosch empezó a sacarlas del cubo para examinar su contenido, que en general era basura que seguramente no tenía nada que ver con el cadáver: periódicos, trapos, un zapato de tacón, un calcetín blanco lleno de pintura seca de color azul... Esto último debía de ser para colocarse.

Bosch cogió una bolsa que contenía el tapón de un aerosol; la siguiente bolsa contenía el recipiente, cuya etiqueta describía el color como «azul mar». Al sopesarlo, descubrió que todavía quedaba pintura. Sin pensarlo dos veces, se llevó la bolsa hasta la tubería, la abrió y, apretando el botón con un bolígrafo, dibujó una línea azul junto a las letras «Ti». Como había apretado demasiado, la pintura se corrió, deslizándose por la pared curvada de la tubería y goteando sobre el suelo de grava. De todos modos, había comprobado que el color coincidía.

Bosch reflexionó sobre ello un instante. ¿Por qué iba alguien a tirar un aerosol medio lleno? La nota dentro de la bolsa decía que lo habían descubierto cerca de la orilla del embalse. Alguien había intentado arrojarlo al agua, pero se había quedado corto. De nuevo se preguntó por qué. Se agachó junto a la tubería y, tras examinar las letras detenidamente, decidió que, cualquiera que fuese el mensaje, estaba inacabado. Algo había ocurrido que había obligado al artista a dejar lo que estaba haciendo y tirar el aerosol, el tapón y su calcetín por encima de la valla. ¿La policía? Bosch sacó su libreta y escribió una nota para acordarse de llamar a Crowley después de las doce y preguntarle si alguno de sus hombres había patrullado la presa durante el turno de noche.

Pero ¿y si no fue un poli el que hizo que el artista arrojara la pintura? ¿Y si el artista había visto cómo metían el cadáver en la tubería? Bosch recordó lo que Crowley había dicho sobre la persona que había dado el aviso, «un chaval, imagínate». ¿Fue el artista quien llamó? Bosch se llevó el aerosol a la furgoneta de la policía y se lo devolvió a Donovan.

—Cuando acabes con el equipo y la olla, le sacas las huellas dactilares —dijo—. Creo que pueden pertenecer a un testigo.

—Lo que tú digas —respondió Donovan.

Bosch dejó atrás la montaña y descendió por Barham Boulevard hasta llegar a la autopista de Hollywood. Desde allí puso rumbo al norte, atravesó el paso de Cahuenga, cogió la carretera de Ventura hacia el oeste y luego la autopista de San Diego hacia el norte. Sólo tardó veinte minutos en recorrer los dieciséis kilómetros que le separaban de la salida de Roscoe porque, al ser domingo, no había mucho tráfico. Al dejar la autopista se dirigió hacia el este por Langdon y, tras atravesar unas cuantas manzanas, llegó al barrio de Meadows.

Sepúlveda, como casi todas las poblaciones de los alrededores de Los Ángeles, tenía barrios buenos y barrios malos. En la calle de Meadows, Bosch no esperaba encontrar céspedes cuidados ni Volvos aparcados junto a la acera, así que su aspecto no le sorprendió. Los pisos habían dejado de ser atractivos hacía al menos diez años; había barrotes en las ventanas de las plantas bajas y pintadas en las puertas de todos los garajes. El fuerte olor de la fábrica de cerveza de Roscoe lo impregnaba todo, dándole al barrio un ambiente de bodega barata.

El edificio donde se alojaba Meadows tenía forma de U y fue construido en los años cincuenta, cuando el aire todavía no olía a droga, no había delincuentes apostados en todas las esquinas y la gente aún tenía esperanzas. En el patio central se hallaba una piscina que alguien había rellenado con tierra y arena, por lo que ahora el patio consistía en un parterre de césped en forma de riñón rodeado de cemento sucio. El apartamento de Meadows estaba en una esquina. Mientras Bosch subía las escaleras y caminaba por la balconada que llevaba a los apartamentos, se oía el zumbido constante de la autopista. Al llegar al 7B, Bosch descubrió que la puerta estaba abierta, dejando a la vista un pequeño salón-comedor-cocina en el que Edgar estaba tomando notas.

—Menudo sitio.

—Sí —convino Bosch, mientras miraba a su alrededor—. ¿No hay nadie en casa?

—No. He hablado con la vecina de al lado y me ha dicho que no ha visto entrar a nadie desde anteayer. El tío que vivía aquí le dijo que se llamaba Fields, no Meadows. Qué ingenioso, ¿no? Según ella, vivía solo, llevaba un año en el apartamento y no era muy sociable. Eso es todo lo que sabía.

—¿Le has enseñado la foto?

—Sí. Lo ha reconocido, aunque no le ha hecho mucha gracia mirar la foto de un cadáver.

Bosch salió a un pequeño pasillo que daba al baño y al dormitorio.

—¿Has forzado la puerta? —preguntó.

—No... no estaba cerrada con llave. Llamé un par de veces primero y estaba a punto de ir al coche para sacar la ganzúa, pero entonces pensé: «¿Por qué no pruebas a abrirla?».

—Y se abrió.

—Sí.

—¿Has podido hablar con el portero de los apartamentos?

—La portera no está. Habrá salido a comer o a pillar caballo. Por aquí todos tienen pinta de pincharse.

Bosch volvió al salón y miró a su alrededor, aunque no había mucho que ver: contra una pared había un sofá de plástico verde y, enfrente, una butaca y un pequeño televisor sobre la alfombra. La zona «comedor» no era más que una mesa de formica con tres sillas dispuestas a su alrededor y una cuarta contra la pared. Bosch echó un vistazo a la mesa baja delante del sofá; sobre su superficie vieja y cubierta de quemaduras de cigarrillo estaba dispuesta una partida inacabada de solitario, un cenicero rebosante de colillas y una guía de la programación televisiva. Bosch ignoraba si Meadows fumaba, pero como no habían encontrado ningún cigarrillo en el cuerpo, tomó nota para comprobarlo.

—Alguien ha entrado en el piso, Harry —le informó Edgar—. No lo digo sólo por la puerta, sino por otras cosas. Lo han registrado todo, no demasiado mal, pero se nota. Tenían prisa. Fíjate en la cama y el vestidor y verás. Yo voy a intentar hablar con la portera.

Cuando Edgar se marchó, Bosch cruzó el salón y se dirigió al dormitorio. Por el camino notó un ligero olor a orina y al entrar en la habitación vio una cama de matrimonio sin cabezal. Había quedado una mancha grasienta en la pared, justo donde Meadows habría apoyado la cabeza al sentarse. Junto a la pared de enfrente había una vieja cómoda de seis cajones y, al lado de la cama, una mesilla barata de junco con una lámpara. No había nada más; ni siquiera un espejo.

Bosch estudió primero la cama. Estaba sin hacer, con las almohadas y las sábanas puestas en una pila. Bosch se percató de que la esquina de una de las sábanas estaba metida entre el colchón y el somier, en la parte central del lateral izquierdo. Obviamente nadie habría empezado a hacer la cama así. Bosch tiró de la esquina y la dejó colgando. Luego levantó el colchón, como si fuera a mirar debajo y, al dejarlo caer, vio que la esquina volvía a quedarse cogida entre el colchón y el somier. Edgar tenía razón.

A continuación Bosch abrió los seis cajones de la cómoda. La ropa —calzoncillos, calcetines blancos y oscuros y unas cuantas camisetas— estaba bien doblada y parecía intacta. Sin embargo, cuando llegó al cajón inferior izquierdo, notó que se deslizaba con dificultad, que no se cerraba del todo, así que tiró de él para sacarlo de la cómoda, y luego hizo lo mismo con el resto. Una vez tuvo todos los cajones fuera, los examinó por debajo para ver si había algo enganchado, pero no encontró nada. Fue probando a meterlos en la cómoda en distinto orden, hasta que finalmente se deslizaron y cerraron perfectamente. Tras aquella operación, los cajones acabaron en una disposición diferente: la correcta. Bosch estaba convencido de que alguien los había sacado todos para registrarlos por debajo y por detrás y luego los había vuelto a colocar en el lugar equivocado.

Después, entró en el vestidor, que también estaba casi vacío. En el suelo había dos pares de zapatos, unas zapatillas negras de la marca Reebok, manchadas de arena y polvo gris, y un par de botas de trabajo recién limpiadas y engrasadas. Se fijó en que había más polvo gris en la moqueta y, al tocarlo, le pareció que se trataba de cemento. Inmediatamente sacó una bolsita de plástico y metió algunos de los gránulos dentro. Luego se guardó la bolsa y se levantó.

En el vestidor también había colgadas cinco camisas: una blanca clásica, y cuatro negras de manga larga, como la que llevaba puesta Meadows cuando lo encontraron. Junto a las camisas había unas cuantas perchas con dos pares de tejanos viejos y dos pantalones de color negro. Los bolsillos de los cuatro pares de pantalones estaban del revés. En el suelo vio una cesta de plástico con ropa sucia: otros pantalones negros, camisetas, calcetines y un par de calzoncillos.

Bosch salió del vestidor y del dormitorio y se encaminó al cuarto de baño. En el armarito de encima del lavabo encontró un tubo de pasta de dientes a medio usar, un frasco de aspirinas y una caja vacía de inyecciones de insulina. Al cerrar el botiquín, vio el cansancio en sus ojos reflejado en el espejo y se mesó el cabello.

De vuelta en el salón, Harry se sentó en el sofá frente a la partida inacabada de solitario.

—Meadows alquiló el piso el 1 de julio del año pasado —anunció Edgar al entrar—. He encontrado a la portera. Se suponía que el alquiler era mensual, pero él pagó los primeros once meses de golpe. Cuatrocientos dólares al mes; eso son casi cinco de los grandes. Ella no le pidió referencias; cogió el dinero y basta. Meadows vivía...

—¿Por qué once meses? —interrumpió Bosch—. ¿Doce por el precio de once?

—Ya se lo he preguntado y me ha dicho que no, que fue él quien quiso pagar así porque planeaba marcharse el 1 de junio de este año, que cae... ¿cuándo?... dentro de diez días. Según ella, le contó que había venido a trabajar desde Phoenix, si no recuerda mal. Él le dijo que en ese momento era una especie de capataz en el túnel de metro que están excavando en el centro. La mujer entendió que eso era lo que duraría su trabajo, once meses, y que luego él volvería a Phoenix.

Edgar miraba su libreta para repasar su conversación con la portera.

—Eso es todo, creo. También ha identificado a Meadows por la foto, aunque ella también lo conocía como Fields, Bill Fields. Dice que entraba y salía a horas raras, como si tuviera un turno de noche o algo así. También me ha contado que una mañana de la semana pasada vio que lo traían a casa en un todoterreno beige. No se fijó en la matrícula, pero dijo que estaba sucio, como si vinieran de trabajar.

Los dos se quedaron en silencio, pensando.

—J. Edgar, te propongo un trato —dijo Bosch finalmente.

—¿Un trato? ¿Cuál?

—Tú te vas a casa, a tu oficina o a donde quieras, y yo me encargo de esto. Primero me voy a buscar la grabación al centro de comunicaciones y luego vuelvo a la oficina y empiezo con el papeleo. También tengo que comprobar si Sakai ha avisado al pariente más cercano. Si no recuerdo mal, Meadows era de Luisiana. La autopsia es mañana a las ocho, o sea que ya me pasaré antes de entrar a trabajar. —Bosch hizo una pausa—. Tu parte del trato es acabar lo de la tele mañana y llevárselo al fiscal del distrito. No creo que tengas problemas.

—O sea, que tú te quedas con la parte más mierda y me dejas a mí la más fácil. El caso del travesti asesino de travestis está más claro que el agua.

—Sí, por eso te pido un favor. Cuando vengas del valle de San Fernando mañana, pásate por la Asociación de Veteranos de Sepúlveda e intenta convencerlos de que te dejen ver el expediente de Meadows. Puede que tengan algunos nombres que nos sean de ayuda. Meadows siguió tratamiento psiquiátrico en régimen externo y participó en una de esas idioteces de terapia de grupo. Quizás alguien del grupo se picaba con él y sepa algo. Es poco probable, ya lo sé, pero vale la pena intentarlo. Si te ponen pegas, me llamas y yo ya pediré una orden de registro.

—Trato hecho, pero me preocupas, Harry. Ya sé que no hace mucho que somos compañeros, y que seguramente estás deseando que te den un ascenso para poder volver a la central de Robos y Homicidios, pero no creo que valga la pena matarse por este caso. Vale, han entrado en el piso, pero eso no importa. Lo que importa es el motivo y, por lo que hemos visto, aquí no hay nada raro. En mi opinión, Meadows la palmó de una sobredosis, alguien lo llevó a la presa y luego registró su casa por si tenía droga.

—Seguramente tienes razón —comentó Bosch al cabo de unos instantes—. Pero todavía me preocupan un par de cosas. Quiero darles unas cuantas vueltas en la cabeza hasta estar seguro.

—Bueno, ya te he dicho que a mí no me importa. Me has dado la parte más sencilla.

—Creo que voy a quedarme a mirar un rato más. Vete tú y ya nos veremos mañana cuando vuelva de la autopsia.

—De acuerdo, colega.

—¡Ah! Y una cosa.

—¿Qué?

—Esto no tiene nada que ver con volver a la oficina central.

Bosch se quedó solo, sentado en el sofá, pensando y recorriendo la habitación con la mirada en busca de pistas. Finalmente, sus ojos volvieron a los naipes dispuestos sobre la mesa baja: la partida de solitario. Los cuatro ases habían salido, así que cogió la pila de cartas sobrantes y fue descubriéndolas de tres en tres. Por el camino le salieron el dos y el tres de picas y el dos de corazones. El jugador no había terminado la partida; le habían interrumpido. Para siempre.

Aquello animó a Bosch a seguir adelante. Primero echó un vistazo al cenicero de vidrio verde y observó que todas las colillas eran de Camel sin filtro. ¿Era ésa la marca de Meadows o la de su asesino? Mientras daba otra vuelta por la habitación, Bosch volvió a notar el olor a orina. Se dirigió de nuevo hacia el dormitorio, abrió los cajones y miró en su interior una vez más. No vio nada que le llamara la atención. Se acercó a la ventana, que daba a la parte trasera de otro edificio de pisos. En el callejón, un hombre con un carrito de supermercado lleno de latas de aluminio escarbaba con un palo en un contenedor de basura. Bosch se alejó, se sentó en la cama y apoyó la cabeza en la pared. Al no haber cabezal, la pintura blanca se había vuelto de un color gris sucio. Bosch sintió el frío del cemento en la espalda.

—Dime algo —le susurró al aire.

Todo apuntaba a que alguien había interrumpido la partida de cartas de Meadows, y a que él había muerto allí. Después, ese alguien lo había llevado a la tubería, pero ¿por qué? ¿Por qué no dejarlo allí mismo? Bosch apoyó la cabeza y miró directamente al frente. Fue entonces cuando se percató del clavo en la pared, aproximadamente a un metro de la cómoda. Lo debían de haber cubierto con pintura al pintar la pared; por eso no lo había visto antes. Bosch se levantó y fue a mirar detrás de la cómoda. En el espacio de unos cuatro dedos que la separaba de la pared, Bosch atisbó el marco de un cuadro caído. Con el hombro retiró el mueble y lo recogió. Luego dio un paso atrás y se sentó en la cama para examinarlo. El vidrio se había roto en forma de telaraña, seguramente al caerse al suelo, y las resquebrajaduras ocultaban una fotografía en blanco y negro de veinte por veinticinco. Por su aspecto, granuloso y amarillento en los bordes, parecía tener más de veinte años. Bosch sabía seguro que los tenía, porque entre dos de las grietas del vidrio distinguió su propia cara, mucho más joven, mirándole y sonriendo.

Le dio la vuelta al cuadro y desdobló cuidadosamente los pestillitos metálicos que aguantaban el cartón de detrás. Al sacar la foto, el vidrio cedió y cayó al suelo roto en mil pedazos. Bosch retiró los pies, pero no se levantó, sino que se quedó estudiando la foto. Ni delante ni detrás había nada que indicase cuándo fue tomada, pero él sabía que tuvo que ser a finales de 1969 o principios de 1970, porque algunos de los hombres que aparecían en ella habían muerto después de aquella fecha. Había siete hombres en la imagen: todos ellos ratas de los túneles. Todos iban sin camisa, mostrando con orgullo el moreno de albañil, los tatuajes y las placas de identificación, sujetas al cuerpo para que no tintinearan mientras avanzaban bajo tierra. Bosch supuso que se encontraban en el Sector del Eco, en el distrito de Cu Chi, pero no sabía o no recordaba de qué pueblo se trataba. Los soldados estaban de pie en una trinchera, a ambos lados de la boca de un túnel no mucho más ancho que la tubería en que hallaron a Meadows. Bosch se contempló en la foto y su sonrisa le pareció la de un idiota. Ahora que sabía lo que iba a ocurrir tras ese momento, se sintió avergonzado. Meadows, en cambio, mostraba una leve sonrisa y la mirada ausente. Todos decían de él que siempre parecía estar a varios kilómetros de distancia.

Al bajar la vista al suelo cubierto de vidrio, Bosch reparó en un papelito rosa del tamaño de un cromo. Lo cogió por el borde y lo examinó detenidamente. Era el recibo de una casa de empeño del centro con el nombre del cliente, William Fields, y el del objeto empeñado: un antiguo brazalete de oro con incrustaciones de jade. El recibo llevaba fecha de hacía seis semanas e indicaba que Fields había obtenido ochocientos dólares por la pieza. Bosch lo introdujo en una bolsita para pruebas que llevaba en el bolsillo y se levantó.

El viaje de vuelta al centro le llevó casi una hora por culpa de la multitud de coches que se dirigían al estadio de los Dodgers. Bosch se entretuvo pensando en el apartamento. Alguien había entrado, pero Edgar tenía razón; había sido un trabajo hecho con prisas. Los bolsillos de los pantalones lo probaban; si hubieran registrado el lugar a conciencia, habrían colocado los cajones en el orden correcto y no se les habría pasado por alto el cuadro roto ni el recibo de la casa de empeños. ¿Por qué, pues, tanta urgencia? Bosch llegó a la conclusión de que el cadáver de Meadows estaba en el apartamento y tuvieron que deshacerse de él lo antes posible.

Bosch cogió la salida de Broadway en dirección al sur y atravesó Times Square hasta llegar a la casa de empeños, situada en el edificio Bradbury. Al ser domingo, el centro de Los Ángeles estaba muerto, por lo que Bosch no esperaba encontrar abierto el Happy Hocker; sólo quería echarle una ojeada antes de ir al centro de comunicaciones. Sin embargo, al pasar por delante de la fachada, vio a un hombre que pintaba con un aerosol negro la palabra ABIERTO en un tablón de conglomerado. Bosch se fijó en que el tablón sustituía el vidrio del escaparate y en que la acera sucia estaba cubierta de cristales rotos.

Cuando Bosch llegó hasta la puerta de la casa de empeños, el hombre ya estaba dentro. Al entrar el detective, una célula fotoeléctrica hizo sonar un timbre que resonó por entre los montones de instrumentos musicales que colgaban del techo.

—No está abierto. Es domingo —gritó alguien desde el fondo de la tienda. La voz provenía de detrás de la caja registradora, una máquina cromada que descansaba sobre el mostrador de cristal.

—Pues ahí fuera dice que sí.

—Ya lo sé, pero eso es para mañana. La gente ve tablones en los escaparates y cree que las tiendas están cerradas. Yo sólo cierro los fines de semana. Sólo tendré el tablón unos cuantos días. He pintado ABIERTO para que la gente lo sepa, pero empezamos mañana.

—¿Es usted el propietario de este negocio? —preguntó Bosch, al tiempo que sacaba la cartera de identificación y le mostraba su chapa—. Sólo serán unos minutos.

—¡Ah, la policía! ¿Por qué no me lo ha dicho? Llevo todo el día esperándoles.

Bosch miró a su alrededor, desconcertado, aunque enseguida comprendió la situación.

—¿Lo dice por lo de la ventana? Yo no he venido a por eso.

—¿Qué quiere decir? La patrulla me dijo que esperara a un detective de la policía. Llevo aquí desde las cinco de la mañana.

Bosch echó un vistazo a la tienda, que estaba llena de la habitual mezcla de instrumentos musicales, electrodomésticos, joyas y antigüedades.

—Mire, señor...

—Obinna. Oscar Obinna, prestamista, con tiendas en Los Ángeles y Culver City.

—Señor Obinna, los fines de semana los detectives no se ocupan de gamberradas. Es posible que ni siquiera lo hagan durante la semana.

—¿Qué gamberrada? Esto ha sido un robo con todas las letras.

—¿Un robo? ¿Y qué se han llevado?

Obinna le indicó dos vitrinas hechas añicos a ambos lados de la caja registradora. Bosch se acercó y vio unos cuantos pendientes y anillos de aspecto barato entre los cristales rotos. Los pedestales tapizados de terciopelo, las bandejas de espejo y los estuches que antes habían contenido joyas ahora estaban vacíos. Aparte de aquello, no había más desperfectos.

—Señor Obinna, lo único que puedo hacer es llamar al detective de guardia y preguntarle si alguien va a pasarse hoy. Pero yo no venía por eso.

Entonces Bosch sacó la bolsa de plástico transparente con el recibo y se lo mostró a Obinna.

—¿Podría enseñarme este brazalete, por favor?

En cuanto formuló la pregunta, Bosch tuvo un mal presagio. El prestamista, un hombre bajito y rechoncho de piel aceitunada y escaso cabello negro con el que intentaba cubrir —sin éxito— su cráneo, miró a Bosch con incredulidad. Sus pobladas cejas negras se juntaron en un gesto ceñudo.

—¿No va a tomar nota de mi denuncia?

—Lo siento, pero yo estoy investigando un asesinato. ¿Me puede enseñar el brazalete que corresponde a este recibo? —insistió Bosch—. Después ya averiguaré si va a venir alguien para esto. Ahora le agradecería mucho que colaborara.

—¡Como si yo no colaborara! Cada semana les envío mis listas e incluso saco las fotos que me pidieron. A cambio sólo pido que me envíen un detective para que investigue un robo y resulta que me mandan a uno que únicamente investiga asesinatos. Ya está bien, oiga. ¡Llevo esperando desde las cinco de la mañana!

—Deme su teléfono y le pediré a alguien.

Obinna descolgó el auricular de un teléfono modelo góndola situado detrás de uno de los mostradores dañados y Bosch le dio el número que tenía que marcar. Mientras Bosch hablaba con el detective de guardia de Parker Center, el prestamista buscó el número del recibo en un libro. El detective de servicio ese día era una mujer que nunca había participado en una investigación de campo durante toda su carrera en la División de Robos y Homicidios. La mujer le preguntó a Bosch cómo le iba la vida y luego le informó de que había pasado el robo de la casa de empeños a la comisaría de la zona aun sabiendo que no habría ningún detective disponible. La comisaría de la zona era la División Central, pero Bosch se metió detrás del mostrador y los llamó de todos modos. Nadie contestó. Mientras sonaba el teléfono sin que nadie lo cogiera, Bosch inició un pequeño monólogo:

—Sí, aquí Harry Bosch, detective de Hollywood. Llamo para comprobar la situación del robo en la tienda Happy Hocker de Broadway... Muy bien. ¿Sabes cuándo llegará?... Ajá... Ajá... Sí, Obinna, O-B-I-N-N-A.

Bosch miró al prestamista, quien confirmó que había deletreado su apellido correctamente.

—Sí, está aquí esperando... Vale... Se lo diré. Gracias —contestó.

Colgó el teléfono y se dirigió a Obinna, que lo miraba con cara de expectación.

—Hoy ha sido un día de muchísimo trabajo, señor Obinna —explicó Bosch—. Los detectives no están, pero pasarán por aquí. No creo que tarden mucho. Le he dado su nombre al oficial de guardia y le he dicho que se los envíe lo antes posible. Y ahora, ¿puedo ver el brazalete?

—Pues no.

Bosch sacó un cigarrillo de un paquete que guardaba en el bolsillo de la cazadora. Sabía lo que Obinna iba a decirle antes de que éste le señalara una de las vitrinas dañadas.

—Lo han robado —dijo el prestamista—. Lo he buscado en mi lista: lo tenía en la vitrina porque era una pieza valiosa. Pero ya no está. Ahora los dos somos víctimas del ladrón.

Obinna sonrió, satisfecho de compartir su desgracia. Bosch contempló el fulgor del cristal roto en el fondo de la vitrina.

—Sí —asintió.

—Qué lástima. Ha llegado un día tarde.

—¿Dice que sólo han robado joyas de estas dos vitrinas?

—Sí. Entraron, se las llevaron y salieron a escape.

—¿Qué hora era?

—La policía me llamó a las cuatro y media de la mañana, en cuanto saltó la alarma, y yo vine enseguida. Ellos también vinieron inmediatamente, pero cuando llegaron ya no había nadie. Esperaron a que yo llegara y luego se marcharon. Desde entonces estoy esperando a unos detectives que aún no han aparecido. No puedo limpiar los cristales hasta que ellos vengan a investigar el robo.

Bosch estaba pensando en la hora. El cadáver había aparecido a las cuatro de la madrugada, después de la llamada anónima al teléfono de emergencias. La casa de empeños había sido robada más o menos a la misma hora y un brazalete empeñado por el muerto había desaparecido. «Demasiada casualidad», se dijo.

—Ha mencionado algo sobre unas fotos. ¿Se refiere a un inventario para la policía?

—Sí, para el Departamento de Policía de Los Ángeles. La ley me obliga a pasar listas de todo lo que compro a los detectives encargados de estos asuntos y yo coopero al máximo.

Obinna contempló su vitrina rota con cara de lástima.

—¿Y las fotos?

—Ah, sí. Las fotos. Los detectives me pidieron que sacara fotos de mis mejores adquisiciones para poder identificar la mercancía robada. En este caso, yo no estaba obligado pero, como siempre he cooperado con la policía, me compré una Polaroid y hago fotos de todo por si quieren venir a mirar. Lo malo es que nunca vienen; es una tomadura de pelo.

—¿Tiene una foto del brazalete?

Obinna puso cara de sorpresa; al parecer, no se le había ocurrido aquella posibilidad.

—Creo que sí —contestó, y desapareció tras una cortina negra que tapaba una puerta, justo detrás del mostrador. Obinna apareció unos segundos más tarde con una caja de zapatos llena de fotografías y unos recibos de color amarillo enganchados con un clip. Buscó entre las fotos, sacando una de vez en cuando, arqueando las cejas y volviéndola a meter. Finalmente encontró la que quería.

—¡Ah! Aquí está.

Bosch la cogió y la examinó.

—Oro antiguo con incrustaciones de jade. Precioso —lo describió Obinna—. Ya me acuerdo; de primera calidad. No me extraña que el cabrón que me robó se lo llevara. Es un brazalete mexicano, de los años treinta... Le di al hombre ochocientos dólares, aunque no suelo pagar tanto dinero por una joya. Una vez (me acordaré toda la vida) un tío enorme me trajo el anillo de la Super Bowl de 1983. Era precioso. Le di mil dólares, pero no volvió a buscarlo.

Obinna alargó la mano izquierda para mostrarle aquel enorme anillo, que parecía aún más grande en su dedo meñique.

—Y al hombre que empeñó el brazalete, ¿lo recuerda? —le preguntó Bosch.

Obinna lo miró desconcertado, mientras el detective contemplaba sus cejas, que eran como dos orugas a punto de atacarse. A continuación, Bosch se sacó del bolsillo una de las instantáneas de Meadows y se la entregó al prestamista. Obinna la estudió detenidamente.

—Este hombre está muerto —concluyó al cabo de un rato. Las orugas se estremecían de miedo—. O lo parece.

—Eso ya lo sé —le dijo Bosch—. Lo que quiero es que me diga si fue él quien empeñó el brazalete. Obinna le devolvió la foto.

—Creo que sí —respondió.

—¿Vino alguna otra vez por aquí, antes o después de empeñar el brazalete?

—No, creo que me acordaría —contestó Obinna—. Yo diría que no.

—Necesito llevarme esto —le informó Bosch, refiriéndose a la foto del brazalete—. Si la necesita, llámeme.

Bosch dejó su tarjeta en la caja registradora. La tarjeta era una de ésas baratas, con el nombre y el teléfono escritos a mano en un espacio en blanco. Mientras pasaba por delante de una hilera de banjos en dirección a la salida, Bosch consultó su reloj. Volviéndose hacia Obinna, que seguía mirando dentro de la caja, le dijo:

—¡Ah! El oficial de guardia me ha pedido que le dijera que si los detectives no llegaban dentro de media hora, que se fuera usted a casa y ellos ya vendrían mañana por la mañana.

Obinna lo miró sin decir nada. Las orugas se juntaron. Bosch desvió la mirada y se vio reflejado en un saxofón de bronce que colgaba del techo. Se fijó en que era un tenor. A continuación dio media vuelta, salió de la tienda y puso rumbo al centro de comunicaciones para recoger la cinta.

El sargento de guardia en el centro de comunicaciones junto al ayuntamiento le dejó grabar la llamada al número de emergencias, recogida por una de esas enormes grabadoras que nunca dejan de girar y captar los gritos de socorro de la ciudad. La voz de la persona que contestó el teléfono era de mujer y parecía de raza negra. El que llamaba era un varón de raza blanca, un chico.

—Emergencias, ¿dígame?

—Em...

—¿Dígame? ¿Qué quiere denunciar?

—Sí... quiero denunciar que hay un tío muerto en una tubería.

—¿Un cadáver?

—Eso.

—¿Qué quiere decir con «una tubería»?

—Una tubería al lado de la presa.

—¿Qué presa?

—Em... La de allá arriba, en las montañas... donde está el rótulo de Hollywood.

—¿La presa de Mulholland? ¿En North Hollywood?

—Sí, Mulholland. No me acordaba del nombre.

—¿Y dónde está el cadáver?

—En una tubería vieja que hay allí, donde duerme la gente. El muerto está dentro.

—¿Conoce usted a esta persona?

—¿Yo? ¡Qué va!

—¿No podría estar durmiendo?

—No, no. —El chico soltó una risa nerviosa—. Está muerto.

—¿Cómo lo sabe?

—Porque lo sé. Si no le interesa...

—¿Me da su nombre, por favor?

—¿Mi nombre? ¿Para qué lo quiere? Yo sólo lo he visto; no he hecho nada.

—¿Y cómo puedo saber que me dice la verdad?

—Pues registren la tubería y verán. No sé qué más decirle. ¿Por qué me pide el nombre?

—Porque lo necesito para el registro. ¿Me dice cómo se llama?

—Em... no.

—¿Le importa esperar donde está hasta que llegue un oficial?

—Bueno, yo ya no estoy en la presa, sino en...

—Ya lo sé. Está usted en una cabina en Gower, cerca de Hollywood Boulevard. ¿Puede esperar al oficial?

—¿Cómo lo sa...? No importa, me tengo que ir. Compruébenlo ustedes. Les aseguro que hay un tío muerto.

—Oiga...

La llamada se cortó. Bosch se metió la cinta en el bolsillo y dejó el centro de comunicaciones.

Hacía diez meses que Harry Bosch no había estado en el tercer piso de Parker Center. Había trabajado en la División de Robos y Homicidios durante casi diez años, pero no había vuelto desde que le habían suspendido de la Brigada Especial de Homicidios y trasladado al Departamento de Detectives de Hollywood. El día que recibió la noticia, dos idiotas de Asuntos Internos llamados Lewis y Clarke le limpiaron la mesa, llevaron sus cosas al mostrador de Homicidios de la comisaría de Hollywood y le dejaron un mensaje en el contestador diciéndole dónde encontrarlas. Ahora, diez meses más tarde, pisaba de nuevo el recinto sagrado donde trabajaba la mejor brigada de detectives del Departamento de Policía de Los Ángeles. Se alegró de que fuera domingo porque así no habría caras conocidas ni motivos para desviar la mirada.

La sala 321 estaba vacía a excepción del detective de guardia, a quien Bosch no conocía. Harry le señaló el fondo de la sala y dijo:

—Bosch, detective de Hollywood. Necesito el ordenador.

El hombre de guardia, un chico joven que llevaba el mismo corte de pelo desde su paso por los Marines, estaba leyendo un catálogo de armas. Primero se volvió para mirar la fila de ordenadores que se extendía junto a la pared, como si quisiera asegurarse de que seguían ahí, y luego se dirigió a Bosch.

—Se supone que tienes que usar el de tu división —dijo.

Bosch se acercó a él.

—No tengo tiempo de volver a Hollywood. Me esperan en una autopsia dentro de veinte minutos —le mintió.

—Ya he oído hablar de ti, Bosch. Todo el mundo sabe lo del programa de televisión —dijo el chico—. Pero acuérdate de que ahora ya no trabajas aquí.

La última frase quedó suspendida como una nube de aire tóxico, pero Bosch intentó olvidarla. Al dirigirse a los terminales, los ojos se le fueron hacia su antigua mesa y se preguntó a quién pertenecería. Bosch se fijó en que estaba repleta de cosas y que las fichas de su agenda rotatoria estaban nuevecitas. En ese instante se volvió y miró al hombre de guardia, que seguía observándolo.

—¿Es ésta tu mesa cuando no te toca pringar el domingo?

El chico sonrió y asintió con la cabeza.

—Sí, claro —se burló Bosch—. Eres perfecto para este trabajo; con ese pelo y esa sonrisa idiota llegarás lejos, ya verás.

—¡Mira quién habla: al que le echaron por ir de Rambo por la vida!... Déjame en paz, Bosch. Estás acabado.

Bosch retiró una silla con ruedas de la mesa y se sentó delante de un ordenador, al fondo de la sala. Apretó el botón de encendido y, al cabo de unos segundos, unas letras de color ámbar aparecieron en pantalla: «Red Especial de Documentación Automatizada para la Detección de Asesinos».

Bosch sonrió para sus adentros al comprobar la obsesión del departamento por los acrónimos. Cada unidad, brigada o base de datos habían sido bautizadas con un acrónimo impactante. Para el gran público éstos son sinónimo de acción y dinamismo; es decir, de un gran despliegue de medios con la misión de solucionar problemas de vida o muerte. REDADA, COBRA, CHOQUE, PANTERAS O DESAFÍO eran algunos de los más famosos. Bosch estaba seguro de que en algún lugar del Parker Center alguien se pasaba el día inventándose nombrecitos resultones ya que absolutamente todo, desde los ordenadores hasta algunos conceptos, era conocido por sus acrónimos. Si tu unidad especial no tenía uno, no eras nadie.

Una vez dentro del sistema REDADA, y tras cumplimentar un formulario de rutina, solicitó una búsqueda con las siguientes palabras: «Presa de Mulholland». Medio minuto más tarde, y tras revisar ocho mil casos de homicidio almacenados en el disco duro —el equivalente a unos diez años—, el ordenador sólo encontró seis asesinatos. Bosch los fue examinando uno a uno. Los tres primeros eran las muertes sin resolver de mujeres cuyos cadáveres habían aparecido en la presa a principios de los años ochenta. Todas habían sido estranguladas. Tras repasar la información rápidamente, Bosch pasó a los siguientes casos. El cuarto era un cuerpo que apareció flotando en el embalse cinco años atrás. Se sabía que no se había ahogado, pero no se llegó a descubrir la causa de la muerte. Los dos últimos eran muertes por sobredosis. El primero había ocurrido durante un picnic en el parque situado encima del embalse. A Bosch le pareció bastante claro, así que saltó directamente al último caso: un cadáver encontrado en la tubería hacía catorce meses. La autopsia dio como causa de la muerte paro cardíaco causado por una sobredosis de heroína mexicana.

«El difunto solía frecuentar la zona de la presa y dormir en la tubería —decía la pantalla—. Carecemos de más datos.»

Aquél era el caso que había mencionado Crowley, el sargento de guardia en Hollywood, por la mañana. Bosch imprimió la información sobre esa muerte, a pesar de que no creía que estuviera relacionada con Meadows. Después de salir del programa y apagar el ordenador, se quedó un rato pensando. Sin levantarse de la silla, la hizo rodar hasta otro ordenador, lo encendió e introdujo su contraseña. Entonces se sacó la foto del bolsillo, observó el brazalete y tecleó su descripción para realizar una búsqueda en el registro de objetos robados. La operación en sí era todo un arte; Bosch tenía que imaginarse el brazalete tal como lo habrían hecho otros policías, gente acostumbrada a describir todo un inventario de joyas robadas. Primero lo definió como un «brazalete de oro antiguo con incrustación de jade en forma de delfín». Ejecutó la opción BUSCAR, pero treinta segundos más tarde apareció en pantalla la frase «No se encuentra». Bosch lo intentó de nuevo, escribiendo «brazalete de oro y jade». Esa vez aparecieron cuatrocientos treinta y seis objetos: demasiados. Necesitaba acortar la búsqueda, así que escribió «brazalete de oro con pez de jade». Seis objetos; eso ya estaba mejor.

El ordenador le informó de que un brazalete de oro con

un pez de jade había aparecido en cuatro denuncias y en dos boletines departamentales desde que se creó la base de datos, en 1983. Bosch sabía que, debido a la inmensa repetición de denuncias en cada departamento de policía, las seis entradas podían referirse al mismo brazalete perdido o robado. Al pedir una versión abreviada de las denuncias, Bosch confirmó sus sospechas. Efectivamente, todas ellas procedían de un solo atraco. Éste había tenido lugar en septiembre, en el centro, entre Sixth Avenue y Hill Street, y la víctima era una mujer llamada Harriet Beecham, de setenta y un años, residente en Silver Lake. Bosch trató de situar el lugar mentalmente, pero no consiguió recordar qué edificios o comercios había allí. El ordenador no le ofrecía un resumen del delito, así que tendría que ir al archivo a sacar una copia de la denuncia. Lo que sí había era una breve descripción del brazalete de oro y jade y de otras joyas que le habían robado a la señora Beecham. El brazalete podía ser tanto el que había empeñado Meadows como otro, ya que la descripción era demasiado vaga. El ordenador daba varios números de denuncias suplementarias, que Bosch anotó en su libreta. Mientras lo hacía, se preguntó por qué las pérdidas de aquella señora habían generado tal cantidad de papeleo.

A continuación pidió información sobre los dos boletines. Los dos eran del FBI; el primero había salido dos semanas después de que robaran a Beecham y volvió a publicarse tres meses más tarde, cuando las joyas aún no habían aparecido. Bosch tomó nota del número del boletín y apagó el ordenador. Acto seguido, atravesó la sala para ir a la sección de Atracos y Robos Comerciales. En la pared del fondo había un estante de aluminio con docenas de carpetas negras que contenían los boletines oficiales de los últimos años. Bosch sacó una marcada con la palabra «Septiembre» y comenzó a hojear su contenido, pero enseguida se dio cuenta de que ni los boletines estaban en orden cronológico ni todos correspondían a ese mes, por lo que seguramente le tocaría buscar en todas las carpetas hasta encontrar la que necesitaba. Bosch cogió unas cuantas y se las llevó a la mesa de Robos. Unos instantes más tarde notó que alguien le observaba.

—¿Qué quieres? —preguntó, sin alzar la vista.

—¿Que qué quiero? —respondió el detective de guardia—. Quiero saber qué coño estás haciendo, Bosch. Ya no trabajas aquí; no puedes pasearte por esta oficina como Pedro por su casa. Vuelve a poner esas cosas en el estante y si quieres echarles un vistazo, te pasas mañana y pides permiso. Llevas más de media hora tocándome las narices.

Bosch lo miró. Calculó que el chico tendría unos veintiocho, tal vez veintinueve años, incluso más joven que él mismo cuando entró en Robos y Homicidios.

O habían bajado el nivel de los requisitos de entrada, o la época dorada del departamento era historia. Bosch decidió que ambas cosas eran ciertas y siguió leyendo el boletín.

—¡Hablo contigo, gilipollas! —gritó el detective.

Bosch estiró el pie por debajo de la mesa y le pegó una patada a la silla que tenía delante. La silla salió disparada y el respaldo le dio al chico en la entrepierna. El joven detective se dobló en dos con un gruñido de dolor y se agarró a la silla para no caerse. Bosch sabía que la reputación de que gozaba jugaba a su favor. Tenía fama de trabajar solo, de pelear, de matar. «Venga —decían sus ojos—. Haz algo si tienes cojones.»

Pero el chico sólo lo miró, conteniendo su ira y humillación. Era un poli capaz de sacar la pistola, pero seguramente no de apretar el gatillo. En cuanto Bosch comprendió aquello, supo que le dejaría en paz.

Efectivamente, el joven policía sacudió la cabeza, agitó las manos como diciendo que ya había tenido bastante y volvió a su mesa.

—Denúnciame si quieres, chaval —le dijo Bosch.

—Vete a la mierda —replicó débilmente el joven. Bosch

sabía que no tenía nada que temer. El Departamento de Asuntos Internos nunca consideraría una bronca entre oficiales sin un testigo o una grabación que corroborara los hechos. La palabra de un poli contra otro era algo intocable en el departamento, porque en el fondo sabían que la palabra de un poli no vale una mierda. Por eso los de Asuntos Internos siempre trabajaban en parejas.

Una hora y siete cigarrillos más tarde, Bosch encontró lo que buscaba. En un informe de cincuenta hojas se topó con una fotocopia de otra instantánea del brazalete, así como las descripciones y fotos de los objetos desaparecidos en un robo al WestLand National Bank, un banco situado en la esquina de Sixth Avenue y Hill Street. Finalmente, Bosch fue capaz de recordar el cristal ahumado del edificio. «Un golpe a un banco en el que sólo se llevan joyas —pensó—. Qué raro.» Estudió la lista con detenimiento; era demasiado extensa para que se tratara de un atraco a mano armada. Sólo contando las de Harriet Beecham ya sumaban dieciséis joyas: ocho sortijas antiguas, cuatro brazaletes y cuatro pares de pendientes. Además, todas ellas estaban listadas bajo el epígrafe de robo, no atraco. Bosch miró en el dossier por si había algún resumen del delito, pero sólo encontró el nombre de una persona en el FBI: el agente especial E. D. Wish.

En ese momento Bosch se fijó en una esquina de la hoja donde se citaban tres días como fecha del robo; tres días consecutivos de la primera semana de septiembre. Bosch cayó en la cuenta de que se trataba del puente del día del Trabajo, un fin de semana en que los bancos cerraban tres días, por lo que el robo tuvo que ser un asalto a la cámara acorazada. ¿Con túnel incluido? Bosch se echó hacia atrás y reflexionó sobre todo ello. ¿Por qué no lo recordaba? Un golpe como aquél habría sido tema de actualidad durante días, y los de la oficina lo habrían comentado durante más tiempo aún. En ese instante recordó que él se encontraba en México tanto en el día del Trabajo, como durante las tres semanas siguientes. El golpe al banco había ocurrido durante su suspensión de un mes por el caso del Maquillador. Bosch se abalanzó sobre el teléfono y marcó un número.

—*Times*, ¿dígame?

—Hola, Bremmer. Soy Bosch. Qué, ¿aún trabajas los domingos?

—Ya ves. Me tienen aquí encerrado de dos a diez, sin libertad condicional. Y tú, ¿qué me cuentas? No sé nada de ti desde... lo del caso del Maquillador. ¿Qué tal por la División de Hollywood?

—Soportable..., de momento. —Bosch hablaba en voz baja para que no le oyera el detective de guardia.

—No pareces muy entusiasmado —comentó Bremmer—. Bueno, me han dicho que esta mañana encontraste un fiambre en la presa.

Joel Bremmer llevaba más tiempo escribiendo para el *Times* sobre casos policiales que el que la mayoría de policías llevaba en el cuerpo, Bosch incluido. Estaba al tanto de prácticamente todo sobre el departamento, y lo que no sabía, lo podía averiguar sin dificultad con una sola llamada. Hacía un año había telefoneado a Bosch para saber qué opinaba sobre su suspensión de empleo y sueldo de veintidós días; se había enterado antes que el propio Bosch. Normalmente el departamento odiaba al *Times*, ya que el periódico nunca se quedaba corto en sus críticas a la policía. Sin embargo, Bremmer era respetado y muchos agentes, como Bosch, confiaban en él.

—Sí, es mi caso —contestó Bosch—. De momento no está nada claro, pero necesito un favor. Si al final es lo que parece, te aseguro que te interesará.

Aunque Bosch sabía que no tenía por qué ofrecerle nada al periodista, quería dejar claro que podría haber algo para él más adelante.

—¿Qué necesitas? —preguntó Bremmer.

—Tú ya sabes que, gracias a los de Asuntos Internos, estuve de «vacaciones» el día del Trabajo. Pero ese día hubo...

—¿El robo por medio del túnel? ¿No me irás a preguntar por el robo al banco en el que desaparecieron un montón de joyas, bonos, acciones y quizás incluso droga?

Bosch notó que el tono del periodista iba subiendo a medida que hablaba. Sus conjeturas eran correctas; había habido un túnel y la historia había dado que hablar. Si Bremmer seguía así de interesado, seguro que era un caso de peso. De todas formas, a Bosch le extrañaba no haber oído nada sobre el asunto después de volver al trabajo en octubre.

—Sí, ése —contestó Bosch—. Como no estaba, me lo perdí. ¿Detuvieron a alguien?

—No, el caso sigue abierto. Creo que lo lleva el FBI.

—Me gustaría ver los recortes de prensa esta misma tarde. ¿Podría ser?

—Te haré copias. ¿Cuándo te vas a pasar?

—Dentro de un rato.

—Supongo que tendrá que ver con el fiambre de esta mañana, ¿no?

—Eso parece, pero no estoy seguro. Ahora mismo no puedo hablar. Si los federales llevan el caso, iré a verlos mañana. Por eso necesito los recortes esta tarde.

—Aquí estaré.

Después de colgar, Bosch examinó el brazalete en la fotocopia del FBI. No cabía duda de que se trataba de la misma joya que Meadows había empeñado, la misma que aparecía en la instantánea de Obinna. En la foto del FBI, el brazalete —con tres pececitos grabados sobre una ola de oro— rodeaba la muñeca de una mujer que, a juzgar por su piel manchada, debía de ser bastante mayor. Bosch dedujo que sería la de la propia Harriet Beecham, de setenta y un años, y que la foto la habrían tomado para la póliza de seguros. Miró de soslayo al detective de guardia, que seguía hojeando el catálogo de armas, y, tal como se lo había visto hacer a Jack Nicholson en una película, tosió ruidosamente a la vez que arrancaba la hoja del boletín. El detective alzó la cabeza, pero enseguida volvió a sus balas y pistolas. Mientras Bosch se guardaba la hoja en el bolsillo, sonó su busca. Bosch marcó el número de la comisaría de Hollywood, pensando que le llamaban para decirle que había otro cadáver para él. El que cogió la llamada era el sargento de guardia Art Crocket, a quien todo el mundo conocía por Davey.

—Harry, ¿estás en casa?

—No, estoy en el Parker Center. Tenía que hacer una consulta.

—Perfecto; así puedes pasarte por el depósito. Ha llamado un forense, un tal Sakai, diciendo que quiere verte.

—¿A mí?

—Me ha dicho que te dijera que ha pasado algo y que van a hacer esa autopsia hoy. Bueno, ahora mismo.

Bosch tardó cinco minutos en llegar al hospital County-USC y un cuarto de hora en encontrar aparcamiento. La oficina del médico forense estaba situada detrás de uno de los edificios del hospital que habían sido declarados en ruinas tras el terremoto de 1987; era una construcción prefabricada de color amarillo y dos pisos de altura, fea y sin gracia. Al cruzar las puertas de cristal por donde entraban los vivos, Bosch se topó con un detective con quien había trabajado a principios de los ochenta, cuando pertenecía a la brigada de vigilancia nocturna.

—Eh, Bernie —le saludó Bosch con una sonrisa.

—Vete al carajo, Bosch —le contestó Bernie—. Ni creas que tus fiambres son más importantes que los nuestros.

Bosch siguió al detective con la mirada mientras éste salía del edificio. Acto seguido entró en la recepción, torció a la derecha y recorrió un pasillo pintado de color verde dividido por dos puertas dobles. A medida que avanzaba, el olor se hacía más desagradable; era una combinación de muerte y desinfectante industrial, en el que dominaba la primera. Finalmente, Bosch llegó al vestuario de baldosas amarillas donde se cambiaban los forenses. Larry Sakai ya estaba allí, con la mascarilla y las botas de agua, poniéndose una bata de un solo uso sobre su uniforme de hospital. Bosch sacó otra bata de unas cajas que había sobre un mostrador de acero inoxidable y empezó a endosársela.

—¿Qué mosca le ha picado a Bernie Slaughter? —preguntó—. ¿Qué le habéis hecho para que se haya cabreado tanto?

—Querrás decir qué le has hecho tú, Bosch —dijo Sakai sin mirarle a la cara—. Ayer lo avisaron porque un chico de dieciséis años había matado a su mejor amigo, en Lancaster. En principio parece un accidente, pero Bernie está esperando a que comprobemos la trayectoria y el rastro de la bala para poder cerrar el caso. Yo le dije que lo haríamos hoy a última hora, así que lógicamente se ha presentado. Lo que pasa es que no vamos a hacerlo, porque a Sally le ha dado por empezar por el tuyo. No me preguntes por qué. Cuando traje el cadáver le echó un vistazo y dijo que lo haría hoy. Yo le dije que tendríamos que saltarnos un fiambre y él decidió saltarse el de Bernie. Cuando fui a avisarlo, Bernie ya venía para aquí; por eso está cabreado. Ya sabes que vive al otro lado de la ciudad, en Diamond Bar. Se ha pegado todo el viaje para nada.

Bosch, con la mascarilla, la bata y las botas, siguió a Sakai por el pasillo embaldosado que conducía a la sala de autopsias.

—Pues que se cabree con Sally, no conmigo —comentó Bosch.

Sakai no respondió. Ambos se dirigieron hacia la primera mesa, donde Billy Meadows yacía boca arriba, desnudo, y con la nuca apoyada sobre un taco de madera. En total había seis mesas de acero inoxidable, con canalones en los bordes, desagües en las esquinas y un cadáver en cada una. El doctor Jesús Salazar estaba examinando el pecho de Meadows, de espaldas a Bosch y Sakai.

—Buenas tardes, Harry. Te estaba esperando —dijo Salazar, sin darse la vuelta—. Larry, voy a necesitar unas cuantas preparaciones.

El forense se incorporó y se volvió hacia ellos. En su mano enguantada sostenía un trozo cuadrado de carne y tejido muscular de color rosado que depositó en una cazuelita de acero como las que se usan para hacer bizcochos. Salazar se la pasó a Sakai.

—Hazme tres secciones verticales, una de la punción y una de cada lado para comparar.

Sakai cogió la bandeja y salió de la sala con destino al laboratorio. Bosch vio que el cuadrado de carne procedía del pecho de Meadows, unos dos centímetros más arriba del pezón izquierdo.

—¿Qué has encontrado? —preguntó Bosch.

—Aún no estoy seguro; ya veremos. La cuestión es: ¿qué has encontrado tú? Sakai me ha dicho que le habías pedido una autopsia para hoy. ¿Por qué?

—Le dije que lo necesitaba para hoy porque quería que lo hicierais mañana. Pensaba que al final habíamos quedado en eso.

—Sí, ya me lo dijo, pero me ha picado la curiosidad. Ya sabes que me encantan los misterios, Harry. ¿Qué te hizo pensar que éste «olía a chamusquina», como decís vosotros los detectives?

«Ya no lo decimos —pensó Bosch—. Si la expresión sale en las películas y la oye gente como Salazar, es que ya no la usa nadie.»

—En ese momento había algunas cosas que no encajaban —respondió Bosch—. Ahora hay más. Para mí está claro que es un asesinato; de misterio nada.

—¿Qué cosas?

Bosch sacó su libreta de notas y comenzó a pasar las páginas mientras explicaba lo que le había llamado la atención cuando encontraron el cadáver: el dedo roto, la ausencia de huellas en la tubería, la camisa que le tapaba la cabeza...

—Tenía todo el equipo para chutarse en el bolsillo, y también le encontramos una olla, pero no me convence. Yo creo que se la plantaron para despistar y que el pico que le mató es ese del brazo; las otras cicatrices son viejísimas. Hacía años que no se picaba en los brazos.

—En eso tienes razón. Aparte de ése, la zona de la ingle es el único lugar donde los pinchazos son recientes. El interior de los muslos es una zona que se usa para ocultar la adicción. Pero, de todos modos, podría ser la primera vez que volvía a pincharse en los brazos. ¿Qué más tienes?

—Estoy casi seguro de que fumaba, pero no había ningún paquete de tabaco junto al cadáver.

—¿No podrían habérselo robado antes de que encontrarais el cuerpo? ¿Un vagabundo, por ejemplo?

—Sí, pero ¿por qué iba a llevarse los cigarrillos y no el equipo? Luego está su apartamento. Alguien lo ha registrado de arriba abajo.

—Tal vez lo hizo alguien que lo conocía y buscaba droga.

—Sí, podría ser —replicó Bosch mientras pasaba unas cuantas páginas de su libreta—. El equipo que encontramos en el cadáver contenía un algodón con cristales marrón claro. He visto suficiente heroína mexicana como para saber que tiñe el algodón de un marrón oscuro, a veces negro. O sea, que la heroína que se metió era de la buena, probablemente extranjera. Eso no encaja con su estilo de vida; es una droga de ricos.

Salazar reflexionó un instante antes de decir:

—Son muchas suposiciones, Harry.

—Lo último que he encontrado es que estaba metido en un asunto sucio, aunque acabo de empezar a investigarlo.

Bosch le hizo un breve resumen de lo que sabía sobre el brazalete y su robo, primero de la cámara acorazada del banco y luego de la casa de empeños. Aunque Salazar era forense, Bosch siempre había confiado en él y sabía que a veces resultaba útil si le proporcionaba otros detalles sobre el caso. Bosch y Salazar se habían conocido en 1974, cuando Bosch era patrullero y Sally el nuevo ayudante del forense. Un día enviaron a Bosch a montar guardia y controlar la muchedumbre en 54 East Street, en South-Central, donde un tiroteo con el Ejército Simbiótico de Liberación había terminado con una casa totalmente arrasada por el fuego y cinco cadáveres entre las ruinas. A Sally le tocó determinar si entre las cenizas quedaba una sexta persona: Patty Hearst. Los dos pasaron allí tres días y, cuando Sally finalmente se rindió, Bosch ganó la apuesta. Bosch había apostado que ella seguía viva en alguna parte.

La historia del brazalete pareció aplacar las dudas de Sally sobre la muerte de Billy Meadows. Con energías renovadas, el forense se volvió hacia el carrito donde yacían sus instrumentos quirúrgicos y lo acercó a la mesa de acero. A continuación puso en marcha una grabadora, cogió un bisturí y unas podaderas de jardinero y anunció:

—A trabajar.

Bosch retrocedió un poco para que Salazar no le salpicara, apoyándose contra un mostrador donde descansaba una bandeja llena de cuchillos, sierras y bisturís. Al hacerlo, se fijó en una nota pegada a la bandeja que decía: «Para afilar».

Salazar examinó el cadáver de Billy Meadows y comenzó a describirlo:

—Hombre de raza blanca, bien desarrollado, ciento setenta y cinco centímetros de estatura, setenta y cuatro kilos de peso. Su aspecto general coincide con la edad oficial de cuarenta años. El cuerpo está frío y sin embalsamar y presenta síntomas de rígor mortis y lividez uniforme en la parte posterior.

Bosch empezó observando a Salazar pero, al ver la bolsa de plástico con la ropa de Meadows junto a la bandeja del instrumental, se dirigió a ella y la abrió. Al hacerlo, le asaltó un fuerte olor a orina que le transportó momentáneamente a la sala de estar del apartamento de Meadows. Bosch se puso unos guantes de goma mientras Salazar seguía con su examen del cadáver.

—El dedo índice izquierdo muestra una clara fractura sin que se observe laceración, petequia o hemorragia.

Bosch miró por encima del hombro del forense y lo vio doblando el dedo roto con el extremo romo del bisturí, al tiempo que se dirigía a la grabadora. Salazar terminó la descripción externa del cuerpo con una mención a los pinchazos.

—Se observan heridas con hemorragia en forma de punzadas de tipo hipodérmico en la parte interior y superior de los muslos, así como en la parte anterior del brazo izquierdo. La puntura del brazo rezuma algo de fluido corporal y parece más reciente. No se ha formado costra. Se aprecia otra puntura sobre el pecho izquierdo, algo mayor que las causadas por la aguja hipodérmica.

Salazar tapó con la mano el micrófono de la grabadora y le dijo a Bosch:

—Le he pedido a Sakai que me haga unas preparaciones del pinchazo del pecho. Parece interesante.

Bosch asintió con la cabeza, se volvió hacia la mesa y empezó a extender la ropa de Meadows. Detrás de él, Salazar usaba las tijeras de podar para abrir el pecho del cadáver.

El detective dio la vuelta a los bolsillos y examinó el forro. Luego volvió los calcetines del revés y estudió cuidadosamente el interior de los pantalones y la camisa, pero no encontró nada. Finalmente cogió un bisturí de la bandeja «para afilar» y cortó la costura del cinturón de Meadows, haciéndolo pedazos. Tampoco había nada. En ese momento oyó que Salazar decía:

—El bazo pesa ciento veinte gramos. La cápsula está intacta, ligeramente arrugada y el parénquima es lila oscuro y con trabéculas.

Bosch había oído todo aquello cientos de veces. La mayoría de lo que el patólogo le contaba a la grabadora carecía de significado para el detective. Él tan sólo esperaba las conclusiones: ¿qué fue lo que mató a la persona que yacía en la fría mesa de acero? ¿Quién y cómo lo hizo?

—La pared de la vesícula biliar es muy fina —prosiguió Salazar—. Contiene unos cuantos centímetros cúbicos de bilis verdosa, sin piedras.

Bosch volvió a meter la ropa en la bolsa de plástico y la cerró inmediatamente. A continuación sacó los zapatos de trabajo de Meadows de otra bolsa. Bosch reparó en que en su interior había un polvillo rojizo; otra prueba de que el cuerpo había sido arrastrado. Los tacones debían de haber rascado el lodo seco del fondo de la tubería y parte del polvo levantado debió de colarse en los zapatos:

—La mucosa de la vejiga está intacta y sólo contiene cincuenta gramos de orina de un tono amarillo pálido —dijo Salazar—. Los órganos genitales externos y la vagina son normales.

Bosch se volvió de golpe. Salazar tenía tapado el micrófono de la grabadora.

—Perdona, Harry —dijo—. Ha sido una broma de forense. Sólo quería saber si estabas escuchando. ¿Y si te toca testificar sobre el caso y tienes que corroborar mi opinión?

—Lo dudo —replicó Bosch—. A nadie le interesa matar de aburrimiento al jurado.

Salazar encendió la pequeña sierra mecánica que empleaba para abrir cráneos y que sonaba como una fresa de dentista. Bosch se volvió de nuevo hacia los zapatos y observó que estaban bien embetunados y cuidados. Las suelas de goma parecían bastante nuevas y, clavada en uno de sus surcos, encontró una piedrecita blanca. Cuando Bosch la sacó con el bisturí descubrió que se trataba de un trozo de cemento. Enseguida pensó en el polvo blanco que había visto sobre la moqueta del armario de Meadows, y se preguntó si el polvo o el trozo de cemento coincidirían con el de la cámara acorazada del WestLand Bank. Aunque, si los zapatos estaban tan bien cuidados, ¿se habría quedado un trozo de cemento en la suela durante los nueve meses que habían transcurrido desde el robo? No era muy probable. El cemento tal vez estuviera relacionado con la excavación del metro, si es que Meadows había trabajado en ese proyecto. Finalmente, Bosch metió el pedazo de cemento en un sobre de plástico y se lo guardó en el bolsillo junto con los otros objetos que había ido recogiendo durante el día.

—El examen de la cabeza y los contenidos del cráneo no revela ningún traumatismo, condiciones patológicas o anomalías congénitas —concluyó Salazar—. Atento, Harry: voy a hacer el dedo.

Bosch introdujo los zapatos en la bolsa de plástico y regresó a la mesa de operaciones, justo en el momento en que el forense colocaba una radiografía frente a una ventana.

—¿Ves estos fragmentos? —preguntó, mientras señalaba unos puntitos blancos en el negativo. Había tres de ellos cerca de la articulación fracturada—. Si fuera una fractura antigua, se habrían movido hacia la articulación. En la radiografía no se ven cicatrices, pero voy a echar un vistazo.

Salazar se dirigió al cadáver e hizo una incisión en forma de T en la piel que cubría la articulación del dedo. Al levantar la piel, metió el bisturí y palpó la carne rosada.

—No..., no..., nada, nada. Esto es post mórtem, Harry —decidió—. ¿Crees que ha sido uno de los míos?

—No lo sé —respondió Bosch—. No lo parece. Sakai dice que él y su esbirro fueron con mucho cuidado, y está claro que yo no he sido. Oye, ¿y por qué no está rasgada la piel?

—Buena pregunta. No lo sé. El dedo se rompió sin que se dañara la piel, no sé cómo. —Salazar meditó un instante—. Aunque supongo que no es tan difícil; si tienes valor, coges el dedo y le das un tirón seco. Así.

Salazar se trasladó al otro lado de la mesa, levantó la mano derecha de Meadows y le dio un tirón hacia atrás. Sin embargo, no logró hacer fuerza suficiente para romper la articulación.

—Es más difícil de lo que creía —comentó—. Quizá le golpearon con un objeto romo de algún tipo... Algo que no destrozara la piel.

Cuando Sakai llegó con las preparaciones quince minutos más tarde, Salazar había completado la autopsia y estaba cosiendo el pecho de Meadows con un bramante grueso. Luego empleó una manguera que colgaba del techo para limpiar el cuerpo y mojarle el pelo. Con una cuerda, Sakai le ató las piernas y unió los brazos al cuerpo para que no se movieran durante las distintas fases del rígor mortis. Bosch se fijó en que la cuerda atravesaba el tatuaje del brazo de Meadows justo por el cuello de la rata.

Salazar cerró los párpados de Meadows con el pulgar y el dedo índice.

—Llévatelo al depósito —le ordenó a Sakai. A continuación se dirigió a Bosch—: Veamos esas preparaciones. Lo que me ha llamado la atención es que el agujero era mayor que el que dejaría una hipodérmica. Además la situación, en el pecho, es poco corriente. La puntura es claramente ante mórtem, quizá peri mórtem, porque había muy poca hemorragia. Pero la herida no tiene costra, por lo que tuvo que producirse poco antes o en el mismo momento de la muerte. Tal vez sea la causa que estamos buscando, Harry.

Salazar se acercó al microscopio que había en el mostrador al fondo de la sala, y tras fijar el portaobjetos, se inclinó sobre los binoculares para examinar la preparación.

—Qué interesante —dijo al cabo de medio minuto.

Después echó un vistazo a las otras muestras y, cuando hubo acabado, volvió a colocar la primera en la platina.

—Vale. Lo que he hecho ha sido extraer una sección de dos centímetros y medio de la zona del pecho situada alrededor del pinchazo. La sección tiene unos tres centímetros y medio de profundidad. Esta preparación es una disección vertical del recorrido de la perforación. ¿Me sigues?

Bosch asintió.

—Muy bien. Es un poco como cortar una manzana para mostrar el agujero del gusano. La disección muestra el camino de la perforación y cualquier impacto o daño causado. Mira.

Al inclinarse sobre la lente del microscopio, Bosch vio una línea de perforación de unos dos centímetros y medio de profundidad que atravesaba la piel y llegaba al músculo, haciéndose cada vez más estrecha. En el área más profunda, el color rosado del tejido muscular se tornaba de un marrón oscuro.

—¿Y qué significa? —preguntó.

—Significa —explicó Salazar— que el pinchazo atravesó la piel, la capa de grasa fibrosa y fue directo al músculo pectoral. ¿Te has fijado en el color oscuro del tejido muscular alrededor de la puntura?

—Sí.

—Eso es porque está quemado.

Bosch dejó de mirar por el microscopio y se volvió hacia Salazar. En ese momento le pareció atisbar una sonrisita tras la mascarilla del patólogo.

—¿Quemado?

—Con una pistola de dardos tranquilizadores —contestó Salazar—. Una de esas que dispara electrodos que perforan la piel unos tres o cuatro centímetros. Aunque en este caso es posible que le clavaran el electrodo en el pecho más a fondo de modo manual.

Bosch reflexionó un momento: una pistola de ese tipo

sería casi imposible de localizar. En ese instante Sakai regresó y se puso a observarlos, apoyado sobre un mostrador junto a la puerta. Salazar sacó del carrito del instrumental dos viales llenos de sangre y otros dos llenos de un líquido amarillento. A su lado también había una pequeña cubeta de metal con un bulto marrón que, gracias a su experiencia en aquella sala, Bosch identificó como el hígado.

—Larry, esto es para el análisis de sustancias tóxicas —explicó Salazar. Sakai cogió las muestras y se las llevó al laboratorio.

—¿Me estás hablando de tortura, de descargas eléctricas? —preguntó Bosch.

—Eso parece —respondió el forense—. No creo que eso lo matara porque el trauma es demasiado pequeño, pero seguramente fue suficiente para sonsacarle información. Como ya sabrás, una descarga eléctrica puede resultar muy persuasiva. Con el electrodo en el pecho, el sujeto habría notado la electricidad directamente en el corazón, lo cual lo habría paralizado. Después de decirles lo que sabía, seguramente no le restó otra opción que mirar mientras le inyectaban una dosis letal de heroína en el brazo.

—¿Podemos probarlo?

Salazar bajó la cabeza, deslizó su dedo por debajo de la mascarilla y se rascó el labio. A todo esto, Bosch se moría de ganas de fumarse un cigarrillo. Llevaba ya casi dos horas en aquel lugar.

—¿Probarlo? —repitió Salazar—. Médicamente no. Los análisis de sustancias tóxicas estarán listos dentro de una semana. Digamos que salen positivos: sobredosis de heroína. ¿Cómo probamos que fue otra persona quien se la inyectó y no él mismo? Médicamente no es posible, aunque sí podemos demostrar que a la hora de la muerte, o un poco antes, se produjo un asalto traumático sobre el cuerpo en forma de descarga eléctrica. El sujeto estaba siendo torturado. Después de morir, sufrió una fractura inexplicable del índice izquierdo. —Tras volverse a rascar, Salazar concluyó—: Yo testificaría que fue homicidio. La totalidad de las pruebas médicas apuntan a que se trata de una muerte causada por terceros, pero por el momento no hay pruebas suficientes. Esperaremos al resultado de los análisis y luego ya veremos.

Bosch escribió un resumen de lo que Salazar había dicho para usarlo en su informe.

—Desde luego —añadió Salazar— una cosa es lo que yo crea y otra muy distinta probarlo ante un jurado más allá de toda duda razonable. Tendrás que encontrar esa pulsera y averiguar por qué alguien iba a torturar y asesinar por ella.

Bosch cerró su libreta y empezó a quitarse la bata desechable.

El sol del atardecer había teñido el cielo de un rosa y naranja subidos como el equipo de un surfista. «Qué falso», pensó Bosch mientras conducía hacia el norte por la autopista, de camino a casa. Los atardeceres en Los Ángeles siempre eran así; uno se olvidaba de que era la contaminación lo que hacía que los colores brillaran tanto, de que detrás de cada imagen de postal a menudo se ocultara una historia horrible.

El sol flotaba como una bola de cobre al otro lado de la ventanilla del conductor, mientras por la radio sonaba *Soul Eyes,* de John Coltrane. En el asiento derecho yacía la carpeta con los recortes de periódico que le había dado Bremmer, y encima de ellos, un paquete de seis latas de cerveza. Bosch cogió la salida de Barham y luego enfiló Woodrow Wilson en dirección a las colinas que se alzaban sobre Studio City. Su casa era poco más que una cabaña de madera con una sola habitación, algo más amplia que un garaje de Beverly Hills. La construcción sobresalía de la montaña y se sustentaba por tres pilones de acero en el centro. No era precisamente el mejor lugar donde cobijarse durante un temblor de tierra, ya que parecía retar a la Madre Naturaleza a que lo empujara colina abajo como un trineo. Pero la panorámica valía la pena; desde la terraza trasera se veía más allá de Burbank y Glendale, hacia el noreste. También se divisaba el perfil púrpura intenso de las montañas de Pasadena y Altadena, y a veces incluso se vislumbraban las nubes del humo y el resplandor anaranjado de los frecuentes incendios de monte bajo. Por la noche disminuía el ruido de la autopista que yacía a sus pies y los focos de los estudios Universal barrían el cielo. Al contemplar el valle de San Fernando, a Bosch le invadía una sensación inexplicable de poder. Aquélla había sido una razón, la más importante, por la que había escogido aquella casa y por la que nunca se mudaría de allí.

Bosch la había comprado hacía ocho años con una entrada de cincuenta mil dólares, antes del auge inmobiliario. Aquello le había dejado con una hipoteca de mil cuatrocientos dólares al mes, suma que podía permitirse, ya que sus únicos gastos se reducían a comida, alcohol y jazz.

El dinero de la entrada procedía de una productora que compró los derechos para usar su nombre en una miniserie de televisión basada en los asesinatos de unas propietarias de institutos de belleza de Los Ángeles. Bosch y su compañero estaban interpretados por dos actores de televisión de escasa fama. Su compañero cogió sus cincuenta de los grandes y su jubilación y se mudó a Ensenada; Bosch invirtió su dinero en una casa que no sabía si resistiría el siguiente terremoto, pero que le hacía sentirse el príncipe de la ciudad.

A pesar de su decisión de no volver a mudarse, Jerry Edgar, su actual compañero, que también trabajaba como agente inmobiliario, le había informado de que la casa había triplicado su valor desde que la compró. Siempre que salía el tema de la vivienda, lo cual sucedía a menudo, Edgar le aconsejaba a Bosch que vendiera su casa y se comprara otra mejor. Edgar quería una venta más, pero a Bosch le gustaba quedarse donde estaba.

Cuando llegó a la casa sobre la colina, ya era de noche. Bosch se bebió la primera cerveza en la terraza trasera, de pie y con la mirada perdida en las luces de la ciudad. La segunda se la tomó sentado en su butaca de vigilancia, con la carpeta cerrada sobre el regazo. Al no haber comido nada en todo el día, las cervezas le subieron deprisa; se sentía aletargado y nervioso, además de hambriento. Finalmente fue a la cocina y se preparó un bocadillo de pavo. Con el bocadillo y una tercera cerveza en la mano, volvió a la butaca.

Después de comer, sacudió las migas que habían caído sobre la carpeta y la abrió. Dentro había cuatro artículos del *Times* sobre el asalto al WestLand, que leyó en orden de publicación. El primero era tan sólo una nota breve, en la página 3 de la sección local, que daba la información recogida el martes en que se descubrió el asalto. En aquel momento, la policía y el FBI no tenían mucho interés en hablar con la prensa o en dar a conocer al público lo que había ocurrido.

SE INVESTIGA ASALTO A UN BANCO

Durante el largo fin de semana una cantidad desconocida de artículos de valor fue robada del céntrico WestLand National Bank, según informaron fuentes oficiales ayer martes.

El robo, que está siendo investigado por el FBI y el Departamento de Policía de Los Ángeles, fue descubierto cuando los directores de la sucursal situada en la esquina de Hill Street y Sixth Avenue entraron a trabajar y vieron que la cámara acorazada había sido desvalijada, tal como nos explicó el agente especial John Rourke.

Rourke declaró que todavía no se había estimado el alcance de las pérdidas, pero fuentes cercanas a la investigación apuntan a que los ladrones se llevaron más de un millón de dólares en joyas y otros artículos de valor.

Rourke no quiso dar detalles de cómo los asaltantes habían

logrado acceder a la cámara, aunque confirmó que el sistema de alarma no había funcionado correctamente.

Un portavoz del WestLand se negó el martes a hacer declaraciones sobre el robo. Las autoridades han informado de que por el momento no se han producido detenciones ni existen sospechosos.

Bosch tomó nota del nombre de John Rourke y pasó al siguiente artículo, que era mucho más extenso. Se había publicado el jueves, en la primera página de la misma sección. El artículo estaba encabezado por un gran titular a dos líneas acompañado de una fotografía en la que un hombre y una mujer miraban un enorme agujero, aproximadamente del tamaño de una persona, en el suelo de la cámara acorazada. Detrás de ellos se veían varias filas de cajas fuertes, cuyas puertas estaban casi todas abiertas. El artículo iba firmado por Bremmer.

MÁS DE DOS MILLONES ROBADOS GRACIAS
A UN TÚNEL EXCAVADO
BAJO LA CÁMARA ACORAZADA DURANTE
EL FIN DE SEMANA

El artículo ampliaba la información de la primera historia, añadiendo el detalle de que los ladrones habían construido un túnel para llegar al banco, excavando unos ciento cincuenta metros desde una alcantarilla que discurría por debajo de Hill Street. La crónica añadía que habían usado un explosivo para atravesar el suelo de la cámara acorazada. Según fuentes del FBI, los ladrones seguramente pasaron los tres días festivos forzando las cajas fuertes. Se creía que el túnel que iba desde la cloaca a la cámara había sido excavado durante las siete u ocho semanas anteriores al golpe.

Bosch se apuntó que debía preguntar al FBI cómo habían abierto el túnel. Si habían empleado maquinaria pesada, la alarma tendría que haber saltado, ya que la mayoría de alarmas de bancos no sólo detectan sonido, sino vibraciones en el subsuelo. Además estaba el explosivo: ¿por qué no se había disparado la alarma?

Bosch pasó al tercer artículo, publicado al día siguiente del segundo. Éste no lo había escrito Bremmer, aunque también aparecía en la portada de la sección local. Era un reportaje sobre las decenas de personas que habían hecho cola delante del banco para averiguar si sus cajas fuertes se encontraban entre las que habían sido desvalijadas. El FBI los escoltó hasta la cámara acorazada, donde les tomó declaración. Bosch se leyó el artículo por encima y descubrió que las historias coincidían; la mayoría de gente estaba furiosa, decepcionada o ambas cosas al haber perdido objetos que habían depositado en el banco creyendo que estarían más seguros que en sus casas. Casi al final del artículo se mencionaba a Harriet Beecham, a quien el periodista entrevistó al salir del banco. Beecham se lamentaba de haber perdido su colección de objetos preciosos fruto de toda una vida de viajes alrededor del mundo con su difunto marido, Harry. Al parecer, mientras hablaba, Beecham se enjugaba las lágrimas con un pañuelo de encaje.

—He perdido los anillos que me compró en Francia y una pulsera de oro y jade de México —dijo Beecham—. Quien haya hecho esto me ha robado mis recuerdos.

«Qué melodramático.» Bosch se preguntó si la última cita se la habría inventado el periodista.

El cuarto artículo estaba fechado una semana más tarde. Lo firmaba Bremmer, era breve y lo habían desterrado al final de la sección local, donde metían las noticias sobre la periferia de Los Ángeles. Bremmer explicaba que la investigación del caso WestLand había pasado a ser exclusiva del FBI. El Departamento de Policía de Los Ángeles había proporcionado un apoyo inicial, pero una vez se agotaron las primeras pistas, el caso había pasado a manos de los federales. El artículo volvía a citar al agente especial Rourke, que aseguraba que seguían trabajando intensamente en el caso, pero que aún no se había descubierto nada ni se había identificado a ningún sospechoso. Hasta entonces tampoco había aparecido ninguno de los objetos de valor.

Bosch cerró la carpeta. El caso era demasiado importante para que el FBI se desentendiera de él como si se tratase de un vulgar atraco. Bosch se preguntó si Rourke decía la verdad sobre la ausencia de sospechosos o si habrían barajado el nombre de Meadows. Hacía dos décadas Meadows había luchado y vivido en las galerías excavadas bajo los pueblos del sur de Vietnam. Como todos los soldados especializados en túneles, conocía perfectamente las técnicas de demolición, aunque sólo las usaban para cerrar túneles. ¿Habría aprendido Meadows cómo abrir un boquete en el suelo de cemento y acero de una cámara acorazada? En ese instante Bosch cayó en la cuenta de que Meadows no tenía por qué saberlo, ya que sin duda el robo al WestLand Bank era obra de más de una persona.

Bosch se levantó a buscar otra cerveza de la nevera y, antes de volver a su butaca de vigilancia, se dirigió al dormitorio para sacar un viejo álbum de dentro de un cajón. Ya de vuelta, se bebió la cerveza de un trago y abrió el álbum. Entre sus páginas apareció un montón de fotos sueltas; siempre había querido pegarlas, pero nunca había encontrado el momento. Era un álbum que no hojeaba casi nunca; las páginas amarilleaban y se habían tornado quebradizas como los recuerdos evocados por las fotos. Bosch iba cogiéndolas una por una para examinarlas con atención, y al hacerlo comprendió que aquélla era la razón por la cual no las había pegado. Le gustaba el ritual de acariciarlas entre los dedos.

Al igual que la foto que había encontrado en el apartamento de Meadows, éstas habían sido tomadas en Vietnam y eran en blanco y negro por la simple razón que en aquella época en Saigón era lo más barato. Bosch aparecía en algunas imágenes, pero casi todas las había sacado él con la vieja Leica que le había regalado su padre adoptivo antes de embarcarse. Habían discutido porque su padre adoptivo no quería que se alistara. Cuando le regaló la cámara, Harry la aceptó. Sin embargo, Bosch no era de esos que contaban historias, por lo que las fotos habían quedado olvidadas entre las páginas del álbum, sin pegar y sin apenas ser miradas.

El único tema recurrente de aquellas imágenes eran las caras sonrientes y los túneles. En casi todas aparecían soldados en poses desafiantes frente a un agujero del que acababan de salir; que acababan de conquistar. A alguien ajeno a aquella guerra subterránea le hubieran parecido extrañas, e incluso fascinantes, pero a Bosch le daban miedo, como esas imágenes de gente atrapada en coches siniestrados esperando a que los saquen los bomberos. Las fotos mostraban las caras de aquellos que habían sobrevivido al infierno para sonreír a la cámara. «Ir del azul al negro» era como llamaban a entrar en el túnel; cada soldado era un eco negro. A pesar de que dentro sólo había muerte, ellos seguían entrando.

Al pasar una página rota, Bosch topó con el rostro de Billy Meadows. No había duda de que la foto había sido tomada unos minutos después de la que Bosch había encontrado en el apartamento; era el mismo grupo de soldados, la misma trinchera y el mismo túnel, sector del Eco, distrito de Cu Chi. Bosch no salía en la foto porque era el que la sacaba. La Leica había capturado perfectamente la mirada perdida de Meadows y aquella sonrisa que le quedaba cuando iba colocado. Tenía la piel pálida como la cera, pero tersa. Había capturado al Meadows auténtico, pensó Bosch mientras devolvía la foto a su lugar y pasaba a la siguiente página. En ella había una instantánea de Bosch solo. Al verla, recordó claramente haber colocado la cámara en una mesa de madera, haber preparado el temporizador y haberse puesto delante del objetivo. En la foto, Bosch no llevaba camisa y el sol que entraba por la ventana de la cabaña iluminaba el tatuaje sobre su hombro bronceado. Desenfocada detrás de él, en el suelo de paja de la cabaña se vislumbraba la oscura boca de un túnel cuyo contorno, desdibujado y amenazador, era como la boca escalofriante del cuadro de Edvard Munch, *El grito*.

El túnel se hallaba en un pueblo al que llamaron «Timbuk 2», un dato que Bosch sabía con certeza porque había sido su última incursión subterránea. En la foto él tenía unas ojeras enormes y no sonreía. Y al mirarla de nuevo tampoco sonrió; la sostuvo con las dos manos frotando distraídamente los bordes con los pulgares. Estuvo así un buen rato hasta que la fatiga y el alcohol lo hundieron en un estado de semiconsciencia, casi un sueño. Bosch empezó a recordar el último túnel y a Billy Meadows.

Entraron tres, pero salieron dos.

Habían descubierto el túnel durante un reconocimiento de rutina en un pueblecito del sector E. El pueblo no tenía nombre, así que los soldados lo bautizaron como Timbuk 2. En ese momento el ejército no paraba de descubrir túneles, por lo que no había suficientes ratas para examinarlos. Cuando encontraron aquel agujero en una cabaña, bajo una cesta de arroz, el sargento al mando no quiso esperar a que le enviaran ratas. Quería continuar la ofensiva, pero sabía que antes tenía que examinar el túnel y por esa razón tomó una decisión típica de aquella guerra; mandó a tres de sus propios hombres. Los chicos eran tres novatos, totalmente aterrorizados, que como mucho llevaban tres semanas en el país. El oficial les dijo que no fueran muy lejos, que simplemente colocaran los explosivos y salieran rápidamente, cubriéndose los unos a los otros. Los tres soldaditos obedecieron y entraron en el agujero, pero al cabo de media hora sólo salieron dos.

Los dos que lograron salir explicaron que se habían separado al entrar, ya que el túnel se ramificaba en distintas direcciones. Mientras le contaban esto al oficial, se oyó un enorme estruendo y el túnel escupió una gran nube de humo y polvo. Las cargas de C-4 habían detonado. El teniente decidió que no abandonarían la zona sin el hombre que faltaba, así que toda la compañía tuvo que esperar un día entero a que el humo y el polvo se asentaran. Fue entonces cuando llegaron dos ratas verdaderas: Harry Bosch y Billy Meadows. A él le daba igual si el soldado había muerto, les dijo el teniente. Quería que lo sacaran de ahí. No iba a abandonar a uno de sus hombres en aquel agujero.

—Sacadlo de ahí para que podamos enterrarlo como Dios manda —ordenó el teniente.

—Nosotros tampoco dejaríamos ahí a uno de los nuestros —añadió Meadows.

Cuando Bosch y Meadows descendieron por el agujero, descubrieron que éste daba a una cámara llena de cestas de arroz y de la que arrancaban otros tres pasadizos. Dos de ellos habían quedado sellados tras la explosión de C-4, pero el tercero seguía abierto. Aquél era el camino que había seguido el soldado perdido, y ésa fue la ruta que ellos tomaron.

Los dos hombres gatearon por el túnel, con Meadows a la cabeza, cuidando de utilizar la linterna lo mínimo posible. Al cabo de un rato llegaron a un lugar sin salida. Meadows palpó el suelo de tierra hasta que encontró una trampilla oculta; la levantó con esfuerzo y ambos descendieron al siguiente nivel del laberinto. Sin mediar palabra, Meadows señaló con el dedo y se marchó en una dirección. Bosch sabía que tenía que tomar la dirección opuesta y que a partir de ese instante estarían solos, a no ser que el Vietcong estuviera esperándolos más allá. Bosch avanzó por un pasadizo tortuoso, sofocante y maloliente. Notó el olor del soldado perdido antes de verlo. Estaba sentado en medio de aquel pasadizo con las piernas tiesas y abiertas, y las puntas de los zapatos hacia arriba. Muerto. El cuerpo descansaba sobre una estaca clavada en el suelo, atado a ella con un alambre que le cortaba la piel del cuello. Bosch no lo tocó, temiendo que fuera una trampa. Apuntó el haz de la linterna a la herida y siguió el rastro de sangre seca que le manchaba el pecho. El hombre llevaba una camiseta verde con su nombre en letras blancas. «Al Crofton», se leía bajo la costra de sangre sobre la que revoloteaban unas moscas. Bosch se preguntó cómo los insectos habrían llegado tan abajo. Siguió examinando el cuerpo con la linterna, y al llegar a la entrepierna descubrió que ésta también tenía el color oscuro de la sangre seca. Los pantalones estaban desgarrados, como si Crofton hubiera sido atacado por un animal salvaje. Bosch sintió que le escocían los ojos por el sudor que resbalaba de su frente y su respiración se tornaba más audible y acelerada de lo que hubiera deseado. Aunque era perfectamente consciente de ello, era incapaz de controlarlo. Entonces se percató de que el brazo izquierdo de Crofton yacía junto a su muslo. Cuando enfocó con la linterna, vio sus testículos ensangrentados en la palma de la mano. Bosch contuvo las arcadas, pero su respiración se aceleró aún más. Se llevó las manos a la boca para intentar recuperar la calma, pero no lo consiguió. Había perdido el control, totalmente presa del pánico. Tenía veinte años y se sentía aterrorizado, atrapado entre unas paredes que se cernían sobre él como tenazas. Se apartó del cuerpo y dejó caer la linterna, todavía enfocada sobre Crofton. Después de pegar unas cuantas patadas a las paredes, se acurrucó adoptando una posición fetal. El sudor de sus ojos se convirtió en un llanto silencioso. Éste dio paso a unos fuertes sollozos que sacudieron todo su cuerpo y probablemente resonaron hasta el lugar donde esperaba el enemigo. Hasta el mismísimo infierno.

Segunda parte

Lunes, 21 de mayo

Bosch se despertó en su butaca de vigilancia hacia las cuatro de la mañana. Había dejado abierta la puerta corredera de la terraza y el viento de Santa Ana hinchaba las cortinas de forma fantasmal. El sudor causado por el calor y el sueño se había secado, dejando una película salada sobre la piel. Bosch salió a la terraza y se apoyó en la barandilla de madera para contemplar las luces del valle. Hacía un buen rato que los focos de los estudios Universal se habían apagado y el rumor del tráfico había desaparecido. A lo lejos, quizás en Glendale, Bosch detectó el batir de las hélices de un helicóptero. Aguzó la vista y descubrió una luz roja que sobrevolaba la ciudad. No trazaba círculos ni llevaba un foco; que no se trataba de la policía. En ese momento Bosch percibió en el viento rojizo un ligero olor acre, a insecticida.

Bosch volvió adentro y cerró la puerta corredera. Pensó en acostarse, pero sabía que no conseguiría conciliar el sueño. Para él era normal dormir profundamente al principio de la noche, pero no al final. O no dormir nada hasta que el sol dibujaba suavemente el contorno de las montañas sobre la niebla de la mañana.

Aunque Bosch había ido a la clínica de la Asociación de Veteranos de Sepúlveda, los psicólogos no le habían servido de ayuda. Le dijeron que pasaba por una etapa en la que dormiría profundamente, pero con pesadillas. A continuación sufriría meses de insomnio, ya que su mente se defendería del terror que le acechaba al dormir. Según el médico, su cerebro había reprimido la angustiosa experiencia vivida en la guerra y si quería descansar de noche, Bosch tenía que enfrentarse a esos sentimientos durante el día. Lo que el doctor no comprendía era que lo hecho, hecho está. Era imposible volver atrás para reparar lo que había ocurrido; es inútil poner una tirita sobre un alma herida.

Bosch se duchó y se afeitó. Al mirarse en el espejo, recordó lo dura que había sido la vida con Billy Meadows. Aunque tenía muchas canas, Harry conservaba una cabellera abundante y rizada y, aparte de las ojeras, todavía ofrecía un aspecto joven y atractivo. Después de limpiarse la espuma de afeitar, se puso su traje de verano beige y una camisa azul celeste. En una percha del armario encontró una corbata granate con un estampado de cascos de gladiador que no estaba descolorida ni demasiado arrugada, se la ajustó con el alfiler del 187, se enfundó la pistola en el cinto y se adentró en la oscuridad que precedía al alba.

Bosch condujo hasta el centro para tomarse una tortilla, tostadas y café en el Pantry, un bar de Figueroa Street que permanecía abierto las veinticuatro horas del día. En el interior, un cartel anunciaba con orgullo que el establecimiento nunca había pasado un solo instante sin clientes desde antes de la Depresión. Al darse la vuelta, comprobó que el peso de aquel récord recaía sobre él, ya que estaba completamente solo.

El café y los cigarrillos le ayudaron a despejarse. Luego Bosch enfiló la autopista de vuelta a Hollywood, dejando atrás un mar de coches que iniciaban su lucha para llegar al centro.

La comisaría de Hollywood estaba en Wilcox Street, a un par de manzanas del Boulevard. Bosch aparcó delante de la puerta porque sólo iba a estar un rato y no quería quedarse atrapado en el atasco que se formaba en el aparcamiento durante el cambio de turno. Al entrar en la pequeña recepción, vio una mujer con un ojo morado que lloraba y rellenaba una denuncia en el mostrador principal. En el pasillo de la izquierda donde estaba la oficina de detectives, en cambio, reinaba un silencio absoluto. El detective de guardia debía de estar fuera, de servicio, o arriba en la «suite nupcial» —un cuartucho con dos catres que usaban los primeros que llegaban—. La oficina de detectives parecía anclada en el tiempo; aunque no había nadie, las largas mesas asignadas a Atracos, Automóviles, Menores, Robos y Homicidios estaban completamente inundadas de papeles y objetos. Los detectives entraban y desaparecían, pero el papel no se movía.

Bosch se dirigió al fondo de la oficina para poner la cafetera. Por el camino echó un vistazo a través de una puerta trasera hacia el pasillo donde se hallaban los bancos de detención y las celdas. Allí, esposado a un banco, había un chico blanco con un peinado estilo rasta. «Un menor. Tendrá como mucho diecisiete años», dedujo Bosch. En California era ilegal meterlos en un calabozo con los adultos, lo cual era como decir que era peligroso meter a coyotes y dóbermans en una perrera.

—¿Tú qué miras, gilipollas? —le gritó el chico.

Por toda respuesta, Bosch vació un sobre de café dentro del filtro. Un policía de uniforme sacó la cabeza del despacho del oficial de guardia situado al fondo del pasillo.

—¡Te aviso! —le chilló al chico—. La próxima vez te aprieto las esposas. Dentro de media hora no te notarás las manos, y entonces ya me dirás con qué te vas a limpiar el culo.

—Con tu cara, mamón.

El policía de uniforme se precipitó al pasillo, avanzando hacia el chico con pasos agigantados y amenazadores. Bosch metió el filtro en la cafetera y oprimió el botón. Después se alejó de la puerta y volvió a la mesa de Homicidios. No quería ver lo que le pasaba al chico. Arrastró su silla desde su lugar habitual hasta una de las máquinas de escribir de la oficina. Los formularios pertinentes estaban en unos casilleros en la pared, encima de la máquina. Bosch introdujo en el rodillo uno en blanco sobre la escena del crimen, sacó su libreta de notas y la abrió por la primera página.

Al cabo de dos horas de escribir, fumar y beber café malo, una nube azulada flotaba sobre la mesa de Homicidios y Bosch había completado el sinfín de papeles que acompañan a una investigación de asesinato. Cuando se levantó a hacer fotocopias en el pasillo trasero, se fijó en que el chico del pelo rasta ya no estaba. Bosch sacó una carpeta azul nueva del armario de material —tras forzar la puerta con su carné del Departamento de Policía de Los Ángeles— y archivó una copia de los informes. Acto seguido escondió la otra copia en una vieja carpeta azul que guardaba en un cajón de su archivador con el nombre de un antiguo caso sin resolver. Luego releyó su trabajo. A Bosch le gustaba el orden que la burocracia imponía sobre un caso. En ocasiones anteriores había adoptado la costumbre de releer cada mañana el informe del asesinato porque le ayudaba a pensar. En ese momento el olor a plástico de la carpeta nueva le recordó pasadas investigaciones y le animó a seguir; la caza acababa de comenzar. Sin embargo, los informes que había mecanografiado para el archivo no eran del todo completos. En el Informe Cronológico del Oficial Investigador había omitido sus movimientos durante parte de la tarde y la noche del domingo. Tampoco había incluido la conexión entre Meadows y el robo al WestLand Bank ni las visitas a la tienda de empeños y a Bremmer en el *Times*. Ni siquiera había escrito un resumen de dichas entrevistas. Era lunes, sólo el segundo día de la investigación. Antes de consignar nada, decidió hablar con el FBI y averiguar qué estaba pasando exactamente; una precaución que siempre tomaba. Finalmente, Bosch acabó su trabajo en la oficina antes de que los demás detectives empezaran el día.

Y

A las nueve ya había llegado a Westwood y se encontraba en el decimoséptimo piso del edificio del FBI en Wilshire Boulevard. La sala de espera era espartana, con los clásicos sofás forrados de plástico y mesitas bajas de formica rayada sobre las que yacían desperdigados unos cuantos ejemplares del *FBI Bulletin*. Bosch no se sentó ni se puso a leer, sino que se dirigió a las cortinas de gasa que cubrían las altísimas ventanas y contempló el panorama. La cara norte del edificio le ofrecía una vista espléndida que iba desde el Pacífico hasta el este, pasando por las montañas de Santa Mónica y Hollywood. Las cortinas actuaban como una capa de niebla sobre la contaminación y Bosch, casi rozando el tejido con la nariz, miró abajo, al otro lado de Wilshire, donde se hallaba el cementerio de la Asociación de Veteranos. Sus lápidas blancas se alzaban sobre el césped recortado como filas y filas de dientes de leche. Precisamente en ese momento se desarrollaba un funeral en el que la guardia de honor rendía homenaje al difunto, aunque no había mucha gente. Un poco más allá, en un pequeño montículo sin lápidas, unos trabajadores se dedicaban a extraer tierra con una excavadora. Mientras contemplaba el paisaje, Bosch iba comprobando sus progresos, pero no acertaba a comprender qué estaban haciendo. El agujero era demasiado largo y ancho para ser una tumba.

A las diez y media el funeral del soldado había concluido, pero los empleados del cementerio seguían trabajando en la colina. Y Bosch seguía esperando junto a la ventana. Finalmente oyó una voz a sus espaldas.

—Todas esas lápidas... Yo prefiero no mirar.

Al volverse, Bosch vio a una mujer alta y esbelta, con el pelo ondulado hasta los hombros, castaño con mechas rubias. Estaba morena e iba poco maquillada. Tenía un aspecto duro y quizá demasiado cansado para esa hora de la mañana, algo bastante habitual entre las mujeres policía y las prostitutas. Llevaba un traje chaqueta marrón y una blusa blanca con un lazo también marrón de estilo vaquero. Bosch se fijó en las curvas asimétricas de sus caderas bajo la chaqueta; debía de llevar algo pequeño en el lado izquierdo, tal vez una Rugar. Le llamó la atención, porque todas las mujeres policía que conocía solían llevar sus armas en el bolso.

—Es el cementerio de veteranos —le dijo ella.

—Ya lo sé.

Bosch sonrió, aunque no por aquel comentario, sino porque había imaginado que el agente especial E. D. Wish sería un hombre. Él sólo lo había supuesto porque la mayoría de agentes federales asignados a robos de bancos eran hombres. Aunque las mujeres eran parte de la nueva imagen del FBI, no era habitual verlas en aquellas brigadas, en las que reinaba una fraternidad compuesta en su mayor parte por dinosaurios y gente que no cuadraba en el nuevo estilo del FBI. Los tiempos del agente federal Melvin Purvis habían pasado a la historia; actualmente el FBI se centraba en casos de fraude a gran escala, espionaje y narcotráfico. Los atracos a bancos ya no eran espectaculares, porque los atracadores no solían ser profesionales, sino yonquis que necesitaban un poco de dinero para pasar la semana. Por supuesto, robar un banco continuaba siendo un delito federal y ése era el único motivo por el que el FBI seguía a cargo de los casos.

—Sí, claro —contestó ella—. ¿En qué puedo ayudarle, detective Bosch? Soy la agente Wish.

Se dieron la mano, pero Wish no hizo ningún gesto hacia la puerta por la que había entrado. De hecho, ésta se había cerrado del todo. Tras dudar un instante, Bosch respondió:

—Bueno... Llevo toda la mañana esperando para poder hablarle... Es sobre el robo al Westland Bank... Uno de sus casos.

—Sí, eso me ha dicho la recepcionista. Perdone por haberle hecho esperar, pero como no teníamos una cita... Me ha cogido en medio de un asunto muy urgente. Si me hubiera llamado antes...

Bosch asintió con gesto arrepentido, pero la agente seguía sin invitarle a su despacho. «Esto no va bien», pensó.

—¿Por casualidad no tendría un poco de café? —tanteó.

—Em... Sí, creo que sí. Pero no puedo entretenerme mucho... Estoy trabajando en un caso importante.

«Y quién no», replicó Bosch para sus adentros. Ella usó una tarjeta magnética para abrir la puerta y la aguantó para que pasara él. Una vez dentro lo guio por un pasillo lleno de puertas con sus correspondientes rótulos de plástico. El FBI no era tan aficionado a los acrónimos como el departamento de policía, por lo que los despachos sólo llevaban números: Grupo 1, Grupo 2, etc. Mientras caminaban, Bosch intentaba adivinar la procedencia de la agente. Aunque tenía un acento un poco nasal, decidió que no era de Nueva York, sino de Filadelfia o Nueva Jersey. Desde luego no era del sur de California, por muy morena que estuviera.

—¿Solo? —preguntó ella.

—Con leche y azúcar, por favor.

La agente se detuvo y entró en una pequeña habitación amueblada a modo de cocina. Había una encimera y armarios, una cafetera con capacidad para cuatro tazas, un microondas y una nevera. A Bosch le recordó los despachos de abogados a los que había acudido a prestar declaración: lugares donde todo era elegante, limpio y caro. La agente le dio un vaso de plástico lleno de café solo y le hizo un gesto para que él mismo se sirviera la leche y el azúcar. Ella no tomó nada. Si aquello era un intento de hacerle sentirse incómodo, había funcionado. Bosch se sintió como un estorbo, no como alguien que trae buenas noticias que pueden contribuir a resolver un caso importante. Después la siguió de nuevo hacia el pasillo y los dos entraron en un despacho donde se alojaba el Grupo 3: la Unidad de Robos a Bancos y Secuestros. La sala era del tamaño de un supermercado. Era la primera vez que Bosch pisaba el despacho de una brigada federal y la comparación con su propia oficina resultaba deprimente. El mobiliario era más nuevo que el de cualquier brigada de la policía de Los Ángeles, tenía moqueta en el suelo y máquina de escribir u ordenador en casi todas las mesas. De las quince mesas dispuestas en tres filas, todas menos una estaban vacías. En la primera de la fila central un hombre con un traje gris sujetaba el auricular de un teléfono y no alzó la vista cuando pasaron Bosch y Wish. De no ser por el zumbido lejano de un escáner situado al fondo de la sala, Bosch hubiera pensado que estaban en la oficina de una inmobiliaria.

Wish cogió la silla de la primera mesa de la izquierda y le indicó a Bosch que agarrara la de al lado. Aquello lo situaba entre ella y Traje Gris. Mientras Bosch depositaba su café sobre la mesa, dedujo que Traje Gris no estaba realmente al teléfono a pesar de que no dejaba de decir «Ajá..., ajá...» cada cinco segundos. Entonces Wish abrió un cajón de su mesa, sacó una botella de agua y se sirvió un poco en un vasito de plástico.

—Hemos tenido un 211 en una caja de ahorros de Santa Mónica. Casi todos los demás han ido para allá —explicó ella al tiempo que recorría con la mirada la sala vacía—. Yo lo estaba coordinando desde aquí y por eso le he hecho esperar. Lo siento.

—No importa. ¿Lo han cogido?

—¿Por qué cree que es un hombre?

Bosch se encogió de hombros.

—Por las estadísticas.

—Pues eran dos; un hombre y una mujer. Y sí, los hemos cogido. Ayer robaron un banco en Reseda. La mujer entró e hizo el trabajo, mientras el hombre esperaba fuera en el coche. Luego huyeron por la carretera nacional 10 hasta la 405, se dirigieron al aeropuerto y dejaron el coche delante de un empleado de la compañía aérea United Airlines. Subieron por las escaleras mecánicas hasta Llegadas, cogieron un autobús a la estación de Van Nuys y luego volvieron a bajar en taxi hasta Venice. A un banco. Un helicóptero de la policía los siguió todo el tiempo, pero ellos ni se enteraron. Cuando ella entró en el segundo banco pensamos que iban a cometer otro 211 así que la arrestamos en la cola del cajero automático. A él lo pillamos en el aparcamiento. Al final resultó que ella sólo iba a ingresar el dinero del primer robo. Ya ve, una transferencia bancaria por las bravas. En esta profesión se ve cada idiota... Bueno, detective Bosch, no le entretengo más.

—Puedes llamarme Harry.

—Ya veo que me vas a pedir algo.

—Sólo un poco de cooperación interdepartamental —explicó Bosch—. Como lo vuestro y nuestro helicóptero esta mañana.

Bosch bebió un trago de café y prosiguió:

—Encontré tu nombre en un boletín que estaba hojeando ayer. En un caso de hace un año que me interesa. Yo trabajo en Homicidios, en la División de Ho...

—Sí, ya lo sé —interrumpió la agente Wish.

—... llywood.

—La recepcionista me dio tu tarjeta. Por cierto, ¿la necesitas?

Aquello fue un golpe bajo. Sobre un inmaculado cartapacio verde descansaba la pobre tarjeta que Bosch había llevado en su cartera durante meses y por tanto tenía todas las esquinas dobladas. Se trataba de una de esas tarjetas genéricas que el departamento daba a todos los detectives. Llevaba el escudo de la policía grabado en una esquina y el teléfono de la División de Hollywood, pero no el nombre. Uno podía comprarse una almohadilla de tinta, encargar un sello y dedicarse a estampar un par de docenas cada semana. O, como hacía Bosch, limitarse a escribir el nombre a mano y procurar no dar demasiadas. Ya no había nada que el departamento pudiera hacer para humillarlo.

—No, quédatela. Ah, ¿me das una tuya?

Con gesto rápido e impaciente, la agente abrió un cajón, cogió una tarjeta de una bandejita y la depositó junto al codo que Bosch tenía apoyado sobre la mesa. Bosch tomó otro sorbo de café mientras la leía. La E era de Eleanor.

—Bueno, ya sabes quién soy y de dónde vengo —empezó—. Y yo también sé un par de cosas de ti. Por ejemplo, sé que investigaste, o sigues investigando, el robo del año pasado al WestLand National. Los ladrones entraron por un túnel. ¿Te acuerdas?

Bosch notó que aquello había capturado la atención de la agente e incluso le pareció que Traje Gris contenía la respiración. Había dado en el blanco.

—Estoy investigando un homicidio que posiblemente está relacionado con tu caso y quería... bueno, como tu nombre sale en los boletines, me gustaría saber qué has encontrado... Podemos hablar de sospechosos, posibles sospechosos... Creo que quizás estemos buscando a la misma gente e incluso es posible que mi hombre sea uno de los ladrones.

Wish se quedó callada un momento, jugando con un lápiz que descansaba sobre el cartapacio. A continuación empezó a empujar la tarjeta de Bosch con la goma del lápiz, mientras Traje Gris seguía haciendo ver que hablaba por teléfono. Bosch le miró de reojo y sus miradas se cruzaron por un instante; Harry hizo un gesto de saludo, pero Traje Gris desvió la mirada. Bosch dedujo que se trataba del hombre cuyos comentarios habían publicado los periódicos, el agente especial John Rourke.

—¿Me tomas por tonta, Bosch? —dijo Wish—. Entras aquí, me sueltas una frasecita sobre la cooperación y esperas que te entregue nuestros archivos...

La agente dio tres golpecitos sobre la mesa con el lápiz y sacudió la cabeza como si estuviera riñendo a un niño.

—¿Y si me dieras un nombre? —prosiguió—. ¿O una razón que justifique la conexión entre los dos casos? Normalmente estas peticiones se hacen por unas vías determinadas. Tenemos personas que se encargan de evaluar las solicitudes de otras agencias del orden que desean compartir archivos e información. Ya lo sabes. Creo que sería mejor que...

Bosch sacó del bolsillo el boletín del FBI con la instantánea del brazalete tomada por la empresa aseguradora. Lo dejó abierto sobre el cartapacio y, acto seguido, extrajo la foto del otro bolsillo y la depositó sobre la mesa.

—WestLand National —le dijo, señalando el boletín—. El brazalete lo empeñaron hace seis semanas en una tienda del centro. Mi hombre lo empeñó, y ahora está muerto.

La agente se quedó observando la foto de la casa de empeños y Bosch se percató de que lo reconocía, por lo que dedujo que estaba bastante informada sobre el caso.

—El muerto es William Meadows. Lo encontraron en una tubería ayer por la mañana, en la presa de Mulholland.

Traje Gris dio por terminada su conversación telefónica.

—Gracias por la información... —dijo—. Me tengo que ir. Es que estamos cerrando un 211... Sí... Gracias... Igualmente... Adiós, adiós.

Bosch no lo observó a él, sino a Wish. Le pareció que ella quería mirar a Traje Gris pero aunque sus ojos se desviaron un segundo en esa dirección, volvieron inmediatamente a la fotografía.

Las cosas no iban bien, de modo que Bosch decidió romper el silencio.

—¿Por qué no nos dejamos de tonterías, agente Wish? Por lo que veo, no habéis recuperado ni un solo bono, moneda, joya o brazalete de oro y jade. No tenéis nada. Así que a la mierda las solicitudes de información. ¿Es que no lo ves? Mi hombre empeñó el brazalete y lo mataron. ¿Por qué? Tenemos dos investigaciones paralelas, ¿no crees? Si no la misma investigación.

Nada.

—O a mi hombre le dieron el brazalete los ladrones o él se lo robó a ellos. O tal vez era uno de ellos. Fuera como fuese, el brazalete no tenía que haber aparecido porque todavía no ha salido nada más. Pero resulta que mi hombre va, se salta las normas y lo empeña. Los demás lo quitan de en medio, van a la tienda y lo vuelven a robar. Bueno, no lo sé. La cuestión es que estamos buscando a la misma gente y yo necesito que me orientes.

Wish permaneció callada, pero Bosch sabía que estaba a punto de tomar una decisión. Esta vez esperó a que hablara ella.

—Cuéntame lo que sabes sobre ese hombre —dijo finalmente.

Él se lo contó. Le contó lo de la llamada anónima, el cadáver, el registro en el apartamento, el resguardo de la casa de empeños que había encontrado debajo de la foto y el robo del brazalete. No mencionó que conocía a Meadows.

—¿Se llevaron algo más de la casa de empeños o sólo este brazalete? —le preguntó la agente cuando Bosch hubo terminado su relato.

—Más cosas, claro, pero sólo era una forma de tapar lo que realmente querían. Yo creo que a Meadows lo asesinaron porque buscaban el brazalete. Lo torturaron antes de matarlo para que les dijera dónde estaba. Cuando lo supieron, se lo cargaron y fueron a robarlo. ¿Te importa que fume?

—Pues sí. ¿Por qué era tan importante ese brazalete? Si pensamos en todo lo que robaron y nunca ha aparecido, el brazalete es sólo la punta del iceberg.

A Bosch ya se le había ocurrido, pero carecía de respuesta.

—No lo sé —respondió.

—Y si lo torturaron, como tú dices, ¿por qué dejaron el resguardo para que lo encontraras? ¿Y por qué tenían que robar en la casa de empeños? ¿Sugieres que tu hombre les dijo dónde estaba el brazalete, pero no les quiso dar el resguardo?

Bosch también lo había pensado.

—No lo sé. A lo mejor sabía que no le dejarían vivir, así que sólo les dio la mitad de lo que necesitaban. Se guardó algo, una pista: el recibo de la casa de empeños.

Bosch intentó imaginarse la situación, que ya había empezado a elaborar mientras releía sus notas y los informes que había escrito esa mañana. Decidió que era el momento de jugárselo toda a una carta.

—Yo conocí a Meadows hace veinte años.

—¿Qué dices? ¿Que conocías a la víctima? —La agente levantó la voz en tono acusatorio—. ¿Por qué no lo has dicho antes? ¿Y desde cuándo la Policía de Los Ángeles permite que sus detectives investiguen las muertes de sus amigos?

—Yo no he dicho que fuera amigo mío; lo conocí hace veinte años. Y no pedí este caso. Me tocó y punto. Fue pura...

No quiso decir «casualidad».

—Todo esto es muy interesante —comentó Wish—. Y muy irregular. Nosotros... no creo que podamos ayudarte. Creo que...

—Mira, lo conocí en el ejército, en Vietnam, ¿vale? Los dos estábamos allí. Él era lo que llamaban una rata de los túneles. ¿Sabes a qué me refiero?... Yo también era una.

Wish no dijo nada; tenía la vista fija en el brazalete. Bosch se había olvidado por completo de Traje Gris.

—Los vietnamitas construían galerías debajo de sus aldeas —explicó Bosch—. Algunos tenían más de cien años e iban de cabaña en cabaña, de aldea en aldea, de jungla en jungla. Había algunos debajo de nuestros propios campamentos... estaban por todas partes. Nuestro trabajo, el de los soldados de los túneles, era meternos en esos agujeros. En Vietnam hubo toda una guerra bajo tierra.

Bosch se dio cuenta de que, aparte de a un psicólogo y un grupo de terapia en la Asociación de Veteranos de Sepúlveda, nunca le había contado a nadie la verdad sobre los túneles y lo que hizo allí.

—Y Meadows era bueno, te lo aseguro. En cierto modo le gustaba, a pesar del horror de tener que entrar en esa oscuridad sin otra protección que una linterna y una pistola del 45. Bajábamos y nos pasábamos horas allí dentro, a veces días. Meadows, bueno, era la única persona que conozco a la que no le daba miedo bajar. Lo que le asustaba era la vida en la superficie.

Wish no dijo nada. Bosch miró de reojo a Traje Gris, que estaba escribiendo algo ilegible en un bloc amarillo. Bosch oyó por la radio cómo alguien decía que tenía que escoltar a dos prisioneros a la cárcel de Metro.

—Así que veinte años más tarde se produce un golpe con túnel incluido y aparece asesinado un experto en túneles. Lo encontramos en una cañería, lo cual es una especie de túnel, y sabemos que poseía un objeto robado en el mismo golpe. —Bosch se metió las manos en los bolsillos en busca de cigarrillos, pero entonces recordó que ella le había dicho que no fumara—. Tenemos que trabajar juntos en este caso, agente. Ahora mismo.

Por su cara supo que no había funcionado. Bosch se acabó la taza de café y, sin mirar a Wish, se preparó para salir. Oyó que Traje Gris volvía a coger el teléfono y marcaba un número. Mientras tanto se quedó absorto en el azúcar que quedaba en su vaso. Odiaba el café dulce.

—Detective Bosch —empezó Wish—. Siento mucho que hayas tenido que esperar tanto esta mañana y siento mucho que tu compañero del ejército, Meadows, haya muerto. Haga o no haga veinte años, te aseguro que comprendo el dolor de tu amigo y el tuyo propio, y todo lo que debisteis de pasar... Pero me temo que no puedo ayudarte en este momento. Tendré que seguir el reglamento y consultarlo con mi superior. Te llamaré lo antes posible; de momento es todo lo que puedo hacer.

Bosch arrojó el vaso a una papelera situada junto a la mesa y se inclinó para recoger la página del boletín y la foto.

—¿Podría quedármela? —preguntó la agente Wish—. Querría mostrársela a mi superior.

Bosch no se la entregó, sino que se levantó, se dirigió a la mesa de Traje Gris y se la plantó ante sus narices.

—Ya la ha visto —respondió Bosch mientras salía de la oficina.

En su despacho, al subdirector Irvin Irving le castañeteaban los dientes. Estaba nervioso y, en ese estado, la mandíbula le iba a mil por hora. Es por ello que aquel músculo se había convertido en el rasgo más prominente de su cara. Visto de frente, el maxilar de Irving era incluso más ancho que las orejas, que estaban pegadas a su cráneo afeitado y tenían forma de ala. La suma de las orejas y la mandíbula le daba un aspecto extraño e intimidante.

El efecto de conjunto era el de una boca con alas capaz de perforar el mármol con sus mortíferos molares. Para colmo, el propio Irving hacía todo lo posible por perpetuar esa imagen de mastín de vigilancia siempre dispuesto a arrancar un brazo o una pierna de una dentellada. Aquélla era una imagen que le había ayudado a superar el único obstáculo en su carrera como policía de Los Ángeles —su ridículo nombre— y esperaba que contribuyera de forma decisiva a su ansiado ascenso hasta el despacho del director en el sexto piso. Por todas estas razones, Irving dejaba que sus dientes castañetearan, a pesar de que aquella costumbre le costaba unos dos mil dólares en dentistas cada dieciocho meses.

Irving se ajustó la corbata con fuerza y pasó la mano por su calva sudorosa. Alargó el dedo hasta el interfono, pero en lugar de apretar el botón y gritar sus órdenes, esperó la respuesta de su ayudante. Otra de sus pequeñas costumbres.

—¿Sí, jefe?

Le encantaba oír esas palabras. Con una sonrisa, se inclinó hacia delante hasta que su enorme mandíbula rozó el interfono. Irving desconfiaba de la eficacia de la tecnología, así que se acercó al micrófono y gritó:

—Mary, tráigame el expediente de Harry Bosch. Estará con los de casos abiertos.

Le deletreó el nombre y el apellido.

—Ahora mismo, jefe.

Irving se arrellanó en su silla y esbozó una sonrisa. Sin embargo, no estaba del todo satisfecho. Con gran habilidad se pasó la lengua por la parte posterior de su molar inferior izquierdo, buscando un defecto en la superficie, una pequeña grieta, algo... nada. A continuación sacó un espejito de un cajón y abrió la boca para examinar sus muelas. Luego devolvió el espejito a su sitio, cogió un bloc de notas adhesivas azules y escribió una recordándose que debía pedir hora al dentista. Al cerrar el cajón, le vino a la cabeza la vez que comió una galletita de la suerte mientras cenaba en un restaurante chino con el concejal de Westside. Al morder la galleta se le astilló una muela, pero el Mastín decidió tragarse los restos del diente antes que mostrar su debilidad ante el concejal, cuyo voto de apoyo esperaba necesitar y conseguir algún día. Durante la cena Irving había informado al concejal de que su sobrino, que trabajaba en el departamento de policía, era homosexual. Irving le dijo que estaba haciendo todo lo posible para protegerlo y evitar que se supiera. El departamento era más antihomosexual que una iglesia de Nebraska, y si se corría la voz entre los hombres, le explicó Irving al concejal, el chico podía despedirse de cualquier esperanza de ascenso y prepararse para ser el centro de ataques verbales por parte del resto del departamento. Irving no tenía por qué mencionar las posibles consecuencias políticas si el hecho se hacía público. Por muy liberal que fuese la gente del Westside, el escándalo no favorecería las aspiraciones del concejal de acceder a la alcaldía.

Irving estaba rememorando el incidente con una sonrisa en los labios, cuando la oficial Mary Grosso llamó a la puerta y entró en su despacho. En la mano llevaba una carpeta de un dedo de grosor que depositó en la mesa de cristal de Irving, sobre la que no había absolutamente nada, ni siquiera un teléfono.

—Tenía razón, jefe. Estaba entre los casos abiertos. El subdirector de la División de Asuntos Internos se abalanzó hacia delante y comentó:

—Sí. Creo que no lo archivé porque me olía que volveríamos a toparnos con el detective Bosch. Déjeme ver... creo que fueron Lewis y Clarke.

Abrió la carpeta y leyó unas notas escritas en el dorso de la tapa.

—Sí. Mary, ¿puede llamar a Lewis y Clarke?

—Los he visto con la brigada preparándose para un CDD. No sé qué caso era.

—Pues el Comité de Derechos tendrá que esperar... y no me hable con abreviaciones, Mary. Soy un policía de movimientos lentos y cautelosos. No me gustan los atajos; ya lo irá descubriendo. Venga, dígales a Lewis y Clarke que quiero que pospongan la reunión y se presenten aquí inmediatamente.

Irving tensó los músculos de la mandíbula y los mantuvo como cuerdas de violín, ante lo cual Grosso se escabulló del despacho. Irving se relajó y revisó la carpeta para volver a familiarizarse con Harry Bosch. Leyó su hoja de servicio y repasó su rápido ascenso en el departamento; en ocho años había pasado de patrullero a detective, y de allí hasta la prestigiosa División de Robos y Homicidios. Después venía la caída; el año anterior había sido trasladado de la central de Robos y Homicidios a Homicidios de Hollywood. «Tendrían que haberlo expulsado», se lamentó Irving mientras estudiaba el currículum de Bosch.

A continuación leyó el informe de un test psicológico que le habían hecho a Bosch el año anterior para determinar si era apto para volver al servicio después de matar a un hombre desarmado. El psicólogo del departamento había escrito:

> Debido a sus experiencias militares y policiales, y muy especialmente al citado tiroteo con resultados mortales, el sujeto muestra una baja sensibilización ante la violencia. La menciona constantemente como si ésta fuera una parte aceptada de su vida cotidiana, y lo fuera a ser para el resto de su vida. Es, pues, poco probable que este episodio actúe como barrera psicológica si el sujeto se ve de nuevo sometido a circunstancias en las que deba actuar de forma violenta para protegerse a sí mismo o a los demás. En otras palabras: será capaz de apretar el gatillo. De hecho, en el transcurso de nuestra conversación, no ha dado muestras de sufrir efectos negativos a raíz del tiroteo, a no ser que se juzgue inapropiada su satisfacción por el resultado del incidente (la muerte del sospechoso).

Irving cerró la carpeta y le dio unos golpecitos con su uña perfectamente recortada. Acto seguido recogió un pelo largo y castaño —seguramente de la oficial Mary Grosso— y lo arrojó a la papelera situada junto a la mesa. Harry Bosch era un problema, pensó. Era un buen policía, un buen detective —a decir verdad, y muy a pesar suyo, Irving admiraba su trayectoria en Homicidios, sobre todo su trabajo con asesinos en serie—, pero el subdirector opinaba que, a largo plazo, los de fuera no encajaban en el sistema. Harry Bosch era un intruso y siempre lo sería; no formaba parte de la «familia» del Departamento de Policía de Los Ángeles. Lo peor era que Bosch no sólo había abandonado a la familia, sino que se había mezclado en actividades que podían dañarla a ella y a su imagen. Irving decidió que tendría que actuar de forma rápida y contundente. Dio una vuelta a su silla giratoria y miró por la ventana hacia el edificio del ayuntamiento, al otro lado de Los Angeles Street. Luego, siguiendo su costumbre, bajó la vista para admirar la fuente de mármol frente al Parker Center, un pequeño monumento dedicado a los agentes caídos en acto de servicio. Eso era familia, pensó. Eso era honor. Mientras apretaba los dientes con fuerza, triunfante, se abrió la puerta.

Los detectives Pierce Lewis y Don Clarke entraron en el despacho, se presentaron y esperaron en silencio. Por su aspecto podían ser hermanos; ambos llevaban el pelo castaño muy corto, tenían el típico cuerpo musculoso y bíceps enormes de quien hace pesas y lucían trajes formales de seda gris; el de Lewis con rayas gris oscuro y el de Clarke con rayas granates. Los dos hombres eran cortos de estatura y anchos de espalda como hechos expresamente para facilitar el levantamiento de pesas del suelo. Y los dos caminaban con una ligera inclinación hacia delante, como si se estuvieran metiendo en el mar y hendieran las olas con la cara.

—Caballeros —empezó Irving—. Tenemos un problema, un problema de alta prioridad con un policía que ya ha pasado por nuestras manos. Un policía que ustedes dos investigaron con relativo éxito.

Lewis y Clarke se miraron, y Clarke se permitió una sonrisita rápida. Aunque no sabía de quién hablaban, le gustaba perseguir a reincidentes. Eran tan patéticos, los pobres.

—Harry Bosch —anunció Irving. Tras esperar un segundo para que asimilaran el nombre, prosiguió—: Tendrán que hacer una excursión a la División de Hollywood. Quiero abrirle un 1/81 enseguida. El demandante es el Buró Federal de Investigación.

—¿El FBI? —preguntó Lewis—. ¿Y qué tiene que ver Bosch con ellos?

Después de corregir a Lewis por emplear las siglas, Irving ordenó a los dos detectives que se sentaran. Durante diez minutos, les describió la llamada que había recibido unos momentos antes.

—Los federales dicen que es demasiada casualidad y yo estoy de acuerdo con ellos —concluyó—. Puede que Bosch no esté limpio, así que lo quieren fuera del caso Meadows. Como mínimo parece ser que intervino para que el sospechoso, un antiguo camarada suyo del ejército, no ingresara en prisión el año pasado. Dicha acción posiblemente le permitió participar en el robo al banco. No sabemos si Bosch estaba enterado o involucrado en el delito, pero vamos a averiguar qué se trae entre manos.

Irving hizo una pausa para subrayar la última frase con uno de sus movimientos de mandíbula. Lewis y Clarke sabían que no era el momento de interrumpirle.

—Este incidente nos da la oportunidad de hacer lo que no logramos antes: eliminar a Bosch —sentenció Irving—. Quiero que me mantengan informado directamente. Ah, y pasen copia de sus informes al superior de Bosch, un tal teniente Pounds. A mí me darán más que eso; quiero que me telefoneen dos veces al día, mañana y tarde. Quiero estar al corriente de todo.

—Muy bien —le dijo Lewis al tiempo que se ponía en pie.

—Apunten alto, caballeros, pero sean cuidadosos —les aconsejó Irving—. Y, aunque el detective Bosch ya no es el personaje que era, no lo dejen escapar.

La turbación que Bosch sintió tras haber sido expulsado sin miramientos por la agente Wish se convirtió en rabia y frustración. Notaba una angustia física en el pecho que pugnaba por subir, mientras él bajaba en el ascensor. Estaba solo y, cuando oyó el busca, lo dejó sonar los quince segundos que dura el pitido. En ese momento se tragó la rabia y la transformó en pura determinación. Al salir del ascensor consultó la pantallita para ver quién le había llamado; el prefijo era de la zona del valle de San Fernando, 818, pero el número no le sonaba. Inmediatamente se dirigió a una serie de teléfonos públicos situados en el patio frente al edificio federal y marcó el número. «Noventa centavos», le informó una voz electrónica. Por suerte tenía cambio; echó las monedas por la ranura y, casi al instante, contestó Jerry Edgar.

—Harry —empezó Edgar sin decir «hola»—. Todavía estoy en la Asociación de Veteranos y me están mareando. No tienen el expediente de Meadows. Primero me han dicho que tenía que ir a través de Washington o conseguir una orden judicial. Yo les he contestado que sé que tienen un expediente por todo eso que tú me habías contado. Les he dicho: «Mirad, si me obligáis a pedir una orden, ¿podéis aseguraros al menos de qué está el maldito expediente?». O sea, que han empezado a buscarlo y al final han salido y me han dicho que sí, que había uno pero que ya no está. Adivina quién se lo llevó con una orden el año pasado.

—El FBI.

—¿Cómo lo sabes?

—No he estado precisamente tomando el sol. ¿Te han dicho cuándo o por qué se lo llevó el FBI?

—No lo saben. Sólo recuerdan que vino el FBI y se lo llevó. Eso fue en septiembre del año pasado y todavía no lo han devuelto. No dieron ninguna explicación. Los muy cabrones no tienen por qué darlas.

Bosch reflexionó sobre aquello en silencio. El FBI ya lo sabía. Wish ya estaba al corriente de lo de Meadows y los túneles y todo lo demás que le había contado. Todo había sido una farsa.

—Harry, ¿estás ahí?

—Sí, oye, ¿te han enseñado una copia de los papeles o te han dicho el nombre del agente?

—No, no encontraban el resguardo y nadie recuerda el nombre del agente, excepto que era una mujer.

—Apúntate el número donde estoy. Vuelve al registro y pídeles otro expediente, sólo para saber si está. Pídeles el mío.

Bosch le dio a Edgar el número del teléfono público, su fecha de nacimiento, número de la seguridad social y el nombre completo, deletreando su verdadero nombre de pila.

—¡Joder! ¿Ése es tu nombre de verdad? —preguntó Edgar—. O sea, que lo de Harry es para los amigos. ¿Cómo se le ocurrió eso a tu madre?

—Por un pintor del siglo XV que le gustaba. Pega con el apellido —explicó Bosch—. Venga, ve a comprobar lo del expediente y vuélveme a llamar. Yo te espero aquí.

—Es que no puedo ni pronunciarlo, tío.

—Pues deletréaselo.

—Vale, lo intentaré. Por cierto, ¿dónde estás?

—En un teléfono público, delante del FBI.

Bosch colgó antes de que su compañero le hiciera más preguntas. Encendió un cigarrillo, se apoyó en la cabina y se quedó observando a un grupito de personas que caminaba en círculos frente al edificio federal. Los manifestantes sostenían pancartas caseras en contra de la concesión de nuevas licencias para extraer petróleo de la bahía de Santa Mónica. Bosch leyó varios carteles que decían «No al petróleo», «No más contaminación en la bahía», «Estados Unidos de Exxon», etc.

Distinguió la presencia de un par de equipos de televisión filmando la protesta. Aquello era lo fundamental: la publicidad. Si los medios de comunicación se presentaban y salía en las noticias de las seis de la tarde, la manifestación habría sido todo un éxito. Bosch vio que el cabecilla de la protesta estaba siendo entrevistado ante la cámara por una mujer que Bosch reconoció como presentadora del Canal 4. También le sonaba el portavoz de los manifestantes, pero no estaba seguro de dónde lo había visto. Después de observar la tranquilidad del hombre ante la cámara, Bosch lo reconoció. Era un actor de televisión que interpretaba el papel de un borracho en una comedia bastante conocida que había visto una o dos veces y, aunque el programa ya no se emitía, observó que el tío seguía teniendo pinta de alcohólico.

Apoyado en la cabina, Bosch iba por su segundo cigarrillo y empezaba a acusar el calor del mediodía, cuando vio salir a Eleanor Wish por una de las puertas acristaladas del edificio. La agente caminaba cabizbaja, buscando algo en el bolso, y no se había percatado de su presencia. Bosch se apresuró a ocultarse detrás de los teléfonos. Wish encontró lo que buscaba, unas gafas de sol, se las puso y pasó por delante de los manifestantes sin siquiera mirarlos. Luego caminó por Veteran Avenue en dirección a Wilshire Boulevard. Bosch sabía que el aparcamiento del FBI se hallaba en dirección contraria, por lo que dedujo que no iba lejos. Justo en ese momento sonó el teléfono.

—¿Harry? El FBI también tiene tu expediente. ¿Qué coño está pasando?

La voz de Edgar denotaba impaciencia y confusión. No le gustaban los líos ni los misterios. Él sólo quería hacer su trabajo.

—No lo sé. No me lo han querido decir —respondió Bosch—. Tú vuelve a la oficina; ya hablaremos allí. Si llegas antes que yo, llama a los del metro. Al Departamento de Personal, a ver si tuvieron a un tal Meadows en plantilla. Prueba también con el nombre de Fields. Luego dedícate al informe de la puñalada en televisión, tal como habíamos quedado. Tú cumples tu parte del trato y yo ya me reuniré contigo.

—Harry, tú me dijiste que conocías a este tío, a Meadows. Quizá deberíamos informar a Noventa y ocho de que hay un conflicto de intereses y pasar el caso a la central de Robos y Homicidios o a otra persona de la comisaría.

—Ya lo discutiremos luego, Jed. Mientras tanto no hagas nada ni hables con nadie hasta que yo llegue.

Bosch colgó y se encaminó hacia Wilshire Boulevard. La agente Wish ya había girado hacia el este en dirección a Westwood Village. Bosch acortó la distancia entre ellos, cruzó la calle y la siguió, cuidando de no acercarse demasiado para evitar que ella lo viera reflejado en los escaparates. Cuando Wish llegó a Westwood Boulevard, cruzó la avenida y pasó a la acera de Bosch. Él se metió en un banco unos segundos, y cuando volvió a salir a la calle ella había desaparecido. Después de mirar a derecha e izquierda, Bosch corrió hasta la esquina y vio a la agente a media manzana de Westwood, caminando en dirección al Village.

Wish aflojó la marcha al pasar delante de unos escaparates y se detuvo ante una tienda de artículos deportivos que exhibía unos maniquíes de mujer vestidos con pantalones cortos y camisetas verde lima: la moda del año pasado a precios rebajados. Después de contemplar la ropa unos instantes, Wish reanudó su paseo y no paró hasta llegar a la zona donde se hallaban todos los teatros. Una vez allí entró en el Stratton's.

Bosch, que seguía en la otra acera, pasó sin mirar por delante del restaurante y llegó hasta la esquina. Se detuvo bajo la marquesina del viejo teatro Bruin y miró atrás; ella no había salido. Se preguntó si habría una puerta trasera y consultó su reloj; era un poco temprano para almorzar, pero quizás ella prefería comer antes de que se llenaran los bares. Tal vez prefería comer sola. Bosch cruzó la calle hasta la otra esquina y se apostó delante del teatro Fox. Desde allí divisaba el ventanal del Stratton's, pero no a la agente. A continuación atravesó un aparcamiento al aire libre y llegó a un callejón detrás del restaurante. ¿Lo habría visto la Wish? ¿Habría sido todo un truco para darle el esquinazo? Hacía mucho tiempo que Bosch no seguía a nadie, pero no creía que ella le hubiera descubierto, así que al final entró en el establecimiento por la puerta de atrás.

Eleanor Wish estaba sola en una de las mesas de madera

situadas a la derecha del local. Como cualquier policía cuidadoso, se había sentado de cara a la entrada, por lo que no vio a Bosch hasta que éste se sentó en la silla frente a ella y cogió la carta que Wish ya había vuelto a dejar sobre la mesa tras echarle un vistazo.

—Es la primera vez que vengo a este bar. ¿Qué me recomiendas?

—¿Qué es esto? —dijo ella con cara de sorpresa.

—Nada. He pensado que a lo mejor te apetecía un poco de compañía.

—¿Me has seguido? —preguntó y al instante se contestó—: Me has seguido.

—Al menos yo no te engaño. ¿Quieres que te diga una cosa? Creo que te equivocaste allá en tu despacho. Fuiste demasiado seca. Imagínate: entro yo con la única pista que has tenido en nueve meses y me empiezas a hablar de vías oficiales y todo el rollo. Me olí que había algo raro, pero no sabía qué. Ahora ya lo sé.

—¿De qué hablas? No, no me lo digas. Prefiero no saberlo.

Wish hizo un ademán de levantarse, pero Bosch alargó la mano y la agarró de la muñeca. La agente tenía la piel cálida y húmeda tras la caminata hasta el restaurante. Ella se detuvo y sus ojos castaños lo fulminaron con una mirada envenenada.

—Suéltame —le ordenó. Su tono, controlado pero amenazador, sugería que podía perder la paciencia en cualquier momento. Bosch la soltó.

—No te vayas, por favor. —Ella titubeó un instante y Bosch lo aprovechó—. No me importa. Comprendo tus motivos, tu frialdad conmigo en la oficina, todo. La verdad es que lo hiciste bien, de eso no hay duda. No te lo echo en cara.

—Oye, Bosch, no sé de qué me hablas. Creo que...

—Sé que ya estabais al tanto de lo de Meadows, los túneles y todo lo demás. Pedisteis sus expedientes militares, los míos, y probablemente los de todas las ratas que lograron escapar con vida de ese lugar. Debía de haber algo en el robo al WestLand que lo relacionaba con los túneles de Vietnam.

Ella lo miró un buen rato. Estaba a punto de hablar cuando una camarera se acercó con libreta y lápiz.

—De momento un café solo y una botella de Evian —soltó Bosch antes de que Wish o la camarera pudieran hablar. Esta última se alejó tomando nota.

—Creía que eras un policía de leche y azúcar —comentó Wish.

—Sólo cuando la gente intenta adivinar lo que soy. A Bosch le pareció que los ojos de Wish se dulcificaban un poco, pero sólo un poco.

—Mira, Bosch. No sé cómo sabes lo que crees que sabes pero yo no voy a hablar del caso WestLand. Tal como te dije en la oficina, no puedo. Lo siento mucho, de verdad.

—Supongo que debería estar ofendido, pero no lo estoy. Era un paso lógico en la investigación. Yo habría hecho lo mismo: coger a todos los que encajaban en el perfil (las ratas de los túneles) y comprobar sus coartadas.

—Tú no estás bajo sospecha, ¿vale? Así que déjalo correr.

—Eso ya lo sé —dijo Bosch, soltando una breve carcajada—. Yo estaba en México, suspendido, y puedo probarlo. Aunque eso ya lo sabéis. Lo mío no me preocupa; no quiero ni hablar de ello, pero necesito saber lo que habéis encontrado sobre Meadows. Tú te llevaste el expediente en septiembre, así que lo habrás investigado a fondo, a él (supongo que lo tuvisteis vigilado), a sus amigos y a su pasado. Quizá... bueno, casi seguro que lo interrogasteis. Todo eso lo necesito ahora, no dentro de tres o cuatro semanas cuando un funcionario le dé el visto bueno.

La camarera volvió con el café y el agua. Wish agarró el vaso, pero no bebió.

—Bosch, Meadows ya no es asunto tuyo. Lo siento. No debería decírtelo yo, pero te han retirado del caso. En cuanto vuelvas a tu oficina te lo notificarán. Hicimos una llamada cuando te fuiste.

Bosch sostenía la taza con las dos manos y los codos apoyados sobre la mesa. Al oír aquellas palabras, la depositó en el platito por si empezaban a temblarle las manos.

—¿Qué dices que hicisteis? —preguntó Bosch.

—Lo siento —se disculpó Eleanor—. Después de que te fueras, Rourke (al que plantaste la foto en las narices) llamó al número que ponía en tu tarjeta y habló con un tal teniente Pounds. Le contó lo de tu visita de hoy y explicó que había un conflicto de intereses, por lo de investigar la muerte de un amigo... Luego le dijo no sé qué más y...

—¿Qué más?

—Mira Bosch, yo te conozco. Confieso que saqué tus expedientes y te investigué. Aunque no hacía falta; en esa época sólo había que leer los periódicos para enterarse de lo tuyo y el caso del Maquillador. Soy consciente de tus problemas con Asuntos Internos y de que esto no va a ayudarte, pero fue decisión de Rourke. Él...

—¿Qué más dijo Rourke?

—La verdad. Que tu nombre y el de Meadows habían aparecido en nuestra investigación y que os conocíais. También pidió que te retiraran del caso, pero todo eso ahora ya no importa.

Bosch desvió la mirada.

—Dime la verdad —dijo—. ¿Sospecháis de mí?

—No. Al menos hasta que entraste en la oficina esta mañana. Estoy intentando serte sincera, Bosch. Tienes que verlo desde nuestro punto de vista; un tío que investigamos el año pasado viene y nos cuenta que está investigando el asesinato de otro tío al que también investigamos a fondo en relación al mismo caso. Y para colmo dice que quiere ver nuestros archivos.

Ella no tenía que contarle todo eso. Bosch lo sabía y también que ella se estaba arriesgando por hablar con él. A pesar de la mierda en la que se encontraba, o en la que le habían metido, a Harry Bosch empezaba a caerle bien la fría y dura agente Eleanor Wish.

—Si no puedes explicarme nada sobre Meadows, al menos cuéntame algo sobre mí. Dices que me investigasteis y luego me descartasteis. ¿Por qué dejé de ser sospechoso? ¿Fuisteis a México?

—Sí, y otras cosas. —Ella le miró un instante antes de proseguir—. Te descartamos bastante pronto. Al principio nos emocionamos, quiero decir, que empezamos a mirar los expedientes de gente que estuvo en los túneles de Vietnam y ahí estaba el famoso Harry Bosch, el detective superestrella del departamento, con un par de libros escritos sobre sus casos, una película y una serie de televisión... Y resulta que es el mismo hombre del que han estado hablando los periódicos, el hombre que cayó en picado tras una suspensión de un mes y el traslado desde la prestigiosa División de Robos y Homicidios a... —Wish dudó un instante.

—«La cloaca.» —Bosch adivinó lo que ella iba a decir.

Ella bajó la mirada hacia su vaso y continuó.

—Total, que Rourke empezó a pensar que tal vez así es cómo habías pasado el tiempo de tu suspensión, cavando un túnel bajo el banco. Habías pasado de héroe a villano y querías vengarte de la sociedad, o una tontería por el estilo. Pero cuando te investigamos y preguntamos por ahí, nos enteramos de que te habías ido a México a pasar el mes. Enviamos a alguien a Ensenada para comprobarlo y quedaste libre de sospecha. Por esa época también recibimos tu expediente médico de la Asociación de Veteranos de Sepúlveda... Ah, es con ellos con quién has hablado esta mañana, ¿no?

Bosch asintió y ella prosiguió.

—Bueno, en el expediente médico estaba el informe del psiquiatra... Lo siento, esto es una invasión de tu intimidad...

—Quiero saberlo.

—Leímos lo de la terapia para tratar el EPT. No es que estés enfermo, pero de vez en cuando sufres estrés postraumático: insomnio, pesadillas y otras cosas, como claustrofobia. Un médico incluso mencionaba que nunca podrías volver a entrar en un túnel como ésos en toda tu vida. Total, que mandamos tu perfil a nuestros laboratorios de ciencias del comportamiento de Quantico. Ellos te descartaron como sospechoso, ya que en su opinión era improbable que volvieras a meterte en un túnel por dinero.

Wish dejó que Bosch asimilara lo que acababa de decir.

—Los archivos de la Asociación de Veteranos están anticuados —replicó Bosch—. Toda esa historia ya es agua pasada. No voy a intentar convencerte de por qué podría ser sospechoso, pero todo lo de la Asociación de Veteranos es viejísimo. Hace más de cinco años que no he ido a un psiquiatra, ni de la Asociación ni de ninguna parte. En cuanto a la mierda esa de la fobia, ayer mismo me metí en un túnel para echarle un vistazo a Meadows. ¿Qué opinarían vuestros psicólogos de Quantico sobre eso? —preguntó.

Bosch notó que enrojecía de vergüenza. Había hablado demasiado. Sin embargo, cuanto más intentaba controlarse y ocultarlo, más rojo se ponía. Justo en ese momento volvió la camarera y le sirvió más café.

—¿Qué van a comer? —preguntó.

—Nada —le respondió Wish sin apartar la mirada de Bosch—. De momento.

—Perdone, pero ahora vendrá un montón de gente a almorzar y necesitamos la mesa. Nosotros vivimos de los que tienen hambre, no de los que están demasiado enfadados para comer.

Y dicho esto se alejó. Bosch concluyó que las camareras

eran mejores observadoras de la naturaleza humana que la mayoría de policías.

—Siento mucho todo esto —volvió a disculparse Wish—. Deberías haberme dejado ir cuando me he levantado.

Aunque la vergüenza había desaparecido, la rabia seguía allí. Bosch ya no desviaba la mirada, sino que la clavaba en los ojos de Wish.

—¿Crees que me conoces sólo por unos papeles en una carpeta? Pues no me conoces. A ver, dime qué sabes de mí.

—No te conozco, pero sé cosas sobre ti —respondió ella, deteniéndose un momento para reflexionar—. Eres un hombre de instituciones, Bosch. Toda tu vida la has pasado en instituciones; orfanatos, padres adoptivos, luego el ejército y finalmente la policía. Nunca has salido del sistema; has ido saltando de una institución imperfecta a otra.

Wish tomó un sorbito de agua, mientras decidía si continuaba o no. Al final lo hizo.

—Hieronymus Bosch... La única cosa que te dio tu madre fue el nombre de un pintor que murió hace quinientos años. Aunque me imagino que, en comparación con las cosas que has visto, las extravagancias que pintó parecerán Disneylandia. Tu madre estaba sola y no podía mantenerte. Creciste con distintas familias adoptivas, en orfanatos de todo tipo... Sobreviviste a eso, sobreviviste a Vietnam y has sobrevivido al departamento de policía, al menos por ahora. Pero tú eras alguien de fuera en un círculo muy cerrado. A pesar de que llegaste a Robos y Homicidios y trabajaste en casos conocidos, seguías siendo un intruso que actuaba a su manera. Y al final te echaron.

Wish vació su vaso, probablemente con el fin de darle a Bosch la ocasión de detenerla, cosa que él no hizo.

—Sólo fue necesario un error por tu parte —prosiguió ella—. El año pasado mataste a un hombre. A un asesino, pero eso no importa. Según los informes, creíste que él había metido la mano debajo de la almohada para sacar una pistola, cuando resultó que iba a sacar su peluquín. Es casi ridículo, pero Asuntos Internos encontró una testigo que declaró que tú sabías que el sospechoso guardaba su peluquín debajo de la almohada. Siendo una prostituta, su credibilidad se cuestionó. No fue suficiente para ponerte de patitas en la calle, pero te costó el cargo. Ahora trabajas en Hollywood, el lugar al que la mayoría de gente en el departamento llama «la cloaca».

La agente había terminado su discurso. Bosch no dijo nada, por lo que hubo un largo silencio. La camarera pasó por delante de la mesa, pero enseguida vio que no estaban para charlas.

—Cuando vuelvas a la oficina —empezó Bosch—, dile a Rourke que haga una llamada más. Él me sacó del caso, así que puede volver a meterme.

—No puedo. No querrá.

—Sí que querrá, y dile que tiene hasta mañana para hacerlo.

—¿O qué? ¿Qué vas a hacer? Seamos realistas. Con tu reputación, mañana ya te habrán suspendido. En cuanto Pounds terminó de hablar con Rourke seguro que llamó a Asuntos Internos, si es que no lo hizo el propio Rourke.

—No importa. Si mañana por la mañana no habéis dicho algo, avisa a Rourke de que el *Times* publicará un artículo explicando cómo un sospechoso de un importante golpe, sujeto a vigilancia del FBI, fue asesinado ante las narices del Buró llevándose consigo las respuestas del famoso robo al WestLand National. Puede que todos los datos no sean exactos, pero no estarán muy lejos de la verdad. Lo importante es que la gente querrá leerlo y que la noticia llegará hasta Washington. No sólo será una situación embarazosa, sino un aviso para quienquiera que se cargó a Meadows. Nunca los encontrarán y Rourke pasará a ser conocido como el hombre que dejó escapar a los ladrones del WestLand.

La agente miró a Bosch y sacudió la cabeza como si estuviera por encima de todo aquel desastre.

—No me toca a mí decidir. Tendré que volver y explicárselo a él, aunque yo en su lugar no me tragaría semejante farol. Y eso es lo que pienso decirle.

—No es un farol. Tú me has investigado y sabes que iré a los medios, que ellos me escucharán y les encantará. Sé lista y dile que no es ningún farol. Yo no tengo nada que perder y él tampoco pierde nada por meterme otra vez en el caso.

Bosch hizo ademán de marcharse, pero se detuvo para dejar un par de dólares en la mesa.

—Tenéis mi ficha, así que ya sabéis dónde podéis encontrarme.

—Sí —replicó ella, y añadió—: ¡Eh, Bosch! Él se volvió a mirarla.

—¿Dijo la verdad la prostituta? ¿Sobre la almohada?

—¿Acaso no la dicen siempre?

Bosch aparcó detrás de la comisaría de Wilcox Avenue y siguió fumando hasta llegar a la entrada trasera. Después de apagar la colilla en el suelo, entró, dejando atrás el olor a vómito que se colaba por las ventanas enrejadas de los calabozos. Jerry Edgar lo esperaba con impaciencia en el pasillo.

—Harry, Noventa y ocho quiere vernos.

—¿Para qué?

—No lo sé, pero cada diez minutos saca la cabeza de la pecera y pregunta por ti. Llevas el busca y el móvil desconectados. Ah, y hace un rato han entrado en su despacho un par de tíos de Asuntos Internos.

Bosch asintió, evitando cualquier explicación.

—¿Qué pasa, tío? —explotó Edgar—. Si tenemos un problema, quiero saberlo antes de hablar con ellos. Tú ya tienes experiencia con esta mierda, pero yo no.

—No sé muy bien qué pasa. Creo que nos van a echar del caso. Al menos a mí —respondió Bosch en tono sosegado.

—Harry, los de Asuntos Internos no vienen por esas cosas. Algo está pasando y, sea lo que sea, espero que no me hayas jodido a mí también.

Edgar enseguida se arrepintió del comentario.

—Perdona, Harry. No lo decía con mala idea.

—Tranquilo. Vamos a ver qué quiere el jefe.

Bosch se dirigió a la oficina de la brigada de detectives. Edgar dijo que él pasaría por el puesto de guardia y entraría por el pasillo de delante para que no pareciera que se habían puesto de acuerdo.

En cuanto Bosch llegó a su mesa, se fijó en que la carpeta azul del caso Meadows había desaparecido. También se percató de que la persona que se lo había llevado se había dejado la cinta con la llamada al número de emergencias. Bosch cogió la cinta y se la metió en el bolsillo, justo cuando la voz de Noventa y ocho empezaba a retumbar por toda la sala. Desde su despacho acristalado, el jefe gritó una sola palabra: «¡¡¡Bosch!!!». Los otros detectives se volvieron hacia Harry, que se levantó lentamente y caminó hacia «la pecera», tal como llamaban al despacho de Noventa y ocho, el teniente Harvey Pounds. A través del cristal se veían las espaldas trajeadas de dos hombres que esperaban sentados. Bosch los reconoció inmediatamente; eran los dos detectives de Asuntos Internos que habían llevado el caso del Maquillador: Lewis y Clarke.

Edgar entró en la oficina por la puerta principal, justo cuando Bosch pasaba por delante, así que ambos entraron juntos en «la pecera». Pounds les dirigió una mirada inexpresiva, y los dos hombres de Asuntos Internos ni se inmutaron.

—Primero, nada de fumar, ¿de acuerdo, Bosch? —le dijo Pounds—. Esta mañana la oficina apestaba a tabaco. Ni siquiera voy a preguntar si fuiste tú.

Según las normas municipales y del departamento estaba prohibido fumar en todas las oficinas compartidas, como las de las brigadas. En los despachos se podía fumar, pero sólo si el ocupante daba su permiso. Pounds era de los que había dejado de fumar y no toleraba el tabaco. En cambio, la mayoría de los treinta y dos detectives a sus órdenes fumaban como carreteros y aprovechaban las ausencias de Pounds para fumarse un pitillo rápido en su despacho. Siempre era mejor que salir al aparcamiento donde podían perderse llamadas de teléfono y tenían que soportar el olor a meado y vómito de las celdas para borrachos. Pounds había empezado a cerrar con llave, incluso cuando salía un momento a ver al comandante, al fondo del pasillo. No obstante, cualquiera podía forzar la puerta con un abrecartas en menos de tres segundos, por lo que el teniente continuamente se encontraba su despacho lleno de humo. En aquella habitación de tres metros por tres había nada menos que dos ventiladores y un ambientador en la mesa. Noventa y ocho estaba convencido de que Bosch era el principal culpable, ya que desde su llegada las invasiones habían aumentado considerablemente. Y lo cierto es que tenía toda la razón, aunque hasta entonces nunca lo había cogido con las manos en la masa.

—¿Para eso me has llamado? —preguntó Bosch—. ¿Para reñirme por fumar en la oficina?

—Siéntate —le cortó Pounds.

Bosch levantó las manos para demostrar que no tenía ningún cigarrillo entre los dedos. Después se volvió hacia los dos hombres de Asuntos Internos.

—Vaya, Jed, parece que Lewis y Clarke han salido de excursión. Hacía tiempo que no veía a estos grandes exploradores; desde que me enviaron a México de vacaciones sin los gastos pagados. Hicieron un trabajo magnífico: con prensa, publicidad y todo lo demás. Son las estrellas de Asuntos Internos.

Los dos policías enrojecieron de ira.

—Esta vez será mejor que te calles —le respondió Clarke—. Te has metido en un buen lío, Bosch. ¿Me entiendes?

—Sí, te entiendo. Gracias por el consejo, pero yo también tengo uno para ti. Vuelve al traje que llevabas antes de convertirte en el felpudo de Irving. Sí, ese amarillo que hacía juego con tus dientes. La fibra te queda mejor que la seda. Por cierto, uno de los hombres de las celdas me ha dicho que el fondillo de ese pantalón está todo brillante; eso te pasa por trabajar tanto sentado.

—Vale ya —intervino Pounds—. Bosch y Edgar, sentaos y callaos un momento. Éste...

—Teniente, yo no he dicho nada —se lamentó Edgar—. Yo...

—¡Callaos, todos! ¡Maldita sea! —gritó Pounds—. Edgar, para que lo sepas, si es que no lo sabías, estos dos son de Asuntos Internos: los detectives Lewis y Clarke. Esto es un...

—Quiero un abogado —interrumpió Bosch.

—Creo que yo también —añadió Edgar.

—¡Ya está bien, joder! —exclamó Pounds—. Primero vamos a aclarar unas cuantas cosas sin tener que llamar a los de la Liga de Protección del Policía, ¿de acuerdo? Si queréis un abogado, lo llamáis luego. Ahora mismo os vais a sentar, los dos, y vais a responder a unas cuantas preguntas. Y si no, tú, Edgar, vas a pasar de ese traje de ochocientos dólares a un uniforme de patrulla y tú, Bosch, bueno... tú probablemente saldrás volando de una patada.

Durante unos segundos reinó el silencio en la pequeña habitación, a pesar de que la tensión entre los hombres amenazaba con romper los cristales. Pounds miró hacia la oficina, donde una docena de detectives hacían ver que trabajaban, al tiempo que seguían atentamente lo que estaba ocurriendo. Algunos habían intentado leer los labios del teniente a través del cristal, por lo que éste se levantó y bajó las persianas, algo que todos interpretaron como una prueba de que la cosa era grave. Incluso Edgar mostró su preocupación mediante un gran suspiro. Pounds volvió a sentarse, y empezó a repicar con una uña larga sobre la carpeta de plástico azul que yacía cerrada sobre su mesa.

—Vale. Vayamos al grano —empezó—. Para empezar, estáis fuera del caso Meadows. Y nada de preguntas; habéis terminado vuestro trabajo y basta. Ahora quiero que nos lo contéis todo.

En ese momento, Lewis sacó una grabadora de su maletín, la encendió y la puso sobre la mesa impoluta de Pounds.

Bosch sólo llevaba ocho meses con Edgar como compañero e ignoraba cómo reaccionaría ante ese tipo de presión ni si sería capaz de plantar cara a aquellos cabrones. Pero Edgar le caía bien y no quería meterlo en un lío; su único pecado había sido querer disponer del domingo libre para vender casas.

—Por ahí no paso —dijo Bosch, señalando a la grabadora.

—Quite eso —le ordenó Pounds a Lewis, aunque la grabadora se hallaba más cerca de él que del detective de Asuntos Internos. Éste se levantó para coger el aparato, lo apagó, rebobinó y volvió a depositarlo sobre la mesa.

Una vez Lewis se hubo sentado, Pounds empezó a hablar:

—Maldita sea, Bosch, el FBI me llama esta mañana y me dice que eres sospechoso de un maldito golpe a un banco. Me dicen que también sospechaban de ese tío, Meadows, y que ahora sospechan de ti por asesinato. Con este panorama, ¿cómo quieres que no te hagamos preguntas?

Edgar exhaló aún más fuerte. Todo aquello le venía de nuevo.

—Hablaremos si no encienden la grabadora —contestó Bosch.

Pounds lo consideró un instante y dijo:

—De acuerdo. Habla.

—Para empezar, Edgar no sabe nada de todo esto. Ayer

hicimos un trato; yo me ocupaba del caso Meadows y él se iba a casa. A él le tocaba terminar el caso Spivey, el tío de la tele que apuñalaron la otra noche. De lo del FBI y el robo al banco no tiene ni puta idea, así que déjalo ir.

Pounds no quiso mirar a Lewis, a Clarke ni a Edgar; iba a tomar la decisión él solo.

En ese momento Bosch sintió un cierto respeto por él; lo vio como una llamita en medio de un huracán de incompetencia. Pounds abrió el cajón de su mesa y sacó una regla de madera. Jugueteó con ella un momento y finalmente miró a Edgar.

—¿Es verdad lo que ha dicho Bosch?

Edgar asintió.

—¿Eres consciente de que eso le perjudica, que parece como si él quisiera quedarse el caso y ocultarte información?

—Él me dijo que conocía a Meadows; no me lo ocultó en ningún momento. Era domingo y no íbamos a encontrar a nadie que viniera a relevarnos sólo porque Bosch hubiera conocido a la víctima hace veinte años. Al fin y al cabo, la policía conoce a casi toda la gente que aparece muerta en Hollywood. El asunto del banco debió de descubrirlo cuando yo me marché. Es la primera noticia que tengo.

—De acuerdo —dijo Pounds—. ¿Tienes algún informe sobre este caso?

Edgar negó con la cabeza.

—Vale, acaba lo que tengas sobre... ¿cómo se llama?... sí, el caso Spivey. Te voy a asignar un nuevo compañero. No sé quién, pero ya te lo diré. Venga, vete.

Edgar soltó otra fuerte exhalación y se puso en pie.

Harvey Pounds dejó que las cosas se calmaran un poco después de que Edgar se hubiera ido. Bosch ansiaba desesperadamente fumarse un cigarrillo, o como mínimo tenerlo en los labios; pero no iba a mostrarles semejante señal de debilidad.

—De acuerdo, Bosch —repitió Pounds—. ¿Tienes algo que decir sobre todo esto?

—Sí, que todo es mentira.

Clarke sonrió con suficiencia, pero Bosch no le prestó atención. En cambio, Pounds dirigió una mirada de reprobación al de Asuntos Internos que aumentó aún más el respeto que Bosch sentía por el teniente.

—El FBI me ha confirmado esta mañana que no estoy bajo sospecha —explicó Bosch—. Me investigaron hace nueve meses, lo mismo que al resto de soldados de los túneles. Debieron de encontrar algo que conectaba el robo con Vietnam. Fue un trabajo a fondo; tenían que mirar a todo dios, así que me investigaron y luego me dieron el visto bueno. ¿No ves que yo estaba en México cuando ocurrió el robo? Cortesía de estos dos payasos, por cierto.

—Supuestamente —intervino Clarke.

—Vete a la mierda, Clarke. Tú lo que quieres es tomarte unas vacaciones en México a costa del contribuyente. Si quieres verificarlo, llama al FBI y nos ahorrarás el dinero.

Dicho esto, Bosch se volvió de nuevo hacia Pounds y giró la silla para darle la espalda a los detectives del Departamento de Asuntos Internos. Cuando comenzó a hablar lo hizo en voz baja, dejando claro que se dirigía a Pounds, no a ellos.

—El FBI no me quiere en el caso porque, primero, les entró el pánico cuando me presenté allí hoy para preguntar sobre el robo al banco. Yo era un nombre del pasado, se pusieron nerviosos y te llamaron inmediatamente. Y segundo, me quieren fuera porque seguramente la cagaron al soltar a Meadows el año pasado. Dejaron escapar la única pista que han tenido y no les hace ninguna gracia que otro departamento entre y resuelva lo que ellos no lograron resolver en nueve meses.

—Eso sí que es mentira —corrigió Pounds—. Esta mañana recibí una petición formal del agente especial a cargo de la brigada de bancos, un tal...

—Rourke.

—Veo que lo conoces. Bueno, él me pidió...

—Que me sacaras del caso Meadows inmediatamente. Te dijo que yo conocía a Meadows, el principal sospechoso del robo al banco. A él lo matan y yo llevo la investigación... ¿casualidad? Él no lo cree y, francamente, yo tampoco estoy muy seguro.

—Sí, eso me dijo, así que empecemos por ahí. Explícanos todo lo que sabes sobre Meadows, cómo y cuándo lo conociste; con pelos y señales.

Bosch pasó la siguiente hora contándole a Pounds todo lo que sabía sobre Meadows; le habló de los túneles y de la vez que Meadows le llamó después de veinte años y él lo ayudó a entrar en el programa para veteranos de Sepúlveda, sin verlo siquiera, sólo a través de llamadas. Durante la conversación, Bosch no se dirigió a los detectives ni una sola vez, como si ellos no estuvieran en el despacho.

—Yo no oculté que lo conocía —concluyó—. Se lo dije a Edgar. Fui al FBI y se lo conté directamente. ¿Crees que yo habría hecho eso si hubiera matado a Meadows? Ni siquiera Lewis y Clarke son tan tontos.

—Entonces, ¿por qué coño no me lo dijiste? —gritó Pounds—. ¿Por qué no está en los informes? ¿Por qué tengo que enterarme por el FBI? ¿Por qué Asuntos Internos tiene que enterarse por el FBI?

Así que Pounds no había llamado a Asuntos Internos; había sido Rourke. Bosch se preguntó si Eleanor Wish lo sabía, o si Rourke había llamado a esos idiotas cuando se quedó solo. Casi no la conocía —bueno, no la conocía de nada—, pero deseó que no le hubiera mentido.

—Empecé a escribir los informes esta mañana —explicó Bosch—. Iba a ponerlos al día después de pasar por el FBI, pero obviamente no he tenido ocasión.

—Bueno, te voy ahorrar el trabajo —dijo Pounds—. El caso pasa al FBI.

—¿Qué? —exclamó Bosch—. Esto no entra en la jurisdicción del FBI. Es un caso de asesinato.

—Rourke me dijo que la muerte está directamente relacionada con el robo al banco y que quieren incluirlo en su investigación. Ellos llevarán el caso y nosotros nombraremos a nuestro propio oficial para mantener la relación interdepartamental. Si llega el momento de acusar a alguien de homicidio, el oficial encargado lo entregará al fiscal del distrito para que presente los cargos.

—Joder, Pounds, aquí pasa algo. ¿Es que no lo ves?

Pounds devolvió la regla a su sitio y cerró el cajón.

—Sí, pasa algo, pero yo no lo veo como tú —respondió Pounds—. Se ha acabado, Bosch. Es una orden. Primero vas a hablar con estos dos hombres y luego vas a quedarte atado a una mesa hasta que Asuntos Internos acabe su investigación.

Pounds hizo una pequeña pausa antes de proseguir en tono solemne. Estaba claro que no le hacía ninguna gracia lo que tenía que decir.

—¿Sabes qué? Cuando te enviaron aquí el año pasado yo te podría haber metido en cualquier parte. Podría haberte colocado en Robos, haberte enterrado bajo una pila de papeles... Sin embargo, no lo hice. Vi que tenías talento y te puse en Homicidios, tal como creía que querías. El año pasado me dijeron que eras bueno, pero que no seguías las normas. Ahora veo que tenían razón. No sé si esto me afectará, pero ya no me importa tu futuro; hables o no hables con estos hombres, tú y yo hemos terminado. Si al final sobrevives a esto, ya puedes pedir un traslado porque a mi equipo de Homicidios no vas a volver.

Pounds recogió la carpeta azul de la mesa y se puso en pie. Al salir del despacho añadió:

—Tengo que enviar esto al FBI. Ustedes pueden usar el despacho el tiempo que deseen.

Pounds salió y cerró la puerta. Después de reflexionar

un instante, Bosch decidió que no podía culpar a Pounds por lo que había dicho o hecho. Encendió un cigarrillo.

—Eh, nada de fumar. Ya lo has oído —le ordenó Lewis.

—Vete a la mierda —replicó Bosch.

—Bosch, eres hombre muerto —anunció Clarke—. Esta vez te vamos a joder de verdad. Ya no eres el héroe que eras; ahora no habrá problemas de relaciones públicas porque a nadie le va a importar un pito lo que te pase.

Clarke se levantó y encendió la grabadora. A continuación recitó la fecha, los nombres de los tres hombres presentes y el número asignado a la investigación por el Departamento de Asuntos Internos. Bosch se fijó en que la cifra era setecientos números más alta que la de la investigación que acabó enviándolo a Hollywood nueve meses atrás. Sólo nueve meses y otros setecientos policías habían pasado por aquella mierda de interrogatorio. Dentro de poco ya no quedaría nadie para cumplir lo que proclamaban todos los coches patrulla: «Servir y proteger».

—Detective Bosch. —Lewis tomó la palabra con voz suave y tranquila—. Nos gustaría hacerle unas preguntas sobre la investigación de la muerte de William Meadows. ¿Podría contarnos su relación con el fallecido?

—Me niego a responder a cualquier pregunta sin la presencia de un abogado —contestó Bosch—. Me remito a mi derecho a representación legal establecido en el Código de Derechos del Policía del Estado de California.

—Detective Bosch, la administración del departamento no reconoce ese aspecto del Código de Derechos del Oficial de Policía. Se le ordena que responda a estas preguntas. Si no lo hace, estará sujeto a suspensión o posible expulsión del cuerpo. Usted...

—¿Podría aflojarme las esposas, por favor? —interrumpió Bosch.

—¿Qué? —exclamó Lewis, perdiendo su tono tranquilo y confiado.

Clarke se levantó, se dirigió hacia la grabadora y se inclinó sobre ella.

—El detective Bosch no está esposado y aquí hay dos personas que pueden atestiguarlo.

—Las dos que me han esposado. Y abofeteado —añadió Bosch—. Ésta es una clara violación de mis derechos civiles. Antes de continuar, solicito que esté presente un representante del sindicato y mi abogado.

Clarke rebobinó la cinta y apagó la grabadora. La metió en el maletín de su compañero, con la cara casi morada de rabia. Pasaron unos instantes antes de que cualquiera de los dos pudiera articular una sola palabra.

—Va a ser un placer destruirte, Bosch —amenazó Clarke—. Hoy mismo tendremos listos los papeles de la expulsión para enseñárselos al jefe. Te mandarán a hacer trámites a Asuntos Internos para que te podamos vigilar. Empezaremos por conducta inapropiada en un oficial e iremos subiendo; puede que incluso hasta asesinato. Sea como sea, estás acabado.

Cuando Bosch se levantó, los dos detectives de Asuntos Internos hicieron lo propio. Entonces Bosch dio una última calada a su cigarrillo, lo tiró al suelo y lo aplastó sobre el linóleo pulido. Sabía que los detectives lo limpiarían para evitar que Pounds descubriera que no habían controlado ni la entrevista ni al entrevistado. Al abrirse paso entre los dos hombres, Bosch soltó una bocanada de humo y abandonó el despacho sin decir una sola palabra. Una vez fuera oyó la voz frenética de Clarke:

—¡Ni se te ocurra continuar con el caso, Bosch!

Rehuyendo las miradas de sus compañeros, Bosch atravesó la oficina de la brigada y se dejó caer en su silla junto a la mesa de Homicidios. Entonces miró a Edgar, que estaba sentado al otro lado de la mesa.

—Tranquilo —dijo Bosch—. No te pasará nada.

—¿Y a ti?

—A mí me han echado del caso y esos dos cabrones me van a denunciar. Sólo me queda esta tarde; mañana seguramente me llegará la suspensión.

—Joder.

El subdirector de Asuntos Internos a cargo del caso tenía que firmar todas las órdenes de suspensión definitivas o temporales. Cualquier penalización superior debía ser aprobada por un subcomité de la comisión policial. Lewis y Clarke optarían por una suspensión temporal por conducta inapropiada en un oficial. A partir de ahí buscarían algo más grave para presentarlo ante la comisión. Si el subdirector firmaba una orden de suspensión contra Bosch, éste tendría que ser notificado según lo establecía el sindicato, es decir, en persona o mediante conversación telefónica grabada. Una vez notificado, Bosch podía ser enviado a su casa o a una mesa de Asuntos Internos en el Parker Center hasta que terminara la investigación. Pero tal como habían prometido, Lewis y Clarke pedirían que lo asignaran a su departamento para exhibirlo como un trofeo.

—¿Necesitas algo para el caso Spivey? —le preguntó.

—No, lo tengo todo. Voy a empezar a pasarlo... si es que encuentro una máquina de escribir —respondió Edgar—.

—¿Averiguaste lo que te pedí sobre el trabajo de Meadows en la construcción del metro?

—Harry... —Edgar se arrepintió de lo que iba a decir—. Sí, lo averigüé. Me dijeron que no había nadie llamado Meadows. Hay un tal Fields, pero es negro y hoy estaba en su puesto. No creo que Meadows trabajara allí bajo otro nombre porque no hay turno de noche. Aunque parezca increíble, dicen que el proyecto va adelantado. —En ese momento Edgar gritó—: ¡Me pido la Selectric!

—Ni hablar —respondió un detective de Automóviles llamado Minkly—. Me toca a mí.

Edgar registró la oficina con la mirada en busca de otra candidata. A última hora del día, las máquinas de escribir valían su peso en oro. Había una docena de ellas para treinta y dos detectives; eso si se contaban las manuales y las eléctricas con tics nerviosos como márgenes movedizos y teclas caprichosas.

—De acuerdo —volvió a gritar Edgar—. Pero me la pido detrás de ti, Mink. —Edgar se giró hacia Bosch y bajó la voz—: ¿Con quién crees que me pondrá?

—¿Pounds? No lo sé. —Aquello era como adivinar con quién se iba a casar tu mujer después de que la abandonaras. A Bosch no le interesaba demasiado quién sería el próximo compañero de Edgar—. Perdona, tengo que hacer un par de cosas —dijo.

—Sí, claro. ¿Necesitas que te ayude en algo?

Bosch negó con la cabeza y descolgó el teléfono. Primero llamó a su abogado y dejó un mensaje. Siempre tardaba tres mensajes en devolverle las llamadas, así que se recordó a sí mismo que debía llamarlo otra vez. Luego se volvió hacia su agenda, copió un número y telefoneó al Archivo de las Fuerzas Armadas en San Luis. Allí pidió hablar con quien se encargara de relaciones con la policía y le pasaron a una mujer llamada Jessie St. John. Bosch solicitó que le enviaran urgentemente copias de todas las hojas de servicio de Meadows. Tardarían tres días, le dijo St. John. Bosch pensó que nunca llegaría a ver los documentos; cuando los recibiera, él ya no estaría en la oficina, ni en la mesa ni en el caso. A continuación llamó a Donovan, de la policía científica, quien le informó de que no habían aparecido huellas dactilares en el equipo que encontraron en el bolsillo de la camisa de Meadows y sólo rastros en el aerosol. Los cristales de color marrón claro que habían hallado en el algodón resultaron ser heroína de una pureza de un cincuenta y cinco por ciento, mezclada en Asia. Bosch sabía que la mayor parte de la heroína que se vendía en la calle y que se inyectaban los yonquis era de una pureza del quince por ciento y casi toda procedía de México. Eso significaba que alguien le había metido a Meadows una inyección letal. En opinión de Harry, aquello convertía los resultados de los análisis en una mera formalidad. Meadows había sido asesinado.

El resto de información sobre la escena del crimen no le fue muy útil, excepto que la cerilla encontrada en la cañería no correspondía a la caja que apareció con el equipo. Bosch le dio a Donovan la dirección del apartamento de Meadows para que enviara un equipo a tomar huellas. Le dijo que compararan las cerillas del cenicero con las que encontraron en la tubería. Cuando colgó, Bosch se preguntó si Donovan enviaría a alguien antes de que se corriera la voz de que él ya no llevaba el caso.

La última llamada fue a la oficina del forense. Sakai le informó de que ya había notificado a los familiares más cercanos. La madre de Meadows aún vivía y, cuando la localizaron en New Iberia, Luisiana, les comunicó que no tenía dinero para trasladar o enterrar a su hijo, a quien no había visto en dieciocho años. Así pues, Billy Meadows no iba a volver a casa; el entierro tendría que correr a cargo del condado de Los Ángeles.

—¿Y la Asociación de Veteranos? —le preguntó Bosch—. Él era un veterano.

—Me informaré —prometió Sakai antes de colgar.

Bosch se levantó y sacó una grabadora de bolsillo de su archivador, que estaba contra la pared, detrás de la mesa de Homicidios. Bosch se metió la grabadora en la cazadora, con la cinta de la llamada a Emergencias y salió de la oficina de la brigada por el pasillo trasero. Pasó por delante de los bancos de detención y las celdas hasta llegar a la oficina del CRAC. Aquel cuartito diminuto estaba más lleno de gente que la sala de detectives; las mesas y archivadores de cinco hombres y una mujer se apilaban en una habitación minúscula, más pequeña que un dormitorio en el barrio de Venice.

En una de las paredes había una fila de archivadores de cuatro cajones, mientras que en la pared opuesta estaban el ordenador y el teletipo. Entre ambas había tres pares de mesas colocadas una junto a otra y, en la pared del fondo, el típico plano de la ciudad con las dieciocho divisiones policiales marcadas con líneas negras. Encima se veían las caras de los diez más buscados: diez fotos en color de los peores elementos en la División de Hollywood. Bosch se fijó en que una de ellas estaba tomada en el depósito de cadáveres; el tío estaba muerto, pero seguía en la lista. «Menudo elemento», pensó Bosch. Y sobre las fotos, en letras negras plastificadas, se leía «Centro de Recursos Anticrimen» (CRAC).

En la oficina sólo estaba Thelia King, sentada delante del ordenador. Justo lo que Bosch quería. Thelia King —también conocida como El Rey, apodo que ella odiaba, o Elvis, que no le molestaba— era la operadora del ordenador CRAC. Si uno quería averiguar el origen y las relaciones de una banda callejera o localizar a un menor que merodeaba por Hollywood, Elvis era la persona indicada. A Bosch le sorprendió mucho el hecho de que estuviera sola. Consultó su reloj; eran poco más de las dos, demasiado temprano para que las patrullas que controlaban las bandas hubieran salido a la calle.

—¿Dónde está todo el mundo?

—Hola, Bosch —le saludó ella, desviando la vista de la pantalla—. Han ido de entierro. Coinciden los funerales de dos chicos de bandas rivales en el mismo cementerio, en el valle de San Fernando. Están todos allí, para controlar que aquello no se desmadre.

—¿Y tú?, ¿cómo es que no te has ido con los chicos?

—Acabo de llegar de los tribunales. Bueno, Bosch, antes de contarme qué te trae por aquí, por qué no me explicas qué ha pasado antes en el despacho de Noventa y ocho.

Bosch sonrió. Los rumores corrían más rápido en la comisaría que en la calle. Le hizo un resumen de lo que había sucedido y de la batalla que se le venía encima con los de Asuntos Internos.

—Bosch, te lo tomas todo demasiado en serio —dijo ella—. ¿Por qué no te buscas un trabajito extra?, algo que no te agobie. Como tu compañero. Es una pena que el mamón esté casado. Vendiendo casas en las horas libres, se saca el triple de lo que nosotros ganamos partiéndonos los cuernos todo el día. A mí me hace falta un chollo así.

Bosch asintió. Pensó que el problema era precisamente que nadie se agobiaba por nada. Estaba convencido de que él se tomaba las cosas como había que tomárselas y que eran los otros los que no se las tomaban lo suficientemente en serio. Aquél era el problema, que todo el mundo se buscaba un chollo fuera del departamento.

—¿Qué quieres? —dijo ella—. Será mejor que te ayude ahora, antes de que te suspendan oficialmente y no puedas asomar la cara por aquí.

—No te muevas —le dijo Bosch. Acto seguido, acercó una silla y le contó lo que necesitaba.

El ordenador CRAC tenía un programa llamado PACA, un acrónimo dentro de otro. PACA agrupaba toda la información sobre Pandillas Callejeras: incluía los datos de más de 55.000 miembros de bandas y delincuentes juveniles de la ciudad y estaba conectado a la base de datos del Departamento del Sheriff, que disponía de 30.000 nombres más. Una parte fundamental del programa era el archivo de alias, que partiendo de los apodos permitía obtener nombres verdaderos, fechas de nacimiento, direcciones, etc. Todos los apodos que la policía averiguaba a través de detenciones o identificaciones se entraban en este archivo, que contaba con más de 90.000 motes. Para acceder a ellos sólo había que saber qué teclas pulsar. Y Elvis sabía.

Bosch le dio las dos letras que había encontrado.

—No sé si es el nombre completo, pero no lo parece —le explicó.

Ella abrió el programa, tecleó las letras T e I, y apretó INTRO. La información tardó trece segundos en aparecer.

—Trescientos cuarenta y tres nombres —anunció, frunciendo el ceño—. Vas a tener que quedarte a dormir, cariño.

Bosch le pidió que eliminase a negros e hispanos. La voz le había sonado como la de un chico blanco. Ella pulsó varias teclas y las letras ámbar de la pantalla recompusieron la lista.

—Eso está mejor. Diecinueve nombres.

Había cinco Tiñosos, cuatro Tirados, dos Tísicos, dos Tiburones, dos Tibus, un Tiburoncito, un Tibetano, un Tintorero y un Tití. Bosch recordó la pintada que había visto en la tubería; la T serrada, como una boca abierta. ¿Podría ser la de un tiburón?

—Dame las variaciones de «Tiburón» —dijo él. King pulsó un par de teclas y esta vez las letras ámbar sólo cubrieron una tercera parte de la pantalla. Según el archivo, Tiburoncito era un chico de la zona del valle de San Fernando, cuyo único contacto con la policía se había saldado con el pago de una multa y varias jornadas de limpiar pintadas por haber ensuciado las paradas de autobús de Ventura Boulevard, a la altura de Tarzana. Tenía quince años, por lo que Bosch dedujo que difícilmente estaría rondando por la presa a las tres de la mañana de un domingo. King pidió los datos del primer Tibu, pero éste resultó estar en un campamento para delincuentes juveniles de Malibú. El segundo Tibu había muerto en 1989, en una guerra de tribus entre el KGB (Kolectivo de Guerreros del Boulevard) y los Niños de las Viñas. La policía todavía no había eliminado su nombre de la base de datos.

Cuando King pidió la información sobre el primer Tiburón, la pantalla se llenó y, en la parte inferior, apareció la palabra «Más».

—Éste es un delincuente habitual —comentó King.

El informe del ordenador describió a Edward Niese, un varón de raza blanca, de diecisiete años de edad, que solía conducir una moto amarilla matrícula JVN138 y del que se desconocía su afiliación a una banda, pero que firmaba sus pintadas con el seudónimo Tiburón. El ordenador decía que se había fugado en repetidas ocasiones de casa de su madre en Chatsworth y su ficha policial ocupaba dos pantallas enteras. Bosch dedujo por la localización de las detenciones e interrogatorios que, cuando se fugaba, el tal Tiburón frecuentaba las zonas de Hollywood y West Hollywood.

Al ojear la segunda pantalla, Bosch advirtió que lo habían arrestado hacía tres meses por vagabundear en la presa de Mulholland.

—Ése es —dijo Bosch—. Olvídate del último chico. ¿Me imprimes una copia?

Tras teclear las órdenes, King señaló la pared donde estaban los archivadores. Bosch se levantó y abrió el cajón de la letra N, del cual extrajo la carpeta de Edward Niese. Dentro había una foto en color tomada por la policía, en la que se veía a un chico bajito y rubio, con esa mirada entre dolida y desafiante tan común entre los jóvenes actuales. La cara le resultó familiar, pero no consiguió situarla. Al darle la vuelta a la foto, Bosch se fijó en que llevaba fecha de dos años antes. A continuación, King le entregó la información que había impreso y Bosch se sentó a estudiarla en una de las mesas vacías de la oficina.

Los delitos más graves que había cometido Tiburón —o por los que había sido arrestado— eran pequeños hurtos en tiendas, actos de vandalismo, vagabundeo y posesión de marihuana y anfetaminas. En una ocasión lo habían retenido durante veinte días en el reformatorio de Sylmar tras uno de los arrestos por posesión de droga, pero al final lo habían soltado y puesto bajo custodia familiar. Todas las otras veces se lo habían entregado directamente a su madre. A pesar de ello, Tiburón seguía fugándose de casa.

El archivo manual sólo agregaba algunos detalles sobre las detenciones. Bosch rebuscó entre los papeles hasta que encontró el informe sobre el arresto por vagabundear cerca del lago. El caso no pasó de la vista preliminar, ya que Tiburón aceptó regresar a casa de su madre. Sin embargo, aquello no debió de durar demasiado porque dos semanas más tarde su madre comunicó su desaparición al oficial encargado de su custodia. Según aquellos documentos, Tiburón aún no había aparecido.

Bosch leyó el resumen del arresto por vagabundear escrito por el oficial investigador (OI):

> El OI entrevistó a Donald Smiley, encargado de la presa de Mulholland, quien declaró que a las 7.00 horas del día señalado entró a limpiar la tubería sita junto al camino de acceso al lago. Smiley encontró al chico durmiendo sobre un lecho de papel de periódico. Cuando lo despertó, el chico estaba sucio y daba muestras de incoherencia, por lo que dedujo que se hallaba bajo los efectos de un narcótico. A continuación Smiley llamó a la policía y el OI acudió a la presa. El sujeto le explicó al OI que estaba durmiendo allí porque su madre no lo quería en casa. El OI descubrió que el chico se había fugado en anteriores ocasiones y lo arrestó por vagabundear.

Tiburón era un animal de costumbres, pensó Bosch. Lo habían detenido en la presa hacía tres meses, pero había vuelto a dormir allí el domingo por la noche. Bosch revisó el resto de papeles del expediente en busca de otras costumbres que pudieran ayudarle a encontrarlo. En una ficha de siete por doce leyó que en el mes de enero Tiburón había sido parado e interrogado, pero no detenido en Santa Monica Boulevard, cerca de West Hollywood. Tiburón se estaba abrochando unas Reebok nuevas cuando un agente, creyendo que quizá las había robado, le pidió el recibo, que el chico sacó de un estuche de piel. Eso habría sido todo si el agente no se hubiera fijado en que dentro del estuche había una bolsita de plástico que resultó contener diez fotografías de Tiburón. En todas ellas aparecía desnudo y en diferentes poses; en algunas se estaba tocando y en otras mostraba una erección. El agente las destruyó, pero apuntó en la ficha que pensaba advertir a la oficina del sheriff de West Hollywood de que Tiburón estaba vendiendo fotos a homosexuales en Santa Monica Boulevard.

No había nada más. Bosch cerró la carpeta y se quedó la foto de Tiburón. Después de darle las gracias a Thelia King, se levantó y salió de la minúscula oficina. Al caminar por el pasillo trasero de la comisaría, pasó por delante de los bancos de detención y entonces recordó el rostro de la fotografía. Ahora llevaba el pelo más largo y su mirada era más desafiante que dolida, pero a Bosch no le cupo duda de que el chico que había visto esposado al banco aquella mañana era Tiburón. Todavía no habrían pasado los datos del arresto al ordenador. Bosch entró en el despacho del comandante de guardia, le pidió la hoja de detenciones que buscaba y lo siguió hasta una caja marcada con la etiqueta «Turno de noche». Entre la pila de informes, Bosch encontró los papeles correspondientes a Edward Niese.

Según la hoja, a Tiburón lo habían detenido a las cuatro de la mañana cuando merodeaba por un quiosco de Vine Street. Un oficial de patrulla creyó que estaba haciendo la calle y lo paró. Al comprobar sus datos en el ordenador, vio que se había fugado de casa. El chico fue retenido hasta las nueve, hora en que vino a recogerlo el oficial encargado de su custodia. Bosch llamó al oficial del reformatorio de Salymar, pero descubrió que Tiburón ya había comparecido ante un tribunal de menores y había sido entregado a su madre.

—Y ése es su problema —comentó el oficial—. Esta noche se escapará otra vez y volverá a la calle, se lo garantizo. Yo ya se lo dije al juez, pero no, él no iba a encerrar al chico sólo por estar en la calle y porque su madre sea una puta telefónica.

—¿Una qué? —preguntó Bosch.

—¿No está en su ficha? Pues sí, mientras Tiburón está en la calle, su querida mamá se pasa el día al teléfono contándole a alguien que se le va a mear en la boca y le va a poner una goma en la polla. Se anuncia en revistas porno y cobra cuarenta dólares por quince minutos. Los clientes pagan con Mastercard o Visa y ella los hace esperar mientras comprueba por otra línea que la tarjeta es válida. Llevará haciéndolo unos cinco años, o sea que Edward ha pasado su adolescencia escuchando esa mierda. No es de extrañar que el chico se fugue de casa y se meta en líos, ¿no?

—¿Cuánto rato hace que se marcharon?

—Serían las doce. Si quieres encontrarlo en casa más vale que vayas ahora. ¿Tienes la dirección?

—Sí.

—Ah, y Bosch; no te esperes a la típica puta. La tía no se parece en nada al papel que interpreta por teléfono, ya me entiendes. Puede que su voz sea sexy, pero tiene una pinta que tiraría a un ciego de espaldas.

Bosch le agradeció la advertencia y colgó. Entró en la carretera 101 en dirección al valle de San Fernando, luego tomó la 405 hacia el norte hasta la 118 y desde allí se dirigió al oeste. Al llegar a Chatsworth salió de la carretera principal y condujo por entre las montañas que se alzaban al norte del valle. Finalmente divisó unos edificios de apartamentos situados en un rancho que antiguamente había sido usado en el rodaje de películas. Por lo visto el rancho también había sido uno de los escondites preferidos de Charles Manson y sus secuaces, y según se contaba, los restos del cadáver de uno de ellos seguían enterrados allí mismo. Cuando llegó Bosch, empezaba a caer la noche y la gente regresaba a casa del trabajo. Después de esperar en el denso tráfico que discurría por aquellas estrechas carreteras, después de muchas puertas cerradas y repetidas llamadas a la casa de la madre de Tiburón, Bosch descubrió que llegaba demasiado tarde.

—No tengo tiempo para hablar con más polis —le dijo Veronica Niese cuando finalmente abrió la puerta y vio la placa de Bosch—. En cuanto entramos en casa él sale a escape. Yo no sé dónde va, dígamelo usted; es su trabajo. Yo tengo que irme. Tengo tres llamadas esperándome y una es conferencia.

Veronica Niese rondaba los cincuenta y estaba gorda y arrugada. Resultaba evidente que llevaba peluca y la dilatación de sus pupilas no era normal; Bosch reconoció enseguida el olor a calcetín sucio de los adictos al *speed*. Valía más que sus clientes se quedaran con sus fantasías, con una voz sobre la que construir cuerpo y cara.

—Señora Niese, no estoy buscando a su hijo por algo que ha hecho, sino para hablar con él sobre algo que vio. Podría estar en peligro.

—Y una mierda. Esa frasecita ya me la conozco.

Dicho esto, Veronica Niese le cerró la puerta en las narices. Bosch se quedó allí parado y al cabo de un momento la oyó hablar por teléfono. Le pareció que adoptaba un acento francés, aunque no estaba seguro, pero las pocas frases que pudo distinguir le hicieron ruborizarse. Bosch pensó en Tiburón y comprendió que no era un fugitivo, porque no tenía nada ni nadie de que huir.

Cuando Bosch volvió a su coche, decidió dar la jornada por concluida. Además, se le había acabado el tiempo; Lewis y Clarke ya habrían hecho todo el papeleo necesario para que al día siguiente lo asignaran a una mesa del Departamento de Asuntos Internos. Bosch regresó a la comisaría para fichar. Todo el mundo se había ido y no había ningún mensaje en su mesa, ni siquiera de su abogado. De camino a casa se detuvo en Lucky y compró cuatro botellas de cerveza: dos mexicanas, una Old Nick inglesa y una Henry.

Al llegar a casa esperaba encontrar un mensaje de Lewis y Clarke en el contestador. Y así fue, pero el contenido no era el que imaginaba.

—Sé que estás ahí, así que escucha —dijo una voz que Bosch reconoció inmediatamente como la de Clarke—. Ellos pueden cambiar de opinión, pero nosotros no. Volveremos a vernos.

No había más mensajes. Bosch escuchó el de Clarke tres veces. Algo les había salido mal; les habían parado los pies. ¿Habría surtido efecto su burda amenaza de avisar a los medios de comunicación? Lo dudaba muchísimo. Entonces, ¿qué había ocurrido? Se sentó en su butaca de vigilancia y comenzó a beberse las cervezas, empezando por las mexicanas, mientras hojeaba el álbum de fotos que había olvidado guardar. Al abrirlo el domingo por la noche, las fotos habían despertado recuerdos desagradables, pero ahora se sintió atraído por ellas. El tiempo se había llevado su amenaza junto con su nitidez.

Ya había anochecido cuando sonó el teléfono, que Bosch cogió antes de que saltara el contestador.

—Bueno —dijo el teniente Harvey Pounds—, parece que ahora el FBI cree que han sido demasiado duros contigo. Han reconsiderado su postura y quieren que vuelvas al caso para ayudarles en todo lo que necesiten. Son órdenes directas de la central.

La voz de Pounds revelaba asombro ante el cambio de actitud del FBI.

—¿Y Asuntos Internos? —preguntó Bosch.

—No han presentado ninguna denuncia. Ya te he dicho que el FBI se ha echado atrás, así que Asuntos Internos también. De momento.

—O sea, que vuelvo al caso.

—Sí, aunque en contra de mi voluntad. Para que lo sepas, han tenido que saltar por encima de mí porque yo les mandé a todos a tomar por culo. Hay algo que apesta en todo esto, pero supongo que tendré que esperar a averiguarlo. Hasta nueva orden trabajarás con ellos en este caso.

—¿Y Edgar?

—No te preocupes por él; ya no es asunto tuyo.

—Siempre hablas como si me hubieras hecho un gran favor al ponerme en la mesa de Homicidios cuando me echaron del Parker Center, pero entérate de que el favor te lo hice yo a ti, así que si esperas una disculpa mía lo tienes claro.

—Yo no espero nada de ti, Bosch. Tú mismo te has hundido; lo único que me preocupa es que me arrastres contigo. Si de mí dependiera, te pondría a repasar las listas de objetos empeñados.

—Pero no depende de ti, ¿verdad?

Bosch colgó antes de que Pounds pudiera responderle.

Se quedó un rato meditando y, aún tenía la mano sobre el aparato, cuando éste volvió a sonar.

—¿Qué pasa?

—Vaya, qué mal humor... —comentó Eleanor Wish.

—Pensaba que eras otra persona.

—Bueno, supongo que ya te has enterado.

—Pues sí.

—Ahora trabajarás conmigo.

—¿Por qué habéis parado la ejecución?

—Porque queríamos mantener alejada a la prensa.

—Tiene que haber algo más.

Ella no dijo nada, pero siguió al aparato. Finalmente a Bosch se le ocurrió algo que añadir.

—¿Qué hago mañana?

—Ven a verme a primera hora y ya decidiremos.

Cuando Bosch colgó estuvo un rato pensando en ella y en que no tenía ni idea de lo que estaba pasando. Aunque no le hacía ninguna gracia, no podía hacer nada. Finalmente se dirigió a la cocina y sacó la botella de Old Nick de la nevera.

Y

Mientras telefoneaba, Lewis permanecía de espaldas al tráfico, usando su enorme cuerpo para bloquear el ruido.

—Empieza mañana con el FBI..., quiero decir el Buró —explicó Lewis—. ¿Qué quiere que hagamos?

De momento Irving se quedó callado y Lewis se lo imaginó al otro extremo del teléfono con la mandíbula apretada. «Cara de Popeye», pensó Lewis con una sonrisa. En ese momento Clarke se acercó y le susurró:

—¿De qué te ríes? ¿Qué te ha dicho?

—¿Quién era ése? —inquirió Irving.

—Clarke, señor. Sólo quería saber nuestras órdenes.

—¿Ha hablado el teniente Pounds con el sujeto?

—Sí, señor —respondió Lewis, mientras se preguntaba si Irving estaría grabando la llamada—. El teniente dijo que... bueno... el sujeto va a trabajar con el FB... el Buró. Van a unificar la investigación del banco y la del asesinato. Bosch trabajará con la agente especial Eleanor Wish.

—¿Qué estará tramando ese cabrón? —preguntó Irving, sin esperar respuesta alguna. Hubo un largo silencio; Lewis sabía perfectamente que era mejor no interrumpir los pensamientos de su jefe. Cuando vio que Clarke volvía a acercarse le hizo un gesto con la mano para que se fuera y sacudió la cabeza como si estuviera tratando con un niño caprichoso.

Llamaba desde un teléfono público sin puertas situado al final de Woodrow Wilson Drive, al lado del cruce de Barham Boulevard y la autopista de Hollywood. Lewis oyó el estruendo de un camión que pasaba y notó la correspondiente ráfaga de aire cálido. Cuando alzó la vista hacia las luces de la colina, intentó distinguir cuál procedía de la casa colgante donde vivía Bosch. Era imposible saberlo; la colina parecía un gigantesco árbol de Navidad repleto de lucecitas.

—Debe de tener algún tipo de influencia sobre ellos

—decidió finalmente Irving—. Se habrá metido a la fuerza. Las órdenes son proseguir con la vigilancia. Sin que él lo sepa, claro. Está tramando algo y quiero que averigüen de qué se trata. Mientras tanto vayan recogiendo datos para el 1/81. Puede que el Buró Federal de Investigación haya retirado su denuncia, pero nosotros no nos rendiremos.

—¿Y qué pasa con Pounds? ¿Quiere que sigamos informándole?

—Querrá decir el teniente Pounds, detective Lewis. Sí, envíenle cada día una copia de su informe. Con eso será suficiente.

Irving colgó sin decir otra palabra.

—Desde luego, señor —añadió Lewis de todos modos. No quería que Clarke supiera que el subdirector le había colgado—. Seguiremos con el caso. Gracias, señor. Buenas noches.

Entonces Lewis colgó también, secretamente avergonzado de que su jefe no hubiera considerado necesario despedirse de él.

Clarke se acercó rápidamente.

—¿Qué?

—Que mañana continuamos con Bosch. Tráete el orinal.

—¿Y ya está? ¿Sólo tenemos que vigilarlo?

—De momento sí.

—Mierda, y yo que quería registrar la casa de ese cerdo... romperle algo. Seguramente tiene todo el botín allá arriba.

—Si estuviera implicado, dudo que fuera tan idiota. De momento tenemos que esperar. Si no está limpio, ya veremos.

—Seguro que no está limpio.

—Ya veremos.

Tiburón estaba sentado en la tapia de un aparcamiento

de Santa Monica Boulevard, observando con atención la fachada iluminada de un 7-Eleven al otro lado de la calle. Se fijaba en quién entraba y salía. Hasta entonces casi todo eran turistas y parejas; todavía no había entrado ningún soltero, nadie adecuado. El chico a quien llamaban Pirómano se acercó lentamente.

—Esto no funciona, tío —opinó.

Pirómano llevaba el pelo teñido de rojo y de punta, tejanos negros y una camiseta negra bastante sucia. En ese momento estaba fumándose un Salem y no iba colocado, pero tenía hambre. Tiburón lo miró a él y luego al tercer chico, Mojo, que estaba sentado en el suelo, cerca de las motos. Mojo era más achaparrado; llevaba el pelo engominado recogido en una coleta y tenía la piel marcada por el acné, lo cual le daba un aire de tristeza permanente.

—Esperemos un par de minutos más —dijo Tiburón.

—Yo quiero papear, tío —replicó Pirómano.

—¿Y crees que yo no? Todos tenemos hambre.

—¿Y si vamos a ver a Bettijane? —sugirió Mojo—. Seguro que ella habrá sacado suficiente para todos. Tiburón lo miró y le dijo:

—Id vosotros si queréis. Yo me quedo aquí hasta que ligue. No pienso irme sin comer.

Mientras decía esto, Tiburón vio que un Jaguar XJ6 de color burdeos se detenía delante de la tienda.

—¿Y el fiambre de la tubería? —preguntó Pirómano—. ¿Crees que lo habrán encontrado? Podríamos subir a ver si tiene pasta. Todavía no entiendo por qué no tuviste huevos de hacerlo ayer noche, tío.

—Pues sube tú solo —contestó Tiburón—. Entonces ya veremos quién tiene huevos.

Tiburón no les había contado que había llamado a Emergencias para denunciar lo del cadáver. Aquello sería más difícil de perdonar que su miedo a entrar en la tubería.

Un hombre bajó del Jaguar; tendría cerca de cuarenta

años y llevaba el pelo corto, pantalones blancos de pinzas, una camisa y un jersey anudado sobre los hombros.

Tiburón no vio a nadie esperando en el coche.

—¡Eh, un Jaguar! —exclamó. Los otros dos se volvieron hacia la tienda—. Allá voy.

—Nosotros estaremos aquí.

Tiburón bajó de la tapia de un salto y cruzó la calle a paso ligero. A través del escaparate de la tienda observó al propietario del Jaguar, que hojeaba unas revistas con un helado en la mano. A juzgar por las miradas que echaba a los otros hombres de la tienda, el tío entendía. Al ver que se dirigía al mostrador para pagar el helado, Tiburón se animó y se agachó delante de la tienda, a un metro del Jaguar.

Cuando el hombre salió, Tiburón esperó a que sus miradas se cruzaran y el hombre le sonriera.

—Oiga, señor —le dijo mientras se levantaba—. ¿Le importaría hacerme un favor?

El hombre miró a su alrededor antes de responder.

—No, claro. ¿Qué quieres?

—¿Podría entrar y pedirme una cerveza? Yo le doy el dinero; sólo quiero una. Para relajarme un poco. El hombre vaciló.

—No sé... Es ilegal. Tú no tienes veintiún años y yo podría meterme en un lío.

—Bueno... —contestó el muchacho con una sonrisa—. Y en su casa, ¿tiene cerveza? Así no tendría que comprarla; que yo sepa no es delito dársela a alguien.

—Em...

—No me quedaré mucho rato, aunque si quiere podríamos relajarnos un poco.

El hombre lanzó otra mirada a su alrededor y comprobó que no había nadie observando. Tiburón supo que lo tenía en el bote.

—De acuerdo —contestó—. Si quieres luego te traigo aquí.

—Guay —dijo el chico.

Se dirigieron hacia el este por Santa Monica Boulevard y torcieron por Flores Street hasta llegar a un bloque de apartamentos de lujo. Tiburón no se dio la vuelta ni miró por el retrovisor porque sabía que sus colegas lo seguían. Delante del edificio había una verja de seguridad que el hombre abrió y cerró con su llave. Una vez en su casa, el hombre dijo:

—Me llamo Jack. ¿Qué quieres tomar?

—Yo Phil. ¿Tienes algo de comer? Tengo un poco de hambre. —Tiburón miró a su alrededor en busca del interfono y el botón para abrir la verja. El apartamento estaba decorado con muebles de tonos claros y una suave moqueta cruda—. Qué casa tan bonita.

—Gracias. Voy a ver qué tengo. Si quieres, puedo lavarte la ropa mientras estés aquí. No hago esto muy a menudo, pero cuando puedo, siempre intento ayudar.

Tiburón lo siguió hasta la cocina. En la pared, junto al teléfono, estaba el interfono. En cuanto Jack abrió la nevera y se agachó para ver qué había, Tiburón apretó el botón que abría la verja de fuera; Jack no se dio cuenta.

—Tengo atún. Puedo hacerte una ensalada... ¿Cuánto tiempo llevas en la calle?... No voy a llamarte Phil. Si no quieres decirme tu verdadero nombre no pasa nada.

—¿Ensalada? Chachi. No mucho tiempo.

—¿Estás sano?

—Sí, claro.

—Tomaremos precauciones.

Había llegado el momento. Tiburón retrocedió en dirección al pasillo. Cuando Jack alzó la vista de la nevera con un bol de plástico en la mano y la boca semiabierta, a Tiburón le pareció que lo miraba como si presintiera algo; como si supiera lo que iba a ocurrir. Tiburón corrió el pestillo, abrió la puerta y dejó pasar a Pirómano y a Mojo.

—¡Eh! ¿Qué es esto? —exclamó Jack, con voz temblorosa. Se abalanzó hacia el pasillo y Pirómano, el más corpulento de los tres, le pegó un puñetazo en la nariz. Se oyó un ruido como el de un lápiz al romperse, el bol de plástico cayó al suelo, y la moqueta cruda se tiñó de rojo.

Tercera parte

Martes, 22 de mayo

Eleanor Wish llamó de nuevo el martes por la mañana, mientras Harry Bosch intentaba anudarse la corbata frente al espejo del lavabo. Wish propuso quedar en un café de Westwood Boulevard antes de llevarlo al FBI. Bosch aceptó, a pesar de que ya se había tomado dos tazas de café. Colgó el teléfono, se abrochó el cuello de su camisa blanca y se ajustó la corbata. Hacía mucho tiempo que no prestaba tanta atención a su aspecto.

Cuando Bosch llegó al café, Wish estaba sentada en una de las mesas junto a la ventana con un vaso de agua entre las manos; parecía de buen humor. A un lado había un plato con el papel de una magdalena. Cuando Bosch se sentó, ella le dedicó una sonrisa fugaz y alzó la mano para llamar a la camarera.

—Sólo café —dijo Bosch.

—¿Ya has desayunado? —preguntó Wish cuando la camarera se alejó.

—No, pero no tengo hambre.

—Ya veo que no comes mucho.

Lo dijo más como una madre que como un detective.

—Bueno, ¿quién me va a explicar el caso? ¿Tú o Rourke?

—Yo.

La camarera le trajo a Bosch su café. Mientras tomaba un sorbito, Bosch oyó que en la mesa de al lado cuatro vendedores discutían sobre la cuenta.

—Quiero que el FBI me ponga por escrito su solicitud de ayuda y la firme el agente especial al mando de la oficina de Los Ángeles.

Wish dudó un instante, dejó su vaso sobre la mesa y lo miró por primera vez a los ojos. Los de ella eran tan oscuros que no revelaban ningún secreto. Bosch advirtió que en el rabillo asomaban unas leves arrugas sobre la piel bronceada y que en la barbilla tenía una pequeña cicatriz blanca en forma de luna menguante, muy antigua y apenas visible. Se preguntó si la cicatriz y las patas de gallo le preocuparían. A él le pareció que su rostro ocultaba una cierta tristeza, un misterio que pugnaba por salir a la superficie. «Quizá sea cansancio», pensó. No obstante, la agente Wish era una mujer atractiva; Bosch calculó que tendría unos treinta y pocos años.

—Creo que no habrá problema —contestó ella—. ¿Tienes alguna exigencia más antes de empezar a trabajar?

Él sonrió y negó con la cabeza.

—Bueno, ayer leí tu informe del asesinato y la verdad es que, teniendo en cuenta los pocos datos con que contabas y que lo hiciste en un solo día, me pareció muy bueno. La mayoría de detectives todavía estarían esperando la autopsia y pensando que fue una sobredosis accidental.

Bosch no dijo nada.

—¿Por dónde empezamos hoy? —inquirió ella.

—Hay varias cosas que todavía no figuran en el informe. ¿Por qué no me hablas antes del robo? Necesito saber lo que pasó; lo único que tengo es lo que el FBI dio a los periódicos y lo de los boletines. Si tú me pones al día, yo continuaré la historia a partir de Meadows.

La camarera vino y volvió a llenar la taza de café y el vaso de agua. A continuación Eleanor Wish le contó la historia del golpe al banco. A Bosch se le iban ocurriendo preguntas, pero intentó recordarlas para hacérselas más tarde. La agente parecía maravillada con la historia, el plan y la ejecución de todo el asunto. Los ladrones, quienesquiera que fueran, gozaban de su respeto. Bosch casi se sintió celoso.

—Bajo las calles de Los Ángeles —explicó ella—, hay más de seiscientos kilómetros de alcantarillas suficientemente amplias para que pase un coche, además de dos mil kilómetros por donde se puede caminar, o al menos pasar a gatas. Eso significa que cualquiera puede meterse y acercarse a cualquier edificio de la ciudad si sabe el camino. Averiguarlo no es difícil; los planos de toda la red están a disposición del público en los archivos del condado. Total, que los ladrones emplearon el sistema de alcantarillado para llegar al WestLand National.

Bosch ya se lo había imaginado, pero no dijo nada. Por lo visto el FBI creía que había cuatro hombres implicados: tres bajo tierra y uno en la superficie, vigilando y coordinando la operación. El de arriba probablemente se comunicaba con ellos por radio, excepto al final, para evitar que las ondas detonasen los explosivos. Los hombres de abajo se abrieron paso por las alcantarillas en motos todoterreno de la marca Honda. Había una entrada en la cuenca del río Los Ángeles, al noreste del centro por la que pasaría un camión. Los ladrones entraron por allí, seguramente al amparo de la oscuridad. Siguiendo los mapas del archivo recorrieron unos tres kilómetros por la red de túneles hasta llegar a un punto a unos diez metros de profundidad bajo Wilshire Boulevard, a ciento cincuenta metros de distancia del WestLand National.

Emplearon un taladro industrial y una broca redonda de sesenta centímetros de diámetro, probablemente con punta de diamante. El taladro funcionaba gracias a un generador conectado a una de las motos y lo usaron para abrir un boquete en la pared de cemento de la alcantarilla, que tenía un grosor de unos quince centímetros. Una vez hecho esto, los hombres empezaron a cavar.

—El asalto a la cámara acorazada ocurrió durante el

puente del día del Trabajo —prosiguió Wish—. Creemos que empezaron el túnel unas tres o cuatro semanas antes. Sólo trabajaban por la noche; entraban, cavaban y terminaban al amanecer. Durante el día, empleados del Departamento de Aguas y Electricidad examinan las alcantarillas en busca de grietas y otros problemas, así que suponemos que los atracadores no quisieron arriesgarse.

—¿Y el agujero que hicieron en la pared? ¿No lo vio nadie? —intervino Bosch, que inmediatamente se arrepintió de hacer una pregunta antes de que ella hubiera terminado.

—No —respondió ella—. Los tíos pensaron en todo. Después del robo encontramos una tabla redonda de conglomerado de sesenta centímetros de diámetro recubierta de cemento. Creemos que, cuando se marchaban cada mañana, los ladrones tapaban el agujero con la tabla y la enmasillaban un poco. Por fuera parecía un antiguo conducto de la alcantarilla al que habían puesto un parche. Es bastante común ahí abajo; yo he estado y se ven muchos. Sesenta centímetros es un tamaño estándar, así que no habría llamado la atención. Cuando volvían a la noche siguiente, sólo tenían que sacar la tapa y seguir cavando.

Wish explicó que la galería había sido excavada con herramientas de mano: picos, palas y taladros enchufados al generador de uno de los vehículos. Al parecer los ladrones, además de linternas, usaron velas, porque el FBI encontró algunas que seguían encendidas en unas pequeñas incisiones hechas en la pared del túnel.

—¿Te recuerda algo? —preguntó Wish.

Bosch asintió.

—Calculamos que avanzaban de tres a seis metros por noche —continuó ella—. En el túnel también hallamos dos carretillas que los ladrones habían cortado por la mitad y desmontado para que pasaran por el orificio de sesenta centímetros. Luego las engancharon de nuevo para usarlas durante la excavación. Uno o dos de ellos debían de estar encargados de sacar las carretillas llenas de tierra y vaciarlas en la alcantarilla principal, en la que fluía suficiente agua para arrastrar la tierra hasta el cauce del río. Creemos que algunas noches su compinche en la superficie abría las bocas de incendios en Hill Street para que corriera más agua allá abajo.

—O sea que ellos tenían agua a pesar de la sequía.

—Pues sí.

Cuando los ladrones finalmente llegaron debajo del banco, se sirvieron de su electricidad. Wish recordó a Bosch que, como el centro está muerto los fines de semana, los bancos cierran el sábado. Ese viernes, después de horas de oficina, consiguieron desactivar la alarma. Uno de ellos debía de ser un experto en alarmas. Meadows no, porque lo suyo eran los explosivos.

—Lo más curioso es que al final no les habría hecho falta un experto en alarmas —continuó ella—. Te explico: el sensor de la cámara acorazada llevaba toda la semana sonando, porque los tipos, con sus palas y taladros, habían disparado las alarmas. La policía y el director de la sucursal tuvieron que ir al banco cuatro noches seguidas; un día, tres veces en una noche. Como no encontraban nada raro, empezaron a pensar que se trataba de un defecto del sistema, que el detector de sonido y movimiento se habría estropeado. El director llamó a los fabricantes de la alarma y ellos le dijeron que no podían enviar a nadie hasta después del puente. Entonces el director...

—Desconectó la alarma —terminó Bosch.

—Sí, señor. Decidió que no iba a pasarse el fin de semana yendo y viniendo al banco. Había planeado marcharse a su chalé de Palm Springs y jugar al golf, así que el tío desconectó la alarma. Ni que decir tiene que ya no trabaja en el WestLand National.

—Nuestros hombres emplearon un taladro atornillado al suelo de la cámara acorazada para abrir un agujero de cinco kilómetros de diámetro que perforase el metro y medio de cemento armado. Los peritos del FBI estiman que la operación debió de durar un mínimo de cinco horas. Los ladrones lograron que no se recalentara la broca manteniéndola fresca con el agua de una cañería subterránea: agua del banco.

—En cuanto tuvieron el agujero, lo rellenaron con C-4 —siguió la agente—. Pusieron una mecha larga hasta la alcantarilla principal, desde donde lo hicieron explotar.

Wish comentó que el registro de llamadas de urgencia del Departamento de Policía de Los Ángeles mostraba que a las 9.14 horas del sábado saltaron las alarmas de un banco frente al WestLand National y de una joyería a una manzana de distancia.

—Creemos que se trata de la hora de la detonación —dijo Wish—. La policía envió una patrulla; los agentes miraron y no vieron nada, decidieron que las alarmas se habían disparado por culpa de un temblor de tierra y se marcharon. A nadie se le ocurrió comprobar el WestLand National porque su alarma ni siquiera había sonado y nadie sabía que estaba desconectada.

Una vez en el interior de la cámara, los atracadores ya no salieron hasta el final. Trabajaron durante todo el fin de semana, descerrajando las cajas fuertes, sacándolas y vaciándolas.

—Dentro encontramos latas de comida vacías, bolsas de patatas fritas, paquetes de alimentos liofilizados; es decir, lo necesario para sobrevivir unos cuantos días —explicó Wish—. Todo apunta a que pasaron las noches allí, seguramente turnándose para dormir. En el túnel había una parte más ancha, como un pequeño cuarto. Lo debieron de usar como dormitorio porque encontramos las huellas de un saco de dormir en el suelo de tierra, así como las de varias culatas de M-16. Llevaban armas automáticas, lo cual indica que no planeaban rendirse si las cosas se torcían.

Wish dejó que Bosch digiriera la información antes de reanudar su relato.

—Calculamos que estuvieron en la cámara unas sesenta horas como mínimo, durante las cuales desvalijaron cuatrocientas sesenta y cuatro cajas de un total de setecientas cincuenta. Suponiendo que efectivamente fueran tres, tocaban a unas ciento cincuenta y cinco por cabeza. Si restamos quince horas para descansar y comer durante los tres días que pasaron allí, tenemos que cada hombre desvalijó unas tres o cuatro cajas por hora.

La agente Wish opinaba que se habían marcado una hora límite para salir; quizá las tres de la madrugada del martes. Si salieron a esa hora, tuvieron tiempo de sobra para recoger sus cosas e irse. Agarraron el botín y las herramientas y se marcharon. El director del banco, con su flamante bronceado de Palm Springs, descubrió el golpe cuando abrió la cámara acorazada el martes por la mañana.

—En resumidas cuentas, eso es todo —dijo ella—. Es lo mejor que he visto u oído desde que me dedico a esto. Cometieron tan pocos errores que, aunque hemos descubierto muchas cosas sobre cómo lo hicieron, no sabemos casi nada de quién lo hizo. Meadows fue lo más cerca que llegamos y ahora está muerto. La foto que me enseñaste ayer, la del brazalete... Tenías razón, es la primera cosa que ha salido a la luz.

—Y ahora ha desaparecido.

Bosch esperó a que ella dijera algo, pero no lo hizo.

—¿Cómo escogieron las cajas que desvalijaron?

—Creemos que al azar. Ya te enseñaré un vídeo que tengo en la oficina, pero parece que hubieran dicho: «Tú dedícate a esa pared, que yo me encargo de ésta». Dejaron intactas algunas cajas al lado de las que descerrajaron. No sé por qué, aunque no parecía algo premeditado. De todos modos el noventa por ciento de las cajas que abrieron contenían objetos de valor imposibles de localizar. Escogieron bien.

—¿Por qué dedujisteis que eran tres?

—Calculamos que tendría que haber al menos tres personas para forzar tantas cajas. Además, había tres motos todoterreno.

Ella sonrió y él hizo la pregunta que esperaba.

—Está bien, cuéntame cómo descubristeis lo de las motos.

—Encontramos huellas de neumáticos en el suelo de la alcantarilla y pintura de color azul en una de las paredes. Uno de ellos debió de patinar en el barro y rozar la pared. Nuestro laboratorio en Quantico analizó la pintura y logramos identificar el modelo y la marca. Investigamos todos los concesionarios Honda del sur de California hasta que encontramos una compra de tres motos todoterreno azules en el concesionario de Tustin, cuatro semanas antes del día del Trabajo. El tío había pagado en metálico y se las había llevado en un camión; la dirección y el nombre eran falsos.

—¿Cuál era el nombre?

—Frederic B. Isley. Luego nos volvió a salir y, si te fijas, las siglas coinciden con las del FBI. Le enseñamos al vendedor unas fotos que incluían la de Meadows, la tuya y la de otra gente, pero no identificó a nadie.

Ella se limpió la boca con una servilleta, que depositó sobre la mesa. Bosch se fijó en que no había dejado mancha de pintalabios.

—Bueno —dijo ella—. Ya no puedo beber más agua. Vayamos al despacho y repasemos lo que cada uno ha encontrado sobre Meadows. Rourke cree que es la mejor línea de acción. Ya hemos agotado todas las pistas relacionadas con el robo al banco; llevamos un tiempo dándonos de cabeza contra las paredes. Quizá Meadows nos proporcione la clave que necesitamos.

Wish pagó la cuenta y Bosch puso la propina.

Bosch y Wish fueron al edificio federal en sus respectivos coches. Mientras conducía, Bosch no pensaba en el caso, sino en ella. Quería preguntarle cómo se había hecho esa pequeña cicatriz y no cómo había relacionado a los ladrones con las ratas del Vietnam. Quería saber qué ocultaba esa mirada tan dulce y triste. Bosch la siguió hasta Wilshire Boulevard, pasando por una zona de apartamentos para estudiantes junto a la Universidad de California. Finalmente ambos se encontraron en el ascensor del aparcamiento del FBI.

—Creo que será mejor si tratas sólo conmigo —dijo ella mientras subían—. Rourke..., bueno, tú y Rourke no habéis empezado con buen pie y...

—No hemos empezado y punto —aclaró Bosch.

—Bueno, si lo conocieras verías que es un buen hombre. Hizo lo que creyó justo en ese momento.

Cuando las puertas del ascensor se abrieron en el decimoséptimo piso, allí estaba Rourke.

—Ah, por fin os encuentro —dijo, tendiéndole la mano a Bosch, quien le dio la suya sin mucha convicción. Después de presentarse, Rourke añadió—: Bajaba a tomarme un café y un bocadillo. ¿Os venís?

—Es que... acabamos de tomarnos uno —se excusó Wish—. Te esperamos aquí arriba.

Bosch y Wish salieron del ascensor para dejar paso a Rourke. El agente especial asintió con la cabeza y la puerta se cerró tras él. Bosch y Wish se dirigieron hacia la oficina.

—La verdad es que no sois tan distintos. Él también estuvo en la guerra —le dijo ella—. Dale una oportunidad. Será difícil trabajar si no pones un poco de tu parte.

Bosch no dijo nada y ambos caminaron por el pasillo hasta llegar a la oficina del Grupo 3, donde Wish le señaló la mesa de detrás de la suya. Le explicó que estaba vacía porque su ocupante había sido trasladado al Grupo 2, la brigada antipornográfica. Bosch puso su maletín sobre la mesa, se sentó y miró a su alrededor. La oficina estaba mucho más llena que el día anterior; había media docena de agentes sentados en sus mesas y tres más de pie, al fondo de la sala, alrededor de un archivador en el que descansaba una caja de donuts. Bosch reparó en un televisor y un vídeo que no estaban allí en su anterior visita.

—Antes has mencionado una cinta de vídeo —le dijo a Wish.

—Sí. Lo preparo y te lo miras mientras yo contesto un par de llamadas.

Wish sacó un vídeo del cajón de su mesa y los dos caminaron hacia al fondo de la sala. Los tres agentes se retiraron en silencio con sus donuts, sorprendidos por la presencia de un intruso. Ella preparó la cinta y lo dejó solo.

El vídeo, rodado por un aficionado con una cámara manual, hacía un recorrido del camino seguido por los ladrones. Empezaba en lo que parecía la alcantarilla: un túnel cuadrado que se perdía en la oscuridad, allá donde no llegaba la luz estroboscópica. Tal como había dicho Wish, la alcantarilla era lo suficientemente grande para que pasara un camión y por ella discurría un reguero de agua. El moho y las algas cubrían el suelo de cemento y la parte inferior de las paredes, y Bosch casi podía oler la humedad. La cámara enfocó el fondo verde grisáceo y las marcas de neumático sobre el lodo. La siguiente escena mostraba la boca del túnel excavado por los ladrones, un agujero bien definido en la pared de la cloaca. En la pantalla aparecieron un par de manos que retiraban el círculo de conglomerado que servía para cubrir el orificio durante el día. Las manos se fueron alejando y entonces apareció una cabeza; la de Rourke. Rourke, que llevaba un mono oscuro con las letras blancas del FBI en la espalda, colocó la tabla sobre el agujero; encajaba a la perfección.

En ese momento el vídeo saltaba al interior del túnel. A Bosch le resultó angustioso porque le trajo recuerdos de las galerías excavadas a mano en Vietnam. El túnel se curvaba a la derecha bajo la luz algo surrealista de las velas que habían clavado en la pared cada seis metros. Al cabo de unos veinte metros, el pasadizo giraba bruscamente a la izquierda y continuaba en línea recta durante unos treinta metros, en los que todavía había velas encendidas. Finalmente, la cámara llegaba a un punto sin salida lleno de escombros: cemento, barras retorcidas y armazones de acero. La siguiente escena era un primer plano del boquete que perforaron en el techo del conducto subterráneo, por el que se veía la cámara acorazada. Rourke, todavía con su mono del FBI, miró a la cámara, se pasó un dedo por el cuello y entonces hubo otro corte. Esta vez se ofrecía un plano general de toda la sala desde dentro. Tal como Bosch había visto en la foto del periódico, cientos de cajas fuertes abiertas y vacías yacían apiladas en el suelo. Mientras dos peritos empolvaban las puertas en busca de huellas dactilares, Eleanor Wish y otro agente examinaban las cajas y tomaban notas en sus libretas. Finalmente la cámara enfocó al suelo, al agujero que daba al túnel, y la pantalla se tornó negra; Bosch rebobinó la cinta y se la devolvió a la agente Wish.

—Interesante —comentó—. He notado algunas semejanzas con los túneles de allí, pero nada me habría hecho relacionar esto con las ratas de Vietnam. ¿Cuál fue la pista que os llevó a Meadows y gente como yo?

—Primero fue el C-4 —dijo ella—. El Departamento de Alcohol, Tabaco y Armas de Fuego (ATF) envió un equipo a que examinara el cemento armado tras la explosión. Ellos encontraron restos de un explosivo, lo analizaron y descubrieron que era C-4. Seguro que lo conoces. Lo usaban en Vietnam, especialmente las ratas de los túneles. Pero ahora existen explosivos mucho mejores, con un área de impacto más comprimida, más sencillos de manipular y detonar. Son menos peligrosos y más fáciles de conseguir; incluso más baratos. Por eso supusimos, bueno, lo supuso el del ATF, que quien lo empleó lo hizo porque estaba acostumbrado a usarlo, se sentía cómodo con él. Así que enseguida pensamos que podría tratarse de un veterano de Vietnam. Otra pista que apuntaba en esa dirección fueron las bombas trampa. Creemos que antes de entrar en la cámara acorazada para desvalijar las cajas, los ladrones plantaron unas cuantas bombas a fin de protegerse por la retaguardia.

»Para asegurarnos de que no había más C-4, enviamos un perro del ATE. El detector que llevaba el animal registró la existencia de explosivos en dos puntos del túnel, en medio y en la entrada. Sin embargo, apenas quedaba nada; los ladrones se lo habían llevado todo consigo. Lo único que encontramos en esos lugares fueron varios agujeritos en el suelo y unos cables rotos, como si hubieran sido cortados con unos alicates.

—Cables trampa —dijo Bosch.

—Exactamente. Dedujimos que habían dispuesto varias trampas contra los posibles intrusos. Si alguien hubiera entrado por detrás para detenerlos, el túnel habría explotado y los habría sepultado bajo Hill Street. Por suerte los ladrones se llevaron los explosivos cuando se fueron; si no, todos podríamos haber saltado por los aires.

—Pero una explosión de esa magnitud los habría matado a ellos también —comentó Bosch.

—Sí. Los tíos iban a por todas; estaban armados hasta los dientes y dispuestos a morir. O todo o nada... —comentó Wish—. Bueno, la verdad es que no empezamos a pensar en algo tan específico como las ratas de los túneles hasta que examinamos las huellas de neumáticos en la alcantarilla. Había huellas por todas partes, aunque no un rastro completo, por lo que tardamos un par de días en llegar desde la boca del túnel a la entrada en el cauce del río. Entonces comprendimos que no era una ruta fácil; aquello es un laberinto y tenías que saberte el camino. Por eso dedujimos que los ladrones no se habrían pasado las noches buscando con un mapa y una linterna.

—¿Qué hicieron? ¿Dejar unas miguitas como Hansel y Gretel?

—Más o menos. Allá abajo las paredes están totalmente cubiertas de pintadas: hay señales del Departamento de Aguas para saber dónde están, para indicar qué tramo lleva adónde, fechas de inspección, etc. Vamos, que están más pintarrajeadas que un barrio latino del este de Los Ángeles. Supusimos que los ladrones habrían marcado el camino y empezamos a buscar señales que se repitieran. Únicamente hallamos una: una especie de símbolo de la paz, pero sin el círculo. Sólo tres trazos rápidos.

Bosch lo conocía porque él mismo lo había usado hacía veinte años. Tres trazos hechos en la pared del túnel con una navaja. Aquél era el símbolo que empleaban los soldados para marcar el camino y volver a encontrar la salida.

—Uno de los agentes de la Policía de Los Ángeles que estaban allí aquel día, antes de que nos pasaran el caso a nosotros, dijo que lo había visto en Vietnam. Él no era una rata de los túneles, pero nos habló de ellos y así lo relacionamos. Entonces nos dirigimos al Departamento de Defensa y la Asociación de Veteranos, quienes nos proporcionaron una lista de nombres. Entre ellos estaban Meadows, tú y más gente.

—¿Cuántos más?

Ella le pasó una pila de carpetas.

—Están todos ahí. Si quieres puedes echarles un vistazo.

En ese momento apareció Rourke.

—La agente Wish me ha dicho que ha solicitado usted una carta —dijo Rourke—. No hay ningún problema. Yo ya he escrito algo e intentaré que nuestro superior, el agente especial Whitcomb, me lo firme hoy.

Como Bosch no hizo ningún comentario, Rourke siguió hablando.

—Es posible que ayer nos pasáramos un poco con usted, pero espero haberlo solucionado con su teniente y la gente de Asuntos Internos. —Rourke le ofreció una sonrisa que habría sido la envidia de cualquier político—. Ah, por cierto, quería decirle que admiro su hoja de servicio; la militar. Yo estuve allí bastante tiempo; nunca entré en esos túneles angustiosos, pero me quedé hasta el final. Fue una pena.

—¿Qué fue una pena? ¿Que terminara?

Rourke lo miró fijamente; Bosch observó que el agente iba enrojeciendo a medida que su cejas se juntaban. Rourke tenía la piel muy pálida y una cara tan huesuda que parecía estar constantemente chupando un pirulí. Era unos años mayor que Bosch y más o menos de la misma estatura, aunque más corpulento. Al tradicional uniforme del FBI, chaqueta azul marino y camisa azul clara, Rourke había añadido el toque de color de una corbata roja.

—Mire, detective Bosch, no tengo por qué caerle bien; eso no importa —le respondió Rourke finalmente—. Pero le ruego que trabaje conmigo en este caso porque los dos estamos buscando lo mismo.

Bosch cedió, de momento.

—¿Qué quiere que haga? Dígamelo claramente: ¿me ha cogido para hacer bonito o quiere que trabaje en serio?

—Bosch, dicen que usted es un detective de primera clase. Demuéstrelo: siga con el caso. Como dijo usted ayer, encuentre a quien mató a Meadows y nosotros encontraremos a quien robó el WestLand. Claro que queremos que trabaje en serio. Haga lo que haría normalmente, pero con la agente Wish como compañera.

Dicho esto, Rourke salió de la oficina. Bosch supuso que tendría su propio despacho en el silencioso pasillo. Entonces se volvió hacia Wish, recogió la pila de archivos y anunció:

—Está bien. Vámonos.

Pidieron un coche en el garaje del Buró y Wish se puso al volante mientras Bosch hojeaba los expedientes militares que descansaban sobre su regazo. Aparte del suyo, tan sólo reconoció el nombre de Meadows.

—¿Adónde vamos? —preguntó Wish al enfilar Veteran Avenue en dirección a Wilshire.

—A Hollywood —respondió—. ¿Siempre es así de seco?

Ella giró hacia el este y sonrió de una manera que le hizo preguntarse si ella y Rourke estarían liados.

—¿Rourke? Cuando quiere —contestó ella—. Pero es un buen organizador; dirige la brigada muy bien. Supongo que tiene madera de jefe. Creo que me dijo que en el ejército había estado al mando de una unidad; en Saigón.

Bosch concluyó que no estaban liados. Uno no defiende a su amante diciendo que es un buen organizador. Estaba claro que no había nada entre ellos.

—Pues si le interesa la administración se ha equivocado de trabajo —observó Bosch—. Sube hacia Hollywood Boulevard, a la altura del Teatro Chino.

Tardaron quince minutos en llegar. Bosch abrió la carpeta de encima (la suya) y comenzó a hojear los papeles. Entre los informes de su examen psiquiátrico encontró una foto en blanco y negro, casi como la de una ficha policial. La foto mostraba a un hombre joven, de uniforme, con el rostro limpio de arrugas o experiencias.

—Te quedaba bien el pelo rapado —dijo Wish interrumpiendo sus pensamientos—. Cuando vi la foto, me recordaste a mi hermano.

Bosch la miró sin decir nada. Puso la foto en su sitio y siguió repasando los papeles del archivo, leyendo retazos de información sobre aquel desconocido que resultaba ser él mismo.

—Encontramos a nueve hombres que estuvieron en los túneles de Vietnam y vivían en el sur de California en el momento del golpe —le informó Wish—. Los investigamos a todos, pero Meadows era el único que pasó a la categoría de sospechoso. Era un yonqui con antecedentes; además, había trabajado en túneles incluso después de volver de la guerra. —Tras conducir en silencio unos minutos, Wish añadió—: Lo vigilamos durante todo un mes, después del robo.

—¿Y qué hacía?

—Que nosotros supiéramos, nada. Quizás estuviera traficando un poco, aunque no estamos seguros. Cada tres días bajaba a Venice a comprar papelinas de heroína, pero parecía para consumo personal. Si estaba vendiendo, no vino ningún cliente. Tampoco tuvo otras visitas. Si hubiéramos logrado probar que estaba vendiendo lo habríamos arrestado. Así habríamos tenido algo decente para poder interrogarlo sobre el robo.

Ella permaneció un rato más en silencio.

—No estaba vendiendo —concluyó Wish.

A Bosch le pareció que lo decía más por convencerse a sí misma que por otra cosa.

—Te creo —le dijo Bosch.

—¿Vas a decirme qué buscamos en Hollywood? —inquirió ella.

—Buscamos a un posible testigo. ¿Cómo vivía Meadows durante el mes en que lo vigilasteis? Quiero decir, de qué vivía. ¿De dónde sacaba el dinero para ir a Venice?

—Por lo que sabemos, estaba cobrando el paro y una pensión de invalidez de la Asociación de Veteranos. Eso es todo.

—¿Por qué dejasteis de vigilarlo al cabo de un mes?

—Porque no habíamos descubierto nada y ni siquiera estábamos seguros de que tuviera algo que ver con el robo. No...

—¿Quién tomó la decisión?

—Rourke. No podía...

—El gran organizador.

—Déjame acabar. Rourke no podía justificar el coste de una vigilancia continua si no había resultados. En aquel entonces sólo teníamos un presentimiento, nada más. Tú lo ves muy claro ahora, pero entonces habían transcurrido más de dos meses desde el robo y nada apuntaba hacia Meadows. Al cabo de un tiempo incluso dejamos de creer que hubiera sido él. Pensamos que los ladrones ya estarían en Mónaco o Argentina, no pillando papelinas de heroína barata en Venice Beach y viviendo en un apartamento cutre del valle de San Fernando. En ese momento, Meadows no tenía sentido, así que Rourke canceló la vigilancia y yo estuve de acuerdo. —Wish hizo una pausa—. Está bien; la cagamos. ¿Satisfecho?

Bosch no respondió. Sabía que Rourke había tenido razón en anular la vigilancia y que no hay ningún otro trabajo en el que las cosas se vean tan distintas cuando se miran con perspectiva, así que cambió de tema.

—¿Por qué ese banco y no otro? ¿No os lo planteasteis? ¿Por qué no asaltaron una cámara acorazada más importante o un banco de Beverly Hills? Probablemente allá arriba hay más dinero y, según tú, las alcantarillas llevan a todas partes.

—Sí. La verdad es que no lo sé. Tal vez escogieron un banco del centro porque querían disponer de tres días para abrir cajas y sabían que esos bancos cierran el sábado. Quizá no lo sepamos nunca. —Entonces Wish insistió—: Oye, ¿qué buscamos exactamente en este barrio? En tus informes no había nada sobre un posible testigo. ¿Testigo de qué?

Habían llegado a su destino. La calle estaba salpicada de moteles viejos que ya ofrecían un aspecto deprimente el día que acabaron de construirlos. Bosch señaló uno de ellos, el Blue Chateau, y le pidió a Wish que aparcara delante. Éste era tan deprimente como los demás: un bloque de cemento al estilo de los años cincuenta y pintado de color azul cielo con un friso azul oscuro que se estaba pelando. El edificio tenía dos pisos y de casi todas las ventanas colgaban toallas y ropa. Bosch supuso que sería tan desagradable por dentro como por fuera. En cada habitación vivían hacinados de ocho a diez fugados; el más fuerte se quedaba la cama mientras los demás dormían en el suelo o la bañera. Había varios lugares así cerca del Boulevard; siempre los había habido y siempre los habría.

Mientras contemplaban el motel desde el coche, Bosch le contó a Wish lo de la pintada inacabada que había visto en la tubería y la llamada anónima a Emergencias. Le explicó que la voz seguramente pertenecía al artista: Edward Niese, alias Tiburón.

—Estos chicos, los que se fugan, forman grupitos callejeros —dijo Bosch mientras bajaba del coche—. No son bandas que controlan un territorio, sólo se unen para protegerse y hacer sus negocios. Según la base de datos del CRAC, el grupito de Tiburón lleva un par de meses en el Blue Chateau.

Cuando Bosch cerró la puerta de su coche, se fijó en que otro automóvil aparcaba a media manzana de ellos. Le echó un vistazo rápido pero no reconoció el vehículo. Aunque distinguió dos siluetas en el interior, éstas estaban demasiado lejos para concluir que eran las de Lewis y Clarke.

Bosch caminó por un sendero de losas hasta llegar a la recepción del motel bajo un rótulo de neón roto. Sentado tras una ventanilla, un viejo leía el diario de Santa Anita. No levantó la vista hasta que Bosch y Wish se detuvieron ante la ventanilla.

—¿En qué puedo ayudarles, agentes?

El viejo era un hombre desgastado cuyos ojos habían dejado de ver otra cosa que no fueran las apuestas de caballos. Era capaz de calar a un policía antes de que le mostrara su placa y sabía qué darle para ahorrarse líos.

—Buscamos a un chico al que llaman Tiburón —dijo Bosch—. ¿Qué habitación es?

—La siete, pero creo que no está. Normalmente deja su moto ahí, en el pasillo. Habrá salido.

—Bueno, ¿hay alguien más en la siete?

—Sí, claro. Siempre hay alguien.

—¿Primer piso?

—Sí.

—¿Ventana o puerta de atrás?

—Las dos cosas. La puerta de detrás es corredera. Vayan con cuidado que el vidrio es caro.

El viejo alargó la mano y descolgó de un clavo una llave marcada con el número 7, que deslizó por el agujero de la ventanilla.

El detective Pierce Lewis encontró en su cartera un recibo del cajero automático, que usó como mondadientes. Notaba un sabor en la boca como si todavía le quedase un trozo enorme de la salchicha que había desayunado. Fue rascando entre los dientes con la tarjetita de cartón hasta que estuvieron limpios. A continuación dio un chasquido de insatisfacción con la lengua.

—¿Qué pasa? —preguntó el detective Clarke. Conocía las costumbres de su compañero; cuando se limpiaba los dientes y chasqueaba la lengua era que algo le preocupaba.

—Nada, que creo que nos ha calado —respondió Lewis después de tirar la tarjeta por la ventanilla—. Esa miradita que nos ha echado al salir del coche... Ha sido muy rápida, pero creo que nos ha descubierto.

—No nos ha visto. Si no, hubiera venido hacia aquí para montarnos un numerito. Es lo que hacen siempre: te montan un número y luego te ponen una denuncia. Si nos hubiera visto, nos habría mandado a la Liga de Protección del Policía. Por suerte, los policías son los últimos en enterarse de que los siguen.

—Puede ser —dijo Lewis.

Lo dejó correr por el momento, pero seguía preocupado. Lewis no quería volver a pifiarla; cuando había tenido a Bosch cogido por los huevos la cosa se había ido a pique porque Irving, la mandíbula volante, había dado marcha atrás.

Pero esta vez no, se prometió Lewis en silencio; esta vez se lo cargarían.

—¿Estás tomando notas? —le preguntó Lewis a su compañero—. ¿Qué crees que estarán haciendo en ese antro?

—Buscando algo.

—No me jodas, ¿de verdad?

—Oye, ¿te has levantado con el pie izquierdo?

Lewis dejó de observar el Blue Chateau para mirar a Clarke, que tenía las manos sobre el regazo y el asiento echado hacia atrás, en un ángulo de sesenta grados. Con sus gafas de espejo resultaba imposible saber si estaba despierto o no.

—¿Vas a tomar notas o qué? —insistió Lewis.

—¿Por qué no las tomas tú?

—Porque yo conduzco. Ya sabes que ése es el trato. Si no quieres conducir, tienes que escribir y sacar fotos. Venga, apunta algo que le podamos enseñar a Irving. Si no, el 181 nos caerá a nosotros, no a Bosch.

—Querrás decir el 1/81. Nada de abreviaciones, ¿recuerdas?

—Vete a la mierda.

Riéndose por lo bajo, Clarke sacó una libreta del bolsillo interior de su chaqueta y una pluma Cross del de su camisa. Cuando Lewis comprobó que estaba tomando notas y volvió a mirar al motel, vio a un chico rubio con el pelo a lo rasta dando vueltas en una motocicleta amarilla. El chico se detuvo junto al coche del que habían bajado Bosch y la mujer del FBI y miró a través de la ventanilla.

—Eh, ¿qué es esto? —exclamó Lewis.

—Un chico —contestó Clarke al alzar la vista—. Estará buscando la radio del coche para mangarla. Oye, ¿qué hacemos si lo intenta? ¿Joder la vigilancia para salvar la radio de un gilipollas?

—No vamos a hacer nada, ni él tampoco. Ha visto el micrófono y se ha dado cuenta de que es un coche de la policía. Está retrocediendo.

El chico le dio al gas y trazó dos círculos con la moto, con la vista fija en la puerta del motel. Después cruzó el aparcamiento trasero, volvió a la calzada y finalmente se detuvo detrás de una camioneta Volkswagen aparcada junto a la acera. Tapado por aquel cacharro, el chico espiaba la entrada del Blue Chateau, sin advertir la presencia de los dos hombres de Asuntos Internos en un coche aparcado a media manzana de él.

—Venga, niño, lárgate —dijo Clarke—. No quiero tener que llamar a la patrulla por culpa de un capullo.

—Sácale una fotografía con la Nikon —le aconsejó Lewis—. Nunca se sabe. Puede que pase algo y la necesitemos. Y ya que estás en ello, apúntate el número de teléfono que pone en el neón. A lo mejor tenemos que llamar más tarde para averiguar que hacían Bosch y la tía del FBI.

A Lewis no le hubiera costado nada coger la cámara del asiento y sacar las fotos, pero aquello habría sentado un precedente peligroso. Podría romper el delicado equilibrio de las normas de vigilancia: el conductor conduce, y el pasajero hace todo lo demás.

Clarke obedeció y tomó las fotos del chico de la motocicleta con el teleobjetivo.

—Saca una de la matrícula de la moto —le pidió Lewis.

—No hace falta que me lo digas —replicó Clarke mientras dejaba la cámara sobre el asiento.

—¿Has apuntado el teléfono para llamar luego?

—Ya lo tengo. Lo estoy escribiendo en la libreta, ¿lo ves? —se burló Clarke—. ¿Para qué tanta tontería? A lo mejor Bosch se está tirando a la tía esa, a la agente federal. Cuando llamemos quizá nos digan que han alquilado una habitación.

Lewis se aseguró de que Clarke apuntaba el número en el cuaderno de vigilancia.

—Y quizá no —contestó Lewis—. Se acaban de conocer y, además, dudo que Bosch sea tan idiota. Habrán entrado a buscar a alguien; tal vez a un testigo.

—El informe del asesinato no mencionaba ningún testigo.

—Porque Bosch no lo puso. Él trabaja así.

Esa vez Clarke no replicó, pero cuando Lewis volvió a mirar hacia el motel, el chico había desaparecido y no había rastro de la motocicleta.

Bosch esperó un minuto para dar tiempo a Eleanor Wish a llegar al otro lado del Blue Chateau y cubrir la salida trasera de la habitación número siete. Al acercar la oreja a la puerta, Bosch creyó oír un murmullo y alguna palabra entrecortada. Había alguien dentro. Pasado el minuto, llamó a la puerta con fuerza. Hubo movimiento —pasos rápidos en la moqueta—, pero nadie contestó. Volvió a llamar y esperó.

—¿Quién es? —inquirió finalmente una voz de chica.

—Policía —anunció Bosch—. Queremos hablar con Tiburón.

—No está aquí.

—Entonces queremos hablar contigo.

—No sé dónde está.

—Abre la puerta, por favor.

Bosch oyó más ruido, como el de alguien chocando contra los muebles, pero la puerta no se abrió. Entonces oyó el ruido de la puerta corredera. Metió la llave en la cerradura y abrió a tiempo para distinguir la figura de un hombre que salía por la puerta trasera y saltaba del porche al suelo. No era Tiburón. La voz de Wish ordenó al hombre que se detuviera.

Bosch hizo un inventario mental de la habitación: un recibidor con un armario a la izquierda, un cuarto de baño a la derecha (ambos vacíos a excepción de unas prendas de ropa tiradas por el suelo), dos camas de matrimonio, una en cada pared, un tocador con espejo y una moqueta pardusca especialmente gastada alrededor de las camas y en el camino al baño. La chica, rubia y menuda, tenía unos diecisiete años y estaba sentada en el borde de una de las camas envuelta en una sábana. Bosch vio el relieve de un pezón que se marcaba contra la sucia sábana blanca. La habitación olía a sudor y perfume barato.

—Bosch, ¿estás bien? —preguntó Wish desde fuera. Él no la veía porque la tapaba una sábana colgada a modo de cortina sobre la puerta corredera.

—Sí. ¿Y tú?

—También. ¿Qué hacemos?

Bosch se dirigió hacia la puerta corredera y se asomó al exterior. Wish estaba detrás de un hombre con los brazos en alto y las manos sobre la pared trasera del motel. Tendría unos treinta años y la palidez propia de alguien que ha pasado un mes a la sombra. Llevaba la bragueta abierta y una camisa a cuadros mal abotonada y tenía la vista fija en el suelo con cara de no tener una explicación y necesitarla urgentemente. A Bosch le sorprendió la decisión del hombre de abrocharse la camisa antes que los pantalones.

—Está desarmado —dijo ella—. Aunque parece un poco nervioso.

—Si quieres perder el tiempo puedes detenerlo por abuso de menores. Si no, suéltalo.

Bosch se volvió hacia la chica.

—¿Cuántos años tienes y cuánto te ha pagado? Dime la verdad; no voy a trincarte.

Ella lo pensó un momento, mientras Bosch la miraba fijamente.

—Casi diecisiete —respondió con voz monótona—. No me ha pagado nada; dijo que sí, pero aún no lo había hecho.

—¿Quién es el líder de vuestro grupo? ¿Tiburón? ¿No te dijo que primero cogieras el dinero?

—Tiburón viene y va. ¿Cómo saben su nombre?

—Lo he oído por ahí. ¿Dónde está hoy?

—Ya se lo he dicho; no lo sé.

El hombre de la camisa a cuadros entró en la habitación

por la puerta principal seguido de Wish. Llevaba las manos esposadas a la espalda.

—Voy a llevarlo a comisaría —anunció Wish—. Esto es asqueroso. Ella no tendrá más de...

—Me dijo que tenía dieciocho años —protestó el hombre.

Bosch se acercó a él y le desabrochó la camisa de un tirón. Aquello reveló un tatuaje de un águila azul con las alas extendidas y un puñal y una cruz gamada en las garras. Debajo decía «Una nación» y Bosch sabía que se refería a la Nación Aria, la banda carcelaria que defendía la supremacía de la raza blanca.

—¿Cuánto tiempo hace que has salido? —preguntó, dejando caer la camisa.

—Anda, tío, suéltame —le rogó el hombre—. Esto es un montaje. Fue ella quien se me acercó en la calle. Al menos deja que me suba la bragueta. Te juro que todo es un montaje.

—¡Dame mi dinero, cabrón! —exclamó la chica, al tiempo que saltaba de la cama. La sábana cayó al suelo y ella se abalanzó desnuda sobre su cliente para registrarle los bolsillos del pantalón.

—¡Quítenmela de encima! ¡Quítenmela de encima! —gritó el hombre mientras se retorcía para evitar que ella lo tocara—. ¡Miren! ¡Miren! Es ella a quien tendrían que arrestar, no a mí.

Bosch intervino para separarlos. Primero empujó a la chica hacia la cama y a continuación se colocó detrás del hombre y le dijo a Wish:

—Dame la llave.

Como ella no obedecía, Bosch se metió la mano en el bolsillo de la chaqueta y sacó su propia llave. Las de las esposas son todas iguales.

Después de liberar al hombre de la camisa a cuadros, lo acompañó a la puerta principal, la abrió y le pegó un empujón. En el pasillo el hombre se detuvo a subirse la bragueta, momento que Bosch aprovechó para propinarle una patada en el trasero.

—Sal de aquí y no vuelvas —le ordenó, mientras el hombre se tambaleaba por el pasillo—. Hoy es tu día de suerte, mamón.

Cuando Bosch volvió al cuarto, la chica estaba otra vez envuelta en la sábana sucia. Al mirar a Wish notó que ella lo observaba con rabia, y no sólo por lo del hombre de la camisa a cuadros. Bosch se volvió hacia la chica.

—Coge tu ropa, entra en el baño y vístete. —Como la chica no se movía, Bosch se vio obligado a gritar—: ¡Venga!

La chica recogió su ropa, que yacía en el suelo junto a la cama, y se dirigió al baño dejando caer la sábana. Bosch miró a Wish.

—Ahora tenemos demasiado trabajo —le explicó—. Te habrías pasado el resto de la tarde tomando declaración a la chica y denunciando al tío. Bueno, ahora que lo pienso no es un delito federal, así que me habría tocado a mí. Además no tenía futuro; era un caso dudoso entre delito y falta. Y sólo con ver a la chica el fiscal del distrito habría pedido falta como mucho. No valía la pena; así es la vida por aquí, agente Wish.

Ella le clavó la misma mirada furiosa que le había lanzado cuando él la cogió de la muñeca para que no se fuera del restaurante.

—Bosch, yo había decidido que valía la pena. No vuelvas a hacerme algo así.

Los dos se miraron con dureza, a ver quién aguantaba más, hasta que la chica salió del cuarto de baño. Vestía unos tejanos gastados con agujeros en las rodillas y una camiseta negra. Iba descalza y Bosch se fijó en que llevaba las uñas de los pies pintadas de rojo. La muchacha se sentó en la cama sin decir nada.

—Tenemos que encontrar a Tiburón.

—¿Por qué? ¿Tienen tabaco?

Bosch sacó un paquete y lo sacudió para ofrecerle un cigarrillo. Luego le dio una cerilla.

—¿Por qué? —repitió la chica, encendiendo el pitillo.

—Por algo que ocurrió el sábado por la noche —respondió Wish con sequedad—. No queremos arrestarle, ni meterle en líos. Sólo queremos hacerle unas cuantas preguntas.

—¿Y a mí?

—¿A ti qué?

—¿Van a meterme en líos?

—¿Quieres decir si vamos a entregarte a la División de Servicios Juveniles? —Bosch miró a Wish para interpretar su reacción, pero no pudo—. No. Si nos ayudas no llamaremos a la DSJ. ¿Cuál es tu verdadero nombre?

—Bettijane Felker.

—Muy bien, Bettijane. ¿Estás segura de que no sabes dónde está Tiburón? Sólo queremos hablar con él.

—Sólo sé que está currando.

—¿Cómo? ¿Dónde?

—En Boytown. Seguramente está haciendo algún negocio con Pirómano y Mojo.

—¿Los otros chicos del grupo?

—Sí.

—¿Dónde dijeron que iban exactamente?

—No me lo dijeron. Donde haya maricones, supongo.

La chica no fue o no quiso ser más concreta. A Bosch no le importaba; las direcciones salían en las fichas y estaba seguro de que encontraría a Tiburón en algún lugar de Santa Monica Boulevard.

—Gracias —le dijo a la chica y se dirigió hacia la puerta.

Estaba ya en el pasillo cuando Wish salió de la habitación y echó a andar con paso rápido y decidido. Antes de que ella pudiera decirle nada, él se detuvo frente a un teléfono de monedas al lado de la recepción. Sacó una agenda que siempre llevaba encima, buscó el número de la DSJ y lo marcó.

Tuvo que esperar dos minutos hasta que una operadora le pasó con un contestador en el que dejó la fecha, la hora y el paradero de Bettijane Felker, posible fugada. Cuando colgó, se preguntó cuántos días tardarían en recibir el mensaje y en llegar hasta Bettijane.

Estaban ya en pleno barrio de West Hollywood, avanzando en coche por Santa Monica Boulevard, y ella seguía rabiosa. Aunque al principio había intentado defenderse, Bosch había llegado a la conclusión de que lo mejor sería escuchar en silencio.

—Sólo es una cuestión de simple confianza —le dijo Wish—. No me importa lo mucho o poco que trabajemos juntos. Si vas a seguir con esa actitud de Rambo, nunca tendremos la confianza necesaria para resolver el caso.

Bosch tenía la vista fija en el espejo lateral, que había ajustado para vigilar el coche que había aparcado cerca del Blue Chateau y que les había seguido al salir. Ahora estaba seguro de que se trataba de Lewis y Clarke. Había reconocido el enorme cuello y el pelo rapado de Lewis detrás del volante tres vehículos más atrás cuando el coche se detuvo en un semáforo. Bosch no le mencionó a Wish que los seguían y si ella se había dado cuenta, tampoco se lo dijo. Estaba demasiado preocupada por otras cosas. Bosch continuó vigilando el coche y escuchando las quejas de ella sobre lo mal que había llevado el asunto.

—A Meadows lo encontraron el domingo. Hoy es martes —dijo Bosch finalmente—. Está comprobado que las posibilidades de resolver un homicidio se reducen de forma drástica a medida que pasan los días. Lo siento, pero no me pareció buena idea desperdiciar todo un día arrestando a un gilipollas por irse con una puta de diecisiete años que le engañó sobre su edad. Tampoco creí que valiese la pena esperar a que la DSJ recogiera a la chica porque me apuesto el sueldo a que saben quién es y dónde encontrarla. Lo único que pretendo es hacer mi trabajo y dejar que otra gente haga el suyo, y por eso hice lo que hice. —Bosch cambió de tema—. Cuando lleguemos a Ragtime, aminora; es uno de los lugares que ponía en las fichas.

—Los dos queremos resolver el caso, Bosch, así que no me hables con esa superioridad; como si tú tuvieras una gran misión y yo estuviera aquí para acompañarte. No olvides que los dos estamos metidos en esto.

Wish redujo la velocidad al pasar delante de una terraza en la que varias parejas de hombres tomaban té helado en copas decoradas con rodajas de naranja. Sentados en sillas blancas de hierro forjado junto a mesas de cristal, los hombres echaban una ojeada a Bosch y enseguida apartaban la vista sin mostrar interés. Bosch buscó a Tiburón pero no lo vio. Volvieron a pasar a escasa velocidad y él miró en el callejón lateral, pero los dos hombres que había allí eran demasiado mayores para ser Tiburón.

Bosch y Wish dedicaron los siguientes veinte minutos a recorrer sin éxito los bares y restaurantes gays de la zona de Santa Monica Boulevard. Al mismo tiempo Bosch seguía controlando a los de Asuntos Internos, que nunca se alejaban más de una manzana de ellos. Wish no dijo nada al respecto, pero Bosch tenía entendido que los federales casi siempre eran los últimos en darse cuenta de que los seguían. Estaban acostumbrados a ser los cazadores, no la presa.

Se preguntaba qué coño hacían Lewis y Clarke. ¿Esperaban que él quebrantara la ley o el reglamento delante de un agente del FBI? Empezaba a plantearse si los dos detectives estarían actuando por cuenta propia. Tal vez querían que él los viera; era una especie de presión psicológica. Bosch le pidió a Wish que aparcara un momento delante de Barnie's Beanery y saltó del coche para usar un teléfono situado junto a la puerta del viejo bar. Acto seguido marcó el número directo de Asuntos Internos, que se sabía de memoria porque había tenido que llamar dos veces diarias el año anterior, a raíz de su suspensión.

—¿Están Lewis o Clarke?

—No, lo siento. ¿Quiere que les dé algún recado? —dijo una voz femenina.

—No, gracias. Em... Soy el teniente Pounds del Departamento de Detectives de Hollywood. ¿Sabe si volverán pronto? Tengo que consultarles un asunto.

—Si no me equivoco están en código 7 hasta el turno de tarde.

Bosch colgó. Estaban fuera de servicio hasta las cuatro. O tramaban algo o Bosch les había jodido demasiado y habían decidido ir a por él en sus horas libres. Cuando volvió al coche, le dijo a Wish que había llamado a su oficina para saber si tenía algún mensaje.

Hasta que Wish arrancó, Bosch no vio la motocicleta amarilla a media manzana de Barnie's. Estaba encadenada a un parquímetro delante de un restaurante de tortitas.

—Ahí está —dijo Bosch, señalando con el dedo—. Pasa por delante, voy a comprobar la matrícula: si es ésa, tendremos que esperar.

Efectivamente, era la motocicleta de Tiburón.

Bosch cotejó el número y éste coincidía con los apuntes que había tomado del archivo CRAC. Del muchacho, sin embargo, no había ni rastro. Tras dar la vuelta a la manzana, Wish aparcó en el mismo lugar de donde acababan de salir.

—O sea, que tenemos que esperar a este chico —dijo ella—. Porque puede ser un testigo.

—Sí, eso creo. Pero no hace falta que los dos perdamos el tiempo. Puedes dejarme aquí; yo entro en Barnie's, me pido una jarra de cerveza y un plato de chili y lo vigilo desde la ventana.

—No, no importa. Me quedo.

Bosch se puso cómodo. Sacó un paquete de tabaco, pero ella lo detuvo antes de que cogiera un cigarrillo.

—¿Has oído hablar del informe sobre los riesgos secundarios? —preguntó.

—¿El qué?

—Este mes ha salido un informe del Departamento de Sanidad que confirma que el humo es cancerígeno. Cada año se diagnostica cáncer de pulmón a tres mil fumadores pasivos. Si fumas te estás matando a ti y a mí, así que, por favor, no lo hagas.

Bosch se guardó los cigarrillos en el bolsillo de la chaqueta y los dos observaron en silencio la moto del chico. De vez en cuando, Bosch echaba una ojeada al retrovisor lateral, pero no vio el coche de Lewis y Clarke. También miraba a Wish de reojo, cuando le parecía que ella no lo veía. Mientras tanto, Santa Monica Boulevard se iba llenando de coches a medida que se acercaba la hora punta. Wish mantuvo la ventanilla subida para evitar el monóxido de carbono, lo cual aumentó considerablemente la temperatura del interior del coche.

—¿Por qué me miras? —le preguntó ella al cabo de una hora de vigilancia.

—¿Mirarte? No te miro.

—Sí que me miras. ¿Habías tenido alguna vez un compañero que fuera mujer?

—No, pero no te miraría por eso. Si es que te estaba mirando.

—¿Pues por qué? Si es que me mirabas.

—Estaría intentado descubrir quién eras y por qué estás haciendo esto. Siempre he pensado, al menos me habían dicho, que la brigada de bancos del FBI era para vejestorios y colgados, los agentes que eran demasiado viejos o demasiado tontos para usar un ordenador o calcular los bienes de un estafador. Y de pronto apareces tú, en la brigada más anticuada. No eres un vejestorio y tampoco eres una colgada. Algo me dice que eres un buen fichaje.

Ella permaneció callada un instante y a Bosch le pareció ver una ligera sonrisa en sus labios que se esfumó inmediatamente, como si nunca hubiera estado allí.

—Supongo que eso es un cumplido —dijo al fin—. Si lo es, gracias. Tengo mis razones para trabajar en esta unidad y la verdad es que puedo elegir. En cuanto a los otros de la brigada, yo no los definiría como tú. Creo que esa actitud que, por cierto, parecéis compartir muchos de tus compañeros...

—Ahí está Tiburón —la interrumpió Bosch.

Un chico rubio con el pelo a lo rasta había salido de un callejón lateral entre el restaurante de tortitas y una pequeña galería comercial. Junto a él había un hombre mayor que él que lucía una camiseta con el lema «¡Los noventa son supergays!». Bosch y Wish los observaban desde el coche. Tras intercambiar unas cuantas palabras, Tiburón se sacó algo del bolsillo y se lo pasó al hombre. Éste examinó lo que parecía una baraja de cartas, escogió un par y le devolvió el resto. A continuación le dio a Tiburón un billete de color verde.

—¿Qué hace? —preguntó Wish.

—Comprar fotos de bebés.

—¿Qué?

—Es un pedófilo.

Mientras el hombre se alejaba calle abajo, Tiburón se dirigió a su motocicleta para quitar la cadena.

—Vamos —dijo Bosch y salió del coche.

«Ya está bien por hoy», pensó Tiburón. Era hora de pirarse. Encendió un pitillo y se agachó para abrir el candado de la moto. Su pelo rizado le tapaba los ojos y olía a esa cosa de coco que se había puesto la noche anterior, en casa del marica del Jaguar. Eso fue después de que Pirómano le rompiese la napia y saltara sangre por todas partes. Tiburón se levantó y estaba a punto de colocarse la cadena en la cintura, cuando los vio venir. «Polis.» Estaban demasiado cerca para echar a correr. Disimuló mientras hacía un repaso mental de lo que llevaba en los bolsillos. Ya no tenía las tarjetas de crédito; las había vendido. El dinero podía venir de cualquier parte. No pasaba nada. A no ser que el marica lo señalara en una rueda de identificación. A Tiburón le sorprendió que el tío hubiera presentado una denuncia. Hasta entonces, nadie lo había hecho.

Tiburón sonrió a los dos polis que se acercaban y entonces vio que el tío sacaba una grabadora. ¿Una grabadora? ¿De qué iban? El poli apretó el botón de encendido y, al cabo de unos segundos, Tiburón reconoció su propia voz. «Esto no tiene nada que ver con el marica del Jaguar, sino con el muerto de la tubería.»

—¿Qué queréis? —preguntó Tiburón.

—Queremos que nos hables de esto —dijo el poli.

—Oíd, tíos, que yo no tuve nada que ver. No me iréis a cargar con el... —El chico se calló un momento—. ¡Eh! Tú eres el de la comisaría. Te vi el otro día. Si esperáis que os diga que yo lo maté...

—Tranquilo —dijo el poli—. Sabemos que tú no lo hiciste. Sólo queremos saber lo que viste, eso es todo. Ponle el candado a la moto. Luego ya te traeremos en coche.

El poli dijo su nombre y el de la tía: Bosch y Wish. Entonces explicó que ella era del FBI, algo bastante raro. El chico dudó un instante y luego se agachó a cerrar el candado.

—Sólo queremos llevarte a la comisaría de Wilcox para que contestes a unas preguntas y tal vez nos hagas un dibujo —continuó Bosch.

—¿De qué? —preguntó Tiburón.

Bosch no respondió, se limitó a hacer un gesto con la mano para que lo siguiera y entonces señaló un poco más allá a un Caprice de color gris. Era el mismo coche que Tiburón había visto delante del Blue Chateau. Mientras caminaban, Bosch tenía la mano sobre el hombro de Tiburón. El chico aún no era tan alto como el detective, pero los dos eran igualmente delgados y musculosos. El chaval llevaba una camiseta teñida de color lila y amarillo y unas gafas de sol negras colgadas del cuello con un cordón naranja, que se puso al llegar al Caprice.

—Bueno, Tiburón —dijo Bosch al llegar al coche—. Ya conoces el reglamento. Vamos a registrarte antes de que subas al coche para no tener que esposarte durante el trayecto. Pon todo lo que tengas sobre el capó.

—¡Pero si me acabas de decir que no estoy bajo sospecha! —protestó Tiburón—. No tengo por qué hacer todo esto.

—Ya te lo he dicho. Son las reglas; luego te lo devolveremos todo. Excepto las fotos, claro.

Tiburón miró a Bosch y luego a Wish. Entonces se metió las manos en los bolsillos de sus tejanos gastados.

—Sí, sabemos lo de las fotos —le confirmó Bosch.

El chico puso sobre el capó 46,55 dólares, un paquete de tabaco, una caja de cerillas, un llavero con una pequeña navaja y las fotos. En ellas se veía a Tiburón y los otros miembros del grupo, desnudos, y en distintas fases de excitación sexual. Mientras Bosch ojeaba las fotos, Wish les echó un vistazo por encima del hombro de su compañero, pero enseguida desvió la mirada. A continuación cogió el paquete de tabaco y descubrió un porro entre los cigarrillos.

—Creo que también tendremos que quedarnos con esto —dijo Bosch.

Los tres se dirigieron hacia la comisaría de policía en Wilcox Street; era hora punta y habrían tardado una hora en llegar al edificio federal en Westwood Avenue. Cuando llegaron a la oficina de detectives eran ya más de las seis y todo el mundo se había ido a casa. Bosch llevó a Tiburón a una de las salas de interrogatorio, una habitación de tres metros por tres, con una pequeña mesa cubierta de quemaduras de cigarrillo y tres sillas. En una de las paredes un cartel escrito a mano rezaba: «¡Prohibido lloriquear!». Bosch sentó al chico en el tobogán, una silla de madera con el asiento muy barnizado y con las patas de delante medio centímetro más cortas que las de detrás. La inclinación no era suficiente para notarse, pero impedía que la gente se sintiera cómoda. Casi todos se echaban hacia atrás, pero acababan resbalando lentamente hacia delante, frente a la cara del interrogador. Bosch le dijo al chico que no se moviera y salió al pasillo a planear una estrategia con Wish. En cuanto cerró la puerta, ella la abrió.

—Es ilegal dejar a un menor solo en una sala cerrada —explicó Wish.

Bosch la cerró de nuevo.

—Él no se ha quejado —replicó Bosch—. Tenemos que hablar. ¿Qué quieres que haga? ¿Lo quieres tú o lo cojo yo?

—No sé —contestó ella.

Estaba claro; aquello quería decir que no. Una primera entrevista con un testigo, sobre todo con uno reticente, requería una hábil combinación de estrategia, argucias y encerronas. Si Wish no lo sabía, era mejor que no lo hiciera.

—Según tu expediente, tú eres el experto en interrogatorios —se burló ella—. No sé si usas la maña o la fuerza, pero me gustaría verlo.

Bosch asintió, sin hacer caso a la pequeña puya. Se metió la mano en el bolsillo y sacó el tabaco y las cerillas del chico.

—Entra y dale esto. Mientras tanto voy a mi mesa a recoger mis mensajes y preparar una cinta. —Cuando Bosch vio la cara de Wish al coger los cigarrillos, añadió—: Regla número uno de un interrogatorio, haz que el sujeto se sienta cómodo. Dale el tabaco, y si no te gusta, aguanta la respiración.

Bosch empezó a alejarse, pero ella le detuvo.

—Bosch, ¿qué hacía Tiburón con esas fotos?

«Conque eso era lo que la preocupaba», pensó Bosch.

—Mira, hace cinco años un chico como él se habría ido

con ese tío a hacer quién sabe qué. Ahora, en cambio, le vende una foto suya y punto. Hoy en día hay tantas trampas mortales (personas y enfermedades) que los chicos se han vuelto listos. Es más fácil vender fotos que el propio cuerpo.

Wish abrió la puerta de la sala de interrogatorios y entró. Mientras tanto Bosch atravesó la oficina y comprobó si había algún recado en el punzón de hierro de su mesa. Habían llamado su abogado y Bremmer del *Times*, aunque este último lo había hecho con un seudónimo, tal como habían acordado previamente. Harry no quería que un fisgón descubriera que le había telefoneado un periodista.

Bosch dejó los mensajes clavados en el punzón, sacó su carné y abrió con él el candado del armario de material. A continuación cogió una cinta virgen de noventa minutos y la introdujo en la grabadora que había en el estante inferior del armario. Primero la encendió para asegurarse de que funcionaba; luego apretó el botón de grabado y comprobó que los dos cabezales giraban. Finalmente atravesó el pasillo hasta el mostrador principal y le dijo a un gordito novato que estaba ahí sentado que le pidiera una pizza. Le dio al chico un billete de diez y le dijo que, cuando llegara, se la llevase a la sala de interrogatorios junto con tres Coca-Colas.

—¿Qué quieres en la pizza? —preguntó el chico.

—¿Qué te gusta a ti?

—Salchicha y pepperoni. Odio las anchoas.

—Pues que sea de anchoas.

Bosch volvió a la oficina de detectives. Cuando entró en la sala de interrogatorios, Wish y Tiburón estaban en silencio y Bosch tuvo la sensación de que no habían hablado mucho. Wish no conectaba con el chico. Ella se sentó a la derecha de Tiburón, mientras Bosch se acomodaba a la izquierda del chico.

La única ventana de la sala era un pequeño cuadrado de espejo en la puerta que permitía ver desde fuera, pero no desde dentro.

Bosch decidió ser sincero con Tiburón desde el principio. Aunque era sólo un niño, probablemente era más astuto que la mayoría de hombres que se habían sentado en el tobogán antes que él. Si el chico notaba que le estaban engañando, empezaría a contestar con monosílabos.

—Tiburón, vamos a grabar esto porque puede resultarnos útil más adelante —explicó Bosch—. Como te dije, no estás bajo sospecha así que no debe preocuparte lo que digas, a no ser que nos vayas a decir que lo hiciste tú.

—¿Lo ves? —protestó el chico—. Ya me parecía a mí que ibais a sacarme la maldita grabadora. Oye, que no es la primera vez que entro en uno de estos búnkeres...

—Por eso no vamos a mentirte. Para que conste en la cinta, vamos a presentarnos: yo soy Harry Bosch, del Departamento de Policía de los Ángeles, ella es Eleanor Wish, del FBI y tú eres Edward Niese, alias Tiburón. Quiero empezar por...

—¿Qué coño hace aquí el FBI? ¿Quién era el fiambre? ¿El presidente?

—Tranquilo —le cortó Bosch—. Esto es sólo un programa de intercambio. Como cuando ibas al colegio y venían niños de Francia o de otro país extranjero. Imagínate que ella es francesa y ha venido a aprender de los profesionales. —Bosch sonrió y le guiñó el ojo a Wish. Tiburón la miró y también esbozó una sonrisa—. Primero contéstame a esta pregunta para que podamos pasar a cosas más interesantes. ¿Mataste tú al tío de la tubería?

—Qué va. Yo sólo vi...

—Espera, espera —interrumpió Wish y, mirando a Bosch, preguntó—: ¿Podemos salir un segundo?

Bosch se levantó y salió, seguido de Wish. Esta vez fue ella quien cerró la puerta.

—¿Qué estás haciendo? —preguntó él.

—¿Qué estás haciendo tú? ¿Vas a leerle sus derechos o quieres empezar la entrevista de manera ilegal?

—¿Qué dices? Él no ha sido; no es un sospechoso. Sólo trato de interrogarle.

—No estamos totalmente seguros de que no sea el asesino. Creo que deberíamos leerle sus derechos.

—Si le leemos sus derechos va a pensar que sospechamos de él; que no es un testigo. Y si piensa eso, ya podemos entrar y hablar con las paredes; no se va a acordar de nada.

Wish volvió a la sala de interrogatorios sin decir ni una palabra. Bosch la siguió y continuó donde lo había dejado, sin mencionar los derechos de nadie.

—¿Tú mataste al hombre de la tubería, Tiburón?

—Que no, tío. Yo lo vi y punto. Ya estaba muerto. Al decir esto, miró a Wish, a su derecha, e intentó acomodarse en la silla.

—De acuerdo —dijo Bosch— Tiburón, dime cuántos años tienes, de dónde eres... Háblame un poco de ti.

—Casi dieciocho; me falta poco para ser libre —respondió el chico con la vista fija en Bosch—. Mi vieja vive en Chatsworth, pero yo paso de vivir con... Pero ¿por qué quieres que te lo cuente? Ya lo debes de saber, por mi ficha...

—¿Eres maricón?

—No —negó Tiburón, con una mirada seria—. Yo les vendo fotos, sí, ¿qué pasa? Pero no soy uno de ellos.

—Pero haces más que venderles fotos, ¿no? A veces les pegas unas cuantas hostias, los desplumas y a ver quién es el guapo que te denuncia.

Tiburón se volvió hacia Wish, levantando una mano en señal de inocencia.

—No sé de qué vas. Pensaba que hablaríamos del muerto.

—A eso vamos —le contestó Bosch—. Sólo quería saber con quién estábamos tratando, nada más. Bueno, cuéntanos todo lo que sepas; toda la historia. He pedido una pizza y hay más tabaco, así que tenemos tiempo.

—No hará falta. Yo no vi nada aparte del cuerpo dentro de la tubería. Espero que no lleve anchoas.

Dijo esto mirando a Wish, mientras intentaba enderezarse en la silla. Se había establecido una constante: cuando decía la verdad miraba a Bosch, y a Wish cuando ocultaba algo o estaba mintiendo. «Los timadores siempre escogen a las mujeres», pensó Bosch.

—Tiburón, si quieres podemos llevarte a Sylmar y que ellos te retengan hasta mañana —le amenazó Bosch—. Podemos volver a empezar por la mañana, cuando tengas la memoria más...

—Es que estoy preocupado por la moto. ¿Y si me la mangan?

—Olvídate de la moto —insistió Bosch, invadiendo el espacio del chico—. No vamos a soltarte porque aún no nos has dicho nada. Cuéntanos la historia y entonces ya hablaremos de la moto.

—Vale, vale. Os diré lo que sé.

El chico alargó la mano para alcanzar los cigarrillos, pero Bosch se echó hacia atrás y le dio uno de los suyos. La técnica de inclinarse hacia delante y hacia atrás era algo que había perfeccionado durante las horas y horas que había pasado en aquellas salas. Se inclinaba hacia delante para invadir ese medio metro perteneciente al interrogado o que éste consideraba su propio espacio. Se echaba hacia atrás cuando obtenía lo que quería; era una técnica subliminal. Lo más importante de un interrogatorio policial tiene muy poco que ver con lo que se dice. Es una cuestión de interpretación, de matiz. Y a veces de lo que no se dice. Bosch encendió primero el cigarrillo de Tiburón. Wish se retiró un poco cuando exhalaron el humo azulado.

—¿Quiere un cigarrillo, agente Wish? —preguntó Bosch.

Ella negó con la cabeza. Bosch miró al chico, y ambos intercambiaron una mirada de complicidad. Algo así como: «Somos colegas». El muchacho sonrió. Bosch le indicó con la cabeza que empezara su historia... Y menuda historia se inventó.

Y

—A veces subo allí a sobar —comenzó Tiburón—. Bueno, cuando no encuentro a alguien que me ayude a pagar el motel. A veces el cuarto de mis socios está a tope y tengo que abrirme. Entonces subo allá y me pongo a sobar en la tubería. Se está caliente casi toda la noche; no está mal. Bueno, una de esas noches subí...

—¿A qué hora? —preguntó Wish.

Bosch la miró como diciendo: «Calma. Haz las preguntas después de la historia. Hasta ahora el chico iba bastante bien».

—Pues bastante tarde —respondió Tiburón—. Las tres o las cuatro de la mañana; no llevo reloj. Total, que subí, me metí en la tubería y vi al tío ahí tirado, muerto. Entonces salí y me piré. No iba a quedarme allí con un fiambre. Cuando bajé, os llamé a vosotros, al teléfono de emergencias, y ya está.

Tiburón miró a Wish y luego a Bosch.

—Ya está —concluyó—. ¿Me lleváis a la moto o qué? Nadie contestó, así que Tiburón encendió otro cigarrillo y volvió a incorporarse en la silla.

—Es una historia muy bonita, Edward, pero necesitamos saberlo todo —dijo Bosch—. Y necesitamos que sea verdad.

—¿Qué quieres decir?

—Quiero decir que parece inventada por un subnormal, eso quiero decir. Por ejemplo, ¿cómo coño viste el cuerpo si era de noche?

—Con una linterna —le explicó a Wish.

—No señor. Llevabas cerillas porque encontramos una. —Bosch se inclinó hacia Tiburón hasta quedar a sólo treinta centímetros de su cara—. Oye, ¿cómo crees que supimos que eras tú el que había llamado? ¿Crees que la operadora reconoció tu voz y pensó: «¡Ah, ése es Tiburón. ¡Qué chico tan majo!»? Piensa, hombre. Escribiste tu nombre o al menos parte de tu nombre, en la tubería. Tenemos tus huellas dactilares en un aerosol. Y sabemos que sólo llegaste hasta la mitad de la tubería porque te acojonaste; tenemos las huellas.

Tiburón miraba fijamente frente a él, hacia la ventana de espejo de la puerta.

—Sabías que el cuerpo estaba allí antes de entrar. Viste a alguien arrastrándolo hacia la tubería. Venga, Tiburón. Mírame y dime la verdad.

—No vi ninguna cara. Estaba demasiado oscuro —le dijo el chico a Bosch. Cuando Eleanor soltó un suspiro, a Bosch le entraron ganas de decirle que se marchara si creía que el chico era una pérdida de tiempo.

—Me escondí porque pensaba que venían a por mí —explicó Tiburón—, pero yo no tuve nada que ver, te lo juro. ¿Por qué coño la has tomado conmigo?

—Han asesinado a un hombre y tenemos que descubrir por qué. No nos importan las caras. Simplemente cuéntanos lo que viste y te soltaremos.

—¿Seguro?

—Seguro.

Bosch se echó hacia atrás y encendió su segundo cigarrillo.

—Bueno, pues sí, subí a la presa y, como no tenía sueño, me puse a mi rollo, a pintar. Entonces oí un coche y me acojoné. Lo más raro es que lo oí antes de verlo, porque el tío no llevaba las luces puestas. Me escondí a toda leche entre los arbustos de la colina; ahí, al lado de la tubería..., donde dejo la moto cuando duermo.

El chico se estaba animando, gesticulando con las manos y la cabeza, y mirando casi exclusivamente a Bosch.

—Joder, pensaba que venían a por mí, que alguien había avisado a la pasma por lo de las pintadas. Por eso me escondí. Cuando llegaron a la tubería un tío le dijo al otro que olía a pintura, pero ni siquiera me habían visto. Se habían parado allí para dejar al muerto. Además, no era un coche, sino un todoterreno.

—¿Tienes el número de matrícula? —le preguntó Wish.

—Déjale que siga —dijo Bosch, sin siquiera mirarla.

—No. ¿Cómo voy a saber la matrícula si llevaban las luces apagadas y estaba más negro que la hostia? —protestó Tiburón—. Bueno, había tres tíos, contando al muerto. Uno de ellos, el que conducía el jeep, salió y sacó el cuerpo de detrás, de debajo de una manta o no sé qué mierda. Abrió esa puertecita de atrás que tienen los todoterrenos y lo dejó caer. Fue horrible, tío. Me di cuenta de que estaba muerto de verdad por la forma de caer al suelo... como un cadáver. Hizo un ruido seco, no como en la tele, sino real, en cuanto lo vi pensé «Joder, está muerto». Entonces el tío lo arrastró hasta la tubería. Su colega no lo ayudó; se quedó en el jeep, así que el primer tío lo hizo todo solo.

Tras darle una última calada a su cigarrillo, Tiburón lo apagó en el cenicero lleno de colillas y ceniza. Exhaló el humo por la nariz y miró a Bosch, quien le hizo un gesto para que continuara. El chico volvió a incorporarse.

—Em... Yo me quedé allí y el tío salió de la tubería al cabo de un minuto... no más de un minuto. Al salir, miró a su alrededor, pero no me vio. Entonces se fue hacia un arbusto cerca de donde yo estaba y arrancó una rama. Volvió a entrar en la cañería, y lo oí barrer o hacer no sé qué con la rama. Luego salió y se metieron en el coche. Ah, pero cuando empezó a dar marcha atrás, claro, las luces traseras se encendieron. El tío se paró de golpe. Oí que decía que no podían retroceder por culpa de la luz, que los podrían ver. Así que arrancaron hacia delante, sin encender los faros. Bajaron por la carretera, atravesaron la presa y llegaron al otro lado del lago. Cuando pasaron por delante de esa caseta que hay en la presa supongo que se cargaron la bombilla, porque se apagó de repente. Yo me quedé escondido hasta que dejé de oír el ruido del motor.

Tiburón hizo una pausa que Wish aprovechó para preguntar:

—Lo siento, pero ¿podemos abrir la puerta para que salga el humo?

Bosch alargó la mano y abrió la puerta de un empujón, sin intentar ocultar su enfado.

—Adelante, Tiburón —fue lo único que dijo.

—Pues, nada, cuando se largaron me fui hacia la tubería y me puse a gritarle al tío: «¡Eh, tú! ¿Estás bien?». Pero no me contestó, así que decidí entrar. Primero apoyé la moto en el suelo para dar un poco de luz y también encendí una cerilla, como tú has dicho. Entonces lo vi y, bueno, creí que estaba muerto. Iba a comprobarlo, pero me dio grima y salí a toda leche. Bajé la colina, llamé a la poli y ya está. No hice nada más, te lo juro.

Bosch dedujo que el chico había querido robarle la cartera, pero se había asustado. No importaba, podía guardar su secreto. Entonces pensó en la rama que el hombre había usado para borrar las pisadas tras haber arrastrado el cadáver. Se preguntó por qué los policías de uniforme no habían encontrado ni la rama ni el arbusto roto durante el registro de la escena del crimen. Pero no le dio muchas vueltas porque sabía la respuesta: descuido, pereza. No era la primera vez que pasaban algo por alto; ni la última.

—Vamos a ver si ha llegado ya la pizza —anunció Bosch, levantándose—. Enseguida volvemos.

Fuera de la sala de interrogatorios Bosch controló su enfado y tan sólo dijo:

—Mea culpa. Tendríamos que haber decidido cómo queríamos hacerlo antes de que empezara su historia. A mí me gusta escuchar primero y luego hacer preguntas. Ha sido culpa mía.

—No te preocupes —le respondió Wish en tono seco—. De todas formas no creo que nos sea muy útil.

—No lo sé. —Bosch reflexionó un instante—. Pensaba

volver a entrar y seguir hablando un rato; quizá sacarle un retrato robot. Y si no recuerda nada más, podemos intentar hipnotizarlo.

Bosch no tenía ni idea de cómo reaccionaría Wish a su última sugerencia. La había dejado caer de forma casual, con la esperanza de que pasara inadvertida. Los tribunales de California habían dictaminado que hipnotizar a un testigo invalidaba su testimonio en un juicio. Si hipnotizaban a Tiburón, no podría ser usado como testigo en ningún proceso relacionado con la muerte de Meadows.

Wish frunció el ceño.

—Ya sé —concedió Bosch—. Lo perderíamos como testigo, pero a este paso no llegaremos a los tribunales. Tú misma has dicho que no era tan útil.

—Ya, pero no sé si deberíamos cerrarnos una puerta tan pronto.

Bosch se dirigió hacia la sala de interrogatorios y vio a través de la ventanita que Tiburón se estaba fumando otro cigarrillo. De pronto el chico apagó el pitillo y se levantó. Miró hacia la ventanita de la puerta, pero Bosch sabía que no podía ver nada. Con un movimiento rápido y silencioso, el chico cambió su silla por la que había estado usando Wish. Bosch sonrió y dijo:

—Es un chico listo. Puede que sepa más, y no se lo sacaremos si no lo hipnotizamos. Creo que vale la pena arriesgarse.

—No tenía idea de que supieras hipnotizar. Debió de escapárseme cuando leí tu expediente.

—Seguro que se te escaparon muchas cosas —le contestó Bosch. Al cabo de un rato añadió—: Supongo que soy uno de los últimos que quedan. Después de que el Tribunal Supremo se lo cargara, el departamento dejó de entrenar a la gente. Sólo hubo una hornada de policías que aprendió a hacerlo. Yo era uno de los más jóvenes; los demás ya se habrán retirado.

—De todos modos, creo que debemos esperar —opinó ella—. Preferiría hablar un poquito más con él y dejar que pasaran un par de días antes de desecharlo como testigo.

—Muy bien, pero ¿sabes dónde estará un chico como Tiburón en un par de días?

—Confío en ti. Ya lo has encontrado una vez y podrás volver a hacerlo.

—Bueno. ¿Quieres preguntar tú?

—No, tú lo estás haciendo muy bien. Mientras pueda interrumpirte de vez en cuando, cuando se me ocurra algo...

Los dos sonrieron. Al volver a la sala de interrogatorios, les asaltó el olor a sudor y humo. Sin que Wish tuviera que pedírselo, Bosch dejó la puerta abierta para que se aireara.

—¿Y la comida? —preguntó Tiburón.

—Aún no ha llegado —contestó Bosch.

Bosch y Wish pidieron a Tiburón que recontara la historia dos veces más, durante las cuales le interrumpieron para hacer preguntas. Esta vez trabajaron en equipo, como auténticos compañeros; intercambiaron miradas de complicidad, gestos sutiles e incluso sonrisas. Bosch se fijó en que Wish resbalaba en la silla un par de veces y le pareció que una ligera sonrisa asomaba en el rostro infantil de Tiburón. Cuando llegó la comida, el chico protestó por las anchoas, pero acabó zampándose tres cuartas partes de la pizza y bebiéndose dos de las Coca-Colas. Bosch y Wish pasaron de comer.

Tiburón les contó que el todoterreno era de color crudo o beige y que llevaba un escudo en la puerta lateral, aunque no supo describirlo. Quizá se trataba de hacerlo pasar por un vehículo del Departamento de Aguas, pensó Bosch. O tal vez era un vehículo del Departamento de Aguas. Bosch se convenció de que lo mejor sería hipnotizar al chico, pero prefirió no volver a sacar el tema. Esperaría a que Wish cambiara de opinión y se diera cuenta de que era necesario.

Tiburón también les contó que el hombre que se quedó en el jeep no dijo una sola palabra durante todo el rato que él estuvo observando. Era más pequeño que el conductor; bajo la pálida luz de la luna el chico sólo había vislumbrado la silueta de alguien más menudo recortada contra el espeso bosque de pinos que rodeaba el lago.

—¿Y qué hizo ese otro hombre? —preguntó Wish.

—Vigilar, supongo. Estaría montando guardia porque ni siquiera conducía. Igual era el jefe o algo parecido.

Al conductor lo había visto mejor, pero no lo suficiente como para describirlo o componer un retrato robot con el identikit que Bosch había traído. El conductor era blanco, con el pelo moreno. Tiburón no podía, o no quería, ser más preciso en su descripción. Tan sólo especificó que llevaba una camisa y pantalones oscuros a juego, tal vez un mono, con una especie de delantal de carpintero de esos que llevan herramientas. Los grandes bolsillos estaban vacíos y ondeaban al viento. A Bosch le pareció curioso, pero a pesar de interrogar al chico desde varios ángulos distintos, no consiguió una descripción más detallada.

Al cabo de una hora habían terminado. Wish y Bosch dejaron a Tiburón en la sala llena de humo mientras ellos salían de nuevo a deliberar.

—Lo único que tenemos que hacer ahora es encontrar un todoterreno con una manta, hacer un microanálisis y comparar los cabellos —bromeó Wish—. Sólo debe de haber un millón de jeeps blancos o beige en el estado. ¿Quieres que yo dé la orden de búsqueda o prefieres encargarte tú mismo?

—Mira, hace dos horas no teníamos nada y ahora tenemos mucho. Déjame hipnotizar al chico. Quién sabe, a lo mejor conseguimos la matrícula, una descripción más clara del conductor, del escudo de la puerta o que recuerde algún nombre.

Bosch le mostró las manos con las palmas hacia arriba. Ya le había hecho aquella oferta antes y ella la había rechazado, cosa que hizo por segunda vez.

—Todavía no, Bosch. Déjame hablar con Rourke; quizá mañana. No quiero precipitarme y que nos salga el tiro por la culata, ¿de acuerdo?

Él asintió, dejando caer los brazos.

—¿Y ahora qué? —preguntó ella.

—Bueno, el niño ya ha comido. ¿Por qué no nos encargamos de él y luego nos vamos a cenar algo? Conozco un sitio...

—No puedo —le cortó ella.

—... en Overland.

—Esta noche ya he quedado, lo siento. Otro día.

—Sí, claro. —Bosch se dirigió hacia la sala de interrogatorios para mirar por la ventanita. Con tal de que ella no le viera la cara... Se sentía tonto por haber intentado algo tan pronto—. Si tienes que irte, vete. Yo lo llevaré a un refugio para pasar la noche. No tenemos por qué perder el tiempo los dos.

—¿Estás seguro?

—Sí, yo me ocuparé de él. Pediré que nos lleve una patrulla y recogeremos la moto por el camino. Luego me pueden acompañar a mi coche.

—Qué detalle. Quiero decir, lo de recoger su moto y ocuparte de él.

—Hicimos un trato, ¿no?

—Sí, pero tú te preocupas por él. He visto cómo lo tratabas. ¿Puede ser que te recuerde un poco a ti mismo?

Bosch apartó la vista de la ventana y se volvió hacia ella.

—No —respondió él—. Sólo es otro testigo que tenemos que entrevistar. Si crees que es un capullo ahora, espera un poco más, a que tenga diecinueve o veinte años, si es que dura tanto. Entonces será un monstruo que se alimenta de la gente. No es la última vez que va a sentarse en esa sala; se pasará la vida entrando y saliendo hasta que mate a alguien o alguien lo mate a él. Como dijo Darwin, es la ley del más fuerte, y él es lo bastante fuerte como para sobrevivir. O sea que no, no me preocupo por él. Lo voy a meter en un refugio porque quiero saber dónde está cuando lo volvamos a necesitar. Eso es todo.

—Es muy bonito, pero no me lo creo. Te conozco, Bosch, y estoy segura de que te preocupa. La forma en que le diste de comer y le preguntaste...

—Mira, me importa un bledo las veces que hayas leído mi expediente... No digas que me conoces, porque es mentira.

Bosch se había acercado a ella hasta quedar a sólo unos centímetros de su cara. Wish bajó la vista y miró su libreta, como si hubiera algo escrito en ella que tuviera que ver con lo que él estaba diciendo.

—Mira —dijo Bosch—, podemos trabajar en esto juntos. Con un golpe de suerte como el de hoy, quizás incluso averigüemos quién mató a Meadows. Pero nunca seremos compañeros ni llegaremos a conocernos, así que tal vez deberíamos dejar de actuar como si lo fuéramos. No me cuentes que tu hermano pequeño se parece a mí porque tú no sabes cómo era yo. Un par de papeles y fotos en un archivo no quieren decir nada.

Tras cerrar su libreta y metérsela en el bolso, Wish finalmente alzó la vista. De pronto hubo un ruido procedente de la sala de interrogatorios. Era Tiburón, que se estaba mirando en el espejo de la puerta, pero ninguno de los dos le hizo caso. Wish taladró a Bosch con la mirada.

—¿Siempre te pones así cuando una mujer te dice que no? —preguntó con calma.

—Eso no tiene nada que ver y tú lo sabes.

—Ya. —Wish empezó a alejarse, pero añadió—: ¿Quedamos a las nueve en el FBI?

Él no contestó, por lo que ella continuó caminando en dirección a la oficina de detectives. Tiburón volvió a llamar a la puerta y Bosch vio que el chico se estaba reventando un grano frente al espejo. Antes de irse, Wish se volvió una vez más.

—No hablaba de mi hermano pequeño, sino de mi hermano mayor —aclaró—. De hace mucho tiempo, cuando yo era pequeña y él se marchó a Vietnam.

Bosch no la miró. No se atrevía, porque presentía lo que ella iba a decir.

—Recuerdo cómo era entonces —explicó ella— porque fue la última vez que lo vi y esas cosas se te quedan grabadas. Mi hermano fue uno de los que no volvieron. —Dicho esto, salió.

Harry se comió el último trozo de pizza. Estaba fría y odiaba las anchoas, pero sintió que se lo merecía. Igual que la Coca-Cola caliente. Cuando hubo acabado se sentó en la mesa de Homicidios y se puso a hacer llamadas hasta que encontró una cama, o más bien un espacio, en Home Street Home, uno de los refugios donde no hacen preguntas, cerca del Boulevard. Allí no intentaban devolver a los fugados al lugar de donde venían, porque sabían que en la mayoría de los casos el hogar era una pesadilla peor que las calles. Se limitaban a proporcionar a los chicos un lugar seguro donde dormir y luego intentaban que se marcharan a cualquier sitio fuera de Hollywood.

Bosch sacó un coche sin identificativos del garaje de la comisaría y llevó a Tiburón hasta el lugar donde estaba su motocicleta. Como ésta no cabía en el maletero, Bosch hizo un trato con el chico: Tiburón iría en moto, mientras él lo seguiría en el coche. Cuando llegara al refugio, Bosch le devolvería el dinero, la cartera y el tabaco, pero no las fotos ni el porro, que fueron directos a la basura. A Tiburón no le hizo gracia, pero obedeció. Bosch le ordenó que se quedara unos días en el refugio, aunque sabía que el chico seguramente se largaría a primera hora de la mañana.

—Te he encontrado una vez. Si te necesito, puedo volver a hacerlo —le advirtió mientras el muchacho ponía el candado a su moto.

—Ya lo sé —contestó Tiburón.

Era una falsa amenaza. Bosch sabía que había encontrado al chico cuando éste no era consciente de que le buscaban. Si intentaba ocultarse, la cosa sería muy distinta. Bosch le dio una de sus tarjetas baratas y le pidió que le llamara si recordaba algo más que pudiera resultar útil.

—¿Útil para quién? —preguntó Tiburón.

Bosch no respondió. Subió al coche y regresó a Wilcox, mientras vigilaba por el retrovisor si le seguían. Parecía que no. Después de devolver el vehículo, se dirigió a su mesa y recogió los archivos sobre las ratas de los túneles. Luego pasó por la oficina de guardia, donde un teniente jovencito llamó a una de sus patrullas para que acompañaran a Bosch al edificio federal. El oficial de patrulla era un policía joven, asiático, con el pelo al uno. Bosch había oído que en la comisaría lo llamaban Fumanchú. Los dos viajaron en completo silencio los veinte minutos que los separaban del edificio federal.

Harry llegó a casa a las nueve. A pesar de que la luz roja de su contestador automático parpadeaba, no había ningún mensaje; sólo el ruido de alguien que colgaba. Harry encendió la radio para escuchar el partido de los Dodgers, pero luego la apagó; estaba cansado de oír a gente. En su lugar, puso varios CD de Sonny Rollins, Frank Morgan y Branford Marsalis: música de saxo. Luego extendió las carpetas en la mesa del comedor y destapó una botella de cerveza. «Alcohol y jazz —pensó mientras bebía—. Duermes con la ropa puesta. Eres un poli tópico, Bosch. Un libro abierto, como todos los demás idiotas que deben de intentar ligar con ella cada día. Venga, concéntrate en lo que tienes delante.» Bosch abrió el expediente de Meadows y lo leyó detenidamente; antes, en el coche con Wish, sólo lo había ojeado por encima.

Meadows era un enigma para Bosch. Un heroinómano y adicto a las pastillas, pero también un soldado que había solicitado permanecer en Vietnam. Se quedó incluso cuando lo sacaron de los túneles. En 1970, después de dos años bajo tierra, lo asignaron a una unidad de la policía militar adscrita a la embajada estadounidense en Saigón. No volvió a entrar en acción nunca más, pero se quedó hasta el final de la guerra. Después del tratado y la retirada de las tropas americanas en el año 1973, le dieron de baja del ejército, pero permaneció en la embajada como asesor civil. Todo el mundo volvía a casa, menos Meadows. No regresó hasta el 30 de abril de 1975, el día de la caída de Saigón. Meadows volvió en un helicóptero y luego en un avión que trasladaba refugiados a Estados Unidos. Aquélla fue su última misión gubernamental: supervisar el transporte masivo de refugiados a Filipinas y Estados Unidos.

Según esos papeles, tras su regreso, Meadows se había instalado en el sur de California. Sin embargo, su currículum era muy breve: policía militar, destructor de túneles y traficante de droga. En el archivo había una solicitud para entrar en el Departamento de Policía de Los Ángeles que había sido rechazada por dar positivo en los análisis de drogadicción. El siguiente documento del archivo era una hoja del Ordenador Nacional de Inteligencia Criminal que mostraba los antecedentes penales de Meadows. Su primera detención, por posesión de heroína, se remontaba a 1978. Le dieron libertad condicional. Al año siguiente lo volvieron a arrestar, esta vez por posesión con intención de venta. Meadows alegó simple posesión y lo sentenciaron a dieciocho meses en Wayside Honor Rancho. Cumplió diez. En los dos años siguientes hubo varias detenciones por consumo de droga, ya que las marcas de pinchazos recientes se castigan con hasta sesenta días en una celda del condado. Meadows estuvo saliendo de la cárcel por una puerta y entrando por otra hasta 1981. Ese año lo encerraron una buena temporada por intento de robo, un delito federal. La hoja de antecedentes no especificaba si el robo fue a un banco, pero Bosch supuso que lo sería para que entrara en la jurisdicción del FBI. Meadows fue condenado a cuatro años en Lompoc y cumplió dos.

Sólo llevaba libre unos cuantos meses cuando lo volvieron a detener por robar un banco. Debieron de pescarlo con las manos en la masa porque Meadows se declaró culpable y pasó cinco años en Lompoc. Habría salido al cabo de tres, pero lo pillaron en un intento de fuga. Tras sentenciarlo a cinco años más, lo trasladaron a Terminal Island.

«Tantos años en chirona... —pensó Bosch—. Yo no sabía nada de todo aquello. Pero ¿qué habría hecho de haberlo sabido?» Bosch imaginó que la cárcel debió de cambiar a Meadows más que la guerra.

En 1988 Meadows salió de la prisión federal de Terminal Island y lo enviaron a un centro de reinserción para veteranos del Vietnam, en libertad condicional. El lugar se llamaba Charlie Company y estaba en una granja al norte de Ventura, a unos sesenta y cinco kilómetros de Los Ángeles. Meadows pasó allí casi un año.

Después de aquello no había nada más. El delito de consumo de drogas que le había empujado a llamar a Bosch un año antes nunca fue procesado porque no constaba en sus antecedentes. No había ningún otro contacto con la policía desde que salió de la cárcel.

El expediente contenía otro papel, escrito a mano, y Bosch adivinó que se trataba de la letra limpia y clara de Wish. Era un historial de los empleos y domicilios de Meadows. La información, recogida en los archivos de la Seguridad Social y el Registro de Vehículos, estaba listada en una columna a la izquierda del papel. Sin embargo, había espacios en blanco, períodos en los que se ignoraba su ocupación. Cuando volvió de Vietnam, Meadows había trabajado para el Distrito de Aguas del Sur de California. Fue inspector de cañerías, pero al cabo de cuatro meses perdió el puesto por retrasos y ausencias injustificadas. A partir de entonces debió de intentar ganarse la vida vendiendo heroína, porque su próximo empleo legal no fue hasta que salió de Wayside en 1979. Meadows entró a trabajar en el Departamento de Aguas y Electricidad como inspector subterráneo, en la división de alcantarillas. Perdió el trabajo al cabo de seis meses por las mismas razones que en la anterior ocasión. Hubo otros empleos esporádicos y después de que saliera de Charlie Company estuvo unos meses trabajando en una mina de oro en el valle de Santa Clarita. Nada más.

La lista contenía casi una docena de domicilios. La mayoría eran apartamentos en el barrio de Hollywood, pero también constaba una casa en San Pedro, anterior a la detención de 1979. Si en esa época había traficado, Bosch dedujo que Meadows conseguiría la droga del puerto de Long Beach, por lo que la casa de San Pedro habría sido ideal.

Bosch también averiguó que Meadows había residido en el apartamento de Sepúlveda desde que abandonó Charlie Company. En el expediente no había nada sobre el centro de reinserción ni lo que Meadows hizo allí, pero Bosch encontró el nombre del oficial encargado de su libertad condicional en las copias de sus informes semestrales. Se llamaba Daryl Slater y trabajaba en Van Nuys. Bosch tomó nota de su nombre y de la dirección de Charlie Company. Luego colocó ante él la hoja de arrestos, el historial de empleos y domicilios y los informes de libertad condicional, y comenzó a escribir una cronología, empezando con el traslado de Meadows a la prisión federal en 1981.

Cuando hubo terminado, muchos de los espacios en blanco se habían llenado. Meadows había pasado un total de seis años y medio en la penitenciaría federal. En 1988 le concedieron la libertad condicional, patrocinado por el programa de reinserción de Charlie Company, donde pasó diez meses antes de mudarse al apartamento de Sepúlveda. Los informes de ese período revelaban que había conseguido un puesto como operador de un taladro industrial en una mina de oro del valle de Santa Clarita. En 1989 obtuvo la libertad absoluta y al día siguiente dejó el trabajo. Desde entonces no se le conocía ningún empleo, según la Seguridad Social. Hacienda también corroboraba el hecho, ya que Meadows no había presentado la declaración desde 1988.

Bosch se fue a la cocina, cogió una cerveza y se preparó un bocadillo de jamón y queso, que se comió de pie, al lado del fregadero, mientras intentaba ordenar mentalmente todos los datos del caso. En su opinión, Meadows había estado tramando el golpe desde el momento en que salió de Terminal Island, o al menos de Charlie Company. Resultaba claro que tenía un plan. Estuvo trabajando legalmente hasta que cumplió el período de libertad condicional y entonces lo dejó para poner en marcha su proyecto. Bosch estaba seguro de ello. Eso significaba que, bien en la cárcel o bien en el centro de reinserción, Meadows conoció a los hombres que habían robado el banco con él. Y que luego lo habían matado.

Sonó el timbre. Bosch consultó su reloj; eran las once de la noche. Cuando llegó hasta la puerta y se acercó a la mirilla, vio a Eleanor Wish. Dando un paso atrás, echó un vistazo al espejo del recibidor y descubrió a un hombre que le miraba con ojos oscuros y cansados. Finalmente se pasó la mano por el pelo y abrió la puerta.

—Hola —dijo ella—. ¿Firmamos una tregua?

—Vale. ¿Cómo sabes dónde...? No importa, entra.

Wish llevaba el mismo traje que antes, así que aún no había pasado por casa. Bosch notó que se fijaba en los papeles desparramados sobre la mesa.

—Ya ves, sigo trabajando —explicó Bosch—. Estaba repasando algunos detalles del expediente de Meadows.

—Muy bien. Bueno, pasaba por aquí y sólo venía a decirte que... Ha sido una semana bastante dura para los dos. Quizá podamos volver a empezar a partir de mañana.

—Sí —dijo Bosch—. Y oye, siento lo que te he dicho antes... y lo de tu hermano. Tú sólo querías ser amable y yo... ¿Puedes quedarte unos minutos? ¿Quieres una cerveza?

Bosch fue a la cocina a buscar dos botellas frías. Le pasó una a ella y la condujo hasta la terraza. Fuera hacía fresco, pero de vez en cuando soplaba un viento cálido procedente del cañón. Eleanor contempló las luces del valle. Los focos de los estudios Universal barrían el cielo a intervalos regulares.

—Qué bonito —comentó ella—. Nunca había estado en uno de estos sitios. Las llaman casas colgantes, ¿no?

—Sí.

—Deben de dar miedo durante un terremoto.

—Y cuando pasa el camión de la basura.

—¿Cómo viniste a un lugar así?

—Unos tíos, esos de los focos de allá abajo, me dieron un montón de dinero por usar mi nombre y mi «asesoramiento profesional» en un programa de televisión. Como no tenía nada más en qué gastarlo, me compré esto. Cuando era pequeño y vivía en el valle de San Fernando siempre me preguntaba qué se sentiría viviendo en una de estas casas. Se la compré a un guionista de cine; aquí es donde trabajaba. Es bastante pequeña; sólo tiene una habitación, pero no creo que nunca vaya a necesitar más.

Ella se apoyó en la barandilla para mirar pendiente abajo y, siendo de noche, apenas distinguió el perfil del robledal. Él también se apoyó y, distraídamente, empezó a rasgar la etiqueta de cerveza y a tirar los trozos por el balcón. El papel dorado revoloteaba y brillaba en la oscuridad hasta desaparecer.

—Tengo unas cuantas preguntas —dijo Bosch—. Quiero ir a Ventura.

—¿Podemos hablar de eso mañana? No he venido aquí para comentar los archivos. Llevo dándoles vueltas casi un año.

Bosch asintió y se calló. Era mejor que ella explicara lo que la había traído hasta allí. Después de un largo silencio, Wish dijo:

—Debes de estar muy enfadado por lo que te hicimos, por lo de la investigación y todo lo que pasó ayer. Lo siento.

Wish tomó un sorbito de cerveza y Bosch se dio cuenta de que no le había ofrecido un vaso. Dejó que las palabras de ella flotaran en el aire unos instantes.

—No —respondió finalmente—, no estoy enfadado. La verdad es que no sé cómo estoy.

Ella se volvió hacia él y lo miró a los ojos.

—Pensábamos que abandonarías cuando Rourke te causó problemas con tu jefe. Ya sé que conocías a Meadows, pero de eso hace mucho tiempo. No lo entiendo. Para ti éste no es un caso cualquiera, pero ¿por qué? Tiene que haber algo. ¿Pasó alguna cosa en Vietnam? ¿Por qué significa tanto para ti?

—Supongo que tengo mis razones; razones que no tienen nada que ver con el caso.

—Te creo, pero eso no importa. Necesito saber qué pasa.

—¿Qué tal la cerveza?

—Bien. Por favor, di algo, detective Bosch.

Él miró abajo, siguiendo el vuelo de un trocito de papel dorado.

—No lo sé —le respondió—. Sí y no. Supongo que todo tiene que ver con los túneles, la experiencia compartida. No es que Meadows me salvara la vida o yo la suya, pero siento como si le debiera algo. No importa lo que hiciera luego o que se convirtiera en un desgraciado. Quizá si yo hubiera hecho algo más que unas cuántas llamadas para ayudarlo el año pasado... No lo sé.

—No seas absurdo —dijo ella—. Cuando te llamó el año pasado ya estaba metido en este asunto. Por aquel entonces ya te estaba utilizando, tal como te está utilizando ahora; a pesar de estar muerto.

Bosch se había quedado sin etiqueta que pelar. Se volvió y apoyó la espalda contra la barandilla. Con una mano sacó un cigarrillo del bolsillo y se lo metió en la boca, pero no lo encendió.

—Meadows —dijo, sacudiendo la cabeza al recordarlo—, Meadows era diferente... En esa época todos éramos unos críos; la oscuridad nos asustaba y aquellas galerías estaban más negras que la pez. Meadows, en cambio, no tenía miedo. Se presentaba voluntario una y otra vez. «Ir del azul al negro»; así describía una misión en el túnel. Nosotros lo llamábamos el «eco negro». Era como bajar al infierno; cuando estabas allí podías oler tu propio miedo, era como si estuvieses muerto.

Poco a poco, los dos se habían ido volviendo hasta quedar de cara. Cuando él la miró, le pareció detectar comprensión, pero no sabía si era eso lo que necesitaba. Hacía tiempo que no buscaba comprensión, aunque lo cierto es que no sabía lo que buscaba.

—Así que todos esos críos asustados hicimos una solemne promesa, que repetíamos cada vez que alguien bajaba a uno de aquellos túneles. La promesa era que, pasara lo que pasase, nunca dejaríamos a nadie allá abajo. Aunque te murieras; no ibas a quedarte allí, porque te hacían cosas, ¿sabes? Como esos psicópatas con los que nos encontramos. Y la promesa funcionaba porque nadie quería quedarse en aquellos agujeros, ni vivo ni muerto. Una vez leí en un libro que no importa que te entierren bajo una tumba de mármol o en el fondo de un pozo de petróleo; cuando estás muerto estás muerto. Pero quienquiera que escribió eso no estuvo en Vietnam. Cuando ves la muerte de cerca se te ocurren esas ideas. Y entonces sí importa... Por eso hicimos la promesa.

Bosch sabía que no había logrado aclarar nada. Le dijo a Wish que iba a buscar otra cerveza y ella respondió que no quería más. Cuando volvió, ella le sonrió sin decir nada.

—Déjame que te cuente una historia sobre Meadows —dijo él—. En Vietnam asignaban a dos o tres de nosotros a una compañía. Cuando ellos encontraban un túnel, nosotros lo sellábamos, lo reconocíamos, lo dinamitábamos o lo que fuera.

Bosch bebió un buen trago de cerveza.

—Una vez, creo que fue en 1970, Meadows y yo íbamos con una patrulla, en una zona controlada por el Vietcong, plagada de aquellos malditos túneles. Total, que a unos cinco kilómetros de un pueblo llamado Nhuan Luc perdimos a un hombre. Lo habían... Lo siento, seguramente no quieres oír todo esto. Con lo de tu hermano y...

—Quiero oírlo. Por favor, sigue.

—Bueno, a este chico le disparó un zapador desde un agujero de araña, que es como llamaban a las pequeñas entradas al entramado de galerías. Alguien mató al zapador y Meadows y yo entramos en el túnel para inspeccionarlo. En cuanto bajamos vimos que formaba parte de una red inmensa y tuvimos que separarnos. Yo seguí un tramo hacia un lado y él hacia el otro. Quedamos en avanzar quince minutos, poner los explosivos con un efecto retardado de veinte minutos y luego volver dejando unos cuantos explosivos más por el camino. —Bosch hizo una pausa—. Recuerdo que encontré todo un hospital allá abajo: cuatro esteras vacías, un botiquín con medicamentos... todo en medio de aquel puto túnel. Me acuerdo que pensé: «Joder, ¿qué más puede haber? ¿Un cine?». Lo que quiero decir es que aquella gente se había enterrado viva. También había un pequeño altar con incienso todavía ardiendo. Todavía. Entonces supe que el Vietcong aún rondaba por allí, y me asusté. Puse una carga, escondida detrás del altar, y salí de allí a toda pastilla. Por el camino coloqué un par de cargas más, calculando para que explotaran todas al mismo tiempo. Cuando llegué al punto de encuentro, al agujero de araña por el que habíamos entrado, Meadows no estaba allí.

Esperé un par de minutos, pero se estaba haciendo tarde y cuando explota el C-4 hay que estar lejos; algunas de aquellas galerías subterráneas tienen más de cien años. No podía hacer nada allí abajo, así que salí; pero Meadows tampoco estaba fuera.

Bosch se detuvo para beber y pensar en la historia. Ella lo miraba atentamente, en silencio.

—Al cabo de unos minutos, mis cargas explotaron y el túnel, o al menos la parte en la que yo había estado, se hundió. Todo aquel que estuviese allí habría muerto sepultado. Esperamos un par de horas a que se disiparan el humo y el polvo. Metimos un ventilador superpotente en la boca del túnel y, al encenderlo, todos los respiraderos y agujeros de la jungla escupieron humo.

»Cuando se despejó, otro tío y yo bajamos a buscar a Meadows. Aunque pensábamos que estaba muerto, habíamos hecho una promesa; pasara lo que pasase, teníamos que encontrarlo para poder enviarlo a casa. Pero no lo encontramos. Nos pasamos el resto del día allá abajo, rastreando, pero lo único que hallamos fueron vietnamitas muertos. A la mayoría les habían disparado, a otros les habían cortado el pescuezo; a todos ellos les faltaba alguna oreja. Cuando llegamos, nuestro superior nos dijo que no podíamos esperar más y tuvimos que abandonar la búsqueda. Habíamos roto la promesa.

Bosch tenía la mirada perdida en la oscuridad y la mente fija en la historia que estaba contando.

—Dos días más tarde llegó al pueblo de Nhuan Luc otra compañía y uno de sus soldados descubrió la boca de un túnel en una cabaña. La compañía envió a sus ratas a registrarlo y, al cabo de cinco minutos, toparon con Meadows, sentado como un buda en una de las galerías, sin municiones y delirando. A pesar de todo, estaba bien. Sin embargo, cuando intentaron sacarlo de allí, no quiso. Al final tuvieron que atarlo con una cuerda y que toda la patrulla tirara de él.

Al salir a la superficie vieron que, con sus placas, Meadows llevaba un collar de orejas humanas.

Bosch se terminó la cerveza y entró en la casa. Ella lo siguió hasta la nevera, de donde él sacó otra botella. Eleanor dejó la suya, medio acabada, en la encimera de la cocina.

—Bueno, ésa es mi historia. Ése era Meadows. Se fue a Saigón a descansar, pero regresó porque no podía vivir fuera de los túneles. De todos modos, después de aquella experiencia, no volvió a ser el mismo. A mí me contó que se había perdido y que siguió avanzando, matando a todo lo que se le ponía por delante. Dicen que había treinta y tres orejas en el collar. Al ser un número impar, alguien me preguntó un día por qué Meadows le había perdonado una oreja a uno del Vietcong. Yo le contesté que Meadows les había dejado a todos una oreja.

Ella negó con la cabeza, incrédula, pero él asintió.

—Ojalá lo hubiera encontrado cuando bajé a buscarlo; le fallé.

Los dos se quedaron un rato de pie, con la vista fija en el suelo de la cocina. Luego Bosch vertió el resto de su cerveza por el fregadero.

—Una pregunta sobre el expediente de Meadows y no hablaré más de trabajo —dijo Bosch—. En Lompoc lo pescaron en un intento de fuga y lo enviaron a Terminal Island. ¿Sabes algo de todo eso?

—Sí, y fue un túnel. Meadows era un preso de confianza y trabajaba en la lavandería. Las secadoras tenían unos conductos de ventilación subterráneos que daban al exterior del edificio. Meadows estuvo excavando debajo de uno de ellos, no más de una hora al día. Dicen que llevaba como mínimo seis meses cavando cuando fue descubierto. Los aspersores que usan en el verano para regar el campo de fútbol ablandaron el terreno y se produjo un hundimiento.

Bosch asintió con la cabeza. Ya se había imaginado que habría algún túnel de por medio.

—Los otros dos hombres que participaron en la fuga eran un camello y un ladrón de bancos —añadió ella—. Siguen en la cárcel, o sea que no tienen nada que ver con el caso.

Él asintió de nuevo.

—Creo que es hora de irme —anunció Wish—. Mañana tenemos mucho que hacer.

—Sí. Tengo más preguntas.

—Intentaré contestarlas —respondió Wish.

Al salir al pasillo por el pequeño espacio entre la nevera y la encimera, ella tuvo que pasar tan cerca de él que Bosch notó el olor de su cabello. «A manzana», pensó. Entonces vio que ella se paraba a contemplar un cuadro en el recibidor, en la pared opuesta al espejo. Era una reproducción de *El jardín de las delicias,* un tríptico de un famoso pintor holandés del siglo XV.

—Hieronymus Bosch —comentó ella mientras estudiaba aquel paisaje macabro—. Cuando vi que ése era tu nombre completo pensé que...

—No hay ninguna relación —terminó él—. A mi madre le gustaban sus cuadros, supongo que por lo del apellido. Ella fue quien me envió esa reproducción con una nota que decía que le recordaba a Los Ángeles, por la cantidad de gente loca que hay. A mis padres adoptivos, bueno, no les hizo mucha gracia, pero yo lo he guardado todos estos años. Lo colgué aquí en cuanto me compré la casa.

—Pero tú prefieres que te llamen Harry.

—Sí, Harry me gusta.

—Bueno, buenas noches, Harry. Gracias por la cerveza.

—Buenas noches, Eleanor... Gracias por la compañía.

CUARTA PARTE

Miércoles, 23 de mayo

A las diez de la mañana ya estaban en la autopista de Ventura, una de las arterias de entrada y salida de la ciudad, que atraviesa la parte baja del valle de San Fernando. Bosch iba al volante y avanzaban en sentido contrario al tráfico, hacia el condado de Ventura. Atrás quedaba la contaminación, que cubría el valle como una capa de nata sucia.

Se dirigían a Charlie Company. El año anterior el FBI se había conformado con una comprobación de rutina sobre Meadows y el programa de inserción. Wish explicó que lo habían considerado de escasa importancia porque la estancia de Meadows había terminado casi un año antes del robo al banco. Aunque el FBI había solicitado una copia del expediente de Meadows, no había investigado los nombres de otros convictos en su mismo programa. Bosch le dijo a Wish que aquello había sido un error, ya que la lista de empleos de Meadows indicaba que el golpe formaba parte de un plan a largo plazo. El robo al WestLand podía haberse concebido en Charlie Company.

Antes de salir, Bosch había llamado al oficial encargado de supervisar la libertad condicional de Meadows, Daryl Slater, quien le habló de Charlie Company; se trataba de una granja agrícola cuyo propietario y director era un coronel del ejército que había iniciado una nueva vida tras su jubilación. El ex coronel trataba directamente con las prisiones estatales y federales para acoger casos de libertad condicional, poniendo como única condición que fueran veteranos de combate en Vietnam. No era un requisito difícil, dijo Slater. Como en cualquier estado del país, las cárceles de California estaban llenas de ex combatientes de aquella guerra. A Gordon Scales, el ex coronel, no le importaban los delitos que hubieran cometido los veteranos, comentó Slater. Su único objetivo era que se reformaran. El sitio contaba con una plantilla de tres personas, Scales incluido, y sólo albergaba a veinticuatro hombres al mismo tiempo. La estancia media era de nueve meses. Los hombres trabajaban en los campos de las seis a las tres, parando sólo para comer a mediodía. Después de la jornada de trabajo, tenían una sesión de una hora llamada «diálogo espiritual», luego cenaban y veían la tele. Después había otra hora de religión antes de apagar las luces. Slater explicó que Scales se valía de sus contactos en la comunidad para conseguir trabajo a los veteranos cuando éstos estaban listos para incorporarse al mundo exterior. En seis años, Charlie Company ostentaba un récord de sólo un once por ciento de reincidentes, una estadística tan envidiable que Scales había obtenido una mención del presidente durante su última campaña electoral en el estado.

—Ese hombre es un héroe —opinó Slater—. Y no por la guerra, sino por lo que ha hecho después. Cuando mueves a unos treinta o cuarenta convictos al año y sólo uno de cada diez vuelve a la trena, estamos hablando de un exitazo. A Scales lo conocen todos los comités de libertad condicional a nivel estatal y federal, y la mitad de directores de prisiones de California.

—¿Quieres decir que puede escoger quién va a Charlie Company? —preguntó Bosch.

—Quizás escoger no, pero tener la última palabra, sí —respondió el oficial—. Ha corrido la voz. Lo conocen en todas las celdas donde haya un veterano cumpliendo condena. Los hombres le envían cartas, Biblias, lo llaman por teléfono o contactan con él a través de sus abogados. Todo con tal de que Scales los patrocine.

—¿Es así como Meadows entró allí?

—Que yo sepa sí. Cuando me lo asignaron ya lo habían aceptado. Tendrías que llamar a Terminal Island para que ellos lo comprobaran en sus archivos. O hablar con Scales.

En el coche, Bosch le relató a Wish toda aquella conversación, pero aparte de eso, el trayecto fue largo con extensos períodos de silencio. Bosch se pasó gran parte del camino pensando en la noche anterior, en aquella visita inesperada. ¿Por qué había venido Wish? No obstante, después de entrar en el condado de Ventura, la mente de Bosch volvió al caso, así que empezó a hacerle algunas de las preguntas que se le habían ocurrido mientras repasaba los archivos.

—¿Por qué no robaron la cámara principal? En el WestLand había dos cámaras acorazadas, la de las cajas fuertes y la principal, donde guardaban el dinero en metálico, el de los cajeros automáticos y el de los mostradores. Los informes decían que el diseño de ambas cámaras era idéntico; la de las cajas era un poco más grande, pero el blindaje del suelo era el mismo. A Meadows y sus compañeros no les habría resultado difícil excavar un túnel hasta la cámara principal, coger el dinero y salir inmediatamente. Sin correr el riesgo de pasar todo el fin de semana dentro de la cámara o la necesidad de descerrajar todas las cajas fuertes.

—Quizá no sabían que eran iguales. O asumieron que la cámara principal sería más difícil.

—Pero suponemos que ellos conocían la estructura de una cámara antes de empezar. ¿Por qué no iban a conocer la estructura de la otra?

—Tal vez porque, al no estar abierta al público, no tenían forma de saber lo que había dentro. En cambio, creemos que uno de ellos alquiló una caja en la otra cámara y entró a echarle un vistazo, usando un nombre falso, claro.

Bosch asintió y preguntó:

—¿Cuánto había en la cámara principal?

—No recuerdo la cifra exacta. Tiene que estar en los informes que te di. Si no, estará en los otros archivos, en la oficina.

—Pero más, ¿no? Había más dinero en la cámara principal que los, no sé, dos o tres millones en objetos que sacaron de las cajas.

—Creo que sí.

—¿Lo ves? Si hubieran entrado en la cámara principal, el dinero habría estado a su disposición, en pilas y sacos. Habría sido mucho más fácil. Seguramente habrían conseguido un mayor botín por menos trabajo.

—Ya, pero eso lo sabemos ahora. ¿Quién sabe lo que pensaban los ladrones? A lo mejor creían que habría más en las cajas. Se la jugaron y perdieron.

—O quizá ganaron.

Ella lo miró.

—Tal vez había algo en las cajas que desconocemos. Algo que nadie denunció como objeto perdido y que convertía aquella cámara en un objetivo más interesante, en algo más valioso que la cámara principal.

—Si estás pensando en drogas la respuesta es no. Ya lo pensamos; pedimos a la DEA que trajeran uno de sus perros y lo pusimos a husmear por entre las cajas desvalijadas. Nada: ni rastro de drogas. Después olfateó por las cajas que los ladrones no habían abierto y encontró algo en una de las más pequeñas.

Wish se rio un poco antes de continuar.

—Cuando la abrimos, el perro se volvió loco. Dentro encontramos cinco gramos de cocaína en una bolsita. ¿Te imaginas? Al pobre tío lo pescaron porque alguien había atracado el banco donde guardaba la coca.

Wish volvió a reírse, pero a Bosch le pareció un poco forzado. La historia no era para tanto.

—De todos modos —prosiguió Wish— el caso contra el

tío fue desestimado por el juez porque el registro había sido ilegal. Habíamos violado los derechos del hombre por abrir su caja sin una orden de registro.

Bosch salió de la autopista, entró en la localidad de Ventura y puso rumbo al norte.

—Todavía me sigue gustando la hipótesis de la droga, a pesar del perro —dijo Bosch al cabo de un cuarto de hora de silencio—. Esos animales no son infalibles. Si la mercancía estaba bien empaquetada, podrían habérsela llevado sin dejar ningún rastro. Un par de cajas con cocaína dentro y el robo empieza a valer la pena.

—Tu siguiente pregunta va a ser sobre la lista de clientes, ¿no?

—Sí.

—Bueno, ahí sí que hicimos un buen trabajo. Investigamos a fondo a todo el mundo, incluso las compras de aquello que la gente decía que había en las cajas. No encontramos al ladrón, pero seguramente les ahorramos millones a las compañías de seguros.

Bosch se detuvo en una gasolinera para sacar un mapa de debajo del asiento y averiguar el camino a Charlie Company, mientras ella continuaba defendiendo la investigación del FBI.

—La DEA examinó todos los nombres de la lista, pero no encontró nada. Pasamos los nombres por el Ordenador Nacional de Inteligencia Criminal y encontramos un par de cosas, pero nada serio; casi todo muy antiguo. —Ella soltó otra de aquellas risas falsas—. Uno de los que había alquilado una de las cajas más grandes había sido condenado por posesión de pornografía infantil en los años setenta. Cumplió dos años de cárcel en Soledad. Después del asalto al banco lo localizamos y nos explicó que no se habían llevado nada, que acababa de vaciar su caja. Pero dicen que los pedófilos nunca se separan de sus cosas; que guardan religiosamente todas sus fotos, películas e incluso cartas. Y, según el banco, el hombre no había entrado en la cámara en los dos meses anteriores al asalto, así que dedujimos que guardaba su colección en la caja. De todos modos, aquello no tenía nada que ver con el robo. Nada de lo que encontramos estaba relacionado.

Finalmente Bosch encontró el camino en el mapa y puso rumbo a Charlie Company, que estaba en pleno campo. Bosch estuvo pensando en la historia del pedófilo; había algo que le preocupaba, pero aunque le estuvo dando vueltas en la cabeza no consiguió averiguar qué. Al final lo dejó correr y pasó a otra pregunta.

—¿Por qué no se recuperó nada de lo robado? Con todas esas joyas, bonos y acciones... y sólo aparece una pulserita. Ni siquiera han salido los objetos sin valor.

—Porque están esperando a que no haya moros en la costa —contestó Wish—. Por eso liquidaron a Meadows; desobedeció y empeñó el brazalete antes de tiempo, antes de que le dieran el visto bueno. Sus compañeros descubrieron que lo había vendido y, como él no quiso confesar a quién, lo torturaron hasta que se lo dijo y luego lo mataron.

—Y por casualidad, el caso me tocó a mí.

—Estas cosas pasan.

—Hay algo en esa historia que no tiene sentido —opinó Bosch—. Empecemos con Meadows. Primero lo medio electrocutan y él les cuenta lo que quieren saber. Luego ellos le ponen la inyección mortal en el brazo y roban el brazalete de la casa de empeños, ¿de acuerdo?

—De acuerdo.

—Sí, pero no encaja. Yo tengo el recibo de la casa de empeños. Meadows lo había escondido, así que tuvieron que asaltar la tienda para llevarse el brazalete y tapar el golpe llevándose otras joyas. Pero si Meadows no les dio el recibo, ¿cómo supieron dónde estaba el brazalete?

—Porque él se lo dijo —contestó Wish.

—No creo. No me imagino a Meadows dándoles una

cosa y no la otra. ¿Por qué iba a quedarse el recibo? Si le hubieran sacado el nombre de la tienda, le habrían sacado el escondite del recibo.

—Estás diciendo que murió antes de decirles nada. Y que ellos sabían que había empeñado el brazalete.

—Sí. Lo torturaron para conseguir el recibo, pero él no se lo dio, no se rindió; por eso lo mataron. Se deshicieron del cuerpo y registraron el piso, pero seguían sin encontrar el resguardo, así que tuvieron que robar la casa de empeños como unos vulgares cacos. La cuestión es: si Meadows no les dijo a quién vendió el brazalete y ellos no encontraron el resguardo, ¿cómo averiguaron dónde estaba?

—Harry, esto es especulación sobre especulación.

—Eso es lo que hacemos los policías.

—Pues no sé... Hay varias posibilidades. Quizá siguieron a Meadows porque no confiaban en él y lo vieron entrar en la casa de empeños.

—O quizá tenían a alguien trabajando para ellos, un poli, que vio el brazalete en las listas mensuales de objetos empeñados y se lo dijo. Las listas llegan a todos los departamentos de policía del condado.

—Este tipo de especulación no lleva a ninguna parte.

Ya habían llegado. Bosch frenó bajo un rótulo de madera con un águila verde y las palabras Charlie Company. La verja estaba abierta, así que siguieron un camino de grava, flanqueado por dos grandes acequias, que dividía los campos en dos, con tomates a la derecha y, a juzgar por el olor, pimientos a la izquierda. Al final del camino había un granero de aluminio y una amplia casa estilo rancho, detrás de la cual Bosch atisbó un huerto de aguacates. Al llegar a un aparcamiento circular delante del rancho, Bosch paró el motor.

Un hombre con un delantal blanco y limpio como su cabeza afeitada se asomó por una puerta lateral.

—¿Está el señor Scales? —preguntó Bosch.

—¿El coronel Scales? No, pero es casi la hora de comer. Estará a punto de regresar de los campos.

El hombre no los invitó a entrar, por lo que Wish y Bosch volvieron al coche para resguardarse de la solana. Al cabo de unos minutos llegó un polvoriento camión blanco. En la puerta del conductor llevaba pintada una gran letra C con un águila dentro. Seis hombres bajaron de la parte trasera, mientras otros tres salieron de la cabina y avanzaron hacia la casa a paso rápido. Todos tenían entre cuarenta y cincuenta años, vestían pantalones militares de color caqui y camisetas blancas empapadas de sudor. Ninguno llevaba una cinta en la cabeza, ni gafas de sol, ni iba arremangado. Llevaban el pelo cortado al uno y los blancos lucían un bronceado del color de la madera quemada. El conductor, que vestía el mismo uniforme pero era al menos diez años mayor que el resto, fue frenando hasta detenerse e indicó a los otros que entraran en la casa. Al acercarse, Bosch observó que tendría unos sesenta y pocos años, pero que se conservaba casi tan fuerte como lo había sido a los veinte. El poco pelo que le quedaba sobre el cráneo brillante era blanco, y su piel de color nuez. Llevaba guantes de trabajo.

—¿Puedo ayudarles? —preguntó.

—¿Coronel Scales? —inquirió Bosch.

—Sí. ¿Es usted policía?

Bosch asintió e hizo las presentaciones oportunas. Scales no pareció muy impresionado, ni siquiera cuando se mencionó al FBI.

—¿Recuerda usted que hace siete u ocho meses el FBI le pidió información sobre un tal William Meadows, uno de sus hombres? —preguntó Wish.

—Claro que me acuerdo. Yo recuerdo todas las veces que ustedes suben por aquí a preguntar por uno de mis chicos. No me gusta, así que me acuerdo. ¿Quieren más información sobre Billy? ¿Se ha metido en algún lío?

—Ya no.

—¿Qué significa eso? —preguntó Scales—. Lo dice como si hubiera muerto.

—¿No lo sabía? —dijo Bosch.

—Pues no. ¿Qué le pasó?

A Bosch le pareció detectar auténtica sorpresa y una cierta tristeza en el rostro de Scales. La noticia le había dolido.

—Encontraron su cadáver hace tres días en Los Ángeles —contestó—; homicidio. Creemos que su muerte está relacionada con un robo en el que participó el año pasado. Seguramente recordará el incidente por la visita del FBI.

—¿Lo del túnel? ¿El banco en Los Ángeles? —preguntó Scales—. Sólo sé lo que me dijo el FBI.

—No importa —le tranquilizó Wish—. Lo que necesitamos es información más detallada de quién estuvo aquí al mismo tiempo que Meadows. Ya lo investigamos antes, pero estamos revisándolo todo por si encontramos algo que nos ayude. ¿Cooperará con nosotros?

—Yo siempre coopero con ustedes. He dicho que no me gusta verles porque casi siempre se equivocan. La mayoría de mis chicos no vuelven a meterse en líos cuando salen de aquí. Tenemos una buena reputación. Si Meadows hizo lo que dicen que hizo, es la excepción que confirma la regla.

—Ya lo sabemos —le aseguró ella—. Y por eso le prometemos que la información que nos proporcione será tratada de forma estrictamente confidencial.

—Muy bien, pasen a mi oficina.

Al entrar por la puerta principal, Bosch vio dos mesas largas en lo que antaño sería la sala de estar de la casa. Unos veinte hombres estaban sentados ante bandejas de pechugas rebozadas y verdura. Ninguno de ellos miró a Eleanor Wish, ya que en ese preciso instante estaban bendiciendo la mesa, con las cabezas bajas, los ojos cerrados y las manos enlazadas. Bosch vio tatuajes en casi todos los brazos. Cuando acabaron la oración, un coro de tenedores restalló contra los platos. Entonces algunos de los hombres miraron a Eleanor con cara de aprobación. El tipo del delantal blanco que había hablado antes con ellos se asomó por la puerta de la cocina.

—Coronel, ¿va usted a comer con los hombres? —le preguntó.

Scales asintió.

—Enseguida.

Los tres caminaron por un pasillo y entraron por la primera puerta en un despacho que debía de haber sido un dormitorio. El cuarto estaba casi enteramente ocupado por una enorme mesa. Scales les señaló dos sillas y Wish y Bosch se sentaron en ellas, mientras él se acomodaba en la butaca tapizada detrás de la mesa.

—Bueno, sé exactamente lo que la ley me obliga a darles y lo que no, pero estoy dispuesto a ir más lejos si llegamos a un acuerdo. En cuanto a Meadows..., bueno, en cierto modo sabía que acabaría así. Recé al Señor para que lo guiara, pero en el fondo lo sabía. Les ayudaré porque, en un mundo civilizado, nadie debería quitar la vida a otra persona. Nadie.

—Coronel —empezó Bosch—, quiero que sepa que apreciamos su ayuda. Somos muy conscientes del trabajo que usted hace aquí. Sabemos que merece el respeto y la admiración de las autoridades tanto estatales como federales, pero la investigación de la muerte de Meadows nos ha llevado a concluir que estaba involucrado en una conspiración con otros hombres con un pasado similar y...

—Quiere decir veteranos —interrumpió Scales, que estaba llenando su pipa con tabaco de un bote.

—Puede ser, pero aún no los hemos identificado, así que no estamos seguros. Si ése fuera el caso, hay una posibilidad de que los conspiradores se hubieran conocido aquí. Insisto en que es sólo una posibilidad. Por eso queremos pedirle dos cosas: que nos deje echar un vistazo a cualquier archivo que tenga sobre Meadows y que nos dé una lista de todos los hombres que estuvieron aquí durante sus diez meses en la granja.

Scales llenaba su pipa, aparentemente sin prestar ninguna atención a lo que Bosch acababa de decir.

—No tengo ninguna objeción en mostrarle los archivos de Meadows. Al fin y al cabo está muerto —dijo finalmente—. En cuanto a lo otro, creo que antes debería llamar a mi abogado para asegurarme de que puedo hacerlo. Nuestro programa es muy bueno y las verduras y las subvenciones del Estado y los federales no cubren los gastos. Por eso yo me lío la manta a la cabeza y hago discursos; dependemos de las donaciones de la comunidad, de organizaciones cívicas y cosas así. La mala publicidad secaría ese flujo de dinero en menos tiempo que un viento de Santa Ana. Si les ayudo, me arriesgo a ello. Otro riesgo es la pérdida de fe entre los que vienen aquí para volver a empezar. La mayoría de los hombres que coincidieron con Meadows han comenzado una nueva vida. Ya no son delincuentes. No estaría bien que yo diera sus nombres al primer policía que pasara por aquí, ¿no creen?

—Coronel Scales, nosotros no tenemos tiempo de hablar con abogados —le explicó Bosch—. Estamos investigando un caso de asesinato. Necesitamos la información. Usted sabe que podemos conseguirla si la solicitamos a los departamentos de prisiones estatales y federales, pero eso puede tardar más que su abogado. También podemos obtenerla con una citación, pero pensamos que la cooperación mutua es la mejor solución. Estaremos mucho más dispuestos a ir con cuidado si colabora con nosotros.

Scales no volvió a moverse y no pareció estar escuchando. Una voluta de humo azul emergió de la cazoleta de su pipa.

—Ya veo —dijo finalmente—. En ese caso voy a buscar los archivos.

Scales se levantó y se dirigió hacia una fila de archivadores beige situados detrás de su butaca. Tiró de un cajón marcado con las letras M-N-O, sacó una carpeta delgadita y la dejó caer sobre su mesa, cerca de Bosch.

—Éste es el archivo de Meadows —comentó—. Déjeme ver qué más tengo por aquí.

Scales se dirigió al primer cajón, que no tenía nada escrito en la etiqueta, y ojeó las carpetas sin sacar nada. Finalmente eligió una y se sentó.

—Pueden mirar este archivo y yo les copiaré lo que necesiten —les explicó Scales—. Aquí está mi tabla de entradas y salidas. Como sólo tengo una, les haré una lista de la gente que Meadows pudo conocer aquí. Supongo que necesitarán fechas de nacimiento y números de identificación carcelaria.

—Sí, gracias —dijo Wish.

Leer el archivo de Meadows sólo les llevó un cuarto de hora. Meadows había contactado con Scales por correo un año antes de salir de Terminal Island y contaba con las referencias de un capellán y un asistente social al que había conocido cuando le encomendaron trabajos de mantenimiento en la cárcel. En una de las cartas Meadows había descrito los túneles de Vietnam y lo que le había atraído de su oscuridad.

«A la mayoría de hombres les daba miedo bajar —escribió—. Pero yo quería ir. Entonces no sabía por qué, pero ahora creo que estaba poniendo a prueba mis límites. Sin embargo, la satisfacción que recibía era falsa, tan hueca como la tierra sobre la que luchábamos. Ahora mi satisfacción es Jesucristo y saber que Él está conmigo. Si me dan la oportunidad, y con la ayuda del Señor, tomaré las decisiones correctas y dejaré este lugar de sombras para siempre. Quiero pasar de la tierra hueca a la tierra santificada.»

—Es cursi, pero parece sincero —observó Wish.

Scales alzó la vista de la hoja amarilla donde estaba escribiendo nombres, fechas de nacimiento y números de identificación carcelaria.

—Lo era —pronunció en un tono que sugería que no había otra alternativa—. Cuando Billy Meadows salió de aquí, yo creía que estaba listo para el exterior y que se había despojado de su pasado de drogadicción y delincuencia. Obviamente cayó de nuevo en la tentación, pero dudo mucho que ustedes encuentren aquí lo que buscan. Les daré estos nombres, pero no les servirán de nada.

—Eso ya lo veremos —dijo Bosch.

Scales siguió escribiendo, mientras Bosch lo observaba. Su fe y lealtad le impedían considerar que podía haber sido utilizado. Harry pensó que Scales era un buen hombre, pero que quizá se precipitaba a ver sus propias creencias y esperanzas en los demás. En Meadows, por ejemplo.

—Coronel, ¿qué saca usted de todo esto? —inquirió Bosch.

Esta vez, el coronel depositó su pluma sobre la mesa, se ajustó la pipa y juntó las manos antes de decir:

—Lo que importa no es lo que yo saque, sino lo que saque el Señor. —Volvió a coger la pluma, pero entonces se le ocurrió otra cosa—: A esos chavales los destrozaron de muchas formas cuando volvieron. Ya lo sé, es una vieja historia que todo el mundo se sabe de memoria. Todos hemos visto las películas, pero estos chavales tuvieron que vivirlo en su propia carne. Miles de ellos regresaron y entraron directamente en las cárceles. Un día, estaba leyendo un artículo sobre esto, y empecé a preguntarme qué habría pasado si estos chicos no hubieran ido a la guerra; si se hubieran quedado en Omaha, Los Ángeles, Jacksonville o donde fuera. ¿Habrían acabado en la cárcel? ¿O en las calles, como vagabundos, enfermos mentales o drogadictos? Lo dudo. Fue la guerra la que les hizo eso, la que los envió en esa dirección. —El coronel chupó la pipa con fuerza, pero estaba apagada—. Lo único que hago yo, con la ayuda de la tierra y un par de libros de oraciones, es intentar devolverles lo que la experiencia en Vietnam les arrebató. Y la verdad es que lo hago bastante bien. Les voy a dar esta lista y les dejo mirar el archivo. Ahora bien, les ruego que no estropeen lo que tenemos aquí. Ustedes dos sospechan de nuestras actividades, algo lógico en sus circunstancias, pero no se olviden de todo lo positivo que conseguimos. Detective Bosch, usted parece de la edad correcta. ¿También estuvo allí?

Cuando Bosch asintió, Scales dijo:

—Entonces ya sabe de qué hablo. —A continuación siguió con su lista y, sin alzar la mirada, les preguntó—: ¿Quieren quedarse a comer con nosotros? Nuestras verduras son las más frescas del condado.

Bosch y Wish declinaron la invitación y, después de que Scales le entregara a Bosch la lista de nombres, se levantaron. Al llegar a la puerta, éste se volvió, dudó un instante y dijo:

—Coronel, ¿le importa que le pregunte qué otros vehículos hay en la granja, aparte del camión?

—No me importa que me lo pregunte porque no tenemos nada que ocultar. Hay dos camiones más como ése, dos John Deere y un todoterreno.

—¿Qué tipo de todoterreno?

—Un jeep con tracción a las cuatro ruedas.

—¿De qué color?

—Blanco. ¿Por qué lo pregunta?

—Sólo estoy intentando aclarar algo. Supongo que el jeep tendrá el logotipo de Charlie Company en el lateral, ¿no?

—Sí, claro. Todos nuestros vehículos lo llevan. Cuando vamos a Ventura nos gusta que la gente sepa de dónde vienen las verduras, porque estamos orgullosos de nuestra organización.

Bosch no leyó los veinticuatro nombres de la lista hasta que se metió en el coche. No reconoció a ninguno pero se fijó en que Scales había escrito las letras CP detrás de ocho de ellos.

—¿Qué significa eso? —preguntó Wish cuando vio la lista.

—El Corazón Púrpura, una condecoración que dan a los heridos de guerra —le explicó Bosch—. Supongo que es otra forma de decir que vayamos con cuidado.

—¿Y el jeep? —le recordó ella—. Nos ha dicho que es blanco con un logotipo en la puerta.

—Ya has visto lo sucio que estaba el camión. Un jeep sucio de color blanco podría parecer beige. Si fuera el mismo jeep.

—Me extraña. Scales parece legal.

—Quizá lo sea, pero no aquel a quien se lo prestó. No he querido presionarlo hasta saber más.

Bosch arrancó y, mientras se dirigía a la verja por el camino de grava, bajó la ventanilla. El cielo era del azul de unos vaqueros gastados y el aire, invisible y limpio, olía a pimientos frescos. «Pero no por mucho tiempo —pensó Bosch—. Ahora volvemos a la sucia realidad.»

De camino a la ciudad, Bosch evitó la autopista de Ventura y puso rumbo al sur a través del cañón de Malibú y la carretera de la costa. Tardarían más en llegar, pero el aire puro era adictivo; Bosch quería disfrutarlo el máximo tiempo posible.

—Me gustaría repasar la lista de víctimas —dijo mirando al Pacífico, tras recorrer la sinuosa carretera que atravesaba el cañón—. Este pedófilo que mencionaste antes... Hay algo en la historia que no me acaba de encajar. ¿Por qué iban los ladrones a llevarse una colección de pornografía infantil?

—Harry, venga, ¿no me irás a decir que ése fue el móvil? ¿Crees que esa gente excavó un túnel durante semanas y perforó una cámara acorazada para robar una colección de pornografía infantil?

—Claro que no, pero por eso me sorprende. ¿Por qué se la llevaron?

—Bueno, a lo mejor les hizo gracia. Quizás uno de ellos también era un pederasta y decidió quedárselo. ¿Quién sabe?

—O quizá todo fue una tapadera. Tal vez se llevaron el contenido de cada caja para esconder el hecho de que lo que realmente querían estaba en una sola. Como si hubieran querido despistar al personal robando docenas de cajas. Es el mismo principio que emplearon en el atraco a la casa de empeños: llevarse muchas joyas para cubrir que sólo querían el brazalete. Aunque en el caso del banco, querían algo que nadie denunciaría más tarde, porque metería a la víctima en un buen follón. Como en el caso del pedófilo; cuando le robaron sus pertenencias, ¿qué iba a decir? Ése es el tipo de mercancía que buscaban los ladrones, pero mucho más valiosa. Algo que hiciera más atractivo el robo a la cámara de las cajas que a la principal. Y algo que hiciera necesaria la muerte de Meadows cuando puso en peligro toda la operación empeñando el brazalete.

Wish se quedó callada. Bosch la miró, pero le resultó imposible adivinar lo que pensaba oculta tras sus gafas de sol.

—Parece que estés hablando de drogas —dijo ella al cabo de un rato—. Y el perro no detectó ninguna. La DEA tampoco encontró ninguna conexión con nuestra lista de clientes.

—Puede que fueran drogas, puede que no. Pero por eso deberíamos repasar la lista de personas con cajas. Lo haré yo mismo; quiero ver si algo me llama la atención. Me gustaría empezar con la gente que no denunció ninguna pérdida.

—Ya te pasaré los nombres. De todos modos, tampoco nos quedan demasiadas pistas que investigar.

—Bueno, aún tenemos que comprobar la lista de Scales

—la corrigió Bosch—. He pensado que podríamos obtener las fotos de esos hombres y llevárselas a Tiburón.

—Supongo que vale la pena intentarlo, aunque me parece un poco pérdida de tiempo.

—No lo sé. Yo creo que el chico nos está ocultando algo. Quizá vio una cara esa noche.

—Le he dejado un memorándum a Rourke sobre lo de la hipnosis. Supongo que nos contestará entre hoy y mañana.

Al llegar a la bahía de Santa Mónica, Bosch y Wish continuaron por la autopista del Pacífico. El viento había empujado la contaminación hacia el interior, de modo que se distinguía la isla Catalina más allá de las olas. Se detuvieron a almorzar en el restaurante Alice's y, como era tarde, encontraron una mesa vacía junto a la ventana. Wish pidió un té helado y Bosch una cerveza.

—De pequeño solía venir aquí —le contó Bosch—. Nos traían en un autocar. Antes había una tienda de cebos al final del muelle. Yo pescaba cazabes.

—¿Niños de la DSJ?

—Sí, bueno, no. En esa época se llamaba DSP. Departamento de Servicios Públicos. Hace unos años se dieron cuenta de que necesitaban toda una sección para niños, y así nació el Departamento de Servicios para la Juventud.

Ella miró hacia el muelle por la ventana del restaurante, mientras sonreía pensando en los recuerdos de Bosch. Él le preguntó dónde la llevaban los suyos.

—A todas partes —contestó—. Mi padre era militar, así que lo máximo que pasé en un sitio fueron un par de años. Mis recuerdos no son de lugares, sino de gente.

—¿Estabas muy unida a tu hermano? —preguntó Bosch.

—Sí, porque mi padre pasaba mucho tiempo fuera. Mi hermano, en cambio, siempre estuvo conmigo. Hasta que se alistó y se fue para no volver.

Cuando llegaron las ensaladas, Bosch y Wish comieron

y charlaron de cosas sin importancia hasta que, en el intervalo entre el primer y el segundo plato, ella le contó la historia de su hermano.

—Me escribía cada semana diciéndome que tenía miedo y quería volver a casa —dijo Wish—. No era algo que le pudiera decir a mi padre o a mi madre. Michael no estaba hecho para aquello; no debería haber ido. Lo hizo por nuestro padre, que no le dejaba en paz. No tuvo el valor suficiente de decirle que no a él, pero sí para irse a la guerra. Qué tontería, ¿no?

Bosch no respondió porque había oído historias similares, incluida la suya. Wish no siguió; o no sabía lo que le había ocurrido a su hermano o no quería contar los detalles. Al cabo de unos segundos, añadió:

—¿Por qué fuiste tú?

Bosch sabía que la pregunta estaba al caer, pero en toda su vida nunca había podido responderla sinceramente, ni siquiera a sí mismo.

—No lo sé. Supongo que no tuve elección... La vida en instituciones y todo eso que tú dijiste. No fui a la universidad y ni siquiera se me ocurrió lo de huir a Canadá. Creo que eso me hubiera resultado más difícil que ir a Vietnam. Entonces, en el 68, me tocó «el gordo» en el sorteo; mi número salió tan bajo que sabía que me iban a llamar a filas de todos modos. Así que me hice el valiente y me apunté yo primero.

—¿Y qué pasó?

Bosch soltó una carcajada tan falsa como las que ella había soltado antes.

—Pues entré, pasé la instrucción y toda esa mierda y cuando me tocó elegir algo, escogí infantería. Todavía no sé por qué. Es una edad tonta; te crees invencible y se aprovechan de ti. En cuanto llegué, me presenté voluntario para el equipo de túneles. Un poco como en esa carta que Meadows escribió a Scales. Quieres saber hasta dónde puedes llegar y haces cosas inexplicables, ¿entiendes lo que quiero decir?

—Creo que sí —dijo ella—. Pero ¿y Meadows? Él tuvo ocasiones de marcharse, pero no lo hizo hasta el final. ¿Por qué iba alguien a quedarse si no tenía que hacerlo?

—Había muchos así —explicó Bosch—. Supongo que no era ni normal ni anormal. Algunos no querían irse; Meadows era uno de ellos. Tal vez fuera una decisión comercial.

—¿Te refieres a las drogas?

—Yo sé que él ya tomaba heroína cuando estuvo allí y sabemos que consumía y vendía cuando volvió. Así que es posible que durante su estancia en Vietnam empezara a mover droga y no quisiera dejar un buen negocio. Hay varios datos que apuntan a esa teoría. Por ejemplo, cuando lo trasladaron a Saigón después de los túneles... Saigón era el lugar ideal para traficar, sobre todo con la libertad de movimientos que le daba su condición de policía militar en la embajada. Aquello era Sodoma y Gomorra: putas, hachís, caballo... un mercado libre abierto a todo el mundo. Mucha gente se metió en eso. A Meadows la heroína le habría dado bastante dinero, especialmente si tenía un plan, una forma de pasar la droga hasta aquí.

Wish empujaba con el tenedor los trozos de pescado que no se iba a comer.

—Es injusto —comentó ella—. Él no quería volver. En cambio, algunos querían volver a casa, pero no pudieron.

—Aquel lugar no tenía nada de justo.

Bosch se giró y miró por la ventana hacia el océano. Cuatro surfistas vestidos con trajes de colores brillantes cabalgaban sobre las enormes olas del Pacífico.

—Y después de la guerra te metiste en la policía.

—Bueno, hice varias cosillas y luego entré en el departamento. Casi todos los veteranos que conocía, como dijo Scales, entraban en la policía o en las penitenciarías.

—No sé, tú pareces una persona solitaria, un detective privado, no alguien que obedezca órdenes de alguien a quien no respeta.

—Ya nadie va por libre. Todo el mundo obedece órdenes... pero todo eso está en mi archivo. Ya lo sabes.

—Una persona no puede definirse en un papel. ¿No es eso lo que tú dijiste?

Bosch sonrió mientras la camarera recogía la mesa.

—¿Y tú? —inquirió—. ¿Por qué entraste en el FBI?

—No tiene mucho secreto. Me licencié en derecho penal y contabilidad, y el FBI me reclutó recién salida de la Universidad de Pensilvania. Buen sueldo y buenas condiciones, especialmente para las mujeres. Nada original.

—¿Por qué este trabajo en concreto? Pensaba que la ruta al ascenso era la lucha antiterrorista, los delitos de guante blanco, quizá las drogas. Pero no la brigada antirrobos.

—Trabajé en delitos de guante blanco durante cinco años y estuve en Washington, el mejor sitio. Pero no es oro todo lo que reluce. El trabajo era aburridísimo, un rollo —dijo con una sonrisa—. Entonces me di cuenta de que quería ser policía, y lo conseguí. Pedí el traslado a la primera unidad de calle donde hubiera una vacante. Los Ángeles es la primera ciudad en número de atracos a bancos, así que cuando salió una plaza aquí, no me lo pensé dos veces. Si quieres, puedes llamarme vejestorio.

—No, eres demasiado guapa.

A pesar de su bronceado, Bosch notó que ella se ruborizaba. A él también le dio vergüenza que se le hubiera escapado un comentario así.

—Perdona —se disculpó.

—No, no pasa nada. Gracias.

—¿Estás casada? —le preguntó Bosch y, al instante, se puso rojo, arrepentido de su falta de tacto. Ella sonrió al ver su embarazo.

—Lo estuve, pero hace mucho tiempo.

Bosch asintió.

—¿No tienes ningún...? ¿Y Rourke? Parecía que vosotros dos...

—¿Qué? ¡Qué dices!

—Perdona.

Los dos se echaron a reír. Después se sonrieron y estuvieron un rato en silencio, sintiéndose cómodos.

Al acabar de comer, caminaron hasta el lugar donde Bosch había pasado tantas horas de pie con una caña de pescar. Ahora no había nadie pescando y la mayoría de los edificios al final del muelle estaban abandonados. Bosch se fijó en que al lado de los pilones el agua tenía un brillo irisado y que los surfistas habían desaparecido. «Quizá los niños están en la escuela —pensó—. O quizá ya no vienen a pescar aquí. Puede que los peces ya no se adentren en esta bahía contaminada.»

—Hacía siglos que no venía por aquí —le confesó a Eleanor, apoyándose en la barandilla del muelle con los codos sobre la madera cubierta de miles de cortes hechos con cuchillos de pesca—. Cómo cambian las cosas.

Era ya media tarde cuando llegaron al edificio federal. Wish entró en el ordenador central y los ordenadores de los departamentos de justicia estatales los nombres y números de identificación carcelaria que Scales les había dado para que le enviaran las fotos por fax. Bosch, por su parte, llamó a los archivos del ejército en San Luis y preguntó por Jessie St. John, la misma persona que le había atendido el lunes. Ella le informó de que la hoja de servicio de Meadows que había solicitado ya estaba en camino. Sin decirle que ya había visto la copia del FBI, Bosch la convenció para que comprobara los nombres de la lista que le había entregado Scales en su ordenador y le proporcionara una breve biografía de cada uno de los hombres. Bosch tuvo a la mujer al teléfono hasta pasadas las cinco en San Luis, es decir, el final de su turno de trabajo. A pesar de todo, ella fue muy amable.

Cuando dieron las cinco en Los Ángeles, Bosch y Wish

ya tenían fotos y resúmenes de los expedientes militares y delictivos de cada uno de ellos. Al principio no encontraron nada que les llamara especialmente la atención. Quince de los hombres habían estado en Vietnam en algún momento de la estancia de Meadows. Once pertenecían al Ejército de Tierra. Ninguno había sido una rata de los túneles, aunque cuatro estuvieron en el Primero de Infantería, al igual que Meadows. Otros dos pertenecieron a la policía militar en Saigón.

Primero Bosch y Wish se centraron en los antecedentes penales de los seis soldados que estuvieron en el Primero de Infantería o en la Policía Militar. Sólo estos últimos resultaron tener antecedentes por robos a bancos. Bosch cogió las fotos y sacó las de estos dos. Escudriñó sus caras, como esperando que sus miradas duras y cínicas le ofrecieran una confirmación.

—Me gustan estas dos —concluyó.

Se llamaban Art Franklin y Gene Delgado, y los dos vivían en Los Ángeles. En Vietnam los habían asignado a dos unidades distintas de la Policía Militar, aunque ninguna de ellas era la unidad adscrita a la embajada donde estaba Meadows. De todos modos, los tres estuvieron en Saigón al mismo tiempo. A los dos les dieron de baja en 1973 pero, al igual que Meadows, ambos se quedaron en Vietnam como asesores civiles sobre temas militares. Permanecieron allí hasta el final: abril de 1975. A Bosch no le cabía ninguna duda; los tres hombres (Meadows, Franklin y Delgado) ya se conocían cuando se reunieron en Charlie Company.

Después de 1975, ya de vuelta en Estados Unidos, Franklin fue detenido por una serie de robos en San Francisco y condenado a cinco años de cárcel. En 1984 lo detuvieron por un delito federal —robar un banco de Oakland— y lo mandaron a Terminal Island al mismo tiempo que Meadows. Le concedieron la libertad condicional e ingresó en Charlie Company dos meses antes de que Meadows dejara el programa. Los delitos de Delgado entraban dentro de la jurisdicción estatal; tres detenciones por robos en Los Ángeles, por los que cumplió condenas en la cárcel del condado, y luego un intento de robo a un banco de Santa Ana, en 1985. Gracias a un acuerdo con los fiscales federales, logró que lo juzgaran en un tribunal estatal. Tras cumplir condena en la cárcel de Soledad hasta 1988, llegó a Charlie Company tres meses antes que Meadows y salió de allí un día después de que llegara Franklin.

—Un día —dijo Wish—. Eso significa que los tres estuvieron juntos en Charlie Company solamente un día.

Bosch miró sus fotos y las descripciones adjuntas. Franklin era el más corpulento: un metro ochenta, ochenta y seis kilos, pelo moreno. Delgado también era moreno, pero flaco; medía un metro sesenta y siete y pesaba sesenta y tres kilos. Bosch contempló las fotos de aquel hombretón y aquel hombrecillo, al tiempo que recordaba las descripciones de los individuos que se habían desembarazado del cadáver de Meadows.

—Vamos a ver a Tiburón —sugirió Bosch.

Cuando Bosch llamó a Home Street Home le dijeron lo que ya se imaginaba; que Tiburón se había ido. Bosch telefoneó al Blue Chateau y una voz vieja y cansada le informó de que él y su grupo se habían marchado al mediodía. La madre de Tiburón colgó en cuanto descubrió que Bosch no era un cliente. Eran casi las siete. Bosch le dijo a Wish que tendrían que volver a la calle a buscarlo y ella se ofreció a conducir. Se pasaron las dos horas siguientes en West Hollywood, casi siempre en la zona de Santa Monica Boulevard. No vieron ni a Tiburón ni a su moto y, aunque pararon a unos cuantos hombres del sheriff y les contaron a quien buscaban, todo fue en vano. Cuando aparcaron junto a Oki Dog, a Bosch se le ocurrió que tal vez el chico había vuelto a casa y su madre le había colgado para protegerlo.

—¿Te apetece subir a Chatsworth? —le preguntó Bosch.

—Me muero por conocer a esa bruja, pero yo estaba más bien pensando en dejarlo por hoy. Podemos encontrar a Tiburón mañana —opinó Wish—. ¿Qué te parece la cena que no tomamos ayer?

Bosch quería llegar a Tiburón, pero también quería llegar a Eleanor. Además, ella tenía razón. Siempre podían continuar mañana.

—Me parece muy bien —respondió—. ¿Dónde quieres ir?

—A mi casa.

Aparcaron delante de la casa de Eleanor Wish, una vivienda realquilada a dos manzanas de la playa, en Santa Mónica. Mientras entraban, ella le confesó a Bosch que, aunque vivía muy cerca del océano, si quería verlo, tenía que salir al balcón de su dormitorio y estirar el cuello hacia Ocean Park Boulevard. Desde allí se divisaba un trocito del Pacífico, entre las dos torres de apartamentos que hacían guardia frente a la costa. Desde aquel ángulo, comentó ella, también se veía el dormitorio del vecino de al lado. Su vecino era un actor de televisión ahora pasado de moda y convertido en camello de poca monta que no hacía más que traerse mujeres a casa, lo cual, según Eleanor, estropeaba un poco la vista. Una vez dentro, le dijo a Bosch que se sentara en la sala de estar mientras ella preparaba la cena.

—Si te gusta el jazz, ahí tienes un CD que acabo de comprar. Aún no he tenido tiempo de escucharlo —sugirió ella.

Bosch se dirigió a la cadena, que estaba metida en una estantería rodeada de libros y seleccionó el nuevo disco. Al ver que se trataba de *Falling in love with jazz* de Sonny Rollins, sonrió, porque él también lo tenía en casa. Era un buen punto en común. Bosch abrió la caja, puso el CD y empezó a curiosear por la sala. Los muebles estaban decorados con telas de colores pastel y, delante de un sofá azul claro, había una mesa baja de cristal con varias revistas de decoración y libros de arquitectura. Todo estaba limpio y ordenado. En una pared junto a la puerta, Bosch reparó en un cuadrito con las palabras «Bienvenidos a esta casa» bordadas en punto de cruz. En una esquina descubrió la firma «EDS 1970» y se preguntó qué querría decir la última letra.

Bosch descubrió otra afinidad con Eleanor Wish cuando se volvió y vio, en la pared donde estaba el sofá, una reproducción en un marco negro de *Aves nocturnas*, de Edward Hopper. Aunque Bosch no lo tenía en casa, conocía el cuadro y a veces pensaba en él cuando se hallaba inmerso en un caso o en una vigilancia. Había visto el original en Chicago y lo había contemplado durante casi una hora. Un hombre callado y misterioso, sentado en la barra de un café, está mirando a otro cliente muy parecido a él. La diferencia reside en que el segundo está con una mujer. De algún modo Bosch se identificaba con el primer personaje. «Yo soy el solitario —pensó—. El ave nocturna.» Se dio cuenta de que el cuadro, con sus tonos oscuros y sus sombras, no pegaba en aquel apartamento. Su negrura contrastaba con los colores pastel de la habitación. ¿Por qué lo tenía Eleanor? ¿Qué veía en él?

Bosch siguió curioseando por la sala. No había televisión; sólo la música de la cadena, las revistas de la mesita y los libros de la vitrina al otro lado del sofá. Bosch se acercó a ellos y echó un vistazo a la biblioteca a través del cristal. Los dos estantes de arriba eran casi todos éxitos de ventas, desde libros intelectuales a novelas policíacas de autores como Crumley y Willeford. Bosch había leído algunos de ellos. Entonces se decidió a sacar un libro titulado *La puerta cerrada,* del que había oído hablar, pero que nunca había podido encontrar. Al abrir la tapa, resolvió el misterio de la última letra del bordado. En la primera página, impreso con un sello, se leía: «Eleanor D. Scarletti, 1979». Bosch dedujo que, tras el divorcio, Eleanor debía de haber mantenido el apellido de su marido. Después, devolvió el libro a su sitio y cerró la vitrina.

Los temas de los libros de los estantes de abajo iban desde crímenes reales a estudios históricos de la guerra del Vietnam, y también había manuales del FBI. Incluso había un manual de investigación de homicidios del Departamento de Policía de Los Ángeles. Bosch había leído muchos de ellos e incluso aparecía en uno, un libro escrito por el periodista del *Times*, Bremmer, sobre el llamado Asesino de esteticistas. El asesino, un tal Harvard Kendal, había matado a siete mujeres en un año en el valle de San Fernando. Todas las víctimas eran empleadas o propietarias de centros de belleza. Kendal elegía una tienda, reconocía el terreno y seguía a las mujeres hasta su casa, donde las mataba cortándoles el cuello con una afiladísima lima de uñas. Bosch y su compañero de ese momento capturaron a Kendal gracias a un número de matrícula que la séptima víctima escribió en un bloc de notas antes de ser asesinada. Los detectives nunca comprendieron del todo por qué lo había hecho, pero supusieron que había visto a Kendal vigilando la tienda desde su camioneta. La víctima tomó la precaución de escribir el número de la matrícula, pero no la de volver a casa acompañada. Bosch y su compañero investigaron el número de matrícula y descubrieron que el propietario, Kendal, había pasado cinco años en Folsom por provocar una serie de incendios en centros de belleza cerca de Oakland, en los años sesenta. Después averiguaron que de niño su madre había trabajado en un centro de belleza como manicura. Por lo visto, la madre había practicado con las uñas de su hijo y, según los psiquiatras, éste nunca se había recuperado del trauma. El libro de Bremmer fue un éxito de ventas y, cuando la Universal decidió hacer un telefilme, el estudio pagó a los dos detectives por usar sus nombres y asesoramiento técnico. El dinero se dobló cuando el telefilme dio paso a una serie. Su compañero dejó el departamento y se mudó a Ensenada, mientras que Bosch se quedó e invirtió su parte en una casa con vistas al mismo estudio. Harry siempre pensaba que había una simetría inexplicable en todo aquello.

—Leí el libro antes de que tu nombre saliera en la investigación.

Eleanor emergió de la cocina con dos copas de vino en la mano. Harry sonrió.

—No iba a acusarte de nada —dijo él—. Además, el libro no es sobre mí, sino sobre Kendal. Y todo el asunto fue una cuestión de suerte, pero, como hicieron el libro y la serie... Qué bien huele. ¿Qué es?

—¿Te gusta la pasta?

—Me gustan los espaguetis.

—Pues eso hay. El domingo preparé un pote enorme de salsa. Me encanta pasarme todo el día en la cocina, sin pensar en nada más... Es una buena terapia para el estrés. Y, además, la salsa dura días y días. Lo único que hay que hacer es calentarla y hervir la pasta.

Bosch tomó un poco de vino, mientras miraba un poco más a su alrededor. No se había sentado, pero se sentía muy cómodo con ella. De pronto sonrió.

—Me gusta, pero ¿por qué algo tan oscuro? —preguntó Bosch, señalando el cuadro de Hopper.

Ella lo estudió y frunció el ceño, como si lo considerara por primera vez.

—No lo sé —respondió—. Siempre me ha gustado; hay algo que me atrae. La mujer está con el hombre, así que no soy yo. Supongo que si fuera alguien, sería el hombre que se está tomando el café, porque está solo, como mirando a los dos que están juntos.

—Yo lo vi una vez en Chicago —le contó Bosch—; el original. Había ido para el traslado de un detenido y tenía una hora libre, así que me fui al Art Institute. Me pasé toda la hora mirándolo. Tiene algo... no sé, como tú has dicho.

Ahora no recuerdo el caso ni a quién fui a buscar, pero me acuerdo del cuadro.

Después de cenar, se quedaron hablando en la mesa durante más de una hora. Ella le contó más cosas sobre su hermano y la dificultad de superar la rabia y la sensación de pérdida. Dieciocho años más tarde aún continuaba intentándolo, le confesó. Bosch admitió que él también seguía intentando superar su experiencia. De vez en cuando aún soñaba con los túneles, pero últimamente sus batallas eran contra el insomnio. Le contó lo confuso que se sintió al volver y lo fina que era la línea entre lo que él había hecho y lo que había hecho Meadows. Podría haber sido al revés, le dijo, y ella asintió con la cabeza como si supiera que era cierto.

Luego Wish le preguntó sobre el caso del Maquillador y su expulsión de Robos y Homicidios. Tras aquella pregunta se ocultaba algo más que mera curiosidad; Bosch adivinó que de su respuesta dependía algo importante. Wish estaba a punto de tomar una decisión sobre él.

—Bueno, supongo que lo básico ya lo sabes —comenzó—. Alguien estaba estrangulando mujeres, casi todas prostitutas, y pintándoles la cara con maquillaje. Polvos blancos, pintalabios rojo, mucho colorete en las mejillas y lápiz de ojos negro. Lo mismo todas las veces. Y también había bañado los cuerpos. Aunque nosotros nunca dijimos que las estuviera convirtiendo en muñecas. A algún gilipollas (creo que fue un ayudante del forense llamado Sakai) se le escapó que el maquillaje era el común denominador y a partir de ahí la prensa empezó a hablar del caso del Maquillador. Creo que el Canal 4 fue el que lo bautizó así, aunque a mí más bien me parecía un embalsamador. De todos modos no íbamos muy bien; no empezamos a entender al tío hasta que llegó a la decena de víctimas. Y tampoco teníamos muchas pruebas. El asesino dejaba a las víctimas en distintos lugares de la parte oeste de la ciudad. Al analizar la ropa de un par de cadáveres, averiguamos que el Maquillador seguramente llevaba peluca o algún tipo de disfraz con pelo, como una barba falsa. Las mujeres eran prostitutas callejeras y, aunque localizamos las horas y lugares de sus últimos clientes, cuando llegamos a los moteles no encontramos nada. Entonces dedujimos que el tío seguramente las recogía en el coche y se las llevaba a otro sitio, a su casa o a un lugar seguro donde las mataba. Empezamos a vigilar el Boulevard y otros sitios donde trabajan las profesionales y debimos de detener a más de trescientos clientes antes de dar con una pista. Un día, de madrugada, una prostituta llamada Dixie MacQueen llamó a la comisaría diciendo que acababa de escaparse del Maquillador y preguntando si había una recompensa a cambio de información sobre él. Tienes que tener en cuenta que cada semana recibíamos un montón de llamadas como aquélla. Después de once asesinatos, la gente comenzó a llamar como loca con pistas que no eran pistas. Ya sabes lo que pasa cuando cunde el pánico.

—Sí, ya me acuerdo —comentó Wish.

—Pero Dixie era diferente. Yo estaba trabajando en el turno de noche en las oficinas del equipo especial y cogí la llamada, así que me fui para allá y hablé con ella. Dixie me dijo que un cliente la había recogido en Hollywood, cerca de Spa Row, donde está la mansión de la cienciología, y la había llevado a un apartamento en Silver Lake. Me explicó que mientras el tío se desnudaba ella fue al baño. Después de lavarse las manos, se le ocurrió abrir el armarito debajo del lavabo, probablemente para ver si valía la pena mangar algo. Entonces vio un montón de botellitas de maquillaje, de polveras y cosas de mujer. Lo miró un momento y de repente lo vio clarísimo: ése era el asesino. Total, que le entró el canguelo, salió del baño y, al ver que el tío estaba en la cama, salió corriendo.

Bosch hizo una pausa antes de reanudar el relato.

—La cuestión es que todo eso del maquillaje no se lo habíamos dicho a la prensa. O, más bien, el gilipollas que se chivó a los medios no lo mencionó. Resultaba que el tío se quedaba las cosas de las víctimas; encontramos los bolsos, pero no los cosméticos, ya sabes, pintalabios, polveras y esas cosas. De ahí que cuando Dixie me contó lo del armarito del baño, supe que me estaba diciendo la verdad. Aquí es donde la pifié. Cuando acabé de hablar con Dixie eran ya las tres de la madrugada y todo el mundo se había ido a casa. Yo me puse a pensar que si el tío creía que Dixie se iba ir de la lengua, se largaría inmediatamente. Por eso me fui para allá solo, bueno, Dixie me acompañó, pero no salió del coche. Una vez allí vi una luz encima del garaje, detrás de una casa destartalada en Hyperion Street. Pedí refuerzos; llamé a un coche patrulla, pero mientras estaba esperando, vislumbré la silueta del hombre caminando por la habitación. Algo me dijo que estaba preparándose para largarse con todas las cosas del armario. Nosotros no teníamos otras pruebas que los once cadáveres: necesitábamos los cosméticos. También pensé que tal vez tuviera a alguien allá arriba, una sustituta de Dixie. Así que subí. Solo. El resto ya lo sabes.

—Entraste sin una orden de registro y le disparaste cuando metió la mano debajo de la almohada —continuó Wish—. Después declaraste ante la comisión que te pareció una situación de emergencia porque el asesino había tenido tiempo suficiente de salir y conseguir otra prostituta. Según tú, eso te daba la autoridad para franquear la puerta sin una orden de registro. Dijiste que habías disparado porque creíste que el sospechoso iba a sacar un arma. Si recuerdo bien el informe, fue un único disparo en la parte superior del torso, desde una distancia de cinco o seis metros. Lo malo es que el Maquillador estaba solo y debajo de la almohada sólo había un peluquín.

—Sólo un peluquín —repitió Bosch, sacudiendo la cabeza como un jugador de fútbol derrotado—. La comisión me absolvió. Demostramos la relación del tío con dos de los cadáveres a través del pelo del peluquín y relacionamos el maquillaje del baño con ocho de las víctimas. No cabía duda: era él. Yo tenía razón, pero entonces llegaron los buitres: Lewis y Clarke. Acorralaron a Dixie y le sacaron una declaración firmada en la que afirmaba haberme avisado de que él guardaba el peluquín debajo de la almohada. No sé qué usaron contra ella, pero me lo imagino. Asuntos Internos siempre la ha tenido tomada conmigo. No aceptan a nadie que no pertenezca a la «familia». Bueno, la siguiente noticia fue que iban a acusarme. Querían expulsarme, llevar a Dixie a un tribunal y presentar cargos contra mí. Era como estar en el agua rodeado de sangre con dos enormes tiburones al acecho.

Bosch se detuvo ahí, momento en que Eleanor retomó la historia.

—Los detectives de Asuntos Internos calcularon mal, Harry. No se dieron cuenta de que la opinión pública se pondría de tu parte. Eras conocido en los periódicos como el poli que había resuelto los casos del Asesino de esteticistas y el Maquillador. Un personaje de televisión al que no podían cargarse sin un montón de atención pública y bochorno para el departamento.

—Sí, alguien de arriba les paró los pies en lo de llevarme a juicio —explicó Bosch—. Tuvieron que conformarse con una suspensión y mi degradación a Homicidios de Hollywood.

Bosch tenía la copa de vino vacía agarrada por el pie y le daba vueltas distraídamente.

—«Conformarse»... —repitió al cabo de un rato—. Lo peor es que esos dos tiburones de Asuntos Internos siguen nadando por ahí, esperándome.

Ambos permanecieron un rato en silencio. Él imaginaba que ella le repetiría la pregunta que ya le había hecho antes. ¿Había mentido la prostituta? Pero ella no preguntó nada y, al cabo de un rato, simplemente le miró y sonrió. Bosch sintió que había pasado la prueba. Entonces ella empezó a recoger los platos de la mesa. Bosch la ayudó en la cocina y, cuando hubieron terminado de fregar, se secaron las manos con el mismo trapo y se besaron dulcemente. Después, como siguiendo el mismo código secreto, se abrazaron con fuerza y se besaron con el hambre de la gente solitaria.

—Quiero quedarme —dijo Bosch después de separarse momentáneamente.

—Y yo quiero que te quedes —respondió ella.

Los ojos drogados de Pirómano le brillaban bajo la luz de neón. Chupó con fuerza su Kool, tragándose el precioso humo. Habían liado el cigarrillo con una sustancia psicodélica. Cuando dos columnas de humo se le escaparon por la nariz, el chico sonrió.

—¡Eres el primer tiburón que usan como cebo! —exclamó—. ¿Captas?

Pirómano soltó una carcajada y dio otra fuerte calada antes de pasarle el cigarrillo a Tiburón. Éste creía que ya había fumado bastante, así que se lo pasó a Mojo.

—Me estoy cansando de esta mierda —comentó Tiburón—. ¿Por qué no vas tú, para variar?

—Tranqui, colega. Tú eres el único que puede hacerlo. Mojo y yo no actuamos tan bien como tú. Además nosotros tenemos nuestra función. Tú no tienes fuerza para currar a esos maricones.

—Y ¿por qué no volvemos al 7-Eleven? —sugirió Tiburón—. No me gusta eso de no saber quién es. El 7-Eleven funciona; allí escogemos a nuestra presa, no ellos a nosotros.

—Ni en broma —sentenció Mojo—. No sabemos si el último tío nos denunció o no. Tenemos que desaparecer un tiempo. Igual la pasma lo está vigilando desde el mismo aparcamiento que usábamos nosotros.

Tiburón sabía que tenían razón, pero pensaba que pasearse por la zona de maricas de Santa Monica Boulevard se parecía demasiado a hacer la calle de verdad. Muy pronto, adivinó, sus dos colegas no tendrían ganas de atacar. Querrían que él se ganara el dinero haciendo chapas. Tiburón tenía muy claro que en ese momento los dejaría y se abriría.

—Vale —dijo bajando de la acera—. No me falléis.

Cuando Tiburón se dispuso a cruzar la calle, Pirómano le recordó:

—¡Un BMW como mínimo!

«Como si tuvieran que decírmelo», pensó Tiburón. Tras caminar media manzana hacia La Brea, se apoyó en la puerta de una imprenta ya cerrada. Todavía le quedaba otra media manzana para llegar a Hot Rod, una librería para adultos en la que por veinticinco centavos podían verse desnudos masculinos por una ranura. Sin embargo, estaba lo suficientemente cerca para captar la atención de un hombre que salía de la librería. Tiburón desvió la vista y, al volverse, vislumbró el brillo del porro en la oscuridad del callejón donde Pirómano y Mojo esperaban sentados en sus motos.

Al cabo de diez minutos, un coche, un Grand Am nuevo, se detuvo junto a la acera y bajó la ventanilla. Recordando lo de BMW como mínimo, Tiburón resolvió pasar de él hasta que vislumbró un fulgor dorado y decidió acercarse un poco. La adrenalina se le disparó al ver que la mano que agarraba el volante estaba adornada con un Rolex Presidencial. Si era auténtico, Pirómano sabía de un sitio donde les podrían dar tres mil dólares por él. Tocarían a uno de los grandes por cabeza, sin contar lo que este primo pudiera tener en su casa o en la cartera. Tiburón sopesó al hombre con la mirada. Parecía un tío legal, un ejecutivo. Moreno, traje oscuro. Cuarenta y tantos años, no demasiado corpulento. Pensó en que incluso podría con él sin ayuda de sus amigos.

El hombre sonrió a Tiburón y le dijo:

—¿Qué tal?

—Bien. ¿Qué pasa?

—No pasa nada, aquí estoy, dando una vuelta. ¿Quieres venir?

—¿Adónde?

—A ningún sitio en concreto. Aunque conozco un lugar donde podemos estar solos.

—¿Tienes cien dólares?

—No, pero tengo cincuenta dólares para un partido de béisbol.

—¿Lanzando o recogiendo?

—Lanzando, y me he traído mi propio guante.

Tiburón dudó un instante. Echó un vistazo rápido al callejón donde había visto el brillo del Kool, pero éste había desaparecido, por lo que sus amigos debían de estar preparados. Luego volvió a mirar el reloj.

—Guay —respondió y subió al coche.

El coche se dirigió al oeste, pasando por delante del callejón. Tiburón se controló para no mirar, pero le pareció oír el ruido de las motos que arrancaban. Le seguían.

—¿Adónde vamos? —preguntó.

—Em... No puedo llevarte a casa, amigo; pero conozco un sitio donde podemos ir y nadie nos molestará.

—De acuerdo.

Al pararse en un semáforo de Flores Street, Tiburón se acordó del tío del otro día, porque estaban cerca de su casa. Pirómano parecía currar cada vez más fuerte. Esto tendría que parar pronto o acabarían matando a alguien. Esperaba que el tío del Rolex se lo cediera sin problemas, porque no había manera de predecir lo que podían hacer esos dos. Colocados como estaban, tendrían ganas de meter caña.

De pronto el coche arrancó. Tiburón vio que el semáforo seguía rojo.

—¿Qué pasa? —preguntó asustado.

—Nada. Me he hartado de esperar.

A Tiburón le pareció que en ese momento no sería sospechoso volverse a mirar. Cuando lo hizo, vio que sólo había coches esperando en el cruce; nada de motos. «Qué cabrones.» Entonces sintió un sudor frío en la frente y los primeros temblores de miedo. El hombre giró a la derecha después de Barnie's Beanery y subió colina arriba hacia Sunset Boulevard. Después de coger Highland hacia el este, volvió a girar al norte.

—¿Hemos estado juntos antes? —preguntó—. Tu cara me suena. No sé... quizá nos conozcamos de vista.

—No, si yo nunca... No, no creo —contestó Tiburón.

—Mírame.

—¿Qué? —exclamó Tiburón, sorprendido por la pregunta y el tono duro del hombre—. ¿Por qué?

—Mírame. ¿Me conoces? ¿Me habías visto antes?

—¿De qué vas? Ya te he dicho que no, tío.

El hombre se metió en el aparcamiento este de Hollywood Bowl, que estaba totalmente desierto. Condujo rápido y en silencio hasta el oscuro extremo norte. Tiburón pensó: «Si éste es tu "sitio tranquilo", de Rolex auténtico nada, monada».

—¡Eh! ¿Qué haces? —preguntó Tiburón, mientras pensaba en una forma de rajarse. Estaba casi seguro de que, con lo colocados que iban Pirómano y Mojo, se habrían perdido. Se había quedado colgado con este tío y maldita la gracia que le hacía.

—El Bowl está cerrado, pero tengo las llaves de los camerinos. ¿Lo ves? —le dijo el hombre—. Si nos metemos por el túnel de Cahuenga, casi en la salida hay un caminito que nos lleva a la parte de detrás. No habrá nadie; lo sé porque trabajo allí.

Por un momento Tiburón consideró enfrentarse al tío él solo, pero no se vio capaz. Como no lo cogiera por sorpresa... Bueno, ya vería. El hombre apagó el motor y abrió la puerta. Tiburón abrió la suya, bajó del coche y escudriñó el enorme aparcamiento vacío en busca de los faros de las dos motocicletas. Nada. «Lo atacaré al otro lado», decidió. Tendría que hacer algo; o pegar y salir corriendo, o sólo correr.

Tiburón y el hombre se dirigieron hacia un cartel que decía «Paso peatonal» situado frente a una estructura de cemento con una puerta que daba paso a unas escaleras. Mientras bajaban por los escalones encalados, el hombre del Rolex puso su mano sobre el hombro de Tiburón. A continuación lo agarró del cuello de forma paternal y el chico notó el frío metal del reloj sobre su piel.

—¿Estás completamente seguro de que no nos conocemos, Tiburón?

—Que no, tío. Ya te he dicho que nunca he estado contigo.

Estaban ya en medio del túnel cuando Tiburón se dio cuenta de que le había llamado por su nombre.

Quinta parte

Jueves, 24 de mayo

Hacía mucho tiempo desde la última vez. En el dormitorio de Eleanor, Harry Bosch estuvo torpe, como les suele ocurrir a los hombres demasiado preocupados o faltos de práctica. Al igual que otras primeras veces, la cosa no fue muy bien; ella tuvo que guiarle con dedos y susurros. Después, él quiso disculparse pero no lo hizo. Se abrazaron y se quedaron adormecidos. Bosch se sumergió en el olor de su cabello, el mismo perfume a manzana que había notado en su apartamento la noche anterior. Estaba tan obsesionado con ella que no quería dejar de respirar aquel aroma. Al cabo de un rato, la despertó con besos y volvieron a hacer el amor. Esta vez no necesitó instrucciones y ella no tuvo que guiarlo. Cuando acabaron, Eleanor le susurró:

—¿Crees que alguien puede estar solo en este mundo y no sentirse solo? —Como Harry no le contestó inmediatamente, ella añadió—: ¿Estás solo o te sientes solo?

Él pensó en ello un rato mientras ella repasaba el tatuaje de su hombro con el dedo.

—No lo sé —respondió finalmente—. Uno se acostumbra a las cosas tal como son. Y yo siempre he estado solo. Supongo que también me he sentido solo... hasta ahora.

Sonrieron y se besaron en la oscuridad. Poco después, él oyó la respiración acompasada de ella, ya dormida. Bastante más tarde, Bosch se levantó de la cama, se puso los pantalones y salió a fumar al balcón. Apenas había tráfico en Ocean

Park Boulevard, incluso se oía el rumor del mar. No había luz ni en el apartamento de al lado ni en ningún otro, a excepción de la calle. Los jacarandás que flanqueaban la calzada estaban perdiendo sus flores, y algunas habían caído sobre la acera y los coches aparcados como copos de nieve violeta. Bosch se apoyó en la barandilla y exhaló una bocanada de humo al frío viento de la noche.

Cuando iba por su segundo cigarrillo oyó que la puerta se abría detrás de él y notó que Eleanor lo abrazaba, rodeándolo por la cintura.

—¿Qué te pasa, Harry?

—Nada, estaba pensando. Ten cuidado: alerta cancerígena. ¿No te acuerdas del informe sobre los instintos secundarios?

—Riesgos, Harry, no instintos. ¿En qué estabas pensando? ¿Todas tus noches son así?

Bosch se revolvió en sus brazos y la besó en la frente. Ella llevaba una bata corta de seda rosa. Él le frotó la nuca con el pulgar.

—Casi ninguna es como ésta. No podía dormir; estaba pensando.

—¿En nosotros? —preguntó ella, dándole un beso en la barbilla.

—Sí.

—¿Y?

Él acercó la mano al rostro de ella y repasó el contorno de su mentón con los dedos.

—Me estaba preguntando cómo te hiciste esta cicatriz tan pequeña.

—Ah, esto... Me lo hice cuando era niña. Mi hermano y yo íbamos en bici y yo estaba montada en el manillar. Bajábamos por una colina que se llama Highland Avenue (esto fue cuando vivíamos en Pensilvania) y él perdió el control. La bicicleta empezó a zigzaguear y yo me asusté muchísimo porque sabía que íbamos a estrellarnos. Pero justo cuando perdimos el control del todo y salimos disparados, mi hermano me gritó: «¡Tranquila, Ellie!». Y, como lo dijo, me tranquilicé. Me hice un corte en la barbilla, pero ni lloré ni nada. Siempre me ha parecido genial que, en un momento como ése, me gritara a mí en vez de preocuparse por él. Pero mi hermano era así.

Bosch dejó de acariciarla.

—También estaba pensando en que lo de esta noche ha sido bonito.

—Sí, sobre todo para un par de aves nocturnas. Ven, vuelve a la cama.

Los dos entraron en el apartamento. Bosch fue al lavabo, se lavó los dientes con el dedo y finalmente se deslizó bajo la sábana con ella. En la mesilla de noche el reloj digital brillaba con un fulgor azulado. Cuando Bosch cerró los ojos, marcaba las 2.26.

Al abrirlos de nuevo, marcaba las 3.46 y un agudo pitido resonaba por la habitación. Bosch tardó un segundo en darse cuenta de que no estaba en su casa, sino en la de Eleanor Wish. Entonces distinguió su silueta, agachada junto a la cama.

—¿Dónde está? —preguntó Eleanor, mientras revolvía la ropa de Bosch—. No lo encuentro.

Bosch alargó la mano hasta alcanzar sus pantalones, palpó el cinturón y encontró el busca fácilmente. Lo apagó sin esfuerzo, acostumbrado a hacerlo a oscuras.

—Qué ruido tan horrible —comentó ella.

Bosch se incorporó un poco, se ató la sábana a la cintura y se quedó sentado en la cama. Bostezó y avisó a Eleanor de que iba a encender la luz. Ella le dijo que adelante. La bombilla deslumbró a Bosch como una explosión de diamantes y, cuando volvió a recuperar la vista, ella estaba de pie ante él, desnuda, mirando el buscapersonas. Bosch finalmente comprobó el número en la pantallita digital, pero no lo reconoció. Después de pasarse una mano por la cara y el pelo, cogió el teléfono de la mesilla de noche y se lo puso sobre el regazo. Marcó el número y registró su ropa en busca de un cigarrillo. Cuando lo encontró se lo metió en la boca, pero no lo encendió.

Algo incómoda, Eleanor caminó hacia una butaca para ponerse la bata. Después se metió en el baño y cerró la puerta. Bosch oyó que abría un grifo. En ese momento una persona cogió el teléfono.

—Harry, ¿dónde estás? —dijo Edgar como todo saludo.

—Fuera de casa. ¿Qué sucede?

—El chico que estabas buscando, el de la llamada a Emergencias... Lo encontraste, ¿no?

—Sí, pero lo estamos buscando otra vez.

—¿Cómo «estamos»? ¿Tú y la federal?

Eleanor salió del baño y se sentó junto a Bosch al borde de la cama.

—Jerry, ¿por qué llamas? —preguntó Bosch, sintiendo una opresión en los pulmones.

—¿Cómo se llamaba el chico?

Bosch estaba aturdido. Hacía meses que no dormía tan profundamente, y ahora le despertaban de golpe. No recordaba el verdadero nombre de Tiburón y no se lo quería preguntar a Eleanor porque Edgar podría oírlo y descubrir que estaban juntos. Cuando Eleanor intentó decir algo, Harry le puso un dedo en los labios y negó con la cabeza.

—¿Edward Niese? —dijo Edgar rompiendo el silencio—. ¿Se llamaba así?

La sensación de opresión había desaparecido. En su lugar, Bosch notó un puño invisible que le perforaba las costillas y le golpeaba directo al corazón.

—Sí —contestó.

—¿Tú le diste una de tus tarjetas?

—Sí.

—Pues ya no hace falta que lo busques.

—¿Qué ha pasado?

—Ven a verlo tú mismo. Estoy en el Bowl. Tiburón está

en el paso subterráneo debajo de Cahuenga. Aparca en la zona este; ya verás los coches.

A las cuatro y media de la mañana el extremo norte del aparcamiento del Hollywood Bowl suele estar vacío, pero cuando Bosch y Wish llegaron al paso de Cahuenga por Highland Avenue se encontraron con los coches patrulla y furgonetas oficiales que señalan el final violento, o cuando menos inesperado, de una vida. El precinto amarillo que se usa para cercar la escena del crimen formaba un cuadrado frente a la escalera que llevaba al paso subterráneo. Bosch mostró su placa y dio su nombre a un policía de uniforme que iba apuntando en una lista a todos los agentes que entraban. Después de franquear el control, Bosch y Wish se acercaron a la boca del túnel, donde oyeron el eco de un motor. Bosch sabía que el fuerte ruido procedía de un generador que iluminaba el lugar en el que se hallaba el cadáver. Antes de bajar, Bosch se volvió hacia Wish.

—¿Prefieres esperar aquí? —le preguntó—. No hace falta que vayamos los dos.

—Soy policía, ¿sabes? —le cortó ella—. No es la primera vez que veo un cadáver. No empezarás a ponerte paternal, ¿no? Si quieres, yo bajo y tú te quedas aquí.

Bosch no dijo nada, totalmente sorprendido por aquel repentino cambio de humor. La miró un momento, perplejo, y ambos empezaron a bajar los escalones. Sin embargo, se detuvieron cuando el enorme cuerpo de Edgar asomó por el túnel y comenzó a subir hacia ellos. Edgar vio a Bosch primero y luego a Eleanor Wish.

—¡Hola, Harry! —le saludó—. ¿Éste es tu nuevo compañero? Por lo visto os lleváis muy bien, ¿no?

Bosch lo fulminó con la mirada, aunque Eleanor iba unos pasos atrás y probablemente no había oído el comentario.

—Perdona, tío —se disculpó Edgar, con una voz apenas audible por culpa del estruendo procedente del túnel—. Es que llevo una nochecita... Si vieras al capullo de compañero que me ha enchufado Noventa y ocho...

—Pensaba que ibas a...

—Pues, no —contestó—. Pounds me ha puesto con Porter, de Automóviles, un borracho de aquí te espero.

—Ya lo conozco. ¿Y cómo has conseguido sacarlo de la cama?

—No estaba en casa. Tuve que ir a buscarlo al Parrot, un club privado de North Hollywood. Porter me dio el número cuando nos presentaron y me dijo que iba casi todas las noches. Me contó que se ocupaba de la seguridad, pero se me ocurrió comprobarlo telefoneando al Parker Center y allí no sabían nada. Que yo sepa lo único que hace es beber como un cosaco. Cuando lo llamé debía de estar casi inconsciente porque, según el camarero, no había ni oído el busca. Si le hicieran un test de alcoholemia ahora mismo, me juego algo a que daría 0,2 como mínimo.

Bosch asintió, frunció el ceño los tres segundos de rigor y acto seguido apartó de su mente los problemas de Jerry Edgar. Entonces oyó a Eleanor detrás de él y se la presentó a su antiguo compañero. Ambos se dieron la mano e intercambiaron sonrisas.

—Bueno, ¿qué tenemos? —preguntó Bosch.

—Hemos encontrado esto en el cuerpo —anunció Edgar, mientras les mostraba una bolsita de plástico transparente con unas cuantas fotos.

Más imágenes de Tiburón desnudo. El chico no había perdido el tiempo en renovar su oferta. Cuando Edgar le dio la vuelta a la bolsa, Bosch vio su tarjeta de visita.

—Parece ser que el chaval era un chapero de Boytown, pero si hablasteis con él supongo que ya lo sabéis. Al ver la tarjeta, me imaginé que podría ser el de la llamada a Emergencias —explicó Edgar—. Si queréis bajar a echar un vistazo, adelante. Nosotros ya hemos tomado nota, así que podéis tocar todo lo queráis. Os aviso que no se oye una mierda. Un idiota (no sabemos si fue el asesino o algún gamberro) se cargó todas las luces del túnel y hemos tenido que traer las nuestras. Como los cables no alcanzaban, tuvimos que meter el generador dentro. El muy cabrón hace un ruido de la hostia.

Edgar se volvió de nuevo hacia el túnel, pero Bosch alargó la mano y le tocó el hombro.

—Jed, ¿cómo os avisaron de esto?

—Con una llamada anónima. No fue al número de Emergencias y por eso no tenemos cinta. Lo único que sabemos es que llamó directamente a la comisaría de Hollywood y era un hombre. Es lo único que fue capaz de decirnos el tonto del culo que cogió la llamada, uno de esos gorditos que no se enteran.

Edgar se volvió hacia el subterráneo, seguido de Bosch y Wish. El túnel era un largo pasillo que giraba hacia la derecha. Tenía un suelo de cemento sucio y las paredes con un estucado blanco casi completamente cubierto de pintadas. «No hay nada como una buena dosis de realidad urbana cuando sales de una sinfonía en el Bowl», pensó Bosch. Todo estaba a oscuras salvo la escena del crimen, que estaba bañada por un potente chorro de luz. Desde el lugar en el que se encontraba, Bosch vislumbró una forma humana, la de Tiburón, y a los hombres que trabajaban bajo los focos. Mientras iba palpando la pared con la mano para mantener el equilibrio, Bosch notó un viejo olor a humedad mezclado con el nuevo olor a gasolina y a humo producido por el generador. Su frente y su pecho se perlaron de sudor y su respiración se tornó rápida y entrecortada. Cuando llevaban recorridos unos nueve metros, pasaron por delante del generador. Avanzaron otro tanto y allí, bajo la luz brutal de los focos estroboscópicos, yacía Tiburón.

La cabeza del chico descansaba apoyada contra la pared

del túnel en un ángulo forzado. A Bosch le pareció más pequeño y joven de lo que recordaba. Tenía los ojos entreabiertos y la mirada perdida de un ciego. Llevaba una camiseta negra con las palabras «Guns N' Roses» empapada en su propia sangre y unos tejanos gastados con los bolsillos vueltos del revés. A su lado había un aerosol en una bolsita de plástico y sobre su cabeza una inscripción que rezaba: «RIP Tiburón». Era obra de una mano inexperta, ya que la pintura negra se había corrido por la pared en chorretones finos que resbalaban hasta la cabeza de Tiburón.

Gritando para que le oyera por encima del ruido del generador, Edgar le preguntó a Bosch si quería verla y éste supo que se refería a la herida. Con la cabeza inclinada hacia delante, el corte en el cuello de Tiburón no era visible; sólo se distinguía la sangre. Harry negó con la cabeza.

Bosch se fijó en las salpicaduras de sangre en la pared y en el suelo, en un radio de un metro del cuerpo. Porter, el borracho, comparaba las formas de las gotas de sangre con unas fichas que mostraban distintos tipos de salpicaduras, mientras un perito las fotografiaba. Las del suelo eran redondas, mientras que las de la pared eran elípticas. No hacían falta fichas para darse cuenta de que el chico había sido asesinado en el túnel.

—Por lo que parece —dijo Porter en voz alta sin dirigirse a nadie en particular—, alguien vino por detrás, le cortó el cuello y lo tiró al suelo.

—¿Cómo iba a venir alguien por detrás en un túnel como éste? El chico iba con alguien y se lo cargaron. No fue un ataque por sorpresa, Porter.

Porter se metió las fichas en el bolsillo y dijo:

—Perdona, colega.

No volvió a abrir la boca. Porter estaba gordo y hecho polvo, como muchos policías que llevan demasiado tiempo en el cuerpo. Llevaba una chaqueta de tweed con los codos gastados y, aunque todavía podía embutirse en un pantalón de la talla 44, su enorme barriga le sobresalía por encima del cinturón. Tenía la cara demacrada y pálida como una tortita de harina, en la que destacaba una narizota de bebedor, deforme y angustiosamente roja.

Bosch encendió un cigarrillo y se metió la cerilla quemada en el bolsillo. Luego se agachó junto al cadáver, como un jugador de béisbol, levantó el aerosol de pintura y lo sopesó. Estaba casi lleno, lo cual confirmaba lo que ya sabía o temía: que fue él quien mató a Tiburón. Al menos de forma indirecta. Bosch lo había encontrado y convertido en una persona valiosa o potencialmente valiosa para el caso, cosa que alguien no se podía permitir. Bosch se quedó ahí agachado, con los codos en las rodillas y el cigarrillo en la boca, fumando y observando el cadáver detenidamente para asegurarse de que nunca lo olvidaría.

Meadows había formado parte de todo aquello, del círculo de hechos encadenados que lo habían matado. Pero Tiburón no. El chico era un delincuente callejero, cuya muerte seguramente salvaría la de otra persona en el futuro. Pero aun así, no se merecía aquello, porque en aquel círculo era inocente. Las cosas se habían descontrolado; a partir de aquel momento regirían nuevas reglas, tanto en un bando como en el otro. Bosch le indicó al ayudante del forense que retirara el cadáver de la pared. Apoyándose en el suelo con una mano para no perder el equilibrio, miró fijamente el cuello y la garganta destrozadas. No quería olvidar un solo detalle. En un momento dado, la nuca de Tiburón se dobló hacia atrás, dejando al descubierto la enorme herida, Bosch no desvió la mirada.

Cuando apartó finalmente la vista del cadáver, Bosch se dio cuenta de que Eleanor ya no se hallaba en el túnel. Se levantó y le hizo una señal a Edgar para que le acompañara afuera, porque no quería tener que gritar por encima del ruido del generador. A la salida, Harry vio que Eleanor estaba sola, sentada en el peldaño superior de las escaleras. Los dos hombres pasaron junto a ella y Harry, al ponerle la mano en el hombro, notó su rigidez.

Lejos del ruido, Harry preguntó a su antiguo compañero:

—¿Qué han encontrado los peritos?

—Nada —dijo Edgar—. Si fue un asunto de pandillas es lo más limpio que he visto; no dejaron ni una sola huella. El aerosol está totalmente limpio. No tenemos ni el arma, ni testigos ni nada.

—Tiburón formaba parte de un grupo que vivía en un motel del Boulevard (al menos hasta hoy), pero no estaba metido en ninguna pandilla —le informó Bosch—. Lo pone en los archivos. Era un delincuente de segunda; vendía fotos, robaba a homosexuales y ese tipo de cosas.

—¿Dices que salía en los archivos de pandillas, pero no formaba parte de ninguna?

—Eso es.

—Bueno, quizá la persona que lo mató no lo sabía; tal vez creyera que era miembro de una banda —aventuró Edgar.

Wish se acercó a ellos, pero no dijo nada.

—Está claro que no es un asunto de pandillas, Jed —insistió Bosch.

—¿Ah, sí?

—Sí. De lo contrario no habrían dejado un aerosol lleno. Ningún pandillero abandonaría algo así. Además, la persona que pintó la pared no tenía ni idea. Toda la pintura está corrida; es una verdadera chapuza.

—Ven un momento —le pidió Edgar.

Tras mirar a Eleanor y hacerle un gesto para que no se preocupara, Bosch y Edgar se alejaron unos pasos. Se detuvieron junto a la cinta amarilla.

—Bosch, ¿qué coño os contó ese chico? ¿Y por qué lo soltasteis si formaba parte del caso? —le espetó Edgar.

Bosch le resumió la historia, explicándole que en aquel momento ignoraban que Tiburón fuera importante para la investigación. Obviamente alguien había creído que lo era o, como mínimo, no había querido correr el riesgo. Mientras hablaba, Bosch contemplaba las colinas en el horizonte, entre las que vislumbró las primeras luces del amanecer perfilando las altas palmeras. Edgar dio un paso atrás y también inclinó la cabeza en esa dirección, aunque él no miraba al cielo. Tenía los ojos cerrados.

—Harry, ¿sabes qué fin de semana es éste? —preguntó—. El lunes es el último lunes de mayo, el día de los Caídos. Es el puente más rentable del año porque empieza la temporada de verano. El año pasado vendí cuatro casas. En esos tres días gané casi más que en todo el año como policía.

Bosch se sintió confundido ante el repentino giro de la conversación.

—¿De qué hablas?

—De que no pienso romperme los cuernos con este caso. No quiero que me joda mi negocio como la semana pasada. Si quieres, le digo a Pounds que, como este caso está relacionado con el vuestro, estáis interesados en llevarlo. Si no, ya te aviso ahora mismo que sólo voy a dedicarme a él en horas de oficina.

—Dile lo que quieras, Jed. No me toca a mí decidir. Bosch dio media vuelta, dispuesto a reunirse con Eleanor.

—Una cosa —le detuvo Edgar—. ¿Quién sabía que habías encontrado al chico?

Bosch se quedó mirando a Eleanor y, sin darse la vuelta, le contestó:

—Lo arrestamos en la calle y lo entrevistamos en Wilcox. Los informes fueron al FBI. ¿Qué quieres que te diga, Jed?

—Nada —respondió Edgar—. Pero tú y el FBI deberíais haber cuidado mejor a vuestro testigo. De esa manera a lo mejor me habríais ahorrado un poco de tiempo a mí y ese pobre chaval aún estaría vivo.

Bosch y Wish regresaron lentamente al coche. Una vez dentro, Bosch le preguntó:

—¿Quién lo sabía?

—¿Qué quieres decir? —inquirió ella.

—Lo que me acaba de preguntar Edgar, ¿quién sabía lo de Tiburón?

Ella reflexionó un momento.

—En el FBI, Rourke recibe los informes diarios y el otro día le envié un memorándum sobre lo de la hipnosis. Los informes van a Archivos donde se hace una copia para nuestro superior, el agente especial Whitcomb. La cinta de la entrevista que me diste está guardada bajo llave en mi mesa. Nadie la ha oído, ni transcrito. Supongo que cualquiera podría haber visto los informes, pero no, ni se te ocurra, Harry. Nadie... No puede ser.

—Bueno, sabían que encontramos al chico y que podía ser importante. O sea, que deben de tener a alguien dentro.

—Harry, eso es pura especulación. Podrían ser muchísimas cosas. Como le dijiste a Edgar, lo arrestamos en plena calle. Cualquiera podría haberlo visto: sus propios amigos, esa chica... cualquiera podría haber corrido la voz de que buscábamos a Tiburón.

Bosch pensó en Lewis y Clarke; ellos también debían de haberlo visto recogiendo a Tiburón. ¿Cuál era su papel en todo aquello? Bosch no comprendía nada.

—Tiburón era un tío duro —dijo Bosch—. ¿Crees que habría entrado con alguien en un túnel por la cara? Yo creo que no tuvo elección; quizá lo obligó alguien con una placa.

Wish no arrancó el coche. Los dos se quedaron sentados, pensando, hasta que finalmente Bosch soltó:

—Tiburón ha sido una advertencia.

—¿Qué?

—Un mensaje para nosotros. ¿No lo ves? Le dejan mi tarjeta en el cuerpo, lo denuncian por una línea que no se puede detectar... y lo matan en un túnel. Quieren que sepamos que lo hicieron, que tienen a alguien dentro y que se están riendo de nosotros.

Wish puso el motor en marcha.

—¿Adónde vamos?

—Al FBI.

—Harry, ten cuidado con esta teoría. Si intentas venderla y resulta que no es verdad, podrías dar a tus enemigos la cuerda que necesitan para ahorcarte.

«Enemigos —pensó Bosch—. ¿Quiénes son mis enemigos esta vez?»

—Yo soy responsable de la muerte de ese chico —dijo Bosch—. Lo mínimo que puedo hacer es averiguar quién lo mató.

Mientras Eleanor Wish abría la puerta de acceso a los despachos del FBI, Bosch echó un vistazo al cementerio de veteranos por entre las cortinas de la sala de espera. La niebla continuaba pegada al campo de lápidas, lo cual, visto desde arriba, producía la impresión de que cientos de espíritus estuvieran saliendo de sus ataúdes al mismo tiempo. Bosch reconoció la oscura zanja cavada en la cima de la colina, pero fue incapaz de averiguar de qué se trataba. Parecía casi una fosa común, una larga brecha abierta en la tierra, como una herida brutal. Bosch reparó en que el interior estaba tapizado con una lona de plástico negro.

—¿Quieres un café? —le ofreció Wish.

—Sí —respondió al instante. Alejándose de las cortinas, Bosch la siguió por el pasillo. El Buró estaba vacío. Entraron en la cocina de la oficina y él la observó mientras ella vertía un paquete de café en el filtro y encendía la cafetera. Los dos contemplaron en silencio el café que goteaba lentamente en un recipiente de cristal. Harry encendió un cigarrillo e intentó pensar únicamente en el café que se estaba haciendo. Eleanor apartó el humo con la mano, pero no le pidió que lo apagara.

Cuando el café estuvo listo, Bosch se lo tomó solo. La cafeína tuvo un efecto instantáneo. A continuación se sirvió una segunda taza y se llevó las dos a la oficina de la brigada. Al llegar a la mesa que le habían prestado, encendió un segundo cigarrillo con la colilla del primero.

—El último —prometió al advertir la mirada de ella. Eleanor se sirvió un vaso de agua de una botella que sacó del cajón de su mesa.

—¿Nunca se te acaba el agua? —bromeó Bosch. Ella no respondió.

—Harry, no podemos culparnos de la muerte de Tiburón. Por esta regla de tres, deberíamos ofrecer protección a todas las personas que interrogamos. Deberíamos ir a casa de su madre y meterla en el programa de protección de testigos. Y a la chica del motel... ¿No ves que es una locura? Tiburón era Tiburón. Si vives en la calle, mueres en la calle.

Al principio Bosch se quedó callado, pero luego dijo:

—Déjame ver los nombres.

Wish buscó los archivos del caso WestLand, los hojeó y sacó un taco de papel continuo plegado en forma de acordeón.

—Ahí está la lista de todo el mundo que tenía una caja —dijo ella, plantándosela en la mesa—. Detrás de algunos de los nombres hay unas notas escritas. La mayoría no tienen relación con el caso, sino que se refieren a si estaban engañando a la compañía aseguradora.

Cuando Bosch comenzó a desdoblar las hojas descubrió que incluían una lista larga y cinco cortas, marcadas con letras de la A a la E. Al preguntar qué significaban, ella se acercó a su mesa y las miró por encima del hombro de él. Bosch notó el olor a manzana de su cabello.

—Bueno, la lista larga es lo que te he dicho; una relación completa de todo el mundo que tenía una caja. Después elaboramos cinco sublistas que marcamos con letras de la A a la E. La primera es la de cajas alquiladas durante los tres meses anteriores al robo. La lista B corresponde a los propietarios que no denunciaron pérdidas y la C es la lista de cabos sueltos: la de propietarios fallecidos o que dieron información falsa cuando la alquilaron. La cuarta y quinta contienen los nombres que coinciden en las primeras tres. En la D están las personas que alquilaron una caja en los tres meses anteriores al robo y no denunciaron pérdidas. En la E tenemos a la gente de la lista de cabos sueltos que coincidía con la de los tres meses. ¿Está claro?

Bosch lo había comprendido perfectamente. El FBI supuso que los ladrones habrían investigado el interior de la cámara antes del robo y que la manera más fácil de hacerlo era alquilar una caja. De ese modo obtenían un acceso legal; el hombre que alquilase la caja podría entrar en la cámara en cualquier momento para examinar el interior. Por esa razón, la lista de las personas que habían alquilado una caja durante los tres meses anteriores al asalto tenía todos los números de incluir al espía.

En segundo lugar, resultaba probable que este espía no quisiera llamar la atención después del robo, por lo que tal vez declaró que no había perdido nada, cosa que lo pondría en la lista D. Ahora bien, si no había realizado ninguna declaración o había dado información falsa en el contrato de alquiler de la caja, su nombre estaría en la lista E.

La lista D contenía solamente siete nombres, mientras que en la E había cinco. Uno de los nombres de la lista E estaba subrayado: Frederic B. Isley, residente en Park La Brea, el hombre que había comprado las tres motos todoterreno Honda en Tustin. Los otros nombres estaban marcados con una cruz.

—¿Te acuerdas? —le preguntó Eleanor—. Ya te dije que ese nombre nos volvería a salir.

Harry asintió.

—Creemos que Isley era el espía —prosiguió ella—. Sabemos que alquiló la caja nueve semanas antes del robo y, según el banco, realizó un total de cuatro visitas a la cámara acorazada durante las siete semanas siguientes. Después del asalto, no volvió. No prestó declaración y, cuando intentamos ponernos en contacto con él, descubrimos que la dirección era falsa.

—¿Os dieron alguna descripción?

—Nada que nos sirviera. Bajito, moreno y guapo fue lo máximo que sacamos de los empleados del banco. De hecho, ya sospechábamos que él era el espía incluso antes de encontrar las motos. Cuando una persona quiere ver su caja, el empleado lo conduce al interior de la cámara acorazada para que la saque y luego lo acompaña a un cuartito para que pueda examinarla en privado. Una vez ha terminado, ambos devuelven la caja a su lugar y el cliente escribe sus iniciales en una ficha, un poco como en una biblioteca. Al ver la ficha de este tío leímos las iniciales FBI. A nosotros, como a ti, Harry, tampoco nos gustan las casualidades. Pensamos que alguien nos estaba tomando el pelo, y lo confirmamos cuando descubrimos lo de la venta de las motos.

Harry tomó un sorbo de café.

—Aunque no nos sirvió de mucho, porque no lo localizamos —admitió ella—. Después del robo, encontramos la caja de Isley entre todo aquel desorden. Buscamos huellas dactilares, pero nada. También les mostramos unas cuantas fotos de sospechosos a los empleados del banco, pero aunque entre ellas había una de Meadows, no lo identificaron.

—Podríamos volver a intentarlo con fotos de Franklin y Delgado, a ver si uno de ellos era el tal Isley. —Muy bien. Ahora vuelvo.

Wish se levantó y se marchó, dejando a Bosch tomando café y estudiando la lista. Leyó todos los nombres y direcciones, pero nada le llamó la atención aparte de unos cuantos nombres de famosos, políticos y gente conocida que habían alquilado una caja. Bosch iba por la segunda lectura cuando Eleanor regresó con una hoja de papel.

—Vengo del despacho de Rourke —le informó ella, depositando el papel sobre su mesa—. Rourke ya había enviado a

Archivos casi todos los papeles que le di, pero el memorándum sobre la hipnosis todavía estaba en su bandeja de entrada, así que no creo que lo haya leído. Lo he cogido porque ahora ya no sirve de nada y seguramente es mejor que no lo vea.

Harry echó un vistazo a la hoja, la dobló y se la metió en el bolsillo.

—Francamente —opinó ella—, creo que no ha estado a la vista el tiempo suficiente para... Quiero decir, que no me lo puedo imaginar. Y Rourke será un tecnócrata, pero no es un asesino. Como dijeron de ti los psicólogos, no cruzaría esa línea por dinero.

Al mirarla, Bosch se descubrió a sí mismo queriendo decir algo para agradarla, para tenerla de nuevo de su parte, pero no se le ocurrió nada. Tampoco alcanzaba a comprender esta nueva frialdad en su actitud hacia él.

—Bueno, olvídalo —le dijo finalmente, volviendo su atención a la lista—. ¿Hasta dónde investigasteis a la gente que declaró no haber perdido nada?

Wish miró la hoja, en la que Bosch había marcado la lista B. Había diecinueve nombres.

—Primero comprobamos si tenían antecedentes penales —comenzó ella—. Después hablamos con ellos por teléfono y luego concertábamos entrevistas en persona; en los casos en que algo no cuadraba, otro agente se volvía a presentar por sorpresa. Yo no participé: teníamos un segundo equipo que se encargó de casi todas las entrevistas de campo. Si te interesa algún nombre puedo buscarte las transcripciones.

—¿Y los apellidos vietnamitas de la lista? Veo que hay treinta y cuatro: cuatro en la lista de sin pérdidas y uno en la de cabos sueltos.

—¿Y qué? Seguro que también hay chinos, coreanos, blancos, negros e hispanos. Los ladrones no discriminan por raza.

—No, pero Vietnam ya había salido en la investigación a raíz de Meadows. Ahora que se añaden dos presuntos implicados, Franklin y Delgado, resulta que los tres pertenecieron a la policía militar en Saigón. Sin contar Charlie Company, que también puede estar metida en todo esto.

»O sea que, después de encontrar a Meadows y empezar a pedir expedientes militares de las ratas de los túneles, ¿investigasteis más a fondo a los vietnamitas de la lista? —preguntó.

—No. Bueno, sí. Pasamos los nombres de extranjeros al Servicio de Inmigración y Naturalización para saber el tiempo que llevaban aquí y si eran inmigrantes ilegales, pero eso es todo. —Wish se quedó un segundo en silencio—. Ya veo por dónde vas; estás insinuando que se nos pasó por alto algo importante en la investigación, pero tienes que tener en cuenta que no empezamos a considerar a Meadows como posible sospechoso hasta al cabo de unas semanas después del robo. Para entonces casi toda esta gente había sido entrevistada. ¿Crees que uno de los vietnamitas podría estar involucrado?

—No lo sé; sólo estoy buscando conexiones. Casualidades que no sean casualidades.

Bosch sacó una libretita del bolsillo de su chaqueta y empezó a elaborar una lista con los nombres, fechas de nacimiento y direcciones de los vietnamitas que habían alquilado una caja. Colocó primero a los cuatro que habían declarado no haber perdido nada y a la persona de la lista de cabos sueltos. Acababa de cerrar la libreta cuando Rourke entró en la oficina, con el pelo todavía mojado tras su ducha matinal y una taza de café decorada con la palabra «Jefe». Rourke miró a Bosch y Wish, y luego consultó su reloj.

—Empezáis temprano.

—Han encontrado muerto a nuestro testigo —le informó Wish con rostro inexpresivo.

—Joder. ¿Dónde? ¿Han cogido a alguien?

Wish negó con la cabeza y le lanzó a Bosch una mirada de advertencia para que no empezara nada.

—¿Está relacionado con nuestro caso? —preguntó Rourke—. ¿Hay pruebas?

—Eso creemos —contestó Bosch.

—¡Joder!

—Eso ya lo ha dicho antes —se burló Bosch.

—¿Deberíamos pedirle el caso al Departamento de Policía de Los Ángeles e incluirlo en la investigación de Meadows? —preguntó Rourke, mirando directamente a Wish. Claramente Bosch no formaba parte del equipo que tomaba las decisiones. Como Wish no le respondía, añadió—: ¿Deberíamos haberle ofrecido protección?

Bosch no se mordió la lengua.

—¿Contra quién?

A Rourke se le cayó un mechón de pelo mojado sobre la frente.

—¿Qué cojones significa eso? —inquirió, rojo de rabia.

—¿Cómo sabía usted que la Policía de Los Ángeles llevaba el caso?

—¿Qué?

—Acaba usted de preguntar si deberíamos pedirle el caso a la Policía de Los Ángeles. ¿Cómo sabía que lo tenían ellos? Nosotros no se lo hemos dicho.

—Pero me lo he imaginado. Me molesta lo que insinúas y sobre todo me molestas tú, Bosch. ¿Crees que yo o alguien...? Si lo que estás diciendo es que ha habido una filtración, ahora mismo encargo una investigación. Pero te aviso que, si la hubo, no fue a través del FBI.

—¿Pues a través de quién? ¿Qué pasó con los informes que le pasamos a usted? ¿Quién los vio?

Rourke negó con la cabeza.

—Bosch, no seas ridículo. Comprendo tus sentimientos, pero tranquilicémonos y pensemos un minuto. El testigo fue recogido en la calle, interrogado en la comisaría de Hollywood y enviado a un albergue juvenil. Un montón de gente podía saberlo. —Rourke hizo una pausa—. Eso sin contar al Departamento de Policía, que te está siguiendo. Por lo visto ni tu propia gente se fía de ti.

El rostro de Bosch se ensombreció. Se sentía traicionado, ya que Rourke sólo podía haber averiguado que le seguían a través de Wish; ella debía de haber descubierto a Lewis y Clarke. ¿Por qué no se lo había dicho a él en lugar de a su jefe? Bosch la miró, pero ella tenía la vista fija en su mesa. Cuando se volvió hacia Rourke, Bosch vio que su cabeza se balanceaba como un muelle.

—Sí, Wish los caló el primer día. —Rourke miró alrededor de la oficina vacía, como si deseara tener más público. Iba trasladando su peso de un pie al otro, igual que un boxeador en su rincón que espera con impaciencia el siguiente asalto para acabar de rematar a su ya débil rival.

Wish permaneció en silencio y en ese momento a Bosch le pareció que hacía un millón de años desde que habían dormido abrazados.

—Quizá deberías mirarte a ti y a tu propio departamento antes de lanzar acusaciones sin fundamento —declaró Rourke.

Bosch no dijo nada; simplemente se levantó y se dirigió a la puerta.

—Harry, ¿adónde vas? —le llamó Eleanor desde su mesa.

Bosch se volvió, la miró un momento y siguió caminando.

Lewis y Clarke siguieron al Caprice de Bosch en cuanto salió del garaje del FBI. Esta vez Clarke iba al volante, mientras Lewis anotaba aplicadamente la hora de salida en el diario de vigilancia.

—Pégate a él; lleva un petardo en el culo.

Bosch había girado al oeste al llegar a Wilshire y se encaminaba hacia la 405. Clarke aumentó la velocidad para no perderlo entre el tráfico que abarrotaba las calles a la hora punta.

—Yo también llevaría un petardo en el culo si hubiera perdido a mi único testigo —comentó Clarke—. Sobre todo si hubiera muerto por mi culpa.

—¿Por qué lo dices?

—Ya lo viste. Después de dejar al chico en ese albergue, Bosch se fue tan campante. No tengo ni idea de qué sabía el muchacho, pero era lo suficientemente importante para que lo eliminaran. Tendría que haberlo vigilado mejor. Yo lo habría encerrado a cal y canto.

Tomaron la 405 hacia el sur. Bosch iba por el carril lento, a unos diez coches de ellos. La autopista era una masa de acero móvil, apestosa y contaminante.

—Creo que va a coger la 10 —opinó Clarke—. Va a Santa Mónica; quizá se ha olvidado el cepillo de dientes en casa de ella. O han quedado luego para echarse una siestecita, ya me entiendes. Yo propongo que lo dejemos y vayamos a hablar con Irving. Creo que podemos usar esto del testigo; tal vez lo podamos acusar de incumplimiento del deber. Tenemos suficientes pruebas para conseguir una vista; como mínimo lo echarían de Homicidios y te aseguro que si a Harry Bosch no le dejan trabajar en Homicidios, cogerá y se irá. Eso sería un puntito más para nosotros.

Lewis consideró un momento la idea de su compañero. No estaba mal. Podría funcionar, pero no quería dejar la vigilancia sin que Irving les diera el visto bueno.

—Síguelo —dijo Lewis—. En cuanto se pare en algún sitio, le daré un toque a Irving y le preguntaré qué quiere hacer. Cuando me llamó esta mañana para contarme lo del chico, parecía bastante animado, como si las cosas fueran bien. No quiero dejar la vigilancia sin su visto bueno.

—Como quieras. Oye, ¿cómo se enteró Irving de que el chico había muerto?

—No lo sé. Cuidado: va a coger la 10.

Lewis y Clarke siguieron al Caprice gris hasta la autopista de Santa Mónica. A medida que se alejaban de la ciudad, el tráfico se iba haciendo más fluido. Sin embargo, Bosch ya no conducía tan rápido; pasó de largo las salidas de Clover Field y Lincoln, que llevaban a casa de Eleanor Wish, y continuó por la autopista hasta atravesar el túnel y emerger en los acantilados junto a la carretera de la costa. Bosch puso rumbo al norte, con el sol radiante sobre su cabeza y las montañas de Malibú en la distancia, como manchas opacas en el borroso horizonte.

—¿Y ahora qué?

—No lo sé. Despégate un poco.

Cada vez había menos tráfico, y a Clarke le resultaba difícil mantener un coche de distancia. Lewis continuaba creyendo que la mayoría de policías nunca comprobaban si les seguían, pera pensaba que aquel día podía ser una excepción. El testigo de Bosch acababa de ser asesinado y eso lo habría puesto sobre aviso.

—Sí, no te acerques demasiado. Tenemos todo el día.

Bosch mantuvo una velocidad constante durante los siguientes seis kilómetros y finalmente se metió en un aparcamiento junto al restaurante Alice's, en el muelle de Malibú. Los detectives de Asuntos Internos pasaron de largo disimuladamente hasta que un kilómetro más allá, Clarke dio la vuelta mediante una maniobra ilegal. Cuando llegaron al aparcamiento, el coche de Bosch estaba allí, pero él no.

—¿Otra vez este restaurante? Le debe de encantar.

—Y ni siquiera está abierto.

Los dos agentes miraron a su alrededor. Había otros cuatro coches al fondo del aparcamiento y por sus bacas dedujeron que pertenecían a un grupito de surfistas que cabalgaban sobre las olas al sur del muelle. Finalmente Lewis avistó a Bosch y lo señaló con el dedo. Estaba caminando hacia el final del embarcadero, con la cabeza gacha y el pelo alborotado por el viento. Lewis se dispuso a coger la cámara, pero se dio cuenta de que todavía estaba en el maletero. En su lugar, sacó un par de prismáticos de la guantera y los enfocó hacia la figura cada vez más pequeña de Bosch. Lo observó hasta que llegó al final de la plataforma de madera y apoyó los codos sobre la barandilla.

—¿Qué hace? —preguntó Clarke—. Déjame ver.

—No. Tú conduces y yo vigilo. Además no hace nada; sólo está apoyado.

—Algo hará.

—Está pensando, ¿vale?... Ahora está encendiendo un cigarrillo. Qué, ¿contento? Y ahora... Espera.

—¿Qué pasa?

—Mierda. Deberíamos haber preparado la cámara.

—¿Cómo que «deberíamos»? Ése es tu trabajo. Yo conduzco —protestó Clarke—. ¿Qué ha hecho?

—Ha tirado algo al agua.

A través de las lentes de aumento, Lewis divisaba el cuerpo de Bosch apoyado sobre la barandilla, contemplando las olas. No parecía haber nadie más en el muelle.

—¿Qué ha tirado? ¿Lo ves?

—¿Cómo quieres que lo sepa? Desde aquí no veo la superficie. ¿Quieres que les pida a los surfistas que nos lo traigan? —se burló Lewis—. Yo qué sé qué coño ha tirado.

—Tranquilo, colega; sólo era una pregunta. A ver, ¿de qué color era más o menos?

—Parecía blanco, como una pelota, pero medio flotaba.

—Pensaba que no podías ver la superficie.

—Quiero decir al caer, como un pañuelo o una hoja de papel.

—¿Qué hace ahora?

—Está apoyado en la barandilla, mirando el agua.

—Son remordimientos de conciencia. Con un poco de suerte saltará y podremos olvidarnos de este maldito asunto para siempre.

Clarke se rio de su chiste, pero a Lewis no le hizo gracia.

—Ya te gustaría.

—Pásame los prismáticos y llama a Irving para preguntarle qué quiere que hagamos.

Lewis entregó los prismáticos a su compañero y salió del coche. Primero se dirigió al maletero, lo abrió y sacó la Nikon, a la que puso un objetivo de larga distancia; luego se la llevó hacia la ventanilla del conductor y se la pasó a Clarke.

—Sácale una foto para que tengamos algo que enseñarle a Irving.

A continuación corrió al restaurante a telefonear y volvió al cabo de tres minutos. Bosch seguía apoyado en la barandilla del muelle.

—El jefe dice que no dejemos la vigilancia bajo ninguna circunstancia —anunció Lewis—. También me ha dicho que nuestros informes eran una puta mierda. Quiere más detalles y más fotos. ¿Lo entiendes?

Clarke estaba demasiado ocupado mirando por el visor de la cámara. Lewis cogió los prismáticos y observó a Bosch que incomprensiblemente seguía inmóvil. ¿Qué hacía? ¿Pensar? ¿Por qué había venido tan lejos para pensar?

—Me cago en Irving —respondió Clarke, dejando caer la cámara sobre su regazo y mirando a su colega—. Ya he sacado un par de fotos de Bosch; las suficientes para tenerlo contento. Pero no está haciendo nada.

—Ahora sí —anunció Lewis, que seguía espiando por los prismáticos—. Arranca y vámonos.

Bosch se alejó del muelle después de arrojar al agua el memorándum sobre la hipnosis. Como una flor tirada a un mar revuelto, el papel flotó unos breves instantes antes de hundirse para siempre. La determinación de Bosch de encontrar al asesino de Meadows era cada vez más fuerte; ahora también buscaba justicia para Tiburón. Mientras caminaba por los viejos tablones del muelle, Bosch vio salir del aparcamiento al Plymouth que le había seguido hasta allí.

«Son ellos —pensó—, pero no pasa nada.»

Ya no le importaba lo que hubieran visto o dejado de ver. Habían entrado en vigor las nuevas reglas y Bosch tenía planes para Lewis y Clarke.

Bosch regresó al centro de la ciudad por la autopista 10. En ningún momento se molestó en buscar el coche negro por el retrovisor, porque sabía que estaría allí. De hecho, quería que estuviese allí.

Cuando llegó a Los Angeles Street, aparcó en zona prohibida frente a un edificio gubernamental. Subió al tercer piso y entró en una de las abarrotadas salas de espera del Servicio de Inmigración y Naturalización. El lugar olía como una cárcel: a sudor, miedo y desesperación. Una mujer con aspecto aburrido estaba haciendo el crucigrama del *Times* detrás de una ventanilla. En el mostrador había un dispensador de billetes como los que usan en los supermercados para dar el turno. Al cabo de unos instantes, la mujer alzó la vista y vio a Bosch sosteniendo su placa.

—¿Sabe cómo se le llama a un hombre que sufre una tristeza y soledad constantes? Cinco letras preguntó ella después de abrir la ventanilla corredera y comprobar si se había roto una uña.

—Bosch.

—¿Qué?

—Detective Harry Bosch. Déjeme entrar. Quiero ver a Hector.

—Primero tengo que preguntar —contestó con un mohín. Después de susurrar algo por teléfono, la mujer repasó el nombre de Bosch con el dedo y colgó.

—Dice que entre por detrás —le informó, apretando el botón que abría la puerta—, que ya sabe el camino.

Bosch le dio la mano a Hector Villabona, que estaba sentado en una oficina mucho más pequeña incluso que la de Bosch.

—Necesito un favor: que me dejes el ordenador.

—Adelante.

Eso era lo que a Bosch le gustaba de Hector; nunca preguntaba qué o por qué antes de decidir. Era un tío que no se iba por las ramas ni participaba en los jueguecitos en los que, según Bosch, estaba metida toda la profesión. Sin levantarse de la silla, Hector rodó hasta un ordenador situado contra una pared y tecleó su contraseña.

—Supongo que querrás que te mire unos nombres. ¿Cuántos son?

Bosch tampoco quiso irse por las ramas, de modo que le enseñó la lista de treinta y cuatro nombres. Hector silbó en voz baja y dijo:

—De acuerdo, los miraremos, pero te aviso que si sus casos no han sido tramitados en esta oficina, no los tendremos aquí. Y sólo tengo lo que está en el ordenador: fechas de nacimiento, documentación, nacionalidad... Ya sabes cómo funciona, Harry.

Bosch lo sabía, pero también le constaba que el sur de California era el lugar preferido por la mayoría de refugiados vietnamitas después de cruzar el charco. Valiéndose tan sólo de dos dedos, Hector comenzó a introducir los nombres en el ordenador. Veinte minutos más tarde, Bosch contemplaba una hoja recién salida de la impresora.

—¿Qué buscamos, Harry? —preguntó Hector mientras los dos estudiaban la lista.

—No lo sé. ¿Ves algo raro?

Bosch pensó que Hector le iba a decir que no, dejándole de nuevo en un callejón sin salida. Pero se equivocaba.

—Bueno, por ejemplo, éste debía de tener un enchufe.

Se llamaba Ngo van Binh. Bosch no sabía nada de él, excepto que procedía de la lista B porque no había denunciado ninguna pérdida después del robo.

—¿Enchufado?

—Tenía algún tipo de contacto —explicó Hector—. Tú lo llamarías un enchufe político. ¿Ves? Su caso lleva el prefijo GL, lo cual significa que los archivos están en nuestra Oficina de Casos Especiales en Washington. Ellos no se encargan de gente normal y corriente, sino de personajes como el sha, la familia Marcos o desertores rusos si son científicos o bailarinas. Gente que nunca pasaría por aquí.

Bosch asintió, pero le indicó con el dedo la hoja impresa.

—Vale, vale. Luego tenemos las fechas, que están demasiado cerca. Todo ocurrió muy rápido, seguro que le dieron un empujoncito. No tengo ni puta idea de quién era este tío, pero está clarísimo que conocía gente. Fíjate en la fecha de entrada: el 4 de mayo de 1975, cuatro días después de salir de Vietnam. Imaginemos que el primer día lo empleó en llegar a Manila y el último en llegar a EE.UU. Eso le deja sólo dos días en Manila para conseguir el permiso de entrada y obtener el billete. En esa época a la capital filipina llegaban barcos repletos de pasajeros cada día de la semana. Es imposible que consiguiera el permiso sin ayuda en sólo dos días; seguro que conocía a alguien. Tener un enchufe no era tan raro; muchos lo tenían. Cuando empezó el tomate, tuvimos que sacar a mogollón de gente. Unos pertenecían a la elite y otros eran lo suficientemente ricos como para conseguir que se les tratara igual.

Bosch se fijó en la fecha en que Binh había salido de Vietnam: el 30 de abril de 1975. El mismo día en que Meadows se había marchado para siempre del país, y el mismo día en que Saigón cayó en manos de las tropas del Norte.

—¿Y esta fecha? —comentó Villabona—. El 14 de mayo es muy poco tiempo para recibir los papeles. Significa que diez días después de su llegada, el tío consigue un visado. Imposible si no eres Fulanito de Tal, o en este caso, Fulanito de Binh.

—Entonces, ¿qué opinas?

—No sé; el tío podía ser un agente secreto o simplemente tener suficiente dinero para coger un helicóptero. Todavía corren muchos rumores sobre esa época: gente que se enriquecía a costa de los refugiados, asientos en los vehículos militares a cambio de diez de los grandes, visados por un poco más. Pero nada se ha confirmado oficialmente.

—¿Podrías sacarme el archivo de este tío?

—Sí, si trabajara en Washington.

Bosch se lo quedó mirando.

—Todos los GL están ahí, Harry —se disculpó Hector—. Ahí es donde va la gente con dinero. ¿Me entiendes? —inquirió.

Bosch no contestó.

—No te enfades, Harry. Veré qué puedo hacer; llamaré a un par de personas. ¿Vas a estar localizable?

Bosch le dio el número del FBI, sin decirle que se trataba del Buró, se dieron la mano y Bosch se fue. En el vestíbulo del primer piso, Bosch buscó a Lewis y Clarke a través de las puertas de cristal ahumado. Cuando finalmente divisó el Plymouth negro doblando la esquina después de dar otra vuelta a la manzana, salió del edificio y bajó los escalones de la entrada. Por el rabillo del ojo vio que el coche de Asuntos Internos frenaba y aparcaba junto a la acera, a la espera de que él se metiera en el suyo.

Bosch hizo lo que ellos querían, porque eso precisamente era lo que él quería.

Woodrow Wilson Drive se curva en dirección contraria a las agujas del reloj en su ascenso por las colinas de Hollywood. Su asfalto, agrietado y parcheado, no es lo bastante ancho para que pasen dos coches sin reducir cautelosamente la velocidad. A la izquierda, las casas descansan perfectamente sobre la ladera. La mayoría son mansiones decoradas con azulejos de estilo colonial y paredes estucadas, pertenecientes a familias de antiguas y sólidas fortunas.

Las viviendas de la derecha, sin embargo, son más nuevas y sus estructuras de madera se asoman intrépidas a los barrancos cubiertos de arbustos y margaritas. Los edificios se aguantan con cuatro vigas y grandes dosis de fe, aferrándose tan precariamente al terreno como sus propietarios a sus puestos de trabajo en los estudios cinematográficos situados al pie de la colina. La casa de Bosch era una de éstas; la cuarta de la derecha empezando por el fondo.

Al doblar la última curva, Bosch la vio y se quedó contemplando su madera oscura, su aspecto de caja de zapatos en busca de algo, una señal de que había cambiado... como si el exterior del edificio pudiera avisarle de que algo iba mal en el interior. Cuando Bosch se fijó en el retrovisor, atisbó el morro del Plymouth negro asomando por la curva. Acto seguido aparcó en el garaje de su casa y entró en ella sin mirar al vehículo que le seguía.

Bosch había ido al puerto para meditar sobre lo que Rourke había dicho y entonces recordó que la noche anterior alguien le había llamado, pero había colgado. En cuanto entró en su casa fue derecho a la cocina para escuchar los mensajes. Primero oyó la llamada anónima, que se produjo el martes, y luego un aviso de Jerry Edgar aquella madrugada instando a Bosch a que acudiera al Hollywood Bowl. Bosch rebobinó la cinta y escuchó de nuevo la primera llamada, reprendiéndose en silencio por no haber comprendido su importancia la primera vez que la había oído. Alguien había telefoneado, escuchado el mensaje de su contestador y colgado después de la señal. La cinta reproducía el ruido de alguien que colgaba. La mayoría de gente, cuando no quería dejar un recado, simplemente colgaba en cuanto oía la voz de Bosch diciendo que no estaba en casa. Si pensaban que estaba, daban su nombre después de la señal. Sin embargo, esta persona había escuchado el mensaje y no había colgado hasta oír el pitido. ¿Por qué? Al principio no se le había ocurrido, pero en ese momento pensó que podía tratarse de una prueba de transmisión.

Bosch abrió el armarito del recibidor, del que sacó unos prismáticos, y se dirigió hacia la ventana del comedor. En cuanto miró por una rendija entre las cortinas, divisó el Plymouth negro, a media manzana de su casa. Lewis y Clarke habían pasado de largo, dado media vuelta y aparcado junto a la acera cara abajo, listos para seguir con la vigilancia si Bosch salía de casa. A través de los prismáticos Bosch vislumbró a Lewis detrás del volante, observando la casa. Clarke se había recostado en el cabezal del asiento, con los ojos cerrados. Ninguno de ellos parecía llevar auriculares, pero Harry quería estar seguro. Sin apartar la vista de los prismáticos, alargó la mano hasta el pomo de la puerta de entrada, la abrió unos centímetros y volvió a cerrarla. Los hombres de Asuntos Internos no mostraron ninguna reacción. Los ojos de Clarke permanecieron cerrados y Lewis continuó limpiándose los dientes con una tarjeta de visita.

Bosch decidió que si le habían colocado un micrófono, éste estaría transmitiendo a uno remoto, ya que así resultaba más seguro. Probablemente se trataba de una minigrabadora escondida en el exterior de la casa. Lewis y Clarke esperarían a que él saliese para saltar del coche y recoger la cinta, cambiándola por una nueva. De ese modo podrían alcanzarle antes de que llegara a la autopista.

Bosch se alejó de la ventana con el objeto de realizar una rápida inspección de la sala de estar y la cocina. Examinó los bajos de las mesas y los electrodomésticos, pero no encontró el micrófono, y la verdad es que tampoco esperaba encontrarlo. Sabía que el mejor sitio era el teléfono y por eso se lo había dejado para el final. Además de suministrar una fuente constante de energía; colocar allí el micrófono tenía la doble ventaja de grabar los sonidos del interior de la casa, así como todas las conversaciones telefónicas.

Con una pequeña navaja que llevaba en el llavero, Bosch levantó la tapa del auricular, pero no vio nada raro. Luego sacó la otra tapa; ahí estaba. Usando la navaja extrajo cuidadosamente el micrófono, al que iba imantado un transmisor plano y redondo del tamaño de una moneda. Era un dispositivo denominado T-9, que se activaba con el sonido, al que habían conectado dos cables. Uno de ellos había sido trenzado alrededor de un hilo telefónico a fin de obtener electricidad para el micrófono. El otro estaba oculto tras el auricular. Bosch tiró de él con delicadeza y sacó una cajita con una sola pila AA, que servía como fuente de energía de emergencia. El dispositivo se alimentaba de la energía del teléfono, pero si a alguien se le ocurría desenchufarlo de la pared, la pila proporcionaba la electricidad necesaria para unas ocho horas más. Bosch desconectó el T-9 y lo depositó en la mesa, dejando que funcionara con la pila. Mientras planeaba su siguiente movimiento, Bosch lo estudió con detenimiento y observó que el modelo correspondía a los usados por el departamento de policía. Tenía un radio de recepción de cinco a seis metros y estaba diseñado para captar todo lo que se decía en la habitación. El alcance de transmisión no era muy amplio —de unos veinte metros como máximo— y dependía de la cantidad de metal que hubiera en el edificio.

Bosch se volvió a la ventana para echar un vistazo a la calle. Lewis y Clarke seguían sin dar muestras de sorpresa o de que el micrófono hubiera sido descubierto; Lewis continuaba con su higiene dental.

Bosch encendió la cadena musical y puso un CD de Wayne Shorter. A continuación salió de la casa por una puerta lateral que se hallaba fuera del campo de visión de los de Asuntos Internos. Encontró la grabadora en el primer lugar en que miró: la caja de empalme debajo del contador de la luz, en la pared trasera del garaje. La cinta de cinco centímetros estaba grabando la música de saxofón de Shorter. Al igual que el micrófono, la grabadora, marca Nagra, además de ir conectada a la corriente de la casa, disponía de una pila de repuesto. Bosch la desconectó, se la llevó adentro y la colocó junto al micrófono.

Cuando Shorter atacaba los últimos compases de *502 Blues*, Bosch se sentó en su butaca de vigilancia y encendió un cigarrillo mientras intentaba trazar un plan. Luego alargó el brazo, rebobinó la cinta y apretó el botón. Lo primero que oyó fue su voz diciendo que no estaba en casa y a continuación el mensaje de Jerry Edgar sobre el cadáver encontrado en el Hollywood Bowl. Los siguientes sonidos eran los de la puerta abriéndose y cerrándose dos veces y luego el saxofón de Wayne Shorter. O sea, que habían cambiado de cinta al menos una vez desde la llamada de prueba. Entonces Bosch cayó en la cuenta de que la visita de Eleanor Wish había quedado grabada. Reflexionó un momento sobre aquello y se preguntó si el dispositivo habría recogido lo que hablaron en la terraza: las historias sobre él y Meadows. Bosch se indignó al pensar en aquella intrusión, aquel momento íntimo robado por los dos hombres del Plymouth negro.

Bosch se afeitó, se duchó y se puso ropa limpia: un traje veraniego de color habano, una camisa oxford rosa y una corbata azul. Luego fue a la sala de estar y se guardó el micrófono y la grabadora en los bolsillos de la americana. Una vez más, echó un vistazo con los prismáticos por la rendija entre las cortinas, pero no detectó ningún movimiento en el coche de Asuntos Internos. Entonces volvió a salir por la puerta lateral, descendió sin hacer ruido por la ladera de la montaña hasta una de las vigas de hierro que sustentaban la casa y comenzó a avanzar con cautela por debajo del edificio. Por el camino se fijó en que los arbustos estaban salpicados con papel de aluminio dorado; era la etiqueta de cerveza que había pelado y tirado desde la terraza cuando hablaba con Eleanor.

Al llegar al otro lado de su casa, Bosch empezó a avanzar por la colina pasando por debajo de otras tres casas colgantes. A continuación, escaló la ladera hasta llegar a la carretera y se asomó detrás del Plymouth negro. Tras limpiarse los bajos de los pantalones, Bosch echó a andar tranquilamente por la calzada.

Bosch llegó inadvertido hasta la puerta del Plymouth. Observó que la ventanilla estaba bajada y, antes de abrirla, incluso creyó oír ronquidos.

Clarke tenía la boca abierta y los ojos todavía cerrados cuando Bosch se asomó por la puerta y agarró a ambos hombres por sus corbatas de seda. Apoyándose con el pie en el interior del coche, Bosch tiró a los detectives hacia él. A pesar de que ellos eran dos, Bosch llevaba ventaja: Clarke estaba totalmente desorientado y Lewis tampoco lo tenía mucho más claro. Tirarles de las corbatas significaba que cualquier esfuerzo o resistencia por parte de ellos se traducía en más presión alrededor del cuello y menos aire. Los detectives salieron del coche casi por su propia voluntad, tambaleándose como dos perros atados a una correa y aterrizando junto a una palmera plantada a un metro de la acera. Ambos tenían las caras moradas por la asfixia. Inmediatamente se llevaron las manos al cuello e intentaron desesperadamente deshacer los nudos de sus corbatas para recuperar la respiración. En ese instante Bosch fue directo a sus cinturones y les arrebató las esposas. Mientras los dos detectives de Asuntos Internos intentaban tragar aire por sus gargantas recién liberadas, Bosch esposó la mano izquierda de Lewis a la mano derecha de Clarke y acto seguido le puso otra esposa a la mano derecha de Lewis. Cuando Clarke se dio cuenta de lo que Bosch estaba haciendo, intentó levantarse y liberarse, pero él lo cogió por la corbata y tiró de ella. Clarke se empotró de cara contra el tronco de la palmera y se quedó momentáneamente estupefacto, instante que Bosch aprovechó para colocarle la última esposa en la muñeca. Los dos policías de Asuntos Internos habían acabado en el suelo, sujetos el uno al otro con la palmera en medio. Tras despojarles de sus armas, Bosch retrocedió para recuperar el aliento y arrojar las pistolas de los detectives sobre el asiento delantero de su coche.

—Eres hombre muerto —logró mascullar Clarke a pesar de su garganta irritada.

Los dos se pusieron de pie con dificultad debido a la palmera que se interponía entre ellos. Parecían dos adultos jugando al corro de la patata.

—Dos delitos de asalto a un compañero. Comportamiento inapropiado —le anunció Lewis—: Podemos acusarte de un montón de cosas, Bosch. —Tosió violentamente y salpicó de saliva la americana de Clarke—. Suéltanos y quizá podamos olvidar todo este asunto.

—Ni hablar. No vamos a olvidar nada —le dijo Clarke a su compañero—. Le vamos a meter un puro de aquí te espero.

Bosch se sacó el micrófono del bolsillo y se lo mostró a los dos detectives.

—¿Quién le va meter un puro a quién? —preguntó. Lewis miró el aparato, vio qué era, y dijo:

—Nosotros no hemos sido.

—Claro que no —se burló Bosch, mientras sacaba la grabadora del otro bolsillo para enseñársela—. Una Nagra, sensible al sonido; eso es lo que usáis en todos vuestros trabajos. No importa que no sea legal, ¿verdad? El mismo día que la encuentro me doy cuenta de que vosotros me habéis estado siguiendo por la ciudad como dos gilipollas. Me habéis pinchado el teléfono, ¿verdad?

Tal como era de esperar, ni Lewis ni Clarke respondieron a su acusación. Bosch se fijó en que una gota de sangre asomaba por la nariz de Clarke. En ese momento un coche subió por Woodrow Wilson y redujo velocidad. Cuando Bosch le mostró su placa, el automóvil pasó de largo. Los dos policías no pidieron ayuda, hecho que Bosch interpretó como una señal de que controlaba la situación. Estaba ganando la partida. En el pasado, la reputación de Asuntos Internos se había deteriorado tanto por realizar escuchas ilegales en casas de policías, políticos e incluso estrellas de cine, que aquellos dos no iban a montarle un número. Salvar su propio pellejo era más importante que despellejar a Bosch.

—¿Tenéis una orden para pincharme el teléfono?

—Escucha, Bosch —protestó Lewis—. Ya te lo he dicho, nosotros no...

—Ya me lo parecía. Hay que tener pruebas de un delito para obtener una orden, al menos eso es lo que siempre he oído. Pero a Asuntos Internos no le preocupan esas minucias —se burló Bosch—. ¿Sabes qué pasará con los cargos de asalto, Clarke? Mientras vosotros me lleváis al Comité de Derechos y me expulsáis del cuerpo por sacaros del coche y mancharos el culo de hierba, yo voy a llevaros a los dos, a Irving, al jefe de policía y a toda la puta ciudad ante un tribunal federal por violación de la Cuarta Enmienda: registro y detención ilegal. ¡Ah! Y al alcalde también, ¿qué os parece?

Clarke escupió sobre el césped, a los pies de Bosch. Una gota de sangre manchó su camisa blanca.

—No puedes probarlo porque no es verdad —respondió Clarke.

—Bosch, ¿qué coño quieres? —le espetó Lewis con rabia. Estaba más rojo que cuando la corbata le había apretado como una soga. Bosch empezó a caminar lentamente alrededor de ellos, obligándoles a girar constantemente la cabeza o sortear la palmera para verle.

—¿Que qué quiero? Bueno, por mucho que os odie, no tengo demasiadas ganas de arrastraros por el cuello hasta los tribunales. Con traeros aquí ya he tenido de sobra. Lo que quiero...

—Bosch, estás loco —soltó Clarke.

—Cállate, Clarke —le dijo Lewis.

—Cállate tú —le replicó Clarke.

—Pues sí —contestó Bosch—. Me hicieron un examen psiquiátrico, pero sigo prefiriendo mi cabeza a la vuestra. Vosotros no necesitáis a un psiquiatra, sino a un proctólogo.

Bosch dijo esto acercándose a Clarke. Después se alejó unos pasos y continuó trazando círculos alrededor de los dos detectives.

—Os propongo una cosa. Yo estoy dispuesto a olvidarlo si vosotros contestáis unas cuantas preguntas. Entonces estaremos en paz. Al fin y al cabo todos formamos parte de una gran familia, ¿no?

—¿Qué preguntas? —inquirió Lewis—. ¿De qué coño hablas?

—¿Cuándo empezasteis la vigilancia?

—El martes por la mañana. Te seguimos cuando saliste del FBI —respondió Lewis.

—No se lo digas —le dijo su compañero.

—Ya lo sabe.

Clarke miró a Lewis y negó con la cabeza como si no lo creyera.

—¿Cuándo me pinchasteis el teléfono?

—Nosotros no fuimos —repitió Lewis.

—Y una mierda. Pero no importa. Vosotros me visteis entrevistar al chico en Boytown. —Aquello era una afirmación, no una pregunta. Bosch quería que creyesen que lo sabía casi todo y sólo necesitaba rellenar los espacios en blanco.

—Sí —dijo Lewis—. Ése fue el primer día de vigilancia. Vale; nos calaste. ¿Qué pasa?

Harry vio que Lewis se llevaba la mano al bolsillo de la cazadora y, con un movimiento rápido, lo detuvo. Lewis había intentado sacar un llavero con la llave de las esposas. Bosch lo tiró dentro del coche y, situándose detrás de Lewis, le preguntó:

—¿A quién se lo dijisteis?

—¿El qué? —exclamó Lewis—. ¿Lo del chico? A nadie. No se lo dijimos a nadie, Bosch.

—Pero lleváis un diario de vigilancia, ¿no? Y sacáis fotos; seguro que hay una cámara en el asiento trasero del coche o en el maletero.

—Pues claro.

Bosch encendió un cigarrillo y continuó dando vueltas alrededor de los detectives.

—¿Qué hicisteis con la información?

Antes de contestar, Bosch vio que Lewis miraba a Clarke.

—Entregamos el primer informe y carrete de fotos ayer —confesó finalmente—. Lo dejamos en el despacho del subdirector, como siempre. Ni siquiera sabemos si se lo ha mirado y es el único informe que hemos hecho. Quítanos las esposas, Bosch. Esto es ridículo. La gente nos está viendo. Podemos hablar de todos modos.

Bosch caminó entre ellos, soltó una bocanada de humo en el centro y les comunicó que no iba a quitarles las esposas hasta que terminara la conversación. Entonces acercó su cara a la de Clarke y volvió a preguntar:

—¿Quién más lo ha recibido?

—¿El diario de vigilancia? Nadie —le contestó Lewis—. Eso iría en contra de la política del departamento.

Bosch soltó una carcajada e hizo un gesto de incredulidad. Sabía que Lewis y Clarke no admitirían ninguna acción ilegal o violación de la política del departamento, así que dio media vuelta y se dispuso a regresar a su casa.

—Espera, espera, Bosch —le gritó Lewis—. Le pasamos el informe a tu teniente, ¿vale? ¡Vuelve!

Bosch volvió.

—Quería que lo mantuviéramos informado; tuvimos que hacerlo —prosiguió Lewis—. Nuestro jefe, Irving, dio el visto bueno. Nosotros sólo cumplíamos órdenes.

—¿Qué decía vuestro informe sobre el chico?

—Nada. Sólo que era un chico... Algo así como:

«Sujeto entabló diálogo con menor y lo condujo a la comisaría de Hollywood para una entrevista formal».

—¿Lo identificasteis?

—No. No dimos su nombre porque no lo sabíamos, te lo juro. Te hemos estado siguiendo y ya está. Venga, quítanos las esposas.

—¿Y Home Street Home? Vosotros me visteis llevarlo allí. ¿Lo pusisteis en el informe?

—Sí.

Bosch volvió a acercarse a ellos.

—Ahora viene la gran pregunta. Si el FBI ha retirado su queja, ¿por qué Asuntos Internos me continúa siguiendo? El FBI llamó a Pounds y se retractó. Vosotros hicisteis ver que lo dejabais, pero no era verdad. ¿Por qué?

Lewis iba a decir algo, pero Bosch le atajó.

—Quiero que me lo diga Clarke. Tú piensas demasiado rápido, Lewis.

Clarke no dijo nada.

—Clarke, el chico que visteis conmigo ha muerto. Alguien se lo cargó porque habló conmigo. Y las únicas personas que lo sabían sois tú y tu compañero. Aquí está pasando algo y si no consigo las respuestas que necesito voy a denunciarlo y vosotros vais a acabar siendo investigados por Asuntos Internos.

Finalmente Clarke pronunció sus primeras palabras en los últimos cinco minutos.

—Eres un cabronazo.

Lewis intervino.

—Ya te lo digo yo. El problema es que el FBI no confía en ti. Nos contaron que te habían metido en el caso, pero que no estaban seguros, que habías entrado a la fuerza y que querían tenerte vigilado por si tramabas algo. Nos pidieron que no nos despegáramos de ti; nosotros lo hicimos y basta, así que suéltanos. Casi no puedo respirar y las muñecas me empiezan a doler por culpa de las esposas. Te has pasado.

Bosch se volvió hacia Clarke.

—¿Dónde tienes la llave?

—En el bolsillo de delante de la americana —contestó Clarke en tono tranquilo, negándose a mirar a Bosch a la cara. Bosch se colocó detrás de él y lo rodeó por la cintura. Cuando le hubo sacado el llavero del bolsillo, Bosch le susurró:

—Si vuelves a entrar en mi casa, te mato.

Dicho esto, Bosch le bajó los pantalones y calzoncillos hasta los tobillos y empezó a alejarse, al tiempo que arrojaba el llavero en el coche.

—¡Hijo de puta! —le gritó Clarke—. ¡Antes te mataré yo!

Bosch estaba convencido de que mientras conservara el micrófono y la grabadora, Lewis y Clarke no presentarían cargos contra él. Ellos tenían más que perder. Un juicio y un escándalo público serían el fin de sus carreras hacia el sexto piso.

Bosch se metió en el coche y regresó al edificio federal. Mientras analizaba la situación, se dio cuenta de que demasiada gente había sabido lo de Tiburón o tenido la ocasión de averiguarlo, lo cual dificultaba mucho la identificación del topo. Lewis y Clarke habían visto al chico y habían pasado la información a Irving, a Pounds y a saber a quién más. Rourke y el encargado de Archivos del FBI también estaban informados. Eso, sin contar a la gente de la calle que podía haber visto a Bosch con Tiburón u oído que él lo estaba buscando. Decidió que tendría que aguardar a ver qué cariz tomaban los acontecimientos.

En el edificio federal, la recepcionista pelirroja del FBI le hizo esperar mientras llamaba al Grupo 3. Bosch volvió a contemplar el cementerio a través de las cortinas de gasa y distinguió a varias personas trabajando en la trinchera excavada en la colina. Los operarios estaban cubriendo la zanja con unos bloques de piedra negra con miles de pequeños reflejos blancos. Bosch finalmente comprendió lo que estaban haciendo.

De pronto oyó que alguien le abría la puerta y la empujó para entrar. Eran las doce y media y toda la brigada antirrobos estaba fuera almorzando, a excepción de Eleanor Wish, que se hallaba en su mesa comiéndose un bocadillo de huevo con mayonesa, uno de esos que venden en envases de plástico triangulares en todos los edificios gubernamentales que Bosch conocía. Y, por supuesto, no podían faltar la botella de agua y el vasito de plástico. Bosch y Wish intercambiaron discretos «bolas». Harry notó que las cosas entre ellos habían cambiado, pero no sabía hasta qué punto.

—¿Llevas aquí toda la mañana?

Ella contestó que no, que había ido a mostrar las fotos de Franklin y Delgado a los empleados del WestLand National. Al parecer, una mujer había identificado con toda seguridad a Franklin como Frederic B. Isley, el hombre que alquiló una caja en la cámara acorazada. El espía.

—Tenemos suficiente para obtener una orden de arresto, pero Franklin se ha esfumado —explicó ella—. Rourke ha enviado a un par de equipos a las direcciones de él y Delgado que figuraban en el Registro de Vehículos. Han llamado hace un rato para decirnos que, o bien los sospechosos se habían mudado, o nunca vivieron en esos lugares. Parece que se los haya tragado la tierra.

—¿Qué hacemos ahora?

—No lo sé. Rourke está pensando en dejarlo un tiempo hasta que los encontremos. Tú seguramente volverás a tu mesa de Homicidios. Cuando cojamos a uno de ellos, te llamaremos para que lo interrogues sobre el asesinato de Meadows.

—Y el asesinato de Tiburón. No te olvides.

—También.

Bosch asintió con la cabeza. Se había terminado; el FBI iba a cerrar la investigación.

—Por cierto, tienes un mensaje —añadió Eleanor Wish—. Te ha llamado alguien, un tal Hector. No ha dicho nada más.

Bosch se sentó en la mesa junto a la de ella y marcó el número directo de Hector Villabona. Éste lo cogió casi inmediatamente.

—Aquí Bosch.

—Oye, ¿qué estás haciendo en el Buró? —preguntó Hector—. He llamado al número que me diste y me han dicho que era el FBI.

—Sí, ya te contaré. ¿Has encontrado algo?

—No mucho, y la verdad es que no creo que lo encuentre porque no puedo conseguir el archivo. Tal como nos habíamos imaginado, este tío, Binh, debe de tener buenos contactos porque su expediente todavía es confidencial. Telefoneé a un amigo que tengo allí y le pedí que me lo mandara. Él me llamó al cabo de un rato y me dijo que no podía ser.

—¿Por qué sigue siendo confidencial?

—¿Quién sabe? Por eso es confidencial; para que nadie se entere.

—Bueno, gracias. De todos modos ya no parece tan importante.

—Si tienes un amigo en Washington, alguien con más poder que yo, puede que tenga más suerte. Yo sólo soy una pieza pequeñita en este enorme engranaje —se burló Hector—. Pero, oye, a este amigo mío se le escapó una cosa.

—¿El qué?

—Bueno, yo le di el nombre de Binh y él me contestó: «Lo siento, el expediente del capitán Binh es confidencial»; así, tal como te lo estoy diciendo. Le llamó capitán, o sea, que el tío debió de ser militar. Por eso tuvieron que sacarlo de allí tan rápido; para salvarle el pellejo.

—Sí —contestó Bosch. Le dió las gracias y colgó.

Bosch se volvió hacia Eleanor y le preguntó si tenía algún contacto en el Departamento de Estado. Ella negó con la cabeza.

—¿Inteligencia militar, la CIA, o algo así? —insistió Bosch—. Alguien con acceso a los archivos.

Tras meditar un momento, Eleanor respondió:

—Bueno, conozco a alguien en el piso de Estado de mi época en Washington. Pero ¿qué pasa, Harry?

—¿Puedes llamarle y pedirle un favor?

—Nunca habla de trabajo por teléfono. Tendremos que bajar un momento.

Bosch se levantó y salieron de la oficina. Mientras esperaban el ascensor, le contó a ella lo de Binh, su rango y el hecho de que se hubiera marchado de Vietnam el mismo día que Meadows. Cuando se abrió la puerta, los dos entraron y ella apretó el número 7. Estaban solos.

—Tú sabías que me estaban siguiendo —le dijo Bosch—. Los de Asuntos Internos.

—Sí, los vi.

—Pero lo sabías antes de verlos, ¿no?

—¿Importa mucho?

—Pues sí. ¿Por qué no me lo dijiste?

—No lo sé —contestó ella—, lo siento. Al principio no lo hice y luego, cuando quise decírtelo, no pude. Pensé que lo estropearía todo. Bueno, supongo que lo ha estropeado igualmente.

—¿Por qué no me lo contaste al principio, Eleanor? ¿No confiabais en mí?

—Al principio, no.

Con la vista fija en la pared de acero del ascensor, Bosch insistió:

—¿Y después?

La puerta se abrió en el séptimo piso.

—Todavía estás aquí, ¿no? —contestó Eleanor, saliendo del ascensor.

Bosch la siguió, la cogió del brazo y la retuvo un momento. Los dos se quedaron inmóviles mientras dos hombres con trajes casi idénticos se abrían paso hacia la puerta del ascensor.

—Sí, pero no me lo dijiste.

—Harry, ¿por qué no hablamos de esto más tarde?

—La cuestión es que nos vieron con Tiburón.

—Sí, ya lo había pensado.

—Entonces, ¿por qué no dijiste nada cuando yo mencioné la idea de un posible topo y te pregunté quién podía saber lo del chico?

—No lo sé.

Bosch bajó la vista. En ese momento se sintió como el único hombre del planeta que no entendía lo que estaba ocurriendo.

—Hablé con Lewis y Clarke —le informó Bosch—. Dicen que sólo nos vieron con el chico, pero no investigaron más. Ellos juran que no sabían quién era y que el nombre de Tiburón no apareció en sus informes.

—¿Y tú les crees?

—Hasta ahora nunca les he creído, pero no me los imagino involucrados en todo este asunto. No me cuadra. Ellos me están siguiendo y harían cualquier cosa para hundirme, pero no liquidar a un testigo. Eso es una locura.

—Quizá, sin saberlo, le están pasando información a alguien que sí está implicado.

Bosch volvió a pensar en Irving y Pounds.

—Es una posibilidad. Pero la cuestión es que hay un hombre infiltrado; seguro. El topo puede estar en tu lado o en el mío, pero tenemos que ir con mucho cuidado con quién hablamos y con lo que hacemos.

Al cabo de un momento, Bosch la miró directamente a los ojos y le preguntó:

—¿Estás de acuerdo?

Aunque tardó un buen rato, ella asintió con la cabeza.

—No se me ocurre otra explicación a lo que está pasando.

ϒ

Eleanor habló con la recepcionista mientras Bosch esperaba. Unos minutos más tarde, una mujer joven salió de detrás de una puerta cerrada y los guio a través de un par de pasillos hasta un pequeño despacho. Dentro no había nadie; Bosch y Wish se sentaron en dos sillas de cara a una mesa.

—¿Con quién vamos a hablar? —susurró Bosch.

—Cuando yo te presente, él ya te dirá lo que quiere que sepas de él —contestó ella.

Bosch estaba a punto de preguntarle qué quería decir con aquello cuando la puerta se abrió y un hombre irrumpió en la habitación. Debía de rondar los cincuenta años; tenía el pelo plateado y cuidadosamente peinado y una constitución que se adivinaba fuerte bajo su americana azul. Sus ojos eran grises y apagados como viejos rescoldos. El hombre se sentó sin mirar a Bosch, con la vista fija en Eleanor Wish.

—Qué sorpresa, Ellie —dijo—. ¿Cómo estás?

Wish le contestó que bien, intercambiaron un par de frases corteses y finalmente ella le presentó a Bosch. El hombre se levantó para darle la mano.

—Bob Ernst, director adjunto de Comercio y Desarrollo, encantado de conocerlo. ¿Entonces esto es una visita oficial, no amistosa?

—Sí, lo siento, Bob, pero estamos trabajando en un caso y necesitamos tu ayuda.

—Haré lo que pueda, Ellie —respondió Ernst. A Bosch ya empezaba a incordiarle y eso que sólo lo conocía desde hacía un minuto.

—Bob, necesitamos información sobre alguien para un caso que estamos investigando —le explicó Wish—. Me parece que tú podrías conseguir los detalles sin demasiadas molestias o pérdida de tiempo.

—Ése es nuestro problema —añadió Bosch—. Es un caso de homicidio y no tenemos mucho tiempo para seguir los trámites de rutina y esperar a que Washington nos conteste.

—¿Es extranjero?

—Vietnamita —contestó Bosch.

—¿Cuándo entró en el país?

—El 14 de mayo de 1975.

—Ah, justo después de la caída. Ya veo. ¿Qué tipo de homicidio están investigando el FBI y el Departamento de Policía de Los Ángeles para que se remonte a tantos años atrás y a otro país?

—Bob —intervino Eleanor—, creo que...

—¡No, no me lo digas! —exclamó Ernst—. Tienes razón. Será mejor que compartimentemos toda la información.

Ernst se dedicó a alinear su cartapacio y los objetos que adornaban su mesa, a pesar de que no había nada fuera de sitio.

—¿Para cuándo lo necesitáis? —inquirió finalmente.

—Para ahora —contestó Eleanor.

—Podemos esperarle aquí —añadió Harry.

—¿Sois conscientes de que tal vez no encuentre nada, especialmente con tan poco tiempo?

—Sí, claro —afirmó Eleanor.

—Dame el nombre.

Ernst le pasó una hojita de papel a Eleanor, en la que ella escribió el nombre de Binh. Cuando se la devolvió, él la miró y se levantó sin siquiera tocar el papel.

—Lo intentaré —dijo, y salió del despacho. Bosch miró a Eleanor.

—¿Ellie?

—Por favor, no me llames así; no me gusta nada. No dejo que nadie me llame así. Por eso no contesto sus llamadas.

—Bueno, hasta ahora. Ahora le deberás un favor.

—Si encuentra algo. Y tú también le deberás uno.

—Tendré que dejar que me llame Ellie.

A ella no le hizo gracia.

—¿De qué lo conoces?

Wish no respondió.

—Seguramente nos está escuchando en este momento —comentó Bosch.

Bosch miró a su alrededor, aunque evidentemente cualquier micrófono estaría escondido. Al ver un cenicero negro, se sacó los cigarrillos del bolsillo.

—Por favor, no fumes —le rogó Eleanor.

—Sólo medio.

—Nos conocimos en Washington; ni siquiera recuerdo dónde. Allí también era no sé qué adjunto del Estado. Nos tomamos unas copas, eso es todo. Después lo trasladaron aquí y, cuando un día nos encontramos en el ascensor, empezó a llamarme.

—Es de la CIA, ¿no?

—Más o menos... No lo sé seguro, pero no importa si consigue lo que necesitamos.

—No sé qué decirte. En la guerra conocí a varios gilipollas como ése. Por mucho que nos cuente hoy, seguro que hay más. Estos tíos trafican con la información; nunca te cuentan todo. Como él dice, la compartimentan. Serían capaces de matarte antes que explicarte todo.

—Dejémoslo, ¿vale?

—De acuerdo..., Ellie.

Bosch pasó el rato fumando y contemplando las paredes vacías. El tío ni se esforzaba en que pareciera un despacho de verdad. No había ni bandera en la esquina, ni un triste retrato del presidente. Cuando Ernst regresó al cabo de veinte minutos, Bosch ya iba por su segundo medio cigarrillo. Al irrumpir en su despacho con las manos vacías, el director adjunto de Comercio y Desarrollo anunció:

—Detective, ¿le importaría no fumar? En una habitación cerrada molesta mucho.

Bosch apagó la colilla en un pequeño cuenco negro situado en la esquina de la mesa.

—Perdón —se disculpó—. Como vi el cenicero, pensé que...

—No es un cenicero, detective —le corrigió Ernst con severidad—. Eso es un cuenco de arroz de más de tres siglos de antigüedad. Me lo traje a casa después de volver de Vietnam.

—Ah, ¿allí también trabajaba en Comercio y Desarrollo?

—Bob, ¿has encontrado algo? —intervino Eleanor—. ¿Sobre Binh?

Ernst tardó algunos segundos en apartar la vista de Bosch.

—Muy poco, aunque lo que he encontrado podría ser útil. Este hombre, Binh, fue agente de policía en Saigón. Un capitán... Bosch, ¿es usted un veterano del conflicto?

—¿Quiere decir de la guerra? Sí.

—Sí, claro —repitió Ernst—. Entonces, dígame, ¿esta información le dice algo?

—No mucho. Yo estuve casi todo el tiempo en el campo. No vi mucho de Saigón excepto los bares y las tiendas de tatuajes. ¿Debería decirme algo el que Binh fuera capitán de la policía?

—No creo, así que déjeme explicárselo. Como capitán, Binh estaba a cargo de la brigada antivicio del departamento de policía.

—Y debía de ser tan corrupto como todo lo demás en esa guerra —comentó Bosch.

—Viniendo del campo, no creo que sepa usted mucho del sistema en Saigón, de la forma en que funcionaban las cosas, ¿no? —preguntó Ernst.

—¿Por qué no nos lo cuenta? Parece que ésa era su especialidad; la mía era intentar mantenerme vivo.

Ernst no hizo caso de la pulla, ni de Bosch. A partir de ese momento se dirigió únicamente a Eleanor.

—Aquello funcionaba de una forma bastante simple. Si

traficabas con drogas, carne, juego o cualquier cosa del mercado negro, tenías que pagar una tarifa local, un impuesto de la casa, como si dijéramos. El pago servía para mantener alejada a la policía vietnamita; prácticamente garantizaba que tu negocio no se vería interrumpido... dentro de unos límites. Entonces tu única preocupación era la policía militar estadounidense. Por supuesto, ellos también podían ser sobornados; al menos eso decía la gente. Bueno, este sistema duró años, desde el principio de la guerra, pasando por la retirada estadounidense y hasta, me imagino, el 30 de abril de 1975, el día en que cayó Saigón.

Eleanor asintió y esperó a que él continuara.

—La intervención estadounidense duró más de una década, y antes de eso estuvieron los franceses. Estamos hablando de años y años de presencia extranjera.

—Millones —dijo Bosch.

—¿Cómo dice?

—Está hablando de millones de dólares en sobornos.

—Sí, sí. Decenas de millones al cabo de los años.

—¿Y dónde entra el capitán Binh? —le preguntó Eleanor.

—Verás —dijo Ernst—, según nuestra información de la época, la corrupción dentro de la policía de Saigón estaba dirigida o controlada por un triunvirato llamado el Trío del Diablo. O les pagabas o no hacías negocio; así de sencillo. Por casualidad (bueno, de casualidad nada) en la policía de Saigón había tres capitanes cuyo territorio correspondía, justamente, al del triunvirato. Un capitán encargado de vicio, otro de narcóticos y otro de patrullar. Nuestra información es que esos tres capitanes eran en realidad el Trío del Diablo.

—Usted habla de «nuestra información». ¿Es información de Comercio y Desarrollo o de quién?

Tras volver a reajustar los objetos encima de su mesa, Ernst fulminó a Bosch con la mirada.

—Detective, usted ha venido a pedirme información. Si quiere saber de dónde procede, se ha equivocado de persona. Puede usted creerme o no; a mí me trae sin cuidado.

Los dos hombres se miraron fijamente, pero no dijeron nada más.

—¿Qué les pasó? —intervino Eleanor—. A los miembros del triunvirato.

La pregunta obligó a Ernst a apartar la vista de Bosch.

—Pues que después de que Estados Unidos retirara sus fuerzas en 1973, sus fuentes de ingresos desaparecieron casi por completo. Como cualquier empresa responsable, lo vieron venir e intentaron reemplazarlas. Nuestros informes de la época dicen que cambiaron su postura considerablemente. A principios de los setenta pasaron de dar protección a las transacciones de narcóticos de Saigón a participar directamente en ellas. A través de contactos políticos y militares, y por supuesto policiales, se establecieron como los agentes de toda la heroína que salía de las montañas y pasaba ilegalmente a Estados Unidos.

—Pero no duró mucho —adivinó Bosch.

—No, claro. Cuando cayó Saigón en abril de 1975, tuvieron que huir. Habían ganado una fortuna: entre quince y dieciocho millones de dólares cada uno. En la nueva Ho Chi Minh no significarían nada y, de todos modos, tampoco les hubieran dejado con vida para disfrutarlo. Tenían que salir a escape si no querían terminar ante los pelotones de ejecución de las tropas del Norte. Y tenían que cargar con el dinero...

—¿Y cómo lo hicieron? —preguntó Bosch.

—Era dinero negro, algo que ningún capitán de policía vietnamita podía o debería tener. Supongo que podrían haber hecho una transferencia a un banco de Zúrich, pero hay que recordar que estamos hablando de la cultura vietnamita, nacida de la inestabilidad y la desconfianza, de la guerra. Esa gente ni siquiera confiaba en los bancos de su propio país. Y, además, lo que tenían ya no era dinero.

—¿Cómo? —preguntó Eleanor, perpleja.

—Con el paso de los años lo habían ido invirtiendo. ¿Sabes lo que ocupan dieciocho millones de dólares? Probablemente llenarían toda una habitación. Así que encontraron una forma de reducirlos, o al menos eso es lo que creemos.

—Piedras preciosas —tanteó Bosch.

—Diamantes —concretó Ernst—. Por lo visto dieciocho millones de dólares en buenos diamantes caben fácilmente en dos cajas de zapatos.

—Y en una caja de seguridad —opinó Bosch.

—Puede ser, pero, por favor, no me diga más de lo que necesito saber.

—Binh era uno de los capitanes —resumió Bosch—. ¿Quiénes eran los otros dos?

—Uno se llamaba Van Nguyen y dicen que murió; no llegó a abandonar Vietnam. Tal vez lo mataron los otros dos o el Ejército del Norte, pero lo que es seguro es que nunca salió del país. Lo confirmaron nuestros agentes en Ho Chi Minh después de la caída. Los otros dos escaparon y vinieron aquí. Sin duda, gracias a sus contactos y dinero, ambos tenían salvoconductos. Ahí no puedo ayudaros... Uno era Binh, a quien habéis encontrado y el otro Nguyen Tran, que vino con Binh. En cuanto a dónde fueron y lo que hicieron aquí, tampoco puedo ayudaros. Hace más de quince años de todo esto; una vez aquí ya no eran nuestro problema.

—¿Por qué los dejasteis entrar?

—¿Quién dice que lo hiciéramos? Tiene usted que darse cuenta, detective Bosch, de que gran parte de esta información no se conoció hasta después de los hechos.

Ernst se levantó; aquélla era toda la información que pensaba «descompartimentar» ese día.

Bosch no quería subir de nuevo al Buró. La información de Ernst le había sentado como una anfetamina. Quería caminar, hablar, estallar. Cuando entraron en el ascensor, apretó el botón de la planta baja y le dijo a Eleanor que iban a salir. El FBI era como una pecera; necesitaba aire.

En todas las investigaciones Bosch siempre tenía la impresión de que la información se iba deslizando lentamente, como en un reloj de arena. En un momento dado había más información en la parte inferior que en la superior y, entonces, la arena empezaba a precipitarse por el agujero como una cascada. En aquel caso acababan de llegar a ese punto. Todo empezaba a encajar.

Bosch y Eleanor cruzaron el vestíbulo principal y salieron al césped, donde ondeaban ocho banderas iguales de EE.UU. y la bandera del estado de California, todas ellas dispuestas en semicírculo. Ese día no había manifestantes; el aire era cálido y extrañamente húmedo para la época del año.

—¿Por qué aquí? —preguntó Eleanor—. Yo preferiría estar arriba, cerca del teléfono. Y tú podrías tomarte un café.

—Me apetece fumar.

Los dos caminaron hacia Wilshire Boulevard.

—Es 1975. Saigón está a punto de irse al garete. El capitán de policía Binh paga a alguien para que lo saque del país, bueno, a él y sus diamantes. No sabemos a quién soborna, pero sí que lo tratan como un personaje importante durante todo el trayecto. La mayoría de gente viene en barcos, pero él viaja en avión. Durante el trayecto de cuatro días de Saigón a Estados Unidos lo acompaña un asesor americano para suavizar las cosas; ése es Meadows. Él...

—Presuntamente —le corrigió ella—. Te has olvidado la palabra «presuntamente».

—No estamos ante un tribunal. Lo estoy contando como creo que podría haber ocurrido. Si no te gusta, luego lo dices tú a tu manera.

Ella levantó las manos en señal de inocencia y Bosch prosiguió.

—Total, que Meadows y Binh se conocen. En 1975, Meadows participa en el plan de protección a refugiados y también tiene que irse. Puede que conociera a Binh debido a su vieja afición: el tráfico de heroína. Es muy probable que incluso trabajase para él. Tal vez no supiera lo que el capitán estaba transportando a Estados Unidos, pero lo más seguro es que tuviera una ligera idea.

Bosch se detuvo a ordenar sus ideas y Eleanor continuó la historia, no muy convencida.

—Binh se lleva consigo su reticencia o desconfianza cultural en lo que respecta a los bancos. Además tiene otro problema; su fortuna es dinero negro, una suma desconocida e ilegal. No puede declararla ni hacer un ingreso normal porque tendría que dar explicaciones. Así que decide guardar su enorme capital en la mejor alternativa posible: una caja de seguridad en una cámara acorazada. —Wish hizo una pausa—. Oye, ¿adónde vamos?

Bosch no respondió porque estaba demasiado inmerso en sus pensamientos. Habían llegado a Wilshire. Cuando el semáforo se puso verde, Bosch y Wish se dejaron arrastrar por la marea de cuerpos que cruzaban la calle. Luego giraron hacia el oeste, caminando junto a los setos que bordeaban el cementerio de veteranos. Bosch retomó el hilo de la historia.

—Pues Binh mete su parte en la caja y comienza a vivir el gran sueño americano del inmigrante o, en su caso, del inmigrante rico. Entre tanto Meadows, de regreso de la guerra, no consigue ni adaptarse a la vida civil ni dejar su hábito, por lo que empieza a traficar para financiárselo. Pero las cosas no son tan fáciles como en Saigón; lo trincan y pasa un tiempo en chirona. Entra, sale, entra, sale y finalmente lo condenan una buena temporada por un par de robos a bancos.

Llegaron a una abertura en el seto que dio paso a un camino enladrillado. Lo siguieron y les condujo a un lugar desde el que se divisaba todo el cementerio, con sus filas de lápidas blancas pulidas por los elementos y recortadas sobre un mar de hierba verde. Gracias al seto, que amortiguaba el ruido de la calle, se respiraba un ambiente de paz y tranquilidad.

—Es como un parque —comentó Bosch.

—Es un cementerio —susurró ella—. Vámonos.

—No hace falta que susurres. Demos una vuelta; se está muy bien.

Eleanor dudó, pero lo siguió mientras él se alejaba por el camino enladrillado. El sendero pasaba por debajo de un roble que proyectaba su sombra sobre las tumbas de los veteranos de la Primera Guerra Mundial. Ella lo alcanzó y reanudó la conversación.

—Bueno, Meadows llega a Terminal Island, donde oye hablar de Charlie Company. Se entera de que su director es una mezcla de ex soldado y párroco, consigue referencias y logra que lo suelten antes. En Charlie Company entra en contacto con dos de sus antiguos compañeros de batallas: Delgado y Franklin. Excepto que sólo pasan un día juntos. Sólo un día. ¿Me estás diciendo que planearon todo esto en un solo día?

—No lo sé —respondió Bosch—. Tal vez, aunque lo dudo. Puede que lo planearan más tarde, después de reunirse en la granja. Lo más importante es que estuvieron juntos, o muy cerca, en 1975, en Saigón. Y de nuevo en Charlie Company. Después de salir de allí, Meadows acepta un par de trabajos hasta que termina su libertad condicional. Luego lo deja y desaparece del mapa.

—¿Hasta?

—Hasta el robo del WestLand. Los tíos entran en la cámara y se dedican a abrir las cajas hasta que encuentran la de Binh. O a lo mejor ya sabían cuál era la suya. Debieron de seguirlo para planear el robo y averiguar dónde guardaba lo que quedaba de los diamantes. Tenemos que volver al banco para ver si las visitas de Frederic B. Isley coinciden con las de Binh, pero me apuesto algo a que sí. Nuestro hombre sabía cuál era la caja de Binh porque entró con él en la cámara acorazada. Luego robaron su caja y, para disimular, vaciaron todas las demás. Lo más genial es que sabían que Binh no lo denunciaría, porque legalmente aquello no existía. Era perfecto. Y lo mejor fue que se llevaran todo lo demás para tapar su verdadero objetivo: los diamantes.

—El golpe perfecto —opinó ella—. Al menos hasta que Meadows empeñó el brazalete de jade y lo mataron. Eso nos lleva de nuevo a la pregunta de hace unos días: ¿por qué? Y hay otra cosa que no tiene sentido: ¿por qué Meadows vivía en esa mierda de casa? Si era un hombre rico, ¿por qué no actuaba como tal?

Bosch caminó un rato en silencio. Aquélla era la pregunta que se había venido haciendo desde la entrevista con Ernst. Pensó en el alquiler de once meses de Meadows, pagado con antelación. Si estuviera vivo, se habría mudado la semana siguiente. Mientras caminaban por aquel jardín de piedras blancas, todo empezó a encajar; ya no quedaba arena en la parte superior del reloj.

—Porque el golpe perfecto sólo estaba medio terminado —anunció Bosch—. Al empeñar el brazalete, Meadows lo descubrió demasiado pronto. Por eso tuvieron que cargárselo y recuperar la joya.

Ella se detuvo y lo miró. Estaban en un camino de acceso a la sección de la Segunda Guerra Mundial. Bosch se fijó en que las raíces de un viejo roble habían empujado algunas de las viejas lápidas. Parecían dientes a la espera de un odontólogo.

—Explícate —le pidió Eleanor.

—Los ladrones robaron un montón de cajas para cubrir que lo que realmente querían estaba en la caja de Binh, ¿no?

Ella asintió con la cabeza.

—Vale. ¿Cuál es el siguiente paso? Quitarse de encima las cosas de las otras cajas para que no vuelvan a aparecer nunca más. No me refiero a venderlas a un perista, sino destruirlas, tirarlas al mar o enterrarlas para siempre en un lugar donde no lo encuentren nunca. Porque en el momento en que aparezca la primera joya, moneda o certificado, la policía tendrá una pista y empezará a investigar.

—¿Entonces crees que a Meadows lo mataron porque empeñó el brazalete? —preguntó Wish.

—No del todo. Tiene que haber algo más. ¿Por qué iba Meadows, si poseía una parte de los diamantes de Binh, a molestarse en empeñar un brazalete que sólo valía un par de miles de dólares? ¿Por qué iba a vivir como vivía? No tiene sentido.

—Me he perdido, Harry.

—Yo también, pero míralo desde este punto de vista. Imaginemos que ellos (Meadows y sus colegas) supieran el paradero de Binh y el otro capitán de la policía, Nguyen Tran, y que supieran dónde guardaba cada uno lo que quedaba de los diamantes que habían traído desde Vietnam. Digamos que había dos bancos y los diamantes estaban en dos cajas de seguridad. Supongamos que van a robar los dos. Primero asaltan el banco de Binh y ahora irán a por el de Tran.

Ella hizo un gesto para indicar que le seguía. Bosch notó que la tensión aumentaba.

—De acuerdo, planear estas cosas lleva tiempo; hay que elaborar una estrategia, escoger un fin de semana cuando el banco esté cerrado durante tres días seguidos... Necesitan ese tiempo para abrir muchas cajas y que parezca real. Y luego está el tiempo necesario para cavar el túnel.

Bosch se había olvidado de fumar, pero en ese momento se dio cuenta y se metió un cigarrillo en la boca. Sin embargo, antes de encenderlo, comenzó a hablar de nuevo.

—¿Me sigues?

Ella asintió. Bosch encendió el pitillo.

—Vale. Entonces, ¿qué harías tú después de robar el primer banco, pero antes de asaltar el segundo? Evidentemente procurarías pasar inadvertida para no dar ni una sola pista. Destruirías toda la mercancía de la tapadera, los objetos de las otras cajas, sin quedarte nada. Y no tocarías los diamantes de Binh. No podrías empezar a venderlos porque podrían atraer la atención y estropear el segundo golpe.

»De hecho, Binh seguramente contrató a tíos para que buscaran los diamantes. Supongo que, después de años de irlos canjeando, debía de estar familiarizado con la red ilegal de piedras preciosas. Así que los ladrones también tenían que ir con cuidado con él.

—O sea, que Meadows quebrantó las reglas —resumió ella—. Se quedó algo; el brazalete. Sus compañeros lo descubrieron y se lo cargaron. Después entraron en la tienda de empeños y lo volvieron a robar. —Ella sacudió la cabeza, admirando el plan—. Todo habría sido perfecto si Meadows no hubiera desobedecido.

Bosch asintió. Los dos se quedaron inmóviles; primero se miraron el uno al otro y luego a su alrededor, al cementerio. Bosch arrojó la colilla al suelo y la pisó. Cuando ambos alzaron la vista, descubrieron ante sí las paredes negras del monumento a los veteranos del Vietnam.

—¿Qué hace eso ahí? —preguntó ella.

—No lo sé. Es una réplica a la mitad de tamaño y en mármol falso. Creo que viaja por todo el país para que lo vea la gente que no puede desplazarse a Washington.

De repente Eleanor soltó un gritito y se volvió hacia Bosch.

—Harry, ¡este lunes es el día de los Caídos!

—Ya lo sé. Los bancos cierran dos días, algunos tres. Tenemos que encontrar a Tran.

Ella se volvió para regresar al FBI, mientras él le echaba

una última ojeada al monumento. En la ladera de la colina estaba incrustada la larga pared hueca de mármol falso con todos los nombres grabados. Un hombre con un uniforme gris barría el cemento de la base, donde yacía una corona de flores de jacarandá de color violeta.

Harry y Eleanor permanecieron en silencio hasta que salieron del cementerio y comenzaron a caminar por Wilshire en dirección al edificio federal. Finalmente ella le hizo una pregunta que él también se había formulado, pero para la cual no hallaba una respuesta.

—¿Por qué ahora? ¿Por qué después de tanto tiempo? Hace quince años de todo aquello.

—No lo sé. Quizá fuera el momento adecuado. De vez en cuando la gente, las circunstancias, ciertas fuerzas invisibles se alían, o al menos eso parece. ¿Quién sabe? Tal vez Meadows se había olvidado de Binh, un día lo vio por la calle y de pronto se le ocurrió la idea: el golpe perfecto. O tal vez fuera el plan de otra persona que tomó forma el día que los tres hombres pasaron juntos en Charlie Company. Los porqués nunca se saben; lo único que podemos averiguar son los cómos y los quiénes.

—Harry, ¿te das cuenta de que, si están ahí fuera, o más bien ahí debajo cavando otro túnel, nos quedan menos de dos días para encontrarlos? Tendremos que enviar a un par de equipos para buscarlos.

Bosch pensó que mandar un equipo a rastrear por los túneles de la ciudad era confiarse a la suerte. Ella le había dicho que había más de dos mil seiscientos kilómetros de alcantarillas en Los Ángeles; podían buscar en vano durante meses. La clave era Tran. Si localizaban al último capitán de policía, encontrarían el banco. Y a los asesinos de Billy Meadows. Y de Tiburón.

—¿Crees que Binh nos entregaría a Tran?

—Si no denunció que le habían robado, dudo mucho que sea la clase de persona que nos vaya a contar lo de Tran.

—Tienes razón. Creo que primero debemos intentar encontrarlo nosotros. Dejemos a Binh como último recurso.

—Yo empezaré a buscar en el ordenador.

—Muy bien.

Ni el ordenador del FBI ni las redes informáticas a las que permitía acceder divulgaron el paradero de Nguyen Tran. Bosch y Wish no hallaron ninguna mención ni en el Registro de Vehículos, ni en los archivos del Servicio de Inmigración y Naturalización, Hacienda o la Seguridad Social. Tampoco había nada en el registro de nombres ficticios del condado de Los Ángeles, ni en los archivos del Departamento de Aguas y Electricidad o los censos de votantes o contribuyentes. Bosch llamó a Hector Villabona y confirmó que Tran había entrado en Estados Unidos en la misma fecha que Binh, pero no sacó nada más. Después de tres horas de contemplar las letras ámbar del ordenador, Eleanor lo apagó.

—Nada —concluyó—. Está usando otro nombre, pero no lo ha cambiado legalmente, al menos en este condado. No consta en ninguna parte.

Se quedaron parados, desanimados y en completo silencio. Bosch se tomó el último trago de café de un vaso de plástico. Eran más de las cinco y la oficina de la brigada antirrobos estaba desierta. Rourke se había ido a casa, tras ser informado de los últimos acontecimientos y decidir no mandar a nadie a los túneles.

—¿Sabéis cuántos kilómetros de túneles hay en Los Ángeles? —había preguntado—. Lo de ahí abajo es como una red de carreteras. Si vuestra teoría es cierta, podrían estar en cualquier parte. Nosotros iríamos dando palos de ciego; ellos jugarían con ventaja y alguno de nosotros podría resultar herido.

Bosch y Wish sabían que tenía razón. No discutieron

con él, sino que se pusieron manos a la obra para encontrar a Tran. Pero al cabo de varias horas habían llegado a la conclusión de que habían fracasado.

—No nos queda más remedio que ir a ver a Binh —anunció Bosch cuando terminó su café.

—¿Crees que cooperará? —preguntó ella—. Se dará cuenta de que si queremos a Tran es porque sabemos lo de su pasado. Lo de los diamantes.

—No sé qué hará —contestó Bosch—. Iré a verle mañana. ¿Tienes hambre?

—Querrás decir que «iremos» a verle mañana —le corrigió ella con una sonrisa—. Y sí, tengo hambre. Vámonos de aquí.

Cenaron en un restaurante de Broadway, en Santa Mónica. Eleanor escogió el lugar y, como estaba cerca del apartamento de ella, Bosch se sintió animado y relajado. En un rincón había un trío tocando en un escenario de madera, pero las paredes de ladrillo del local mataban el sonido y lo hacían casi inaudible.

Después de cenar, Harry y Eleanor se quedaron un rato en silencio, aferrados a sus cafés. Había una comodidad y calidez entre ellos que Bosch era incapaz de explicarse. Lo cierto era que no conocía a aquella mujer sentada frente a él; le bastaba mirar aquellos duros ojos castaños para confirmarlo. Bosch quería averiguar lo que ocultaban. Habían hecho el amor, pero él quería estar enamorado. Y la deseaba.

Como prácticamente siempre, Eleanor pareció leerle el pensamiento.

—¿Vienes a mi casa esta noche? —preguntó.

Lewis y Clarke se hallaban en el segundo piso de un aparcamiento situado al otro lado de la calle y a media manzana del Broadway Bar & Grill. Agazapado junto a la barandilla de la rampa, Lewis espiaba a través de la cámara. Su objetivo de casi treinta centímetros estaba sujeto a un trípode y enfocado hacia la puerta del restaurante, a unos cien metros de distancia. Esperaba que las luces de la marquesina fueran suficientes. En la cámara tenía un carrete de alta velocidad, pero la luz roja y parpadeante del visor le avisaba de que no presionara el disparador; no había suficiente luz. Lewis decidió que pese a todo lo intentaría. Quería una foto de los dos de la mano.

—No lo conseguirás —le dijo Clarke por detrás—. Con esta luz es imposible.

—Tú déjame a mí. Si no me sale, no me sale. ¿Qué más da?

—Díselo a Irving.

—Que se joda Irving. Dice que quiere más pruebas y se las vamos a dar. Sólo estoy intentando hacer lo que él quiere.

—Deberíamos acercarnos un poco más al restaurante...

Clarke se calló al oír ruido de pasos. Lewis no apartó el ojo del visor, al acecho. Los pasos resultaron ser de un hombre vestido con un uniforme de seguridad azul.

—¿Se puede saber qué hacen ustedes aquí? —preguntó el guarda.

Clarke le mostró su placa.

—Trabajando —contestó.

El guarda, un joven de color, se acercó para examinar la placa de Clarke. Al agarrarla para que no temblara, Clarke la retiró de un tirón.

—No la toques, colega. Mi placa no se toca.

—Ahí pone LAPD. ¿Habéis pedido permiso al Departamento de Policía de Santa Mónica? ¿Saben ellos que estáis aquí?

—¿Y qué importa? Déjanos en paz.

Clarke le dio la espalda, pero al ver que el guarda no se iba se encaró con él:

—¿Quieres algo, chaval?

—Este aparcamiento es mi territorio, detective Clarke. Yo voy donde quiero.

—Tú te vas a la mierda. Yo...

Clarke oyó el sonido del disparador y el avance automático del carrete. Cuando se volvió hacia Lewis, éste le miraba sonriente.

—Ya la tengo: los dos de la mano —anunció, poniéndose en pie—. Acaban de salir; vámonos.

Lewis plegó las patas del trípode y se metió rápidamente en el Caprice gris por el que habían canjeado el Plymouth negro.

—Hasta la vista, colega —dijo Clarke, mientras se acomodaba frente al volante.

El coche dio marcha atrás, obligando al guarda a dar un salto para esquivarlo. Clarke miró por el retrovisor y sonrió. Mientras conducía hacia la rampa de salida, vio al guarda hablando por una radio portátil.

—Ya puedes hablar todo lo que te dé la gana, niñato.

Cuando llegaron a la cabina de pago, Clarke le dio el tique y dos dólares al encargado. El hombre lo cogió, pero no levantó el tubo a rayas negras y blancas que hacía de barrera.

—Benson me ha dicho que tengo que retenerles —dijo el hombre de la cabina.

—¿Qué? ¿Quién coño es Benson? —le preguntó Clarke.

—El guarda. Me ha dicho que esperen un momento.

En ese preciso instante los dos agentes de Asuntos Internos vieron a Bosch y Wish pasar por delante del aparcamiento en dirección a Fourth Street. Iban a perderlos. Clarke le mostró su placa al hombre de la cabina.

—Estamos trabajando. ¡Suba la puta barrera ahora mismo!

—Enseguida viene. Yo tengo que hacer lo que dice... Si no, perderé mi trabajo.

—¡Si no nos abre va a perder la barrera, mamón! —gritó Clarke.

Clarke pisó a fondo el acelerador para demostrarle que su amenaza iba en serio.

—¿Por qué cree que pusimos una barra de hierro en vez de una valla de madera? Usted pase, pero ya le aviso que se quedará sin parabrisas. Haga lo que quiera. Ah, ahí viene Benson.

En el retrovisor Clarke distinguió al guarda de seguridad bajando por la rampa. Estaba a punto de estallar de rabia, cuando notó la mano de Lewis sobre el brazo.

—Tranquilo, colega —le dijo Lewis—. Al salir del restaurante iban de la mano. No los perderemos; van a casa de ella. Te apuesto mi turno de conducir a que los alcanzaremos allí.

Clarke apartó su mano y soltó un suspiro, tras lo cual su rostro adquirió un aspecto más relajado.

—No importa. Todo esto no me gusta nada.

Bosch encontró un hueco en Ocean Park Boulevard, en la acera de enfrente del edificio de Eleanor y aparcó, pero no hizo ningún gesto para salir del coche, sino que miró a Eleanor, sintiendo todavía la emoción de unos minutos antes, aunque inseguro sobre adónde iba todo aquello. Ella pareció adivinar sus pensamientos o sentir lo mismo, ya que le puso la mano sobre la suya y se inclinó para besarlo.

—Entremos —le susurró.

Bosch bajó del Caprice y dio la vuelta para cerrar la puerta de Eleanor, que ya había salido. Los dos se dispusieron a cruzar, pero se detuvieron para dejar pasar un coche. Como llevaba puestas las largas, Bosch apartó la vista y miró a Eleanor. Fue ella quien se dio cuenta de que las luces venían hacia ellos.

—¿Harry?

—¿Qué?

—¡Harry!

Bosch se volvió hacia el coche que se acercaba y vio que

las luces —que eran en realidad cuatro, procedentes de dos pares de faros cuadrados— los enfocaban a ellos. En esos segundos vitales Bosch concluyó que el coche no se había desviado de modo accidental, sino que venía directamente hacia ellos. Apenas había tiempo, pero éste quedó curiosamente suspendido. A Bosch le dio la impresión de que todo ocurría a cámara lenta; primero se volvió hacia la derecha, hacia Eleanor, y comprobó que ella no necesitaba ayuda. Entonces los dos saltaron sobre el capó del Caprice de Bosch. Él rodó sobre ella y ambos se precipitaron sobre la acera, al tiempo que su coche recibía una violenta sacudida y se oía un chirrido agudo de metal destrozado. Por el rabillo del ojo, Bosch atisbó una ducha de chispas azules antes de aterrizar sobre Eleanor en la estrecha franja de tierra que separaba la calzada y la acera. En ese instante intuyó que estaban a salvo; asustados, pero de momento a salvo.

Bosch se incorporó, sacó la pistola y la sostuvo con las dos manos. El automóvil que los había embestido no se había detenido. Se encontraba ya a unos cincuenta metros y se alejaba cada vez a mayor velocidad. Bosch disparó una bala que debió de rebotar en el cristal trasero porque el vehículo estaba demasiado lejos. A su lado, Eleanor disparó dos veces, pero no logró causar ningún daño al coche.

Sin decir una palabra, los dos entraron en el Caprice por la puerta de la derecha. Bosch contuvo la respiración mientras giraba la llave de contacto, pero el coche arrancó y se alejó con un chirrido. Harry giró el volante a un lado y a otro mientras ganaba velocidad. La suspensión parecía un poco floja, aunque ignoraba el alcance de los desperfectos. Cuando intentó comprobar el retrovisor lateral, vio que éste había desaparecido. Encendió las luces, pero sólo funcionaba el faro derecho.

El vehículo de sus atacantes estaba al menos a cinco manzanas, cerca de la zona en que Ocean Park Boulevard sube una pequeña colina. Las luces del coche se perdieron de vista cuando éste pasó la cima. Bosch dedujo que se dirigía a Bundy Drive, desde donde la autopista 10 estaba a tiro de piedra. Y una vez en ella sería imposible alcanzarlos. Bosch agarró la radio y llamó a centralita, pero no pudo darles una descripción del coche: sólo la dirección de la persecución.

—Va hacia la autopista, Harry —gritó Eleanor—. ¿Estás bien?

—Sí. ¿Y tú? ¿Has visto la marca?

—Estoy bien, sólo un poco asustada. No, no he visto la marca. Creo que era americano... faros cuadrados. No vi el color, pero era oscuro. Si llega a la autopista lo perderemos.

Iban hacia el este por Ocean Park, paralelos a la autopista 10, que discurría a unas ocho manzanas al norte. Al acercarse a la cima de la colina, Bosch apagó el faro que funcionaba y cuando llegaron arriba, atisbó la silueta oscura del coche que les había embestido pasando el semáforo del cruce con Lincoln Boulevard. Ya no había duda de que se dirigía a Bundy. Al llegar a Lincoln, Bosch giró a la izquierda, pisó el acelerador y encendió las luces. Al aumentar la velocidad, se oyó un ruido sordo. El neumático delantero izquierdo y la alineación de las ruedas no estaban del todo bien.

—¿Adónde vas? —chilló Eleanor.

—Voy a meterme en la autopista.

Dicho esto, Bosch vio los rótulos de la autopista y giró a la derecha en dirección a la rampa de entrada. El neumático aguantó mientras se sumaban al tráfico de la 10.

—¿Cómo sabremos quiénes son? —exclamó Eleanor. La vibración del neumático se había convertido en un ruido fuerte y constante.

—No lo sé, busca unos faros cuadrados.

Al cabo de un minuto llegaron a la entrada de Bundy, pero Bosch no tenía ni idea de si se habrían adelantado al otro coche o si éste ya les llevaba mucha ventaja. De pronto un vehículo apareció por la rampa y entró al carril de aceleración. Era blanco y extranjero.

—Ése no es —opinó Eleanor.

Bosch pisó a fondo el acelerador y avanzó a toda velocidad. El corazón le latía, acompañando las vibraciones que producía la rueda, en parte por la emoción de la persecución y en parte por la de seguir vivo. Ahora mismo podría estar destrozado en el asfalto frente al apartamento de Eleanor. Bosch mantenía el volante firmemente agarrado, como si fueran las riendas de un caballo al galope. Avanzaba entre el escaso tráfico a unos ciento cincuenta kilómetros por hora, mirando el morro frontal de los coches que adelantaba en busca de cuatro faros o un lateral derecho abollado.

Medio minuto más tarde, con los nudillos blancos de tanto apretar el volante, llegó hasta un Ford de color burdeos que iba como mínimo a cien por el carril más lento. Bosch pasó por su lado y lo adelantó. Eleanor llevaba la pistola en la mano, pero la sostenía por debajo de la ventanilla para que no se viera desde fuera. El conductor, un hombre de raza blanca, no miró ni dio muestras de haberles visto. Al pasarlo, Eleanor gritó:

—¡Dos pares de faros cuadrados!

—¿Es el coche? —preguntó Bosch con excitación.

—No puedo..., no lo sé. No veo si el lado derecho está abollado. Podría ser, pero el tío no ha reaccionado.

Ahora le sacaban casi un coche de delantera. Bosch cogió la sirena portátil que guardaba debajo del salpicadero, la sacó por la ventanilla y la colocó en el techo de su coche. Acto seguido encendió la luz giratoria de color azul y lentamente empezó a empujar al Ford hacia el arcén. Eleanor indicó al conductor que se detuviera y éste obedeció. Bosch frenó de repente para dejar que el otro coche pasase al arcén delante de él. Cuando ambos se hubieron detenido junto a la valla de protección, Bosch se dio cuenta de que tenía un problema. Aunque encendió los faros, el único que funcionaba seguía siendo el del lado del pasajero. El coche de delante estaba demasiado cerca de la valla como para que Bosch o Wish vieran si el lateral derecho estaba abollado. Mientras tanto, el conductor permanecía en su asiento, prácticamente a oscuras.

—Mierda —exclamó Bosch—. Bueno, tú no salgas hasta que yo te lo diga, ¿de acuerdo?

—De acuerdo.

Bosch tuvo que cargar todo el peso de su cuerpo contra la puerta para que se abriese. Salió del coche con la pistola en una mano y la linterna en la otra, enfocándola hacia el conductor del otro automóvil. El rugido del tráfico retumbaba en sus oídos. Bosch empezó a gritar, pero una bocina tapó el sonido y una turbulencia causada por un camión lo empujó hacia delante. Volvió a intentarlo; le gritó al hombre que sacara las manos por la ventanilla, donde él pudiera verlas. Nada. Le chilló de nuevo. Bosch esperó apoyado en el parachoques trasero del coche granate hasta que por fin el conductor le hizo caso. Enfocó la linterna sobre el cristal trasero, pero no vio a nadie más en el interior del vehículo. Entonces se acercó corriendo hasta el conductor y le ordenó que saliera lentamente.

—¿Qué es esto? —protestó un hombre bajito, pálido, con el pelo rojizo y un bigote casi transparente. Abrió la puerta del coche y bajó. Llevaba una camisa blanca, pantalones beige y unos tirantes y miró en dirección a los automóviles que pasaban, como clamando por un testigo que presenciara aquella pesadilla.

—¿Puedo ver su placa? —tartamudeó. Bosch se abalanzó sobre él, le dio la vuelta y lo empujó contra el lateral del coche, aplastándole la cabeza y las manos sobre el techo. Mientras lo agarraba por la nuca con una mano y con la otra le ponía una pistola en la oreja, Bosch le gritó a Eleanor que viniera.

—Comprueba la parte de delante.

El hombre soltó un quejido, como el de un animal asustado, y Bosch notó que estaba temblando. Tenía el cuello pegajoso por el sudor. El detective no dejó de vigilarlo ni para ver dónde estaba Eleanor. De pronto oyó la voz de ella a sus espaldas.

—Suéltalo —le dijo—. No es él. No hay ningún desperfecto. Nos hemos equivocado de coche.

Sexta parte

Viernes, 25 de mayo

Wish y Bosch fueron cuestionados por la policía de Santa Mónica, la guardia de tráfico de California, el Departamento de Policía de los Ángeles y el FBI. Una unidad especial se desplazó hasta la jefatura para someter a Bosch a un test de alcoholemia, que pasó. A las dos de la madrugada, sentado en la sala de interrogatorios de una comisaría de la zona oeste de la ciudad, Bosch se sentía totalmente agotado y se preguntaba quiénes serían los próximos, si Hacienda o el Servicio de Guardacostas. A Eleanor y a él los habían separado; Bosch no la había visto desde que llegaron, hacía tres horas. Le preocupaba no poder estar con ella para protegerla de los interrogadores. En ese momento el teniente Harvey Pounds, Noventa y ocho, entró en la sala y le dijo a Bosch que de momento habían terminado. Bosch notó que Noventa y ocho estaba enfadado, y no sólo porque lo habían sacado de la cama a esa hora.

—¿Cómo es posible que un policía no identifique la marca de un coche que intenta atropellarlo? —le preguntó.

Bosch estaba acostumbrado al tono acusatorio de las preguntas, ya que había sido así toda la noche.

—Como le he dicho a uno de los agentes, en ese momento estaba un poco ocupado salvando el pellejo.

—Y ese tío al que parasteis —le interrumpió Pounds—. Joder, Bosch, lo maltrataste en plena autopista... Todos los gilipollas con teléfono móvil han llamado para denunciar secuestro, asesinato y no sé qué más. ¿No podríais haberos asegurado de que era el coche correcto?

—Era imposible. Todo está en el informe, teniente. Es la décima vez que lo explico.

Pounds se comportaba como si no oyera nada.

—Y resulta que el tío es abogado.

—¿Y qué? —dijo Bosch, perdiendo finalmente la paciencia—. Nos disculpamos; fue un error. El coche parecía el mismo. Además, si denuncia a alguien, será al FBI. Ellos están forrados, así que no te preocupes.

—No. Nos va a poner un pleito a los dos. Y ya ha amenazado con hacerlo, coño. No es el momento de hacerse el gracioso, Bosch.

—Tampoco es el momento de preocuparse sobre lo que hicimos bien o mal. Ninguno de los burócratas que me han interrogado parece preocupado por el hecho de que alguien ha intentado asesinarnos. Sólo quieren saber lo lejos que estaba cuando disparé, si puse en peligro a los viandantes y si tenía suficientes razones para parar al coche. Pues que se jodan. La cuestión es que alguien quiere matarnos a mí y a mi compañera. Perdona si no me importan mucho las molestias que le hemos causado a un picapleitos.

—Bosch, con las pocas pruebas que tenemos, podría haber sido un borracho. ¿Y qué quieres decir con «compañera»? Sabes perfectamente que estás con el FBI en régimen de préstamo, renovable día a día. Y creo que después de esta noche no lo van a renovar. Lleváis cinco días enteros investigando este caso y, por lo que me ha dicho Rourke, no habéis avanzado nada.

—No fue un borracho, Pounds. Nosotros éramos el objetivo. Diga lo que diga Rourke, yo voy a resolver este caso. Y si tú dejas de boicotear nuestros esfuerzos, empiezas a creer en tu propia gente para variar, y me sacas de encima a esos gilipollas de Asuntos Internos, quizá te toque un poco de la gloria cuando lo resolvamos.

Las cejas de Pounds se arquearon como montañas rusas.

—Sí, ya sé lo de Lewis y Clarke —contestó Bosch—. Y sé que te mantenían informado. Supongo que no te contaron la pequeña charla que tuve con ellos, ¿no? Los pesqué dormidos delante de mi casa.

Por la cara que puso Pounds, estaba claro que no se había enterado. Lewis y Clarke no habían dicho nada, lo cual significaba que Bosch no se iba a meter en líos por lo que les había hecho. En ese momento se preguntó dónde estarían los dos detectives cuando los atacaron a Eleanor y a él.

Pounds permaneció un buen rato en silencio. Era como un pez nadando alrededor del cebo que Bosch había lanzado, consciente de que había un anzuelo, pero pensando que tal vez existía un modo de llevarse el cebo y salir ileso. Finalmente le pidió a Bosch que le resumiera los resultados de su semana de investigación. Había picado el anzuelo. Bosch le contó los hechos del caso y, aunque Pounds no abrió la boca durante los veinte minutos siguientes, Bosch supo por sus cejas qué cosas no le había mencionado Rourke.

Cuando terminó la historia, no hubo más comentarios sobre retirar a Bosch del caso. De todos modos, Harry se sentía muy cansado de todo el asunto. Quería irse a dormir, pero a Pounds aún le quedaba alguna pregunta.

—Si el FBI no va a poner a gente en los túneles, ¿deberíamos hacerlo nosotros?

Bosch vio que Pounds pensaba en términos de participar en las detenciones. Si enviaba a su gente a los túneles, el FBI no podría dejar de lado al departamento y atribuirse el mérito exclusivo de la operación. Pounds recibiría una palmadita en la espalda del jefe si lograba evitar aquella maniobra.

Sin embargo, Bosch había llegado a la conclusión de que Rourke tenía razón. Enviar a un equipo al túnel significaba correr el riesgo de un encuentro fortuito y la posibilidad de que hubiera muertos.

—No —le dijo Bosch a Pounds—. Veamos primero si logramos sonsacarle a Tran dónde guarda su dinero. Ni siquiera sabemos si se trata de un banco.

Pounds había oído suficiente. Se levantó y le informó a Bosch de que podía irse. No obstante, cuando se disponía a salir de la sala de interrogatorios, añadió:

—No creo que tengas problemas con el incidente de esta noche. Por lo que parece, hiciste lo que pudiste. El abogado se puso un poco nervioso, pero ya se le pasará.

Bosch no hizo ningún comentario.

—Una cosa —prosiguió Pounds—. Me preocupa el hecho de que esto ocurriera delante de la casa de la agente Wish. Da un poco de mala impresión. Sólo la estabas acompañando hasta la puerta, ¿no?

—No me importa lo que pareciera, teniente —respondió—. Estaba fuera de servicio.

Pounds miró a Bosch un momento, sacudió la cabeza como si éste le hubiera rechazado su mano y salió de la habitación.

Bosch halló a Eleanor sola en una sala contigua. Tenía los ojos cerrados, la cabeza sobre las manos, y los codos sobre la superficie rayada de la mesa de madera. Cuando Bosch entró, ella abrió los ojos y sonrió, y él se olvidó al instante de la fatiga, la frustración y la rabia que lo embargaban. Aquélla era una sonrisa de complicidad entre niños que se han salido con la suya con los adultos.

—¿Ya estás? —le preguntó ella.

—Sí, ¿y tú?

—Hace más de una hora. Sólo te querían empapelar a ti.

—Como siempre. ¿Se ha ido Rourke?

—Sí. Y quiere que mañana le mantenga informado cada dos horas. Después de lo que ha ocurrido esta noche cree que no ha controlado suficientemente este asunto.

—O a ti.

—Sí, parece que también hay algo de eso. Me ha preguntado qué hacíamos en mi casa. Yo le he contestado que me habías acompañado hasta la puerta.

Bosch se dejó caer en una silla al otro lado de la mesa y metió el dedo en un paquete de tabaco en busca de un cigarrillo. Quedaba uno, que se puso en la boca pero no encendió.

—Además de sentirse excitado o celoso por lo que pudiéramos estar haciendo, ¿qué opina Rourke sobre quién intentó arrollarnos? —preguntó Bosch—. ¿Un conductor borracho, como cree mi gente?

—Sí, mencionó la teoría del conductor borracho, pero también me preguntó si tenía un ex novio celoso. No parecía muy convencido de que tuviera que ver con nuestro caso.

—No se me había ocurrido la idea del ex novio. ¿Y qué le dijiste?

—Eres igual de maquiavélico que él —dijo con su preciosa sonrisa—. Le dije que no era de su incumbencia.

—Bien hecho. ¿Y de la mía?

—La respuesta es no. —Ella le dejó unos segundos colgado de un hilo antes de añadir—: Quiero decir que no tengo ex novios celosos. Y ahora, ¿qué te parece si nos vamos y volvemos a donde estábamos (consultó un momento su reloj) hace unas cuatro horas?

Bosch se despertó en la cama de Eleanor Wish bastante antes de que la luz del amanecer se filtrara por las cortinas de la puerta corredera. Incapaz de vencer el insomnio, acabó por levantarse. Después de ducharse en el cuarto de baño del piso de abajo, revolvió los armarios de la cocina y la nevera con la intención de preparar un desayuno de café, huevos y bollos de pasas y canela. No había beicon.

Cuando oyó cerrarse el grifo de la ducha del piso de arriba, Bosch subió un vaso de zumo de naranja y se encontró a

Eleanor frente al espejo del baño. Estaba desnuda y trenzándose el pelo, que había dividido en tres mechones gruesos. Él se quedó hechizado y la observó mientras ella se acababa la trenza. A continuación ella aceptó el zumo y un largo beso de Bosch, se puso su bata corta y los dos bajaron a desayunar.

Después del desayuno, Harry abrió la puerta de la cocina y encendió un cigarrillo en el umbral.

—¿Sabes? —dijo—. Estoy contento porque no pasó nada.

—¿Ayer?

—Sí. Si te hubiera pasado algo, no sé cómo hubiera reaccionado. Ya sé que acabamos de conocernos, pero... me importas...

—Tú a mí también.

Aunque Bosch se había dado una ducha, llevaba la ropa más sucia que el cenicero de un coche de segunda mano y al cabo de un rato le dijo a Eleanor que tenía que pasar por casa a cambiarse. Ella decidió ir al Buró a comprobar las consecuencias de la noche anterior y conseguir lo que pudiera sobre Binh. Acordaron reunirse en la comisaría de Hollywood porque estaba más cerca de la tienda de Binh y, además, Bosch tenía que devolver su coche abollado. Ella lo acompañó a la puerta y lo besó como si fuera un contable que se iba a la oficina.

Al llegar a casa, Bosch no encontró ningún mensaje en el contestador automático ni rastro de que hubiera entrado alguien. Después de afeitarse y cambiarse de ropa, bajó la colina por Nichols Canyon para coger Wilcox. Una vez en la comisaría, Bosch estuvo trabajando en su mesa, poniendo al día el Informe Cronológico del Oficial Investigador hasta la llegada de Eleanor, a eso de las diez. La oficina estaba llena de detectives que, siendo en su mayoría hombres, interrumpieron lo que estaban haciendo para mirarla. Cuando Eleanor se sentó en la silla de acero junto a la mesa de Homicidios sonreía con incomodidad.

—¿Qué te pasa?

—Nada, pero esto es peor que entrar en Biscailuz —dijo ella, haciendo referencia a una de las cárceles de la ciudad.

—Ya lo sé. Estos tíos son más guarros que la mayoría de exhibicionistas. ¿Quieres un vaso de agua?

—No, gracias. ¿Listo?

—Vamos allá.

Cogieron el coche nuevo de Bosch, que en realidad tenía un mínimo de tres años y ciento veintitrés mil kilómetros. El encargado de los vehículos de la comisaría era un agente que había estado atado a la mesa desde que perdió cuatro dedos al coger un petardo durante el carnaval. Según él, aquel coche era lo mejor que tenía. Los recortes de presupuesto habían paralizado la renovación de la flota, a pesar de que a la larga el departamento acababa gastándose más en reparaciones. Por lo menos, tal como descubrió Bosch cuando arrancó, el aire acondicionado funcionaba bastante bien. Al parecer venían vientos de Santa Ana y el fin de semana se preveía más caluroso de lo normal para la época del año.

Las investigaciones de Eleanor sobre Binh revelaron que tenía una oficina y un negocio en Vermont Avenue, cerca de Wilshire Boulevard. En aquella zona había más tiendas coreanas que vietnamitas, pero ambas comunidades coexistían pacíficamente. Wish había descubierto que Binh controlaba una serie de empresas que importaban de Oriente ropa y productos electrónicos a bajo precio y luego los vendían en el sur de California y México. Muchos de los artículos que los turistas estadounidenses compraban y se traían de México, convencidos de haber hecho una buena compra, ya habían pasado por aquí. El negocio parecía rentable sobre el papel, aunque tampoco era un gran imperio. De todos modos, aquello fue suficiente para que Bosch se cuestionara si Binh necesitaba los diamantes. O si realmente los había tenido.

Binh era el propietario del edificio donde se encontraba su oficina y el bazar de productos electrónicos, un antiguo concesionario de automóviles de los años treinta que alguien había reconvertido años antes de que Binh llegara al país. Aquel bloque de cemento sin armar con enormes ventanales en la fachada estaba destinado a desmoronarse al primer temblor fuerte. Sin embargo, para alguien que había logrado salir de Vietnam del modo en que Binh lo había hecho, los terremotos, más que un riesgo, debían de parecerle un pequeño inconveniente.

Después de encontrar un espacio para aparcar al otro lado de la calle de Ben's Electronics, Bosch le dijo a Eleanor que quería que ella se encargase del interrogatorio, al menos al principio. Bosch opinaba que Binh seguramente se sentiría más proclive a hablar con los federales que con la policía local. Ambos acordaron empezar suave y luego preguntar por Tran. Lo que Bosch no le dijo a Eleanor es que tenía otro plan en mente.

—Es un poco raro que un hombre que tiene diamantes en una cámara acorazada trabaje en un sitio así —observó Bosch al salir del coche.

—Que tenía diamantes —le corrigió ella—. Y recuerda que no podía ostentar porque tenía que parecer un inmigrante cualquiera, dar la impresión de que vivía al día. Los diamantes, si es que los hubo, debieron de ser su aval para conseguir este lugar, pero todo tenía que parecer como si hubiera empezado de cero.

—Espera un momento —le dijo Bosch cuando llegaron al otro lado de la calle. Le contó a Eleanor que se había olvidado de pedirle a Edgar que fuera esa tarde al juzgado en su lugar. Señaló un teléfono en una gasolinera junto al edificio de Binh y corrió hacia allá. Eleanor se quedó atrás, contemplando el escaparate del bazar.

Bosch llamó a Edgar pero no le dijo nada sobre el juzgado.

—Jed, necesito un favor. Ni siquiera hace falta que te levantes de la silla.

Edgar dudó, como Bosch esperaba.

—¿Qué quieres?

—No me lo digas así, sino: «Claro, Harry, ¿qué quieres?».

—Venga, Harry, los dos sabemos que nos tienen controlados. Tenemos que ir con cuidado. Dime lo que necesitas y yo te diré si puedo hacerlo.

—Sólo quiero que me avises por el busca dentro de diez minutos. Tengo que salir de una reunión. Me avisas y cuando yo te llame por teléfono, no digas nada durante un par de minutos. Si no te llamo, vuélveme a avisar dentro de cinco minutos. Ya está.

—¿Ya está? ¿Nada más?

—Nada más. Dentro de diez minutos.

—Muy bien, Harry —dijo Edgar con voz aliviada—. Oye, me han contado lo que te pasó ayer por la noche. Uf, por los pelos, ¿no? Y por aquí he oído que no fue un borracho. Ten cuidado, colega.

—Siempre lo tengo. ¿Qué pasa con Tiburón?

—Nada. Fui a ver a su grupito, tal como me dijiste. Dos de ellos me contaron que habían estado con él aquella noche. Yo creo que iban a la caza de maricones. Me dijeron que lo perdieron de vista cuando se metió en un coche. Eso fue un par de horas antes de que se recibiera el aviso de que el chico estaba en el túnel del Bowl. Parece que quienquiera que fuera en ese coche se lo cargó.

—¿Tienes una descripción?

—¿Del coche? No muy buena. Un sedán americano, de color oscuro. Un modelo nuevo. Nada más.

—¿Qué tipo de faros?

—Bueno, les mostré a los chicos el catálogo de coches y escogieron distintos faros de atrás. Un chico dijo redondos y el otro rectangulares. En cambio en los de delante los dos dijeron que eran...

—Cuadrados, dos pares de faros cuadrados.

—Pues sí. Harry, ¿estás pensando que este coche es el que os arrolló a ti y a la mujer del FBI? ¡Joder! Tenemos que quedar para hablarlo.

—Quizá más tarde. De momento dame un toque dentro de diez minutos.

—De acuerdo: diez minutos.

Bosch colgó y regresó junto a Eleanor, que estaba mirando los radiocasetes del escaparate. Ambos entraron en la tienda, se libraron de dos vendedores, se quedaron mirando una pila de cámaras de vídeo que valían quinientos dólares cada una y finalmente informaron a la mujer de la caja registradora de que habían venido a ver a Binh. La mujer los miró con cara de no comprender nada hasta que Eleanor le mostró su placa y una tarjeta de identificación del FBI.

—Un momento —dijo la mujer, y a continuación desapareció por una puerta situada detrás del mostrador. En la puerta había una ventanita de espejo que a Bosch le recordó la de la sala de interrogatorios de Wilcox. Bosch consultó su reloj. Tenía ocho minutos.

El hombre del pelo blanco que emergió de la puerta parecía rondar los sesenta años. Aunque era bajo, Bosch adivinó que había sido fuerte, pero su complexión se había ido suavizando gracias a su nueva vida, más fácil que en su país de origen. Llevaba unas gafas de montura plateada con cristales rosados, pantalones de pinzas y una camisa deportiva, cuyo bolsillo se caía con el peso de una docena de bolígrafos y una pequeña linterna. Ngo van Binh no era ostentoso en ningún sentido.

—¿Señor Binh? Me llamo Eleanor Wish y soy del FBI. Éste es el detective Bosch, del Departamento de Policía de Los Ángeles. Querríamos hacerle unas preguntas.

—Sí —dijo, sin alterar la dura expresión de su cara.

—Es sobre el robo al banco donde usted tenía una caja.

—No denuncié la pérdida. Mi caja sólo contenía objetos de valor sentimental.

«Los diamantes tienen un gran valor sentimental», pensó Bosch, pero en cambio dijo:

—Señor Binh, ¿podríamos ir a su despacho para hablar en privado?

—Sí, pero les repito que no perdí nada. Compruébenlo ustedes; está en los informes.

Eleanor extendió la mano para indicarle a Binh que los guiara y ambos lo siguieron a través de la puerta con la ventanita. Ésta daba a una especie de almacén donde cientos de artículos electrónicos se apilaban en unas estanterías de metal que llegaban hasta el techo. Los tres entraron en una habitación más pequeña: un taller de reparación o ensamblaje donde una mujer comía de un bol sentada en un banco. Cuando pasaron no levantó la vista. Al fondo del taller había dos puertas y la comitiva entró en el despacho de Binh. Allí éste se despojaba de su apariencia humilde. El despacho era grande y lujoso, con una mesa y dos sillas a la derecha, y un sofá de piel oscura en forma de L a la izquierda. Junto al sofá se extendía una alfombra oriental con el dibujo de un dragón tricéfalo a punto de atacar. Y enfrente había dos paredes enteras llenas de libros y un equipo de alta fidelidad y de vídeo mucho más sofisticado que los que Bosch había visto en la tienda. «Deberíamos habernos presentado en su casa —pensó Bosch—. Así, habríamos visto cómo vive, no cómo trabaja.»

Bosch echó una ojeada rápida a la habitación y vio un teléfono blanco en la mesa. Sería perfecto. El aparato era una pieza de anticuario, de ésos con un disco redondo para marcar y en los que el auricular descansa sobre una horquilla de metal. Binh se disponía a sentarse en su mesa, pero Bosch lo detuvo.

—Señor Binh, ¿le importa que nos sentemos aquí en el sofá? Queremos que esto sea lo más informal posible. Y, si quiere que le diga la verdad, estamos hartos de sentarnos en mesas.

Binh se encogió de hombros como dándoles a entender que le daba igual, que le importunaban de todas formas. Aquél era un gesto típicamente americano, por lo que Bosch pensó que su dificultad con el idioma no era más que una fachada para aislarse cuando le convenía. Binh se sentó en un extremo del sofá en forma de L, mientras Eleanor y Bosch se sentaban en el otro.

—Qué despacho tan bonito —comentó Bosch mirando a su alrededor, al tiempo que se aseguraba de que no hubiera otro teléfono en la habitación.

Binh asintió con la cabeza. No les ofreció ni té, ni café ni palabras de cortesía, sino que simplemente dijo:

—¿Qué quieren, por favor?

Bosch miró a Eleanor.

—Señor Binh, estamos repasando nuestra investigación. Usted no declaró ninguna pérdida económica en el robo a la cámara... —comenzó ella.

—Eso es. Ninguna pérdida.

—Exactamente. ¿Qué guardaba usted en la caja?

—Nada.

—¿Nada?

—Papeles y esas cosas, nada de valor. Ya se lo dije a todo el mundo.

—Sí, ya lo sabemos. Sentimos mucho molestarle de nuevo, pero el caso sigue abierto y tenemos que volver atrás para ver si nos hemos olvidado de algo. ¿Podría decirme con detalle qué papeles perdió? Eso podría ayudarnos en caso de que recuperemos algún objeto.

Eleanor sacó de su bolso una libretita y un bolígrafo. Binh miró a sus dos visitantes con cara de no comprender en qué podía ayudar esa información.

—Le sorprendería lo importante que son las pequeñas... —empezó a decir Bosch, pero le interrumpió el pitido del busca.

Bosch se sacó el aparato del cinturón y echó un vistazo a

la pantalla. A continuación se levantó y miró a su alrededor, como si acabara de fijarse en la habitación por primera vez. Se preguntó si se estaría pasando.

—Señor Binh, ¿puedo usar su teléfono? Será una llamada local.

Cuando Binh asintió, Bosch caminó hacia la mesa, se inclinó y cogió el auricular. A continuación hizo ver que comprobaba el número de nuevo y luego llamó a Edgar. Mientras esperaba, permaneció de espaldas a Eleanor y a Binh, levantando la vista como para contemplar un tapiz de seda colgado en la pared. En ese momento Binh le contaba a Eleanor que la caja contenía sus documentos de inmigración y ciudadanía. Bosch guardó el busca en el bolsillo de la chaqueta y aprovechó para sacar la navaja de bolsillo, el micrófono y la pequeña pila que había desconectado de su propio teléfono.

—Aquí Bosch. ¿Quién me buscaba? —inquirió cuando Edgar cogió el teléfono. Después de que éste colgara, Bosch continuó—: Le espero, pero dile que estoy en medio de una entrevista. ¿Qué es tan urgente?

Mientras Binh seguía hablando, Bosch se volvió ligeramente hacia la derecha e inclinó la cabeza como si estuviera aguantando el auricular con la oreja izquierda, donde Binh no pudiera verlo. De hecho, Bosch bajó éste a la altura del estómago, abrió la tapa con la navaja (tosiendo fuerte mientras lo hacía) y tiró del audiorreceptor. Con una mano conectó el micrófono a su pila, operación que había practicado mientras esperaba a que le dieran un nuevo coche en la comisaría de Wilcox, y luego volvió a introducir el receptor y a poner la tapa, tosiendo una vez más para camuflar cualquier ruido.

—De acuerdo —le dijo Bosch al teléfono—. Bueno, dile que le llamaré cuando haya terminado. Gracias.

Bosch colgó, se metió la navaja en el bolsillo y volvió al sofá, donde Eleanor estaba apuntando algo en su libreta.

Cuando acabó de escribir, miró a Bosch y él supo sin ninguna otra señal que a partir de ese instante la entrevista tomaría otro rumbo.

—Señor Binh —dijo ella—. ¿Está seguro de que eso era todo lo que tenía en la caja?

—Sí, claro. ¿Por qué me lo pregunta tantas veces?

—Señor Binh, sabemos quién es usted y las circunstancias de su llegada a este país. Sabemos que usted era un agente de la policía.

—Sí, ¿y qué? ¿Qué quiere decir?

—También sabemos otras cosas...

—Sabemos —interrumpió Bosch— que usted ganaba mucho dinero en Saigón. Y que a veces cobraba en diamantes.

—No entiendo. ¿Qué dice? —preguntó Binh, mirando a Eleanor y señalando a Bosch con la mano. Se servía de la barrera del idioma como táctica de defensa. A medida que avanzaba la entrevista parecía saber menos inglés.

—Quiere decir lo que dice —respondió ella—. Sabemos que usted se trajo diamantes desde Vietnam, capitán Binh. También estamos informados de que los guardaba en la cámara acorazada. Creemos que los diamantes fueron la causa del robo al banco.

La noticia no pareció sorprenderle, porque seguramente ya se lo había imaginado.

—Esto no es verdad —fue su única respuesta.

—Señor Binh, tenemos su expediente —continuó Bosch—. Lo sabemos todo sobre usted, que estuvo en Saigón, todo lo que hizo y lo que se trajo cuando vino a Estados Unidos. No sé en qué está metido actualmente; todo parece legal, pero eso no nos importa. Lo que nos importa es quién asaltó ese banco. Y lo asaltaron para robarle a usted; se llevaron el aval de este negocio y del resto de sus bienes. Bueno, no creo que le estemos diciendo nada que usted no se haya imaginado. Quizás incluso haya pensado que su compañero Nguyen Tran estaba detrás de todo esto, dado que él sabía lo de los diamantes y dónde los guardaba. No es una idea descabellada, pero nosotros no creemos que el culpable sea él. De hecho, creemos que él será la próxima víctima.

La expresión pétrea de Binh no se resquebrajó lo más mínimo.

—Señor Binh, queremos hablar con Tran —concluyó Bosch—. ¿Dónde está?

Binh miró a través de la mesa baja que tenía delante a la alfombra con el dragón de tres cabezas. A continuación juntó las manos sobre el regazo, sacudió la cabeza y dijo:

—¿Quién es este Tran?

Eleanor lanzó una mirada enojada a Bosch e hizo un último intento de recuperar la relación que había establecido con el hombre antes de que Harry interviniera.

—Capitán Binh, no nos interesa presentar cargos contra usted. Solamente queremos evitar el asalto a otra cámara acorazada antes de que ocurra. ¿Puede ayudarnos, por favor?

Binh no respondió, sino que bajó la cabeza y se miró las manos.

—Mire, Binh, no sé qué le va a usted en todo esto —dijo Bosch—. Puede que incluso tenga a gente intentando encontrar a los ladrones, pero le prometo que no va a sufrir represalias. Así que díganos dónde está Tran.

—No conozco a ese hombre.

—Nosotros somos su única oportunidad; tenemos que encontrar a Tran. La gente que le robó a usted ha vuelto a los túneles. Si no encontramos a su amigo este fin de semana, ustedes dos se quedarán sin nada.

Binh permaneció impasible, tal como Bosch imaginaba. Eleanor se levantó.

—Piénselo bien, señor Binh —insistió.

—A todos nos queda poco tiempo: a nosotros y a su viejo socio —le recordó Bosch mientras se dirigían a la puerta.

Y

Después de salir de la tienda, Bosch miró a ambos lados de la calle y cruzó corriendo Vermont Avenue. Eleanor caminó hasta él visiblemente furiosa. Bosch entró en el coche y deslizó la mano debajo del asiento delantero para coger el Nagra. Lo encendió y puso la velocidad de grabación al máximo. Supuso que no tendrían que esperar mucho y rezó para que los aparatos eléctricos de la tienda no distorsionaran la recepción. Eleanor entró por la otra puerta y comenzó a quejarse:

—Fantástico —exclamó—. Ya no podremos sacarle nada. Ahora mismo llamará a Tran y... ¿qué es eso?

—Un regalito de los buitres. Me pincharon el teléfono; muy típico de Asuntos Internos.

—Y tú lo has colocado en... —Ella señaló la tienda y él asintió—. Bosch, ¿te das cuenta de lo que podría pasarnos, de lo que esto significa? Ahora mismo vuelvo y...

Ella abrió la puerta del coche, pero él alargó la mano y la cerró de golpe.

—No lo hagas. Ésta es nuestra única forma de llegar a Tran. Binh no iba a decírnoslo, por muy bien que hiciéramos la entrevista y, aunque pongas esa cara de odio, en el fondo sabes que es verdad. O esto o nada. Si Binh avisa a Tran, con un poco de suerte descubriremos dónde está o al menos podremos empezar a buscarlo. Lo sabremos muy pronto.

Eleanor lo miró a los ojos y sacudió la cabeza.

—Bosch, podríamos perder nuestro trabajo. ¿Cómo has podido hacer una cosa así sin consultarme?

—Por eso mismo. Yo puedo perder mi trabajo; tú no lo sabías.

—Pero no lograría probarlo. Todo parecería una trampa; yo le mantengo ocupado mientras tú interpretas tu pequeño papel por teléfono.

—Lo era, pero tú no lo sabías. Además, Binh y Tran no

son los objetivos de nuestra investigación. No estamos reuniendo pruebas contra ellos, sino gracias a ellos. Esto nunca entrará en nuestro informe. Y si él encuentra el micrófono no puede probar que yo lo metí. No había número de registro; lo comprobé. Los de Asuntos Internos son tontos, pero no tanto. No pasará nada; no te preocupes.

—Harry, eso no es...

La luz roja del Nagra se encendió. Alguien estaba usando el teléfono de Binh. Bosch comprobó que la cinta estaba girando.

—Eleanor, tú decides —dijo Bosch sosteniendo la grabadora en la palma de la mano—. Apágala si quieres.

Ella miró a la grabadora y luego a Bosch. Justo entonces terminaron de marcar el número y el coche se quedó en completo silencio. Un timbre empezó a sonar al otro lado de la línea. Eleanor desvió la mirada. Alguien contestó el teléfono. Hubo un intercambio breve de palabras en vietnamita y después más silencio. Finalmente respondió otra voz, que inició una conversación, también en vietnamita. Bosch sabía que una de las voces pertenecía a Binh. La otra sonaba como la de un hombre de la edad de éste. Eran Binh y Tran, de nuevo juntos. Eleanor soltó una risa forzada.

—Genial. Harry, ¿a quién vamos a pedir que nos lo traduzca? No podemos contarle esto a nadie; sería demasiado arriesgado.

—No pensaba traducirlo. —Bosch apagó el receptor y rebobinó la cinta—. Saca tu libretita y un bolígrafo.

Bosch puso la grabadora a la velocidad más lenta posible y le dio al PLAY. Cuando Binh comenzó a marcar, Bosch empezó a contar el número de clics y le fue recitando los números a Eleanor, que los apuntó en su libreta.

El teléfono llevaba el prefijo 714, el del condado de Orange. Bosch encendió la grabadora; la conversación entre Binh y el hombre continuaba. Después de apagarla, Bosch llamó por radio a centralita y pidió el nombre y la dirección correspondientes a aquel número de teléfono. Como iban a tardar unos minutos en comprobarlo, Bosch arrancó y se dirigió al sur, hacia la autopista 10. Ya iba por la 5 en dirección al condado de Orange, cuando le devolvieron la llamada.

El número pertenecía a un negocio llamado Tan Phu Pagoda en Westminster. Bosch miró a Eleanor, que desvió la mirada.

—Little Saigon —aclaró él.

Al cabo de una hora Bosch y Wish llegaron a la Tan Phu Pagoda, un centro comercial en Bolsa Avenue donde ninguno de los rótulos estaba en inglés. La fachada del edificio, de estucado crema, estaba compuesta por media docena de ventanales que daban al aparcamiento. Casi todos los negocios eran pequeños bazares donde se vendían una amplia variedad de artículos, desde productos electrónicos a camisetas. Había dos restaurantes vietnamitas, uno en cada punta, que se disputaban el negocio. Al lado de uno de ellos, una puerta de cristal daba paso a un local sin escaparate. A pesar de que ni Bosch ni Wish sabían descifrar las palabras de la puerta, enseguida dedujeron que se trataba de la oficina del centro comercial.

—Tenemos que entrar para confirmar que es el negocio de Tran y comprobar si está ahí y si hay otras salidas —dijo Bosch.

—Ni siquiera sabemos qué pinta tiene —le recordó Wish.

Bosch pensó un momento. Si Tran no usaba su nombre verdadero, se alarmaría si entraban preguntando por él.

—Tengo una idea —anunció Wish—. Busca una cabina. Yo entro en la oficina, tú marcas el número y yo me fijo si suena. Si oigo un teléfono estamos en el sitio correcto. También intentaré ver si está Tran y si hay más salidas.

—Podría ser un antro o un garito ilegal, con teléfonos

sonando cada diez segundos —objetó Bosch—. ¿Cómo sabrás que soy yo?

Ella se calló un instante.

—Seguramente no hablan inglés, o al menos no muy bien —dijo ella—. Pides por alguien que lo hable y, cuando se ponga, dices algo que provoque una reacción que yo pueda ver.

—Eso si el teléfono está en un sitio a la vista.

Ella se encogió de hombros. Su mirada le decía que estaba harta de que él boicoteara todas sus sugerencias.

—Es lo único que podemos hacer. Venga, ahí hay una cabina; no tenemos mucho tiempo.

Bosch salió del aparcamiento y condujo hasta la cabina, situada media manzana más abajo, delante de una tienda de bebidas alcohólicas. Wish caminó hacia la Tan Phu Pagoda y Bosch esperó a que llegara a la puerta de la oficina para meter una moneda de veinticinco centavos en el teléfono y marcar el número que había anotado en frente de la tienda de Binh. Comunicaban. Bosch miró de reojo hacia la oficina; Wish había desaparecido. Volvió a insertar la moneda y llamar. Seguían comunicando. Bosch repitió la operación dos veces más en rápida sucesión hasta conseguir línea. Estaba considerando la posibilidad de que se hubiera equivocado al marcar cuando finalmente cogieron el teléfono.

—Tan Phu —dijo una voz masculina. «Joven, asiático, de unos veinticinco años», pensó Bosch. No era Tran.

—¿Tan Phu? —preguntó Bosch.

—Sí, ¿dígame?

Bosch no sabía qué hacer, así que se puso a silbar. La reacción fue una ráfaga verbal de la cual Bosch no pudo comprender ni una sola palabra o sonido. Después de que le colgaran de golpe, Bosch regresó al coche y condujo de vuelta al centro comercial. Estaba circulando lentamente por el estrecho aparcamiento cuando vio a Wish al otro lado de la puerta de cristal con un hombre asiático. Al igual que Binh, tenía el pelo gris y un aire especial: un poder y una fuerza silenciosos, sutiles. El hombre le abrió la puerta a Eleanor y asintió con la cabeza mientras ella se despedía. La observó cuando se alejaba y finalmente volvió al interior de la tienda.

—Harry —dijo nada más entrar en el coche—, ¿qué le has dicho al chico por teléfono?

—Nada. ¿Era su oficina o no?

—Sí. Creo que ese que me ha abierto la puerta era nuestro querido señor Tran. Un hombre simpático.

—¿Y qué le has contado para haceros tan amigos?

—Que era una agente inmobiliaria. Cuando he entrado, he preguntado por el jefe. Entonces el señor del pelo gris ha salido de un despacho en la parte de atrás. Me ha dicho que se llamaba Jimmie Bok. Le he contado que representaba a unos inversores japoneses y le he preguntado si le interesaba vender su centro comercial. Él me ha respondido que no. En un inglés impecable me ha dicho, textualmente: «Yo compro, no vendo». Luego me ha acompañado a la puerta, pero creo que era Tran. Tenía un no sé qué...

—Sí, ya lo he visto —convino Bosch. Acto seguido, Bosch cogió la radio y pidió a centralita que buscaran el nombre Jimmie Bok en el Ordenador Nacional de Inteligencia Criminal y el Registro de Vehículos.

Eleanor describió el interior de la oficina. Había una recepción en el centro, detrás de la cual arrancaba un pasillo con cuatro puertas. La del fondo parecía una salida, a juzgar por la doble cerradura. No había ninguna mujer y sí cuatro hombres como mínimo, sin contar a Bok. Dos de ellos parecían matones, ya que se habían levantado del sofá de la recepción cuando Bok emergió de la puerta central del pasillo.

Bosch salió del aparcamiento y dio la vuelta a la manzana, metiéndose en el callejón de la parte de atrás. Bosch se detuvo cuando vio una limusina Mercedes de color dorado aparcada frente a una de las entradas traseras del complejo comercial, en cuya puerta había una cerradura doble.

—Ése debe de ser su cochecito —comentó Wish.

Ambos decidieron vigilar la limusina. Bosch pasó de largo y aparcó al fondo del callejón, detrás de un contenedor, pero al comprobar que estaba lleno de la basura del restaurante dio marcha atrás para aparcar en la calle lateral, de manera que los dos pudieran ver la parte trasera del Mercedes por la ventanilla del pasajero. Así, Bosch también podía mirar a Eleanor.

—Supongo que nos toca esperar.

—Eso parece. No podemos saber si hará algo después del aviso de Binh. Quizá ya lo hizo después del robo del año pasado y estamos perdiendo el tiempo.

En ese instante Bosch recibió una llamada de centralita: Jimmie Bok no había cometido ninguna infracción de tráfico, vivía en Beverly Hills y no tenía antecedentes penales. Nada más.

—Yo vuelvo a la cabina —anunció Eleanor. Bosch la miró sorprendido—. Tengo que dar el parte a Rourke. Le diré que hemos encontrado a este tío y le pediré que ponga a alguien a llamar a algunos bancos con su nombre. Para comprobar si está en la lista de clientes. También me gustaría que lo pasara por el registro de la propiedad. Él me ha dicho: «Compro, no vendo» y me gustaría averiguar qué compra.

—Dispara si me necesitas —dijo Bosch y ella sonrió mientras salía del coche.

—¿Quieres algo de comer? —preguntó ella—. Estoy pensando en pedir alguna cosa en uno de los restaurantes de delante.

—Sólo un café —contestó él. No había tomado comida vietnamita en los últimos veinte años. Bosch la observó mientras ella caminaba hacia la parte delantera del centro.

Unos diez minutos después de que ella se hubiera ido, mientras vigilaba el Mercedes, Bosch vio pasar un coche al otro lado del callejón. Enseguida se dio cuenta de que se trataba de un vehículo de la policía: un Ford LTD blanco con unos tapacubos baratos que apenas cubrían las llantas del coche. Bosch iba alternando una ojeada al Mercedes con otra al retrovisor para ver si el Ford daba la vuelta a la manzana. Pero al cabo de cinco minutos aún no había aparecido.

Wish llegó unos diez minutos después de aquello. En la mano llevaba una bolsa grasienta de papel marrón, de la cual sacó un café y dos recipientes de cartón. Ella le ofreció arroz al vapor y *boh* de cangrejo. Él declinó la invitación y bajó la ventanilla. Tras dar un sorbito al café, Bosch hizo una mueca de asco.

—Esto sabe como si hubiera hecho todo el viaje desde Saigón —comentó—. ¿Has encontrado a Rourke?

—Sí. Va a pedirle a alguien que investigue a Bok y me avisarán si encuentran algo. Quiere saber, por radio, todo lo que pasa cuando el Mercedes se ponga en marcha.

Pasaron dos horas charlando tranquilamente y vigilando el Mercedes dorado. Finalmente Bosch anunció que iba a dar una vuelta a la manzana para cambiar un poco de aires. Lo que no le dijo a Wish era que estaba aburrido, se le estaba durmiendo el culo y quería encontrar al Ford blanco.

—¿Crees que deberíamos llamar para ver si sigue allí y colgar si se pone? —preguntó ella.

—Si Binh le avisó, una llamada así podría preocuparle y hacerle actuar con más cautela.

Bosch condujo hasta la esquina y pasó por delante de las tiendas. No le llamó la atención nada. Dio la vuelta a la manzana y volvió a aparcar en el mismo sitio. No había visto el Ford.

En cuanto regresaron a su puesto, sonó el busca de Wish y ella volvió a salir a telefonear. Bosch se concentró en el Mercedes dorado, intentando olvidarse del Ford por el momento. Cuando, al cabo de veinte minutos, Eleanor aún no había regresado, Bosch empezó a ponerse nervioso. Eran algo más de las tres de la tarde y Bok/Tran aún no se había marchado. Algo no iba bien, pero ¿qué?

Bosch fijó la vista en la esquina del centro comercial, a la espera de que la figura de Eleanor se recortara contra el estucado. Entonces oyó un ruido, como un impacto sordo. Luego uno o dos más. ¿Serían disparos? Pensó en Eleanor y el corazón le dio un vuelco. ¿Habría sido simplemente el ruido de una puerta? Miró al Mercedes, pero desde aquella posición sólo distinguía el maletero y las luces de atrás. No había nadie junto al coche. Volvió la vista a la esquina, pero no había ni rastro de Eleanor. Entonces miró al Mercedes y vio que las luces de freno se encendían. Bok se iba. Harry arrancó y sus ruedas traseras escupieron grava al pisar el acelerador. Al llegar a la esquina divisó a Eleanor, que caminaba por la acera en dirección a él. Bosch tocó la bocina y le hizo una señal para que se diera prisa. Eleanor echó a correr y entró en el coche justo cuando Harry vio aparecer por el retrovisor al que salía del callejón en dirección a ellos.

—Escóndete —ordenó Bosch, agarrando a Eleanor y empujándola hacia abajo.

La limusina pasó de largo y giró al llegar a Bolsa Avenue. Bosch le soltó el cuello a Eleanor.

—¿Se puede saber qué haces? —exigió al incorporarse.

Bosch señaló al Mercedes, que comenzaba a alejarse.

—Venían hacía aquí. Si te hubieran visto otra vez, nos habrían descubierto. ¿Por qué has tardado tanto?

—Porque tenían que localizar a Rourke. No estaba en su despacho.

Harry arrancó y comenzó a seguir al Mercedes manteniéndose a una distancia de dos manzanas. Al cabo de un rato, Eleanor, cuando se hubo recuperado del susto, le preguntó a Bosch:

—¿Está solo?

—No lo sé. No lo he visto entrar en el coche porque estaba vigilando la esquina a ver si aparecías. Me ha parecido oír que se cerraba más de una puerta.

—Pero no sabes si Tran era uno de los que entraron.

—No. No lo sé seguro, pero se está haciendo tarde. Creo que tiene que ser él.

Bosch se dio cuenta de que podía haber caído en la trampa más vieja de la vigilancia. Bok, o Tran, o quienquiera que fuese, podía haber enviado a uno de sus esbirros en el coche de cien mil dólares para despistar a cualquier posible perseguidor.

—¿Crees que deberíamos volver? —dijo él. Wish no respondió hasta que él la miró.

—No —contestó ella—. Sigamos con lo que tenemos. No te lo pienses tanto; tienes razón con respecto a la hora. Antes de un puente muchos bancos cierran a las cinco. Si Binh lo avisó ya no le queda mucho tiempo. Yo creo que es él.

Bosch se sintió mejor. El Mercedes giró al oeste y luego otra vez al norte siguiendo la autopista Golden State hacia el centro de Los Ángeles. Avanzaron lentamente entre el tráfico hasta que el coche dorado se desvió por la autopista de Santa Mónica hacia el oeste. A las 4.40 cogió la salida de Robertson Boulevard, por lo que Bosch dedujo que iba a Beverly Hills. Desde el centro hasta el océano, Wilshire Boulevard estaba repleto de bancos. Cuando el Mercedes dobló a la derecha, Bosch sintió que estaban cerca. «Tran guardaba su tesoro en un banco cerca de su casa», pensó. La apuesta les había salido bien. Bosch se relajó un poco y finalmente le preguntó a Eleanor qué había dicho Rourke cuando ella llamó.

—Confirmó que Jimmie Bok es Nguyen Tran a través de los archivos del condado de Orange. En el registro de nombres ficticios consta que Tran se cambió el nombre hace nueve años. Debería haberlo comprobado yo misma; me había olvidado de Little Saigon. —Eleanor hizo una pausa—. Otra cosa: si Tran tenía diamantes cabe la posibilidad que ya se los haya gastado todos. El registro de la propiedad revela que es el propietario de otros dos centros comerciales como ése. En Monterey Park y en Diamond Bar.

Bosch opinaba que todavía podía tenerlos. Al igual que en el caso de Binh, los diamantes podían ser sólo el aval de su imperio inmobiliario. Harry mantenía la vista fija en el Mercedes; en ese momento se hallaba tan sólo a una manzana de distancia ya que era hora punta y no quería perderlo de vista. Al contemplar las ventanas ahumadas del coche abriéndose paso por aquella próspera calle, se dijo que iba en busca de los diamantes.

—Me he guardado lo mejor para el final —anunció Wish—. El señor Bok, también conocido como el señor Tran, controla sus numerosos negocios a través de una sociedad anónima. El nombre de dicha sociedad, según las pesquisas del agente especial Rourke, no es otro que Diamond Holdings Incorporated.

Pasaron Rodeo Drive y se encontraron en el corazón del distrito comercial de la ciudad. Los edificios que flanqueaban Wilshire Boulevard empezaban a aparecer más señoriales, como si fueran conscientes de que sus propietarios tenían más dinero y más clase. El tráfico era cada vez más lento, y Bosch se acercó a dos coches de distancia del Mercedes, porque no quería perderlo en un semáforo. Estaban tan cerca de Santa Monica Boulevard que Bosch se temió que se dirigieran a Century City. Tras consultar su reloj, Bosch descubrió que ya eran las 4.50.

—Si este tío va a un banco en Century City no creo que llegue a tiempo.

Pero justo entonces el Mercedes giró a la derecha y se metió en un aparcamiento. Bosch redujo la velocidad y, sin mediar palabra, Wish saltó del coche y se dirigió al aparcamiento. Bosch cogió la primera calle a la derecha y dio la vuelta a la manzana. Por todas partes había coches saliendo de aparcamientos y garajes, cortándole el paso una y otra vez. Cuando por fin logró dar la vuelta, Eleanor lo esperaba en el mismo lugar donde se había apeado. Bosch se detuvo y ella metió la cabeza por la ventana.

—Aparca —le dijo y señaló al otro lado de la calle, media manzana más abajo. Eleanor apuntaba a una estructura circular que sobresalía de un rascacielos de oficinas. Las paredes del semicírculo eran de cristal y a través de ellas Bosch distinguió la puerta de acero pulido de una cámara acorazada. Fuera, un rótulo decía Beverly Hills Safe & Lock. Cuando miró a Eleanor vio que ella sonreía.

—¿Iba Tran en el coche? —preguntó Bosch.

—Claro, tú nunca te equivocas —sonrió.

Bosch le devolvió la sonrisa. Entonces advirtió que un metro más allá quedaba un espacio libre y aparcó.

—Desde que empezamos a pensar que habría un segundo golpe, mi idea siempre había sido un banco —confesó Eleanor—. Quizás una caja de ahorros. Este lugar ni se me había ocurrido, y eso que paso por aquí delante al menos dos veces a la semana.

Habían caminado por Wilshire y se hallaban enfrente del Beverly Hills Safe & Lock. Eleanor se ocultaba detrás de Bosch, estudiando el lugar por encima de su hombro. Tran, o Bok, tal como se le conocía ahora, ya la había visto y no podían arriesgarse a que la descubriera en aquel lugar. La acera estaba abarrotada de oficinistas que surgían de las puertas giratorias de los edificios, se dirigían a los aparcamientos y luchaban por adelantarse, aunque sólo fuera cinco minutos, al tráfico del fin de semana.

—De todos modos encaja —dijo Bosch—. Bok vino a Estados Unidos, y no se fiaba de los bancos, tal como nos contó tu amigo del edificio federal. Así que buscó una cámara acorazada que no estuviera ligada a un banco y la encontró; es mejor aún. Mientras tengas dinero para pagarles, esta gente ni te pregunta quién eres. No tienen que cumplir la legislación sobre entidades bancarias porque no son un banco. Puedes alquilar una caja e identificarte con una simple letra o un código numérico.

A pesar de que el Beverly Hills Safe & Lock tenía todo el

aspecto de ser un banco, no lo era en absoluto. No había cuentas corrientes ni de ahorro, ni departamento de préstamos o cajeros. Lo que ofrecía era lo que mostraba en su escaparate: una cámara acorazada de acero pulido. Era un negocio que protegía objetos valiosos, no dinero, lo cual, en un sitio como Beverly Hills, era un servicio muy apreciado. Los ricos y famosos guardaban allí sus joyas, sus abrigos de piel, sus contratos prematrimoniales...

Y todo a la vista del mundo. Detrás de un cristal. El Beverly Hills Lock & Safe se hallaba en la planta baja del edificio J. C. Stock, un bloque de catorce pisos que no tenía nada de especial salvo la estructura semicircular de cristal que sobresalía de la fachada. Al negocio se accedía por una entrada lateral en Rincon Street, donde los porteros mexicanos ataviados con toreras amarillas esperaban para aparcar los coches de los clientes.

Después de que Bosch hubiera dejado a Eleanor para dar la vuelta a la manzana, ella había visto a Tran y a dos guardaespaldas salir del Mercedes y caminar hasta la puerta del Beverly Hills Safe & Lock. Si pensaban que los seguían no se les notaba, ya que en ningún momento miraron atrás. Uno de los guardaespaldas llevaba un maletín metálico.

—Creo que uno de los que le acompañan iba armado. El otro no lo sé; llevaba una chaqueta demasiado amplia. ¿Es ése? Sí, ahí está.

Un hombre con un traje de banquero azul marino escoltaba a Tran hasta la cámara acorazada. Un poco más atrás le seguía otro sujeto con el maletín metálico. Bosch se fijó en que el matón vigilaba la acera hasta que Tran y el tío del traje desaparecieron por la puerta de la cámara acorazada. El hombre del maletín esperó. Bosch y Wish también esperaron. Pasaron tres minutos hasta que salió Tran, seguido del hombre con el traje azul marino. Este último llevaba una caja de seguridad metálica del tamaño de una caja de zapatos. El guardaespaldas los siguió y los tres salieron de la sala acristalada y se perdieron de vista.

—Servicio personalizado —observó Wish—. Típico de Beverly Hills. Probablemente se lo ha llevado a un salón privado para hacer el cambio.

—¿Podrías llamar a Rourke y pedirle que mande un equipo para seguir a Tran cuando salga? —dijo Bosch—. Puedes usar un teléfono. Tenemos que evitar la radio por si acaso tienen a alguien arriba escuchando nuestra frecuencia.

—O sea, que nosotros nos quedamos en la cámara acorazada —inquirió Eleanor y Bosch asintió con la cabeza. Ella reflexionó un momento y dijo—: Voy a llamar. Rourke se pondrá contento cuando le diga que hemos localizado el sitio; así podremos enviar al equipo de túneles.

Ella miró a su alrededor, vio una cabina junto a una parada de autobús en la siguiente esquina y se dispuso a irse. Bosch la agarró del brazo.

—Yo voy a entrar, para ver qué pasa. Recuerda, ellos te conocen, así que mantente oculta hasta que se vayan.

—¿Y si se largan antes de que lleguen los refuerzos?

—Yo me quedo en la cámara; Tran no me interesa. ¿Quieres las llaves? Puedes coger el coche y seguirlo.

—No, yo me quedo en la cámara. Contigo.

Finalmente Eleanor se dirigió a la cabina. Bosch cruzó Wilshire y entró en el edificio. En la puerta se topó con un guarda de seguridad que sostenía una llave.

—Estamos cerrando, señor —le informó el guarda. Sus andares achulados y modales bruscos parecían los de un ex policía.

—Sólo será un momento —contestó Bosch sin detenerse.

El individuo con el traje de banquero, que había conducido a Tran a la cámara era uno de los tres hombres rubios sentados detrás de unas mesas de anticuario que descansaban sobre la lujosa moqueta gris de la recepción. El hombre levantó la cabeza, examinó a Bosch de arriba abajo y le ordenó al más joven de los otros hombres:

—Señor Grant, ¿podría usted atender a este caballero?

Aunque su respuesta mental fue no, el tal Grant se levantó y, con la mejor sonrisa falsa de su arsenal, se acercó a Bosch.

—¿Sí, señor? —dijo el hombre—. ¿Está pensando en alquilar una caja?

Bosch estaba a punto de hacer una pregunta cuando el hombre le tendió la mano y se presentó:

—James Grant, para servirle. Aunque no tenemos mucho tiempo, estábamos a punto de cerrar.

Grant se levantó la manga de la chaqueta para verificar en su reloj de pulsera que, efectivamente, era la hora de irse.

—Harvey Pounds —le dijo Bosch, tendiéndole la mano—. ¿Cómo sabe que no tengo ya una cuenta con ustedes?

—Seguridad, señor Pounds. Nosotros vendemos seguridad. Yo conozco a todos los clientes de vista. Al igual que el señor Avery y el señor Bernard.

Grant se volvió ligeramente y señaló con un movimiento de cabeza a los otros dos hombres rubios, que correspondieron al gesto con gran solemnidad.

—¿No abren el fin de semana? —preguntó Bosch, intentando sonar decepcionado.

Grant sonrió.

—No, señor. Nuestros clientes suelen ser el tipo de personas que llevan un trabajo y una vida social muy planificada. Por eso reservan sus fines de semana para actividades de placer, no para hacer recados. No son como otra gente que uno ve; corriendo a los bancos y a los cajeros automáticos. Nuestros clientes están por encima de esas cosas, señor Pounds. Y nosotros también. Supongo que lo comprende.

Dijo esto último con un ligero tono de desprecio. No obstante, Grant tenía razón. El lugar era tan fino como una consultoría jurídica, con el mismo horario y los mismos empleados arrogantes.

Bosch echó un vistazo a su alrededor. En un pasillo a la derecha había una fila de ocho puertas y, apostados a cada lado de la tercera, estaban los dos guardaespaldas de Tran. Bosch asintió y sonrió a Grant.

—Bueno, ya veo que tienen guardas por todas partes. Ése es el tipo de seguridad que estoy buscando, señor Grant.

—Bueno, señor Pounds, esos hombres tan sólo están esperando a un cliente que se halla en uno de los despachos privados. Pero le garantizo que nuestra seguridad es impecable. ¿Está usted interesado en nuestra cámara acorazada?

El hombre era más insistente que un predicador evangelista. A Bosch le desagradaban tanto él como su actitud.

—Seguridad, señor Grant, quiero seguridad. Me gustaría alquilar una caja, pero antes necesito estar convencido de que está a salvo de problemas externos e internos, ya me entiende.

—Por supuesto, señor Pounds, pero ¿tiene usted alguna idea del coste de nuestros servicios? ¿De la seguridad que ofrecemos?

—No lo sé ni me importa, señor Grant. El dinero no es obstáculo. La cuestión es estar tranquilo, ¿no? La semana pasada, entraron a robar a mi vecino, tres puertas más abajo de donde vive nuestro ex presidente. La alarma no sirvió de nada y al final se llevaron objetos muy valiosos. Yo no quiero que me pase algo así. Hoy en día nadie está seguro.

—Es una verdadera vergüenza, señor Pounds —dijo Grant, con una irreprimible nota de emoción en la voz—. No sabía que las cosas estuvieran tan mal en Bel Air. Sin embargo, estoy totalmente de acuerdo con su plan de acción. Tome asiento y hablemos. ¿Le apetece un café o... tal vez un poco de coñac? ¡Es casi la hora de los cócteles! Éste es uno más de los pequeños servicios que una entidad bancaria no puede ofrecer.

Entonces Grant se echó a reír, pero sin hacer ruido, agitando la cabeza arriba y abajo. Cuando Bosch declinó la invitación, el vendedor se sentó y se acercó la silla a la mesa.

—Permítame que le explique las reglas básicas de nuestro funcionamiento. Para empezar, no estamos controlados por ninguna agencia gubernamental, algo que seguramente contaría con el apoyo de su vecino.

Grant le guiñó el ojo a Bosch.

—¿Mi vecino? —preguntó.

—El ex presidente, por supuesto. —Bosch asintió y Grant continuó—. Nosotros le ofrecemos una larga lista de servicios de seguridad, tanto aquí como en su hogar, e incluso una escolta si es necesario. El nuestro es un servicio completo. Somos...

—¿Y la cámara acorazada? —le cortó Bosch. Sabía que Tran estaba a punto de salir de la sala y para entonces quería estar en la cámara acorazada.

—Sí, por supuesto, la cámara. Como ve, está a la vista de todo el mundo. El círculo de cristal, como nosotros lo llamamos, es probablemente el mejor invento del mundo. ¿Quién se atrevería a asaltar una cámara que está a la vista las veinticuatro horas del día? En pleno Wilshire Boulevard. Genial, ¿no cree?

Grant sonrió con aire triunfal y asintió con la cabeza a fin de provocar algún gesto de conformidad por parte de su público.

—¿Y por debajo? —preguntó Bosch. La boca del hombre se convirtió de nuevo en una línea recta.

—Señor Pounds, supongo que no esperará que le describa nuestras estrictas medidas de seguridad, pero quédese tranquilo: nuestra cámara es inexpugnable. Entre usted y yo, le aseguro que no encontrará otra en esta ciudad con más cemento armado en el suelo, en las paredes o en el techo. Por no hablar del sistema electrónico. Uno no puede, y perdone la expresión, tirarse un pedo en la sala circular sin activar los sensores de sonido, movimiento y temperatura.

—¿Puedo verla?

—¿La cámara?

—Por supuesto.

—Por supuesto.

Grant se ajustó la chaqueta y acompañó a Bosch. Una pared de cristal y una doble puerta separaban la sala semicircular donde se hallaba la cámara acorazada del resto del local. Grant señaló el cristal con la mano y dijo:

—Esto son dos láminas de cristal templado, en cuyo interior se halla una alarma sensible a las vibraciones, lo cual hace imposible cualquier intrusión. Tenemos lo mismo en las ventanas exteriores. Eso significa que la cámara está rodeada de dos capas de vidrio de casi dos centímetros de grueso cada una.

Continuando con su estilo de azafata de concurso, Grant indicó un aparato en forma de caja junto a la doble puerta. Era del tamaño de un surtidor de agua y tenía un círculo de plástico blanco en la parte superior, donde estaba dibujado el contorno negro de una mano con los dedos separados.

—Para entrar en la cámara, debemos tener su mano, bueno, la estructura de sus huesos, en nuestro archivo. Permítame.

Grant colocó la mano sobre el dibujo. Acto seguido, el aparato comenzó a zumbar y el plástico se iluminó. Una barra de luz, como la de una fotocopiadora, pasó por debajo del dispositivo y la mano de Grant.

—Rayos X —explicó Grant—. Son más precisos que las huellas dactilares y el ordenador es capaz de procesar el resultado en seis segundos.

Transcurridos los seis segundos la máquina emitió un breve pitido e inmediatamente se abrió el cerrojo electrónico de la primera puerta.

—Como puede ver, aquí su mano es su firma, señor Pounds. No hay necesidad de nombres. Le damos un código para su caja y tomamos una radiografía de su estructura ósea para nuestro archivo. Sólo necesitamos seis segundos de su tiempo.

Detrás de él, Bosch oyó una voz que reconoció como la del hombre del traje de banquero, al que Grant se había referido como Avery.

—Ah, señor Long, ¿ha terminado ya?

Bosch se volvió para ver a Tran emerger del pasillo. Ahora era él quien llevaba el maletín y uno de los guardaespaldas sostenía la caja de seguridad. El otro hombre miró a Bosch directamente, que se giró hacia Grant y le preguntó:

—¿Entramos?

Bosch siguió a Grant y la primera puerta se cerró tras ellos. Estaban en una sala de cristal y acero blanco aproximadamente dos veces mayor que una cabina telefónica. Al fondo había una segunda puerta, ante la cual hacía guardia un empleado de seguridad.

—Éste es sólo un detalle que tomamos de la cárcel del condado de Los Ángeles —dijo Grant—. La segunda puerta no se abre a no ser que la de detrás esté cerrada. Maury, nuestro guarda armado, siempre hace una última comprobación visual antes de abrir la última puerta. Ya ve que combinamos la tecnología con el toque humano, señor Pounds.

Grant le hizo una señal a Maury, quien abrió la última puerta y los dejó pasar a la sala donde se hallaba la cámara acorazada. Bosch no se molestó en mencionar que acababa de burlar aquel sofisticado sistema de seguridad aprovechándose de la codicia de Grant e inventándose una historia sobre Bel Air.

—Y ahora pasemos a la cámara —anunció Grant con la mano extendida como un anfitrión encantador.

La cámara era más grande de lo que Bosch se había imaginado. No era muy ancha, pero se extendía a lo largo de toda la profundidad del edificio J. C. Stock. Había tres filas de cajas de seguridad, una en cada lateral y la tercera en una estructura de acero entre ambas paredes. Mientras caminaban por el pasillo de la izquierda, Grant explicaba que las cajas del centro eran para aquellos que necesitaran más espacio. Bosch observó que las puertas de éstas eran mucho mayores. Algunas eran lo bastante grandes para que cupiera una persona de pie.

—Pieles —dijo Grant con una sonrisa, al ver que Bosch las miraba—. Visones. Tenemos muchas clientas que nos confían abrigos, vestidos y todo lo imaginable. Las señoras de Beverly Hills las guardan aquí fuera de temporada. Se ahorran una fortuna en pólizas de seguros y se quedan mucho más tranquilas.

Bosch desconectó del discurso publicitario cuando vio que Tran entraba en la cámara, seguido de Avery. Tran todavía llevaba el maletín y Bosch advirtió que llevaba una banda delgada de acero en la muñeca; se había esposado al maletín. La adrenalina de Bosch se disparó. Avery alargó el brazo hasta una puerta abierta, marcada con el número 237 y deslizó la caja de seguridad. A continuación cerró uno de los cerrojos de la puerta, y luego Tran cerró el otro con su propia llave. Cuando hubo acabado le hizo un gesto a Avery y los dos hombres se marcharon, sin que Tran ni siquiera posara la vista en Bosch.

En ese momento Bosch anunció que había visto suficiente y también se dispuso a irse. Mientras caminaba hacia la puerta doble, miró a la calle, donde Tran, flanqueado por sus dos enormes guardas, se abría paso hacia el aparcamiento en que habían dejado el Mercedes. Nadie los siguió. Bosch miró a su alrededor pero no vio a Eleanor.

—¿Pasa algo, señor Pounds? —preguntó Grant detrás de él.

—Sí —dijo Bosch. Metió la mano en el bolsillo de su chaqueta y sacó su placa, levantándola por encima del hombro para que Grant pudiera verla por detrás—. Más vale que avise al encargado. Y no vuelva a llamarme señor Pounds.

Y

Lewis se hallaba en una cabina delante de una cafetería abierta las veinticuatro horas llamada Darling's. Estaba a la vuelta de la esquina, a una manzana del Beverly Hills Safe & Lock. Llevaba ya más de un minuto esperando desde que la agente Mary Grosso había respondido a la llamada y le había dicho que iba a avisar al subdirector Irving. Lewis pensaba que si el tío quería informes cada hora —y por teléfono, no por radio— lo mínimo que podía hacer era ponerse rápido. Se cambió el auricular a la otra oreja y metió la mano en el bolsillo de su chaqueta para buscar algo con que limpiarse los dientes. Cuando su muñeca rozó el bolsillo notó que todavía le dolía. Sin embargo, recordar que había sido esposado por Bosch sólo le ponía más furioso, así que decidió concentrarse en la investigación. Aunque no tenía ni idea de qué estaba pasando, de qué tramaban Bosch y la mujer del FBI, estaba seguro de que se trataba de algo sucio. Y Clarke también. Si ése era el caso, Lewis se prometió en la cabina que él se encargaría personalmente de ponerle las esposas a Bosch.

Un viejo vagabundo con ojos asustados y pelo blanco arrastró los pies hasta la cabina contigua a la de Lewis y miró en el agujero de devolución de cambio. Estaba vacía. Iba a meter el dedo en el teléfono que estaba usando Lewis, pero el detective de Asuntos Internos lo ahuyentó con un aspaviento.

—Lo que hay aquí es mío, colega —le dijo Lewis. Sin cortarse, el vagabundo replicó:

—¿Tiene veinticinco centavos para comprarme un bocadillo?

—Vete a la mierda —le contestó Lewis.

—¿Qué? —respondió una voz.

—¿Qué? —dijo Lewis y entonces cayó en que la voz provenía del teléfono. Era Irving—. No, usted no, señor. No me había dado cuenta de que usted estaba... se lo decía a... em... tengo un pequeño problema con alguien...

—¿Le habla usted así a un ciudadano?

Lewis se metió la mano en el bolsillo del pantalón y sacó un billete de un dólar. Se lo dio al hombre del pelo blanco y le hizo un gesto para que se fuera.

—Detective Lewis, ¿está usted ahí?

—Sí, jefe. Lo siento. Ya está resuelto. Quería informarle de que ha ocurrido algo importante.

Lewis esperaba que esto último le hiciera olvidar a Irving su anterior indiscreción.

—Dígame qué han encontrado. ¿Todavía tienen controlado a Bosch?

Lewis exhaló con fuerza, aliviado.

—Sí —contestó—. El detective Clarke sigue la vigilancia mientras yo le llamo.

—Muy bien, cuénteme. Es viernes por la tarde, detective. Me gustaría llegar a casa a una hora razonable.

Lewis pasó los siguientes quince minutos explicando que Bosch había seguido al Mercedes dorado desde el condado de Orange a Wilshire Boulevard.

Le contó a Irving que la persecución había terminado en el Beverly Hills Safe & Lock, que parecía ser el destino final.

—¿Qué hacen ahora, Bosch y la mujer del Buró?

—Siguen ahí dentro. Parece que están entrevistando al director. Algo está pasando. Es como si no hubieran sabido dónde iban pero cuando llegaron aquí, se dieron cuenta de que éste era el lugar.

—¿El lugar de qué?

—Ése es el problema. No lo sabemos. Sea lo que fuere, el tío que siguieron hizo un ingreso. Hay una cámara acorazada, enorme, en un escaparate de cristal.

—Sí, ya sé dónde es.

Irving no habló durante un buen rato y Lewis sabía que lo mejor era no interrumpir. Así que se puso a soñar despierto que esposaba a Bosch y lo escoltaba ante un corrillo de periodistas de televisión. Entonces oyó a Irving carraspear.

—No sé cuál es su plan —dijo el subdirector—, pero quiero que sigan con ellos. Si ellos no se acuestan esta noche, ustedes tampoco. ¿Está claro?

—Sí, señor.

—Si han dejado escapar al Mercedes Benz, es que lo que les interesaba es la cámara acorazada. Seguramente se quedarán a vigilarla. Y ustedes, a su vez, continuarán vigilándolos a ellos.

—Sí, jefe —respondió Lewis, aunque seguía perdido.

Irving se pasó los siguientes diez minutos dando instrucciones a su detective y exponiendo su teoría sobre lo que estaba ocurriendo en el Beverly Hills Safe & Lock. Lewis sacó un bloc y un bolígrafo y tomó unas cuantas notas. Al final del monólogo, Irving le dio a Lewis el número de su casa.

—No se muevan sin consultármelo antes —le ordenó—. Pueden llamarme a este número en cualquier momento, día o noche. ¿Entendido?

—Sí, señor —respondió Lewis rápidamente.

Sin decir una palabra más, Irving colgó el teléfono.

Bosch esperó a Wish en la recepción sin explicar a Grant o a los otros hombres lo que estaba ocurriendo. Los tres se quedaron boquiabiertos tras sus preciosas mesas de anticuario. Cuando Eleanor llegó a la puerta, ésta estaba cerrada. Llamó y mostró su placa. El guarda la dejó entrar y ella caminó hasta la recepción.

El vendedor llamado Avery estaba a punto de decir algo, cuando Bosch intervino:

—Ésta es la agente del FBI, Eleanor Wish, que está trabajando conmigo. Vamos a entrar en uno de los despachos para mantener una conversación en privado. Sólo será un minuto. Si hay un director, nos gustaría hablar con él en cuanto salgamos.

Grant, todavía confuso, señaló la segunda puerta del pasillo. Bosch entró en la tercera puerta y Wish lo siguió. Acto seguido cerró con llave ante los ojos atónitos de los tres vendedores.

—Entonces, ¿qué tenemos? No sé qué decirles —le susurró Bosch a Eleanor mientras buscaba en la mesa y las dos sillas de la habitación algún trozo de papel o cualquier cosa que Tran pudiera haberse olvidado. Nada. Bosch abrió los cajones de la mesa de caoba y halló bolígrafos, lápices, sobres y papel de carta de buena calidad. Nada más. Había un fax en una mesa contra la pared frente a la puerta, pero no estaba encendido.

—Tenemos que esperar y vigilar —dijo ella, hablando muy rápido—. Rourke está organizando un equipo para bajar al túnel. Entrarán y echarán un vistazo. Primero se reunirán con alguien del Departamento de Aguas y Electricidad para ver qué hay exactamente ahí abajo. Así podrán averiguar el mejor lugar para cavar un túnel y empezar desde allí. Harry, ¿crees que están aquí?

Bosch asintió. Quería sonreír, pero no lo hizo. La emoción de ella era contagiosa.

—¿Ha logrado Rourke que sigan a Tran? —preguntó—. Por cierto, aquí lo conocen como el señor Long. Alguien llamó a la puerta.

—Por favor, abran —dijo una voz.

Bosch y Wish no le prestaron atención.

—Tran, Bok y ahora Long —repitió Wish—. No sé si han logrado seguirle. Rourke me dijo que lo intentaría. Le di la matrícula y le describí dónde estaba aparcado el Mercedes. Supongo que ya nos enteraremos más adelante. También me ha dicho que nos enviaría a un equipo para ayudarnos con la vigilancia. A las ocho tenemos una reunión en el aparcamiento del otro lado de la calle. ¿Qué te han dicho por aquí?

—Aún no les he contado nada.

Hubo otro golpe, esta vez más fuerte.

—Pues vamos a ver al director.

El propietario y director del Beverly Hills Safe & Lock resultó ser el padre de Avery, Martin B. Avery III, un hombre de la misma clase que muchos de sus clientes y que quería que éstos lo supieran. Tenía su despacho al fondo del pasillo. Detrás de su mesa había una colección de fotos enmarcadas que atestiguaban que no era una vulgar sanguijuela que se alimentaba de los ricos, sino uno de ellos. Ahí estaba Avery III con un par de presidentes, uno o dos magnates del mundo del cine y la familia real inglesa. Había una foto de Avery y el príncipe de Gales ataviados con toda la parafernalia necesaria para jugar al polo, aunque Avery parecía demasiado mofletudo y rechoncho para ser un gran jinete.

En cuanto Bosch y Wish le resumieron la situación, Avery III adoptó una actitud escéptica, ya que, según él, la cámara era inexpugnable. Ellos le rogaron que se guardara la publicidad y les permitiera ver los planos de diseño y de funcionamiento de la cámara. Avery III le dio la vuelta a su cartapacio de sesenta dólares donde, pegado al dorso, había un esquema de la cámara. Estaba claro que Avery III y sus vendedores exageraban con respecto a ella. De fuera a dentro, había una placa de acero de dos centímetros y medio, una capa de cemento armado, seguido de otra placa de dos centímetros y medio de acero. La cámara era más gruesa en el techo y en el fondo, donde había otra capa de sesenta centímetros de cemento. Como en todas las cámaras, lo más espectacular era la puerta de acero, aunque eso era para impresionar. Lo mismo que los rayos X y la puerta doble. Sólo servían para causar sensación. Bosch sabía que si los ladrones estaban realmente allá abajo, no les costaría mucho asomarse a tomar un poco el aire.

Avery III les dijo que la alarma había sonado en las últimas dos noches, el jueves dos veces. En las tres ocasiones la

Policía de Beverly Hills le había llamado a casa y él, a su vez, había avisado a su hijo, Avery IV, para que fuera con los agentes. Los agentes y el heredero habían entrado en el negocio y, al no encontrar nada extraño, habían vuelto a programar la alarma.

—No teníamos ni idea de que pudiera haber alguien en las cloacas debajo de nosotros —admitió Avery III. Lo dijo como si la palabra «cloacas» no formara parte de su vocabulario—. Es increíble, es increíble.

Bosch hizo más preguntas detalladas sobre el funcionamiento y seguridad de la cámara. Sin darse cuenta de su importancia, Avery III mencionó que, a diferencia de otras cámaras acorazadas convencionales, en ésta cabía la posibilidad de anular el sistema de apertura retardada. Avery poseía un código informático que le permitía abrir la puerta en cualquier momento.

—Tenemos que ceder ante las necesidades de nuestros clientes —le explicó—. Si una señora de Beverly Hills nos llama un domingo porque necesita su corona de diamantes para un baile de beneficencia, tenemos que poder sacarla. Como sabe, vendemos un servicio personalizado.

—¿Saben todos sus clientes lo de este servicio de fin de semana? —inquirió Wish.

—Desde luego que no —dijo Avery III—. Sólo unos pocos escogidos. Verá, señorita, es un servicio caro. Tenemos que traer a un guarda de seguridad.

—¿Cuánto se tarda en desactivar el sistema y abrir la puerta? —preguntó Bosch.

—No mucho. Una vez marcas el código en el teclado que hay junto a la puerta de la cámara, el ordenador lo procesa en cuestión de segundos. Después tecleas el código normal, giras la rueda y la puerta se abre por su propio peso. Treinta segundos, un minuto; quizá menos.

Era demasiado lento, pensó Bosch. La caja de Tran estaba situada en la parte delantera de la cámara, es decir, que ahí es donde estarían trabajando. Los ladrones podrían ver y seguramente oír cómo se abría la puerta de la caja. No habría factor sorpresa.

Al cabo de una hora, Bosch y Wish estaban de vuelta en el coche. Se habían trasladado al segundo piso del aparcamiento al otro lado de Wilshire, y a media manzana del Beverly Hills Safe & Lock. Después de dejar a Avery III y haber retomado sus puestos de vigilancia, habían observado a Avery IV y Grant cerrar la enorme puerta de acero de la cámara acorazada. Giraron la rueda, teclearon el código y por último apagaron todas las luces del negocio, excepto las de la sala acristalada donde se hallaba la cámara. Ésas siempre permanecían encendidas para mostrar al mundo la seguridad que ofrecían.

—¿Crees que lo harán esta noche? —le preguntó Wish.

—No sé. Sin Meadows tienen un hombre menos. Es posible que vayan atrasados.

Le habían dicho a Avery III que se fuera a casa, pero que estuviera preparado por si recibía una llamada. El propietario había aceptado, a pesar de que seguía sin creer el panorama que Bosch y Wish le habían pintado.

—Vamos a tener que cogerlos desde abajo —dijo Bosch, con las manos agarradas al volante como si estuviera conduciendo—. Es imposible abrir esa puerta con suficiente rapidez.

Bosch miró hacia Wilshire distraídamente y vio un Ford blanco junto a la acera, a una manzana de distancia. Estaba aparcado delante de una boca de incendios y dentro había dos figuras. Bosch dedujo que todavía tenían compañía.

Bosch y Wish estaban junto a su coche, que habían dejado en el segundo piso del aparcamiento, de cara al muro de contención de la fachada sur. Hacía más de una hora que aquella fea estructura de hormigón estaba prácticamente vacía, pero el aire seguía oliendo a humo de coche y a frenos quemados. Bosch estaba seguro de que el olor a quemado provenía de su vehículo. La persecución desde Little Saigon, con sus constantes paradas y arrancadas, había hecho mella en el coche de repuesto.

Desde su posición, Bosch y Wish controlaban Wilshire y, media manzana al oeste, la sala de la cámara acorazada del Beverly Hills Safe & Lock. En la distancia, el cielo estaba rosado y el sol de un naranja intenso. Las luces de la ciudad comenzaban a encenderse y el tráfico empezaba a disminuir. Bosch miró hacia el este y vio el Ford blanco aparcado en la acera de Wilshire, pero los cristales ahumados le impedían distinguir a sus ocupantes.

A las ocho, una procesión de tres coches —el último un coche patrulla de la Policía de Beverly Hills— subió por la rampa y se detuvo junto a Bosch y Wish.

—Como los ladrones tengan a su vigilante en uno de los rascacielos y haya visto este pequeño desfile, seguro que les dice que se retiren ahora mismo —comentó Bosch.

Rourke y otros cuatro hombres salieron de dos coches sin identificativos y Bosch supo por sus trajes que tres de ellos eran agentes federales. El traje del cuarto hombre estaba demasiado gastado y tenía los bolsillos un poco dados, como los de Bosch. Llevaba un tubo de cartón por lo que Harry dedujo que se trataba del experto del Departamento de Aguas y Electricidad al que se había referido Wish. Del coche patrulla de la Policía de Beverly Hills salieron tres agentes de uniforme. Uno de ellos, con galones de capitán en el cuello de la camisa, también portaba un papel enrollado.

Todos se reunieron alrededor del coche de Bosch y usaron su capó como mesa. Rourke presentó a todo el mundo rápidamente. Los tres del departamento de Beverly Hills estaban allí porque la operación entraba en su jurisdicción. «Cortesía interdepartamental», comentó Rourke. También habían venido porque en su archivo de seguridad comercial guardaban un plano del Beverly Hills Safe & Lock. Rourke explicó que solamente participarían en la reunión en calidad de observadores y se les llamaría más tarde si necesitaban refuerzos. Dos de los agentes del FBI, Hanlon y Houck, se repartirían la vigilancia nocturna con Bosch y Wish. Rourke quería controlar el negocio desde al menos dos ángulos. El tercer agente era el coordinador del Equipo de Operaciones Especiales del FBI. Y el último hombre era Ed Gearson, supervisor de las instalaciones subterráneas del Departamento de Aguas y Electricidad.

—Vale, preparemos la batalla —anunció Rourke tras las presentaciones. Sin pedir permiso, le cogió el tubo a Gearson y sacó un plano enrollado—. Éste es un esquema de la zona realizado por el Departamento de Aguas. En él figuran todas las alcantarillas, túneles y galerías. Nos dice exactamente lo que hay ahí abajo.

Rourke desenrolló sobre el capó el mapa gris con rayas borrosas de color azul. Los tres policías de Beverly Hills aguantaron las otras esquinas con las manos. En el aparcamiento estaba oscureciendo y el hombre del Equipo de Operaciones Especiales, un agente llamado Heller, encendió una linterna de bolsillo que proyectó un haz de luz sorprendentemente amplio y brillante sobre el dibujo. Rourke se sacó un bolígrafo del bolsillo de la camisa y tiró de él hasta que se convirtió en un puntero.

—Vale, estamos... a ver... —Antes de que pudiera encontrar el lugar, el brazo de Gearson bloqueó la luz para señalar el mapa con el dedo. Rourke llevó su puntero al sitio indicado por Gearson—. Sí, aquí. —Rourke le lanzó a Gearson una mirada de «no me interrumpas nunca más». El técnico pareció encogerse un poco más bajo aquella chaqueta gastada.

Todo el mundo se inclinó para ver el sitio en el plano.

—El Beverly Hills Safe & Lock está aquí —dijo Rourke—. La cámara acorazada está aquí. ¿Podemos ver su plano, capitán Orozco?

Orozco era como una pirámide invertida, con las espaldas anchas sobre una cintura delgada. Al desenrollar su plano encima del de Gearson, Bosch y Wish descubrieron que era una copia del dibujo que Avery III les había mostrado antes.

—La superficie de la cámara tiene doscientos setenta y ocho metros cuadrados —les informó Orozco, señalando la zona de la cámara con la mano—. Hay cajas de seguridad en los lados y armarios en el centro. Si estuvieran ahí debajo podrían entrar a través del suelo de estos dos pasillos, así que el radio de entrada sería de unos dieciocho metros.

—Capitán, si levanta el plano y volvemos a mirar el esquema del Departamento de Aguas veremos que la zona de entrada está aquí —dijo Rourke mientras delineaba el contorno de la cámara con un rotulador fluorescente amarillo—. Si usamos eso como guía podremos averiguar qué estructuras subterráneas permiten un mejor acceso. ¿Qué opina usted, señor Gearson?

Gearson se acercó al capó unos cuantos centímetros más para estudiar el mapa detenidamente. Bosch también se acercó y lo primero que vio fueron unas líneas gruesas que debían de representar las alcantarillas principales de este a oeste: el tipo de conducto que buscarían los ladrones. Bosch se fijó en que correspondían a las calles principales de la superficie: Wilshire, Olympic, Pico... Gearson señaló la línea de Wilshire y les contó que la alcantarilla discurría a nueve metros de profundidad y era lo suficientemente amplia para que transitara un camión. Con el dedo, el hombre del Departamento de Aguas siguió el recorrido de la línea de Wilshire diez manzanas hacia el este hasta llegar a Robertson, una de las alcantarillas principales norte-sur. Desde aquella intersección, explicó, sólo había un kilómetro y medio hasta una cloaca que discurría paralela a la autopista de Santa Mónica. La entrada a la cloaca era tan amplia como la puerta de un garaje y sólo estaba protegida por una verja y un candado.

—Ahí es por donde podrían haber entrado —opinó Gearson—. Es como seguir las calles de la superficie. Coges la línea de Robertson hasta Wilshire, giras a la izquierda y prácticamente estás al lado de la línea amarilla, es decir, de la cámara acorazada. Pero no creo que excavaran un túnel en la línea de Wilshire.

—¿No? —preguntó Rourke—. ¿Por qué?

—Porque hay demasiada gente —contestó Gearson y, al ver a nueve caras pendientes de él, sintió que era el hombre con las respuestas—. En las alcantarillas principales tenemos a gente del departamento todo el día controlando grietas, embozos o problemas de todo tipo. Y Wilshire es uno de los ejes de este a oeste. Es como arriba. Si alguien hiciera un agujero en la pared del edificio se notaría, ¿no?

—¿Y si pudieran ocultar el agujero?

—Supongo que se refiere a ese robo del año pasado. Sí, podría volver a funcionar, pero en otro sitio; en la línea de Wilshire hay demasiadas posibilidades de que lo descubramos. Ahora buscamos ese tipo de cosas y, como ya he dicho, hay mucho tráfico en esa alcantarilla.

Hubo un silencio mientras consideraban esta información. Los motores de los coches seguían desprendiendo calor, aumentando la temperatura del ambiente.

—Entonces, según usted, ¿dónde cavarían para entrar en la cámara? —preguntó Rourke finalmente.

—Hay todo tipo de posibilidades allá abajo. No crea que a nosotros no se nos ocurre de vez en cuando mientras trabajamos; lo del golpe perfecto y todo eso... Incluso yo le he dado vueltas, especialmente cuando leí lo del primer robo en los periódicos. Yo creo que si el objetivo fuera esa cámara que usted dice, los ladrones harían lo que he explicado: subir por Robertson y luego pasar a la línea de Wilshire. Pero entonces creo que se meterían en uno de los túneles de servicio para no ser descubiertos. Estos túneles son unos pasadizos redondos de un metro a un metro y medio de diámetro (espacio de sobra para trabajar y mover maquinaria), y unen los sumideros de la calle y los desagües de los edificios con las alcantarillas principales.

Gearson volvió a colocar la mano en el haz de luz para indicar en el mapa del Departamento de Aguas las pequeñas líneas de las que hablaba.

—Si hicieron esto bien —concluyó—, los ladrones entraron en coche por la entrada situada junto a la autopista y llevaron la maquinaria hasta Wilshire, a la zona debajo de la cámara. Descargaron sus cosas, las escondieron en uno de los túneles de servicio y se llevaron el vehículo. Luego volvieron andando y se pusieron manos a la obra. Les aseguro que podrían haber trabajado ahí cinco o seis semanas sin que nosotros pasáramos por ese túnel de servicio.

A Bosch le seguía pareciendo demasiado fácil.

—¿Y estas otras alcantarillas? —preguntó, indicando Olympic y Pico en el mapa. Una red de túneles de servicio salía de esas líneas y subía hasta la cámara acorazada—. ¿Y si usaron una de éstas y entraron por este lado?

Gearson se rascó el labio inferior con un dedo y dijo:

—Eso también es posible, pero la cuestión es que esas líneas no le conducen tan cerca de la cámara como las de Wilshire. ¿Lo ve? ¿Por qué iban a cavar un túnel de cien metros cuando podían cavar uno de treinta?

A Gearson le gustaba dominar la situación, la idea de saber más que aquellos hombres que lo rodeaban, con sus trajes de seda y uniformes. Al acabar su discurso, se balanceó sobre los talones con cara de satisfacción. Bosch sabía que el hombre probablemente tenía razón en cada detalle.

—¿Y qué me dice de la tierra sobrante? —le preguntó Bosch—. Estos tíos están cavando un túnel a través de barro, roca y cemento. ¿Dónde se deshacen de todo eso? ¿Y cómo?

—Bosch, el señor Gearson no es un detective —le recordó Rourke—. Dudo que conozca todos los detalles de...

—Muy fácil —contestó Gearson—. En las alcantarillas

principales como Wilshire y Robertson, el suelo tiene tres niveles y en el centro siempre hay agua, incluso durante una sequía. Aunque no llueva mucho en la superficie, le sorprendería la cantidad de agua que corre por ahí debajo, sean aguas de escorrentía de los embalses, de consumo comercial o ambas. Si los bomberos reciben una llamada, ¿dónde cree que va a parar el agua cuando han apagado el incendio? Bueno, lo que quiero decir es que, si tienen suficiente agua, pueden usarla para deshacerse de la tierra sobrante o como quiera usted llamarla.

—Hablamos de toneladas —intervino Hanlon por primera vez.

—Sí, pero no son varias toneladas a la vez. Usted ha dicho que tardaron varios días en cavarlo. Si reparte la tierra entre varios días, las aguas residuales podrían arrastrarla. De todos modos, si los ladrones están en uno de los túneles de servicio tendrán que haber pensado en una forma de hacer que el agua pase por allí y vaya a parar a la alcantarilla principal. Yo miraría las bocas de incendio de la zona. Si alguna ha tenido un escape o la han abierto, seguro que es obra de nuestros hombres.

Uno de los policías de uniforme se acercó a Orozco y le susurró algo al oído. Orozco se apoyó en el capó, alzó un dedo sobre el mapa y apuntó a una línea azul.

—Tuvimos un incidente con una boca de incendios hace dos noches.

—Alguien la abrió —aclaró el policía de uniforme que había informado al capitán—. Usaron unas tenazas para cortar la cadena que sujeta la tapa y se la llevaron. Los bomberos tardaron una hora en conseguir una de repuesto.

—Eso es mucha agua —observó Gearson—. Suficiente para deshacerse de parte de su «tierra sobrante».

Gearson miró a Bosch y sonrió. Bosch también sonrió; le encantaba que las piezas del rompecabezas comenzaran a encajar.

—Antes de eso, el sábado por la noche, hubo un incendio provocado —les informó Orozco—. Fue en una pequeña tienda de ropa detrás del edificio Stock, en una calle perpendicular a Rincon Street.

Gearson se fijó en la situación de la tienda de ropa, que Orozco estaba señalando en el plano, y a continuación puso su dedo en la boca de incendios.

—El agua de estas dos bocas habría ido a parar a estos tres sumideros, aquí, aquí y aquí —explicó, moviendo expertamente la mano por la hoja de papel gris—. Estos dos desagües van a parar a esta línea y el otro a ésta.

Los investigadores fijaron la vista en las dos líneas de alcantarillado. Una discurría paralela a Wilshire, detrás del edificio J. C. Stock, y la otra perpendicular a Wilshire, justo al lado del Beverly Hills Safe & Lock.

—Desde cualquiera de ellas el túnel sería de unos... ¿treinta metros? —aventuró Wish.

—Como mínimo, si es que han podido cavar en línea recta —dijo Gearson—. Podrían haberse topado con instalaciones subterráneas o roca dura y tener que desviarse un poco. Dudo mucho que un túnel en esta zona pueda ser recto.

El experto del Equipo de Operaciones Especiales tiró a Rourke del puño de la camisa y los dos se alejaron del grupo para conversar en voz baja. Bosch miró a Wish y le susurró:

—No van a entrar.

—¿Qué quieres decir?

—Esto no es Vietnam. No pueden obligar a nadie a bajar. Si Franklin, Delgado y alguien más están ahí abajo, es imposible entrar por sorpresa. Ellos tienen todas las ventajas; nos verían venir.

Ella lo miró, pero no dijo nada.

—Sería una equivocación —dijo Bosch—. Sabemos que van armados y seguramente han instalado bombas trampa. Y sabemos que son unos asesinos.

ϒ

Rourke se reunió de nuevo con la gente alrededor del capó y pidió a Gearson que le esperara en uno de aquellos vehículos federales mientras acababa de hablar con los investigadores. El hombre del Departamento de Aguas volvió al coche cabizbajo, decepcionado por dejar de formar parte del plan.

—No vamos a bajar a buscarlos —anunció Rourke después de que Gearson cerrara la puerta del automóvil—. Es demasiado peligroso. Ellos tienen armas, explosivos... Y nosotros carecemos de elemento sorpresa, por lo que nos arriesgamos a sufrir bajas. Así que vamos a tenderles una trampa. Vamos a dejar que todo siga su curso y cuando salgan nosotros los estaremos esperando, a salvo. De ese modo tendremos el factor sorpresa a nuestro favor. Esta noche el Equipo de Operaciones Especiales hará un reconocimiento de la línea Wilshire (le pediremos a Gearson uniformes del Departamento de Aguas) y buscaremos el punto de entrada. Después nos instalaremos en la mejor situación, la más segura desde nuestro punto de vista.

Hubo un momento de silencio puntuado por una bocina de la calle antes de que Orozco protestara.

—Un momento, un momento. —El capitán de policía esperó a que todos le prestaran atención. Todos excepto Rourke, que ni le miró.

»No podemos quedarnos con los brazos cruzados y dejar que esa gentuza haga un agujero en la cámara acorazada; que entren, fuercen docenas de cajas y luego se vayan tan panchos —dijo Orozco—. Mi obligación es proteger los bienes de los ciudadanos de Beverly Hills, quienes probablemente constituyen un noventa por ciento de los clientes de esa empresa. Me niego a participar en este plan.

Rourke cerró su puntero, se lo guardó en el bolsillo interior de la chaqueta y comenzó a hablar, todo ello sin mirar a Orozco.

—Orozco, queda constancia de su objeción, pero le recuerdo que no le estamos pidiendo que participe en el plan —dijo Rourke. Bosch se fijó en que, además de no tratar a Orozco según su rango, Rourke había abandonado toda pretensión de amabilidad.

»Esto es una operación federal —prosiguió Rourke—. Ustedes están aquí por cortesía profesional. Además, si estoy en lo cierto, los ladrones sólo abrirán una caja esta noche. Cuando la encuentren vacía, cancelarán la operación y se irán.

Por la cara que ponía, era evidente que Orozco estaba perdido. Bosch dedujo que no le habrían dado muchos detalles sobre la investigación y sintió lástima por él. Rourke lo había puesto en ridículo.

—No tenemos tiempo de explicarlo —dijo Rourke—. La cuestión es que creemos que el objetivo es sólo una caja, la cual, según nuestras investigaciones, está vacía. Cuando los ladrones entren en la cámara y lo descubran, pensamos que se marcharán precipitadamente. Nuestro trabajo es estar preparados para ello.

Bosch reflexionó sobre la teoría de Rourke. ¿Se irían los ladrones tan rápidamente? ¿O pensarían que se habían equivocado de caja y abrirían otras en busca de los diamantes de Tran? ¿Se quedarían a desvalijar la cámara para amortizar el golpe? Bosch no lo sabía. Desde luego no estaba tan seguro como Rourke, pero quizás el agente del FBI estaba exagerando para sacarse a Orozco de encima.

—¿Y si no se marchan? —preguntó Bosch—. ¿Y si siguen abriendo cajas?

—Entonces tenemos un largo fin de semana a la vista —contestó Rourke—, porque vamos a esperarlos.

—Sea como fuere, va usted a hundir ese negocio —dijo Orozco, señalando al edificio Stock—. En cuanto se sepa que alguien hizo un agujero en esa cámara, el público perderá la confianza. Nadie dejará sus objetos de valor ahí dentro.

Rourke miró fijamente al capitán. Obviamente no pensaba hacerle caso.

—Si pueden capturarlos después del golpe, ¿por qué no antes? —insistió Orozco—. ¿Por qué no abrimos el sitio, hacemos sonar una sirena o cualquier ruido y metemos un coche patrulla delante? Cualquier cosa con tal de que sepan que los hemos descubierto. Eso los asustará antes de entrar. Así los cogemos y salvamos el negocio. Y si sale mal, ya los cogeremos otro día.

—Capitán —dijo Rourke, retomando su aire de falsa urbanidad—, si les dejamos saber que estamos aquí, perdemos nuestra única ventaja: el factor sorpresa. Además, los incitamos a comenzar un tiroteo en los túneles y quizás en la calle, en el que a ellos no les importará quién caiga, incluidos ellos mismos o vidas inocentes. ¿Cómo nos justificamos a nosotros o al público que lo hicimos porque queríamos salvar un negocio?

Rourke esperó a que Orozco asimilara sus palabras y añadió:

—Capitán, no voy a escatimar seguridad en esta operación porque no puedo permitírmelo. Esos hombres de ahí abajo no amenazan: matan. De momento, que sepamos, ya llevan dos personas, incluido un testigo. Y eso sólo esta semana. Le juro que no vamos a dejarlos escapar.

Orozco se inclinó sobre el capó, enrolló su plano y lo ató con una goma elástica.

—Sólo les digo una cosa: no la caguen. Si lo hacen, mi departamento y yo divulgaremos todos los detalles de lo que se ha discutido en esta reunión. Buenas noches.

Orozco se dio la vuelta y caminó hacia el coche patrulla. Los dos policías de uniforme lo siguieron sin que nadie tuviera que ordenárselo. Todos los demás se quedaron mirando. Cuando el coche se alejó rampa abajo, Rourke comentó:

—Bueno, ya lo habéis oído. No podemos cagarla. ¿Alguien más quiere sugerir algo?

—¿Y si ponemos a gente en la cámara acorazada, ahora, y esperamos a que suban? —le preguntó Bosch. No lo había considerado antes, pero lo soltó de todos modos.

—No —dijo el hombre del Equipo de Operaciones Especiales—. Si mete a gente en esa cámara están acorralados. No hay opciones, ni manera de salir. No podría encontrar voluntarios ni entre mis hombres.

—También podrían resultar heridos por la explosión —añadió Rourke—. No hay forma de saber por dónde entrarán los ladrones.

Bosch asintió. Tenían razón.

—¿Podemos abrir la cámara y entrar, una vez que sepamos que están dentro? —preguntó uno de los agentes federales. Bosch no recordaba si se trataba del llamado Hanlon o de Houck.

—Sí, hay una forma de anular el sistema de apertura retardada —dijo Wish—. Necesitamos traer a Avery, el propietario.

—Pero por lo que dijo Avery, parece demasiado lento —afirmó Bosch—. Avery puede anular la apertura retardada, pero es una puerta de dos toneladas que se abre por su propio peso. Como mínimo, tardará medio minuto en abrirse. Quizá menos, pero ellos seguirían teniendo ventaja. Es el mismo riesgo que venir por detrás desde el túnel.

—¿Y una bomba de humo? —sugirió uno de los agentes—. Podemos abrir la puerta unos centímetros y lanzar una. Luego entramos y los cogemos.

Rourke y el hombre del Equipo de Operaciones Especiales negaron con la cabeza.

—Por dos razones —explicó el hombre del Equipo de Operaciones Especiales—. Si han puesto bombas trampa en el túnel, tal como imaginamos, la bomba de humo podría detonar las cargas. Wilshire Boulevard se hundiría completamente y no queremos que eso ocurra. Imagínense el papeleo.

Al ver que nadie sonreía, el hombre continuó:

—En segundo lugar, estamos hablando de una sala de cristal, por lo que nuestra posición es muy vulnerable. Si tienen a alguien vigilando, somos hombres muertos. Pensamos que ellos no usarán la radio cuando pongan los explosivos, pero ¿qué pasa si no es así y su vigilante les avisa de que estamos allí? ¡Puede que ellos acaben lanzándonos algo a nosotros!

Rourke añadió sus propias ideas al respecto.

—Y aunque no hubiera un vigilante, si metemos un Equipo de Operaciones Especiales en esa sala de cristal, los ladrones podrían verlo por televisión. Tendríamos cámaras de todas las cadenas de Los Ángeles en la acera y una cola de coches hasta Santa Mónica. Sería un circo, así que olvidadlo. El Equipo de Operaciones Especiales hablará con Gearson, harán el reconocimiento y cubriremos las salidas junto a la autopista. Los esperaremos debajo y los cogeremos en nuestro territorio.

El hombre del Equipo de Operaciones Especiales asintió y Rourke continuó:

—A partir de esta noche, habrá vigilancia las veinticuatro horas. Quiero a Wish y Bosch en el lado de la cámara y a Houck y Hanlon en Rincon Street, delante de la entrada. Si veis u oís algo raro, quiero que me aviséis a mí y yo avisaré al Equipo de Operaciones Especiales para que se prepare. Si es posible, usad el teléfono, porque no sabemos si están captando nuestra frecuencia. Los que vigiláis tendréis que pensar un código para comunicaros por radio. ¿Está claro?

—¿Y si suena la alarma? —preguntó Bosch—. Ya ha saltado tres veces esta semana.

Rourke pensó un momento y dijo:

—Haced lo que haríais normalmente. Quedad en la puerta con el director que se suele encargar, Avery, o quien sea, volved a programar la alarma y mandadlo a casa. Yo hablaré con Orozco y le pediré que envíe a sus patrullas cuando suenen las alarmas, pero nosotros nos encargaremos de todo.

—Avery es el que se encarga de las llamadas —dijo Wish—. Ya sabe lo que creemos que va a pasar. ¿Y si quiere abrir la cámara y echar un vistazo?

—Pues no le dejéis. Así de fácil. Es su cámara, pero su vida correría peligro.

Rourke miró las caras que lo rodeaban. No había más preguntas.

—Pues ya está. Quiero a todo el mundo en sus puestos dentro de noventa minutos. Eso os da a los noctámbulos tiempo de comer, mear y comprar café. Wish, dame el parte, por teléfono, a medianoche y a las seis. ¿De acuerdo?

—De acuerdo.

Rourke y el hombre del Equipo de Operaciones Especiales entraron en el coche donde Gearson les estaba esperando y bajaron por la rampa. Bosch, Wish, Hanlon y Houck elaboraron un código para usar por la radio. Decidieron cambiar el nombre de las calles de la zona vigilada por nombres de calles del centro. Si había alguien escuchando la frecuencia de seguridad pública Simplex 5, pensarían que se trataba de informes sobre una vigilancia en Broadway y First Street en el centro, en lugar de Wilshire y Rincon en Beverly Hills. También decidieron referirse a la cámara acorazada como una tienda de empeños. Una vez convenido esto, las dos parejas de investigadores acordaron llamarse al principio de la vigilancia y se separaron.

Cuando el coche de Hanlon y Houck desapareció por la rampa, Bosch, a solas con Wish por primera vez desde que se habían hecho los planes, le preguntó qué opinaba.

—No lo sé. No me gusta la idea de dejarlos entrar en la cámara y que luego anden sueltos por ahí. Me pregunto si el Equipo de Operaciones Especiales lo puede cubrir todo.

—Pronto lo sabremos.

De repente un coche subió por la rampa y se dirigió hacia ellos. Las luces deslumbraron a Bosch, quien por un momento pensó que se trataba de sus atacantes de la noche anterior. Pero entonces el vehículo se desvió y se detuvo. Eran Hanlon y Houck. Por la ventanilla del pasajero Houck le tendió un grueso sobre de color marrón.

—Entrega en mano, Harry —anunció el agente—. Me había olvidado de que teníamos que darte esto. Alguien de tu oficina lo dejó en el Buró hoy. Me dijo que lo estabas esperando pero, como no habías pasado por Wilcox, no te lo había podido dar.

Bosch cogió el sobre sin acercárselo al cuerpo. Houck notó su desconfianza.

—El tío se llamaba Edgar, era negro, y me dijo que antes erais compañeros —aclaró Houck—. Al parecer el paquete llevaba dos días en tu casilla y Edgar pensó que podría ser importante. Como iba a enseñar una casa en Westwood, decidió traértelo al pasar por allí. ¿Puede ser?

Bosch asintió y los dos agentes se marcharon. El pesado sobre estaba cerrado, pero llevaba remite del archivo de las Fuerzas Armadas en San Luis. Bosch lo abrió por un extremo y echó un vistazo. Dentro había un montón de papeles.

—¿Qué es? —preguntó Wish.

—Es el expediente de Meadows; me había olvidado. Lo pedí el lunes, antes de que supiera que vosotros llevabais el caso. Bueno, ahora ya lo he leído.

Bosch arrojó el sobre por la ventanilla del coche y éste aterrizó en el asiento de atrás.

—¿Tienes hambre?

—No, pero me tomaría un café.

—Conozco un buen sitio.

Bosch sorbía un café humeante en un vaso de plástico del restaurante, un sitio italiano en Pico Boulevard, detrás de Century City. Estaba dentro del coche, de vuelta en el segundo piso del aparcamiento frente a la cámara acorazada, cuando Wish abrió la puerta. Venía de dar el parte de medianoche a Rourke.

—Han encontrado el jeep.

—¿Dónde?

—Rourke dice que los del Equipo de Operaciones Especiales hicieron un reconocimiento de la alcantarilla de Wilshire, pero no encontraron rastro de los intrusos o la boca del túnel.

»Parece que Gearson tenía razón; están metidos en una de las líneas secundarias. Total, que los chicos del Equipo de Operaciones Especiales se dirigieron a la salida de las alcantarillas junto a la autopista para preparar la emboscada. Estaban desplegándose para cubrir tres posibles salidas cuando se toparon con el jeep. Rourke dice que, aparcado en un parque de automóviles al lado de la autopista, hay un todoterreno beige con un remolque cubierto con una lona. Es el de ellos. Las tres motos azules están en el remolque.

—¿Ha pedido una orden de registro?

—Sí, tiene a alguien buscando a un juez ahora mismo, así que la conseguirán. Pero no van a intentar acercarse hasta que termine la operación, por si forma parte del plan que alguien salga a buscar las motos. O que alguien de fuera se las lleve a los de dentro.

Bosch asintió y se tomó su café. Era lo mejor que podían hacer. Entonces recordó que tenía un cigarrillo encendido en el cenicero y lo tiró por la ventanilla.

Como si hubiera adivinado lo que Bosch estaba pensando, Wish agregó:

—Rourke dice que no han visto ninguna manta en la parte de atrás, pero que si ése es el jeep en que llevaron a Meadows a la presa, todavía debería haber fibras que podrían analizarse en el laboratorio.

—¿Y el escudo que vio Tiburón?

—Rourke dice que no había ningún escudo, pero es posible que lo hubiera habido y que lo quitaran al dejar el jeep allí aparcado.

—Sí —dijo Bosch, pero tras unos segundos de reflexión, añadió—. ¿No te preocupa que todo se esté solucionando tan fácilmente?

—¿Por qué?

Bosch se encogió de hombros y miró hacia Wilshire. La acera delante de la boca de incendios estaba desierta. Desde que habían vuelto de cenar, Bosch no había visto el Ford blanco, que estaba convencido de que pertenecía a Asuntos Internos. No sabía si Lewis y Clarke estaban por allí o si habían decidido dejarlo por aquel día.

—Harry, el premio de una buena investigación es que los casos se solucionan —le dijo Eleanor—. Quiero decir, que todavía no lo tenemos claro ni mucho menos, pero creo que por fin empezamos a controlar la situación. Estamos muchísimo mejor que hace tres días. ¿Por qué preocuparse cuando al final empiezan a encajar algunas cosas?

—Hace tres días Tiburón estaba vivo.

—Si sigues culpándote de eso, ¿por qué no te culpas por todo el mundo que ha elegido morir? Tú no puedes hacer nada, Harry; no te martirices.

—¿Qué quieres decir con «elegir»? Tiburón no eligió nada.

—Sí que eligió. Cuando escogió vivir en la calle sabía que podría morir en la calle.

—No estoy de acuerdo. Sólo era un niño.

—La vida es así de mierda, Harry. Yo creo que lo mejor que puedes hacer en este trabajo es quedar empatado. A veces ganan unos y a veces otros. Con un poco de suerte, la mitad de veces ganan los buenos. Y esos somos nosotros.

Bosch se terminó el café y permanecieron un rato en silencio. Desde su puesto tenían una perspectiva clara de la cámara, aposentada en la sala de cristal como un trono. Ahí fuera, a la vista de todos, pulida y brillante bajo los focos que la iluminaban, parecía decir: «Tómame». «Alguien va a hacerlo —pensó Bosch—. Y nosotros vamos a permitirlo.»

Wish cogió la radio, pulsó dos veces el botón de transmisión y dijo:

—Broadway llamando a First, ¿me recibís?

—Sí, aquí First. ¿Hay novedades? —Era la voz de Houck. La recepción no era muy buena, ya que las ondas rebotaban contra los rascacielos de la zona.

—No, sólo estábamos probando. ¿Cuál es vuestra posición?

—Estamos al sur, delante de la entrada de la tienda de empeños, con una vista perfecta de... nada.

—Nosotros estamos al este. Desde aquí divisamos... —Wish apagó el micrófono y miró a Bosch—. Nos hemos olvidado de una palabra en clave para la cámara acorazada. ¿Se te ocurre algo?

Bosch negó con la cabeza, pero enseguida añadió:

—Saxofón. Siempre hay saxofones colgados del techo en las tiendas de empeños. Montones de instrumentos musicales.

Ella encendió el micrófono de nuevo.

—Perdón, First Street, teníamos un problema técnico. Estamos al este de la tienda de empeños, con el piano delante. Sin novedad en el interior.

—No os durmáis.

—Igualmente. Corto y cierro.

Bosch sonrió y sacudió la cabeza.

—¿Qué? —preguntó ella—. ¿Qué pasa?

—He visto muchos instrumentos musicales en tiendas de empeño, pero un piano... no sé. ¿Quién va a empeñar un piano? Necesitarías un camión para llevarlo hasta la tienda. Hemos pifiado nuestra tapadera.

Bosch cogió el micrófono, pero sin apretar el botón de transmisión.

—Eh, First Street —dijo—. Rectificamos. No hay un piano en el escaparate, sino un acordeón. Nos hemos equivocado.

Ella le pegó en el hombro y le pidió que se olvidara del piano. A continuación, los dos se quedaron tranquilamente en silencio. Los trabajos de vigilancia eran la pesadilla de la mayoría de detectives. En cambio Bosch, en sus quince años de profesión, nunca había odiado una sola operación de vigilancia; incluso las había disfrutado, si tenía buena compañía. Bosch definía la buena compañía no por la conversación, sino por la ausencia de ella. Cuando no había necesidad de hablar para sentirse cómodo; aquello era buena compañía. Bosch pensó en el caso y contempló el tráfico que pasaba por delante de la cámara. Recordó los acontecimientos tal como habían ocurrido, por orden, del principio al final. Revivió las escenas y volvió a escuchar las conversaciones. Este repaso mental solía ayudarle a decidir cuál sería el siguiente movimiento. El tema al que estuvo dando más vueltas —tocándolo con la lengua como un diente a punto de caer— fue el ataque del coche la noche antes. ¿Por qué? ¿Qué sabían entonces para que fueran tan peligrosos? Matar a un policía y a una agente federal parecía estúpido. ¿Por qué lo habrían hecho? Su mente divagó hasta la noche que pasaron juntos después de que les interrogaran. Eleanor estaba muy asustada, más que él. Esa noche, mientras Bosch la acogía en sus brazos, sintió que estaba calmando a un animal aterrorizado. La abrazó y acarició mientras ella respiraba sobre su cuello. No habían hecho el amor, sólo habían dormido cogidos, algo casi más íntimo.

—¿Estás pensando en ayer por la noche? —le preguntó ella en ese momento.

—¿Cómo lo sabes?

—Me lo imaginaba. ¿Y qué pensabas?

—Bueno, creo que fue muy bonito, que...

—Hablo de la gente que intentó matarnos.

—Ah, no, ninguna idea. Estaba pensando en después.

—Ah... Bueno, no te he dado las gracias, Harry, por ser así conmigo. Sin esperar nada.

—Yo soy quien te debería dar las gracias.

—Eres un sol.

Los dos volvieron a sus pensamientos. Con la cabeza apoyada en la ventanilla lateral, Bosch apenas despegaba la vista de la cámara acorazada. El tráfico en Wilshire era escaso pero constante; la gente iba a las discotecas de Santa Mónica o Rodeo Drive y seguramente habría algún estreno en el cercano Academy Hall. A Bosch le pareció que todas las limusinas de Los Ángeles circularon por Wilshire esa noche. Las vio de todas las marcas y colores, pasando por delante tan majestuosamente que parecían flotar. Con sus ventanas ahumadas eran bellas y misteriosas, como mujeres exóticas con gafas de sol. La limusina era un vehículo hecho a propósito para aquella ciudad, pensó Bosch.

—¿Ya han enterrado a Meadows?

La pregunta sorprendió a Bosch. ¿Qué pensamientos habrían llevado a Wish hasta ella?

—Aún no —respondió—. El entierro es el lunes, en el cementerio de veteranos.

—El día de los Caídos, muy adecuado. ¿Su vida criminal no lo inhabilita para ser enterrado en esa tierra sagrada?

—No. Meadows luchó en Vietnam, así que tiene un espacio reservado. Seguramente también tienen uno para mí. ¿Por qué lo preguntas?

—No lo sé. Sólo estaba pensando, eso es todo. ¿Tú qué vas a hacer? ¿Vas a ir?

—Sí, si no estoy vigilando esta cámara.

—Es un gesto noble. Sé que significó algo para ti, en algún momento de tu vida.

Él no contestó, pero ella insistió:

—Harry, háblame del eco negro, eso que dijiste el otro día. ¿Qué querías decir?

Por primera vez Bosch desvió la mirada de la cámara acorazada y miró a Eleanor. Su cara estaba en penumbra, pero los faros de un coche que pasaba iluminaron el interior del coche un instante y él vio sus propios ojos reflejados en sus pupilas. Luego volvió su atención a la cámara acorazada.

—No hay nada que contar. Es sólo lo que yo llamo uno de los intangibles.

—¿Intangibles?

—No tenía nombre, así que nos inventamos uno. Es la oscuridad, la sensación húmeda de vacío que notabas cuando estabas solo ahí abajo, en uno de esos túneles. Era como si estuvieras muerto y enterrado en la oscuridad. Pero estabas vivo. Y asustado. Incluso tu aliento resonaba tan fuerte que podía descubrirte. O eso pensabas, no lo sabías. Es difícil de explicar. Es... el eco negro.

Ella se quedó un rato en silencio antes de decir:

—Está bien que vayas al funeral.

—¿Pasa algo?

—¿Qué quieres decir?

—Que si te pasa algo; hablas de una manera... No parece que estés bien desde ayer por la noche. Como si algo... no sé, olvídalo.

—Yo tampoco lo sé, Harry. Después de que la adrenalina bajara, supongo que me asusté. El ataque me hizo pensar en ciertas cosas.

Bosch asintió, pero no dijo nada. Al cabo de un rato recordó un momento en el Triángulo cuando una compañía que había sufrido muchas bajas por culpa de francotiradores encontró la entrada a una red de túneles. A Bosch, Meadows y un par de ratas más llamados Jarvis y Hanrahan los fueron a buscar a una zona de aterrizaje cercana y los llevaron al agujero. Lo primero que hicieron fue tirar en el agujero un par de bengalas, una azul y una roja, y dispersar el humo con un ventilador muy potente a fin de encontrar las otras entradas a la red. Muy pronto comenzaron a emerger de la tierra más de veinte volutas de humo en un radio de unos doscientos metros. El humo procedía de los agujeros de araña que los francotiradores usaban como parapetos o para entrar y salir de los túneles. Había tantos que la jungla se tornó púrpura. Meadows, que iba colocado, metió una cinta en un radiocasete que siempre llevaba consigo y puso *Purple Haze* (Bruma lila) de Jimmi Hendrix a todo volumen. Era uno de los recuerdos más vivos de la guerra, aparte de los sueños, que conservaba Bosch.

Después de eso a Bosch dejó de gustarle el rock and roll. El ritmo enérgico de la música le recordaba demasiado a Vietnam.

—¿Has ido a ver el monumento? —le preguntó Eleanor. Ella no tuvo que decir cuál. Sólo había uno, en Washington. Aunque entonces recordó la réplica negra y alargada que había visto instalar en el cementerio junto al edificio federal.

—No —contestó al cabo de un rato—. No lo he visto.

Después de que se disipara el humo de la jungla y terminara la cinta de Hendrix, los cuatro hombres entraron en el túnel mientras el resto de la compañía esperaba sentada sobre sus mochilas comiendo su ración de rancho.

Al cabo de una hora, sólo Bosch y Meadows volvieron. Meadows llevaba con él tres cabelleras de soldados del Vietcong. Las levantó para mostrárselas a las tropas y gritó:

—¡Tenéis delante al tío más sanguinario del eco negro!

Y de ahí vino el nombre. Después, encontraron a Jarvis y Hanrahan en los túneles. Habían caído en trampas hechas con cañas de bambú envenenadas y habían muerto.

—Yo fui a verlo cuando vivía en Washington —le contó Eleanor—. No me vi con fuerzas de ir al homenaje de 1982, pero un montón de años más tarde finalmente reuní el valor. Quería ver el nombre de mi hermano porque pensaba que quizá me ayudaría a superar lo que le ocurrió.

—¿Y te ayudó?

—No. Fue peor. Me puso furiosa. Me dejó con sed de

justicia, si es que eso tiene sentido. Quería justicia para mi hermano.

Cuando el silencio volvió a invadir el coche, Bosch se sirvió más café. Empezaba a notar los efectos de la cafeína, pero no podía parar; era un adicto. Contempló a un par de borrachos que iban dando tumbos y que se detuvieron frente al escaparate delante de la cámara acorazada. Uno de los hombres extendió los brazos como si intentara medir el tamaño de la enorme puerta; después se alejaron calle abajo. Bosch pensó en la rabia que Eleanor debió de sentir por lo de su hermano. En la impotencia. Y entonces pensó en su propia impotencia. Conocía aquellos sentimientos, quizá no en la misma medida que Eleanor, pero sí desde una perspectiva distinta. Cualquiera que hubiese sido tocado por la guerra conocía esos sentimientos. Nunca había logrado superarlo del todo y no estaba seguro de querer hacerlo. La rabia y la tristeza le daban algo que era mejor que el vacío total. ¿Era eso lo que sentía Meadows?, se preguntó. El vacío. ¿Fue eso lo que lo llevó de empleo en empleo, de aguja a aguja, hasta ser definitivamente eliminado en su última misión? Bosch decidió que iría al funeral de Meadows, que al menos le debía aquello.

—¿Sabes lo que me dijiste el otro día sobre ese tío, el Maquillador? —preguntó Eleanor.

—¿El qué?

—¿Que Asuntos Internos intentó demostrar que tú lo habías ejecutado?

—Sí, ya te lo dije, lo intentaron, pero no se salieron con la suya. Sólo lograron suspenderme por violación del reglamento.

—Bueno, quería decirte que, aunque hubieran tenido razón, estaban equivocados. Eso, para mí, habría sido justicia. Tú sabías lo que le pasaría a un hombre así. Mira al Merodeador. Nunca irá a la cámara de gas. O tardará veinte años.

Bosch se sintió incómodo. Sólo había pensado en sus motivos y cómo había actuado en el caso del Maquillador cuando estaba solo. Nunca hablaba en voz alta sobre el tema e ignoraba adónde quería ir a parar.

—Ya sé que si fuera verdad nunca lo admitirías, pero creo que consciente o inconscientemente tomaste una decisión. Querías justicia para todas esas mujeres, para sus víctimas. Quizá también para tu madre.

Estupefacto, Bosch se volvió hacia ella y estaba a punto de preguntarle como sabía lo de su madre, y cómo se le había ocurrido relacionarla con el caso del Maquillador, cuando recordó su archivo: debía de ponerlo en uno de los documentos. Al solicitar su ingreso en el departamento, había tenido que contestar en uno de los impresos si él o alguno de sus parientes cercanos habían sido víctimas de un homicidio. Bosch escribió que se había quedado huérfano a los once años, cuando su madre fue encontrada estrangulada en un callejón junto a Hollywood Boulevard. No tuvo que escribir a qué se dedicaba ella. El sitio y las circunstancias de su muerte hablaban por sí mismos.

Cuando recobró la serenidad, Bosch le preguntó a Eleanor por qué lo decía.

—Por nada —dijo ella—. Sólo que... lo respeto. Si hubiese sido yo, creo que me habría gustado hacer lo mismo, haber sido lo suficientemente valiente.

Él la miró, pero la oscuridad ocultaba los rostros de ambos. Ya era tarde, y no pasó ningún coche para iluminarlos.

—Duerme tú primero —dijo él—. Yo he tomado demasiado café.

Ella no contestó. Él se ofreció a sacar una manta que había puesto en el maletero, pero ella no la quiso.

—¿Sabes lo que J. Edgar Hoover dijo sobre la justicia? —le preguntó.

—Seguro que dijo muchas cosas, pero ahora mismo no recuerdo ninguna.

—Pues que la justicia es sólo accesoria a la ley y el orden público. Creo que tenía razón.

Ella no dijo nada más, y al cabo de un rato Bosch oyó que su respiración se tornaba más profunda y espaciada. Cuando pasaba un coche de vez en cuando, Bosch miraba su rostro bañado por la luz de los faros. Eleanor dormía como una niña, con la cabeza apoyada sobre las manos. Bosch bajó un poco la ventanilla y encendió un cigarrillo. Mientras fumaba, se preguntó si podría enamorarse de ella o ella de él, una idea que le emocionaba y le inquietaba al mismo tiempo.

Séptima parte

Sábado, 26 de mayo

La mayoría de expedientes militares de Meadows ya los había visto, pero enseguida advirtió que algunos no estaban en la carpeta del FBI que Wish le había dejado. Aquél era un archivo más completo. Dentro había una fotocopia de su hoja de reclutamiento con el examen médico correspondiente. También incluía unos informes médicos de Saigón, que informaban de que Meadows había sido tratado en dos ocasiones por sífilis y una por una grave crisis nerviosa.

Mientras hojeaba los documentos sus ojos se posaron en la copia de una carta de dos páginas escrita por un congresista de Luisiana llamado Noone. Picado por la curiosidad, Bosch comenzó a leer. La carta llevaba fecha de 1973 e iba dirigida a Meadows, en la embajada estadounidense en Saigón. La carta, con el sello oficial del Congreso, agradecía a Meadows su hospitalidad y ayuda durante la reciente visita de reconocimiento realizada por el político. Noone comentaba que había sido una sorpresa muy agradable encontrar a un paisano de New Iberia en un país tan lejano. Bosch dudó que hubiese sido una casualidad. Seguramente habían escogido a Meadows como escolta del congresista con la intención de que se llevaran bien y el legislador volviera a Washington encantado con el personal y la moral de las tropas en el sudeste de Asia. Las casualidades no existían.

La segunda página de la carta felicitaba a Meadows por su gran carrera y hacía referencia a los buenos informes que Noone había recibido del oficial superior de Meadows. Bosch siguió leyendo. Por lo visto, Meadows había participado en abortar un intento de entrada ilegal en el hotel de la embajada durante la estancia del congresista; un tal teniente Rourke le había proporcionado los datos de las hazañas de Meadows. De pronto, Bosch sintió un temblor debajo del corazón, como si se le estuviera escurriendo la sangre. La carta terminaba con unos cuantos cotilleos sobre el pueblo, la firma grande y suelta del congresista y, en el margen inferior izquierdo, una nota mecanografiada que decía:

Copias a: Ejército de EE.UU.
División de Archivos
Washington, D.C.
Teniente John H. Rourke
Embajada de EE.UU.
Saigón, Vietnam.
The Daily Iberian; a la atención del director.

Bosch se quedó un buen rato contemplando la segunda página sin moverse ni respirar. Incluso notó una cierta náusea y se pasó la mano por la frente. Intentó recordar si alguna vez había oído el segundo nombre o inicial de Rourke, pero no importaba. No cabía duda. Las casualidades no existían.

De repente el busca de Eleanor comenzó a sonar y los sobresaltó a ambos. Ella se incorporó y tanteó en su bolso hasta que encontró el aparato y lo apagó.

—Dios mío, ¿qué hora es? —preguntó, todavía desorientada.

Bosch respondió que eran las seis y veinte y justo en ese instante recordó que deberían haberle dado el parte a Rourke veinte minutos antes. Después de deslizar la carta entre la pila de papeles, Bosch los metió todos en el sobre y lo arrojó al asiento de atrás.

—Tengo que llamar —anunció Wish.

—Tranquila, tómate unos minutos para despertarte —repuso Bosch rápidamente—. Ya llamaré yo. De todas formas he de ir al lavabo y de paso traeré café y agua.

Bosch abrió la puerta y salió del coche antes de que ella pudiera rechazar el plan.

—Harry, ¿por qué me has dejado dormir? —le preguntó.

—No lo sé. ¿Cuál es su número?

—Lo debería llamar yo.

—Déjame a mí. Dame el número.

Cuando ella se lo entregó, Bosch se encaminó hasta un

restaurante cercano, un lugar abierto las veinticuatro horas llamado Darling's. Durante todo el trayecto estuvo en las nubes, haciendo caso omiso de los mendigos que se habían levantado con el sol. Intentaba asimilar que el topo era Rourke, pero no acababa de comprender a qué estaba jugando. Si Rourke estaba compinchado con los ladrones, ¿por qué les había puesto a vigilar la cámara acorazada? ¿Quería quizá que cogieran a su gente?

Bosch divisó unos teléfonos delante del restaurante.

—Llegas tarde —respondió Rourke inmediatamente.

—Nos olvidamos.

—¿Bosch? ¿Dónde está Wish? Era ella quien tenía que hacer la llamada.

—No se preocupe, Rourke. Ella está vigilando la cámara tal como nos dijo. ¿Qué está haciendo usted?

—Yo he estado esperando a que me llamaseis. ¿Os habéis dormido o qué? ¿Qué está pasando?

—No está pasando nada, pero usted ya lo sabe, ¿no es así?

Hubo un silencio durante el cual un mendigo se acercó a la cabina y le pidió dinero a Bosch. Bosch le puso la mano en el pecho y lo empujó con firmeza.

—¿Está usted ahí, Rourke? —le dijo al teléfono.

—¿Qué significa eso? ¿Cómo voy a saber lo que está pasando si vosotros no me llamáis cuando deberíais? Tú y tus indirectas, Bosch. No te entiendo.

—Déjeme preguntarle algo. ¿Ha puesto usted gente en las salidas del túnel o todo el montaje del plano, el puntero y el tío del Equipo de Operaciones Especiales eran sólo para disimular?

—Dile a Wish que se ponga. No entiendo qué me estás diciendo.

—Lo siento, ella no puede ponerse en este momento.

—Bosch, voy a retirarte por hoy. Pasa algo. Llevas toda la noche aquí. Creo que deberías... No, mandaré a un par de agentes para relevaros. Voy a tener que llamar a tu teniente y...

—Usted conocía a Meadows.

—¿Qué?

—Lo que he dicho, que lo conocía. Tengo su expediente: el completo, no la versión censurada que usted le dio a Wish para que me la pasara a mí. Sé que usted fue su superior en Saigón.

Más silencio.

—Fui el superior de mucha gente, Bosch. No los conocía a todos.

Bosch negó con la cabeza.

—Muy pobre, teniente Rourke. Una excusa muy pobre. Ha sido peor que admitirlo. ¿Sabe qué le digo? Que ya nos veremos.

Bosch colgó el teléfono y entró en Darling's, donde pidió dos cafés y dos aguas minerales. Esperó de pie junto a la caja registradora a que la chica le sirviera mientras miraba por la ventana. Sólo podía pensar en Rourke.

La chica volvió con las bebidas en una caja de cartón. Bosch pagó, le dio propina y regresó a los teléfonos públicos. Desde allí llamó de nuevo al número de Rourke sin otro plan que descubrir si éste seguía junto al teléfono o se había marchado. Colgó después de que sonara diez veces. A continuación telefoneó a la centralita del Departamento de Policía y le pidió a la telefonista que llamara al FBI y preguntara si tenían a un Equipo de Operaciones Especiales trabajando en la zona de Wilshire o Beverly Hills, y si necesitaban ayuda. Mientras esperaba, Bosch destapó uno de los cafés y bebió un sorbito al tiempo que se esforzaba en comprender el plan de Rourke.

La telefonista volvió a la línea con la confirmación de que el FBI tenía a un Equipo de Operaciones Especiales en el distrito de Wilshire, pero éste no había solicitado refuerzos. Bosch le dio las gracias y colgó. Por fin empezaba a entender las acciones de Rourke. Bosch dedujo que no debía de haber nadie intentando asaltar el Beverly Hills Safe & Lock. El asunto de la cámara era simplemente un montaje con la cámara como señuelo. Bosch recordó que había dejado escapar a Tran. Su función había sido hacer salir a la superficie al segundo capitán y a sus diamantes, para que Rourke pudiera cazarlo. Bosch se lo había servido en bandeja.

Cuando llegó al coche vio que Eleanor estaba hojeando el archivo de Meadows, pero aún no había llegado a la carta del congresista.

—¿Dónde has estado? —preguntó alegremente.

—Rourke tenía un montón de preguntas. —Bosch le quitó el archivo de las manos y le dijo—: Aquí hay algo que quiero que veas. Por cierto, ¿de dónde sacaste el archivo de Meadows que me mostraste?

—No lo sé, me lo dio Rourke. ¿Por qué?

Bosch encontró la carta y se la pasó sin decir nada.

—¿Qué es esto? ¿1973?

—Léela. Éste es el expediente de Meadows, el que pedí que me copiaran y me enviaran desde San Luis. En el que Rourke te dio para mí no estaba esta carta. La censuró. Lee y verás por qué.

Bosch echó una ojeada a la puerta de la cámara acorazada. Ni pasaba nada, ni creía que fuera a pasar. Entonces observó a Eleanor mientras leía. Ella arqueó una ceja al leer por encima las dos páginas, sin reparar en el nombre.

—Parece que Meadows era una especie de héroe. No sé... —De pronto sus ojos se abrieron al llegar al final de la carta—. Copia para el teniente John Rourke.

—Ajá, pero te has saltado la primera referencia.

Bosch le señaló la frase que citaba a Rourke como comandante de Meadows.

—Es el topo —sentenció Bosch—. ¿Qué hacemos?

—No lo sé. ¿Estás seguro? Esto no prueba nada.

—Si fuera una casualidad, Rourke debería haber dicho

que conocía a Meadows, aclarar las cosas. Como hice yo. Pero él no lo hizo porque quería ocultar la conexión. Cuando lo he llamado se lo he dicho y él me ha mentido, porque no sabía que teníamos esto.

—¿Y ahora sabe que lo sabes?

—Sí, aunque no sé cuánto porque le he colgado. La cuestión es: ¿qué hacemos? Aquí seguramente estamos perdiendo el tiempo; todo esto es una farsa. Nadie va a entrar en esa cámara acorazada. Seguramente cogieron a Tran después de que sacara sus diamantes. Lo hemos llevado directamente al matadero.

En ese instante Bosch se dio cuenta de que posiblemente el Ford blanco pertenecía a los ladrones, no a Lewis y Clarke. Habían seguido a Bosch y a Wish para llegar hasta Tran.

—Espera un momento —le interrumpió Eleanor—. No estoy segura. ¿Y las alarmas de esta semana? ¿Y la boca de incendios y el fuego provocado? Yo creo que el asalto ocurrirá tal como pensábamos.

—No lo sé. Nada tiene sentido en estos momentos. Quizá Rourke está llevando a su gente a una trampa. O a una masacre.

Los dos miraron fijamente la cámara acorazada. Ya no llovía tanto y el sol había salido por completo y se reflejaba en la puerta de acero. Fue Eleanor quien rompió el silencio.

—Creo que debemos pedir ayuda. Tenemos a Hanlon y Houck al otro lado del banco y también al Equipo de Operaciones Especiales, a no ser que formen parte de la farsa de Rourke.

Bosch le contó que había comprobado la vigilancia del Equipo de Operaciones Especiales y que al parecer aquello era verdad.

—¿Entonces qué está haciendo Rourke?

—Controlarlo todo.

Tras darle vueltas unos minutos, decidieron avisar a

Orozco en la comisaría de Beverly Hills. Pero antes Eleanor llamó a Hanlon y Houck.

—¿Estáis despiertos? —le dijo al Motorola.

—Más o menos. Estoy como ese tío que se quedó atrapado en el puente después del terremoto de Oakland. ¿Pasa algo?

—Aquí no. ¿Alguna novedad en la puerta?

—Ni una sola en toda la noche.

Ella se despidió y hubo un breve silencio antes de que Bosch saliera del coche para llamar a Orozco.

—Murió —le dijo a Eleanor.

—¿Quién?

—El tío de Oakland.

En ese momento un ruido sordo sacudió ligeramente el coche. No fue tanto un sonido como una vibración, un impacto similar al primer temblor de un terremoto. Aunque no hubo más sacudidas, al cabo de uno o dos segundos sonó una alarma. Era la del Beverly Hills Safe & Lock. Bosch se incorporó de golpe, pero, pese a no despegar la vista de la cámara acorazada, no detectó ninguna señal de intrusión. Casi inmediatamente, la radio hizo un ruido.

—Ha saltado la alarma —dijo la voz de Hanlon—. ¿Cuál es nuestro plan de acción?

Ni Bosch ni Wish respondieron a la llamada de radio. Seguían contemplando la cámara, totalmente confundidos. Rourke había dejado que su gente cayera en una trampa. O eso parecía.

—Qué hijo de puta —soltó Bosch—. Están dentro.

—Dile a Hanlon y a Houck que no se muevan hasta que recibamos órdenes —le dijo Bosch a Eleanor.

—¿Y quién va a dar las órdenes? —preguntó ella.

Bosch no respondió. Pensaba en lo que estaba ocurriendo en la cámara. ¿Por qué iba Rourke a conducir a su gente a una trampa?

—Tal vez no ha tenido tiempo de avisarles, de decirles que los diamantes ya no estaban dentro y que nosotros estamos fuera —aventuró Bosch—. Si lo piensas, hace veinticuatro horas no sabíamos nada de este edificio ni de lo que estaba pasando. Quizá cuando llegamos hasta aquí ya era tarde y estaban demasiado metidos.

—Es decir, que están procediendo según el plan.

—Si saben cuál es, primero abrirán la caja de Tran. La cuestión es: ¿qué harán cuando la encuentren vacía? ¿Largarse o forzar más cajas para amortizar el robo?

—Yo creo que se largarán —contestó ella—. Cuando descubran que la caja de Tran está vacía, se imaginarán que pasa algo y saldrán a toda pastilla.

—Entonces no tenemos mucho tiempo. En mi opinión, se van a preparar, pero no abrirán la caja de Tran hasta que hayamos vuelto a conectar la alarma y nos hayamos pirado. Podemos alargar un poco lo de reprogramarla, pero si nos pasamos pueden sospechar y marcharse, listos para encontrarse con nuestra gente en los túneles.

Tras salir del coche, Bosch miró a Eleanor.

—Coge la radio y diles que no hagan nada. Luego llama al Equipo de Operaciones Especiales y cuéntales que creemos que han entrado en la cámara.

—Querrán saber por qué no se lo ha dicho Rourke.

—Invéntate algo. Diles que no sabes dónde está Rourke.

—¿Adónde vas tú?

—A hablar con la patrulla que se presente por lo de la alarma para pedirles que llamen a Orozco.

Bosch cerró la puerta de golpe y caminó rampa abajo mientras Eleanor hacía las llamadas que le había encargado.

De camino al Beverly Hills Safe & Lock, Bosch sacó su placa y se la colgó del bolsillo de la chaqueta. Dobló la esquina y llegó corriendo a las escaleras principales justo cuando el coche patrulla de Beverly Hills aparcaba delante, con la sirena encendida pero sin sonido. Del vehículo salieron dos policías que sacaron la porra de la puerta del coche y se la colocaron en una de las trabillas del cinturón. Bosch se presentó, les explicó lo que estaba haciendo y les pidió que llamasen al capitán Orozco lo antes posible.

Uno de los agentes le informó de que ya habían avisado al director, un tal Avery, para que viniera a programar la alarma mientras ellos realizaban el registro de rutina. Los policías le contaron que ya habían empezado a conocer al hombre porque era la cuarta vez que les llamaban en una semana. También dijeron que tenían órdenes de telefonear a Orozco a su casa, sin importar la hora, en caso de que ocurriera algo en el Beverly Hills Safe & Lock.

—¿Quiere decir que estas llamadas no eran falsas alarmas? —inquirió un agente llamado Onaga.

—No estamos seguros —contestó Bosch—. Pero queremos actuar como si lo fuera. Cuando llegue el director, programáis la alarma y luego os vais a casa. ¿Vale? Todo normal y relajado, como siempre.

—Muy bien —convino el otro policía. La placa de su bolsillo decía Johnstone. Acomodó la porra en el cinturón y corrió hacia el coche patrulla para avisar a Orozco.

—Aquí está el señor Avery —anunció Onaga.

Un Cadillac blanco se deslizó suavemente detrás del coche de la policía. Avery III, que lucía una camisa rosa y pantalones a cuadros, salió del coche y se acercó a ellos. Enseguida reconoció a Bosch y lo llamó por su nombre.

—¿Han entrado? —preguntó Avery.

—Bueno, creemos que puede estar ocurriendo algo, pero no lo sabemos. Necesitamos tiempo para comprobarlo. Lo que queremos es que abra la oficina y dé una vuelta, tal como suele hacer y como hizo las otras veces esta semana. Luego programe la alarma y vuelva a salir.

—¿Ya está? Y si...

—Señor Avery, queremos que se meta en el coche y se vaya, como si volviera a casa. A continuación, da la vuelta a la esquina y se toma un café en Darling's. Yo iré a decirle lo que está pasando o enviaré a alguien para que lo vaya a buscar. Quiero que se despreocupe: nosotros lo controlamos todo. Tenemos a otra gente trabajando en ello, pero por fuera necesitamos que esto parezca otra falsa alarma.

—De acuerdo —dijo Avery, que sacó un llavero del bolsillo, se acercó a la entrada y abrió la puerta—. Por cierto, no es la alarma de la cámara la que está sonando, sino la exterior, que se dispara por las vibraciones en las ventanas. Lo sé porque tienen un tono distinto.

Bosch se imaginó que los ladrones habrían desactivado la alarma de la cámara acorazada sin saber que la alarma exterior formaba parte de un sistema diferente.

Finalmente Avery y Onaga entraron en la oficina. Bosch se quedó rezagado en el umbral, buscando humo y olor a cordita, pero sin encontrarlos. En cuanto entró Johnstone, Bosch se llevó el dedo a los labios para advertir al agente que no gritara por encima del sonido de la alarma. Johnstone asintió, acercó la mano a la oreja de Bosch y le susurró que Orozco estaría allí en veinte minutos como máximo. Vivía en el valle de San Fernando. Bosch asintió y deseó que llegara a tiempo.

Después de que la alarma dejara de sonar, Avery y Onaga caminaron del despacho al vestíbulo, donde los esperaban Johnstone y Bosch. Onaga miró a Bosch y sacudió la cabeza para indicar que no había nada raro.

—¿Suele usted mirar en la sala de la cámara? —preguntó Bosch.

—Sólo echar un vistazo —contestó Avery, tras lo cual se dirigió a la máquina de rayos X, la encendió y dijo que tardaba cincuenta segundos en calentarse. Esperaron en silencio. Finalmente Avery colocó la mano en el lector, que aceptó su estructura ósea y abrió la primera puerta.

—Como no tengo a mi hombre dentro de la sala, me veo en la obligación de anular la combinación de la segunda puerta —explicó Avery—. Caballeros, les ruego que no miren.

Los cuatro se metieron en la minúscula cabina y, después de que Avery marcara el código en un teclado, la segunda puerta se abrió y todos entraron en la sala acristalada. Aparte de acero y cristal, no había mucho que ver. Bosch se acercó a la puerta de la cámara y escuchó con atención, pero no oyó nada. Entonces se dirigió hacia la pared de cristal y, al mirar al otro lado de la calle, comprobó que Eleanor estaba de vuelta en el coche. Bosch volvió su atención hacia Avery, que se había acercado como para mirar por la ventana, pero que lo observaba a él con aire de complicidad.

—Recuerde que puedo abrir la cámara —susurró. Bosch lo miró y negó con la cabeza.

—No, no quiero hacer eso. Es demasiado peligroso. Salgamos de aquí.

Avery lo miró extrañado, pero Bosch se alejó de él. Cinco minutos más tarde, el negocio quedó vacío y cerrado con llave. Los dos policías reanudaron su patrulla y Avery se marchó. Bosch regresó al coche cruzando una calle que ya comenzaba a llenarse de gente y ruido. El aparcamiento, a su vez, se iba llenando de automóviles y del humo apestoso que desprendían sus tubos de escape. Dentro del coche, Wish le informó de que Hanlon, Houck y el Equipo de Operaciones Especiales estaban a la espera de órdenes. Bosch le confirmó que Orozco venía hacia allá.

Bosch se preguntó cuánto tiempo esperarían los ladrones antes de empezar a taladrar. Orozco todavía tardaría diez minutos, lo cual era muchísimo tiempo.

—¿Y qué hacemos cuando llegue? —inquirió ella.

—Es su ciudad, su decisión —dijo Bosch—. Nosotros se lo explicamos y hacemos lo que él quiera. Le contamos que nuestra operación está totalmente jodida y que no sabemos en quién confiar. En el jefe, desde luego, no.

Permanecieron en silencio durante un minuto o dos.

Bosch se fumó un cigarrillo, pero Eleanor no le dijo nada. Parecía perdida en sus propios pensamientos y su rostro denotaba confusión. Cada treinta segundos los dos consultaban nerviosamente sus relojes.

Lewis esperó a que el Cadillac blanco que estaba siguiendo girara al norte. En cuanto dejaron atrás el Beverly Hills Safe & Lock, el detective cogió del suelo la sirena azul de emergencia y la puso en el salpicadero. La encendió, pero entonces vio que el Cadillac aparcaba delante de Darling's. Lewis salió del coche y se acercó al automóvil de Avery, que caminaba hacia él.

—¿Qué pasa, agente? —quiso saber Avery.

—Detective —le corrigió Lewis, al tiempo que le mostraba su placa—. Asuntos Internos, Departamento de Policía de Los Ángeles. Quisiera hacerle unas cuantas preguntas. Estamos investigando a un hombre, al detective Harry Bosch, con quien usted estaba hablando en el Beverly Hills Safe & Lock.

—¿Qué quiere decir «estamos»?

—Yo y mi compañero, que se ha quedado en Wilshire vigilando su negocio. ¿Podría entrar en mi coche para que podamos hablar unos minutos? Algo está pasando y necesito saber qué.

—Ese detective Bosch... Oiga, ¿cómo sé que es usted lo que dice?

—¿Y cómo sabe que lo es él? La cuestión es que llevamos una semana vigilando al detective Bosch y sabemos que está implicado en actividades que podrían ser, si no ilegales, al menos embarazosas para el departamento. Todavía no estamos seguros y por eso le necesitamos. ¿Le importaría entrar en el coche?

Avery dio dos pasos titubeantes hacia el vehículo y después pareció decidirse. ¿Por qué no? Tras sentarse en el asiento de delante, Avery se identificó como el propietario del Beverly Hills Safe & Lock y le hizo a Lewis un breve resumen de lo que se había dicho en los dos encuentros que había tenido con Bosch y Wish. Lewis escuchó sin comentar nada y, cuando Avery hubo terminado, abrió la puerta.

—Espere aquí, por favor. Ahora vuelvo.

Lewis caminó a paso decidido hacia la esquina de Wilshire, donde hizo ver que estaba buscando a alguien, consultó su reloj de forma exagerada y volvió al coche. Clarke estaba en el umbral de una tienda de Wilshire desde donde divisaba la cámara. Cuando vio la señal de Lewis, regresó al coche tranquilamente y se sentó en el asiento de atrás.

—El señor Avery dice que Bosch le pidió que esperara en Darling's. Que podía haber gente en la cámara acorazada que había entrado por debajo.

—¿Le dijo Bosch lo que iba a hacer? —inquirió Clarke.

—Ni una palabra —respondió Avery.

Todos se quedaron callados, pensando. Lewis no lo comprendía. Si Bosch no estaba limpio, ¿qué estaba haciendo? Lewis reflexionó un poco más y se dio cuenta de que, en caso de estar implicado en el robo de la cámara, Bosch se hallaba en la situación ideal, ya que era el que tomaba las decisiones desde fuera. Podía negarse a pedir refuerzos y enviar a todo el mundo al sitio equivocado mientras sus colegas se iban tan campantes en dirección contraria.

—Tiene a todo el mundo cogido por los huevos —dijo Lewis más a sí mismo que a los otros dos hombres.

—¿Quién? ¿Bosch? —preguntó Clarke.

—Él es quien mueve los hilos. Aparte de esperar, no podemos hacer nada. Ni entrar en la cámara, ni meternos ahí debajo porque no sabemos adónde ir. El muy cabrón tiene al Equipo de Operaciones Especiales apostado junto a la autopista, esperando a unos ladrones que no van a salir.

—Espere, espere —intervino Avery—. Sí que podemos entrar en la cámara acorazada.

Lewis se dio la vuelta para mirar a Avery. El propietario les informó de que la legislación bancaria no afectaba al Beverly Hills Safe & Lock porque no era un banco y explicó que él se hallaba en posesión del código informático para abrir la puerta.

—¿Se lo ha dicho usted a Bosch? —le preguntó.

—Ayer y hoy.

—¿Ya lo sabía?

—No. Parecía sorprendido. Hizo varias preguntas sobre cuánto tardaba en abrirse la puerta, lo que yo tenía que hacer y detalles por el estilo. Ahora, cuando ha sonado la alarma, le he preguntado si quería que la abriese y él me ha dicho que no, que saliéramos de allí.

—Mierda —exclamó Lewis, excitado—. Más vale que llame a Irving.

El detective salió del coche de un salto y corrió hacia los teléfonos enfrente de Darling's. Marcó el número del despacho de Irving, pero no obtuvo respuesta. Acto seguido llamó a la oficina, donde sólo halló al oficial de guardia. Lewis le pidió que avisara al subdirector por el busca y le diera el número de la cabina. Entonces esperó cinco minutos, caminando arriba y abajo, y preocupado por el tiempo que iba transcurriendo. El teléfono no sonó. Lewis usó el de al lado para volver a llamar al oficial de guardia y confirmó que éste lo había avisado por el busca. Lewis comprendió que tendría que tomar la decisión él solo, lo cual lo convertiría en un héroe; así que salió y volvió al vehículo.

—¿Qué ha dicho? —preguntó Clarke.

—Vamos a entrar —le contestó Lewis, arrancando el coche.

La radio de la policía sonó dos veces, tras las cuales se oyó la voz de Hanlon:

—Eh, Broadway, tenemos visita en First.

Bosch cogió el micrófono.

—¿Qué pasa, First? Aquí en Broadway, nada.

—Tenemos a tres varones de raza blanca entrando por nuestro lado. Con una llave. Me parece que uno de ellos es el hombre que estaba antes con vosotros. Un tío mayor, con pantalones a cuadros.

«Avery.» Bosch se llevó el micrófono a la boca y vaciló. No sabía qué hacer.

—¿Y ahora qué? —le preguntó a Eleanor. Como Bosch, ella tenía la vista fija en la sala de la cámara al otro lado de la calle, donde aún no se veía ni rastro de los visitantes. Eleanor permaneció callada.

—Em, First —dijo Bosch por el micrófono—. ¿Habéis visto algún vehículo?

—No —respondió la voz de Hanlon—. Han salido del callejón de nuestro lado. Deben de haber aparcado allí. ¿Queréis que echemos un vistazo?

—No, esperad un momento.

—Ya están dentro, fuera del campo de visión. Por favor, dadnos instrucciones.

Bosch se volvió hacia Wish y arqueó las cejas. ¿Quién podría ser?

—Pide las descripciones de los dos que iban con Avery —sugirió ella.

Bosch lo hizo.

—Dos varones de raza blanca —le dijo Hanlon—. Los dos con trajes arrugados, camisa blanca, treinta y pocos años. Uno pelirrojo, corpulento, un metro setenta. El otro moreno, más delgado. No estoy seguro, pero yo diría que son polis.

—¿Jekyll y Hyde? —se burló Wish.

—Lewis y Clarke. Tienen que ser ellos.

—¿Qué hacen ahí dentro?

Bosch no lo sabía.

Wish le quitó la radio de la mano.

—¿First?

La radio hizo un ruido.

—Creemos que los dos sujetos trajeados son agentes de Policía de Los Ángeles. No os mováis.

—Ahí están —dijo Bosch, cuando tres figuras entraron en la sala de la cámara acorazada. Abrió la guantera para sacar unos prismáticos.

—¿Qué hacen? —insistió Wish mientras él intentaba enfocar.

—Avery está tecleando junto a la cámara. ¡Mierda! Creo que está abriendo la puerta.

A través de los prismáticos, Bosch vio a Avery alejarse del teclado y acercarse a la rueda que abría la puerta de la cámara. Entonces avistó a Lewis. Se había vuelto ligeramente y ahora miraba en dirección al aparcamiento. ¿Había una leve sonrisa en su rostro? Eso le pareció a Bosch. Acto seguido, Lewis desenfundó su arma, Clarke hizo lo propio y Avery comenzó a girar la rueda como si fuera el timón del Titanic.

—¡Los muy idiotas están abriéndola!

Bosch salió disparado del coche y echó a correr rampa abajo, al tiempo que sacaba su pistola. Miró rápidamente a Wilshire y, al ver un agujero en el tráfico, cruzó la calle a toda velocidad. Wish lo seguía a poca distancia.

Aún estaba a veinticinco metros del Beverly Hills Safe & Lock. Bosch supo que no llegaría a tiempo. Después de girar la rueda, Avery tiró de la puerta con todas sus fuerzas y ésta comenzó a abrirse lentamente. Bosch oyó la voz de Eleanor detrás de él.

—¡No! —gritó—. ¡Avery! ¡NOOO!

Pero el cristal doble insonorizaba la cámara acorazada. Avery no podía oírla y, de todos modos, Lewis y Clarke no se habrían detenido.

Lo que ocurrió a continuación fue, para Bosch, como ver una película sin el sonido. La puerta que se abría lentamente, revelando una franja de oscuridad, daba a la imagen una cualidad etérea, casi acuática; los hechos parecían discurrir inexorablemente a cámara lenta. A Bosch le parecía como si estuviera sobre una cinta transportadora que avanzara en dirección contraria; a pesar de correr, no lograba acercarse. Bosch mantuvo la vista fija en la puerta de acero y aquel margen negro que se iba ensanchando. A continuación, el cuerpo de Lewis entró en su campo de visión y se dirigió a la cámara acorazada. Casi inmediatamente, propulsado por una fuerza invisible, Lewis retrocedió, alzó las manos y soltó la pistola, que tocó el techo y aterrizó en silencio. Al caer hacia atrás, su espalda y cabeza se desgajaron, salpicando el cristal de sangre y sesos. Bosch divisó el resplandor de un arma en la oscuridad de la cámara. Y entonces las balas se estrellaron silenciosamente contra el cristal doble, que se resquebrajó en forma de diminutas telas de araña. Lewis atravesó una de las lunas de cristal y se precipitó sobre la acera, un metro más abajo.

Ahora que la puerta de la cámara estaba medio abierta, el tirador tenía un mayor campo de acción. La ráfaga de ametralladora se volvió hacia un boquiabierto y desprotegido Clarke, que ofrecía un blanco perfecto. Esa vez Bosch oyó los tiros. Clarke intentó alejarse inútilmente de la línea de fuego, pero también él salió propulsado hacia atrás por el impacto de las balas. Se estrelló contra Avery y ambos cuerpos cayeron como sacos sobre el suelo de mármol pulido.

Los disparos cesaron.

Bosch saltó a través de la abertura que ocupaba antes la pared de cristal y se arrastró boca abajo sobre el mármol y el polvo de vidrio. Cuando miró hacia el interior de la cámara acorazada, distinguió la figura borrosa de un hombre que desaparecía por un agujero, levantando un remolino de polvo y humo. Como un mago, el hombre se había evaporado entre las sombras. De la oscuridad del fondo de la cámara emergió un segundo hombre y caminó de lado hacia el agujero mientras se cubría con un rifle de asalto M-16. Bosch lo reconoció como Art Franklin, uno de los hombres de Charlie Company.

Cuando la boca negra de la M-16 se dirigió hacia él, Bosch apuntó su pistola con las dos manos, apoyó las muñecas en el suelo frío, y apretó el gatillo. Franklin hizo fuego al mismo tiempo, pero sus tiros fueron altos y Harry oyó que el cristal se rompía a su espalda. Bosch disparó dos veces hacia el interior. Una bala rebotó contra la puerta de acero; la otra le dio a Franklin en el pecho y lo derribó. Sin embargo, con gran agilidad, el hombre herido rodó hacia el agujero y se lanzó de cabeza. Bosch mantuvo la pistola apuntada hacia la puerta del recinto blindado, esperando a alguien más. Pero no se oía sonido alguno, salvo los ahogados gemidos de Clarke y Avery a su izquierda. Bosch se levantó con la pistola todavía fija en la oscuridad. En ese momento entró Eleanor, sosteniendo su Beretta. Con la cautela de expertos tiradores, Bosch y Wish se acercaron cada uno por un lado de la puerta. En el teclado de la pared de acero había un interruptor y, cuando Bosch lo apretó, el interior de la cámara acorazada se inundó de luz. Él le hizo un gesto con la cabeza y Wish entró primero. La cámara estaba vacía.

Bosch retornó rápidamente hacia Clarke y Avery, que seguían enredados en el suelo. Mientras Avery gimoteaba, Clarke se agarraba la garganta y luchaba por respirar. Tenía la cara tan roja que por un momento a Bosch le pareció que se estaba estrangulando a sí mismo. Clarke yacía sobre el torso de Avery y su sangre los cubría a ambos.

—Eleanor —gritó Bosch—. Pide refuerzos y ambulancias. Avisa al Equipo de Operaciones Especiales de que los ladrones van para allá. Al menos dos. Con armas automáticas.

Bosch cogió a Clarke por los hombros de la chaqueta y lo arrastró fuera de la línea de fuego. El detective de Asuntos Internos había recibido un impacto de bala en la parte inferior del cuello. La sangre le empapaba los dedos y por la comisura de los labios le brotaban burbujas rojas. Tenía sangre en el pecho, temblaba y comenzaba a sufrir espasmos. Estaba muriéndose. Harry se volvió hacia Avery, que tenía sangre en el pecho y cuello, y un trozo de esponja húmeda de color marronáceo en la mejilla: era un pedazo del cerebro de Lewis.

—Avery, ¿le han dado?

—Sí, bueno..., creo... no sé —logró decir con voz ahogada.

Bosch se arrodilló junto a él e inspeccionó su cuerpo y ropas ensangrentadas. No le habían dado. Bosch se lo dijo y a continuación se dirigió hacia la calle para examinar a Lewis, que yacía bocarriba en la acera. Estaba muerto. Las balas lo habían cogido en un arco ascendente y le habían cosido todo el cuerpo. Había heridas en la cadera derecha, estómago, pecho izquierdo y parte izquierda de la frente. Lewis había muerto antes de estrellarse contra el cristal. Ahora descansaba con los ojos abiertos, fijos en la nada.

En ese momento Wish volvió del vestíbulo.

—Los refuerzos están en camino —anunció.

Ella tenía la cara roja y respiraba tan entrecortadamente como Avery. Apenas parecía controlar el movimiento de sus ojos, que vagaban desorbitados por la sala.

—Cuando lleguen los refuerzos —dijo Bosch—, diles que hay un agente amigo ahí abajo. Díselo también a vuestra gente del Equipo de Operaciones Especiales.

—¿De qué hablas?

—Voy a bajar. Le he dado a uno y creo que está bastante grave. Era Franklin. Otro bajó delante de él: Delgado. Quiero que nuestros hombres sepan que estoy ahí abajo. Diles que yo llevo un traje. A ellos los reconocerán por sus monos militares negros.

Bosch extrajo los tres cartuchos usados de su pistola y la recargó con nuevas balas que sacó del bolsillo. En la distancia aullaban unas sirenas. Bosch oyó unos golpes y vio a Hanlon, que llamaba a la puerta de vidrio del vestíbulo con la culata de su arma. Desde ese ángulo, el agente del FBI no podía ver que la pared de cristal de la sala estaba hecha añicos. Bosch le hizo un gesto para que diera la vuelta.

—Espera un momento —dijo Wish—. No lo hagas, Harry; ellos tienen armas automáticas. Espera a que lleguen los refuerzos y pensemos un plan.

Bosch se dirigió a la puerta de la cámara.

—Tengo que irme o se me escaparán —dijo—. Sobre todo avisa a los demás de que estoy allá abajo.

Bosch le dio la espalda a Wish y, tras pulsar el interruptor de la luz, entró en la cámara. Al llegar al agujero, se asomó y vio un suelo cubierto de hormigón y pedazos de acero, a unos dos metros y medio de profundidad. Entre los escombros Bosch vislumbró unas gotas de sangre y una linterna.

Había demasiada luz. Si lo esperaban allí, sería un blanco perfecto. Bosch retrocedió, salió de la cámara y se colocó detrás de la enorme puerta de acero. Puso su hombro contra ella y lentamente comenzó a cerrarla.

Bosch oyó varias sirenas que se acercaban. Al mirar a la calle vio una ambulancia y dos coches patrulla que bajaban por Wilshire. De pronto, el coche sin identificativos que conducía Houck se detuvo con un frenazo y éste salió apuntando su pistola. La puerta estaba casi cerrada y comenzaba a moverse por su propio peso, así que Bosch volvió a entrar en la cámara. Mientras la puerta se cerraba lentamente, Bosch se quedó de pie junto al agujero y se dio cuenta de que había vivido aquella situación en muchas ocasiones.

Ese momento en la boca del túnel, a punto de entrar, siempre era el más emocionante y terrorífico de todos. Su instante más vulnerable se produciría al saltar dentro del agujero. Si Franklin o Delgado estaban allí, era hombre muerto.

—Harry. —Bosch oyó que Wish lo llamaba, aunque no comprendió cómo se había filtrado su voz a través de la finísima abertura—. Harry, ten cuidado. Podría haber más de dos.

La voz de ella resonó por la sala de acero, mientras Bosch miraba hacia abajo para intentar orientarse. En cuanto se cerró la puerta y lo engulló la oscuridad, saltó.

Al aterrizar sobre los escombros, Bosch se agachó, disparó una bala al aire con su Smith & Wesson y se lanzó al suelo del túnel. Era un truco de la guerra: disparar antes de que te disparen. Pero nadie lo estaba esperando, ya que no hubo respuesta. Bosch no oyó nada, excepto unos ruidos lejanos sobre su cabeza; los pasos de alguien corriendo por el suelo de mármol del exterior de la cámara. Entonces se reprendió por no haber avisado a Eleanor de que el primer disparo sería suyo.

Bosch abrió su mechero, manteniéndolo lejos del cuerpo; otro truco que había aprendido en Vietnam. Entonces recogió la linterna, la encendió y miró a su alrededor. Bosch descubrió que había disparado a una pared, porque el túnel que los ladrones habían excavado iba hacia el otro lado. Al oeste, no al este, tal como habían pensado cuando estudiaron los planos la noche anterior. Eso significaba que no habían venido por la alcantarilla que Gearson sugirió; no por Wilshire, sino tal vez por Olympic o Pico y luego hacia el sur o por Santa Mónica y hacia el norte. Bosch comprendió que el hombre del Departamento de Aguas y todos los agentes federales y policías habían sido hábilmente despistados por Rourke. Nada era como habían planeado o pensado. Harry estaba solo.

Bosch enfocó el haz de luz hacia la garganta negra del túnel, que descendía y luego subía, dándole tan sólo unos nueve metros de visibilidad. Estaba claro que iba al oeste.

Mientras tanto, el Equipo de Operaciones Especiales esperaba al sur y al este, en vano.

Sosteniendo la linterna a la derecha, separada de su cuerpo, Bosch comenzó a gatear por el pasadizo. El túnel no tenía más de un metro de alto y unos noventa centímetros de ancho. Bosch se movía despacio, aguantando la pistola con la misma mano que usaba para gatear. El aire olía a cordita y un humo azulado flotaba en el haz de la linterna. «Purple Haze», pensó Bosch. Sintió que transpiraba en abundancia, por el calor y el miedo. Cada tres metros se detenía para enjugarse el sudor de los ojos con la manga de la chaqueta, que no se quitaba para no diferir de la descripción dada a la gente que le iba a seguir. No quería morir a manos de sus propios compañeros.

El túnel se iba curvando a izquierda y derecha durante cincuenta metros, lo cual hizo que Bosch se sintiera desorientado. En algunos momentos pasaba por debajo de un conducto del sistema y a veces oía el rumor del tráfico, que sonaba como si el túnel estuviera respirando. Cada nueve metros ardía una vela metida en una hendidura cavada en la pared. En el suelo arenoso y lleno de escombros, Bosch buscaba cables trampa pero sólo encontró un reguero de sangre.

Al cabo de unos minutos de lento avance, apagó la linterna y se sentó para intentar controlar el sonido de su respiración. Pero no lograba que llegara el suficiente aire a los pulmones. Cerró los ojos un instante y, cuando los abrió, divisó una luz tenue procedente de la siguiente curva, demasiado fija para ser una vela. Comenzó a moverse lentamente, con la linterna apagada. En cuanto dobló la esquina, el túnel se ensanchó formando una especie de sala. «Lo suficientemente alta para ponerse de pie y lo bastante amplia para vivir durante la excavación», pensó Bosch.

La luz provenía de una lámpara de queroseno que descansaba sobre una nevera portátil en un rincón de la sala subterránea. Había también dos colchonetas, un hornillo de butano y un retrete portátil. Bosch vio dos máscaras de gas, dos mochilas con comida y herramientas y unas cuantas bolsas de plástico llenas de basura. Era su campo base, como el que Eleanor supuso que utilizaron durante la excavación debajo del WestLand. Examinó todas las herramientas y pensó en la advertencia de Eleanor de que los ladrones podrían ser más de dos. Sin embargo, estaba equivocada; era el equipo de dos personas.

Al otro lado de la sala se abría otro agujero de un metro de diámetro por el que continuaba el túnel. Bosch apagó la llama de la lámpara para no quedar iluminado por detrás y se internó en el pasadizo. En aquellas paredes no había velas; Bosch se valía de la linterna de forma intermitente, encendiéndola para orientarse y luego avanzando una corta distancia a oscuras. De vez en cuando se paraba, aguantaba la respiración y escuchaba. Pero, aparte del ruido cada vez más lejano del tráfico, el silencio era absoluto. A quince metros del campo base, el túnel llegaba a su fin. No obstante, Bosch detectó un contorno circular en el suelo. Era una tapa de conglomerado cubierta con una capa de tierra, algo que veinte años atrás habría denominado un «agujero de rata». Retrocedió, se agachó y examinó la tapa más de cerca, pero no descubrió ninguna señal de que se tratase de una trampa. Lo cierto es que tampoco lo esperaba; si los ladrones habían puesto explosivos, lo habrían hecho para protegerse contra los que entraran, no contra los que salieran. Por lo tanto, las cargas estarían en su lado. De todos modos, Bosch sacó la navaja de su llavero, la pasó cuidadosamente por el borde de la tapa y luego la alzó un centímetro y medio. Al enfocar la grieta con la linterna, no vio cables ni nada sospechoso adherido a la parte inferior del conglomerado, así que la levantó de golpe. No hubo disparos.

Bosch se arrastró hasta el borde del agujero y debajo descubrió otro túnel. Entonces dejó caer el brazo y la linterna por el agujero, la encendió y proyectó su luz en varias direcciones, listo para los inevitables disparos. Sin embargo, esa vez tampoco pasó nada. El pasadizo inferior era perfectamente redondo, con paredes de cemento liso y algas negras y un riachuelo en el fondo. Era una alcantarilla.

Bosch saltó por el agujero, pero al poner el pie en el fondo, patinó y cayó de espaldas. Se levantó rápidamente y con la linterna comenzó a buscar un rastro en las algas negras. No había sangre, pero sí unas marcas que podrían ser de alguien hincando los zapatos para no resbalar. El riachuelo discurría en la misma dirección que las marcas, así que decidió avanzar hacia allá.

A pesar de que para entonces ya había perdido su sentido de la orientación, Bosch creía que se dirigía al norte. Apagó la linterna y caminó lentamente durante seis metros. Cuando la encendió de nuevo, vio que el rastro se confirmaba. En la pared curvada del conducto, vislumbró la huella borrosa de una mano ensangrentada. Medio metro más adelante había otra, casi a la altura del suelo. Bosch adivinó que Franklin estaba perdiendo sangre y fuerzas rápidamente y que se había parado allí para examinar la herida. No andaría demasiado lejos.

Bosch avanzó lentamente, intentando reducir el ruido de su respiración. La alcantarilla olía a toalla mojada y el aire era tan húmedo que lo cubrió con una película de agua. El tráfico ronroneaba en algún lugar cercano, donde también se oían unas sirenas. Bosch notó que el conducto se inclinaba ligeramente hacia abajo para que corriera el agua. Bosch estaba internándose más y más en las entrañas de la tierra. En las rodillas tenía cortes que sangraban y escocían cuando resbalaba y se rascaba contra el fondo.

Al cabo de unos treinta metros se detuvo y encendió la linterna, manteniéndola alejada del cuerpo. El haz de luz descubrió otra mancha de sangre en la pared del túnel. Cuando la apagó, reparó en que la oscuridad del final del pasadizo pasaba a una penumbra gris, como la del amanecer. Allí debía de terminar la alcantarilla o, más bien, desembocar en un túnel débilmente iluminado. De pronto, se dio cuenta de que oía agua; bastante más de la que corría entre sus rodillas. Bosch dedujo que se acercaba a una gran cloaca.

Avanzó lenta y silenciosamente hasta llegar al origen de la tenue luz. El conducto en el que se hallaba agachado era un ramal secundario que iba a parar a un larguísimo colector, por el que fluía una gran cantidad de agua de un negro plateado. Era como un canal subterráneo. A simple vista Bosch no pudo determinar si el caudal tenía diez centímetros o un metro de profundidad.

En cuclillas en el borde, escuchó con atención en busca de otros sonidos aparte del agua. Al no oír nada, se inclinó poco a poco hacia delante para tener una mejor vista del colector.

El torrente fluía hacia su izquierda. Primero miró en esa dirección y vio el perfil tenue de la pared, que se curvaba gradualmente a la derecha. A intervalos regulares una luz fría se filtraba por el techo. Supuso que venía de los agujeros en las tapas de las alcantarillas nueve metros más arriba. Como diría Ed Gearson, ésa era una línea principal. Bosch no sabía cuál era ni le importaba. Ya no tenía un plano para orientarlo ni decirle qué hacer.

Cuando se volvió para mirar río arriba, metió la cabeza como una tortuga. Había visto una silueta negra que se perfilaba contra la pared interior del canal. Y dos ojos naranjas que le miraban en la oscuridad.

Bosch permaneció inmóvil y apenas respiró durante casi un minuto. Un sudor que escocía le empapó los ojos. Los cerró, pero no oyó nada aparte del murmullo de las aguas.

Finalmente regresó al borde del conducto hasta que volvió a ver la oscura figura. No se había movido. Dos ojos, como los de alguien que queda deslumbrado por el fogonazo de una cámara, le devolvieron la mirada. Bosch alargó cuidadosamente la mano en que sostenía la linterna y oprimió el botón. La luz descubrió a Franklin sentado y apoyado en la pared; aún tenía la M-16 alrededor del pecho, pero sus manos se habían hundido en el agua, al igual que el cañón del arma. Bosch tardó unos segundos en darse cuenta de que lo que llevaba en la cara no era una máscara, sino gafas infrarrojas.

—Franklin, se ha acabado —gritó Bosch—. Policía. Ríndete.

No hubo respuesta, aunque no la esperaba. Miró en ambas direcciones de la línea principal y saltó. El agua sólo le cubría hasta los tobillos. A pesar de que avanzaba con la pistola y la linterna fijas sobre la figura, no creía que fuera a necesitar el arma. Franklin estaba muerto; la sangre todavía brotaba de una herida en el pecho, empapaba su camiseta negra, y se mezclaba con el agua para desaparecer canal abajo. Bosch le asió la muñeca para buscarle el pulso, pero no lo encontró. A continuación, enfundó su propia pistola y sacó la M-16 por encima de la cabeza de Franklin. Finalmente le quitó las gafas especiales y se las puso.

Bosch miró hacia un extremo del largo pasadizo y luego al otro. Era como ver un viejo televisor en blanco y negro, salvo que los blancos y los grises poseían un tinte ámbar.

Tardaría un poco en acostumbrarse, pero veía mejor con las gafas y decidió dejárselas puestas.

Después, Bosch registró los bolsillos laterales de los pantalones militares de Franklin, en los que encontró un paquete de cigarrillos y otro de cerillas totalmente mojados. También había otra cinta de municiones, que se guardó en el bolsillo de la chaqueta, y un trozo de papel mojado cuya tinta azul se estaba corriendo y tornando borrosa. Bosch lo desdobló cuidadosamente y vio que era un mapa hecho a mano. No había nombres que identificaran nada; sólo líneas azules. El centro estaba ocupado por un cuadrado que debía de representar la cámara acorazada, mientras que las otras líneas debían de ser túneles. Le dio la vuelta al mapa, pero no supo interpretarlo. Junto al cuadrado había una línea más gruesa, que tanto podría ser Wilshire como Olympic. Las líneas que la atravesaban eran calles perpendiculares: Robertson, Doheny, Rexford y otras. Esta red de líneas llegaba hasta el borde del papel, donde al final había un círculo con una cruz. La salida.

Concluyó que el mapa era inútil, porque no sabía dónde estaba ni qué dirección había tomado. Lo arrojó al agua y observó cómo se lo llevaba la corriente. En ese momento decidió que seguiría avanzando en esa dirección, por ser tan buena como cualquier otra.

Bosch chapoteaba corriente abajo, posiblemente hacia el oeste. El agua negra, que se estrellaba contra la pared creando remolinos anaranjados, le llegaba por encima de los tobillos y le llenaba los zapatos, obligándole a caminar de forma lenta e insegura.

Rourke lo había hecho muy bien, pensó Bosch. No importaba que hubieran encontrado el jeep y las motos. Todo era un cebo, una trampa. Rourke y sus compinches habían insinuado lo obvio para hacer lo contrario. Cuando prepararon los planes de batalla la noche anterior, Rourke los había convencido a todos. Y ahora mismo el Equipo de Operaciones Especiales esperaba ahí abajo con una fiesta de bienvenida a la que nadie acudiría.

Bosch buscó algún rastro en el canal, pero no encontró nada. El agua lo hacía imposible. Había señales grabadas en la pared, incluso pintadas hechas por pandillas, pero cada garabato podría llevar allí varios años. Bosch los estudió, pero no reconoció ninguno. Esa vez, Hansel y Gretel no habían dejado pistas.

El ruido del tráfico y la luz comenzaban a aumentar, por lo que Bosch se levantó un momento las gafas infrarrojas y vio que cada treinta metros se filtraban unos conos de luz azulada por las alcantarillas o los sumideros. Al cabo de un rato llegó a una intersección subterránea en la que el agua de su línea se unía a la corriente de otro canal. Bosch se acercó a la pared lateral y lentamente se asomó por la esquina. No vio ni oyó a nadie. No tenía ni idea de hacia dónde ir. Delgado podría haber tomado cualquiera de las tres direcciones. Finalmente decidió seguir el nuevo canal a la derecha porque, según creía, le llevaría en dirección contraria al Equipo de Operaciones Especiales.

No había dado más de tres pasos en el nuevo túnel cuando oyó un susurro más adelante.

—Artie, ¿estás ahí? ¡Venga, date prisa, Artie!

Bosch se quedó helado. A pesar de que la voz provenía de tan sólo unos veinte metros más adelante, no veía a nadie. Entonces comprendió que, gracias a las gafas —los ojos naranja—, no había caído en una emboscada. Pero su tapadera no duraría demasiado. Si se acercaba mucho más, Delgado se daría cuenta de que no era Franklin.

—¡Artie! —volvió a gritar Delgado con voz carrasposa—. ¡Venga!

—Voy —susurró Bosch. Avanzó un paso más, pero su instinto le dijo que no había funcionado. Delgado se habría dado cuenta. Bosch se arrojó al suelo, al tiempo que levantaba la M-16.

Todo sucedió muy rápido y él sólo distinguió el brillo producido por el fogonazo de un arma. El ruido de los disparos en el túnel de cemento fue ensordecedor. Bosch los devolvió y mantuvo el dedo firme en el gatillo hasta que el percutor se quedó sin balas. Los oídos le zumbaban, pero enseguida supo que Delgado o quienquiera que estuviese allí también había parado. Bosch lo oyó insertar un nuevo cartucho en su arma y luego pasos rápidos sobre un suelo seco. Delgado había emprendido la huida y se había metido por otro pasadizo. Harry se levantó de un salto y lo siguió, sacando el cargador vacío de su arma prestada y reemplazándolo con el de repuesto al tiempo que avanzaba.

Al cabo de veinticinco metros, Bosch llegó a otra alcantarilla secundaria. Tenía un metro y medio de diámetro y Bosch tuvo que subir un escalón para entrar. El fondo estaba tapizado con algas negras pero, a diferencia de los otros conductos, por aquél no corría el agua. En el suelo yacía un objeto: un cartucho vacío de M-16.

Bosch había acertado el camino, pero ya no oía los pasos de Delgado. A pesar de la ligera pendiente, Bosch empezó a avanzar muy deprisa. Al cabo de medio minuto llegó a una sala con una rejilla a unos nueve metros de altura por la que se filtraba la luz. Al otro lado de esa sala continuaba la alcantarilla. No tuvo otro remedio que seguir adelante, esta vez por un túnel que se inclinaba gradualmente hacia abajo. Después de unos quince metros vio que aquella galería desembocaba en un colector más grande: una línea principal. Incluso oía el rumor del agua.

Cuando Bosch se dio cuenta de que avanzaba demasiado rápido, ya era tarde. No pudo detenerse y acabó resbalando sobre las algas y deslizándose hacia el colector. En ese instante Bosch comprendió que Delgado le había tendido una trampa e hincó los tacones en el cieno negro a fin de frenar su caída, pero no consiguió evitar precipitarse en el nuevo pasadizo con los pies por delante y los brazos hacia atrás en un intento desesperado por mantener el equilibrio.

Aunque resulte extraño, notó que la bala le perforaba el hombro derecho antes de oír los disparos. Fue como si alguien hubiera soltado una cuerda con un gancho desde el techo, se lo hubiera clavado en el hombro y hubiera tirado de él hasta derribarlo.

Bosch soltó el arma y se desplomó. Sintió que caía unos treinta metros, cosa obviamente falsa, y que era el suelo del pasadizo, con sus cinco centímetros de agua, el que se alzaba como una pared contra él y lo golpeaba en la cabeza. Las gafas infrarrojas salieron volando y contempló, de forma tranquila y distante, las chispas que saltaban por encima de él y las balas que se estrellaban y rebotaban contra las paredes.

Cuando volvió en sí, a Bosch le pareció que había estado inconsciente durante horas, pero enseguida se dio cuenta de que habían sido sólo segundos, puesto que el estruendo del tiroteo todavía resonaba como un eco por todo el túnel. Notó un olor a cordita y oyó los pasos de alguien que corría. Que huía, deseó el detective con todas sus fuerzas.

Bosch rodó en el agua, extendiendo en la oscuridad los brazos en busca de la M-16 y las gafas. Al poco rato se rindió y decidió desenfundar su propia pistola. Sin embargo, la funda estaba vacía. Bosch se incorporó y se sentó contra la pared. En ese momento se dio cuenta de que tenía la mano derecha insensible. La bala le había dado en la cabeza del húmero y sentía un dolor sordo en el brazo que iba desde el punto de impacto hasta la mano. También notó la sangre que se deslizaba por el pecho y brazo, por debajo de la camisa. Aquella sensación cálida contrastaba con el agua fría que se arremolinaba alrededor de sus piernas y testículos.

De pronto Bosch se percató de que respiraba con dificultad, por lo que intentó controlar el aire que inhalaba. Sabía que estaba a punto de sufrir espasmos, pero no podía hacer nada.

En ese momento cesó el ruido de pasos. Bosch aguantó la respiración y escuchó. ¿Por qué se había detenido Delgado? Estaba libre. Agitó las piernas en busca de una de las armas, pero no halló nada. Estaba demasiado oscuro para ver dónde habían caído y, para colmo, la linterna también había desaparecido.

Entonces Bosch oyó una voz. Aunque no la reconoció por estar demasiado lejana y amortiguada, no le cupo duda de que alguien estaba hablando. A continuación sonó una segunda voz; eran dos hombres. Intentó comprender lo que decían, pero no pudo. De repente la segunda voz comenzó a chillar. Se produjo un disparo y luego otro. Había transcurrido demasiado tiempo entre los dos para que se tratara de la M-16, pensó Bosch.

Mientras reflexionaba sobre el posible significado de aquel incidente, Bosch volvió a oír un ruido de pasos en el agua y al cabo de unos segundos comprendió que venían hacia él.

No había nada apresurado en los pasos que atravesaban la oscuridad en dirección a Bosch. Eran lentos, regulares, metódicos, como los de una novia caminando hacia el altar. Bosch siguió sentado contra la pared y volvió a agitar las piernas por el suelo encenagado con la esperanza de encontrar una de las armas; pero no estaban. Se sentía débil, cansado, indefenso. El dolor sordo del brazo se había agudizado. Tenía la mano derecha muerta y la izquierda ocupada, apretando la carne desgarrada del hombro. Temblaba y sufría espasmos incontrolados. Sabía que pronto perdería el conocimiento y no volvería a despertar.

Entonces vislumbró el haz de una pequeña linterna que se acercaba a él y se quedó mirándola con la boca abierta. Comenzaba a no controlar algunos de sus músculos. Al cabo de unos instantes, los pasos se detuvieron frente a él y la luz se alzó sobre su cabeza como un sol. A pesar de ser sólo una linterna de bolsillo, le deslumbró de tal manera que no vio a nadie detrás de ella. No le importó, porque ya sabía qué cara lo estaría mirando, a quién pertenecía la mano que sostenía la linterna y qué llevaba en la otra mano.

—Oye —dijo Bosch en un susurro carrasposo. No se había dado cuenta de lo reseca que tenía la garganta—. ¿Esta linternita y el puntero hacen juego?

Rourke bajó el haz hasta apuntar al suelo. Bosch miró a su alrededor y divisó la M-16 y su propia pistola en el agua, una al lado de la otra. Estaban junto a la pared de enfrente, lejos de su alcance. Bosch volvió la vista hacia Rourke que, vestido con un mono negro metido en unas botas de agua, lo apuntaba con otra M-16.

—Has matado a Delgado —dijo Bosch. Era una afirmación, no una pregunta.

Como todo comentario, Rourke sopesó el arma.

—¿Ahora vas a matar a un poli? ¿Es ése el plan?

—Es la única forma de salir de ésta. Así parecerá que Delgado te disparó primero con esto. —Rourke levantó la M-16—. Y que después yo lo maté. Al final quedo como un héroe.

Bosch no sabía si mencionar a Wish. Podría ponerla en peligro, pero también podría salvarle la vida.

—Olvídalo, Rourke —comentó finalmente—. Wish lo sabe; se lo dije. Hay una carta en el expediente de Meadows que te involucra. Seguramente se lo habrá contado a todo el mundo allá arriba. Te conviene más rendirte y conseguirme ayuda. Que me estoy muriendo, tío.

Aunque no estaba seguro, a Bosch le pareció detectar un ligero cambio en el rostro de Rourke. Sus ojos seguían abiertos, pero es como si hubieran dejado de ver, como si de repente sólo vieran su interior. Cuando volvieron a la realidad, miraron a Bosch sin compasión, llenos de desprecio. En ese momento Bosch clavó sus talones en el cieno e intentó apoyarse contra la pared para levantarse. Sólo se había incorporado unos centímetros cuando Rourke se inclinó y lo empujó fácilmente hacia atrás.

—Quédate ahí y no te muevas, coño. ¿Crees que voy a sacarte de aquí? Tú nos has costado entre cinco y seis millones de dólares, que Tran tenía en esa caja. Debía de haber más o menos eso, aunque ahora nunca lo sabré. Has jodido el golpe perfecto, así que lo tienes crudo, tío.

Bosch bajó la cabeza hasta tocar el pecho con la barbilla. Los ojos se le quedaban en blanco. Quería dormir, pero luchaba por evitarlo. Al final soltó un gruñido.

—Tú eras la única cosa dejada al azar en todo el plan. ¿Y qué ocurre? Pues que en la única ocasión en que puede pasar algo, va y pasa. Eres la puta ley de Murphy personificada, tío.

Tras un esfuerzo gigantesco, Bosch logró alzar la vista hacia Rourke. Después dejó caer su brazo bueno. Ya no tenía fuerza para mantenerlo sobre la herida del hombro.

—¿Qué? —consiguió decir—. ¿Qué... qué... quieres decir?... ¿Azar?

—Quiero decir casualidad. Que te llamaran a ti para el caso de Meadows. Eso no formaba parte del plan, Bosch. ¡Es increíble! Me pregunto cuantas probabilidades hay de que eso ocurra. Quiero decir, que metemos a Meadows en una tubería en la que sabemos que había dormido. Esperamos que no lo encuentren hasta al cabo de un par de días y luego tarden dos o tres días más en identificarlo a partir de las huellas dactilares. Mientras tanto, se decantarán a favor de muerte por sobredosis. Al fin y al cabo el tío está clasificado como yonqui, ¿no?

Rourke hizo una pausa.

—¿Pero qué pasa? Un niñato encuentra el cuerpo en menos que canta un gallo —se lamentó en tono de víctima—, y ¿a quién llaman? A un cabrón de mierda que conocía al fiambre y lo identifica en dos segundos. A un amiguete de los putos túneles de Vietnam. Ni yo mismo me lo puedo creer —continuó Rourke—. Lo jodiste todo, Bosch. Incluso tu mierda de vida... Qué, ¿me sigues?

Bosch notó que levantaba la cabeza, empujado por el cañón del arma de Rourke.

—¿Me sigues? —repitió Rourke. A continuación asestó un golpe con la M-16 en el hombro derecho de Bosch, lo cual le produjo una descarga eléctrica que le recorrió todo el brazo, bajó por el cuerpo y le llegó directamente hasta los testículos. Bosch gimió y abrió la boca en busca de aire, al tiempo que alargaba la mano para intentar alcanzar la pistola. No fue suficiente; tan sólo consiguió aire. Bosch se tragó su propio vómito y notó el sudor que le empapaba el pelo.

—No tienes muy buen aspecto, amigo —se burló Rourke—. Quizá no tenga que hacer esto después de todo. Puede que el primer disparo de Delgado, sea suficiente.

El dolor había resucitado a Bosch, manteniéndolo despierto y alerta aunque sólo fuera temporalmente. De hecho, ya comenzaba a perder fuerzas. Rourke seguía inclinado sobre Bosch, y cuando éste alzó la vista, vio unas telas que le colgaban del pecho y el cinturón de su mono negro. Eran bolsillos; Rourke llevaba el mono al revés.

En el cerebro de Bosch se encendió una luz. Recordó que Tiburón le había dicho que el hombre que metió el cadáver en la tubería llevaba una especie de delantal de herramientas. Ése era Rourke. Aquella noche también llevaba el mono al revés, porque en la espalda ponía FBI y no quería que se viera. En ese momento la información era totalmente inútil, pero a Bosch le gustó encajarla en el rompecabezas.

—¿De qué te ríes, hombre muerto? —le preguntó Rourke.

—Vete a la mierda.

Rourke levantó la pierna para pegarle una patada en el hombro, pero esa vez Bosch estaba preparado. Cogió el tacón de Rourke con la mano izquierda y tiró de él con fuerza. Su otro pie resbaló en el lecho de algas y cayó de espaldas salpicando por todas partes. Sin embargo Rourke no soltó el arma, tal como Bosch esperaba. No pasó nada; eso fue todo. Bosch llegó a agarrar la M-16, pero Rourke le separó los dedos del cañón y lo empujó contra la pared. Bosch se inclinó hacia un lado y vomitó en el agua, mientras notaba que un poco más de sangre brotaba de su herida y le recorría el brazo. Había jugado su última carta. Ya no le quedaban más.

Rourke se levantó del agua, se acercó y apoyó el cañón de la M-16 en la frente del Bosch.

—¿Sabes? Meadows solía hablarme del eco negro. De toda esa mierda. Pues aquí estás. Esto es el final, Harry.

—¿Por qué murió? —susurró Bosch—. Meadows. ¿Por qué?

Rourke retrocedió y miró en ambas direcciones del túnel antes de hablar.

—Ya sabes por qué. Fue un inútil allí y aquí. Por eso murió. —Rourke parecía estar repasando una escena en su memoria y sacudió la cabeza disgustado—. Todo hubiera sido perfecto de no ser por él. Se quedó el brazalete. Los jodidos delfines de jade incrustados en oro.

Rourke tenía la mirada perdida en la oscuridad del túnel y una expresión nostálgica en el rostro.

—Eso fue lo único que falló —comentó Rourke—. El éxito del plan dependía de una completa obediencia. El idiota de Meadows... no obedeció.

Rourke sacudió la cabeza todavía furioso con el hombre muerto, y se quedó callado. Fue en ese preciso instante cuando a Bosch le pareció oír el ruido de pasos en la distancia. No estaba seguro de si eran reales o si los había imaginado. Bosch chapoteó un poco con el pie izquierdo. No lo suficiente para que Rourke apretara el gatillo, pero sí para cubrir el ruido de pisadas. Si es que no lo había soñado.

—Se quedó el brazalete —resumió Bosch—. ¿Nada más?

—Eso fue suficiente —protestó Rourke, enfadado—. No podía aparecer nada. ¿No lo ves? Ésa era la gracia del asunto. Nos íbamos a desembarazar de todo excepto los diamantes, que guardaríamos hasta terminar los dos robos. Pero el muy idiota no pudo esperar a acabar el segundo trabajo. Se agenció ese brazalete barato y lo empeñó para comprar droga. —Rourke hizo una pausa—. Yo lo vi en los informes de objetos empeñados. Sí, después del robo del WestLand, fuimos al departamento de policía y les pedimos que nos enviaran sus listas mensuales de objetos empeñados, así que nos empezaron a llegar al Buró. Por suerte yo vi el brazalete y vuestros tíos de empeños, no. Es lógico; ellos tienen que buscar miles de objetos. Yo sólo buscaba uno, porque sabía que alguien se lo había quedado. La gente denunció muchas cosas robadas de la primera cámara que no estaban entre la mierda que nos llevamos. Para estafar a la empresa de seguros. Pero yo sabía que el brazalete de delfines era de verdad. Esa pobre vieja que lloraba, la historia de su marido y toda esa mierda del valor sentimental. Como la entrevisté yo mismo, supe que no mentía. Así descubrí que uno de mis hombres se había guardado el brazalete.

«Que siga hablando —pensó Bosch—. Si él sigue hablando, tú saldrás andando. Saldrás de aquí, de aquí... alguien se acerca... el brazo me duele...» Su delirio le hizo reír y volvió a vomitar. Entre tanto, Rourke continuaba con la historia.

—La verdad es que me la jugué con Meadows desde el principio. Cuando estás enganchado al caballo... ya se sabe. En cuanto apareció el brazalete fui a verlo el primero.

Rourke se quedó en silencio y Bosch hizo más ruido con las piernas. Ahora era el agua la que le parecía caliente y fría la sangre que le empapaba el costado.

—¿Sabes qué? —preguntó Rourke finalmente—. La verdad es que no sé si besarte o matarte, Bosch. Nos has costado millones, pero mi parte del botín ha aumentado mucho ahora que tres de mis hombres están muertos. Probablemente al final quedará compensado.

Bosch no creía que pudiera permanecer consciente mucho tiempo. Se sentía cansado, impotente y resignado. Aquella actitud despierta causada por el dolor se había evaporado. Incluso cuando logró levantar la mano y golpearse el hombro herido, ya no sintió dolor y no hubo manera de recuperarlo. Bosch se quedó contemplando el agua que fluía lentamente por entre sus piernas. Le parecía tan caliente y él tenía tanto frío... Por una parte quería acostarse y taparse con ella como con una manta, dormir en su lecho; pero por otra, una voz le decía que aguantara. Bosch recordó a Clarke agarrándose la garganta; toda aquella sangre. Miró al haz de luz que sostenía Rourke y volvió a intentarlo una vez más.

—¿Por qué tanto tiempo? —preguntó con un susurro—. Todos esos años. Tran y Binh. ¿Por qué ahora?

—Por nada en especial, Bosch. A veces se dan las circunstancias adecuadas, como ese cometa que pasa cada setenta y dos años o lo que sea. El cometa Halley. A veces coinciden las cosas. Yo les ayudé a entrar los diamantes en el país; se lo preparé todo. Me pagaron bien y no volví a pensar en ello. Pero un día la semilla que planté hace tantos años salió a la superficie. Estaba ahí, a nuestro alcance, y la cogimos. Bueno, ¡la cogí yo! Y por eso ha sido ahora.

Rourke esbozó una sonrisa de satisfacción, mientras bajaba la boca de la pistola y la colocaba en punto frente a la cara de Bosch. Él sólo podía mirar.

—Se me ha acabado el tiempo, Bosch, y a ti también.

Rourke agarró la pistola con las dos manos y separó los pies para alinearlos con los hombros. Por su parte, Bosch cerró los ojos en el momento final y limpió su mente de cualquier otro pensamiento que no fuera el agua. Caliente, como una manta.

Bosch oyó dos disparos, que resonaron como truenos en el túnel de cemento. Pugnando por abrir los ojos, vio a Rourke apoyado contra la pared enfrente de él, con las manos en el aire. En una sostenía la M-16 y en la otra, la linterna de bolsillo. La ametralladora se cayó y restalló contra el suelo del túnel, mientras que la linterna quedó flotando con la bombilla todavía encendida. La luz que proyectaba creaba unas sombras ondulantes en las paredes y el techo, mientras se deslizaba suavemente movida por la corriente.

Rourke no dijo ni una sola palabra. Se desmoronó lentamente mientras miraba a la derecha —de donde parecían provenir los tiros— y dejaba un reguero de sangre en la pared. Bajo la luz cada vez más escasa del túnel, Harry detectó una expresión de sorpresa y luego una mirada de resolución. Finalmente acabó sentado como Bosch, con el agua circulando por entre las piernas y unos ojos muertos que ya no veían nada.

En ese instante a Bosch se le nubló la vista. Quiso hacer una pregunta, pero no encontró las palabras. A continuación otra luz iluminó el túnel y Bosch creyó oír una voz, la voz de una mujer, diciéndole que no se preocupara. Le pareció ver la cara de Eleanor Wish, enfocándose y desenfocándose, hasta que se hundió en la más completa oscuridad.

Octava parte

Domingo, 27 de mayo

Bosch soñó con la jungla. Estaba Meadows, así como el resto de soldados de su álbum de fotos. Los muchachos se habían congregado alrededor de un agujero en una trinchera cubierta de hojas. Sobre el dosel que formaba la vegetación, caía una neblina gris. El ambiente todavía era tranquilo y cálido. Mientras Bosch sacaba fotos de las otras «ratas» con su cámara, Meadows anunció que iba a meterse en el túnel. Pasar del azul al negro. Miró a Bosch a través de la cámara y le dijo:

—Recuerda la promesa, Hieronymus.

Antes de que pudiera aconsejarle que no bajara, Meadows saltó por el agujero y se esfumó. Bosch se precipitó hacia el borde, pero no vio nada; sólo la oscuridad, negra como la pez. De repente comenzaron a perfilarse rostros que tan pronto aparecían como desaparecían: Meadows, Rourke, Lewis, Clarke... Detrás de él, oyó una voz conocida, a la que, sin embargo, no logró poner una cara.

—Harry, venga, tío. Tengo que hablar contigo.

Bosch notó un dolor intenso en el hombro que se extendía hasta el codo y el cuello. Alguien le estaba dando unos golpecitos suaves en la mano, por lo que Bosch abrió los ojos. Era Jerry Edgar.

—Así, muy bien —dijo Edgar—. No tengo mucho tiempo. El tío de la puerta dice que llegarán en cualquier momento y además está a punto de terminar su turno de guardia. Quería hablar contigo antes de que lo hicieran los mandamases. Habría venido ayer, pero este lugar estaba infestado de burócratas. Y me dijeron que estuviste inconsciente casi todo el día. Delirando.

Bosch simplemente lo miró.

—En estos casos —prosiguió Edgar—, siempre he oído que es mejor decir que no recuerdas nada. Déjales que pongan lo que quieran. Si te han disparado no pueden decir que mientes. La mente desconecta cuando el cuerpo recibe una herida traumática. Lo he leído en algún sitio.

Para entonces Bosch había comprendido que se hallaba en la sala de un hospital y comenzó a mirar a su alrededor. Vio cinco o seis jarrones de flores y notó un olor dulzón; empalagoso y desagradable. También se dio cuenta de que estaba amarrado a la cama con unas correas en el pecho y la cintura.

—Estás en el Martin Luther King, Harry. Los médicos dicen que te pondrás bien, aunque todavía tienen que curarte el brazo. —Edgar bajó la voz—: Yo me he colado. Me parece que las enfermeras tienen un cambio de turno. Hay un poli en la puerta, de la patrulla de Wilshire. Me ha dejado entrar porque quiere vender su casa y sabe que yo me dedico a eso. Le he prometido que lo haría por un dos por ciento si me dejaba entrar cinco minutos.

Bosch todavía no había hablado, ya que no estaba seguro de poder hacerlo. Se sentía como si flotara en una nube de aire y le costaba concentrarse en las palabras de Edgar. ¿Qué era todo aquello de un dos por ciento? ¿Y por qué estaba en el centro sanitario Martin Luther King, cerca de Watts? El último lugar que recordaba era Beverly Hills. En el túnel. El hospital de la Universidad de California o el Cedars Sinai habrían quedado mucho más cerca.

—Bueno —continuó Edgar—, como te decía, estoy intentando explicarte todo lo que pueda antes de que lleguen los burócratas e intenten joderte. Rourke ha muerto. Lewis ha muerto. Clarke está mal, enchufado a la máquina, y según dicen lo están manteniendo vivo para aprovechar los órganos. En cuanto encuentren a la gente que los necesita, lo desenchufarán. ¿Te imaginas acabar con el corazón, el ojo o cualquier cosa de ese imbécil? Bueno, como te decía, tú te recuperarás. De todos modos, con ese brazo, podrás jubilarte tranquilamente y cobrar un ochenta por ciento de la paga. «Herido en cumplimiento del deber.» Tienes el futuro asegurado.

Edgar sonrió a Bosch, que lo miró sin decir nada. Harry tenía la garganta seca y, cuando habló, su voz sonó cascada.

—¿Martin Luther King?

Le salió un poco flojo, pero bien. Edgar le sirvió un vaso de agua de una jarra que había en la mesita de noche y se la pasó. Cuando Bosch se aflojó las correas y se incorporó para beber, le invadió una sensación de náusea. Edgar no lo notó.

—Esto es un club de tiro, tío. Aquí es donde traen a los pandilleros después de los tiroteos. Es el mejor sitio para una herida de bala. Nada de esos doctores pijos de la Universidad de California; aquí entrenan a médicos del ejército para que atiendan a bajas de guerra. Te trajeron en un helicóptero.

—¿Qué hora es?

—Las siete y unos minutos, domingo por la mañana. Has perdido un día.

Entonces Bosch recordó a Eleanor. ¿Fue ella la que apareció en el túnel al final? ¿Qué había pasado? Edgar le leyó el pensamiento, algo que todo el mundo parecía hacer últimamente.

—Tu compañera está bien. Tú y ella sois héroes, tío.

Bosch pensó en ello. Al cabo de unos segundos, Edgar añadió:

—Tengo que largarme. Si se enteran de que he hablado antes contigo, me mandarán a Newton.

Bosch asintió. A la mayoría de policías no les importaría

trabajar en la División de Newton, ya que nunca había escasez de movimiento. Pero no a Jerry Edgar, agente inmobiliario.

—¿Quién viene?

—Los de siempre, supongo. Asuntos Internos, el equipo de Agentes Implicados en Tiroteos, el FBI, el departamento de Beverly Hills... Creo que todo el mundo se pregunta qué coño pasó ahí abajo y sólo os tienen a ti y a Wish para explicárselo. Seguramente quieren comparar vuestras versiones de los hechos. Por eso te aconsejo que les digas que no recuerdas una mierda. Te han disparado, tío. Eres un agente herido en cumplimiento del deber. Estás en tu derecho de no recordar lo que pasó.

—¿Tú sabes lo que pasó?

—El departamento no ha dicho ni mu; ni siquiera corren rumores. En cuanto me enteré de lo que había ocurrido, me fui para allá, pero me topé con Pounds y me echó. El muy cabrón no me contó nada. Lo único que sé es por la prensa: la típica mierda de siempre. Ayer por la noche la tele no tenía ni puta idea y el *Times* de esta mañana tampoco dice mucho. Parece que el departamento y el FBI se han aliado para glorificaros a todos.

—¿A todos?

—Sí. A Rourke, a Lewis, a Clarke... Según ellos, todos cayeron en acto de servicio.

—¿Wish ha dicho eso?

—No, ella no entra. Quiero decir, que no la han citado. Supongo que la están manteniendo en secreto hasta que termine la investigación.

—¿Cuál es la versión oficial?

—Según el *Times,* el departamento dice que Lewis, Clarke y tú formabais parte del equipo de vigilancia del FBI. Yo sé que es mentira porque tú nunca dejarías que esos payasos participaran en una de tus operaciones. Además, son de Asuntos Internos. Creo que el *Times* sospecha que hay gato encerrado. Ese tal Bremmer me llamó el otro día para preguntarme lo que sabía, pero no le dije nada. Si mi nombre sale en el periódico me enviarán a un lugar peor que Newton, si es que existe.

—Sí —dijo Bosch. Apartó la mirada de su antiguo compañero. Se había deprimido, lo cual parecía aumentar el dolor que sentía en el brazo.

—Mira, Harry —dijo Edgar al cabo de medio minuto—. Más vale que me vaya. No sé cuando vendrán, pero lo harán. Tío, cuídate y hazme caso: amnesia. Te coges tu ochenta por ciento de baja y que se jodan.

Edgar hizo un gesto conminándole a pensárselo bien y Bosch asintió distraídamente. Cuando Edgar se fue, Harry vio un oficial de uniforme sentado en una silla fuera, al lado de la puerta.

Al cabo de un rato, Bosch cogió el teléfono que estaba junto a su cama. No consiguió línea, así que apretó el botón para llamar a la enfermera. Ésta apareció unos minutos más tarde y le informó de que el Departamento de Policía había dejado órdenes de mantenerlo desconectado. Cuando pidió un periódico, ella negó con la cabeza. Lo mismo.

Bosch se desanimó aún más. Sabía que tanto la policía como el FBI se enfrentaban a enormes problemas de imagen por lo que había ocurrido pero no comprendía cómo pretendían ocultarlo. Había demasiadas agencias involucradas, demasiadas personas. Les resultaría imposible mantener el secreto. ¿Serían tan idiotas como para intentarlo?

Bosch se desabrochó la correa que le rodeaba el pecho e intentó incorporarse por completo, pero se mareó y su brazo le pidió a gritos que lo dejara en paz. Al sentir náuseas de nuevo, alargó la mano para coger un recipiente de acero inoxidable de debajo de la mesilla de noche. Aunque las ganas de vomitar se le pasaron, aquella sensación le recordó su conversación con Rourke de la mañana anterior. Comenzó a encajar los retazos de nueva información con lo que ya sabía. Entonces se preguntó si habrían encontrado los diamantes —el botín del robo al WestLand— y dónde. Por mucho que admirara la organización del golpe, no podía admirar a su máximo artífice: Rourke.

Bosch sintió que la fatiga le invadía como una nube que tapa el sol. Recostó su cabeza contra la almohada. Y la última cosa en que pensó antes de dormirse fue el comentario que Rourke le había hecho en el túnel sobre su parte del botín. Según él, ésta había aumentado gracias a la muerte de Meadows, Franklin y Delgado. Fue entonces, al deslizarse por el agujero de la jungla en el que se había metido antes Meadows, cuando comprendió lo que implicaban las palabras de Rourke.

El hombre sentado en la silla de las visitas llevaba un traje a rayas de ochocientos dólares, gemelos de oro y un anillo de ónix rosa en el dedo meñique. Pero no era un disfraz.

—Asuntos Internos, ¿no? —Bosch se dirigió a él mientrás bostezaba—. Me despierto de un sueño y entro en una pesadilla.

El hombre se sobresaltó. No había visto a Bosch abrir los ojos. Se levantó y se marchó sin decir una palabra. Bosch volvió a bostezar y buscó un reloj. No había ninguno. Se aflojó la correa del pecho e intentó sentarse. Esta vez se sintió mucho mejor. No se mareó ni le entraron ganas de vomitar. Miró los ramos de flores que adornaban la repisa de la ventana y la cómoda, y pensó que habían aumentado mientras dormía. Se preguntó si algunas serían de Eleanor. ¿Habría venido a verlo? Seguramente no se lo habrían permitido.

Al cabo de un minuto, Traje a rayas volvió a entrar armado con una grabadora y al frente de una procesión que incluía otros cuatro hombres trajeados. Uno era el teniente Bill Haley, jefe de la Brigada de Agentes Implicados en Tiroteos de la Policía de Los Ángeles, y otro el subdirector Irvin

Irving, jefe de Asuntos Internos. Bosch dedujo que los otros dos serían miembros del FBI.

—Si hubiera sabido que tenía a tantos trajes esperándome habría puesto el despertador —dijo Bosch—, aunque no me han dado ninguno, ni un teléfono que funcione, ni un periódico.

—Bosch, ya sabe quién soy —afirmó Irving y señaló a los demás—: Y también conoce a Haley. Éste es el agente Stone y éste es el agente Folsom, del FBI.

Irving miró a Traje a rayas e indicó la mesilla de noche con la cabeza. El hombre dio un paso adelante, puso la grabadora en la mesa, un dedo sobre el botón y se volvió hacia Irving. Bosch lo miró y preguntó:

—¿Tú no te mereces que te presenten?

Traje a rayas le hizo caso omiso, al igual que todos los demás.

—Bosch, quiero hacer esto rápido, obviando su sentido del humor —dijo Irving. Movió los enormes músculos de su mandíbula, haciendo un gesto a Traje a rayas para que encendiera la grabadora. Irving pronunció secamente la fecha, el día y la hora. Eran las 11.30 de la mañana. Bosch sólo había dormido un par de horas, pero se sentía mucho más fuerte que cuando Edgar había venido a verlo.

Irving mencionó los nombres de las personas presentes en la habitación. De esta manera Traje a rayas pasó a tener nombre propio: Clifford Galvin Junior, igual que uno de los subdirectores del departamento —excepto el «Junior»—. Clifford estaba siendo mimado, pensó Bosch. Una carrera meteórica, bajo la tutela de Irving.

—Empecemos por el principio —dijo Irving—. Detective Bosch, quiero que nos cuente todo lo que sepa sobre este asunto desde el momento en que usted entró en escena.

—¿Tiene un par de días?

Irving caminó hacia la grabadora y pulsó el botón de pausa.

—Bosch —dijo—, todos sabemos lo listo que es usted, pero no estamos dispuestos a aguantar sus salidas de tono. Ésta es la última vez que paro la cinta. Si lo vuelve a hacer, el martes por la mañana habré acristalado su placa. Y eso porque mañana es fiesta. Y olvídese de su pensión de invalidez. Me encargaré personalmente de que reciba un ochenta por ciento de nada.

Irving se refería a la normativa del departamento que prohibía que un policía retirado se quedara con su placa. A los jefes y al ayuntamiento no les gustaba la idea de que viejos policías se pasearan por la ciudad mostrando credenciales falsas. Estafas, comidas gratis...; era un escándalo que podía olerse a kilómetros. Así que si querías llevarte tu placa podías; magníficamente envuelta en cristal tallado, con un reloj decorativo. Era un bloque de unos treinta centímetros de ancho; demasiado grande para que cupiera en el bolsillo.

A una señal de Irving, Galvin volvió a oprimir el botón, Bosch lo contó todo tal y como había ocurrido, deteniéndose tan sólo cuando Galvin Junior tuvo que darle la vuelta a la cinta. Los burócratas le preguntaron alguna cosa, pero prefirieron dejarle hablar. Irving quiso saber lo que Bosch había arrojado al agua en el muelle de Malibú. Bosch casi ni se acordaba. Nadie tomó notas, sólo le observaron mientras hablaba. Finalmente terminó la historia una hora y media después de empezar. Irving miró a Junior e hizo un gesto con la cabeza; Junior paró la cinta.

Cuando no tuvieron más preguntas, Bosch hizo las suyas:

—¿Qué encontrasteis en casa de Rourke?

—Eso no es de su incumbencia.

—¿Cómo que no? Es parte de una investigación de homicidio. Rourke era el asesino; me lo confesó.

—Bosch, el caso ya no está en sus manos.

Bosch no dijo nada. La ira atenazó su garganta. Miró a su alrededor y observó que nadie, ni tan siquiera Junior, quería mirarle a los ojos.

—Yo que usted me aseguraría de conocer los hechos antes de empezar a insultar a colegas muertos en el cumplimiento del deber. Y me cercioraría de que tengo pruebas para respaldar esos hechos. No queremos que corran rumores que puedan comprometer el honor de hombres justos.

Bosch no pudo resistir más.

—¿Creéis que os vais a salir con la vuestra? ¿Y vuestros dos payasos? ¿Cómo lo vais a explicar? Primero me pinchan el teléfono, luego entran en el banco como elefantes en una cacharrería y consiguen que los acribillen. Y vosotros queréis convertirlos en héroes. ¿A quién pretendéis engañar?

—Detective Bosch, eso ya ha sido explicado, no se preocupe. Su trabajo no consiste en contradecir las declaraciones públicas del departamento o el Buró al respecto. Eso, detective, es una orden. Si habla con la prensa sobre esto, será la última vez que lo haga como detective de la Policía de Los Ángeles.

Ahora era Bosch quien no podía mirarlos a la cara. Con la vista fija en las flores de la mesa, inquirió:

—Entonces, ¿por qué la cinta, la declaración y todos estos burócratas? ¿De qué sirve cuándo no se quiere saber la verdad?

—Queremos saber la verdad, detective. Pero usted la confunde con lo que elegimos contarle al público. No obstante, de puertas adentro, le garantizo que tanto yo como el Buró Federal de Investigación esclareceremos el caso y emprenderemos acciones cuando sea apropiado.

—Eso es patético.

—Y usted también, detective. Usted también. —Irving se inclinó sobre la cama y su cara quedó tan cerca de Bosch que éste pudo oler su aliento—. Ésta es una de esas raras ocasiones en que uno tiene el futuro en sus manos, detective Bosch. Si hace lo correcto, tal vez se encuentre de nuevo en Robos y Homicidios. O puede coger ese teléfono (sí, voy a decirle a la enfermera que lo conecte), y llamar a sus amigos de ese periodicucho en Spring Street. Pero si lo hace, más le vale preguntar si les sobra algún empleo para un ex detective de homicidios.

Los cinco hombres se fueron y dejaron a Bosch a solas con su rabia. Se incorporó y estaba a punto de pegarle un manotazo a la jarra de margaritas que descansaba sobre la mesilla de noche, cuando la puerta se abrió y entró Irving. Solo. Sin grabadora.

—Detective Bosch, esto es extraoficial. Les he dicho a los otros que me había olvidado de darle esto.

Irving se sacó una tarjeta de felicitación del bolsillo de la chaqueta y la colocó sobre la repisa. En la cubierta había una policía tetuda con la blusa del uniforme desabotonada hasta el ombligo. Se golpeaba la mano con la porra de forma impaciente y de su boca salía un bocadillo que decía: «Cúrate pronto o si no...». Bosch tendría que leer el interior para enterarse del chiste.

—No me la había olvidado, pero quería decirle algo en privado. —Irving se quedó mudo al pie de la cama hasta que Bosch asintió con la cabeza—. Es usted bueno en lo que hace, detective Bosch. Todo el mundo lo sabe, pero eso no quiere decir que sea un buen agente de policía. Se niega a formar parte de la «familia». Y eso no es bueno. Yo, en cambio, tengo que proteger este departamento. Para mí ése es el trabajo más importante del mundo. Y una de las mejores formas de hacerlo es controlar a la opinión pública; tener a todo el mundo contento. Si eso significa hacer públicos unos cuantos comunicados de prensa y organizar un par de funerales con el alcalde, las cámaras de televisión y todos los jefazos, eso haremos. La protección del departamento es más importante que el hecho de que dos policías torpes cometieran un error. —Irving hizo una pausa—. Lo mismo ocurre con el Buró Federal de Investigación. Ellos preferirán crucificarle a usted antes que flagelarse públicamente con lo de Rourke. Le estoy diciendo que la primera regla que tiene que aprender es que la mejor manera de no tener problemas es no darlos.

—Eso es mentira y lo sabe.

—No, no lo sé. Y en el fondo, usted tampoco lo sabe. Déjeme preguntarle algo. ¿Por qué cree que Lewis y Clarke se echaron atrás en la investigación del caso del Maquillador?

Cuando Bosch no dijo nada, Irving asintió con la cabeza.

—Como ve, tuve que tomar una decisión. ¿Era mejor ver a uno de nuestros detectives vilipendiado por los periódicos y con cargos criminales contra él o lograr que le suspendieran y trasladaran discretamente? —Irving dejó que la pregunta flotara en el aire unos segundos antes de proseguir—. Otra cosa. Lewis y Clarke me vinieron a ver el otro día para contarme lo que les hizo. Lo de esposarlos a esa palmera. Fue horrible, pero ellos estaban más felices que unas animadoras después de una noche con el equipo de fútbol. Le tenían cogido por los huevos y estaban a punto de denunciarle allí mismo.

—Ellos me tenían, pero yo los tenía a ellos.

—No. Eso es lo que le estoy diciendo. Me vinieron a contar esa historia de la escucha telefónica, lo que usted les dijo. Pero la cuestión es que ellos no le pincharon el teléfono, como usted creía. Lo comprobé. Eso es lo que trato de decirle. Ellos le tenían a usted.

—Entonces quién... —Bosch se calló. Ya sabía la respuesta.

—Les dije que esperaran unos cuantos días. Para seguir vigilando y averiguar qué pasaba, porque claramente estaba pasando algo. Esos dos siempre fueron difíciles de controlar cuando se trataba de usted, Bosch. Se pasaron cuando pararon a ese tal Avery y le pidieron que les llevara a la cámara acorazada. Pero pagaron el precio.

—¿Y el FBI, qué dijeron ellos del micrófono?

—No lo sé y no quiero preguntar. Si lo hiciera me dirían: «¿Qué micrófono?». Ya lo sabe.

Bosch asintió e inmediatamente se cansó de aquel hombre. Un pensamiento pugnaba por entrar en su cabeza, pero no quería dejarlo pasar. Apartó la vista de Irving y miró por la ventana.

Éste le repitió que pensara en el departamento antes de hacer algo y se marchó. Cuando estuvo seguro de que Irving había salido al pasillo, Bosch le pegó un golpe al jarrón de margaritas y lo derribó. Como era de plástico, no se rompió; los únicos daños fueron el agua derramada y las flores. La cara de hurón de Galvin Junior se asomó un segundo a la puerta. No dijo nada, pero Bosch dedujo que estaba apostado en el pasillo. ¿Para su protección? ¿O para la del departamento? Bosch no lo sabía. Ya no sabía nada.

Bosch retiró una bandeja con comida que no había tocado. Era un clásico menú de hospital: pastel de pavo con salsa, maíz, batatas, un panecillo duro que debería estar blando y una tartaleta de fresas con una capa de nata aplastada.

—Si te comes eso, no volverás a salir de aquí.

Bosch alzó la vista. Era Eleanor, que sonreía junto a la puerta abierta. Él también sonrió. No pudo evitarlo.

—Ya lo sé.

—¿Cómo estás, Harry?

—Bien. Seguramente no podré volver a hacer más flexiones, pero creo que sobreviviré. ¿Y cómo estás tú, Eleanor?

—Yo estoy bien —contestó, con aquella sonrisa que lo mataba—. ¿Te han pasado por la picadora?

—Sí, me han hecho picadillo. Los mejores y más listos de mi magnífico departamento y un par de tus colegas me han tenido contra las cuerdas toda la mañana. Aquí hay una silla.

Ella dio la vuelta a la cama, pero no se sentó. Miró a su alrededor y frunció el ceño ligeramente, como si conociera la habitación y pensara que faltaba algo.

—A mí también me cogieron, ayer por la noche. No me dejaban venir a verte hasta que hubieran hablado contigo. Órdenes. No querían que nos pusiéramos de acuerdo sobre la historia, pero supongo que al final nuestras versiones coincidieron. Bueno, al menos no me han vuelto a interrogar después de que hablaran hoy contigo. Me han dicho que ya estaba.

—¿Han encontrado los diamantes?

—Que yo sepa no, pero no me han contado gran cosa. Tienen a dos equipos trabajando en el asunto, pero yo estoy completamente fuera. Me han puesto en una mesa hasta que se enfríe el asunto y los de Tiroteos terminen su trabajo. Seguramente siguen registrando el piso de Rourke.

—¿Y Tran y Binh? ¿Están cooperando?

—No, no han soltado prenda. Lo sé por un amigo que estuvo en el interrogatorio. Siguen diciendo que no saben nada de los diamantes. Seguramente tienen a su propia gente buscándolos. A la caza del tesoro.

—¿Y dónde crees tú que está el tesoro?

—No tengo ni idea. Todo esto, Harry, me ha confundido. Ya no sé lo que pienso sobre nada.

Bosch sabía que eso incluía lo que pensaba sobre él. Al no decir nada, el silencio acabó tornándose incómodo.

—¿Qué pasó? —preguntó finalmente—. Irving me ha dicho que Lewis y Clarke interceptaron a Avery, pero eso es todo lo que sé. No lo entiendo.

—Nos observaron toda la noche mientras nosotros vigilábamos la cámara —explicó Eleanor—. Debieron de creer que éramos espías de los ladrones. Si supusieras que tú eras un policía corrupto, tal como hicieron ellos, quizás habrías llegado a la misma conclusión. Así que cuando vieron que habías mandado a Avery y la patrulla a casa, pensaron que habían descubierto tu juego. Cogieron a Avery por banda en Darling's y él les contó lo de tu visita del día anterior y los de las alarmas durante la semana. Entonces soltó que no querías que él abriera la cámara acorazada y ellos comprendieron que podía hacerlo. Sin pensárselo dos veces, pusieron rumbo al Beverly Hills Safe & Lock.

—Sí. Creían que iban a ser héroes. Que iban a cazar a los policías corruptos y los ladrones al mismo tiempo. Un plan muy bonito, pero un mal final.

—Pobres idiotas.

—Pobres idiotas.

El silencio volvió, pero esa vez Eleanor no dejó que durara.

—Bueno, sólo quería saber cómo estabas.

Él asintió.

—Y... decirte que...

«Aquí está —pensó—, el beso de despedida.»

—... he decidido irme. Voy a dejar el Buró.

—¿Pero... qué harás?

—No lo sé, pero me marcho. Como tengo algo de dinero ahorrado, viajaré un poco y después ya veré lo que quiero hacer.

—¿Por qué, Eleanor?

—No..., no sé explicarlo. Por todo lo que ha pasado. De pronto mi trabajo se ha convertido en una mierda. Y no creo que soporte volver a trabajar en esa oficina después de lo que ha ocurrido.

—¿Volverás a Los Ángeles?

Ella bajó la vista y después miró a su alrededor.

—No lo sé, Harry. Lo siento. Me parecía que... No lo sé. Ahora mismo no sé muy bien lo que pienso sobre las cosas.

—¿Qué cosas?

—No lo sé. Nosotros. Lo que ha pasado. Todo.

El silencio se tornó tan audible que Bosch esperaba que una enfermera o incluso Galvin Junior asomaran la cabeza para ver si todo iba bien. Necesitaba un cigarrillo. Bosch se dio cuenta de que era la primera vez ese día que había pensado en fumar. Eleanor bajó la vista y él miró su comida intacta. Después cogió el panecillo y empezó a lanzarlo al aire como una pelota de béisbol. Al cabo de un rato, los ojos de Eleanor volvieron a recorrer la habitación sin encontrar lo que estaba buscando. A Bosch ya le estaba intrigando.

—¿No te han llegado las flores que te mandé?

—¿Flores?

—Sí, te mandé unas margaritas. Como las que hay debajo de tu casa. No las veo por ninguna parte.

«Margaritas», pensó Bosch. El jarrón que había estrellado contra la pared.

—Seguramente llegarán más tarde. Sólo suben cosas una vez al día —contestó, controlándose para no gritar: «¿Dónde están mis malditos cigarrillos?».

Ella frunció el ceño.

—Hay algo que no entiendo —comentó Bosch—. Si Rourke sabía que habíamos encontrado la segunda cámara acorazada y la estábamos vigilando, y sabía que Tran había entrado a vaciar su caja, ¿por qué no sacó a su gente de ahí? ¿Por qué tiró adelante el asunto?

Ella sacudió la cabeza lentamente.

—No lo sé. Tal vez..., bueno, he estado pensando que quizá quería que los atrapáramos. Rourke era consciente de que esos hombres no se dejarían coger vivos y, sin ellos, él podría quedarse todos los diamantes del primer robo.

—Sí. Pero ¿sabes qué? Yo he estado recordando todo el día trozos de nuestra conversación en el túnel. Poco a poco me va volviendo, y no mencionó que se lo quedaría todo. Me dijo que su parte aumentaría ahora que Meadows y los otros dos habían muerto. Todavía usaba la palabra «parte», como si hubiera otra persona con quien compartir el botín.

Ella arqueó las cejas, sorprendida.

—Podría ser, aunque también es una forma de hablar —contestó.

—Es posible.

—Tengo que irme. ¿Sabes cuánto tiempo te tendrán aquí?

—No me lo han dicho, pero creo que mañana me daré el alta. Estoy pensando en ir al funeral de Meadows en el cementerio de veteranos.

—Un entierro en el día de los Caídos. Qué apropiado.

—¿Quieres acompañarme?

—Em... no creo. No quiero volver a saber nada del señor Meadows. Pero mañana iré al Buró a recoger mi mesa y escribir informes sobre los casos que tengo que pasar a otros agentes. Vente si quieres y te haré un buen café, como antes. Aunque la verdad es que no creo que te dejen salir tan rápido, Harry. No con una herida de bala. Necesitas descansar, curarte.

—Sí —replicó Bosch. Sabía que se estaba despidiendo de él.

—Vale, pues hasta pronto.

Ella se inclinó y le dio un beso, y él supo que era una despedida a todo lo que había habido entre ellos. Cuando abrió los ojos, ella estaba en el umbral.

—Una última cosa —dijo él y ella se volvió—. ¿Cómo me encontraste, Eleanor? En las alcantarillas.

Wish dudó y sus cejas se arquearon de nuevo.

—Bueno, bajé con Hanlon, pero nos separamos al salir del túnel excavado por los ladrones. Él fue en una dirección y yo en la otra. Supe que había acertado cuando vi la sangre. Entonces encontré a Franklin, muerto. Y después tuve un poco de suerte. Oí los disparos y las voces, bueno, sobre todo la de Rourke. Así que la seguí. ¿Por qué lo dices?

—No lo sé, se me acaba de ocurrir. Me salvaste la vida.

Se miraron. La mano de ella sujetaba el pomo de la puerta entreabierta, dejando ver a Galvin Junior sentado en el pasillo.

—Sólo quería darte las gracias.

Ella se llevó un dedo a los labios.

—No hace falta.

—No te vayas.

Bosch vio que la abertura de la puerta desaparecía y, con ella, Galvin Junior. Ella se quedó parada, en silencio.

—No te vayas —repitió Bosch.

—Tengo que irme. Hasta pronto, Harry.

Ella abrió la puerta del todo.

—Adiós —dijo, y se fue.

Bosch permaneció inmóvil en la cama del hospital durante casi una hora, pensando en dos personas: Eleanor Wish y John Rourke. Con los ojos cerrados, se concentró en la expresión de Rourke al hundirse en el agua negra. «Yo también estaría sorprendido —pensó Bosch—, pero había algo más.» Era algo que no lograba identificar con exactitud; como si Rourke hubiera reconocido o comprendido algo, no referente a su muerte, sino a otra cosa.

Al cabo de un rato, Bosch se levantó y dio unos pasos por la habitación. Aunque su cuerpo estaba débil, tras aquellas treinta y seis horas de sueño, se sentía inquieto. Después de orientarse y de que su hombro se adaptara con un cierto dolor a la gravedad, comenzó a caminar junto a la cama. Por suerte, le habían puesto un pijama verde pálido, no una de esas batas abiertas por detrás que le parecían totalmente humillantes. Bosch paseó por la habitación con los pies descalzos, parándose a leer las tarjetas que le habían enviado con las flores. La Liga de Protección había enviado uno de los ramos. Los otros eran de un par de policías conocidos, pero no íntimos, de la viuda de un antiguo compañero, de su abogado y de otro viejo compañero que vivía en Ensenada.

Bosch se alejó de las flores y se dirigió a la puerta. Cuando la entornó, confirmó que Galvin Junior seguía ahí sentado, leyendo un catálogo de equipamiento policial. Bosch abrió la puerta. Galvin levantó la cabeza de golpe, cerró la revista y la deslizó en un maletín a sus pies, pero no dijo nada.

—Clifford (espero que no te importe que te llame así), ¿qué haces aquí fuera? ¿Es que estoy en peligro?

El joven policía continuó sin decir nada. Bosch comprobó que no había nadie en el pasillo hasta llegar al mostrador de las enfermeras, a unos quince metros de distancia. Luego se fijó en su puerta y descubrió que estaba en la habitación 313.

—Detective, por favor, vuelva a su cuarto —le rogó Galvin—. Sólo estoy aquí para mantener alejada a la prensa. El subdirector cree que seguramente intentarán entrevistarle. Mi trabajo es impedirlo, bueno, evitar que le molesten.

—¿Y si usan el astuto truco de... —Bosch miró exageradamente a ambos lados del pasillo— usar el teléfono?

Galvin suspiró profundamente, sin mirar a Bosch en ningún momento.

—Las enfermeras filtran las llamadas. Sólo puede recibir llamadas de familiares y, como usted no tiene familia, nada de teléfono.

—¿Y cómo pasó esa agente del FBI?

—Irving le dio permiso. Vuelva a su habitación, por favor.

—Muy bien.

Bosch se sentó en la cama e intentó repasar el caso mentalmente. Sin embargo, cuantas más vueltas le daba, mayor era la sensación de que perdía el tiempo sentado en la cama de un hospital. Sentía que estaba a punto de comprender algo, de solucionar el caso completamente. El trabajo del detective consiste en recorrer el camino dejado por las pruebas, examinar cada una de ellas y meterlas en una cesta. Al final del trayecto, lo que ha recogido es lo que determina la resolución de la investigación. En aquel momento Bosch tenía la cesta llena, pero ahora sospechaba que le faltaban piezas. ¿Qué se le había pasado por alto? ¿Qué había querido decir Rourke al final? No tanto con sus palabras, como con su expresión de sorpresa. Pero ¿sorpresa por qué? ¿Acaso le sorprendió la bala? ¿O su procedencia? Podrían haber sido las dos cosas, decidió Bosch. En cualquier caso, ¿cuál era su significado?

El comentario de Rourke sobre el aumento de su parte debido a las muertes de Meadows, Franklin y Delgado continuaba preocupándole. Bosch intentó ponerse en el lugar de Rourke. Si todos sus socios estuvieran muertos y él fuera el único beneficiario del asalto a la primera cámara, ¿habría dicho: «Mi parte ha aumentado» o «Ahora todo es mío»? Bosch se inclinó por esta última opción, a no ser que existiera alguien más con quien compartir el botín.

Decidió que tenía que hacer algo. Tenía que salir de aquella habitación. No estaba bajo arresto domiciliario, pero sabía que si se marchaba Galvin lo seguiría e informaría a Irving. Bosch buscó el teléfono y comprobó que había sido conectado, tal como le prometió Irving. No podía recibir llamadas, pero podía telefonear.

Bosch se levantó y miró en el armario. Allí estaba su ropa, o lo que quedaba de ella. Zapatos, calcetines y unos pantalones; nada más. Los pantalones estaban muy rozados en las rodillas, pero habían sido lavados y planchados en el hospital. Probablemente, habrían tenido que cortarle la cazadora y la camisa en Urgencias y las habrían tirado o guardado como prueba. Cogió la ropa y se vistió, metiéndose la chaqueta del pijama por dentro del pantalón como si fuera una camisa. Tenía un aspecto ridículo, pero cumpliría su función hasta que consiguiera otra cosa.

El hombro le dolía menos cuando colocaba el brazo sobre el pecho, así que comenzó a ponerse el cinturón alrededor de los hombros a modo de cabestrillo. Pero decidió que aquello llamaría demasiado la atención y volvió a pasar el cinturón por las trabillas del pantalón. Finalmente registró el cajón de la mesilla de noche, donde encontró su cartera y su placa, pero no su pistola.

Cuando estuvo listo, cogió el teléfono y pidió por el mostrador de enfermeras de la tercera planta. Le contestó una voz de mujer, tras lo cual Bosch se identificó como el subdirector Irvin Irving.

—¿Se puede poner mi detective, el hombre sentado en el pasillo? Tengo que hablar con él.

Bosch depositó el auricular en la cama y se dirigió sigilosamente hasta la puerta, que entreabrió lo suficiente para atisbar a Galvin sentado leyendo el catálogo. En ese instante la enfermera lo llamó al teléfono y Galvin se levantó. Bosch esperó diez segundos antes de asomarse. Galvin caminaba hacia el mostrador de las enfermeras, momento que Bosch aprovechó para salir de la habitación y echar a andar en dirección contraria.

Al llegar a una intersección de pasillos, giró a la izquierda. Aquel corredor le llevó a un ascensor con un rótulo que decía: «Para uso exclusivo del personal hospitalario». Bosch lo llamó y, cuando las puertas se abrieron, se encontró en una cabina con puertas en ambos extremos y capacidad para dos camillas. Bosch pulsó el botón de la planta baja y la puerta de acero inoxidable e imitación de madera se cerró. Su tratamiento había terminado.

El ascensor dejó a Bosch en la sala de urgencias. El detective la atravesó y se internó en la noche. De camino a la comisaría de Hollywood, le pidió al taxista que se detuviera delante de su banco, donde sacó dinero del cajero automático, y frente a un supermercado, donde compró una camisa deportiva barata, un cartón de cigarrillos, un mechero (ya que no podía encender cerillas), algodón, vendas y un cabestrillo azul marino; perfecto para un funeral.

Al llegar a la comisaría de Wilcox, Bosch pagó al taxista y entró por la puerta de delante, donde sabía que habría menos posibilidades de que lo reconocieran o hablaran con él. En la recepción había un novato con la misma cara de *boy scout*, cubierta de granos, que el chico que le había llevado la pizza a Tiburón. Bosch le mostró su placa y pasó sin decir una palabra. La oficina de detectives estaba oscura y totalmente vacía, como la mayoría de domingos por la noche, a pesar de tratarse de Hollywood. Bosch tenía un flexo en la mesa de Homicidios y lo usó para no encender las lámparas del techo, que podrían atraer a agentes curiosos de la oficina de guardia. A Harry no le apetecía contestar preguntas, aunque fueran bienintencionadas y vinieran de las tropas de uniforme.

Primero se dirigió al fondo de la sala y encendió la cafetera. Luego se metió en una de las salas de interrogatorios para ponerse la camisa nueva. Cuando se quitó el pijama del hospital, un fogonazo le recorrió el pecho y el brazo. Bosch se sentó en una de las sillas de la sala para examinar el vendaje. Buscaba rastros de sangre, pero no había nada. Con cuidado, y con mucho menos dolor, se puso la nueva camisa, de talla grande. El bolsillo del pecho izquierdo estaba decorado con un pequeño dibujo de una montaña, un sol, el mar y las palabras «Ciudad de Ángeles». Bosch se lo tapó con el cabestrillo, que ajustó para que le aguantara firmemente el brazo contra el pecho.

Cuando terminó de cambiarse, el café estaba listo. Bosch se llevó la taza de líquido hirviendo hasta la mesa de Homicidios, encendió un cigarrillo y sacó del archivador la carpeta del asesinato de Meadows y otros documentos relacionados con el caso. Hojeó la pila de papeles sin saber por dónde empezar ni qué buscaba. Al final decidió releerlo todo, esperando que algo le llamara la atención. Buscaba cualquier cosa: un nombre nuevo, una discrepancia en la declaración de alguien, algo que hubieran considerado irrelevante, pero que ahora hubiera adquirido un nuevo significado.

Bosch leyó por encima sus propios informes porque recordaba casi toda la información. Entonces releyó el expediente militar de Meadows. Era la versión abreviada, la del FBI. No tenía ni idea de lo que le había ocurrido al archivo más detallado que le habían enviado de San Luis y que dejó en el coche cuando salió corriendo hacia la cámara acorazada. En ese momento cayó en la cuenta de que tampoco conocía el paradero de su coche.

El expediente militar no le proporcionó ninguna pista nueva. Mientras hojeaba unos documentos sueltos del fondo del archivo, las luces se encendieron y un viejo policía llamado Pederson entró en la oficina con un informe en la mano, en dirección a la máquina de escribir. Al oler los cigarrillos y el café, Pederson miró a su alrededor hasta que sus ojos se posaron en el detective del cabestrillo.

—Harry, ¿qué tal? Qué pronto te han soltado. Por aquí decían que te habían jodido de verdad.

—Nada, un rasguño, Peds. Son peores los arañazos de los travestis que tú arrestas los sábados por la noche. Al menos con una bala no tienes que preocuparte de la mierda del sida.

—Dímelo a mí. —Pederson se masajeó instintivamente el cuello donde aún eran visibles las señales que le había dejado aquel travesti infectado con el virus. El viejo policía las había pasado canutas soportando una prueba cada tres meses durante dos años, pero al final descubrió que no se había contagiado. Era una historia legendaria en la división y probablemente la única razón por la que la media de ocupación de las celdas de travestis y prostitutas de la comisaría había bajado a la mitad. Nadie quería arrestarlos, a no ser que fuera por asesinato.

—Bueno —prosiguió Pederson—, siento mucho que todo saliera tan mal, Harry. Me han dicho que el segundo policía pasó a código 7 hace un rato. Dos policías y un «fede» muertos en un tiroteo. Y eso sin contar tu brazo. Seguramente es una especie de récord en esta ciudad. ¿Te importa si me tomo una taza?

Bosch señaló la cafetera. No sabía que Clarke había muerto. Código 7; estaba fuera de servicio, pero para siempre. Bosch aún no había logrado sentir lástima por la pareja de Asuntos Internos. Aquello le entristecía, ya que le hizo pensar que su corazón se había endurecido totalmente. Ya no era capaz de mostrar compasión por nadie, ni siquiera por unos pobres idiotas que habían muerto por una metedura de pata.

—Aquí no te cuentan una mierda —decía Pederson mientras se servía el café—, pero cuando leí esos nombres en los periódicos pensé: «¡Ah! Lewis y Clarke: los conozco. Ésos son de Asuntos Internos, no de Robos». Los llamaban los exploradores; siempre excavando, buscando mierda para joder a alguien. Creo que todo el mundo sabe quiénes son excepto la televisión y el *Times*. Es curioso que estuvieran allí, ¿no?

Bosch no iba a morder el anzuelo. Pederson y los demás policías tendrían que averiguar lo que había ocurrido por otra fuente. De hecho, comenzaba a preguntarse si Pederson realmente tenía que hacer un informe o si el novato de la recepción habría corrido la voz de que él estaba allí y los demás habían enviado al viejo policía para sonsacarle.

Pederson tenía el pelo blanco como la tiza y se le consideraba un policía viejo, aunque en realidad sólo era unos años mayor que Bosch. Había patrullado Hollywood Boulevard de noche, en coche o a pie, durante casi veinte años, un oficio que habría envejecido prematuramente a cualquiera. A Bosch le caía bien. Pederson era un pozo de información sobre la calle. En prácticamente todos los asesinatos cometidos en el Boulevard, Bosch acudía a él para averiguar qué sabían sus confidentes. Y Peds casi nunca le fallaba.

—Sí, es curioso —dijo Bosch. No añadió nada más.

—¿Estás haciendo el informe del tiroteo? —preguntó después de colocarse detrás de una máquina de escribir. Cuando Bosch no contestó, Pederson añadió—: ¿Tienes más de esos cigarrillos?

Bosch se levantó y le llevó todo el paquete a Pederson. Lo depositó encima de la máquina de escribir del viejo policía y le dijo que se lo quedara. Pederson captó la indirecta.

Harry no tenía nada contra él, pero no quería hablar del tiroteo y menos de la presencia de los policías de Asuntos Internos.

Cuando Pederson se puso a trabajar, Bosch volvió a su informe del asesinato, pero no se le encendió ni una triste bombilla de cuarenta vatios. En cuanto acabó de leerlo se quedó sentado, fumando y pensando qué más podía hacer. Con la máquina de escribir como música de fondo, Bosch concluyó que no había nada más. Estaba en un callejón sin salida.

Finalmente decidió llamar a su casa para comprobar si tenía mensajes en el contestador. Primero cogió su teléfono, pero luego se lo pensó dos veces y colgó. Fue hasta la mesa de Edgar y usó el aparato de éste, ya que había una remota posibilidad de que el suyo estuviera intervenido. Cuando le salió su contestador, Bosch marcó su código y comenzó a escuchar una docena de mensajes. Los primeros nueve eran de policías y de viejos amigos deseándole que se recuperara pronto. Los últimos tres, los más recientes, correspondían al médico que lo había estado tratando, a Irving y a Pounds.

—Señor Bosch, soy el doctor McKenna. Es muy irresponsable por su parte el haber abandonado el hospital. Y muy peligroso, puesto que se arriesga a sufrir daños más graves. Si recibe este mensaje, le ruego que vuelva al hospital. Le estamos guardando la cama. Si no lo hace, no podré tratarlo ni considerarle paciente mío. Por favor. Gracias.

Irving y Pounds, en cambio, no estaban tan preocupados por la salud de Bosch. El mensaje de Irving decía:

—Detective Bosch, no sé dónde está ni lo que está haciendo, pero espero que la razón de su escapada sea que no le gusta la comida de hospital. Recuerde lo que le he dicho y no cometa un error que ambos tengamos que lamentar.

Irving no se había molestado en identificarse, ni Pounds tampoco. Su mensaje fue el último: el estribillo.

—Bosch, llámame a casa en cuanto recibas este mensaje.

Me han dicho que habías dejado el hospital y tenemos que hablar. Sobre todo no sigas, repito, no sigas con la investigación relacionada con el tiroteo del sábado. Llámame.

Bosch colgó. No pensaba contestar ninguna de las llamadas al menos por el momento. En la mesa de Edgar, Bosch reparó en una nota con el nombre y el número de teléfono de Veronica Niese, la madre de Tiburón. Edgar debía de haberla llamado para notificarle la muerte de su hijo. Bosch se la imaginó respondiendo al teléfono, convencida de que sería otro de sus clientes pajilleros, y descubriendo que era Jerry Edgar con la noticia de que su hijo había muerto.

Pensar en el chico le hizo recordar el interrogatorio. Bosch aún no había transcrito la cinta, así que decidió escucharla. Volvió a su asiento y sacó su grabadora de un cajón, pero la cinta no estaba. Entonces se acordó de que se la había dado a Eleanor. Bosch se dirigió al armario de material, intentando adivinar si la entrevista estaría en la cinta de emergencia. Dicha cinta se rebobinaba automáticamente cuando llegaba al final y luego volvía a grabarse encima. Si no habían usado mucho la sala de interrogatorios desde la sesión del martes con Tiburón, la entrevista con el chico podría estar intacta.

Bosch sacó la cinta de la grabadora y se la llevó a su mesa, donde la introdujo en su propio radiocasete y la rebobinó hasta el principio. Tras escucharla unos segundos buscando su voz, la de Tiburón, o la de Eleanor, Bosch la pasó un poco hacia delante. Repitió este proceso varias veces hasta que finalmente encontró el interrogatorio de Tiburón en la segunda mitad de la cinta.

Una vez lo hubo encontrado, Bosch rebobinó la cinta para poder escuchar la entrevista desde el principio. Sin embargo, se pasó y acabó oyendo medio minuto de otra entrevista que terminaba. Entonces sonó la voz de Tiburón:

—¿Qué miras?

—No lo sé. —Era Eleanor—. Me preguntaba si me conocías. Tu cara me suena. No me había dado cuenta de que te estaba mirando.

—¿Qué? ¿Por qué iba a conocerte, tía? Yo nunca he tenido problemas con los federales. No sé...

—No importa. Tú me sonabas a mí, nada más. Sólo me estaba preguntando si me reconocías. ¿Por qué no esperamos a que llegue el detective Bosch?

—Sí, vale. Guay.

Hubo un silencio en la cinta. Bosch se sintió confuso, pero enseguida comprendió que lo que acababa de oír había sucedido antes de que él entrara en la sala de interrogatorios.

¿Qué estaba haciendo Eleanor? El silencio de la cinta se terminó y Bosch oyó su propia voz.

Tiburón, vamos a grabar esto porque puede resultarnos útil más adelante. Como te dije, no estás bajo sospecha así que...

Bosch paró el radiocasete, rebobinó hasta el principio de la conversación entre el chico y Eleanor, y la escuchó una y otra vez. Cada vez que la oía, sentía que le apuñalaban en el corazón. Las manos le sudaban, y los dedos le resbalaban en los botones de la grabadora. Finalmente se sacó los auriculares y los arrojó sobre la mesa.

—Mierda —dijo.

Pederson dejó de escribir y lo miró.

Novena parte

Lunes, 28 de mayo
Día de los Caídos

Cuando Bosch llegó al cementerio de veteranos en Westwood, eran más de las doce de la noche. Había sacado otro coche de la flota de la comisaría de Wilcox y conducido hasta el apartamento de Eleanor Wish. No vio luces. Bosch se sentía como un adolescente espiando a una novia que le había dejado. Aunque iba solo, estaba avergonzado. No sabía lo que habría hecho si hubiera visto alguna luz. Finalmente puso rumbo al este, en dirección al cementerio, mientras pensaba en cómo Eleanor le había traicionado en el amor y en el trabajo.

Bosch partió de la suposición de que Eleanor le había hecho esa pregunta a Tiburón porque ella estaba en el jeep que transportó el cadáver de Meadows a la presa. Eleanor temía que el chico pudiera haberla reconocido, pero no fue así. Cuando Bosch se unió al interrogatorio, Tiburón declaró que había visto dos hombres y que el más pequeño de los dos se había quedado en el asiento del pasajero y no había ayudado a cargar con el cuerpo. Bosch pensó que aquel error del chico debería haberle salvado la vida. Pero sabía que había sido él quien había condenado a Tiburón cuando sugirió hipnotizarlo. Eleanor se lo dijo a Rourke, y éste decidió no correr ese riesgo.

La siguiente pregunta era por qué. La respuesta más obvia era el dinero, pero Bosch no podía atribuir ese móvil a Eleanor y quedarse tan ancho. Había algo más. Todos los otros implicados —Meadows, Franklin, Delgado y Rourke— tenían en común Vietnam, además de un conocimiento personal de los dos objetivos: Tran y Binh. ¿Cómo encajaba Eleanor en todo aquello? Bosch pensó en su hermano. ¿Sería él la conexión? Recordaba que ella había dicho que se llamaba Michael, pero no había mencionado cómo murió. Bosch no la había dejado. Ahora se arrepintió de haberla interrumpido cuando ella quiso hablarle del asunto. Eleanor también había mencionado su visita al monumento de Washington y cómo aquello la había cambiado. ¿Qué habría visto allí que la había empujado a actuar de esa forma? ¿Qué podría haberle dicho esa pared que no supiera ya antes?

Bosch llegó al cementerio situado junto a Sepúlveda Boulevard y aparcó frente a las grandes puertas de hierro forjado que cerraban el paso al camino de grava. Salió del coche y caminó hasta ellas, pero estaban trabadas con una cadena y un candado. Al mirar a través de los barrotes, divisó una caseta de piedra a unos treinta metros de la puerta. Tras una cortina se adivinaba el pálido fulgor azul de un televisor. Bosch volvió al coche y encendió la sirena, dejándola aullar hasta que se encendieron las luces detrás de la cortina. Unos segundos más tarde, el guarda del cementerio salió de la caseta y caminó hacia la verja con una linterna. Antes de que llegara, Bosch ya le estaba mostrando la placa por entre los barrotes. El hombre llevaba unos pantalones oscuros y una camisa azul clara con una chapa.

—¿Es usted policía? —preguntó.

A Bosch le entraron ganas de contestar que no, pero en cambio dijo:

—Departamento de Policía de Los Ángeles. ¿Podría abrirme la puerta?

El guarda enfocó la linterna sobre la placa y la tarjeta de identificación de Bosch. Bajo aquella luz, Harry reparó en el bigote blanco del hombre y notó un ligero olor a bourbon y sudor.

—¿Qué pasa, agente?

—Detective —contestó—. Estoy investigando un homicidio, señor...

—Kester. ¿Homicidio? Aquí no nos faltan muertos, pero yo diría que estos casos están cerrados...

—Señor Kester, no tengo tiempo de explicárselo, pero necesito entrar a ver el monumento a los caídos en Vietnam, bueno, la réplica que han montado para el fin de semana.

—Oiga, ¿qué le pasa en el brazo? ¿Y dónde está su compañero? Ustedes suelen ir de dos en dos.

—Me caí, señor Kester. Y mi compañero está trabajando en otra parte de la investigación. Ve usted demasiada tele en su garita, demasiadas series de polis.

A pesar de que Bosch dijo esto último con una sonrisa, empezaba a cansarse del viejo guarda de seguridad. Kester se volvió a mirar hacia la caseta y luego a Bosch.

—Ha visto usted la luz de la tele, ¿verdad? Ya lo entiendo —dijo con satisfacción por haberlo deducido—. Bueno, esto es propiedad federal y no sé si puedo abrir sin...

—Mire, Kester, sé que usted es un funcionario y que seguramente no han despedido a ninguno desde que Truman era presidente, pero si usted me pone problemas, yo se los voy a poner a usted. El martes por la mañana se va encontrar con una denuncia por beber en horas de servicio. A primera hora. Así que ábrame la puerta y no le molestaré. Sólo quiero echar un vistazo a la pared.

Bosch agitó la cadena. Kester se quedó un segundo con la mirada perdida, pero finalmente sacó una serie de llaves de su cinturón y abrió la verja.

—Lo siento —se disculpó Bosch.

—Sigo pensando que no está bien —opinó Kester, enfadado—. Además, ¿qué tiene que ver esa piedra negra con un homicidio?

—Tal vez todo —respondió Bosch. Estaba a punto de meterse en su coche, pero entonces se dio la vuelta al recordar algo que había leído sobre el monumento—. Hay un libro con los nombres ordenados alfabéticamente que indica su situación en la pared. ¿Está el libro junto al monumento?

Incluso a través de la oscuridad, Bosch vio que Kester lo miraba con una expresión de perplejidad.

—No sé nada de un libro. Sólo sé que la gente del Servicio de Parques trajeron esa cosa y la plantaron aquí. ¡Y tuvieron que usar una excavadora! —se sorprendió Kester—. Tienen a un tío que está allí durante las horas de visita. Es a él a quien debería hablarle sobre libros. Y no me pregunte dónde está. Ni siquiera sé cómo se llama. ¿Va estar mucho rato o dejo la puerta abierta?

—Más vale que cierre. Yo ya vendré a buscarle cuando haya terminado.

El coche de Bosch franqueó la entrada después de que el viejo abriera la verja. Al llegar al aparcamiento de grava al pie de la colina, Bosch vio el brillo negro de la pared que se alzaba en la cima. El lugar estaba completamente oscuro y desierto. Bosch sacó una linterna del coche y comenzó a subir por la ladera.

Primero enfocó la linterna desde lejos para hacerse una idea de la envergadura de la pared. Bosch calculó que tenía unos dieciocho metros de largo y se estrechaba en los extremos. Entonces se acercó para leer los nombres, pero de pronto le invadió una sensación de temor, se dio cuenta de que no quería leerlos. Habría demasiados conocidos y, peor aún, nombres inesperados, de gente que no sabía que estaba allí. Buscó con la linterna y vio un soporte de madera con un atril, como un facistol de iglesia. Sin embargo, no encontró el libro. La gente del Servicio de Parques debía de haberlo guardado para que no quedara a la intemperie. Bosch se volvió y contempló la pared que se perdía en la oscuridad. Entonces repasó sus cigarrillos y descubrió que le quedaba un paquete casi entero. Se rindió ante lo inevitable; tendría que leerse todos los nombres. Ya lo había imaginado antes de venir, por lo que encendió un cigarrillo con resignación y apuntó la linterna al primer panel del muro.

Pasaron cuatro horas antes de que Bosch viera un nombre conocido. No era Michael Scarletti, sino Darius Coleman, un chico que Bosch había conocido en el Primero de Infantería. Coleman fue el primer amigo de Bosch que murió en la guerra. Todo el mundo lo llamaba Pastel, porque llevaba esa palabra tatuada en el antebrazo. Coleman cayó bajo fuego propio cuando un teniente de veintidós años se equivocó al dar las coordenadas de un ataque aéreo en el Triángulo.

Bosch pasó los dedos por las letras del nombre del soldado muerto, tal como hacía la gente en la televisión y en las películas. Entonces le vino a la memoria la imagen de Pastel con un porro detrás de la oreja, sentado en una mochila y comiendo tarta de una lata. Siempre le cambiaba la tarta a todo el mundo. La marihuana le daba ganas de comer chocolate.

Harry prosiguió, parando únicamente para encender cigarrillos hasta que se le acabaron. Al cabo de casi cuatro horas había leído más de una docena de nombres conocidos, pero ninguno de ellos le sorprendió, por lo que sus temores eran infundados. No obstante, la desesperación asomó por otro sitio. En una rendija entre dos paneles de mármol falso Bosch halló una pequeña foto de un hombre de uniforme. El hombre ofrecía al mundo su sonrisa amplia y orgullosa. Pero ahora era un nombre en una pared.

Bosch sostuvo la foto en la mano y le dio la vuelta. En el dorso decía: «George, echamos de menos tu sonrisa. Te quieren, Mamá y Ten».

Volvió a colocar la foto en la rendija, sintiéndose como un intruso en aquella relación tan privada. Pensó un rato en George, aquel hombre a quien nunca había conocido, y se entristeció por alguna razón que no supo explicarse. Al cabo de un rato siguió con la búsqueda.

Finalmente, después de leer 58.132 nombres, había uno que seguía sin haber visto: Michael Scarletti. Tal como había imaginado. Bosch levantó la vista al cielo, que se estaba tornando naranja en el extremo oeste y sintió una ligera brisa procedente del noroeste. Al sur, el edificio federal se alzaba sobre los árboles del cementerio, como una lápida oscura y gigantesca. Bosch se sentía perdido. No sabía por qué estaba allí ni si su hallazgo significaba algo. ¿Seguía vivo Michael Scarletti? ¿Había existido alguna vez? La historia de Eleanor sobre su visita al monumento le había parecido tan real... No entendía nada. Entonces Bosch observó que la luz de la linterna era cada vez más débil y la apagó.

Bosch durmió un par de horas en el coche, aparcado en el cementerio. Cuando despertó, el sol había salido y por primera vez advirtió que el césped estaba atestado de banderas de barras y estrellas; clavada al suelo de cada tumba había una pequeñita de plástico. Se puso en marcha y se abrió paso por los estrechos caminos del cementerio en busca del lugar donde iban a enterrar a Meadows.

No tardó mucho en encontrarlo. En un rincón junto a uno de los caminos de la sección noreste del camposanto se congregaban cuatro camiones con antenas y un grupito de coches: los medios de comunicación. Bosch no se esperaba las cámaras de televisión y periodistas, pero cuando los vio recordó que los días de fiesta había pocas noticias. Y el golpe del túnel, tal como lo había bautizado la prensa, todavía tenía interés. Aquellos vampiros armados con cámaras necesitaban sangre nueva para las noticias de la noche.

Bosch decidió quedarse en el coche mientras el breve funeral ante el ataúd gris de Meadows era filmado por cuadruplicado. El maestro de ceremonias era un sacerdote con un traje arrugado, a quien Bosch imaginó que habrían sacado de una de las misiones del centro. No había nadie para llorar el cadáver, excepto un par de plañideras profesionales de la Asociación de Veteranos. Una guardia de honor compuesta por tres hombres guardaba el ataúd en actitud de firmes.

Cuando terminó, el sacerdote pisó un pedal y el féretro descendió lentamente, momento en que las cámaras se acercaron ávidamente. A continuación los equipos de televisión se dispersaron en todas direcciones para filmar a sus periodistas desde ángulos distintos del cementerio. Dispuestos en forma de abanico, parecía que cada periodista hubiese estado solo en el funeral.

Bosch los examinó y reconoció a unos cuantos, que en alguna ocasión le habían plantado un micrófono en la cara. Y entonces se dio cuenta de que uno de los hombres de la Asociación de Veteranos era en realidad Bremmer. El periodista del *Times* se alejaba de la tumba en dirección a un vehículo aparcado en uno de los caminos de acceso. Bosch esperó a que llegara hasta su coche antes de bajar la ventanilla y llamarle.

—Harry, pensaba que estabas en el hospital.

—Pasaba por aquí. Pero nunca pensé que esto se iba a convertir en un circo. ¿No tenéis nada mejor que hacer?

—Eh, que yo no tengo nada que ver. Esto es cosa de los cerdos.

—¿Qué?

—De los de televisión —aclaró Bremmer—. Venga, dime, ¿qué haces aquí? No esperaba que salieras tan pronto.

—Me escapé. ¿Por qué no entras y damos un paseo?

—Señalando a los reporteros de televisión, Bosch comentó—: Si me ven aquí se lanzarán sobre nosotros.

Bremmer dio la vuelta y entró en el coche. Se dirigieron hacia la sección oeste del cementerio, donde Bosch aparcó bajo la sombra de un enorme roble desde el que se divisaba el monumento a los caídos. Allí había varias personas, en su mayoría hombres solos. Todos contemplaban la piedra negra en silencio. Algunos llevaban viejas chaquetas militares con las mangas cortadas.

—¿Has visto los periódicos o la televisión? —preguntó Bremmer.

—Todavía no. Pero me han contado lo que ha salido.

—¿Y qué?

—Que todo es mentira. Bueno, casi todo.

—¿Puedes decirme algo?

—Sin que me cites.

Bremmer asintió. Como hacía mucho tiempo que se conocían, Bosch no tenía que pedir promesas y Bremmer no se veía obligado a explicar las diferencias entre declaraciones extraoficiales, de fondo y anónimas. Entre ellos había una confianza mutua basada en la experiencia de muchos años.

—Hay tres cosas que deberías comprobar —le aconsejó Bosch—. Nadie se ha cuestionado la presencia de Lewis y Clarke en el tiroteo. No formaban parte de mi equipo de vigilancia, sino que trabajaban para Irving en Asuntos Internos. Sabiendo esto, puedes presionarles para que te expliquen lo que estaban haciendo exactamente.

—¿Y qué estaban haciendo?

—Eso tendrás que sacarlo de otro sitio. Sé que tienes otras fuentes en el departamento.

Bremmer tomaba notas en un tipo de libreta de espiral, delgada y larga, que siempre delataba a los periodistas. Mientras escribía, iba asintiendo con la cabeza.

—En segundo lugar, entérate de dónde se celebrará el funeral de Rourke. En algún sitio fuera del estado, supongo. Lo suficientemente lejos para que la prensa no se moleste en enviar a alguien. Pero tú envía a alguien de todos modos, a ser posible con una cámara. Seguramente será la única persona presente. Casi como hoy. Eso debería decirte algo.

Bremmer levantó la vista.

—¿Quieres decir que no será un entierro de héroe? ¿Me estás diciendo que Rourke era parte de esto o que la pifió de alguna manera? ¡Pero si el FBI y nosotros lo estamos pintando como el nuevo John Wayne!

—Bueno, le habéis dado vida después de muerto. Así que también podéis quitársela.

Bosch lo miró un momento, considerando cuánto podía contarle. Por un momento se sintió tan indignado que estuvo a punto de explicarle a Bremmer todo lo que sabía y a la mierda las consecuencias y lo que le había dicho Irving. Pero se controló.

—¿Cuál es la tercera cosa? —preguntó Bremmer.

—Consigue los expedientes militares de Meadows, Rourke, Franklin y Delgado; con eso lo ligarás todo. Estuvieron juntos en Vietnam, en la misma época y la misma unidad. Ahí es donde empieza todo. Cuando llegues hasta allí, llámame y yo intentaré decirte lo que no sepas.

De repente, Bosch se cansó de la farsa organizada por su departamento y el FBI. La imagen del chico, Tiburón, no le dejaba en paz. De espaldas, con la cabeza inclinada en ese ángulo extraño y repugnante. Toda esa sangre... Sus jefes querían olvidar ese caso como si no tuviera importancia.

—Hay una cuarta cosa —dijo—, un chico.

Cuando Bosch hubo terminado la historia de Tiburón, acompañó a Bremmer a su propio coche. Los reporteros de televisión ya se habían marchado y un hombre con una pequeña excavadora rellenaba la tumba de Meadows mientras otro lo contemplaba apoyado en una pala.

—Seguramente necesitaré otro trabajo cuando salga tu artículo —comentó Bosch mientras observaba a los sepultureros.

—No te preocupes; no te citaremos. Además, los expedientes militares hablarán por sí mismos. Ya me las arreglaré para que la oficina de información al público me confirme el resto y que parezca que viene de ellos. Y hacia el final de la historia pondré: «El detective Harry Bosch se negó a hacer comentarios». ¿Qué te parece?

—Que seguramente necesitaré otro trabajo cuando salga tu artículo.

Bremmer se quedó mirando a Bosch.

—¿Vas a acercarte a la tumba?

—Es posible. Cuando me dejes en paz.

—Ya me voy. —Bremmer abrió la puerta y salió, pero enseguida volvió a asomar la cabeza—. Gracias, Harry. Esto es una bomba. Van a rodar cabezas.

Bosch miró al reportero y sacudió la cabeza con tristeza.

—No, no van a rodar.

Bremmer lo miró confuso, y Bosch le dijo adiós con la mano.

El periodista cerró la puerta y se fue a su coche.

Bosch no se engañaba con respecto a Bremmer. Al periodista no le guiaba un sentido de indignación genuina ni de responsabilidad frente a la opinión pública.

Todo lo que le interesaba era obtener una exclusiva, una noticia que no tuviera ningún otro periodista. Bremmer pensaba en eso y tal vez en el libro que vendría después, en la película de televisión, en el dinero y en la fama.

Eso era lo que le motivaba, no la exasperación que había impulsado a Bosch a contarle la historia. Bosch lo sabía y lo aceptaba porque así funcionaban las cosas.

«Nunca ruedan las cabezas», se dijo.

Bosch siguió contemplando a los sepultureros hasta que acabaron su trabajo. Al cabo de un rato salió y se encaminó hacia la tumba. Un pequeño ramo de flores yacía junto a la bandera clavada en la tierra; era de la Asociación de Veteranos. En aquel momento Bosch no supo qué debería sentir. ¿Un cierto afecto sentimental, o tal vez remordimiento? A pesar de que Meadows estaba bajo tierra para siempre, Bosch descubrió que no sentía nada. Al cabo de unos instantes, alzó la vista hacia el edificio federal y comenzó a caminar en esa dirección. Parecía un fantasma, emergiendo de su tumba en busca de justicia. O quizá sólo de venganza.

Y

Si le sorprendió la visita de Bosch, Eleanor Wish no lo mostró. Harry le había enseñado su placa al guarda del primer piso y le habían dejado entrar. Como era fiesta la recepcionista no estaba, así que tuvo que pulsar el timbre. Fue Eleanor quien abrió la puerta. Llevaba unos tejanos gastados y una camisa blanca; sin pistola.

—Me imaginaba que vendrías, Harry. ¿Has ido al funeral?

Él asintió, pero no se acercó a la puerta que ella mantenía abierta. Ella lo miró un buen rato con las cejas arqueadas. A Harry le encantaba aquella mirada inquisitoria.

—Bueno, ¿vas a quedarte ahí todo el día?

—Podríamos ir a dar una vuelta.

—Tengo que coger mi tarjeta o me quedaré fuera. —Ella hizo un gesto para entrar, pero se detuvo—. No creo que lo sepas porque aún no han dicho nada, pero han encontrado los diamantes.

—¿Qué?

—Sí, acabo de enterarme. Rourke tenía unos recibos que les llevaron a una consigna pública en Huntington Beach. Esta mañana consiguieron la orden y abrieron la taquilla. Dicen que hay cientos de diamantes; tendrán que encontrar un tasador. Teníamos razón, Harry: diamantes. Bueno, tú tenías razón. También encontraron todo lo demás en otra taquilla; Rourke no lo había destruido. Los propietarios de las cajas de seguridad recuperarán sus cosas. Habrá una rueda de prensa, pero dudo que digan a quién pertenecían las taquillas.

Harry asintió y ella desapareció por la puerta.

Bosch se dirigió a los ascensores y apretó el botón mientras la esperaba. Cuando volvió, ella llevaba su bolso, lo cual le recordó que no iba armado y secretamente se avergonzó de que aquello pudiera ser un problema. Harry y Eleanor no hablaron hasta que salieron del edificio y se encaminaron hacia Wilshire. Bosch había estado sopesando sus palabras, al tiempo que se preguntaba si el hallazgo de los diamantes significaba algo. Ella parecía esperar a que él comenzara, pero el silencio la incomodaba.

—Te queda bien el cabestrillo azul —dijo finalmente—. ¿Cómo estás? Me sorprende que te hayan dado de alta tan pronto.

—Me fui yo. Estoy bien. —Bosch había comprado un paquete de tabaco en la máquina del vestíbulo y se detuvo a meterse un cigarrillo en la boca. Lo encendió con su nuevo mechero.

—¿Sabes qué? Éste sería un buen momento para dejarlo —sugirió ella—. Volver a empezar.

Él hizo caso omiso de la sugerencia e inhaló el humo.

—Eleanor, háblame de tu hermano.

—¿Mi hermano? —preguntó sorprendida—. Ya te lo conté.

—Ya lo sé, pero quiero que me lo vuelvas a contar. Lo que le pasó en Vietnam y lo que te pasó a ti cuando fuiste a Washington a ver el monumento. Tú me dijiste que cambió tu visión de las cosas. ¿Por qué?

Estaban en Wilshire. Bosch señaló la calle y cruzaron hacia el cementerio.

—He dejado el coche ahí dentro. Luego te llevo al Buró.

—No me gustan los cementerios. Ya lo sabes.

—A nadie le gustan.

Bosch y Wish atravesaron el seto e inmediatamente el ruido del tráfico disminuyó. Ante ellos se extendía un mar de césped verde, lápidas blancas y banderas estadounidenses.

—Mi historia es la misma que la de cientos de personas —explicó ella—. Mi hermano fue a Vietnam y no volvió. Y cuando yo fui al monumento, bueno, me invadieron un montón de sentimientos.

—¿Rabia?

—Sí, en parte.

—¿Indignación?

—Sí, supongo. No lo sé. Fue muy personal. ¿Qué pasa, Harry? ¿A qué viene todo esto?

Los dos caminaban por el sendero de grava que discurría junto a las filas de lápidas blancas. Bosch la estaba conduciendo hacia la réplica.

—Dices que tu padre era militar. ¿Os dieron los detalles de lo que le ocurrió a tu hermano?

—Se los dieron a él, pero él y mi madre no me contaron nada... de los detalles. Bueno, me dijeron que iba a regresar pronto y yo recibí una carta de él diciéndome que volvía. La semana siguiente me enteré de que había muerto. Al final no llegó a casa. Harry, me estás haciendo sentir... ¿Qué quieres? No lo entiendo.

—Claro que lo entiendes, Eleanor.

Ella se paró y miró al suelo. Bosch vio que su rostro empalidecía y su expresión se convertía en resignación. Fue un cambio apenas perceptible, pero claro. Como el de las madres y esposas a las que Bosch había notificado la muerte de una víctima de asesinato. No tenías que decirles que alguien había muerto; abrían la puerta e inmediatamente adivinaban lo que había ocurrido. Del mismo modo, el rostro de Eleanor no mentía: sabía que Bosch había descubierto su secreto. Al levantar la cabeza, fue incapaz de mirarle a los ojos. Desvió la vista, y ésta se posó en el monumento negro que brillaba bajo el sol.

—Es esto, ¿no? Me has traído aquí para ver esto.

—Podría pedirte que me enseñaras el nombre de tu hermano, pero los dos sabemos que no está allí.

—No..., no está.

Eleanor se había quedado hipnotizada por el monumento. Bosch leyó en su cara que la dura coraza se había quebrado. El secreto quería salir.

—Pues cuéntamelo —le pidió él.

—Es verdad que tuve un hermano y es verdad que murió. Yo nunca te he mentido, Harry. No te dije que lo mataran allí. Te dije que no volvió y no lo hizo; eso es cierto. Pero no murió en Vietnam, sino aquí, en Los Ángeles, de camino a casa. En 1973.

Eleanor pareció dejarse llevar por el recuerdo, pero enseguida volvió a concentrarse.

—Es increíble. Quiero decir, sobrevivir a una guerra y no al viaje de vuelta. Aún no lo entiendo. Tenía un permiso de dos días en Los Ángeles antes de volver a Washington, donde le esperaba una bienvenida de héroe y un empleo seguro en el Pentágono, que le había obtenido nuestro padre. Pero, en cambio, lo encontraron en un prostíbulo de Hollywood con un pico en el brazo. Heroína.

Ella miró a Bosch, pero desvió la mirada rápidamente.

—Eso es lo que parecía, pero no lo que pasó. Aunque dijeron que había sido una sobredosis, mi hermano fue asesinado. Exactamente igual que Meadows, años más tarde. La única diferencia es que nadie se cuestionó su muerte.

Bosch pensó que Eleanor estaba a punto de echarse a llorar. Tenía que obligarla a seguir, a no perder el hilo de la historia.

—¿Por qué lo dices, Eleanor? ¿Qué tiene eso que ver con Meadows?

—Nada —respondió, y se volvió para mirar el camino por donde habían venido.

Ahora estaba mintiendo. Bosch sabía que había algo más. Tenía la horrible sensación de que ella era el eje de todo el asunto. Pensó en las margaritas que había llevado a su habitación del hospital, en la música que habían puesto en su apartamento, en la forma en que ella lo había encontrado en el túnel... Demasiadas casualidades.

—Todo —dijo él— formaba parte de tu plan.

—No, Harry.

—Eleanor, ¿cómo sabías que hay margaritas debajo de mi casa?

—Las vi cuando...

—Viniste a verme de noche, ¿recuerdas? No se veía nada debajo del balcón. —Bosch dejó que asimilara aquello—. Ya habías estado allí, Eleanor. Cuando yo me ocupé de Tiburón. Y tu visita no fue tal visita, sino una prueba de recepción. Como la llamada. Fuiste tú.

»Tú me pinchaste el teléfono. Todo este asunto... ¿por qué no me lo cuentas?

Eleanor asintió sin mirarlo, pero Harry no podía despegar los ojos de ella. Eleanor respiró hondo y empezó a hablar.

—¿Sabes lo que es tener algo que sea tu centro, el núcleo de tu existencia? Todo el mundo se aferra a una verdad absoluta. En mi caso era mi hermano: él y su sacrificio. Así es como me enfrenté a su muerte; idealizándolo, convirtiéndolo en un héroe. Aquélla era la semilla que protegí y alimenté. Construí una cáscara dura a su alrededor y la regué con mi adoración y al hacerme mayor, ella creció conmigo. Se convirtió en el árbol que daba sombra a mi vida. Entonces, un día, de repente desapareció. La verdad era falsa. Habían talado el árbol, Harry. Ya no había sombra; sólo un sol cegador.

Ella se calló un instante y Bosch la observó. De pronto le pareció tan frágil que le entraron ganas de sentarla antes de que se desmayara. Eleanor apoyó el codo sobre una mano y se llevó la otra mano a los labios. Entonces él comprendió lo que había querido decir.

—No lo sabías, ¿verdad? —preguntó Bosch—. Tus padres... nadie te contó la verdad.

Ella asintió.

—Crecí creyendo que era el héroe que mi padre y mi madre me dijeron que era. Me protegieron, me mintieron. Pero cómo iban a saber ellos que un día levantarían un monumento con todos los nombres..., todos excepto el de mi hermano.

Ella se detuvo, pero esta vez Bosch esperó a que continuara.

—Un día, hace unos años, fui a ver el monumento. Había un libro con un índice de nombres y lo busqué, pero no estaba en la lista. No había ningún Michael Scarletti. Grité a la gente del parque: «¿Cómo han podido dejarse el nombre de una persona?». Así que me pasé el resto del día leyendo los nombres en la pared. Los leí todos. Iba a demostrarles lo equivocados que estaban. Pero... tampoco estaba allí. No pude... ¿sabes lo que es pasarte casi quince años de tu vida creyendo una cosa, basando tus creencias en un único hecho... y de repente darte cuenta de que esa luz era en realidad un oscuro cáncer que crecía dentro de ti?

Bosch le enjugó las lágrimas de la mejilla con la mano y acercó su cara a la suya.

—¿Y qué hiciste entonces?

Eleanor apretó el puño sobre los labios y sus nudillos se tornaron blancos como los de un cadáver. Bosch reparó en un banco y, cogiéndola por los hombros, la acompañó hasta allí.

—Todo esto... —dijo él después de sentarse—. No lo entiendo, Eleanor. Todo este asunto. Tú eras la... Perseguías una especie de venganza contra...

—Justicia. No venganza.

—Hay alguna diferencia?

Ella no contestó.

—Cuéntame lo que hiciste.

—Se lo pregunté a mis padres. Y finalmente me contaron lo de Los Ángeles. Rebusqué entre las pertenencias de mi hermano y encontré una carta; su última carta. Estaba en casa de mis padres, pero me había olvidado. La tengo aquí.

Cuando Eleanor abrió su bolso para sacar el monedero, Bosch vislumbró la culata de su pistola en el interior. Del monedero, Eleanor extrajo un papel rayado que desdobló delicadamente para que Bosch lo leyera. Él no lo tocó.

Ellie,
Me queda tan poco tiempo aquí que ya casi noto el sabor de los cangrejos. Estaré en casa dentro de unas dos semanas, pero antes tengo que parar en Los Ángeles para ganar un poco de dinero. ¡Ja, ja!, tengo un plan (pero no se lo digas al V). Me he comprometido a llevar un paquete «diplomático» a Los Ángeles, pero puede que haga algo mejor con él. Cuando llegue a casa, quizá podamos regresar a las Poconos antes de que tenga que volver a trabajar para la «máquina de guerra». Ya sé lo que piensas sobre lo que voy a hacer, pero no puedo decirle que no al Y. Ya veremos cómo va la cosa. Lo que está claro es que estaré encantado de irme de aquí. Me he tirado seis meses en el campo antes de que me dejasen divertirme un poco en Saigón. No quiero volver allí, así que me las he arreglado para que me diagnosticasen disentería (pregúntale al V qué es eso, ¡ja, ja!). Sólo he tenido que comer un par de días en los restaurantes de esta ciudad para padecer los síntomas. Bueno, eso es todo de momento. Estoy bien y pronto estaré en casa. Así que ya puedes ir sacando las trampas para pescar cangrejos.

Besos,
MICHAEL

Ella dobló la carta y la guardó cuidadosamente.

—¿El V.? —preguntó Bosch.

—El viejo.

—Ah.

Eleanor estaba recobrando la compostura. Su cara comenzaba a tener aquella mirada dura que Bosch había visto el día que la conoció. Ella lo miró a los ojos y luego al brazo que reposaba en el cabestrillo.

—No llevo micrófonos, Eleanor —le dijo—. Estoy aquí por mí. Quiero saberlo por mí.

—Eso no es lo que estaba mirando —protestó ella—. Sé que no llevarías un micrófono. Estaba pensando en tu brazo. Harry. Ya sé que no me creerás, pero te aseguro que nadie tenía que resultar herido. Nadie... Todo el mundo iba a perder, pero eso era todo. Después de aquel día, en el monumento, busqué por todas partes y descubrí lo que le había sucedido a mi hermano. Utilicé a Ernst en el Departamento de Estado, utilicé el Pentágono, a mi padre, lo que fuera, con tal de averiguar lo que le ocurrió.

Ella lo escudriñó con la mirada, pero él intentó que no pudiera leerle el pensamiento.

—¿Y?

—Y fue tal como nos lo explicó Ernst. Al final de la guerra, los tres capitanes, el triunvirato, participaron en el transporte de heroína a Estados Unidos. Uno de los conductos fue Rourke y sus amigos de la embajada, la policía militar. Eso incluía a Meadows, Delgado y Franklin. Ellos encontraban a gente que estaba a punto de volver a casa y les hacían una propuesta: un par de miles de dólares por llevar un paquete diplomático sellado a través de aduanas. No entrañaba ningún peligro. Ellos lo organizaban para que la persona obtuviera el cargo temporal de mensajero. Entonces los metían en un avión y enviaban a alguien a recibirlos en Los Ángeles. Mi hermano fue uno de los que aceptó... Pero Michael tenía un plan. No hacía falta ser un genio para deducir lo que había dentro. Y él creyó que podría encontrar a un mejor cliente. No sé cuánto tiempo dedicó al plan, pero no tiene importancia. La cuestión es que lo encontraron y lo mataron.

—Quiénes?

—No lo sé. Gente que trabajaba para los capitanes o para Rourke. Fue perfecto. Lo mataron de forma que el ejército, su familia y prácticamente todo el mundo hubiese preferido mantener en secreto. La policía cerró el caso y punto.

Bosch se sentó junto a ella mientras narraba la historia

y decidió no interrumpirla hasta que terminara, hasta que surgiera de ella como un demonio.

Eleanor explicó cómo encontró primero a Rourke. Para su enorme sorpresa, él estaba trabajando en el FBI. Ella llamó a sus amigos y logró el traslado de Washington a su brigada. Como usaba su apellido de casada, Rourke nunca supo quién era. Después de eso, Meadows, Franklin y Delgado fueron fáciles de localizar a través de las prisiones. No se le escaparían.

—Rourke fue la Clave —dijo ella—. Me dediqué a convencerlo. Se puede decir que lo seduje con el plan.

Bosch sintió que algo se rompía dentro de él, un último sentimiento hacia ella.

—Le insinué claramente que quería dar un golpe. Sabía que él picaría porque tantos años de corrupción lo habían carcomido. Su codicia no tenía límites. Una noche me contó lo de los diamantes y cómo había ayudado a esos dos tíos, Tran y Binh, a sacarlos clandestinamente de Vietnam. A partir de ahí fue fácil planearlo todo. Rourke reclutó a los otros tres y usó sus influencias, anónimamente, claro, para que se reunieran en Charlie Company. Era un plan perfecto y, lo mejor era que Rourke creía que era suyo. Al final yo desaparecería con el dinero, Binh y Tran perderían la fortuna que habían amasado durante toda su vida y los otros cuatro saborearían el golpe de su vida para luego quedarse con la miel en los labios. Sería la mejor forma de hacerles daño. Pero nadie fuera del círculo de culpables iba a resultar herido... Las cosas se me fueron de las manos.

—Sí, Meadows se llevó el brazalete —le recordó Bosch.

—Sí. Lo vi en una de las listas de objetos empeñados que me mandaba el Departamento de Policía. Era pura rutina, pero me asusté. Esas listas iban a todas las unidades de robos del país. Pensé que alguien podía darse cuenta. Si arrestaban a Meadows, él cantaría. Se lo conté a Rourke y él también se asustó. Esperó a que estuviera casi terminado el segundo túnel y entonces hizo que los demás se enfrentaran a Meadows. Yo no estaba allí.

Sus ojos quedaron fijos en un punto lejano. En su voz ya no quedaba emoción alguna; sólo una lánguida monotonía. Bosch no tuvo que animarla a hablar. El resto salió solo.

—Yo no estaba allí —repitió ella—. Rourke me llamó y me dijo que Meadows había muerto sin entregarles el recibo de la casa de empeños. Me contó que había hecho que pareciera una sobredosis. El muy cabrón incluso me explicó que conocía a alguien que lo había hecho antes y le había salido bien. ¿Te das cuenta? Estaba hablando de mi propio hermano. Cuando dijo eso supe que estaba haciendo lo correcto... Total, que Rourke necesitaba mi ayuda. Había registrado el piso de Meadows y no había encontrado el recibo. Eso significaba que Delgado y Franklin tendrían que robar la tienda para recuperarlo. Pero Rourke necesitaba que yo le echase un mano con el cuerpo de Meadows. No sabía qué hacer con él.

Eleanor explicó que sabía por el expediente de Meadows que lo habían arrestado por vagabundear en la presa. Según ella, no fue difícil convencer a Rourke de que sería un buen sitio para dejar el cadáver.

—Pero yo también era consciente de que la presa estaba en la División de Hollywood y que si el caso no te tocaba a ti al menos te enterarías y te interesarías por él en cuanto identificaran a Meadows. Yo sabía que lo conocías. Rourke estaba fuera de control y tú eras mi válvula de seguridad, en caso de que tuviera que cancelarlo todo. No podía dejar que Rourke volviera a salirse con la suya.

Ella miró hacia las lápidas. Alzó una mano distraídamente y la dejó caer, con resignación.

—Después de meter el cadáver en el todoterreno y cubrirlo con la manta, Rourke fue a echar un último vistazo al piso. Yo me quedé fuera. Había un gato en el maletero. Lo cogí y le pegué en los dedos a Meadows para que vieran que había sido asesinado. Recuerdo el sonido muy claramente. El hueso. Sonó tan fuerte que pensé que Rourke podría haberlo oído...

—¿Y Tiburón? —preguntó Bosch.

—Tiburón —repitió con melancolía, como si intentara decir el nombre por primera vez—. Después de la entrevista le dije a Rourke que Tiburón no nos había visto la cara en la presa y que incluso había pensado que yo era un hombre. Pero cometí un error; le conté a Rourke tu sugerencia de hipnotizarlo. Aunque yo te frené y confiaba en que no harías nada sin mi permiso, Rourke no se fiaba de ti. Así que hizo lo que hizo. Cuando nos llamaron y vi a Tiburón...

Ella no terminó, pero Bosch quería saberlo todo.

—¿Qué?

—Después, hablé con Rourke y discutimos porque le dije que lo estaba estropeando todo. Que estaba desmadrado matando a gente inocente. Me dijo que no había forma de pararlo. Franklin y Delgado estaban ilocalizables dentro del túnel. Habían desconectado las radios cuando metieron el C-4 porque era demasiado peligroso.

»Rourke dijo que no había forma de parar sin derramar más sangre. Y esa noche casi nos arrollan. Ése fue Rourke; estoy segura.

Eleanor confesó que a partir de ese momento los dos habían jugado a un juego de desconfianza mutua. El robo del Beverly Hills Safe & Lock había continuado tal como estaba planeado. Rourke despistó a Bosch y a todo el mundo para que no entraran a detenerlos.

Tenían que dejar que Franklin y Delgado lo hicieran aunque no hubieran diamantes en la caja de Tran. Rourke tampoco podía arriesgarse a bajar para avisarles.

Eleanor acabó con el juego cuando siguió a Bosch y mató

a Rourke, que la miró a los ojos mientras se hundía en el agua negra.

—Y ésa es toda la historia —susurró.

—Mi coche está por allá —le señaló Bosch cuando se levantó del banco—. Voy a acompañarte.

Encontraron el vehículo en el camino y Bosch vio que ella se fijaba en la tierra fresca que cubría la tumba de Meadows.

Se preguntó si habría contemplado el entierro desde el edificio federal. Mientras conducía hacia la salida, Harry preguntó:

—¿Por qué no lo olvidaste? Lo que le pasó a tu hermano fue en otro tiempo, en otro lugar. ¿Por qué no lo olvidaste?

—No sé cuántas veces me he preguntado eso y cuántas veces no he sabido la respuesta. Y todavía no la sé.

Estaban en el semáforo de Wilshire y Bosch se preguntaba qué iba a hacer.

Una vez más ella adivinó lo que pensaba, presintió su indecisión.

—¿Vas a entregarme, Harry? Puede que te cueste probarlo. Todo el mundo está muerto. Y podría parecer que tú también eres parte de ello. ¿Vas a arriesgarte?

Él no dijo nada. El semáforo se puso verde y condujo hasta el edificio federal, aparcando cerca de la acera junto a las banderas.

—Si significa algo para ti, lo que pasó entre tú y yo, no era parte de mi plan. Ya sé que nunca sabrás si es la verdad, pero quería decirte que...

—No —la cortó él—. No digas nada.

Pasaron unos momentos de incómodo silencio.

—¿Me vas a soltar?

—Creo que sería mejor para ti si te entregaras. Ve a buscar un abogado y vuelve. Diles que no tuviste nada que ver con los asesinatos, cuéntales la historia de tu hermano. Son gente razonable y querrán evitar el escándalo. El fiscal seguramente lo dejará en un delito menor. El FBI estará de acuerdo.

—¿Y si no me entrego? ¿Se lo dirás?

—No. Como tú has dicho, yo formo parte de ello. Nunca me creerían.

Bosch pensó un momento. No quería decir lo que iba a decir sin estar seguro de que lo cumpliría.

—No, no se lo diré a ellos. Pero si en un par de días no me entero de que te has entregado, se lo diré a Binh. Y luego a Tran. No tendré que probárselo. Les contaré la historia con suficientes datos para que sepan que es verdad.

»¿Y sabes lo que harán? Actuarán como si no supieran de qué coño hablo y me dirán que me largue. Luego irán a por ti, Eleanor, buscando la misma justicia que tú perseguías para tu hermano.

—¿Harías eso?

—Te he dicho que sí. Te doy dos días para entregarte. Después les contaré toda la historia.

Ella lo miró y su rostro angustiado le preguntó por qué.

—Alguien tiene que pagar por Tiburón —explicó Bosch.

Ella se volvió, puso la mano en la puerta y, a través de la ventanilla, contempló las banderas que ondeaban al viento de Santa Ana.

—Supongo que me equivoqué contigo —admitió ella sin mirarlo.

—Si te refieres al caso del Maquillador, la respuesta es sí. Te equivocaste.

Ella lo miró y con una sonrisa débil abrió la puerta del coche.

Se inclinó rápidamente y lo besó en la mejilla.

—Adiós, Harry Bosch.

Entonces Eleanor salió del coche y se quedó de pie de cara al viento, mirándole fijamente. Dudó un instante y cerró la puerta.

Mientras Harry se alejaba, echó una última ojeada por el

retrovisor y la vio todavía junto al bordillo. Estaba cabizbaja, como alguien a quien se le hubiese escurrido algo por la oscura alcantarilla. Harry no volvió la vista atrás.

Epílogo

La mañana después del día de los Caídos, Harry Bosch volvió al hospital Martin Luther King, donde recibió una severa reprimenda por parte de su médico. El doctor McKenna pareció disfrutar perversamente cuando le arrancó las vendas caseras de su hombro y le aplicó una solución salina para limpiar la herida. Bosch pasó dos días descansando antes de ser conducido al quirófano para recomponer los músculos que la bala había desgajado del hueso.

En el segundo día tras la operación, una enfermera le trajo el *Times* del día anterior para que se distrajera. El artículo de Bremmer estaba en primera página e iba acompañado de una foto de un cura frente a un ataúd solitario en Syracuse, Nueva York. Era el funeral del agente especial del FBI, John Rourke. Bosch dedujo por la foto que había habido más gente —aunque fueran periodistas— en el entierro de Meadows. Pero Bosch dejó a un lado la primera sección del periódico cuando hojeó las primeras páginas y vio que no salía Eleanor. Bosch pasó directamente a la sección de deportes.

Al día siguiente tuvo una visita. El teniente Harvey Pounds informó a Bosch de que, cuando se recuperara, tenía que volver a Homicidios de Hollywood. Pounds dijo que ninguno de los dos tenía otra elección. Era una orden directa del sexto piso del Parker Center. El teniente no tenía mucho más que decir y ni siquiera mencionó el artículo del *Ti-*

mes. Bosch recibió la noticia con una sonrisa y poco más, ya que no quería expresar lo que sentía o pensaba.

—Por supuesto, todo esto depende de que superes el examen médico del departamento cuando te den el alta —añadió Pounds.

—Por supuesto —dijo Bosch.

—Bosch, ya sabes que algunos agentes prefieren el retiro por invalidez con un ochenta por ciento de paga. Podrías buscarte un trabajo en el sector privado y vivir muy bien. Y te lo merecerías.

«Ah —pensó Harry—, ésa es la razón de la visita.»

—¿Es eso lo que quiere que haga el departamento, teniente? —preguntó—. ¿Eres el mensajero?

—Claro que no. El departamento quiere que hagas lo que tú quieras. Sólo estoy buscando las ventajas de la situación. No sé, piénsatelo. Dicen que la investigación privada es un mercado en alza en los noventa. La gente ya no se fía de nadie, ¿me entiendes? Hoy en día todo el mundo se dedica a investigar a sus futuros cónyuges: informes médicos, financieros, sentimentales...

—No es mi estilo.

—O sea, ¿que te quedas en Homicidios?

—En cuanto pase el examen médico.

Al día siguiente tuvo otra visita, esta vez la esperaba. Era una ayudante del fiscal del distrito. Se llamaba Chavez y quería saber qué pasó la noche en que murió Tiburón. Bosch supo entonces que Eleanor se había entregado. Bosch declaró que había estado con Eleanor, lo cual confirmó su coartada. Chavez dijo que tenía que comprobarlo antes de que comenzaran a hablar de un trato. Ella le hizo un par de preguntas más sobre el caso y luego se dispuso a irse.

—¿Qué le va a pasar? —preguntó Bosch.

—No puedo comentar nada al respecto, detective.

—¿Y extraoficialmente?

—Extraoficialmente tendrá que ir a la cárcel, pero no

creo que sea por mucho tiempo. Es un buen momento para que todo se lleve silenciosamente. Ella se entregó, se trajo un buen abogado y parece que no fue responsable directa de las muertes. En mi opinión, ha tenido mucha suerte. Se declarará culpable y le caerán como mucho treinta meses en Tehachapi.

Bosch asintió y Chavez se fue.

Harry también se fue al día siguiente para hacer reposo durante seis semanas antes de volver a la comisaría de Wilcox. Cuando llegó a su casa en Woodrow Wilson encontró un papel amarillo en el buzón. Lo llevó a la oficina de correos y le dieron un paquete plano envuelto en papel de estraza. Bosch no lo abrió hasta que llegó a casa. Aunque no lo ponía, él sabía que era de Eleanor Wish. Después de romper el papel y el forro de burbujas, encontró una copia enmarcada de *Aves nocturnas*, de Hopper. Era el cuadro que había visto en la pared de su casa la primera noche que pasó con ella.

Bosch lo colgó en el pasillo cerca de la puerta principal y de vez en cuando se detenía a contemplarlo cuando entraba, especialmente después de un largo día o noche de trabajo. El cuadro nunca dejaba de fascinarlo o de evocar recuerdos de Eleanor Wish. La oscuridad. La dura soledad. El hombre solo sentado y con el rostro vuelto hacia las sombras. «Yo soy ese hombre», pensaba Harry Bosch cada vez que lo miraba.

Agradecimientos

Quisiera agradecer a las siguientes personas la ayuda y el apoyo que me han prestado:

Gracias a mi agente, Philip Spitzer, y a mi editora, Patricia Mulcahy, por el gran esfuerzo y entusiasmo que han dedicado a este libro.

Gracias también a los muchos agentes de policía que a lo largo de los años me han permitido ser testigo de su trabajo y sus vidas. Quiero además mostrar mi gratitud a Tom Mangold y John Pennycate, cuyo libro *The Tunnels of Cu Chi* narra la verdadera historia de las ratas de los túneles de la guerra de Vietnam.

Por último, doy las gracias a mi familia y amigos por su aliento y apoyo incondicional. Y sobre todo a mi mujer, Linda, por su constante respaldo e inspiración.

Otros títulos de Michael Connelly en Rocabolsillo

MICHAEL
CONNELLY
LUNA FUNESTA
bestseller
rocabolsillo | criminal

Luna funesta

Tras varios años en la cárcel, Cassie Black desea cerrar su historial delictivo para siempre y llevar una vida convencional. Trabaja en un concesionario de automóviles de Los Ángeles y nada parece enturbiar su plena reinserción hasta que un hecho inesperado le obliga a jugárselo todo a una carta.

Cassie necesita dar un golpe final que le permite realizar el último sueño que le queda y dar así un giro definitivo a su vida. Para ello recurre a Leo Renfro, un amigo de los viejos tiempos que le propone participar en un gran robo en Las Vegas. A pesar de lo arriesgado del asunto, Cassie acepta convencida de que con su experiencia como ladrona de guante blanco logrará salir airosa de la operación. Supersticioso, Leo le da un último consejo: evitar realizar el trabajo durante la luna vacía de curso, una situación astral que puede torcer incluso el plan más perfecto.

Connelly retrata en *Luna funesta* el mundo del juego y de la mafia de Las Vegas corroborando su extraordinaria habilidad para insuflar realidad a su ficción, para detenerse con acierto en los detalles más sutiles.

MICHAEL
CONNELLY
ECHO PARK
bestseller
rocabolsillo | criminal

Echo Park

Harry Bosch tiene la oportunidad de reabrir un caso en el que trabajó en el pasado y que había quedado sin resolución: el asesinato de Marie Gesto. Bosch siempre presintió que nunca encontrarían con vida a Gesto y cuando se vio obligado a cerrar el caso, se quedó con la desagradable sensación de haber dejado escapar al culpable por obviar un detalle de la investigación. Pero de pronto aparece un hombre que se atribuye el asesinato, aunque lo extraño es el insistente interés de un político por llegar a un acuerdo con el asesino y zanjar la situación.
Bosch sabe que su intuición no le engaña: se trata de uno de los casos más complejos de su carrera.

> «Como el whisky añejo, el íntegro y sufriente detective Harry Bosch sólo mejora con la edad. A las puertas de la sesentena, este viejo zorro se enfrenta aquí a sus némesis por una montaña rusa de adrenalina y un campo minado de intereses sucios. El crimen es siempre no leer a Michael Connelly.»

Antonio Lozano, *Qué Leer*

MICHAEL
CONNELLY
EL OBSERVATORIO
bestseller
rocabolsillo | criminal

El observatorio

Una noche aparece un cadáver en un observatorio de las colinas de Hollywood. Aparentemente, se trata de un asesinato común, por lo que el detective de policía Harry Bosch se hace cargo del caso. No obstante, pronto se descubrirá que la víctima trabajaba en el sector clínico y que tenía acceso a sustancias radiactivas. Esto convierte un simple homicidio en un asunto de terrorismo.

El FBI toma las riendas y empieza una carrera contrarreloj para encontrar a los culpables, en un caso en el que nada es lo que parece.